BASTEI
LÜBBE

Von Judith McNaught erschienen bei BASTEI-LÜBBE:

12437 Im Königreich der Träume
12462 Laß mich deine Liebe spüren

JUDITH
McNAUGHT

FÜR IMMER UND EWIG, MEIN HERZ

Aus dem Englischen
von Christine Neumeier

BASTEI
LÜBBE

BASTEI-LÜBBE-TASCHENBUCH
Band 12539

Deutsche Erstveröffentlichung
Titel der amerikanischen Originalausgabe:
Once and Always

Einbandgestaltung: K. K. K.
Titelillustration: Thomas Schlück Agentur
Satz: hanseatenSatz-bremen, Bremen
Druck und Bindung: Elsnerdruck, Berlin
ISBN 3-404-12539-8

Für meinen Vater, der mir immer gezeigt hat,
wie stolz er auf mich ist,
und
für meine Mutter, die mir geholfen hat,
das zu tun, worauf er stolz ist.
Was für ein Team!

Erstes Kapitel

England
1815

»Ah, da bist du, Jason«, sagte die schwarzhaarige Schöne, als sie die hochgewachsene Gestalt ihres Gatten im Spiegel des Frisiertisches erspähte. Mißtrauisch beobachtete sie, wie er auf sie zukam, und wandte sich dann erneut den Schmucketuis zu, die offen vor ihr standen. Ein plötzlicher Schauer machte ihre Hand erzittern, und ihr Lächeln war voll übertriebener Heiterkeit, als sie ein aufsehenerregendes Brillanthalsband aus seinem Etui hob und es ihm hinhielt. »Bist du so nett und hilfst mir beim Zumachen?«

Das Gesicht ihres Ehemannes verzog sich, als sein Blick über die glitzernden Rubin- und Smaragdketten glitt, die bereits ihr üppiges, aufreizendes Dekolleté bedeckten. »Findest du diese Zurschaustellung von Fleisch und Juwelen nicht ein wenig vulgär für eine Frau, die erwartet, für eine Dame von Welt gehalten zu werden?«

»Was verstehst du schon davon?« erwiderte Melissa Fielding geringschätzig. »Dieses Kleid ist der allerletzte Schrei.« Hochmütig fügte sie hinzu: »Baron Lacroix gefällt es ausnehmend gut. Er hat mich eigens gebeten, es heute abend auf dem Ball zu tragen.«

»Zweifellos wünscht er nicht, mit zu vielen Haken belästigt zu werden, wenn er es dir auszieht«, stellte ihr Gatte sarkastisch fest.

»Richtig. Er ist Franzose – und schrecklich stürmisch.«

»Unglücklicherweise ist er auch bettelarm.«

»Er findet mich schön«, sagte Melissa höhnisch. Ihre Stimme begann vor unterdrücktem Abscheu zu zittern.

»Da hat er recht.« Jason Fieldings spöttischer Blick wanderte über ihr liebliches Gesicht mit der Alabasterhaut, den schrägen grünen Augen und dem vollen roten Mund, und dann zu ihren üppigen Brüsten, die einladend in dem tiefausgeschnittenen Mieder ihres dunkelroten Samtkleides bebten. »Du bist ein bildschönes, unmoralisches, habgieriges . . . Biest.«

Abrupt drehte er sich um und schickte sich an, das Zimmer zu verlassen. Dann blieb er stehen. Unerbittliche Autorität lag in seiner eisigen Stimme. »Sag unserem Sohn gute Nacht, bevor du gehst. Jamie ist zu jung, um zu begreifen, was für eine Frau du bist, und er vermißt dich, wenn du nicht da bist. Ich reise noch heute abend nach Schottland.«

»Jamie!« zischte sie haßerfüllt. »Das ist das einzige, was dich interessiert –« Ohne ein Wort des Widerspruches ging ihr Gatte auf die Tür zu, und Melissas Wut flammte lichterloh. »Wenn du aus Schottland zurückkommst, bin ich nicht mehr hier!« drohte sie.

»Gut«, sagte er, ohne stehenzubleiben.

»Du Mistkerl!« keifte sie. »Ich werde aller Welt erzählen, wer du wirklich bist, und dann verlasse ich dich. Und ich komme nicht zurück. Nie mehr!«

Die Hand auf dem Türgriff, drehte Jason sich um. Sein Gesicht war eine harte, undurchdringliche Maske. »O doch«, sagte er verächtlich. »Du wirst zurückkommen. Sobald dir das Geld ausgeht, bist du wieder da.«

Die Tür schloß sich hinter ihm, und auf Melissas vollkommenen Zügen malte sich Triumph. »Ich komme nicht zurück, Jason«, sagte sie laut in den leeren Raum, »weil mir das Geld nicht ausgehen wird. Du wirst mir alles schicken, was ich von dir verlange . . .«

»Guten Abend, Mylord«, sagte der Butler in merkwürdig gepreßtem Flüsterton.

»Frohe Weihnachten, Northrup«, antwortete Jason mechanisch, während er den Schnee von seinen Stiefeln klopfte und dem Butler seinen nassen Umhang reichte. Die letzte Szene mit Melissa vor zwei Wochen fiel ihm wieder ein, aber er schob den Gedanken beiseite. »Das Wetter hat mich einen ganzen Tag gekostet. Ist mein Sohn schon zu Bett gegangen?«

Der Butler erstarrte.

»Jason –« Ein behäbiger Mann in mittleren Jahren mit der gebräunten, wettergegerbten Haut eines alten Seemannes stand in der Tür zum Salon und winkte Jason hinein.

»Was treibst du hier, Mike?« fragte Jason und sah erstaunt, wie der ältere Mann die Türen zum Salon schloß.

»Jason«, sagte Mike Farell steif, »Melissa ist weg. Sie und Lacroix sind direkt nach deiner Abreise nach Barbados aufgebrochen.« Er stockte und wartete auf irgendeine Reaktion, aber es gab keine. Dann holte er tief Luft. »Sie haben Jamie mitgenommen.«

Wilder Zorn flammte in Jasons Augen auf und verwandelte sie in feurige Lohen. »Dafür bring ich sie um!« sagte er, schon auf dem Weg zur Tür. »Ich finde sie, und dann bring ich sie um –«

»Dazu ist es zu spät.« Mikes heisere Stimme ließ Jason erstarren. »Melissa ist schon tot. Ihr Schiff ist drei Tage nach ihrer Abreise in einem Sturm gesunken.« Er wandte seinen Blick ab, um den schrecklichen Schmerz, der Jasons Züge verzerrte, nicht zu sehen. Tonlos setzte er hinzu: »Es gab keine Überlebenden.«

Wortlos trat Jason an ein Tischchen und ergriff die Karaffe mit Whisky, die dort stand. Er goß sich ein Glas ein und schüttete es hinunter, füllte es erneut und starrte dann blind ins Leere.

»Die da hat sie für dich hinterlassen.« Mike Farrell hielt ihm zwei Briefe mit aufgebrochenen Siegeln hin. Als Jason keine Anstalten machte, sie zu nehmen, sagte Mike behutsam: »Ich habe sie gelesen. Der eine ist eine Forderung nach Lösegeld, an dich adressiert. Melissa hatte ihn in deinem Schlafzimmer deponiert. Sie hatte vor, dir Jamie gegen eine entsprechende Summe wieder auszuliefern. Der zweite Brief sollte dich bloßstellen. Sie hat ihn einem Boten gegeben, der ihn nach ihrer Abreise bei der *Times* abgeben sollte. Aber als Flossie Wilson entdeckt hat, daß Jamie fort war, hat sie sofort die Dienerschaft befragt, und der Diener hat den Brief ihr ausgehändigt, statt ihn bei der Zeitung abzugeben. Flossie konnte dich nicht ausfindig machen, daher hat sie mich benachrichtigt und mir die Briefe gegeben. Jason«, sagte Mike heiser, »ich weiß, wie sehr du den Jungen geliebt hast. Es tut mir leid. Es tut mir so verdammt leid . . .«

Jasons gequälter Blick hob sich langsam zu dem goldgerahmten Gemälde, das über dem Kaminsims hing. In krampfhaftem Schweigen starrte er das Porträt seines Sohnes an, einem stämmigen kleinen Jungen mit einem engelsgleichen Lächeln auf den Lippen und einem hölzernen Soldaten in der Faust.

Das Glas, das Jason hielt, zersplitterte in seiner verkrampften Hand. Aber er weinte nicht. Jason Fieldings Kindheit hatte ihn schon vor langer Zeit aller Tränen entwöhnt.

Portage, New York
1815

Der Schnee knirschte unter ihren zierlichen Stiefeln, als Victoria das weiße, hölzerne Tor aufstieß, das in den Garten ihres Elternhauses führte. Ihre Wangen waren rosig, und ihre Augen glänzten, als sie stehenblieb, um mit dem unverstellten Entzücken den sternklaren Himmel zu bewundern, das ein fünfzehnjähriges Mädchen am Heiligen Abend empfindet. Lächelnd summte sie eines der Weihnachtslieder, die sie die ganze Zeit gesungen hatte, drehte sich dann um und ging auf das dunkle Haus zu.

In der Hoffnung, ihre Eltern und ihre jüngere Schwester nicht zu wecken, öffnete sie behutsam die Haustür und schlich hinein. Sie nahm ihr Cape ab, hängte es auf einen Haken neben der Tür und fuhr dann überrascht herum. Durch das Fenster am Kopf der Treppe drang ein Streifen Mondlicht und warf seinen Schein auf ihre Eltern, die vor der Tür zum Schlafzimmer ihrer Mutter standen. »Nicht, Patrick!« Ihre Mutter wand sich in den Armen ihren Vaters. »Ich kann nicht! Ich kann einfach nicht!«

»Weis mich nicht ab, Katherine«, bat Patrick Seaton mit heiserer Stimme. »Um Himmels willen, bitte –«

»Du hast's versprochen!« brach es aus Katherine heraus, während sie verzweifelt versuchte, sich aus seiner Umarmung zu befreien. Er senkte den Kopf und küßte sie, aber sie wich ihm aus. Die Worte entrangen sich ihrer Brust wie Schluchzer. »Am Tag, als Dorothy zur Welt kam, hast du mir geschworen, daß du mich nie wieder fragen würdest. Du hast mir dein Wort gegeben!«

Victoria stand entsetzt und verwirrt da. Sie war sich undeutlich bewußt, daß sie nie gesehen hatte, wie ihre Eltern sich berührten – weder im Scherz noch aus Zärtlichkeit –, aber sie hatte keine Ahnung, worum ihr Vater ihre Mutter so flehentlich bat.

Patrick ließ seine Frau los. »Es tut mir leid«, sagte er tonlos. Sie floh in ihr Schlafzimmer und schloß die Tür, aber statt in sein eigenes Zimmer zu gehen, drehte Patrick Seaton sich um und ging die enge Treppe hinunter. Er war nur wenige Zentimeter von Victoria entfernt, als er unten ankam.

Victoria drückte sich an die Wand. Sie hatte das Gefühl, alle Sicherheit, aller Frieden, der ihre Welt erfüllte, seien auf unklare Weise durch das, was sie gesehen hatte, bedroht. Voller Angst, daß er sie bemerken würde, wenn sie versuchte, die Treppe zu erreichen, daß er wissen würde, daß sie alles mitangesehen hatte, beobachtete sie, wie er sich auf das Sofa setzte und in die verlöschende Glut des Kamins starrte. Eine Flasche Likör, die seit Jahren auf einem Regal in der Küche gestanden hatte, stand jetzt vor ihm auf dem Tisch, daneben ein halbvolles Glas. Als er sich vorbeugte und danach griff, drehte Victoria sich um und betrat vorsichtig die erste Stufe.

»Ich weiß, daß du da bist, Victoria«, sagte er tonlos, ohne sich umzusehen. »Es hat wenig Sinn, so zu tun, als hättest du nicht gesehen, was eben zwischen deiner Mutter und mir vorgefallen ist. Warum kommst du nicht her und setzt dich zu mir ans Feuer? Ich bin nicht der Unhold, für den du mich jetzt wahrscheinlich hältst.«

Das Mitgefühl schnürte Victoria die Kehle zu, und sie beeilte sich, sich neben ihn zu setzen. »Ich denke nichts dergleichen, Papa. Das könnte ich gar nicht.«

Er trank einen tiefen Schluck aus seinem Glas. »Du darfst auch deiner Mutter nicht die Schuld geben«, mahnte er. Seine Aussprache war undeutlich, so, als habe er schon lange vor ihrer Ankunft zu trinken begonnen.

Unter dem Einfluß des Alkohols, der seinen Verstand trübte, sah er in Victorias verstörtes Gesicht und nahm an, daß sie aus der Szene, deren Zeugin sie geworden war, weitergehende Schlüsse zog, als tatsächlich der Fall war. Er legte ihr einen tröstenden Arm um die Schultern und versuchte, ihren Kummer zu lindern, aber was er ihr sagte, vertiefte ihn hundertfach: »Es ist nicht die Schuld deiner Mutter, und es ist nicht meine. Sie kann mich nicht lieben, und ich kann nicht aufhören, sie zu lieben. So einfach ist das.«

Victoria stürzte von einer Sekunde auf die andere aus dem sicheren Paradies der Kindheit in die kalte, erschreckende Realität der Erwachsenen. Ihr Mund öffnete sich, und sie starrte ihren Vater an, während die Welt um sie herum in Stücke zersprang. Sie schüttelte den Kopf und versuchte zu verscheuchen, was er eben gesagt hatte. Selbstverständlich liebte ihre Mutter ihren wundervollen Vater!

»Man kann Liebe nicht erzwingen«, sagte Patrick Seaton und bestätigte ihr damit die bittere Wahrheit. Er starrte finster in sein Glas. »Sie entsteht nicht einfach, weil man es will. Wenn es so wäre, würde deine Mutter mich lieben. Sie hat geglaubt, sie würde lernen, mich zu lieben, wenn wir erst einmal verheiratet wären. Ich auch. Wir wollten es glauben. Später hab ich versucht, mir einzureden, daß es keine Rolle spielt, ob sie mich liebt oder nicht. Ich dachte, daß eine Ehe auch ohne Liebe glücklich sein könne.«

Die nächsten Worte entrangen sich seiner Brust in einem Ton, der Victoria tief ins Herz drang: »Ich war ein Narr! Jemanden zu lieben, ohne wiedergeliebt zu werden, ist die Hölle auf Erden! Laß dir niemals von irgend jemandem weismachen, daß du mit einem Menschen glücklich sein kannst, der dich nicht liebt.«

»Nein – nein, Papa«, flüsterte Victoria und versuchte, ihre Tränen zu unterdrücken.

»Und liebe niemals jemanden mehr, als er dich liebt, Tory. Laß es nicht zu.«

»Nein – nein, Papa«, wiederholte Victoria. »Ich versprech's.« Unfähig, Mitleid und Liebe, die in ihr aufstiegen, noch länger zu unterdrücken, sah Victoria ihn mit tränenerfüllten Augen an und legte ihre zarte Hand an seine Wange. »Wenn ich heirate«, sagte sie mit erstickter Stimme, »dann suche ich mir jemanden aus, der genauso ist wie du, Papa.«

Er lächelte zärtlich über ihre Worte, aber er antwortete nicht. Statt dessen sagte er: »Es hat auch gute Zeiten gegeben, weißt du. Deine Mutter und ich haben Dorothy und dich, und die Liebe zu euch verbindet uns.«

Die Dämmerung war kaum angebrochen, als Victoria aus dem Haus schlüpfte. Sie hatte eine schlaflose Nacht damit verbracht, an die Decke über ihrem Bett zu starren. Jetzt führte sie ihr Indianerpony aus dem Stall und schwang sich mühelos auf seinen Rücken.

Nach einer Meile erreichte sie den Wildbach, der neben der Hauptstraße zum Dorf herrauschte, und stieg ab. Vorsichtig stapfte sie die glatte, schneebedeckte Uferböschung hinunter und setzte sich auf einen flachen Felsen. Sie stützte die Ellbogen auf die Knie, legte das Kinn in die Hände und starrte in das graue Wasser, das rasch unter dem brüchigen Eis dahinfloß.

Der Himmel wurde gelb und dann rosig, während sie dort saß und versuchte, das Glück wiederzufinden, das ihr dieser Ort immer gewährt hatte, wenn sie hier den Anbruch eines neuen Tages beobachtete.

Ein Kaninchen huschte aus dem Gebüsch neben ihr. Hinter ihr schnaubte leise ein Pferd, und behutsame Schritte knirschten hinter ihr auf dem steilen Ufer. Ein leichtes Lächeln glitt auf Victorias Lippen, Sekundenbruchteile, bevor ein Schneeball an ihrer rechten Schulter vorbeisauste und sie sich nach links lehnte. »Miserabel gezielt, Andrew«, rief sie, ohne sich umzudrehen.

Ein Paar glänzendbrauner Reitstiefel tauchte neben ihr auf. »Du bist früh auf den Beinen heute morgen«, sagte Andrew und grinste die zierliche junge Elfe an, die da auf den Steinen saß. Ein Schildpattkamm hielt Victorias rotgoldenes Haar zusammen, das sich wie ein Wasserfall über ihre Schultern ergoß. Ihre schrägen Augen hatten das tiefe, lebhafte Blau von Stiefmütterchen und waren von dichten Wimpern umkränzt. Ihre Nase war klein und perfekt geformt, ihre Wangen waren feinmodelliert und blühend vor Gesundheit, und in der Mitte ihre kleinen Kinnes saß eine winzige, entzückende Kerbe.

Das Versprechen der Schönheit lag bereits in jedem Zug ihres Gesichtes, aber jeder Betrachter konnte sehen, daß ihre Schönheit dazu bestimmt war, eher exotisch denn fragil zu sein, mehr lebhaft denn sittsam. Genauso deutlich zu sehen war der Zug von Entschlossenheit um ihr Kinn und das Lachen in ihren strahlenden Augen. Aber an diesem Morgen fehlte ihnen der übliche Glanz.

Victoria bückte sich und hob eine Handvoll Schnee auf. Unwillkürlich duckte Andrew sich, aber statt den Schneeball nach ihm zu werfen wie sonst, ließ sie ihn in den Fluß fallen. »Was ist los, Rotschopf«, sagte er neckend. »Hast du Angst, daß du daneben wirfst?«

»Selbstverständlich nicht«, sagte Victoria mit einem trübsinnigen Seufzen.

»Rutsch ein bißchen, damit ich mich hinsetzen kann.«

Victoria machte ihm Platz, und er musterte ihr trauriges Gesicht mit milder Besorgnis. »Warum machst du so ein finsteres Gesicht?«

Victoria war ernsthaft versucht, sich ihm anzuvertrauen. Andrew war zwanzig, fünf Jahre älter als sie, und seinem Alter an Klugheit weit voraus. Er war das einzige Kind der reichsten Einwohnerin des Dorfes, einer Witwe von angeblich delikater Gesundheit, die sich besitzergreifend an ihrem Sohn festklammerte, während sie ihm gleichzeitig alle Verantwortung für die Verwaltung ihres riesigen Hauses und die tausend Morgen Land überließ.

Andrew legte ihr seinen behandschuhten Finger unter das Kinn und hob ihr Gesicht. »Was ist los?« fragte er sanft.

Dieser zweiten Frage konnte ihr schweres Herz nicht standhalten. Andrew war ihr Freund. In den Jahren ihrer Freundschaft hatte er ihr beigebracht, wie man angelte, schwamm, eine Pistole abfeuerte und beim Kartenspiel betrog – das letztere, so behauptete er, damit sie wußte, wann sie selbst betrogen wurde. Victoria hatte seine Bemühungen damit belohnt, daß sie besser schwamm, schoß und mogelte als er. Sie waren Freunde, und sie wußte, daß sie ihm beinahe alles anvertrauen konnte. Aber sie konnte sich nicht dazu überwinden, die Ehe ihrer Eltern mit ihm zu diskutieren. Statt dessen sprach sie davon, was ihr Herz sonst noch bedrückte – die Warnung ihres Vaters.

»Andrew«, sagte sie zögernd, »wie weiß man, daß jemand einen liebt? Ich meine, wirklich und wahrhaftig.«

»Um wen machst du dir denn Sorgen?«

»Den Mann, den ich heirate.«

Wenn sie ein wenig älter und erfahrener gewesen wäre, hätte sie gewußt, was die Zärtlichkeit zu bedeuten hatte, die in Andrews goldbraunen Augen aufstieg, bevor er hastig den Blick abwandte. »Der Mann, der dich heiratet, wird dich lieben«, versprach er. »Darauf gebe ich dir mein Wort.«

»Aber er muß mich mindestens so sehr lieben wie ich ihn.«

»Keine Angst.«

»Vielleicht, aber woher *weiß* ich, daß es so ist?«

Andrew warf einen forschenden Blick auf ihr entzückendes Gesicht. »Hat irgendein Lümmel deinen Papa um deine Hand angebettelt?« fragte er fast ärgerlich.

»Natürlich nicht!« schnaubte sie. »Ich bin erst fünfzehn, und Papa besteht darauf, daß ich warte, bis ich achtzehn bin, damit ich weiß, was ich will.«

Schmunzelnd betrachtete er ihr energisches kleines Kinn. »Wenn das alles ist, was Dr. Seaton Sorgen macht, könnte er dich morgen unter die Haube bringen. Du weißt, was du willst, seit du zehn Jahre alt bist.«

»Da hast du recht«, gab sie mit heiterem Freimut zu. Nach einem Augenblick behaglichen Schweigens fragte sie: »Andrew, fragst du dich je, wen du einmal heiraten wirst?«

»Nein«, sagte er mit einem eigenartigen Lächeln, während er auf den Fluß starrte.

»Warum nicht?«

»Ich weiß schon, wen ich heirate.«

Sprachlos über diese erstaunliche Mitteilung fuhr Victoria herum. »Wirklich? Raus mit der Sprache! Kenne ich sie?«

Als er schwieg, warf Victoria ihm einen nachdenklichen Seitenblick zu und begann, eine Handvoll Schnee zusammenzuballen.

»Hast du vor, mir das Ding in den Kragen zu stecken?« erkundigte er sich, mißtrauisch und amüsiert zugleich.

»Das nicht«, sagte sie mit einem Augenzwinkern. »Ich dachte mehr an eine Wette. Wenn ich näher an den Stein da oben auf dem Felsen komme als du, mußt du mir sagen, wer sie ist.«

»Und wenn ich näher dran bin?« erkundigte sich Andrew.

»Dann darfst du deinen Gewinn bestimmen«, sagte sie großzügig.

»Es war ein schwerer Fehler, dir das Wetten beizubringen«, erwiderte er lachend. Aber er war nicht gefeit gegen ihr herausforderndes Lächeln.

Andrews Schneeball pfiff wenige Zentimeter am Ziel vorbei. Victoria starrte es mit tiefer Konzentration an. Dann warf sie und traf es mit solcher Wucht, daß der Stein zusammen mit dem Schneeball vom Felsen herunterrollte.

»Es war auch ein schwerer Fehler, dir zu zeigen, wie man Schneebälle wirft.«

»Das konnte ich schon immer«, versetzte sie kühn und stemmte die Hände auf die schlanken Hüften. »Los jetzt, wen willst du heiraten?«

Andrew schob die Hände in die Hosentaschen und grinste in ihr bezauberndes Gesicht. »Was denkst du, wen ich heiraten will, Rotschopf?«

»Ich weiß nicht«, sagte sie ernsthaft, »aber ich hoffe, sie ist etwas ganz Besonderes, weil du auch etwas ganz Besonderes bist.«

»Das ist sie«, versicherte er ihr mit leisem Nachdruck. »So sehr, daß ich sogar an sie denken mußte, wenn ich im Winter im Internat war. Eigentlich bin ich heilfroh, daß ich wieder zu Hause bin und sie öfter sehen kann.«

»Das klingt ziemlich nett«, räumte Victoria widerwillig ein. Plötzlich war sie unerklärlich wütend auf dieses unschuldige weibliche Wesen.

»Ich würde eher sagen ›wundervoll‹ als ›ziemlich nett‹. Sie ist süß und voller Feuer, wunderschön und unverdorben, sanft und eigenwillig. Jeder, der sie kennt, liebt sie.«

»Warum heiratest du sie dann nicht, um Himmels willen. Dann ist wenigstens Ruhe!« rief Victoria wütend.

Seine Lippen zuckten, und mit einer Vertrautheit, die er sich selten gestattete, legte er seine Hand auf ihre üppiges, seidiges Haar. Zärtlich flüsterte er: »Sie ist noch zu jung.

Weißt du, ihr Vater möchte, daß sie wartet, bis sie achtzehn ist, damit sie genau weiß, was sie will.«

Victorias riesige blaue Augen wurden noch größer, als sie forschend in sein hübsches Gesicht spähte. »Meinst du etwa mich?« hauchte sie.

»Dich«, bestätigte er mit lächelnder Feierlichkeit. »Dich und keine andere.«

Victorias Welt, die nach dem, was sie in der vergangenen Nacht gesehen und gehört hatte, so bedroht erschienen war, war auf einmal wieder sicher und warm. »Danke, Andrew«, sagte sie schüchtern. Dann, in einer ihrer blitzschnellen Wandlungen vom Mädchen zur bezaubernden, wohlerzogenen jungen Dame, setzte sie leise hinzu: »Es wird wundervoll sein, meinen besten Freund zu heiraten.«

»Ich hätte gar nichts sagen dürfen, ohne vorher mit deinem Vater gesprochen zu haben, und das kann ich erst in drei Jahren.«

»Er hat dich schrecklich gerne«, versicherte Victoria ihm. »Er wird bestimmt nichts dagegen haben, wenn es soweit ist. Wie könnte er, wenn ihr euch so ähnlich seid?«

Kurze Zeit später bestieg Victoria heiter und unbeschwert ihr Pony, aber ihr Herz sank, sobald sie die Hintertür ihres Elternhauses öffnete und in den behaglichen Raum trat, der der Familie als Küche und Wohnzimmer zugleich diente.

Ihre Mutter stand am Herd und machte sich mit dem Waffeleisen zu schaffen. Ihr Haar war zu einem ordentlichen Knoten geschlungen, ihr schlichtes Kleid sauber und gestärkt. Neben und über dem Kamin hing ein wohlgeordnetes Sortiment von Kochlöffeln, Schöpfkellen, Raspeln, Hackmessern und Trichtern. Alles war sauber, ordentlich und angenehm, genau wie ihre Mutter. Ihr Vater saß bereits am Tisch und trank eine Tasse Kaffee.

Während Victoria sie ansah, fühlte sie Scham, Kummer

und inbrünstigen Zorn auf ihre Mutter, weil sie ihrem wundervollen Vater die Liebe, die er brauchte und sich wünschte, versagte.

Victorias frühmorgendliche Ausflüge waren keine Seltenheit, und so waren ihre Eltern bei ihrem Erscheinen nicht überrascht. Beide sahen auf, lächelten sie an und wünschten ihr einen guten Morgen. Victoria erwiderte den Gruß ihres Vaters und lächelte ihrer jüngeren Schwester Dorothy zu, aber ihre Mutter konnte sie kaum ansehen. Statt dessen ging sie zum Geschirrschrank und begann, den Tisch zu decken, komplett mit dem richtigen Besteck und Geschirr – eine Formalität, auf der ihre englische Mutter unbeirrbar bestand. Sie behauptete, das sei »unumgänglich für ein zivilisiertes Mahl«.

Victoria ging zwischen Tisch und Schrank hin und her. Sie fühlte sich befangen und unwohl, aber als sie sich auf ihren Platz setzte, wich die Feindseligkeit, die sie ihrer Mutter gegenüber empfand, allmählich dem Mitleid. Sie beobachtete, wie Katherine Seaton auf hunderterlei Art und Weise versuchte, ihren Mann zu entschädigen, indem sie fröhlich mit ihm plauderte, fürsorglich seine Tasse nachfüllte, ihm die Sahne reichte und ihm noch ein frischgebackenes Brötchen anbot. Dazwischen lief sie zum Herd, wo sie Waffeln, sein Lieblingsfrühstück, zubereitete.

Victoria frühstückte in verwirrtem, hilflosem Stillschweigen, und in Gedanken suchte sie nach einem Weg, wie sie ihren Vater über seine lieblose Ehe hinwegtrösten konnte.

Der erlösende Einfall kam ihr, als er aufstand und ankündigte, daß er zu den Jacksons reiten würde, um nach Klein-Annies gebrochenem Arm zu sehen. Victoria sprang auf. »Ich komme mit, Papa. Ich wollte dich schon lange bitten, mir zu zeigen, wie ich dir helfen kann – bei deiner

Arbeit, meine ich.« Ihre Eltern sahen sie beide erstaunt an, denn Victoria hatte nie zuvor auch nur das leiseste Interesse an der Heilkunst bewiesen. Bis heute war sie nichts weiter gewesen als ein hübscher, sorgloser Wildfang, dessen Hauptinteresse heiteren Gesellschaften und gelegentlichen harmlosen Streichen galt. Aber trotz ihrer Überraschung hatte keiner von ihnen etwas einzuwenden.

Victoria und ihr Vater waren einander immer nahe gewesen. Von diesem Tage an wurden sie unzertrennlich. Sie begleitete ihn beinahe überallhin, und wenn er ihr auch rundheraus verbot, ihm bei der Behandlung seiner männlichen Patienten zu helfen, so war er doch um ihre Hilfe in anderen Fällen sehr froh.

Keiner von beiden erwähnte jemals die traurigen Tatsachen, die sie an jenem schicksalhaften Weihnachtsabend miteinander besprochen hatten. Statt dessen füllten sie ihre gemeinsame Zeit mit vertrauten Gesprächen und unbeschwerten Scherzen, denn trotz des Kummers in seinem Herzen war Patrick Seaton ein Mann, der gerne lachte.

Victoria hatte bereits die Schönheit ihrer Mutter und den Humor und Mut ihres Vaters geerbt. Jetzt lernte sie von ihm, was Mitleid und Idealismus waren. Als kleines Mädchen hatte sie mit ihrer Schönheit und ihrem strahlenden, unwiderstehlichen Lachen die Dorfbewohner mühelos für sich gewonnen. Sie hatten das bezaubernde, unbeschwerte Mädchen geliebt, jetzt vergötterten sie alle, während sie zu einer lebendigen jungen Dame heranwuchs, die sich um ihre Zipperlein kümmerte und ihnen die schlechte Laune vertrieb.

Zweites Kapitel

»Victoria, bist du dir ganz sicher, daß eure Mutter euch gegenüber weder den Herzog von Atherton noch die Herzogin von Claremont jemals erwähnt hat?«

Victoria riß sich von den schmerzhaften Erinnerungen an das Begräbnis ihrer Eltern los und sah den weißhaarigen alten Arzt an, der ihr gegenüber am Küchentisch saß. Als ältester Freund ihres Vaters hatte Dr. Morrison die Verantwortung für die Mädchen übernommen, und bis der neue Arzt eintraf, auch für Dr. Seatons Patienten. »Alles, was Dorothy und ich wußten, war, daß Mama sich von ihrer Familie in England losgesagt hatte. Sie hat nie von ihr gesprochen.«

»Ist es möglich, daß dein Vater Verwandte in Irland hat?«

»Papa ist in einem Waisenhaus aufgewachsen. Er hatte keine Verwandten.« Ruhelos sprang sie auf. »Kann ich Ihnen einen Kaffee machen, Dr. Morrison?«

»Hör auf, dir um mich Sorgen zu machen, und setz dich zu Dorothy in die Sonne«, sagte Dr. Morrison mit sanftem Tadel. »Du bist bleich wie ein Gespenst.«

»Brauchen Sie noch irgend etwas, bevor ich gehe?« fragte Victoria hartnäckig.

»Ein paar Jahre weniger auf dem Buckel«, erwiderte er mit einem grimmigen Lächeln. »Ich bin zu alt, um die Verantwortung für alle Patienten deines Vaters zu tragen. Ich gehöre nach Hause, nach Philadelphia, mit einem heißen Ziegelstein unter den Füßen und einem guten Buch auf dem Schoß. Keine Ahnung, wie ich hier noch vier Monate aushalten soll, bis der neue Arzt kommt.«

»Das tut mir leid«, sagte Victoria mitfühlend. »Ich weiß, wie schlimm es für Sie gewesen sein muß.«

»Für dich und Dorothy war es erheblich schlimmer«,

meinte der gütige alte Arzt. »Jetzt lauf aber und laß dir den schönen Wintersonnenschein nicht entgehen. So warme Tage gibt's selten im Januar. Während du in der Sonne sitzt, schreibe ich an eure Verwandten.«

Ein Woche war vergangen, seit Dr. Morrison bei den Seatons zu Besuch gekommen war, nur, um sofort an den Unfallort gerufen zu werden, wo die Kutsche mit Patrick Seaton und seiner Frau vom Weg abgekommen und in den Fluß gestürzt war. Patrick Seaton war auf der Stelle tot. Katherine hatte das Bewußtsein nur lange genug wiedererlangt, um Dr. Morrisons dringliche Fragen nach ihren englischen Verwandten zu beantworten. Mit versagender Stimme hatte sie geflüstert: ». . . Großmutter . . . Herzogin von Claremont.«

Und dann, kurz bevor sie starb, hatte sie einen anderen Namen geflüstert – Charles. Verzweifelt hatte Dr. Morrison sie um den vollständigen Namen angefleht, und Katherines brechende Augen hatten sich kurz geöffnet. »Fielding«, hatte sie gehaucht. ». . . Herzog . . . von . . . Atherton.«

»Ist er ein Verwandter?« hatte er gefragt.

Nach einer langen Pause hatte sie schwach genickt. »Cousin –«

Dr. Morrison fiel nun die schwierige Aufgabe zu, die bis dahin unbekannten Verwandten aufzuspüren, sich mit ihnen in Verbindung zu setzen und anzufragen, ob einer von ihnen bereit war, Victoria und Dorothy ein Heim zu bieten – eine Aufgabe, die dadurch noch schwieriger wurde, daß, soweit Dr. Morrison feststellen konnte, weder der Herzog von Atherton noch die Herzogin von Claremont die leiseste Ahnung von der Existenz der Mädchen hatten.

Mit konzentriertem Stirnrunzeln tauchte Dr. Morrison seine Feder in das Tintenfaß, schrieb das Datum auf den ersten Briefbogen und stockte. »Wie redet man eine Herzogin an?« fragte er in die Leere des Zimmers. Nach einiger

Überlegung kam er zu einer Entscheidung und fing an zu schreiben.

Liebe Frau Herzogin,
es ist meine betrübliche Aufgabe, Sie vom tragischen Tod Ihrer Enkelin Katherine Seaton in Kenntnis zu setzen, des weiteren, daß Mrs. Seatons zwei Töchter, Victoria und Dorothy, sich derzeit in meiner Obhut befinden. Allerdings bin ich ein alter Mann, zudem Junggeselle. Daher, Frau Herzogin, sehe ich mich nicht imstande, angemessen für zwei verwaiste junge Damen zu sorgen.
Ehe sie starb, erwähnte Mrs. Seaton zwei Namen – Ihren und den von Charles Fielding. Daher schreibe ich an Sie und an Sir Fielding in der Hoffnung, daß einer von Ihnen oder Sie beide Mrs. Seatons Töchter in Ihrem Hause aufnehmen werden. Die Mädchen haben weiter keinen Ort, an dem sie Zuflucht finden könnten. Sie sind fast völlig mittellos und benötigen dringend ein angemessenes Heim.

Dr. Morrison lehnte sich in seinem Stuhl zurück und studierte den Brief. Ein Stirnrunzeln der Besorgnis furchte seine Stirn. Wenn die Herzogin nichts von der Existenz der Mädchen wußte, war vorauszusehen, daß sie sie ungern in ihr Haus aufnehmen würde, ohne vorher etwas über sie zu erfahren. Er überlegte, wie sie sich am besten beschreiben ließen, drehte sich um und sah durch das Fenster den Mädchen zu.

Dorothy saß auf der Schaukel und ließ trübsinnig die schmalen Schultern hängen. Victoria widmete sich energisch ihrem Skizzenblock, um so ihrem Kummer Einhalt zu gebieten.

Dr. Morrison beschloß, zuerst Dorothy zu beschreiben, denn das war einfach.

Dorothy ist ein hübsches Mädchen mit hellblondem Haar und blauen Augen. Sie ist freundlich, wohlerzogen und reizend. Sie ist siebzehn, schon beinahe im heiratsfähigen Alter, hat aber bisher kein besonderes Interesse an irgendeinem der hiesigen jungen Gentlemen bekundet . . .

Dr. Morrison hielt inne und rieb sich gedankenvoll das Kinn. In Wahrheit waren viele junge Gentlemen der Umgebung hingerissen von Dorothy. Und wer konnte es ihnen verdenken? Sie war hübsch und heiter und lieblich. Ein richtiger Engel, beschloß Dr. Morrison, hocherfreut, daß er genau das richtige Wort gefunden hatte, um sie zu beschreiben.

Aber als er sich Victoria zuwandte, zogen sich seine buschigen weißen Augenbrauen vor Ratlosigkeit zusammen. Victoria war zwar sein Liebling, aber sie war viel schwerer zu fassen. Ihr Haar war nicht golden wie Dorothys, es war aber auch nicht wirklich rot, eher eine feurige Mischung von beidem. Dorothy war ein hübsches Ding, eine reizende, sittsame junge Dame, die allen Jungen den Kopf verdrehte. Sie würde die perfekte Ehefrau sein: süß, sanft, zurückhaltend und nachgiebig. Kurzum, sie war die Sorte Frau, die ihrem Gatten um nichts in der Welt widersprechen oder seinem Wunsch zuwiderhandeln würde.

Victoria andererseits hatte sehr viel Zeit mit ihrem Vater verbracht. Jetzt, mit achtzehn, verfügte sie über einen wachen Verstand, Witz und eine erschreckende Neigung dazu, selbständig zu denken.

Dorothy würde denken, was ihr Mann ihr vorschrieb, und tun, was er ihr sagte, aber Victoria würde ihre eigene Meinung haben und höchstwahrscheinlich tun, was sie selbst für richtig hielt.

Kurzum, Dorothy war ein Engel, dachte Dr. Morrison, aber Victoria war . . . keiner.

Er spähte durch seine Brille und sah Victoria zu, wie sie entschlossen eine weitere Skizze der von Ranken überwucherten Gartenmauer begann. Er studierte ihr aristokratisches Profil und suchte nach den richtigen Worten, um sie zu beschreiben. Tapfer, dachte er, wohl wissend, daß sie zeichnete, weil sie es vorzog, sich zu beschäftigen, statt sich ihrem Kummer hinzugeben. Und mitfühlend, fügte er in Gedanken hinzu. Er erinnerte sich noch gut daran, wie sie sich stets bemüht hatte, die Patienten ihres Vaters aufzuheitern.

Dr. Morrison schüttelte ratlos den Kopf. Als alter Mann freute er sich an ihrer Intelligenz und ihrem Sinn für Humor; er bewunderte ihren Mut und ihre Charakterstärke. Aber wenn er diese Eigenschaften in seinem Brief erwähnte, würden sie sie todsicher für ein selbständiges, blaustrümpfiges Mannweib halten, das um keinen Preis unter die Haube zu bringen war und ihnen für immer auf der Tasche liegen würde. Es bestand immer noch die Möglichkeit, daß Andrew Bainbridge, wenn er in ein paar Monaten aus Europa zurückkehrte, formell um Victorias Hand anhalten würde, aber Dr. Morrison war sich nicht sicher. Victorias Vater und Andrews Mutter hatten vereinbart, daß die Gefühle der beiden jungen Leute auf eine letzte Probe gestellt werden sollten, bevor das Verlöbnis stattfand. Andrew sollte sich auf eine verkürzte Version der Grand Tour begeben und für sechs Monate nach Europa reisen.

Victorias Bindung an Andrew hatte sich als stark und beständig erwiesen, aber Andrews Gefühle waren offenbar schwankend. Nach dem, was Mrs. Bainbridge Dr. Morrison gestern anvertraut hatte, schien Andrew eine starke Neigung zu seiner Cousine zweiten Grades zu entwickeln, bei deren Familie in der Schweiz er gerade zu Besuch war.

Dr. Morrison seufzte unglücklich, während er weiter zu den beiden Mädchen hinausspähte, beide in einfachen, schwarzen Kleidern, die eine mit hellgoldenem Haar, die andere mit einem Schopf von schimmerndem Kupfer. Wie reizend die beiden wirken, trotz ihrer ernsten Gewandung, dachte er liebevoll. Ein entzückendes Bild! Dr. Morrison hatte eine Eingebung. Er beschloß, das Problem, die beiden Mädchen zu beschreiben, dadurch zu lösen, daß er den beiden Briefen je eine Miniatur der beiden bei legte.

Nachdem er diese Entscheidung getroffen hatte, beendete er seinen ersten Brief, indem er die Herzogin bat, sich mit dem Herzog von Atherton in Verbindung zu setzen, der einen identischen Brief erhalten würde, und ihm mitzuteilen, was sie hinsichtlich der Aufnahme der Mädchen zu unternehmen gedachte. Einen gleichlautenden Brief schrieb Dr. Morrison an den Herzog von Atherton, dann verfaßte er ein kurzes Schreiben an seinen Anwalt in New York, in dem er diesen ehrenwerten Gentleman anwies, den Herzog und die Herzogin durch eine zuverlässige Person in London ausfindig machen und ihnen die Briefe zukommen zu lassen. Mit einem Stoßgebet, daß der Herzog oder die Herzogin ihn für seine Aufwendungen entschädigen würde, stand Dr. Morrison auf und reckte sich.

Draußen im Garten scharrte Dorothy mit ihrer Schuhspitze im Sand und pendelte lustlos auf der Schaukel hin und her. »Ich kann's immer noch nicht glauben«, sagte sie, und in ihrer sanften Stimme schwang eine Mischung aus Verzweiflung und Aufregung. »Mama war die Enkelin einer Herzogin! Was sind dann wir, Tory? Haben wir auch einen Titel?«

Victoria warf ihr einen schrägen Blick zu. »Ja«, sagte sie. »Wir sind ›arme Verwandte‹.«

Das war die Wahrheit, denn obwohl Patrick Seaton von

der dankbaren Landbevölkerung geliebt und geachtet worden war, so waren seine Patienten doch selten in der Lage gewesen, ihn mit Geld zu bezahlen, und er hatte sie nie dazu gedrängt. Statt dessen gaben sie ihm, was sie hatten – Fleisch, Fisch und Geflügel für seinen Tisch, Reparaturen an seiner Kutsche und seinem Haus, frischgebackenes Brot und Körbe voll saftiger, handgepflückter Beeren. So hatten die Seatons nie Mangel gelitten, aber es war kaum jemals Geld im Haus. Der beste Beweis waren die oft geflickten, handgefärbten Kleider, die Dorothy und Victoria trugen. Selbst das Haus, in dem sie lebten, hatten die Dorfbewohner ihnen zur Verfügung gestellt, genauso, wie sie Reverend Milby, dem Pastor, das seine zur Verfügung stellten. Diese Häuser wurden dem jeweiligen Bewohner im Austausch gegen ihre ärztlichen und seelsorgerischen Dienste überlassen.

Dorothy überhörte Victorias nüchterne Beschreibung ihrer Stellung und fuhr träumerisch fort: »Unser Cousin ist ein Herzog, und unsere Urgroßmutter eine Herzogin! Ich kann's immer noch nicht fassen, du etwa?«

»Ich hab' immer gedacht, daß an Mama irgend etwas Besonderes ist«, erwiderte Victoria und schluckte die Tränen der Einsamkeit hinunter, die ihr in der Kehle saßen. »Jetzt ist das Rätsel gelöst.«

»Welches Rätsel?«

Victoria zögerte. »Ich meine einfach, daß Mama anders war als jede andere Frau, die ich je gesehen habe.«

»Das war sie«, sagte Dorothy zustimmend und verfiel in Schweigen.

Victoria starrte den Skizzenblock in ihrem Schoß an, während die zarten Ranken und Blätter der sommerlichen Kletterrosen, die sie aus dem Gedächtnis gezeichnet hatte, vor ihren feuchten Augen verschwammen. Das Rätsel war gelöst. Jetzt begriff sie vieles, was sie verwirrt und bekümmert hatte. Jetzt verstand sie, warum ihre Mutter sich nie zwanglos unter den anderen Frauen im Dorf bewegt hatte, warum ihre Ausdrucksweise immer die einer englischen Dame gewesen war und sie eigensinnig darauf bestanden hatte, daß Victoria und Dorothy sich zumindest in ihrer Gegenwart genauso ausdrückten. Ihre Herkunft erklärte, warum sie darauf beharrt hatte, daß ihre Töchter außerdem lernten, Französisch zu lesen und zu sprechen. Es erklärte ihre hohen Ansprüche. Es erklärte den merkwürdig gequälten Ausdruck, der über ihre Züge gehuscht war, wenn sie, selten genug, von England gesprochen hatte.

Vielleicht erklärte es sogar die eigenartige Reserve ihrem eigenen Gatten gegenüber, dem sie freundlichen Respekt entgegenbrachte, aber weiter nichts. Und doch war sie nach außen hin eine musterhafte Ehefrau gewesen. Sie hatte nie mit ihrem Mann gestritten, sich nie über ihre schäbig-kleinbürgerliche Existenz beklagt. Victoria hatte ihrer Mutter schon vor langer Zeit vergeben, daß sie ihren Vater nicht liebte. Jetzt, da sie begriff, daß ihre Mutter in unvorstellbarem Luxus aufgewachsen sein mußte, bewunderte sie außerdem ihre klaglose Tapferkeit.

Dr. Morrison kam hinaus in den Garten und strahlte die Mädchen aufmunternd an. »Ich bin fertig mit meinen Briefen. Morgen schicke ich sie ab. Mit etwas Glück sollten wir die Antwort binnen drei Monaten in Händen halten, vielleicht sogar eher.« Er lächelte, zufrieden mit der Rolle, die er bei der Wiedervereinigung der beiden Mädchen mit ihren adligen Verwandten zu spielen versuchte.

»Was werden sie wohl tun, wenn sie Ihre Briefe bekommen, Dr. Morrison?« fragte Dorothy.

Dr. Morrison strich ihr über den Kopf und blinzelte in den Sonnenschein. Er verließ sich auf seine Phantasie. »Sie werden überrascht sein, nehme ich an, aber sie werden es sich nicht anmerken lassen – die englische Oberschicht liebt es angeblich nicht, ihre Gefühle zur Schau zu stellen, und sie besteht eisern auf ihrer Etikette. Wenn sie die Briefe erst einmal gelesen haben, schicken sie einander wahrscheinlich eine höfliche Nachricht, und dann stattet einer von beiden dem anderen einen Besuch ab, um eure Zukunft zu besprechen. Ein Butler serviert Tee –«

Er lächelte, während er die herzerfrischende Szene in allen Einzelheiten heraufbeschwor. Vor seinem inneren Auge erstanden zwei vornehme englische Aristokraten – reiche, gütige Menschen –, die in einem eleganten Salon beisammensaßen und ihren Tee tranken, bevor sie die Zukunft ihrer bis dato unbekannten – aber nichtsdestotrotz hochgeschätzten – jungen Verwandten besprachen. Der Herzog von Atherton und die Herzogin von Claremont waren durch Katherine entfernt miteinander verwandt, und daher waren sie selbstverständlich Freunde, Verbündete . . .

Drittes Kapitel

»Ihre Gnaden, die Herzoginwitwe von Claremont«, verkündete der Butler majestätisch von der Tür zum Salon aus, in dem Charles Fielding, Herzog von Atherton, saß. Der Butler trat zur Seite, und eine imposante alte Frau segelte herein, einen gequält dreinblickenden Anwalt im Schlepptau. Charles Fielding sah ihr haßerfüllt entgegen.

»Nur keine Umstände, behalten Sie Platz, Atherton«, sagte die Herzogin sarkastisch und funkelte ihn an, als er keine Anstalten machte, sich zu erheben.

Ohne sich zu rühren, starrte er sie weiter in eisigem Schweigen an. Charles Fielding war Mitte Fünfzig und noch immer ein attraktiver Mann mit dichtem, silbrig gesträhnten Haar und hellbraunen Augen, aber er wirkte leidend. Er war zu mager für seine Größe, und sein Gesicht war gezeichnet von Schmerz und Erschöpfung.

Außerstande, ihn zu einer Antwort zu bewegen, ließ die Herzogin ihren Unmut am Butler aus. »Es ist viel zu heiß hier!« keifte sie und stampfte mit ihrem juwelenbesetzten Stock auf. »Ziehen Sie die Vorhänge zurück, daß frische Luft hereinkommt.«

»Nichts dergleichen!« bellte Charles. In seiner Stimme kochte der Abscheu, den ihr bloßer Anblick in ihm hervorrief.

Die Herzogin warf einen vernichtenden Blick in seine Richtung. »Ich bin nicht hierhergekommen, um zu erstikken«, verkündete sie drohend.

»Dann gehen Sie wieder.«

Ihr dürrer Körper wurde starr. »Ich bin nicht hierhergekommen, um zu ersticken«, wiederholte sie durch ihre zusammengebissenen Zähne. »Ich bin hier, um Sie von meiner Entscheidung bezüglich Katherines Töchtern in Kenntnis zu setzen.«

»Tun Sie das«, versetzte Charles schroff. »Und dann gehen Sie.«

Ihre Augen wurden zu schmalen, haßerfüllten Schlitzen, und die Luft um sie herum knisterte förmlich vor Feindseligkeit, aber statt zu gehen, ließ sie sich umständlich auf einem Sessel nieder. Trotz ihres fortgeschrittenen Alters saß die Herzogin kerzengerade wie eine Königin. Anstelle einer Krone thronte auf ihrem weißen Haupt ein violetter Turban, ihre Hand umklammerte den Stock wie ein Szepter.

Charles beobachtete sie mit mißtrauischem Erstaunen, denn er war überzeugt gewesen, daß sie auf diese Unterredung lediglich bestanden hatte, um ihm ins Gesicht hinein zu sagen, daß die Unterbringung von Katherines Kindern ihn nichts anginge. Er hatte nicht erwartet, daß sie noch mehr zu sagen hatte.

»Sie haben die Miniatur der Mädchen gesehen.« Es war eher eine Feststellung als eine Frage.

Sein Blick fiel auf die Miniatur in seiner Hand, und seine langen Finger legten sich krampfhaft, beschützend darum. Unverstellter Schmerz stand in seinen Augen, als er Victoria ansah. Sie war das Ebenbild ihrer Mutter – das Ebenbild seiner wunderschönen, geliebten Katherine.

»Victoria ist das Ebenbild ihrer Mutter«, konstatierte ihre Gnaden unvermittelt.

Charles hob den Blick und sein Gesicht verhärtete sich. »Ich bin mir dessen bewußt.«

»Gut. Dann werden Sie Verständnis dafür haben, warum ich das Mädchen nicht im Hause haben will. Ich nehme die andere.« Sie erhob sich, als ob ihre Geschäfte abgeschlossen seien. An ihren Anwalt gewandt, sagte sie: »Sehen Sie zu, daß dieser Dr. Morrison eine Bankanweisung erhält, die ihn für seine Unkosten entschädigt, dazu eine zweite für die Überfahrt der beiden Mädchen.«

»Jawohl, Euer Gnaden«, sagte der Anwalt mit einer Verbeugung. »Haben Sie noch weitere Anweisungen?«

»Jede Menge«, keifte sie. »Ich muß das Mädchen in die Gesellschaft einführen, ich muß ihr eine Mitgift geben. Ich muß einen Mann für sie finden, ich –«

»Und was ist mit Victoria?« unterbrach Charles energisch. »Was soll mit der Älteren geschehen?«

Die Herzogin funkelte ihn an. »Ich hab's doch schon gesagt – die da erinnert mich an ihre Mutter, und ich will sie nicht in meinem Haus haben. Wenn Sie sie wollen, nehmen Sie sie. Sie waren ziemlich verschossen in die Mutter, wenn ich mich recht erinnere. Und Katherine ganz offensichtlich in Sie – selbst, als sie im Sterben lag, hat Sie noch Ihren Namen gesagt. Sie können statt dessen Katherines Ebenbild nehmen. Recht geschieht's Ihnen, wenn sie das dumme Ding Tag für Tag vor Augen haben.«

Charles' Kopf schwirrte noch vor freudigem Unglauben, da setzte die alte Herzogin arrogant hinzu: »Verheiraten Sie sie mit irgend jemandem – ausgenommen mit diesem Neffen von Ihnen. Vor zweiundzwanzig Jahren habe ich diese Verbindung zwischen Ihrer und meiner Familie nicht geduldet, und ich dulde sie auch jetzt nicht. Ich –« Als sei ihr gerade etwas eingefallen, verstummte sie unvermittelt. In ihren Augen glomm bösartiger Triumph auf. »Ich werde Dorothy Winstons Sohn geben!« verkündete sie. »Ich wollte, daß Katherine den Vater heiratet, und sie hat sich geweigert – Ihretwegen. Ich werde Dorothy mit dem Sohn verheiraten – endlich wird mein Wunsch erfüllt!« Ein gehässiges Lächeln breitete sich langsam auf ihrem faltigen Gesicht aus, und sie lachte über Charles gequälte Miene. »Nach all diesen Jahren arrangiere ich doch noch die beste Partie des Jahrzehnts!«

Charles starrte ihr nach. Seine Gefühle schwankten zwischen Bitterkeit, Haß und Freude. Diese bösartige alte Hexe hatte ihm unabsichtlich das eine gegeben, das ihm teurer war als das Leben selbst – sie hatte ihm Victoria gegeben, Katherines Tochter. Katherines Ebenbild. Ein fast unerträgliches Glück durchfuhr Charles, gleich darauf gefolgt von kochendem Zorn. Dieses hinterhältige, herzlose, intrigante alte Weibsstück würde eine Allianz mit den Winstons eingehen – genau wie sie es immer beabsichtigt hatte. Sie war bereit gewesen, Katherines Glück dafür zu opfern, und jetzt würde sie Erfolg haben.

Die Wut darüber, daß auch sie bekam, was sie sich immer gewünscht hatte, betäubte beinahe seine eigene Freude darüber, daß Victoria ihm zugefallen war. Und dann kam ihm plötzlich ein Gedanke. Mit zusammengekniffenen Augen überdachte er ihn sorgfältig und begann dann zu lächeln. »Dobson«, sagte er ungeduldig zu seinem Butler. »Bringen Sie mir Feder und Papier. Ich werde eine Verlobungsanzeige aufsetzen. Sehen Sie zu, daß sie sofort bei der *Times* abgegeben wird.«

»Sehr wohl, Euer Gnaden.«

Charles sah seinen alten Diener an, und fieberhafter Jubel brannte in seinen Augen. »Sie hat sich geirrt, Dobson«, verkündete er. »Die alte Hexe hat sich geirrt!«

»Geirrt, Euer Gnaden?«

»Jawohl! Die glänzendste Partie in diesem Jahrzehnt arrangiere ich!«

Es war ein Ritual. Jeden Morgen gegen neun Uhr öffnete Northrup, der Butler, die massive Eingangstür zum prächtigen Landsitz des Marquis von Wakefield und nahm die *Times* in Empfang, die ein Diener aus London gebracht hatte.

Nachdem er die Tür wieder geschlossen hatte, durchquerte Northrup das marmorne Foyer und übergab die Zeitung einem weiteren Diener, der am Fuß der großen Treppe Aufstellung genommen hatte. »Seiner Lordschaft *Times*«, verkündete er.

Dieser Diener trug die Zeitung durch den langen Korridor ins Eßzimmer, wo Jason Fielding, Marquis von Wakefield, wie üblich sein morgendliches Mahl beendete und seine Post las. »Euer Lordschaft *Times*, Mylord«, murmelte der Diener unterwürfig, während er sie neben die Kaffeetasse des Marquis legte und dessen Teller abräumte. Wortlos griff der Marquis nach der Zeitung und schlug sie auf.

All dies geschah mit der tausendfach erprobten und untadelig ausgeführten Präzision eines Menuetts, denn Lord

Fielding war ein gestrenger Herr, der verlangte, daß seine Land- und Stadtsitze geführt wurden wie wohlgeölte Maschinen.

Seine Diener zitterten vor ihm. Für sie war er eine kalte, erschreckend unnahbare Gottheit, um deren Wohl sie sich unablässig bemühten.

Die Schönen der Londoner Gesellschaft, mit denen Jason auf Bälle, in die Oper, ins Theater – und ins Bett – ging, dachten kaum anders über ihn, denn er behandelte die meisten von ihnen mit wenig mehr ehrlicher Herzlichkeit als seine Dienerschaft. Trotzdem beäugten die Damen, wo immer er sich aufhielt, ihn mit unverhohlenem Verlangen, denn trotz seines Zynismus umgab ihn eine unverkennbar maskuline Aura, die weibliche Herzen höher schlagen ließ.

Sein dichtes Haar war kohlrabenschwarz, seine funkelnden Augen hatten die Farbe grüner indischer Jade, sein Mund war fest und sinnlich. Rohe Kraft prägte jeden Zug seines sonnengebräunten Gesichts, von seinen geraden, dunklen Brauen bis zum arroganten Schnitt seines Kinns. Selbst sein Körperbau war überwältigend männlich, denn er war gut einen Meter neunzig groß, mit breiten Schultern, schmalen Hüften und muskulösen Waden und Schenkeln. Ob er nun auf der Jagd war oder auf einem Ball tanzte, Jason stach unter den Männern in seiner Gesellschaft hervor wie ein prachtvolles Raubtier unter zahmen Hauskatzen.

Wie Lady Wilson-Smyth einmal lachend bemerkt hatte: Jason Fielding war gefährlich und attraktiv wie die Sünde selbst, und zweifellos ebenso lasterhaft.

Diese Meinung wurde von vielen geteilt, denn jeder, der in seine zynischen grünen Augen sah, konnte sehen, daß kein Fünkchen Unschuld oder Naivität in diesem geschmeidigen, muskulösen Körper steckte. Dessen ungeachtet – oder, um genauer zu sein, genau deswegen – wurden die

Damen von ihm angezogen wie hübsche Motten von einer sengenden Flamme, begierig darauf, die Hitze seiner Leidenschaft zu fühlen oder sich in der Wärme seines seltenen, trägen Lächelns zu sonnen. Weltgewandte, verheiratete Schönheiten spannen Intrigen, um in sein Bett zu gelangen; jüngere Damen im heiratsfähigen Alter träumten davon, diejenige zu sein, der es gelang, sein eisiges Herz zum Schmelzen zu bringen und ihn in die Knie zu zwingen.

Vernünftigere Mitglieder der führenden Gesellschaft wiesen darauf hin, daß Lord Fielding nur allzu gute Gründe für seinen Zynismus hatte, was die Frauen betraf. Jedermann wußte, daß das Benehmen seiner Frau, als sie vor vier Jahren in London auftauchte, einfach skandalös gewesen war. Von dem Augenblick an, als sie in der Stadt ankam, hatte die schöne Marquise von Wakefield sich von einer allseits bekannten Affäre in die nächste gestürzt. Sie hatte ihrem Mann wiederholt Hörner aufgesetzt, jeder wußte das – einschließlich Jason Fielding, der sich scheinbar nicht darum scherte . . .

Der Diener blieb neben Lord Fieldings Stuhl stehen, in der Hand eine reichverzierte silberne Kaffeekanne. »Noch etwas Kaffee, Mylord?«

Seine Lordschaft schüttelte den Kopf und blätterte um. Der Diener verneigte sich und zog sich zurück. Er hatte keine laute Antwort erwartet, denn Lord Fielding ließ sich nur selten dazu herab, mit den Dienern zu sprechen. Die meisten kannte er nicht einmal mit Namen, er wußte nichts von ihnen, und es interessierte ihn auch nicht. Aber wenigstens neigte er nicht zu lautstarken Wutausbrüchen wie so viele Mitglieder des Adels. Wenn ihm etwas mißfiel, richtete der Marquis lediglich den eiskalten Strahl seiner grünen Augen auf den Missetäter und ließ ihn erstarren. Niemals, nicht einmal, wenn er aufs äußerste provoziert wurde, erhob Lord Fielding seine Stimme.

Deswegen ließ der erstaunte Diener fast die Kaffeekanne fallen, als Jason Fielding krachend mit der Faust auf den Tisch hieb und mit Donnerstimme brüllte: *»Der verdammte Mistkerl!«* Er sprang auf und starrte auf die offene Zeitung, sein Gesicht eine wutverzerrte Maske des Unglaubens. Mit einem mordlustigen Blick in Richtung des schreckensstarren Dieners stolzierte er aus dem Zimmer, entriß dem Butler sein Cape, stürmte aus dem Haus und ging geradewegs zu den Stallungen.

Northrup schloß die Eingangstür hinter ihm und eilte mit flatternden Rockschößen den Korridor entlang. Er stürzte ins Eßzimmer und rief: »Was ist mit Seiner Lordschaft?«

Der Diener stand neben Lord Fieldings leerem Stuhl und starrte angestrengt in die offene Zeitung, die vergessene Kaffeekanne noch immer in der Hand. »Ich glaub', 's war was, das er in der *Times* gelesen hat«, hauchte er und zeigte auf die Verlobungsanzeige von Jason Fielding, Marquis von Wakefield, mit Miss Victoria Seaton. »Ich hab' gar nich' gewußt, daß Seine Lordschaft heiraten will«, sagte er noch.

»Man muß sich fragen, ob Seine Lordschaft es selber gewußt hat«, sagte Northrup nachdenklich und spähte in die Zeitung. Dann fiel ihm ein, daß er sich soweit vergessen hatte, mit einem Untergebenen zu klatschen, und er nahm die Zeitung vom Tisch und schlug sie hastig zu. »Lord Fieldings Angelegenheiten sind für Sie von keinerlei Interesse, O'Malley. Merken Sie sich das, wenn Sie hierzubleiben wünschen.«

Zwei Stunden später hielt Jasons Kutsche vor der Londoner Residenz des Herzogs von Atherton. Ein Lakai stürzte ihr entgegen, und Jason warf ihm die Zügel zu, sprang aus der Kutsche und marschierte schnurstracks die Eingangstreppe hinauf.

»Guten Tag, Mylord«, schnarrte Dobson, als er die Haustür öffnete. »Seine Gnaden erwartet Sie bereits.«

»Darauf möcht ich wetten!« versetzte Jason bissig. »Wo ist er?«

»Im Salon, Mylord.«

Jason stolzierte an ihm vorbei in die Eingangshalle. Seine langen, hastigen Schritte verrieten den Zorn, der in ihm kochte, als er die Tür zum Salon aufriß und direkt auf den grauhaarigen Mann zuging, der am Kamin saß. Ohne weitere Vorrede sagte er: »Du bist, wie ich annehme, verantwortlich für diese unerhörte Anzeige in der *Times*?«

Charles hielt seinem Blick unerschrocken stand. »Allerdings.«

»Dann wirst du eine zweite veröffentlichen müssen, um die erste richtigzustellen.«

»Nein«, sagte Charles unerbittlich. »Die junge Dame ist auf dem Weg nach England, und du wirst sie heiraten. Unter anderem will ich einen Enkel von dir, und ich möchte ihn in den Armen halten, bevor ich diese Welt verlasse.«

»Wenn du einen Enkel willst, brauchst du nichts weiter zu tun, als einen von deinen anderen Bastarden ausfindig zu machen. Ich bin sicher, du wirst feststellen, daß sie inzwischen Dutzende von Enkeln gezeugt haben.«

Charles zuckte bei diesen Worten zusammen, aber seine Stimme wurde lediglich bedrohlich leise. »Ich möchte einen legitimen Enkel, den ich der Welt als meinen Erben präsentieren kann.«

»Einen legitimen Enkel«, wiederholte Jason mit eisigem Sarkasmus. »Du willst einen legitimen Enkel von mir, deinem illegitimen Sohn. Sag mir eins: Jeder hält mich für deinen Neffen, wie willst du meinen Sohn da als deinen Enkel vorstellen?«

»Ich würde ihn als meinen Großneffen ausgeben, aber ich wüßte, daß er mein Enkel ist, und alles andere ist unwichtig.« Unbeeindruckt von der kochenden Wut seines Sohnes setzte Charles unnachsichtig hinzu: »Ich will einen Enkel von dir, Jason.«

Eine Ader pochte an Jasons Schläfe, während er darum kämpfte, nicht die Beherrschung zu verlieren. Er beugte sich vor und stemmte die Hände auf die Lehnen von Charles Sessel, sein Gesicht war nur Zentimeter von dem des anderen Mannes entfernt. Sehr langsam und sehr deutlich sagte er: »Ich habe es dir immer wieder gesagt, und jetzt sage ich es zum letzten Mal: Ich werde nie wieder heiraten. Verstehst du? Ich werde nie wieder heiraten!«

»Warum?« versetzte Charles ungeduldig. »Du bist nicht gerade ein Frauenhasser. Es ist allgemein bekannt, daß du Geliebte hast und daß du sie gut behandelst. Genaugenommen scheinen sich alle hoffnungslos in dich zu verlieben. Die Damen kommen offensichtlich gerne in dein Bett, und du heißt sie dort offensichtlich willkommen –«

»Sei still!«

Plötzlicher Schmerz verzerrte Charles' Gesicht, und er legte eine Hand auf seine Brust. Seine langen Finger zerrten an seinem Hemd. Dann ließ er die Hand ganz langsam wieder sinken.

Jasons Augen wurden schmal, aber trotz seines Verdachtes, daß Charles den Anfall lediglich vortäuschte, zwang er sich zum Schweigen, während sein Vater weitersprach. »Die junge Dame, die ich zu deiner Frau bestimmt habe, sollte in etwa drei Monaten hier eintreffen. Ich werde am Anleger eine Kutsche für sie bereithalten, so daß sie direkt nach Wakefield Park weiterreisen kann. Um dem Anstand Genüge zu tun, werde ich mich euch dort anschließen und so lange bleiben, bis die Hochzeit stattgefunden hat. Ich kannte ihre Mutter, und ich habe ein Bild von Victoria gesehen – du wirst nicht enttäuscht sein.« Er hielt ihm die Miniatur hin. »Komm schon, Jason«, sagte er mit unvermittelt weicher, schmeichelnder Stimme, »bist du kein bißchen neugierig auf sie?«

Charles' Überredungskunst ließ Jasons Züge zu Granit erstarren. »Du verschwendest deine Zeit. Ich weigere mich.«

»Du wirst deine Meinung schon noch ändern«, versprach Charles, der in seiner Verzweiflung zu Drohungen Zuflucht suchte. »Wenn nicht, enterbe ich dich. Du hast bereits eine halbe Million Pfund in die Wiederherstellung meiner Häuser investiert, Häuser, die dir nie gehören werden, es sei denn, du heiratest Victoria Seaton.«

Jason reagierte auf diese Drohung mit schneidender Verachtung. »Deine kostbaren Häuser können meinetwegen allesamt in Rauch und Flammen aufgehen. Mein Sohn ist tot – ich habe keine Verwendung mehr für eine Erbschaft.«

Charles sah den Schmerz, der in Jasons Augen trat, und sein Ton wurde sanft vor mitempfundenem Kummer. »Ich gebe zu, daß es etwas überstürzt war, deine Verlobung bekanntzugeben, Jason, aber ich hatte meine Gründe. Ich kann dich vielleicht nicht zwingen, Victoria zu heiraten, aber ich möchte dich bitten, wenigstens nicht voreingenommen zu sein. Ich verspreche dir, daß du keinen Tadel an ihr finden wirst. Hier, ich habe eine Miniatur von ihr, und du siehst selbst, wie schön . . .« Charles verstummte, als Jason auf dem Absatz kehrtmachte und aus dem Zimmer marschierte. Die Tür schlug mit ohrenbetäubendem Krachen hinter ihm zu.

Charles starrte finster auf die geschlossene Tür. »Du wirst sie heiraten, Jason«, murmelte er hinter seinem abwesenden Sohn her. »Du wirst, und wenn ich dich mit vorgehaltener Pistole dazu zwingen muß.«

Ein paar Minuten später blickte er auf, weil Dobson mit einem Silbertablett hereinkam, auf dem eine Flasche Champagner und zwei Gläser standen. »Ich habe mir erlaubt, etwas auszuwählen, das dem Anlaß angemessen erscheint«, verkündete der alte Diener glücklich und stellte das Tablett auf dem Tisch neben Charles' Ellbogen ab.

»In diesem Fall hätten Sie besser daran getan, Schierling zu servieren«, sagte Charles säuerlich. »Jason ist bereits gegangen.«

Der Butler machte ein enttäuschtes Gesicht. »Bereits gegangen. Aber ich hatte keine Gelegenheit, Seiner Lordschaft zu seiner bevorstehenden Vermählung zu gratulieren.«

»Was für ein glücklicher Zufall«, sagte Charles mit grimmigem Schmunzeln. »Ich fürchte, Sie hätten sich um Ihr Gebiß sorgen müssen.«

Nachdem der Butler das Zimmer verlassen hatte, nahm Charles die Flasche, öffnete sie und schenkte sich ein. Mit entschlossenem Lächeln hob er sein Glas zu einem einsamen Trinkspruch: »Auf deine bevorstehende Vermählung, Jason.«

»Es wird nur ein paar Minuten dauern, Mr. Borowksi«, sagte Victoria und sprang von dem Wagen, der mit Dorothys und ihren Habseligkeiten beladen war.

»Lassen Sie sich ruhig Zeit«, sagte er, schmauchte seine Pfeife und lächelte. »Ich un' Ihre Schwester mach'n uns schon nich' ohne Sie davon.«

»Beeil dich, Tory«, bettelte Dorothy. »Das Schiff wartet nicht auf uns.«

»Wir ha'm jede Menge Zeit«, beruhigte Mr. Borowski. »Ich bring Sie in die Stadt un' zu Ihr'm Schiff, bevor's dunkel is', und das is'n Versprechen.«

Victoria eilte die Stufen zu Andrews imposantem Elternhaus empor, das auf einem Hügel über dem Ort thronte, und klopfte an die schwere Eichentür. Die rundliche Haushälterin öffnete ihr. »Guten Morgen, Mrs. Tilden. Dürfte ich Mrs. Bainbridge einen Moment sprechen, bitte? Ich wollte mich von ihr verabschieden und ihr einen Brief an Andrew geben, damit er weiß, wohin er mir schreiben kann.«

»Ich werd' ihr sagen, daß du da bist, Victoria«, antwortete die freundliche Frau mit wenig ermutigender Miene, »aber ich glaube nicht, daß sie dich empfangen wird. Du weißt ja, wie sie ist, wenn sie ihre Zustände hat.«

Victoria nickte wissend. Sie wußte alles über Mrs. Bainbridges »Zustände«. Victorias Vater zufolge war Andrews Mutter eine chronische Nörglerin, die Krankheiten erfand, um allem aus dem Weg gehen, was ihr unangenehm war, und um Andrew nach ihrer Laune zu dirigieren. Patrick Seaton hatte das Mrs. Bainbridge vor einigen Jahren ins Gesicht hinein gesagt, noch dazu in Victorias Anwesenheit, und sie hatte keinem von beiden jemals vergeben.

Victoria wußte, daß Mrs. Bainbridges Leiden nicht echt waren, und Andrew wußte es auch. Aus diesem Grund beeindruckten ihre Krämpfe, Schwindelanfälle und tauben Glieder weder sie noch ihn – etwas, das Mrs. Bainbridge noch mehr gegen die Wahl ihres Sohnes einnahm.

Die Haushälterin kehrte mit finsterer Miene zurück. »Es tut mir leid, Victoria. Mrs. Bainbridge sagt, sie ist zu unwohl, um dich zu sehen. Ich werd' ihr deinen Brief an Mr. Andrew geben, damit sie ihn ihm schickt. Sie will, daß ich Dr. Morrison hole«, setzte sie entnervt hinzu. »Sie sagt, sie hat so ein Sausen in den Ohren.«

»Dr. Morrison bemitleidet sie, statt ihr zu sagen, daß sie aus dem Bett steigen und etwas Nützliches mit ihrem Leben anfangen soll.« Victoria begleitete ihre Worte mit einem resignierten Lächeln und überließ der Haushälterin ihren Brief. Wenn es nur nicht so teuer gewesen wäre, Briefe nach Europa zu schicken! Dann hätte sie ihre Briefe selber schikken können, statt Mrs. Bainbridge darum bitten zu müssen, sie den ihren beizulegen. »Ich glaube, Mrs. Bainbridge gefällt Dr. Morrisons Einstellung besser als die meines Vaters.«

»Wenn du mich fragst«, sagte Mrs. Tilden schroff, »dann hat sie deinen Vater ein bißchen zu gern gehabt. Es war fast nicht mit anzusehen, wie sie sich rausgeputzt hat, bevor sie nach ihm geschickt hat, mitten in der Nacht und –« Sie brach ab und korrigierte sich hastig. »Nicht etwa, daß dein Vater, dieser liebe, gütige Mann, jemals darauf eingegangen wäre.«

Als Victoria fort war, brachte Mrs. Tilden den Brief nach oben. »Mrs. Bainbridge«, sagte sie und trat an das Bett der Witwe, »hier ist Victorias Brief an Mr. Andrew.«

»Gib her«, keifte Mrs. Bainbridge mit überraschend kräftiger Stimme, »und dann hol endlich Dr. Morrison. Mir ist schwindlig. Wann soll der neue Arzt kommen?«

»Nächste Woche«, antwortete Mrs. Tilden und gab ihr den Brief.

Als sie ging, glättete Mrs. Bainbridge sich das graue Haar unter dem Spitzenhäubchen und warf einen angewiderten Blick auf den Brief, der neben ihr auf der Satindecke lag. »Auf keinen Fall wird Andrew diese bettelarme Kirchenmaus heiraten«, sagte sie verächtlich zu ihrer Zofe. »Diesen Niemand! Er hat mir schon zweimal geschrieben, daß seine Cousine Madeline aus der Schweiz ein entzückendes Mädchen ist. Das habe ich Victoria auch gesagt, aber das dumme Ding hört einfach nicht zu.«

»Glauben Sie denn, daß er Miss Madeline zur Braut nehmen wird?« fragte die Zofe und klopfte Mrs. Bainbridge die Kissen zurecht.

Mrs. Bainbridges hageres Gesicht verzog sich vor Wut. »Sei nicht albern! Andrew hat keine Zeit für eine Frau. Das hab' ich ihm schon hundertmal gesagt. Hier gibt es mehr als genug für ihn zu tun, er hat für das Geschäft dazusein – und für mich.« Sie ergriff Victorias Brief mit zwei Fingern, als sei er vergiftet, und gab ihn an ihre Zofe weiter. »Du weißt, wohin damit«, sagte sie kalt.

»Ich hatte keine Ahnung, daß es so viele Menschen auf der Welt gibt, und soviel Lärm«, platzte Dorothy heraus, als sie auf dem Anleger des geschäftigen New Yorker Hafens stand.

Stauer mit über die Schultern geworfenen Lasten rannten die Planken zahlloser Schiffe hinauf und hinab; Seilwinden knarrten über ihren Köpfen, wenn schwerbeladene Lastnetze vom hölzernen Pier in die Laderäume gehoben wurden. Laute Kommandos von Schiffsoffizieren mischten sich mit Ausbrüchen wilden Gelächters von den Matrosen und zweideutigen Angeboten der grellgewandeten Damen, die auf dem Anleger auf ankommende Seeleute warteten.

»Es ist schrecklich aufregend«, sagte Victoria, während sie zusah, wie zwei stämmige Stauer die beiden Koffer mit ihrer gesamten Habe an Bord der *Seemöwe* brachten.

Dorothy nickte zustimmend, aber ihre Miene bewölkte sich. »Das schon, aber ich muß immer daran denken, daß wir uns am Ende der Reise trennen müssen, und alles nur wegen unserer Urgroßmutter. Wie kommt sie nur darauf, dir ihr Heim zu verweigern?«

»Ich habe keine Ahnung, aber du darfst nicht mehr daran denken«, sagte Victoria mit ermutigendem Lächeln. »Denk einfach nur an die angenehmen Seiten. Schau dir den East River an. Mach die Augen zu und riech das Salz in der Luft.«

Dorothy schloß die Augen und atmete tief ein, aber sie rümpfte die Nase. »Ich rieche bloß toten Fisch. Tory, wenn unsere Urgroßmutter mehr von dir wüßte, würde sie dich *bestimmt* bei sich haben wollen. Sie kann unmöglich so grausam und gefühllos sein. Ich werde ihr alles über dich erzählen und sie dazu bringen, ihre Meinung zu ändern.«

»Du darfst nichts tun oder sagen, was sie ärgern könnte«, mahnte Victoria sanft. »So wie die Dinge stehen, sind wir vollkommen abhängig von unseren Verwandten.«

»Ich werde sie nicht ärgern, wenn es nicht nötig ist«, versprach Dorothy, »aber ich werde ihr klar zu verstehen geben, daß sie sofort nach dir schicken soll.« Victoria lächelte, aber sie sagte nichts, und nach einer Weile seufzte Dorothy. »Einen winzigen Vorteil hat das ganze: Mr. Wilheim sagt, wenn ich sehr hart arbeite und mehr Übung habe, kann vielleicht eine Konzertpianistin aus mir werden. Er hat gesagt, daß es in London ausgezeichnete Lehrer gibt. Ich werde unsere Urgroßmutter bitten – nein, ich werde darauf bestehen, daß sie mir gestattet, eine musikalische Laufbahn anzustreben«, schloß Dorothy und verriet dabei den Zug von Entschlossenheit, den nur wenige Menschen hinter ihrem liebreizenden, nachgiebigen Äußeren vermuteten.

Victoria verzichtete darauf, die Hindernisse aufzuzählen, die sich Dorothys Entscheidung in den Weg legen mochten. Mit der Weisheit ihres anderthalbjährigen Altersunterschieds sagte sie nur: »Besteh nicht zu sehr darauf, Herzchen.«

»Ich werde natürlich taktvoll sein«, sagte Dorothy versöhnlich.

Viertes Kapitel

»Miss Dorothy Seaton?« erkundigte sich ein höflicher Herr und trat zur Seite, als drei kräftige englische Matrosen mit schweren Seesäcken auf den Schultern sich an ihm vorbeidrängten und den Anleger entlangmarschierten.

»Das bin ich«, sagte Dorothy mit angstzitternder Stimme und sah den untadelig gekleideten weißhaarigen Mann aufgeregt an.

»Ich bin von Ihrer Gnaden, der Herzogin von Claremont, beauftragt worden, Sie in ihr Haus zu begleiten. Wo sind Ihre Koffer?«

»Hier«, sagte Dorothy. »Es ist bloß der eine.«

Er warf einen Blick über die Schulter, und zwei livrierte Männer kletterten von einer glänzenden schwarzen Kutsche mit goldenem Wappenschild herunter und stürzten vorwärts. »Wenn das so ist, können wir uns auf den Weg machen«, sagte der Mann, während ihr Koffer auf dem Dach der Kutsche verstaut wurde.

»Aber was ist mit meiner Schwester?« fragte Dorothy und umklammerte mit erschrockener Inbrunst Victorias Hand.

»Ich bin überzeugt, daß die Kutsche, die Ihre Schwester abholt, in kürzester Zeit hier eintreffen wird. Ihr Schiff ist zwei Tage zu früh angekommen.«

»Mach dir keine Sorgen um mich«, sagte Victoria mit strahlender Zuversicht, die sie keineswegs empfand. »Ich bin sicher, die Kutsche des Herzogs wird jede Minute hier auftauchen. So lange wird mir Kapitän Gardiner sicher gestatten, an Bord zu bleiben. Nun lauf.«

Dorothy umarmte ihre Schwester fest. »Tory, ich finde einen Weg, wie wir beide wieder zusammensein können, wart's nur ab. Ich hab solche Angst. Vergiß nicht zu schreiben. Schreib mir jeden Tag!«

Victoria blieb, wo sie war, und sah zu, wie Dorothy zierlich in das luxuriöse Gefährt mit dem goldenen Wappen an der Tür einstieg. Die Stufen wurden hochgeklappt, der Kutscher schnalzte mit der Peitsche, und die vier Pferde stoben davon, während Dorothy ihr zum Abschied zuwinkte.

Victoria stand auf dem Anleger, umdrängt von Seeleuten

auf der Suche nach »gutem Bier und netten Mädels«, und sah der Kutsche nach. Sie hatte sich noch nie im Leben so alleine gefühlt.

Die nächsten zwei Tage verbrachte sie in gelangweilter Einsamkeit in ihrer Kabine. Nur ihre kurzen Spaziergänge an Deck und die Mahlzeiten mit Kapitän Gardiner, einem charmanten, väterlichen Mann, der ihre Gesellschaft zu genießen schien, brachten etwas Abwechslung in das trübe Einerlei. Victoria hatte in den letzten Wochen viel Zeit mit ihm verbracht, und sie hatten auf der langen Reise Dutzende von Mahlzeiten miteinander geteilt. Er kannte die Gründe, die sie nach England brachten, und sie betrachtete ihn als neuen guten Freund.

Als am Morgen des dritten Tages noch immer keine Kutsche erschienen war, um Victoria nach Wakefield Park zu befördern, nahm Kapitän Gardiner die Angelegenheit in seine eigenen Hände und mietete eine. »Wir sind zu früh eingelaufen, und das kommt selten vor«, erklärte er. »Ihr Cousin kommt vielleicht noch tagelang nicht auf die Idee, jemanden zu schicken. Ich habe Geschäfte zu erledigen, und ich kann Sie nicht schutzlos an Bord zurücklassen. Bis die Nachricht von Ihrer Ankunft Ihren Cousin erreicht, können Sie selber dort sein.«

In den nächsten Stunden hatte Victoria ausreichend Muße, die englische Landschaft in all ihrer Frühlingspracht zu bewundern. Rosa und gelbe Blumen blühten in verschwenderischer Fülle zwischen den Hecken, die Muster in die Hügel und Täler zeichneten. Trotz der Gerüttels und Geschüttels der Kutsche hob sich ihre Laune mit jeder Meile, die sie zurücklegte. Der Kutscher klopfte an das Fenster über ihr, und sein rotes Gesicht tauchte auf. »Wir sin' ungefähr zwei Meilen weit weg, Ma'am, wenn Sie sich 'n bißchen –«

Dann passierte alles auf einmal. Das Rad der Kutsche polterte in ein tiefes Schlagloch, die Kutsche lehnte sich wie betrunken zur Seite, der Kopf des Kutschers verschwand, und Victoria wurde zu Boden geschleudert. Einen Augenblick später flog die Tür auf, und der Kutscher half ihr hinaus. »Ha'm Sie sich verletzt?«

Victoria schüttelte den Kopf, aber bevor sie ein Wort sagen konnte, stürzte er sich auf zwei Männer in bäuerlicher Tracht, die verlegen ihre Mützen in der Hand drehten. »Verdammte Tölpel! Was fällt euch ein, einfach so auf die Straße zu fahren! Seht euch das an, die Achse is' gebrochen –« Der Rest seiner Worte bestand aus deftigen Flüchen.

Victoria drehte der lautstarken Auseinandersetzung taktvoll den Rücken zu, klopfte ihre Röcke aus und versuchte erfolglos, sie von Staub- und Schmutzflecken zu befreien, die sie auf dem Boden der Kutsche erhalten hatten. Der Kutscher kroch unter seine Kutsche, um die gebrochene Achse zu inspizieren, und einer von den Bauern ging zu Victoria hinüber. »Jack un' ich, wir – 's tut uns schrecklich leid, Ma'am«, sagte er. »Wir könn' Sie nach Wakefield Park bring' – das heißt, falls Sie nix dageg'n ha'm, daß Ihr Koffer hinten bei'n Ferkeln is'.«

Victoria akzeptierte, dankbar, die zwei Meilen nicht zu Fuß zurücklegen zu müssen. Sie bezahlte den Kutscher mit dem Reisegeld, das Charles Fielding ihr geschickt hatte, und kletterte auf die Bank zwischen den beiden Bauern. Der Bauernwagen war zwar nicht so elegant wie eine Kutsche, aber auch nicht viel holperiger und wesentlich angenehmer. Eine frische Brise kühlte ihr das Gesicht, und ihre Aussicht auf die üppige Landschaft war unverstellt.

Mit der ihr eigenen unkomplizierten Herzlichkeit hatte Victoria die beiden Männer schon bald in ein Gespräch über Landwirtschaft verwickelt, ein Thema, über das sie ein wenig wußte und gerne mehr erfuhr. Offenbar waren englische Bauern entschieden gegen die Einführung von Maschinen beim Ackerbau. »Die bringen uns alle um die Arbeit, weiter nix«, versicherte einer der Männer ihr am Ende einer vernichtenden Rede gegen »diese höllischen Dinger«.

Victoria hörte ihn kaum, denn ihr Wagen war in eine gepflasterte Einfahrt eingebogen und hatte ein ehrfurchtgebietendes, schmiedeeisernes Gitter passiert, hinter dem sich eine scheinbar endlose Parklandschaft mit sanften Hügeln und riesigen Bäumen erstreckte. Der Park dehnte sich in beiden Richtungen aus, soweit das Auge reichte, hier und da unterbrochen durch einen Fluß, an dessen Ufer rosafarbene, blaue und weiße Blumen blühten. »Das reinste Märchenland«, hauchte Victoria, während sie atemlos die Landschaft bewunderte. »Man braucht bestimmt Dutzende von Gärtnern, um so einen Besitz in Stand zu halten.«

»Allerdings«, sagte Jack. »Seine Lordschaft hat vierzig, wenn man die mitrechnet, die im richtigen Park arbeiten – dem ums Haus, meine ich.« Sie waren schon eine Viertelstunde auf dem gepflasterten Weg entlanggerollt, als sie um eine Kurve bogen und Jack stolz verkündete: »Das isses – Wakefield Park. Ich hab' gehört, 's hat hunnertsechzig Zimmer.«

Victoria schnappte nach Luft. Ihr schwirrte der Kopf, und ihr leerer Magen verkrampfte sich. Vor ihr in seiner ganzen Pracht lag ein dreistöckiges Haus, das ihre kühnsten Träume bei weitem übertraf. Aus sanftschimmernden Ziegeln erbaut, mit ausgedehnten Flügeln und steilen, schornsteinbesetzten Dächern, erhob es sich vor ihr – ein Schloß mit elegant geschwungener Freitreppe und Hunderten von hohen Fenstern, in denen sich das Sonnenlicht spiegelte.

Sie hielten vor dem Haus, und Victoria riß sich lange genug von dem Anblick los, um sich von einem der beiden Männer aus dem Wagen helfen zu lassen. »Danke, Sie waren sehr freundlich«, sagte sie und ging zögernd auf die Treppe zu. Nervosität machte ihre Füße bleischwer, und ihre Knie zitterten. Hinter ihr machten die Bauern sich daran, ihren Koffer vom Wagen zu heben, aber als sie die Ladefläche aufklappten, entkamen zwei quiekende Ferkel ins Freie, plumpsten auf die Erde und stoben über den Rasen davon.

Sobald sie die Rufe der Bauern hörte, drehte Victoria sich um und kicherte nervös, als sie die rotgesichtigen Männer hinter den blitzschnellen Tierchen herrennen sah.

Vor ihr tat sich die Eingangstür des Palastes auf, und ein strenggesichtiger Mann in grün-goldener Livree ließ seinen vernichtenden Blick über die Bauern, die Ferkel und das staubige, aufgelöste weibliche Wesen schweifen, das auf ihn zukam. »Für Lieferanten ist der Hintereingang da«, verkündete er mit lauter, unheilschwangerer Stimme.

Sein ausgestreckter Arm deutete gebieterisch auf die Auffahrt, die um das Haus herum führte.

Victoria öffnete den Mund, um zu erklären, daß sie nichts abzuliefern hatte, aber sie wurde durch ein winziges Schweinchen abgelenkt, das einen Haken schlug und direkt auf sie zu rannte, verfolgt von einem keuchenden Bauern.

»Schaffen Sie den Wagen, die Schweine und Ihre eigene Person aus dem Weg!« donnerte der livrierte Mann.

Tränen hilflosen Gelächters stiegen Victoria in die Augen, als sie sich bückte und das flüchtige Schweinchen in die Arme nahm. Lachend versuchte sie zu erklären: »Sie verstehen nicht, Sir –«

Northrup ignorierte sie und gab dem Diener hinter ihm einen Wink. »Schaffen Sie die Bande da weg! Hinaus mit ihnen!«

»Was zum Teufel geht da vor sich?« erkundigte sich ein etwa dreißigjähriger Mann mit tiefschwarzem Haar gebieterisch, während er auf die Eingangstreppe hinaustrat.

Der Butler zeigte mit dem Finger in Victorias Gesicht. Seine Augenbrauen bebten vor Zorn. »Diese Frau ist –«

»Victoria Seaton«, warf Victoria hastig ein und versuchte, ihre unangebrachte Heiterkeit zu unterdrücken, die durch Anspannung, Erschöpfung und Hunger allmählich in Hysterie umzuschlagen drohte. Sie sah den Ausdruck unverstellten Schreckens im Gesicht des schwarzhaarigen Mannes, als er ihren Namen hörte, und ihre Angst schlug in reinstes Vergnügen um.

Unter unkontrollierbarem Gelächter drehte sie sich um und überreichte das zappelnde Ferkel seinem erhitzten Besitzer. Dann hob sie ihre staubigen Röcke und versuchte, einen Knicks zu machen. »Ich fürchte, hier liegt ein Irrtum vor«, sagte sie mit unterdrücktem Kichern. »Ich bin hier, um –«

Die eisige Stimme des hochgewachsenen Mannes ließ sie mitten in ihrem Knicks erstarren. »Der Irrtum liegt ganz bei Ihnen, Miss Seaton. Sie hätten sich nicht herbemühen sollen. Für heute ist es allerdings zu spät, um sie wieder dahin zurückzubefördern, wo sie hergekommen sind.« Er nahm ihren Arm und zerrte sie grob mit sich.

Victoria war augenblicklich ernüchtert. Die Situation schien nicht länger unglaublich komisch zu sein, sondern erschreckend makaber. Schüchtern trat sie in die dreigeschossige marmorne Eingangshalle, die größer war als ihr ganzes Elternhaus in New York. Auf beiden Seiten der Halle schwangen sich die Flügel einer ausladend geschwungenen Treppe empor zu den nächsten beiden Etagen, und durch eine riesige Glaskuppel floß mildes Sonnenlicht in den Raum. Sie legte den Kopf in den Nacken und spähte zu der gewölbten Glasdecke drei Stockwerke über ihr hinauf. Tränen traten ihr in die Augen, und die Kuppel verschwamm in einem nebligen Wirbel, als Erschöpfung und Kummer sie überwältigten. Sie war Tausende von Meilen gereist, hatte einen stürmischen Ozean überquert und holprige Landstraßen hinter sich gebracht und hatte erwartet, von einem gütigen älteren Herren empfangen zu werden. Statt dessen sollte sie zurückgeschickt werden, von Dorothy getrennt – die Glaskuppel drehte sich vor ihren Augen wie ein Kaleidoskop blendender Farben.

»Sie wird ohnmächtig«, warnte der Butler.

»Ach, zum Teufel!« explodierte der dunkelhaarige Mann und hob sie in seine Arme. Victoria kam wieder zur Besinnung, als er anfing, den rechten Flügel der breiten Marmortreppe hinaufzusteigen.

»Lassen Sie mich los«, verlangte sie heiser und zappelte vor Scham. »Ich bin vollkommen –«

»Stillhalten!« befahl er. Oben wandte er sich nach rechts, marschierte in ein Zimmer und ging direkt auf ein riesiges Bett mit blau-silbernen Vorhängen zu, die von einem hohen, reichgeschnitzten Rahmen hingen und an den Ecken von silbernen Kordeln gehalten wurden. Wortlos ließ er sie auf die blaue Seidendecke fallen und drückte sie wieder nach unten, als sie versuchte aufzustehen.

Mit flatternden Rockschößen eilte der Butler ins Zimmer. »Hier, Mylord – das Hirschhornsalz«, keuchte er.

Mylord riß ihm die Flasche aus der Hand und drückte es Victoria an die Nase.

»Nicht!« protestierte Victoria und versuchte, dem schrecklichen Ammoniakgeruch zu entkommen, indem sie den Kopf wegdrehte. Aber seine Hand blieb hartnäckig. In schierer Verzweiflung ergriff sie sein Handgelenk, um ihn von sich abzuhalten, während er ihr weiter die Flasche ins Gesicht hielt. »Was haben Sie eigentlich vor?« rief sie wütend. »Mich damit füttern?«

»Was für ein köstlicher Gedanke«, antwortete er grimmig, aber der Druck gegen ihre Hand ließ nach, und er zog die Flasche ein paar Zentimeter zurück. Erschöpft und gedemütigt wandte Victoria den Kopf ab, schloß die Augen und schluckte hörbar, als sie versuchte, die Tränen zu unterdrükken, die ihr die Kehle zuschnürten. Sie schluckte noch einmal.

»Ich hoffe aufrichtig, Sie haben nicht vor, sich in diesem Bett zu erbrechen«, näselte er hochmütig. »Wie dem auch sei, Sie werden die Folgen selber entfernen müssen.«

Victoria Elizabeth Seaton – das Produkt von achtzehn Jahren sorgfältiger Erziehung, die, zumindest bis jetzt, eine liebenswürdige, charmante junge Dame hervorgebracht hatten – drehte langsam ihren Kopf auf dem Kissen und betrachtete ihn mit vernichtender Abscheu. »Sind Sie Charles Fielding?«

»Nein.«

»In diesem Fall entfernen Sie sich bitte von diesem Bett oder gestatten Sie mir, es meinerseits zu verlassen!«

Seine Augenbrauen zogen sich zusammen, als er auf das rebellische Geschöpf niederblickte, das ihn mit mordlustigen Blicken aus strahlendblauen Augen anfunkelte. Ihr Haar ergoß sich über die Kissen wie eine flüssige goldene Flamme, kräuselte sich widerspenstig an ihren Schläfen und umrahmte ein Gesicht, das aussah, als hätte ein Künstler es aus Porzellan geformt. Ihre Wimpern waren unglaublich lang, ihre Lippen so weich und rosig wie –

Abrupt sprang der Mann auf und stolzierte aus dem Zimmer, ihm auf den Fersen der Butler. Die Tür fiel hinter ihnen ins Schloß und ließ Victoria in ohrenbetäubender Stille zurück.

Langsam setzte sie sich auf und schwang die Beine über die Bettkante. Dann stellte sie sich vorsichtig hin, voller Angst, daß der Schwindel zurückkehren würde. Ihr war eiskalt vor stumpfer Verzweiflung, aber sie blieb auf den Beinen und sah sich um. Zu ihrer Linken rahmten schwere blaue Draperien mit Silberstickerei eine ganze Wand von Sprossenfenstern, am anderen Ende des Raumes standen zwei blau-silbern gestreifte Kanapees in rechten Winkel vor einem prachtvollen Kamin. Die Worte »dekadenter Luxus« schossen ihr durch den Kopf, während sie ihre Röcke ausschüttelte, sich noch einmal im Zimmer umsah und sich dann vorsichtig wieder auf die blaue Seidendecke setzte.

Verzweiflung saß ihr wie ein dicker Klumpen in der Kehle. Sie faltete die Hände im Schoß und versuchte zu überlegen, was sie jetzt tun sollte. Offenbar sollte sie nach New York zurückgeschickt werden wie ein Gepäckstück, das niemand haben wollte. Aber warum hatte ihr Cousin, der Herzog, sie dann überhaupt hierhergeholt? Wo war er? *Wer* war er?

Zu Dorothy und ihrer Urgroßmutter konnte sie nicht, denn die Herzogin hatte Dr. Morrison einen Brief gesandt, der ausdrücklich betonte, daß Dorothy, und nur Dorothy, in ihrem Hause willkommen war. Victoria runzelte die Stirn. Der schwarzhaarige Mann hatte sie nach oben getragen. Vielleicht war er der Dienstbote, und der behäbige weißhaarige Mann, der die Tür geöffnet hatte, war der Herzog. Auf den ersten Blick hatte sie ihn für einen hoch stehenden Dienstboten gehalten – so wie Mrs. Tilden, die Haushälterin, die die Besucher in Andrews Haus empfing.

Jetzt klopfte es an der Tür zu ihrem Zimmer, und Victoria sprang schuldbewußt vom Bett und strich sorgsam die Dekke glatt, bevor sie »Herein« rief.

Ein Zimmermädchen in gestärktem schwarzen Kleid, weißer Schürze und Spitzenhäubchen kam mit einem silbernen Tablett herein. Sechs weitere Zimmermädchen in identischer Kleidung mit Eimern voller heißem Wasser marschierten hinter ihr ins Zimmer wie Marionetten. Hinter ihnen erschienen zwei Diener in goldbetreßten grünen Livreen mit ihrem Koffer.

Das erste Zimmermädchen stellte das Tablett auf den Tisch zwischen den Kanapees, während die anderen in einem angrenzenden Raum verschwanden und die Diener den Koffer am Fußende des Bettes abstellten. Eine Minute später marschierten sie alle im Gänsemarsch wieder aus dem Zimmer. Sie erinnerten Victoria an lebendige Zinnsoldaten. Das erste Mädchen blieb im Zimmer und wandte sich an Victoria, die verlegen neben dem Bett stand. »Hier ist eine Kleinigkeit für Sie zu essen, Miss«, sagte sie. Ihrem einfachen Gesicht war nichts anzumerken, aber ihre Stimme klang auf schüchterne Weise freundlich.

Victoria ging zu dem Kanapee hinüber und setzte sich. Der Anblick von gebuttertem Toast und heißer Schokolade ließ ihr das Wasser im Mund zusammenlaufen.

»Seine Lordschaft hat angeordnet, daß Sie ein Bad nehmen sollen«, sagte das Mädchen und strebte auf den angrenzenden Raum zu. Victoria, die gerade die Tasse an die Lippen gesetzt hatte, stutzte. »Seine Lordschaft?« wiederholte sie. »Könnte das der . . . Gentleman . . . am Eingang gewesen sein? Ein dicklicher Mann mit weißem Haar?«

»Du liebe Güte, nein!« erwiderte das Mädchen und warf Victoria einen eigenartigen Blick zu. »Das war sicher Mr. Northrup, der Butler.«

Victorias Erleichterung währte nicht lange, denn das Mädchen setzte zögernd hinzu: »Seine Lordschaft ist groß, mit schwarzen Locken.«

»Und er hat gesagt, daß ich baden soll?« fragte Victoria empört.

Das Mädchen nickte errötend.

»Na ja, ich hab's nötig«, gab Victoria widerstrebend zu.

Sie aß den Toast und trank die Schokolade aus und ging dann in den anderen Raum hinüber, wo das Mädchen gerade duftendes Badesalz ins dampfende Wasser streute. Langsam zog Victoria ihr staubiges Kleid aus und dachte dabei an die kurze Nachricht, die Charles Fielding ihr gesandt hatte, um sie nach England einzuladen. Er schien sich so darauf zu freuen, sie bei sich zu haben. »Komm augenblicklich, liebes Kind«, hatte er geschrieben. »Du bist hier mehr als willkommen – wir erwarten dich voller Ungeduld.« Vielleicht würde sie doch nicht wieder weggeschickt werden. Vielleicht hatte »Seine Lordschaft« die Situation falsch beurteilt.

Das Mädchen half ihr, die Haare zu waschen, hielt ihr dann ein weiches Handtuch hin und half ihr aus der Wanne. »Ich hab' Ihre Kleider ausgepackt, Miss, und das Bett aufgeschlagen, falls Sie sich etwas ausruhen wollen.«

Victoria lächelte ihr zu und fragte sie nach ihrem Namen.

»Mein Name?« wiederholte das Mädchen, als könne sie nicht fassen, daß Victoria sich dafür interessierte. »Ja, also – Ruth heiß' ich.«

»Vielen Dank, Ruth«, sagte Victoria, »fürs Auspacken, meine ich.«

Dankbare Röte stieg in die sommersprossigen Wangen des Zimmermädchens, als sie einen hastigen Knicks machte und zur Tür ging. »Abendessen ist um acht«, informierte Ruth sie. »Seine Lordschaft hält sich in Wakefield an seine Londoner Gewohnheiten.«

»Ruth«, sagte Victoria verlegen, als das Mädchen aus dem Zimmer gehen wollte, »gibt es . . . äh . . . zwei ›Lordschaften‹ hier? Ich meine, ich dachte, Charles Fielding –«

»Ach, Sie meinen Seine Gnaden!« Ruth sah sich hastig um, so als ob sie fürchtete, belauscht zu werden. Dann sagte sie leise: »Er ist noch nicht da, aber wir erwarten ihn heute abend. Ich hab' gehört, wie Seine Lordschaft Northrup aufgetragen hat, er soll Seine Gnaden benachrichtigen, daß Sie hier sind.«

»Was für ein Mensch ist Seine – äh – Gnaden?« fragte Victoria, die sich albern vorkam, wenn sie diese eigenartigen Titel verwendete.

Ruth sah aus, als ob sie ihn beschreiben wollte; dann besann sie sich. »Es tut mir leid, Miss, aber Seine Lordschaft erlaubt der Dienerschaft nicht zu schwatzen. Wir dürfen auch nicht vertraulich mit Gästen sein.« Sie knickste und lief mit raschelnden schwarzen Röcken aus dem Zimmer.

Victoria war sprach los über die Mitteilung, daß in diesem Hause zwei menschlichen Wesen nicht gestattet wurde, sich miteinander zu unterhalten, einfach deswegen, weil der eine ein Dienstbote und der andere ein Gast war, aber in Anbetracht ihrer flüchtigen Bekanntschaft mit »Seiner Lordschaft« konnte sie sich nur allzugut vorstellen, daß er eine so unmenschlichen Anweisung gab.

Victoria holte ihr Nachthemd aus dem Schrank, zog es sich über den Kopf und schlüpfte unter die Laken. Luxuriöse Seide glitt über ihre nackten Arme und ihr Gesicht, während sie ein schläfriges Gebet gen Himmel sandte, daß Charles Fielding ein freundlicherer Mann war als Seine andere Lordschaft. Ihre langen, dunklen Wimpern flatterten, senkten sich wie Fächer auf ihre Wangen, und sie schlief ein.

Fünftes Kapitel

Sonnenlicht strömte durch die offenen Fenster, eine leichte Brise strich durch den Raum und liebkoste sanft Victorias Gesicht. Irgendwo tief unten klapperten Pferdchufe auf einer gepflasterten Auffahrt, und im selben Moment landeten zwei Vögel auf ihrem Fensterbrett und fingen einen lautstarken Streit über ihr Territorium an. Ihr erbostes Zwitschern drang langsam in Victorias Schlummer und weckte sie aus einem glücklichen Traum, in dem sie wieder zu Hause war.

Im Halbschlaf rollte sie sich auf den Bauch und vergrub das Gesicht in ihrem Kissen. Anstelle des rauhen Stoffes, der ihr Kissen zu Hause bedeckte und nach Sonnenschein und Seife roch, spürte sie weiche Seide. Sich undeutlich bewußt, daß sie nicht in ihrem eigenen Bett lag und ihre Mutter nicht unten in der Küche war und das Frühstück machte, kniff Victoria ihre Augen zu und versuchte, ihren friedlichen Traum weiterzuträumen, aber es war schon zu spät. Widerwillig drehte sie den Kopf und öffnete die Augen.

Im hellen Licht des späten Vormittags starrte sie die silber-blauen Vorhänge an, die ihr Bett wie ein seidener Kokon umgaben, und sie wurde abrupt wach. Sie war in Wakefield Park. Sie hatte die Nacht durchgeschlafen.

Sie strich sich das wirre Haar aus der Stirn, setzte sich auf und lehnte sich gegen die Kissen.

»Guten Morgen, Miss«, sagte Ruth vom Fußende des Bettes her.

Victoria unterdrückte einen Schreckensschrei.

»Ich wollte Sie nicht erschrecken«, entschuldigte die kleine Zofe sich hastig. »Aber Seine Gnaden ist unten, und er läßt fragen, ob Sie ihm beim Frühstück Gesellschaft leisten möchten.«

Ermutigt durch die Tatsache, daß ihr Cousin der Herzog sie tatsächlich zu sehen wünschte, schlug Victoria die Decke zurück.

»Ich hab' Ihre Kleider gebügelt«, sagte Ruth und klappte den Kleiderschrank auf. »Welches möchten Sie anziehen?«

Victoria entschied sich für das Beste der fünf – ein weiches, schwarzes Musselingewand mit tiefem, eckigem Ausschnitt und winzigen weißen Rosen, die sie eigenhändig während der langen Seereise auf die üppigen Ärmel und den Saum gestickt hatte. Sie lehnte Ruths Hilfe beim Ankleiden ab, schlüpfte in das Kleid und band die breite schwarze Schärpe um ihre schlanke Taille.

Während Ruth das Bett machte und den makellosen Raum aufräumte, setzte Victoria sich an den Frisiertisch und bürstete sich das Haar. »Ich bin soweit«, sagte sie zu Ruth, als sie aufstand, mit erwartungsvoller Spannung in den Augen und rosigen Wangen. »Könnten Sie mir sagen, wo ich Seine . . . äh . . . Gnaden finden kann?«

Victorias Füße versanken in dem weichen roten Teppich, als Ruth sie die geschwungene Marmortreppe hinuntergeleitete, durch die Halle und bis vor eine reichgeschnitzte Mahagonitür, vor der zwei Diener Wache standen. Noch bevor sie Zeit hatte, einmal tief durchzuatmen, schwangen die Flügel auf, und Victoria betrat einen fast dreißig Meter langen Raum, der von einem riesigen Mahagonitisch unter drei ausladenden, glitzernden Kronleuchtern beherrscht wurde. Zuerst hielt sie den Raum für leer. Ihr Blick wanderte über die hochlehnigen, goldfarbenen Samtstühle, die in langer Reihe zu beiden Seiten des endlosen Tisches standen. Und dann hörte sie vom Stuhl am vorderen Ende des Tisches das Rascheln von Papier. Da sie niemanden sehen konnte, wanderte sie langsam um den Tisch und blieb stehen. Leise sagte sie: »Guten Morgen.«

Charles' Kopf fuhr herum, er starrte sie an und wurde wachsbleich. »Allmächtiger Himmel!« hauchte er und erhob sich langsam, den Blick wie gebannt auf die exotische junge Schönheit vor ihm gerichtet. Er sah Katherine, genau wie sie damals, vor so vielen Jahren, ausgesehen hatte. Wie gut und mit wieviel Zärtlichkeit er sich an dieses so unglaublich schöne, zartknochige Gesicht mit den elegant geschwungenen Augenbrauen und den dichten Wimpern erinnerte. Er erkannte den weichen, lächelnden Mund, die elegante kleine Nase, das winzige, bezaubernde Grübchen in dem energischen Kinn und die leuchtende Woge rotgoldenen Haares, das ihr in unbezähmbarer Fülle über die Schultern floß.

Die Linke auf die Sessellehne gestützt, um sich Halt zu verschaffen, streckte er ihr seine zitternde Rechte entgegen. »Katherine –«, flüsterte er.

Unsicher legte Victoria ihre Hand in seine ausgestreckte Handfläche, und seine langen Finger schlossen sich fest um die ihren. »Katherine«, flüsterte er noch einmal heiser, und Victoria sah Tränen in seinen Augen blinken.

»Der Name meiner Mutter war Katherine«, sagte sie sanft.

Sein Griff wurde fast schmerzhaft fest. »Ja«, flüsterte er. Er räusperte sich, und seine Stimme wurde bestimmter. »Ja, natürlich«, sagte er und schüttelte den Kopf, als wolle er etwas daraus vertreiben. Er war überraschend groß und sehr dünn, mit hellbraunen Augen, die jeden ihrer Züge eindringlich musterten. »So«, sagte er munter, »du bist also Katherines Tochter.«

Victoria nickte, ungewiß, wie sie ihn nehmen sollte. »Ich heiße Victoria.«

Eigenartige Zärtlichkeit glomm in seinen Augen auf. »Meine Name ist Charles *Victor* Fielding.«

»Ich – ich verstehe«, murmelte sie.

»Nein«, sagte er. »Nichts verstehst du.« Er lächelte, ein reizendes Lächeln, das ihn um Jahrzehnte verjüngte. »Gar nichts.« Und dann, ohne Vorwarnung, nahm er sie in die Arme. »Willkommen daheim, Kind«, sagte er mit erstickter Stimme, während er ihr den Rücken tätschelte und sie an sich drückte. »Willkommen.« Und Victoria hatte das eigenartige Gefühl, daß sie vielleicht wirklich zu Hause war.

Mit verlegenem Lächeln ließ er sie wieder los und zog einen Stuhl für sie heran. »Du mußt doch ganz verhungert sein. O'Malley!« Er wandte sich an den Diener, der am Büffet stand. »Wir verschmachten.«

»Sehr wohl, Euer Gnaden«, sagte der Diener, drehte sich um und begann, zwei der silbernen Teller zu beladen.

»Ich muß mich aufrichtig entschuldigen, daß bei deiner Ankunft keine Kutsche bereitstand«, sagte Charles. »Ich hätte nicht im Traum daran gedacht, daß du zu früh eintreffen könntest – man hat mir gesagt, Schiffe aus Amerika kämen grundsätzlich zu spät an. Wie dem auch sei, hattest du einen angenehme Reise?« erkundigte er sich, während der Diener ihr einen Teller mit Eiern, Kartoffeln, Nieren, Schinken und knusprigem französischem Brot servierte.

Victoria warf einen Blick auf die Ansammlung von goldenem Besteck neben ihrem Teller und sandte ein dankbares Stoßgebet gen Himmel, daß ihre Mutter Dorothy und sie in den richtigen Gebrauch der einzelnen Teile eingeweiht hatte. »Eine sehr angenehme Reise«, antwortete sie mit einem Lächeln und setzte dann schüchtern hinzu, »– Euer Gnaden.«

»Du lieber Himmel«, sagte Charles schmunzelnd, »ich glaube, wir können auf derlei Formalitäten verzichten. Falls nicht, werde ich dich Gräfin Langston oder Lady Victoria nennen müssen. Und das würde mir gar nicht gefallen. ›Onkel Charles‹ für mich und ›Victoria‹ für dich – das wäre mir viel lieber. Was sagst du dazu?«

Victoria merkte, wie sie auf seine Wärme mit einer Zuneigung reagierte, die bereits in ihrem Herzen Wurzeln zu schlagen begann. »Das klingt wundervoll. Ich würde ganz bestimmt ständig vergessen, auf Gräfin Langston zu hören –

wer immer das ist –, und Lady Victoria klingt auch nicht wie ich.«

Charles warf ihr einen rätselhaften Blick zu und entfaltete seine Serviette. »Aber du bist beides. Deine Mutter war das einzige Kind von Graf und Gräfin Langston. Sie sind gestorben, als deine Mutter noch ein kleines Mädchen war, aber ihr Titel war schottischen Ursprungs, und sie hat ihn geerbt. Du bist ihre älteste Tochter, deswegen steht der Titel jetzt dir zu.«

Victorias blaue Augen funkelten vor Amüsement. »Und was soll ich damit anfangen?«

»Das, was wir alle tun«, sagte er schmunzelnd. »Damit angeben.« Er schwieg, während O'Malley ihm gewandt einen Teller servierte. »Wenn ich's recht bedenke, gibt es, glaube ich, einen kleinen Landsitz in Schottland, der zu dem Titel gehört. Vielleicht aber auch nicht. Was hat deine Mutter dir erzählt?«

»Nichts. Mama hat nie über England oder ihr Leben hier gesprochen. Dorothy und ich, wir haben immer geglaubt, daß sie . . . na ja, eine ganz gewöhnliche Frau war.«

»Es gab nichts an deiner Mama, was ›gewöhnlich‹ war«, sagte er leise. Victoria hörte die Bewegung in seiner Stimme und wunderte sich darüber, aber als sie begann, ihn nach dem Leben ihrer Mutter in England zu fragen, schüttelte er den Kopf und sagte leichthin: »Irgendwann erzähle ich dir alles. Aber noch nicht. Fürs erste wollen wir einander kennenlernen.«

Eine Stunde verging mit unglaublicher Schnelligkeit, während Victoria Charles' freundliche Fragen beantwortete. Als das Frühstück beendet war, stellte sie fest, daß er ihr ein genaues Bild von ihrem Leben entlockt hatte, bis zum Zeitpunkt ihrer Ankunft in Wakefield Park mit einem quiekenden Ferkel in den Armen. Sie hatte ihm von den Dorfbewohnern zu Hause erzählt, von ihrem Vater und von Andrew. Aus irgendeinem Grund schienen die letzteren beiden seine Laune erheblich zu beeinträchtigen, und doch hatte es den Anschein als würden sie ihn am meisten interessieren. Er vermied es sorgfältig, nach ihrer Mutter zu fragen.

»Ich muß gestehen, daß die Geschichte von deiner Verlobung mit diesem Andrew Bainbridge mich verwirrt«, sagte er, als sie geendet hatte, mit tiefem Stirnrunzeln. »Der Brief, den ich von deinem Freund Dr. Morrison erhalten habe, enthält nichts dergleichen. Ganz im Gegenteil – Dr. Morrison hat geschrieben, ihr, du und deine Schwester, wäret ganz alleine auf euch gestellt. Hat dein Vater eurem Bündnis seinen Segen gegeben?«

»Ja und nein«, erwiderte Victoria und fragte sich, warum er so unglücklich aussah. »Weißt du, Andrew und ich kennen uns schon ewig, aber Papa hat immer darauf bestanden, daß ich achtzehn sein muß, bevor ich mich offiziell verloben darf. Er fand, es wäre eine zu ernste Verpflichtung für eine jüngere Frau.«

»Sehr weise von ihm«, stimmte Charles zu. »Aber du warst bereits achtzehn, als dein Vater starb, und trotzdem bist du nicht offiziell mit Bainbridge verlobt, nicht wahr?«

»Ja, das stimmt.«

»Weil dein Vater seine Einwilligung nicht geben wollte?«

»Nicht ganz. Kurz vor meinem Geburtstag hat Mrs. Bainbridge – Andrews verwitwete Mama – meinem Vater vorgeschlagen, daß Andrew auf eine verkürzte Version der Grand Tour gehen sollte, um unsere Gefühle füreinander auf die Probe zu stellen und ihm eine letzte Chance zum ›Austoben‹ zu geben, wie sie es nannte. Andrew fand die Idee idiotisch, aber mein Papa und Mrs. Bainbridge waren sich vollkommen einig.«

»In meinen Ohren klingt das, als ob dein Vater große

Bedenken gegen diese Ehe gehabt hätte. Schließlich kennt ihr euch seit Jahren, es gibt also keinen echten Grund, eure Gefühle füreinander zu prüfen. Das klingt viel eher nach einer Entschuldigung als nach einem echten Grund. Mir scheint, daß Andrews Mutter ebenso sehr gegen diese Verbindung ist.«

Der Herzog klang, als ob Andrew ihm schon jetzt unsympathisch sei, und Victoria blieb keine andere Wahl, als die ganze peinliche Wahrheit zu enthüllen. »Papa hatte keinerlei Zweifel daran, daß Andrew mir ein hervorragender Gatte sein würde. Er hatte allerdings ernsthafte Vorbehalte, was das Zusammenleben mit meiner zukünftigen Schwiegermutter anging. Sie ist verwitwet, und sie hängt sehr an ihrem Sohn. Abgesehen davon leidet sie an allen möglichen Krankheiten, die ihre Stimmung ein wenig beeinträchtigen.«

»Aha«, sagte der Herzog verständnisvoll. »Und wie ernst sind diese ihre Krankheiten?«

Victorias Wangen wurden heiß. »Nach dem, was mein Vater ihr bei einer Gelegenheit, bei der auch ich anwesend war, gesagt hat, sind ihre Krankheiten reine Einbildung. Als sie noch sehr jung war, hatte sie eine gewisse Herzschwäche, aber Papa hat gesagt, daß es ihr wesentlich besser täte, aus dem Bett zu steigen, als drinzubleiben und sich in Selbstmitleid zu suhlen. Sie – sie mochten einander nicht besonders, weißt du.«

»Ja, und ich kann mir auch denken, warum!« Der Herzog schmunzelte. »Dein Papa hatte vollkommen recht, eurer Heirat ein paar Hindernisse in den Weg zu stellen, mein Kind. Du wärest sehr unglücklich geworden.«

»Ich werde bestimmt nicht unglücklich sein«, versicherte Victoria, entschlossen, Andrew zu heiraten, mit oder ohne Zustimmung des Herzogs. »Andrew weiß genau, daß seine

Mutter ihre Krankheiten benutzt, um ihn zu schikanieren, und es hält ihn nicht davon ab, zu tun, was er will. Er hat sich nur zu dieser Reise bereitgefunden, weil mein Vater darauf bestanden hat.«

»Hat er dir geschrieben?«

»Nur einmal, aber Andrew war erst zwei Wochen fort, als das Unglück geschehen ist. Das ist jetzt drei Monate her, und Briefe zwischen Amerika und Europa brauchen beinahe so lange. Ich habe ihm geschrieben, was passiert ist, und dann noch einmal kurz bevor ich nach England aufgebrochen bin, um ihm zu sagen, wo er mich finden kann. Ich nehme an, daß er jetzt auf der Heimreise ist, in dem Glauben, daß er zu meiner Rettung eilt. Ich wollte in New York bleiben und auf ihn warten, was einfacher für alle gewesen wäre, aber Dr. Morrison wollte nichts davon hören. Aus irgendeinem Grund war er überzeugt davon, daß Andrews Gefühle der Zeit nicht standhalten würden. Zweifellos hat ihm Mrs. Bainbridge diese Idee in den Kopf gesetzt, es sähe ihr ähnlich.«

Victoria seufzte und sah aus dem Fenster. »Ihr wäre es viel lieber, wenn Andrew eine bessere Partie machen würde als die Tochter eines bettelarmen Arztes.«

»Oder noch besser, daß er gar nicht heiratet und an ihrem Krankenlager ausharrt?« vermutete der Herzog mit hochgezogenen Augenbrauen. »Eine Witwe mit eingebildeten Krankheiten klingt nach einer ziemlich besitzergreifenden Person.«

Dem konnte Victoria nicht widersprechen, daher schwieg sie taktvoll. »Einige Familien aus dem Dorf haben angeboten, mich bis zu Andrews Rückkehr bei sich aufzunehmen, aber das war keine sehr gute Lösung. Abgesehen von allem anderen wäre Andrew wütend gewesen, wenn er wiedergekommen wäre und festgestellt hätte, daß ich bei ihnen wohne.«

»Wieso, etwa auf dich?« fragte Seine Gnaden mit verächtlichem Stirnrunzeln.

»Nein, auf seine Mutter, weil sie nicht angeboten hat, daß ich bei ihr wohne.«

»Oh«, sagte er, aber er klang eigenartig deprimiert, wenn ihre Erklärung Andrew auch von jedem Tadel reinwusch. »Der Mann klingt wie eine ländliche Version der personifizierten Tugend«, murmelte er.

»Er wird dir gefallen«, prophezeite Victoria lächelnd. »Er kommt her und holt mich nach Hause, du wirst schon sehen.«

Charles tätschelte ihr die Hand. »Vergessen wir Andrew jetzt und seien wir froh, daß du in England bist. Nun erzähl mir, wie es dir bis jetzt hier gefällt . . .«

Victoria erzählte ihm, wie sehr ihr gefiel, was sie bis jetzt gesehen hatte, und Charles beschrieb ihr das Leben, das er für sie in England geplant hatte. Zunächst hatte er ihr eine neue Garderobe und eine ausgebildete Kammerzofe zugedacht. Victoria wollte gerade ablehnen, als sie die dunkle, abweisende Gestalt erblickte, die mit der stummen Zielstrebigkeit eines gefährlichen Wilden auf den Tisch zukam. Die hirschledernen Reithosen modellierten seine muskulösen Schenkel, der Kragen des weißen Hemd stand offen und entblößte einen sonnengebräunten Hals. Heute morgen sah er sogar noch größer aus, als sie gestern angenommen hatte, schlank und von hervorragender Kondition. Sein dichtes schwarzes Haar lockte sich leicht, seine Nase war gerade, sein strenger Mund feingeschnitten. Eigentlich hätte Victoria ihn geradezu atemberaubend attraktiv gefunden, wäre da nicht jener Zug arroganter Autorität um sein Kinn gewesen und der Zynismus in seinen kalten, grünen Augen.

»Jason!« rief Charles herzlich. »Gestatte mir, dich offiziell mit Victoria bekanntzumachen. Jason ist mein Neffe«, setzte er an Victoria gewandt hinzu.

Neffe! Sie hatte gehofft, er sei nur ein Gast, aber er war ein Verwandter, der wahrscheinlich bei Charles lebte. Dieser Umstand verursachte Victoria leichte Übelkeit, während ihr Stolz sie gleichzeitig dazu zwang, ihr Kinn zu heben und Jasons unbarmherzigem Blick standzuhalten. Jason nickte kurz, nahm ihr gegenüber Platz und sah O'Malley an. »Ich vermute, es gibt nichts mehr zu essen?«

Der Diener litt sichtlich. »Ich – nein, Mylord. Nichts mehr. Ich meine, es gibt natürlich genug zu essen, aber es ist vielleicht nicht mehr ganz warm. Ich werde sofort in die Küche gehen und etwas Frisches zubereiten lassen.« Er eilte hinaus.

»Jason«, sagte Charles, »ich habe Victoria gerade geraten, eine passende Zofe und eine angemessenere Garderobe zu –«

»Nein«, sagte Jason barsch.

Victorias Wunsch zu fliehen verdrängte augenblicklich jeden anderen Gedanken. »Wenn du mich entschuldigen würdest, Onkel Charles«, sagte sie, »ich – ich muß ein paar Dinge erledigen.«

Charles warf ihr einen dankbaren, entschuldigen den Blick zu und erhob sich höflich, als sie aufstand, aber sein unverschämter Neffe lehnte sich einfach in seinem Stuhl zurück und beobachtete ihren Rückzug mit gelangweilter Abscheu.

»Nichts von alledem ist Victorias Schuld«, begann Charles, als die Diener die Türen hinter Victoria zu schließen begannen. »Das mußt du begreifen.«

»Ach, wirklich?« näselte Jason sarkastisch. »Und begreift diese armselige kleine Bettlerin, daß das hier mein Haus ist, und daß ich sie hier nicht haben will?«

Die Türen schlossen sich hinter ihr, aber Victoria hatte bereits genug gehört. *Eine Bettlerin! Eine armselige kleine*

Bettlerin! Die Demütigung überkam sie in heißen Wogen, während sie blindlings den Korridor entlanglief. Anscheinend hatte Charles sie ohne Zustimmung seines Neffen hierher eingeladen.

Victorias Gesicht war bleich aber entschlossen, als sie in ihr Zimmer ging und ihren Koffer aufklappte.

Unterdessen versuchte Charles im Eßzimmer, den verhärteten Zyniker, der ihm gegenüber saß, milde zu stimmen. »Jason, du verstehst nicht –«

»Du hast sie nach England geholt«, sagte Jason barsch. »Wenn du sie so unbedingt hierhaben willst, nimm sie mit nach London und behalte sie bei dir.«

»Das kann ich nicht«, protestierte Charles. »Sie ist dem noch nicht gewachsen. Es gibt noch viel zu tun, bevor sie in London debütieren kann. Unter anderem werden wir jemanden finden müssen, der als ihre Anstandsdame fungiert.«

Jason nickte ungeduldig dem Diener zu, der mit der silbernen Kaffeekanne neben ihm wartete, und schickte ihn aus dem Zimmer, sobald er eingeschenkt hatte. Dann wandte er sich Charles zu und sagte schroff: »Ich erwarte, daß sie morgen hier verschwunden ist – ist das klar? Nimm sie mit nach London oder schick sie nach Hause, aber schaff sie weg! Ich werde keinen Cent an sie verschwenden. Wenn du ihr eine Saison in London spendieren willst, wirst du einen anderen Weg finden müssen, das zu bezahlen.«

Charles massierte sich die Schläfen. »Jason, ich weiß, daß du nicht so hartherzig bist, wie du dich jetzt anhörst. Laß mich dir zumindest etwas von ihr erzählen.«

Jason lehnte sich in seinem Stuhl zurück und betrachtete ihn mit eisiger Langeweile, während Charles unbeirrt weitersprach. »Ihre Eltern sind vor einigen Monaten bei einem Unfall ums Leben gekommen. An einem einzigen, schicksalhaften Tag hat Victoria Mutter, Vater, Heim und Geborgenheit verloren – alles.« Als Jason immer noch schwieg, verlor Charles die Geduld. »Verdammt noch mal! Hast du vergessen, was du gefühlt hast, als du Jamie verloren hast? Victoria hat die drei Menschen verloren, die sie auf der Welt am meisten geliebt hat, einschließlich des jungen Mannes, mit dem sie so gut wie verlobt war. Sie ist naiv genug zu glauben, daß der Knabe in den nächsten paar Wochen zu ihrer Rettung herbeigeeilt kommt, aber seine Mutter ist gegen die Heirat. Merk dir meine Worte, er wird nachgeben, jetzt, wo ein Ozean zwischen ihm und Victoria liegt. Ihre Schwester ist jetzt das Mündel der Herzogin von Claremont, und selbst ihre Gesellschaft ist Victoria versagt. Stell dir nur vor, wie ihr zumute sein muß, Jason! Tod und Verlust sind dir nicht fremd – oder hast du deinen Schmerz vergessen?«

Charles' Worte trafen Jason so tief, daß er zusammenzuckte. Charles sah es und nutzte seinen Vorteil aus. »Sie ist so unschuldig und verloren wie ein Kind, Jason. Sie hat niemanden auf der ganzen Welt außer mir – und dir, ob es dir nun gefällt oder nicht. Stell dir vor, Jamie wäre in derselben Situation. Aber Victoria ist tapfer, und sie ist stolz. Ich habe gemerkt, wie sehr ihr gestriger Empfang sie gedemütigt hat, auch wenn sie darüber lacht. Wenn sie glaubt, daß sie nicht erwünscht ist, wird sie einen Weg finden, von hier wegzukommen. Und falls das passiert«, schloß Charles gepreßt, »werde ich dir das nie vergeben. Ich schwör's dir!«

Jason schob abrupt seinen Stuhl zurück und stand auf. Sein Gesicht war verschlossen und hart. »Sie ist nicht zufällig auch einer von deinen Bastarden?«

Charles wurde bleich. »Bei Gott, nein!« Als Jason immer noch skeptisch aussah, setzte Charles verzweifelt hinzu: »Denk doch nach! Hätte ich etwa eure Verlobung bekanntgegeben, wenn sie meine Tochter wäre?«

Statt Jason zu beruhigen, erinnerte diese Bemerkung ihn

nur an die Verlobung, die ihn so erbost hatte. »Wenn dein kleiner Engel so verdammt unschuldig ist und obendrein so tapfer, warum ist sie dann einverstanden, ihren Körper zu verschachern?«

»Ach, das!« Charles winkte verächtlich ab. »Die Anzeige ist ohne ihr Wissen erschienen. Sie hat keine Ahnung. Sagen wir, es war übertriebener Enthusiasmus von meiner Seite«, sagte er begütigend. »Ich versichere dir, sie hat nicht den leisesten Wunsch, dich zu heiraten.« Jasons eisige Miene begann zu tauen, und Charles beeilte sich, ihn weiter zu beruhigen. »Ich bezweifle, daß Victoria dich erhören würde, selbst wenn du sie haben wolltest. Du bist viel zu zynisch und verbittert für ein so wohlerzogenes, idealistisches Mädchen wie sie. Sie hat ihren Vater angebetet, und sie hat mir ganz offen gesagt, daß sie sich einen Mann wie ihn wünscht – einen sensiblen, sanften, idealistischen Mann. Na, und das bist du nun wirklich nicht«, fuhr er fort, so begeistert von der Aussicht auf Sieg, daß er nicht merkte, wie beleidigend seine Worte waren. »Ich wage zu behaupten, daß Victoria, wenn sie wüßte, daß sie angeblich mit dir verlobt ist, schlicht und ergreifend in Ohnmacht fallen würde. Sie würde sich lieber das Leben nehmen, als –«

»Ich glaube, ich bin im Bilde«, unterbrach Jason ihn milde.

»Gut«, sagte Charles mit einem flüchtigen Lächeln. »Dürfte ich dann vorschlagen, daß diese Angelegenheit unter uns bleibt? Ich werde mir überlegen, wie ich die Anzeige widerrufen kann, ohne einem von euch beiden Unannehmlichkeiten zu bereiten, aber das geht nicht sofort.« Als er sah, wie Jasons Augen schmal wurden, ernüchterte Charles sich schnell wieder. »Sie ist ein Kind, Jason – ein mutiges, stolzes Mädchen, das versucht, sich in einer Welt zu behaupten, die sie nicht kennt. Wenn wir die Verlobung gleich nach ihrer Ankunft widerrufen, wird sie zum Gespött von ganz London. Alle werden sagen, daß du einen Blick auf sie geworfen und dankend verzichtet hast.«

Eine Vision von dunkelbewimperten, strahlendblauen Augen und einem fast unirdisch schönen Gesicht stieg vor Jason auf. Er erinnerte sich an das bezaubernde Lächeln, das vor ein paar Minuten auf ihren Lippen lag, bevor sie sich seiner Anwesenheit im Eßzimmer bewußt geworden war. Im nachhinein wirkte sie tatsächlich wie ein verletzliches Kind.

»Sprich mit ihr, bitte«, bat Charles.

»Ich werde mit ihr reden«, versprach Jason.

»Wirst du ihr sagen, daß sie hier willkommen ist?«

»Das kommt darauf an, wie sie sich benimmt, wenn ich sie sehe.«

Victoria war in ihrem Zimmer damit beschäftigt, einen weiteren Armvoll Kleider aus dem Schrank zu reißen, während Jason Fieldings Worte ihr schmerzhaft in den Ohren klangen. *Armselige kleine Bettlerin ... ich will sie hier nicht haben ... Armselige kleine Bettlerin* ... Ich habe also doch kein neues Zuhause gefunden, dachte sie beinahe hysterisch. Das Schicksal hatte ihr einfach einen üblen Streich gespielt. Sie stopfte die Kleider in ihren Koffer. Als sie sich aufrichtete und auf den Schrank zuging, stöhnte sie vor Entsetzen. »Sie!« keuchte sie und starrte die hohe, einschüchternde Gestalt an, die mit verschränkten Armen in der Tür stand. Wütend auf sich selbst, weil sie ihm ihre Furcht gezeigt hatte, hob sie das Kinn entschlossen, sich nicht noch einmal von ihm einschüchtern zu lassen. »Jemand hätte Ihnen beibringen sollen zu klopfen, bevor Sie irgendwo eintreten.«

»Klopfen?« wiederholte er mit trockenem Spott. »Wenn die Tür offensteht?« Er sah ihren geöffneten Koffer und hob die Augenbrauen. »Reisen Sie ab?«

»Wie Sie sehen«, erwiderte Victoria.

»Warum?«

»Warum?« echote sie ungläubig. »Weil ich keine armselige kleine Bettlerin bin und es hasse, irgend jemandem zur Last zu fallen.«

Anstelle von Schuldbewußtsein, weil sie seine unfreundlichen Worte gehört hatte, malte sich Amüsement auf seinem Gesicht. »Hat man Ihnen nicht beigebracht, daß es ungehörig ist, zu lauschen?«

»Ich habe nicht gelauscht«, entgegnete Victoria. »Sie waren laut genug, daß man Ihr vernichtendes Urteil über mich bis nach London hören konnte.«

»Wo wollen Sie jetzt hin?« erkundigte er sich, ohne auf ihren Tadel einzugehen.

»Das geht Sie nichts an.«

»Reizen Sie mich nicht!« sagte er barsch.

Victoria warf ihm einen abschätzenden Blick zu. Er sah gefährlich und unbesiegbar aus, wie er dort in der Tür lehnte. Seine Schultern waren kräftig, seine Brust breit, und die aufgerollten Ärmel seines weißen Hemdes enthüllten tiefgebräunte, muskulöse Arme, deren Stärke sie bereits gestern kennengelernt hatte, als er sie die Treppe hinaufgetragen hatte. Sie wußte auch, daß er jähzornig war, und nach dem drohenden Blick seiner jadegrünen Augen zu urteilen, spielte er gerade mit dem Gedanken, die Antwort aus ihr herauszuschütteln. Da sie ihm diese Befriedigung nicht verschaffen wollte, sagte Victoria steif: »Ich habe ein bißchen Geld. Ich werde mir im Dorf eine Unterkunft suchen.«

»Ach ja?« näselte er sarkastisch. »Rein um der Neugierde willen, wovon wollen Sie leben, wenn ihr ›bißchen Geld‹ zur Neige geht?«

»Ich werde arbeiten!« verkündete Victoria, um seine irritierende Überlegenheit zu erschüttern.

Seine dunklen Augenbrauen hoben sich in beißendem Spott. »Was für eine originelle Vorstellung – eine Frau, die tatsächlich arbeiten will. Verraten Sie mir, was Sie können?« Die Frage kam scharf wie ein Peitschenhieb. »Können Sie einen Pflug führen?«

»Ncin –«

»Können Sie einen Hammer benutzen?«

»Nein.«

»Können Sie eine Kuh melken?«

»Nein!«

»Dann sind Sie weder für sich selbst noch für andere von großem Nutzen, nicht wahr?« schloß er gnadenlos.

»Ganz bestimmt nicht!« protestierte sie mit erbittertem Stolz. »Ich kann alles mögliche, ich kann nähen und kochen und –«

»Und alle Dorfbewohner mit Klatsch über die Fieldings versorgen, die so herzlos waren, Sie auf die Straße zu setzen? Schlagen Sie sich das aus dem Kopf«, sagte er arrogant. »Das erlaube ich nicht.«

»Ich erinnere mich nicht, um Ihre Erlaubnis gebeten zu haben«, erwiderte Victoria trotzig.

Überrascht starrte Jason sie an. Erwachsene Männer wagten kaum jemals, ihn herauszufordern, und da stand dieses Kind und tat genau das. Wenn er nicht so aufgebracht gewesen wäre, hätte er ihr über das Haar gestrichen und über ihre Courage gelächelt. Statt dessen unterdrückte er den ungewohnten Impuls, seine Worte abzumildern, und sagte schroff: »Wenn Sie tatsächlich derart darauf erpicht sind, Ihren Lebensunterhalt zu verdienen, was ich bezweifle, dann versuchen Sie es hier.«

»Ich bedaure außerordentlich«, sagte die unerschrockene junge Schöne kühl, »aber das ist ausgeschlossen.«

»Wieso?«

»Weil ich mir einfach nicht vorstellen kann, wie ich jedes Mal, wenn Sie verbeigehen, knickse und im Staub kratze und vor Angst erbebe, wie die anderen Dienstboten hier. Dieser arme Mann mit den Zahnschmerzen ist heute morgen fast ohnmächtig geworden, als Sie –«

»Wer?« fragte Jason und war momentan so verwirrt, daß er seinen Zorn vergaß.

»Mr. O'Malley.«

»Wer zum Teufel ist Mr. O'Malley?« fragte Jason, der sein Temperament mit fast übermenschlicher Anstrengung im Zaum hielt.

Victoria verdrehte angewidert die Augen. »Sie wissen nicht einmal, wie er heißt! Mr. O'Malley ist der Diener, der Ihnen das Frühstück serviert hat, und seine Backe ist so geschwollen, daß –«

Jason machte auf dem Absatz kehrt. »Charles wünscht, daß Sie hierbleiben, und damit Schluß.« In der Tür blieb er stehen und drehte sich um. Sein drohender Blick ließ sie zu Stein erstarren. »Wenn Sie etwa daran denken sollten, das Haus entgegen meinen Anordnungen zu verlassen – ich rate Ihnen, es nicht zu tun. Sie würden mich der Mühe unterziehen, Ihnen zu folgen, und was dann passiert, würde Ihnen nicht gefallen, glauben Sie mir.«

»Ich habe keine Angst vor Ihnen oder Ihren Drohungen«, log Victoria stolz, während sie hastig versuchte, ihre Alternativen einzuschätzen. Sie wollte Charles nicht verletzen, aber ihr Stolz ließ nicht zu, daß sie eine »Bettlerin« in Jasons Haus war. Ohne das unheilverkündende grüne Glitzern in seinen Augen zu bemerken, sagte sie: »Gut, ich bleibe, aber ich beabsichtige, für Essen und Unterkunft hier zu arbeiten.«

»Wunderbar.« Jason hatte das dumpfe Gefühl, daß sie als Siegerin aus dieser Auseinandersetzung hervorging. Er wollte gehen, aber ihre nüchterne Stimme hielt ihn zurück.

»Darf ich fragen, wie hoch mein Lohn sein wird?«

Jason atmete tief und zornig ein. »Versuchen Sie absichtlich, mich zu reizen?«

»Ganz und gar nicht. Ich möchte lediglich wissen, wie hoch mein Lohn sein wird, damit ich vorausplanen kann, wann ich . . .« Ihre Stimme verklang, als Jason sie einfach stehenließ.

Onkel Charles lud sie ein, ihm beim Mittagessen Gesellschaft zu leisten, und die Mahlzeit verlief sehr angenehm, da Jason nicht an ihr teilnahm. Der Rest des Nachmittags jedoch verging langsam, und in einem Anfall von Ruhelosigkeit beschloß Victoria, einen Spaziergang zu machen. Der Butler sah sie kommen und riß die Tür für sie auf. Victoria wollte ihm zeigen, daß sie ihm den gestrigen Empfang nicht verübelte, und lächelte ihn an. »Vielen Dank, äh –?«

»Northrup«, ergänzte er höflich und mit sorgsam ausdrucksloser Miene.

»Northrup?« wiederholte Victoria in der Hoffnung, ihn in ein Gespräch zu verwickeln. »Ist das Ihr Vor- oder Ihr Nachname?«

Sein Blick streifte sie flüchtig. »Äh – mein Familienname, Miss.«

»Aha«, sagte sie freundlich. »Und wie lange arbeiten Sie schon hier?«

Northrup verschränkte die Hände hinter dem Rücken und wippte auf den Fußballen. Seine Miene war feierlich. »Meine Familie lebt und stirbt seit neun Generationen im Dienste der Fieldings, Miss. Ich habe die Absicht, diese Tradition fortzusetzen.«

»Oh«, sagte Victoria und versuchte, ein Schmunzeln zu unterdrücken. Wie absurd, auf eine Stellung so stolz zu sein, die nichts Wichtigeres zu beinhalten schien, als anderen Leuten die Tür zu öffnen.

Als hätte er ihre Gedanken gelesen, setzte er steif hinzu: »Wenn Sie irgendein Problem mit den Hausangestellten haben, Miss, kommen Sie damit zu mir. Es ist meine Aufgabe als Vorstand des Haushalts, dafür zu sorgen, daß jeder Mißstand augenblicklich behoben wird.«

»Ich glaube nicht, daß das notwendig sein wird. Alle hier sind sehr tüchtig«, sagte Victoria freundlich. Zu tüchtig, dachte sie, als sie in den Sonnenschein hinauswanderte.

Sie überquerte den Rasen, wechselte dann die Richtung und ging um das Haus herum, in der Absicht, zu den Stallungen zu gehen und sich die Pferde anzusehen. Mit der vagen Idee, Äpfel zu holen, um sich mit ihnen anzufreunden, ging Victoria an den Hintereingang und ließ sich den Weg zur Küche zeigen.

Die riesige Küche wimmelte von betriebsamen Menschen, die Teig auf Holztischen ausrollten, in Kesseln rührten und Gemüse putzten. Im Zentrum des Durcheinanders stand ein ungeheuer fetter Mann in einer makellos weißen Schürze, die die Ausmaße eines Tischtuches hatte. Er schwang einen langstieligen Kochlöffel wie ein tobsüchtiger Monarch sein Zepter und schrie Befehle in Französisch und Englisch. »Verzeihung«, sagte Victoria zu einer Frau an dem Tisch, der ihr am nächsten war. »Könnte ich zwei Äpfel und zwei Karotten haben, falls Sie sie entbehren können?«

Die Frau sah unsicher zu dem Mann in der weißen Schürze hinüber, der Victoria wütend anfunkelte; dann verschwand sie in einem angrenzenden Raum und kam eine Minute später mit den Äpfeln und den Karotten zurück. »Vielen Dank, äh –?« sagte Victoria.

»Mrs. Northrup, Miss«, sagte die Frau nervös.

»Wie nett«, erwiderte Victoria mir liebreizendem Lächeln. »Ich habe gerade Ihren Gatten kennengelernt, aber er hat mir nicht gesagt, daß Sie auch hier arbeiten.«

»Mr. Northrup ist mein Schwager«, berichtigte die Frau.

»Ah, so ist das also«, sagte Victoria, die merkte, wie unangenehm es der Frau war, vor dem schlechtgelaunten dikken Mann zu sprechen, der hier zu regieren schien. »Einen schönen Tag noch, Mrs. Northrup.«

Ein Pfad führte am Waldrand zu den Ställen. Victoria wanderte ihn entlang und bewunderte die Aussicht auf den wohlgepflegten Rasen und die üppigen Gärten, als eine plötzliche Bewegung ein paar Meter neben ihr sie aufschreckte. Hinter den Bäumen wühlte ein riesiges graues Tier in etwas, das wie ein Komposthaufen aussah. Das Tier nahm ihre Witterung auf und hob den Kopf. Seine wilden Augen starrten sie an, und Victoria gefror das Mark in den Knochen. Ein Wolf!

Gelähmt vor Schreck stand sie da, ohne sich zu bewegen oder einen Laut von sich zu geben, während ihr betäubtes Gehirn einzelne Merkmale der schrecklichen Bestie registrierte. Das graue Fell des Wolfs war verfilzt und dicht, aber nicht dicht genug, um die hervorstechenden Rippen zu verbergen. Er hatte ein schrecklich großes Maul. Seine Augen waren furchterregend . . . Nach der grotesken Magerkeit des Tiers zu urteilen, schien es dem Hungertod nahe zu sein. Das hieß, daß es alles angreifen und verschlingen würde, was ihm über den Weg lief – sie selbst eingeschlossen. Victoria machte eine winzigen Schritt rückwärts, auf den sicheren Hafen des Hauses zu.

Das Tier bleckte knurrend die Lefzen und entblößte sein prächtiges, weißes Gebiß. Victoria reagierte automatisch und schleuderte ihre Äpfel und Karotten in seine Richtung, um es davon abzuhalten, sie selbst zu fressen. Statt sich auf die Geschosse zu stürzen, wie sie erwartet hatte, schrak die Bestie vor ihnen zurück und flüchtete mit eingezogenem Schwanz in den Wald. Victoria machte schnurstracks kehrt und lief durch die nächstbeste Tür zurück ins Haus, rannte dann zu einem Fenster und spähte hinaus in den Wald. Der Wolf stand gleich hinter den Bäumen und starrte hungrig in Richtung Komposthaufen.

»Is' was, Miss?« fragte ein Diener, der auf dem Weg zur Küche an ihr vorbeikam.

»Ich hab' ein Tier gesehen«, sagte Victoria atemlos. »Ich glaube, es war ein –« Sie beobachtete, wie das graue Tier vorsichtig in den Garten trottete und die Äpfel und Karotten verschlang. Dann lief es in den Wald zurück, den buschigen Schwanz immer noch eingezogen. Das Tier hatte Angst! Und Hunger. »Gibt es hier im Haus irgendwelche Hunde?« fragte sie. Sie fing an, sich zu fragen, ob sie einem Irrtum unterlag, der sie sehr albern aussehen lassen würde.

»Ja, Miss – mehrere.«

»Ist einer davon groß, dürr und schwarz-grau?«

»Das muß Willie sein, Seiner Lordschaft alter Hund«, sagte der Diener. »Der is' immer hier un' bettelt um was zu fressen. Er is' aber nich' bissig, falls Sie das gedacht ha'm. Ha'm Sie ihn geseh'n?«

»Ja«, sagte Victoria und wurde wütend, als sie daran dachte, wie das verhungerte Geschöpf das verfaulte Gemüse verschlungen hatte, als wäre es das beste Fleisch. »Und er ist beinahe am Verhungern. Jemand sollte dem armen Tier etwas zu fressen geben.«

»Willie tut immer so, als ob er verhungert«, sagte der Diener gleichgültig. »Seine Lordschaft sagt, wenn er noch mehr zu fressen kriegt, isser bald zu fett zum Laufen.«

»Wenn er noch weniger frißt, ist er demnächst zu schwach zum Atmen«, erwiderte Victoria erbittert. Sie konnte sich nur zu gut vorstellen, daß dieser herzlose Mensch seinen Hund verhungern ließ. Wie erbärmlich das Tier aussah, mit seinen hervorstehenden Rippen – wie entsetzlich! Sie ging zurück in die Küche und erbat sich noch einen Apfel, ein paar Karotten und einen Teller mit Essensresten.

Trotz ihres Mitleids mußte Victoria gegen ihre Angst ankämpfen, als sie sich dem Komposthaufen wieder näherte und entdeckte, daß das Tier sie aus seinem Versteck hinter den Bäumen beobachtete. Er war ein Hund, kein Wolf, das sah sie jetzt. Eingedenk der Versicherung des Dieners, daß der Hund nicht bösartig war, ging Victoria so dicht heran, wie sie wagte, und hielt ihm den Teller hin. »Hier, Willie«, sagte sie leise. »Ich hab' dir was Gutes zum Essen gebracht.« Zögernd machte sie noch einen Schritt vorwärts. Willie legte die Ohren an und entblößte sein prachtvolles Gebiß, und Victoria merkte, wie ihr Mut sie verließ. Sie stellte den Teller auf den Boden und floh in Richtung der Stallungen.

Am Abend aß sie mit Charles, und da Jason auch diesmal nicht anwesend war, verlief die Mahlzeit vergnüglich. Aber als sie vorbei war und Charles sich zurückgezogen hatte, fand sie sich wieder ohne Beschäftigung. Abgesehen von ihrem Ausflug zu den Ställen und ihrem Abenteuer mit Willie hatte sie heute nichts getan, als müßig und ziellos umherzuwandern. Morgen, beschloß sie glücklich, morgen werde ich an die Arbeit gehen. Sie war an Beschäftigung gewöhnt, und sie brauchte unbedingt etwas, das die leeren Stunden ihres Tages füllte. Sie hatte Charles nichts von ihrem Entschluß berichtet, aber sie war überzeugt, daß er erleichtert sein würde, wenn er erfuhr, daß sie für ihren Lebensunterhalt arbeiten wollte und ihm auf diese Weise weitere Auseinandersetzungen mit seinem schlechtgelaunten Neffen ersparte.

Sie ging hinauf in ihr Zimmer und verbrachte den Rest des Abends damit, einen optimistischen Brief an Dorothy zu schreiben.

Sechstes Kapitel

Victoria erwachte am nächsten Morgen davon, daß die Vögel im Baum vor ihrem offenen Fenster zwitscherten. Sie drehte sich auf den Rücken und sah in einen strahlendblauen Himmel voll weißer Schäfchenwolken, die Art Himmel, die sie förmlich ins Freie lockte.

Sie wusch sich und zog sich eilig an. Dann ging sie in die Küche hinunter, um Futter für Willie zu holen. Jason Fielding hatte sie gefragt, ob sie einen Pflug führen oder eine Kuh melken konnte. Das erstere konnte sie nicht, aber sie hatte zu Hause oft beim Melken zugesehen, und es sah nicht besonders schwierig aus. Außerdem wirkte nach sechs Wochen auf einem engen Schiff jede Art körperlicher Aktivität verlockend.

Sie wollte eben mit einem Teller voller Essenreste die Küche verlassen, da kam ihr ein Gedanke. Ohne die empörten Blicke des Mannes in der weißen Schürze zu beachten, der, wie Charles ihr gestern abend mitgeteilt hatte, der Chefkoch war und sie beobachtete, als sei sie eine Wahnsinnige, die in sein topf- und pfannenbewehrtes Reich eindrang, wandte sie sich an Mrs. Northrup. »Mrs. Northrup, gibt es irgend etwas, wobei ich helfen könnte – hier in der Küche, meine ich?«

Mrs. Northrup griff sich an die Kehle. »Nein, selbstverständlich nicht.«

Victoria seufzte. »Wenn das so ist, könnten Sie mir dann vielleicht sagen, wo ich den Kuhstall finden kann?«

»Den Kuhstall?« echote Mrs. Northrup atemlos. »Wo – wozu denn das?«

»Zum Melken«, sagte Victoria.

Die Frau wurde blaß, aber sie sagte kein Wort, und nach einem Moment der Ratlosigkeit zuckte Victoria die Achseln und beschloß, auf eigene Faust zu suchen. Sie ging zur Hintertür hinaus. Mrs. Northrup wischte sich das Mehl von den Händen und ging geradewegs zur Vordertür, um mit Mr. Northrup zu sprechen.

Als Victoria auf den Komposthaufen zukam, forschte ihr Blick nervös nach einer Spur von Willie. Willie – was für ein merkwürdiger Name für ein so großes, wildes Tier, dachte sie. Und dann entdeckte sie ihn, gleich hinter den Bäumen, wo er lauerte und sie beobachtete. Ihre Nackenhaare sträubten sich, aber sie trug ihre Schüssel so nahe an den Waldrand, wie sie nur wagte. »Hier, Willie«, lockte sie leise. »Ich hab' dir dein Frühstück gebracht. Komm, hol's dir.«

Die Augen des riesigen Tieres flackerten, aber es blieb, wo es war, wachsam und mißtrauisch.

»Komm doch her, nur ein bißchen näher«, lockte Victoria weiter, entschlossen, mit Jason Fieldings Hund Freundschaft zu schließen, da schon der Mann nie ihr Freund sein konnte.

Der Hund war genauso abweisend wie sein Herr. Er weigerte sich näherzukommen und starrte sie unverwandt an. Mit einem Seufzer stellte Victoria den Teller ab und ging weg.

Ein Gärtner zeigte ihr den Weg zum Kuhstall, und Victoria atmete genußvoll den süßen Geruch des frischen Heus ein. Sie zögerte, als ein Dutzend Kühe die Köpfe hob und sie mit feuchten braunen Augen ansah, während sie an den Boxen vorbeiging. Sie blieb vor einer Box stehen, an deren Wand ein Melkschemel und ein Eimer hingen. Bestimmt war diese Kuh leicht zu melken. »Guten Morgen«, sagte sie, an die Kuh gewandt, und strich ihr beruhigend über das glatte Gesicht, während sie gleichzeitig versuchte, ihren Mut zusammenzunehmen. Jetzt, wo der Moment direkt bevorstand, war Victoria sich gar nicht mehr so sicher, wie man eigentlich eine Kuh molk.

In der Hoffnung, Zeit zu gewinnen, umrundete sie die Kuh und zupfte ihr ein paar Strohhalme aus dem Schwanz. Dann griff sie zögernd nach dem Schemel und stellte den Eimer unter das schwere Euter des Tieres. Sie setzte sich hin, krempelte langsam die Ärmel ihres Kleides auf und breitete dann sorgsam ihre Röcke aus. Ohne den Mann zu bemerken, der gerade in den Stall eingetreten war, strich sie dem Tier über die Flanke und holte tief Luft. »Ich will dir nichts vormachen«, gestand sie der Kuh. »Wenn ich ehrlich sein soll – ich mache das hier zum erstenmal.«

Ihr reumütiges Geständnis brachte Jason dazu, am Stalltor stehenzubleiben, und fasziniertes Amüsement wärmte seinen Blick, als er sie ansah. Wie sie da so auf dem Melkschemel saß, die Röcke um sich gebreitet, als säße sie auf einem Thron, bot Miss Victoria Seaton ein berückendes Bild. Ihr Kopf war leicht gesenkt, während sie sich ganz auf ihre Aufgabe konzentrierte, und gewährte ihm einen entzükkenden Blick auf ihr edles Profil mit den hohen Wangenknochen und der kleinen Nase. Sonnenlicht spielte in ihrem Haar und verwandelte es in einen rotgoldenen Wasserfall, der sich über ihre Schultern ergoß. Ihre langen, gebogenen Wimpern warfen Schatten auf ihre weichen Wangen. Sie biß sich auf die Unterlippe und beugte sich vor, um den Eimer einen Zentimeter weiter nach vorne zu schieben.

Dieses Unterfangen lenkte Jasons Blick auf die schwellende Fülle ihrer Brüste, die sich einladend gegen das Mieder ihres schwarzen Kleides drängten, aber ihre nächsten Worte ließen seine Schultern erbeben vor unterdrücktem Gelächter. Mit angewiderter Stimme teilte sie der Kuh mit: »Das hier ist mir genauso unangenehm wie dir.« Dann streckte sie die Hände aus.

Victoria berührte die fleischigen Zitzen der Kuh und zog sie mit einem vernehmbaren Schrei zurück. Dann versuchte sie es wieder. Sie drückte zweimal hastig, richtete sich auf und spähte hoffnungsvoll in den Eimer. Kein Tropfen Milch war darin zu sehen. Flehentlich bat sie die Kuh: »Bitte, bitte, mach es mir nicht so schwer.«

Sie wiederholte ihren Versuch noch zweimal, immer noch ohne Resultat. Vor Ärger zog sie das nächste Mal zu heftig, und die Kuh drehte den Kopf und warf ihr einen vorwurfsvollen Blick zu. »Ich tue, was ich kann«, sagte Victoria und erwiderte ihren Blick, »du könntest dir wenigstens etwas Mühe geben!«

Hinter ihr warnte eine spöttische männliche Stimme: »Wenn Sie sie so böse ansehen, wird die Milch noch sauer.«

Victoria schrak zusammen und fuhr herum. »Sie!« Vor Scham über die Szene, die er mitangesehen hatte, wurde sie feuerrot. »Warum müssen Sie sich ständig so lautlos anschleichen? Das wenigste, was Sie tun könnten, ist –«

»Klopfen?« schlug er vor. Seine Augen blitzten vor Gelächter. Langsam hob er die Hand und pochte zweimal an den hölzernen Balken. »Reden Sie immer mit Tieren?« erkundigte er sich höflich.

Victoria war nicht in der Stimmung, sich verspotten zu lassen, und das Blitzen seiner Augen verriet ihr, daß er genau das tat. Mit aller Würde, die sie aufbringen konnte, stand sie auf, glättete ihre Röcke und versuchte, an ihm vorbeizugehen.

Seine Hand schoß hoch, und er packte ihren Arm mit festem, aber nicht schmerzhaften Griff. »Wollen Sie nicht weitermelken?«

»Sie haben bereits gesehen, daß ich es nicht kann.«

»Warum nicht?«

Victoria hob ihr Kinn und sah ihm direkt in die Augen. »Weil ich nicht weiß, wie.«

Er hob eine dunkle Braue. »Möchten Sie es lernen?«

»Nein«, sagte Victoria wütend und gedemütigt. »Wenn Sie jetzt Ihre Hand von meinem Arm entfernen würden –«, sie riß sich los, ohne auf seine Reaktion zu warten, »– dann werde ich mich nach einer anderen Beschäftigung umsehen, um mir meinen Lebensunterhalt zu verdienen.«

Sie spürte seinen Blick, als sie davonging, aber ihre Gedanken drehten sich um Willie, als sie auf das Haus zuging. Sie sah den Hund, der hinter den Bäumen kauerte und sie belauerte. Ein kalter Schauer überlief sie, aber sie ignorierte ihn. Sie hatte sich gerade von einer Kuh einschüchtern lassen, und sie weigerte sich entschieden, vor einem Hund davonzulaufen.

Jason sah ihr nach, verscheuchte dann den Gedanken an ein engelsgleiches Milchmädchen mit Sonnenlicht in den Haaren und ging wieder an die Arbeit, die er im Stich gelassen hatte, als Northrup mit der Nachricht in sein Arbeitszimmer geeilt war, daß Miss Seaton auf dem Weg in den Stall war, um die Kühe zu melken.

Er setzte sich an seinen Schreibtisch und sah seinen Sekretär an. »Wo waren wir stehengeblieben, Benjamin?«

»Sie waren dabei, einen Brief an Ihren Mann in Bombay zu diktieren, Mylord.«

Nach ihrem Mißerfolg mit der Kuh ging Victoria auf die Suche nach dem Gärtner, der ihr den Weg zum Kuhstall gezeigt hatte. Sie fragte den kahlköpfigen Mann, der die Aufsicht zu haben schien, ob sie helfen könnte, Blumenzwiebeln in das große, runde Blumenbeet im Hof zu pflanzen.

»Halt dich an den Stall und steh uns nicht im Weg herum, Frau!« brüllte der glatzköpfige Gärtner.

Victoria gab sich geschlagen. Sie ersparte sich die Mühe, ihm zu erklären, daß es im Stall nichts für sie zu tun gab, und ging wieder ins Haus, entschlossen, sich an die einzige Arbeit zu machen, von der sie wirklich etwas verstand – sie ging in die Küche.

Der Gärtner sah ihr nach, warf seine Schaufel hin und ging auf die Suche nach Northrup.

Unbemerkt stand Victoria neben der Küchentür, wo acht Küchenmädchen damit beschäftigt waren, ein Mittagessen zuzubereiten, das offenbar aus einem Ragout, frischem Gemüse, frischgebackenem Brot und einem halben Dutzend Beilagen bestand. Entmutigt von ihren bisherigen Versuchen, sich nützlich zu machen, sah Victoria zu, bis sie vollkommen sicher war, daß sie diese Aufgabe bewältigen konnte. Dann wandte sie sich an den temperamentvollen französischen *chef*. »Ich würde gerne helfen«, sagte sie entschlossen.

»*Non!*« schrie er. Offenbar hielt er sie in ihrem einfachen schwarzen Kleid für ein Dienstmädchen. »'inaus! 'inaus! Ich kann sie 'ier nicht brauchen!«

Victoria war es von Herzen leid, wie eine nutzlose Idiotin behandelt zu werden. Höflich aber bestimmt sagte sie: »Ich kann helfen, und so, wie hier alle herum laufen, können Sie ganz offenbar noch ein Paar Hände gebrauchen.«

Der Koch sah aus, als wolle er explodieren. »Sie sind nicht ausgebildet«, donnerte er. »'inaus! Wenn André 'ilfe braucht, bittet er darum, und dann übernimmt er 'öchstpersönlisch die Ausbildung!«

»Aber es ist kein Kunststück, ein Ragout zu machen, Monsieur«, sagte Victoria empört. Ohne sein puterrotes Gesicht zu beachten, fuhr sie in heiterem, sachlichen Ton fort: »Man braucht nur Fleisch und Gemüse zu schneiden, auf dem Tisch da –«, sie klopfte auf den Tisch neben sich, »– und es in den Topf dort zu werfen.« Sie zeigte auf den Topf, der über dem Herd hing.

Der Koch stieß ein ersticktes Gurgeln aus und riß sich die

Schürze vom Leib. »Ich lasse Sie aus dem 'aus werfen«, verkündete er, als er aus der Küche stürmte. »Es dauert 'öchstens fünf Minuten!«

In der knisternden Stille, die er hinterließ, sah sich Victoria unter den übrigen Dienstboten um, die sie schreckensstarr anblickten. In ihren Augen spiegelte sich alles von Mitgefühl bis hin zu Amüsement. »Du meine Güte, Mädchen«, sagte eine freundliche, ältere Frau, während sie sich die Hände an ihrer Schürze abwischte, »was ist bloß in dich gefahren? Dafür fliegst du in hohem Bogen raus.«

Abgesehen von Ruth, dem kleinen Zimmermädchen, das Victorias Zimmer aufräumte, waren dies die ersten freundlichen Worte, die Victoria von den Dienstboten in diesem Haus vernommen hatte. Leider war sie so unglücklich über den Aufruhr, den sie verursacht hatte, wo sie doch nur hatte helfen wollen, daß das Mitgefühl der Frau sie fast zu Tränen rührte.

»Natürlich hast du recht«, sagte die Frau und tätschelte tröstend ihren Arm, »es ist einfach, ein Ragout zu machen. Jeder von uns hier kommt ohne André zurecht, aber Seine Lordschaft verlangt das Beste – und André ist der beste Koch im ganzen Land. Am besten gehst du deine Sachen packen, du wirst ganz bestimmt sofort entlassen.«

Victoria traute ihrer Stimme kaum genug, um die Frau zu beruhigen. »Ich bin hier zu Gast, ich bin keine Dienstbotin – ich dachte, Mrs. Northrup hätte Ihnen das gesagt.«

Die Frau staunte. »Nein, Miss, das hat sie nicht. Die Angestellten dürfen nicht schwatzen, und Mrs. Northrup wäre die letzte, die das tun würde, wo sie doch mit Mr. Northrup verschwägert ist. Ich hab' nur gewußt, daß Besuch da ist, aber ich –« Ihre Augen huschten über Victorias abgetragenes Kleid, und das Mädchen wurde rot. »Kann ich Ihnen etwas zu essen machen?«

Trübselig ließ Victoria die Schultern hängen. »Nein, aber ich – ich würde gerne etwas kochen, um Mr. O'Malleys Zahnschmerzen zu lindern. Es ist ein warmer Umschlag, aus ganz einfachen Zutaten, aber vielleicht hilft es.«

Die Frau, die sagte, ihr Name sei Mrs. Craddock, zeigte Victoria, wo sie die nötigen Zutaten finden konnte, und Victoria machte sich an die Arbeit, jederzeit darauf gefaßt, daß »Seine Lordschaft« in die Küche stolzieren und sie öffentlich abkanzeln würde.

Jason hatte eben damit begonnen, denselben Brief noch einmal zu diktieren, als Northrup wieder an die Tür zum Arbeitszimmer klopfte.

»Ja«, bellte Jason ungeduldig, als der Butler vor ihm stand. »Was ist jetzt wieder?«

Der Butler räusperte sich. »Es ist wieder wegen Miss Seaton, Mylord. Sie . . . äh . . . um genau zu sein, hat sie versucht, dem Hauptgärtner bei der Bepflanzung der Beete zu helfen. Er hat sie irrtümlich für eine Hausangestellte gehalten, und da ich ihm mitgeteilt habe, daß sie keine Dienstbotin ist, möchte er wissen, ob Sie mit seiner Arbeit unzufrieden sind und sie geschickt haben, um –«

Jasons Stimme zitterte vor Ungeduld. »Sagen Sie dem Gärtner, er soll wieder an die Arbeit gehen, und Miss Seaton, sie soll ihm nicht in die Quere kommen. Und Sie«, setzte er drohend hinzu, »will ich hier nicht mehr sehen. Ich habe zu tun.« Jason wandte sich wieder seinem hageren, bebrillten Sekretär zu und erkundigte sich ungehalten: »Wo waren wir, Benjamin?«

»Der Brief an Ihren Mann in Bombay, Mylord.«

Jason hatte erst zwei Zeilen diktiert, als es vor seiner Tür rumorte und der Koch hereingestürzt kam, gefolgt von Northrup, der versuchte, ihn zu überholen und ihm den Weg zu verstellen. »Entweder sie geht oder ich!« verkündete Monsieur André dramatisch und marschierte auf Jasons Schreibtisch zu. »Ich dulde diesen rot'aarigen Bauerntrampel nicht in meiner Küche!«

Mit tödlicher Ruhe stand Jason auf und richtete seinen grünschillernden Blick auf das empörte Gesicht des *chefs*. »Was sagen Sie da?«

»Ich sagte, ich dulde nicht –«

»Hinaus«, sagte Jason mit seidenweicher Stimme.

Das runde Gesicht des Kochs wurde bleich. *»Oui«*, sagte er hastig und trat den Rückzug an, »ich werde wieder in die Kü –«

»Hinaus aus meinem Haus«, berichtigte Jason gnadenlos. »Sofort!« Er sprang auf, schob den schwitzenden Küchenchef beiseite und stürmte in Richtung Küche.

Alle in der Küche zuckten zusammen und drehten sich um, als sie seine erboste Stimme hörten. Er rief: »Kann irgend jemand hier kochen?«, und Victoria nahm an, daß der französische Koch ihretwegen gekündigt hatte. Entsetzt machte sie einen Schritt vorwärts, aber Jasons drohender Blick verkündete ihr die schlimmsten Konsequenzen, falls sie wagte, sich zur Verfügung zu stellen. »Soll das heißen, daß niemand hier kochen kann?«

Mrs. Craddock zögerte und trat dann vor. »Ich kann kochen, Mylord.«

Jason nickte kurz. »Gut. Dann übernehmen Sie die Verantwortung. Und verzichten Sie in Zukunft bitte auf diese entsetzlich üppigen französischen Soßen, die man mir zugemutet hat.« Er richtete seinen eisigen Blick auf Victoria. »Und Sie«, befahl er unheilverkündend, »Sie treiben sich in Zukunft weder im Kuhstall noch bei den Gärtnern noch in der Küche herum!«

Er ging, und die Dienstboten drehten sich zu Victoria um und sahen sie mit einer Mischung aus Schock und scheuer

Dankbarkeit an. Zu beschämt, um ihren Blicken standzuhalten, senkte Victoria den Kopf und begann, den Breiumschlag für Mr. O'Malley anzurühren.

»An die Arbeit«, rief Mrs. Craddock mit geschäftiger Miene. »Wir müssen Seiner Lordschaft immer noch beweisen, daß wir sehr gut ohne Andrés Geschrei zurechtkommen.«

Victoria hob den Kopf und warf Mrs. Craddock einen entsetzten Blick zu.

»Er war ein gemeiner Tyrann«, bekräftigte die Frau. »Und wir sind nur froh, daß wir ihn los sind.«

Mit Ausnahme des Tages, an dem ihre Eltern gestorben waren, konnte Victoria sich an keinen schlimmeren Tag erinnern als diesen. Sie nahm die Schüssel mit der Mixtur gegen Zahnschmerzen, die ihr Vater ihr gezeigt hatte, und flüchtete aus der Küche.

Da sie O'Malley nicht finden konnte, machte sie sich auf die Suche nach Northrup, der gerade aus einem mit Büchern gefüllten Raum zum Vorschein kam. Hinter ihm erhaschte sie einen Blick auf Jason an seinem Schreibtisch, einen Brief in der Hand. Er redete mit einem bebrillten Mann, der ihm gegenübersaß.

»Mr. Northrup«, sagte sie mit gedämpfter Stimme, während sie ihm die Schüssel übergab, »wären Sie so freundlich, Mr. O'Malley das hier zu geben? Sagen sie ihm, er soll es mehrmals am Tag auf Zahn und Zahnfleisch auftragen. Es lindert die Schmerzen und läßt die Schwellung zurückgehen.«

Wieder einmal lenkte ihn das Geräusch von Stimmen vor seinem Arbeitszimmer ab. Jason ließ den Brief, den er las, ungeduldig auf den Schreibtisch fallen, ging zur Tür und riß sie auf. Ohne Victoria zu bemerken, die die Treppe hinaufgeflüchtet war, fragte er Northrup barsch: »Was hat sie jetzt wieder angestellt?«

»Sie – sie hat das hier für O'Malleys Zahn angerührt, Mylord«, sagte Northrup verwirrt, während er der deprimierten Erscheinung auf der Treppe nachsah.

Jason sah in die gleiche Richtung, und seine Augen wurden schmal, als er die schlanke, wohlgeformte Gestalt in Trauerkleidung entdeckte. »Victoria«, rief er.

Victoria drehte sich um und machte sich auf eine Standpauke gefaßt, aber er sprach mit ruhiger, beherrschter Stimme, die allerdings nichts von ihrer üblichen Autorität eingebüßt hatte. »Tragen Sie kein Schwarz mehr. Es gefällt mir nicht.«

»Es tut mir sehr leid, daß meine Kleidung Ihnen nicht zusagt«, antwortete sie mit ruhiger Würde, »aber ich trage Trauer um meine Eltern.«

Jasons Brauen zogen sich zusammen, aber er schwieg, bis Victoria außer Hörweite war. Dann befahl er Northrup: »Schicken Sie jemanden nach London, der ihr ein paar anständige Kleider besorgt, und lassen Sie diese schwarzen Fetzen verschwinden.«

Als Charles zum Mittagessen erschien, setzte sich eine merklich kleinlaute Victoria auf den Stuhl zu seiner Linken. »Du lieber Himmel, Kind, was ist los? Du bist bleich wie ein Gespenst.«

Victoria gestand ihre morgendlichen Untaten, und Charles hörte mit vor Vergnügen zitternden Lippen zu. »Großartig!« sagte er, als sie fertig war, und begann zu ihrem Erstaunen zu schmunzeln. »Mach nur weiter so und rüttele Jason ein bißchen aus seinem Trott auf. Das ist genau das, was er braucht. Äußerlich mag er kalt und hart wirken, aber das ist nur eine Schale – eine dicke, das gebe ich zu –, aber die richtige Frau könnte sie durchdringen und den weichen Kern dahinter zum Vorschein bringen. Jason würde sie sehr glücklich machen. Unter anderem ist er ausgesprochen großzügig ...« Er ließ den Satz unbeendet und hob die Brauen. Victoria litt unter seinem eindringlichen Blick und fragte sich, ob Charles etwa die Hoffnung hegte, sie sei eben diese Frau.

Sie glaubte keinen Moment lang, daß auch nur ein Fünkchen Wärme in Jason Fielding steckte, und sie wollte so wenig wie irgend möglich mit ihm zu tun haben. Aber statt ihrem Onkel das zu sagen, wechselte sie taktvoll das Thema. »Ich müßte eigentlich in den nächsten Wochen von Andrew hören.«

»Ach ja – Andrew«, sagte er, und sein Blick verfinsterte sich.

Siebtes Kapitel

Am nächsten Tag machte Charles mit Victoria eine Kutschfahrt ins nahegelegene Dorf, und obwohl der Ausflug sie mit wehmütiger Sehnsucht nach ihrem früheren Zuhause erfüllte, unterhielt sie sich großartig. Überall blühten Blumen – in Blumenkästen und Gärten, wo ihnen liebevolle Pflege zuteil wurde, und wild auf den Hügeln und Wiesen, wo nur Mutter Natur sie behütete. Das Dorf mit seinen blitzblanken Häuschen und kopfsteingepflasterten Straßen war bezaubernd, und Victoria verliebte sich sofort.

Jedesmal, wenn sie aus einem der kleinen Geschäfte an der Hauptstraße auftauchten, blieben die Dorfbewohner, die sie sahen, stehen, gafften und zogen den Hut. Sie nannten Charles »Euer Gnaden«, und wenn Victoria auch merkte, daß er ihre Namen oft nicht kannte, so behandelte er sie doch mit ungekünstelter Freundlichkeit, egal, was ihre Stellung in der Welt war.

Als sie nach Wakefield Park zurückkehrten, dachte Victoria schon wesentlich optimistischer über ihr neues Leben und hoffte, daß sie Gelegenheit haben würde, die Dorfbewohner besser kennenzulernen.

Um weiteren Ärger zu vermeiden, beschränkte sie sich den Rest des Tages darauf, in ihrem Zimmer zu sitzen und zu lesen, abgesehen von zwei weiteren Expeditionen zum Komposthaufen, wo sie erfolglos versuchte, Willie näher heranzulocken.

Vor dem Abendessen legte sie sich hin und schlief ein, eingelullt von dem Gedanken, daß weitere Auseinandersetzungen zwischen ihr und Jason Fielding unmöglich waren, solange sie ihm einfach aus dem Weg ging wie heute.

Sie hatte sich geirrt. Als sie erwachte, war Ruth gerade dabei, einen Armvoll pastellfarbener Gewänder in den Kleiderschrank zu hängen. »Das sind nicht meine, Ruth«, sagte Victoria schläfrig und blinzelte ins Kerzenlicht, während sie aus dem Bett stieg.

»Doch, Miss, das sind sie!« rief Ruth begeistert. »Seine Lordschaft hat sie aus London kommen lassen.«

»Dann sag ihm bitte, daß ich sie nicht tragen werde«, sagte Victoria höflich aber bestimmt.

Ruth hob entsetzt die Hände. »O nein, Miss, das kann ich doch nicht. Ganz bestimmt nicht!«

»Na gut, dann tu ich es!« verkündete Victoria, die bereits in dem zweiten Schrank nach ihren eigenen Kleidern suchte.

»Sie sind weg«, sagte Ruth kleinlaut. »Ich – ich hab sie weggeräumt. Seine Lordschaft hat –«

»Ich verstehe«, sagte Victoria sanft, aber in ihrem Inneren begann eine ihr bis dahin unbekannte Wut zu brodeln.

Das kleine Zimmermädchen rang die Hände. Hoffnung leuchtete in ihren blassen Augen. »Miss, Seine Lordschaft sagt, ich darf Ihre Kammerzofe sein, wenn ich meine Sache gutmache.«

»Ich brauche keine Zofe, Ruth.«

Das Mädchen ließ den Kopf hängen. »Es wär' soviel schöner gewesen als das, was ich jetzt mache . . .«

Victoria konnte dem flehentlichen Ausdruck auf ihrem Gesicht nicht widerstehen. »Na schön«, seufzte sie mit dem Versuch eines Lächelns. »Was hat eine ›Kammerzofe‹ zu tun?«

»Also, ich helf' Ihnen beim Anzieh'n und paß auf, daß Ihre Kleider immer sauber und gebügelt sind. Und dann frisier' ich Sie. Darf ich? Sie frisieren, mein ich? Sie haben so schönes Haar, und meine Mama hat immer gesagt, daß ich mich drauf versteh' – 's hübsch zu machen, mein' ich.«

Victoria willigte ein, nicht weil ihr ihre Frisur wichtig war, sondern, weil sie Zeit brauchte, um sich zu beruhigen, bevor sie Jason Fielding zur Rede stellte. Eine Stunde später musterte Victoria sich im Spiegel. Sie trug ein fließendes Gewand aus pfirsichfarbener Seide mit weiten Ärmeln, die mit Satinbändern in derselben Farbe besetzt waren. Ihr schweres, kupferfarbenes Haar war zu Locken gebrannt und mit Bändern durchwoben, ihre hohen Wangenknochen glühten vor Zorn, und ihre strahlend saphirblauen Augen glitzerten vor Abscheu und Beschämung.

Sie hatte nie zuvor ein so elegantes Kleid gesehen wie das, was sie trug, mit einem tief ausgeschnittenen, engen Mieder, das ihren Busen zusammenpreßte und den Blicken darbot. Und sie hatte sich noch nie weniger über ihr Aussehen gefreut als jetzt, wo sie gezwungen wurde, einen derartigen Mangel an Respekt vor ihren toten Eltern zur Schau zu stellen.

»Oh, Miss«, sagte Ruth und schlug begeistert die Hände zusammen, »Sie sehen wunderschön aus. Seine Lordschaft wird seinen Augen nicht trauen, wenn er Sie sieht.«

Ruths Voraussage bestätigte sich, aber Victoria war zu

wütend, um Jasons Verblüffung auch nur die mindeste Befriedigung abzugewinnen, als sie das Eßzimmer betrat.

»Guten Abend, Onkel Charles«, sagte sie und legte ihre Wange an die seine, während Jason sich erhob. Rebellisch drehte sie sich um und stellte sich in schweigender Verachtung seinem Blick, der sie ungeniert musterte, von den rotgoldenen Locken auf ihrem Kopf bis zu den Spitzen der zierlichen Satinschuhe, die er bestellt hatte. Victoria waren bewundernde Blicke von männlichen Wesen nicht ganz unbekannt, aber an Jasons gleichgültiger Beschau war nichts Bewunderndes. »Sind Sie endlich fertig?« fragte sie knapp.

Sein träger Blick wanderte zu ihrem Gesicht, und ein säuerliches Lächeln flog über seinen strengen Mund, als er die Feindseligkeit in ihrer Stimme hörte. Er streckte seinen Arm aus, und Victoria trat automatisch einen Schritt zurück, ehe ihr klarwurde, daß er lediglich vorhatte, ihr den Stuhl zu rechtzurücken.

»Habe ich etwa schon wieder einen Fauxpas begangen – zum Beispiel nicht angeklopft?« erkundigte er sich mit leiser, amüsierter Stimme, die Lippen abstoßend dicht an ihrer Wange, als sie sich setzte. »Ist es in Amerika nicht Sitte, daß ein Herr einer Dame den Stuhl zurechtrückt?«

Victoria zuckte zurück. »Wollen Sie das, oder haben Sie vor, mein Ohr zu verspeisen?«

Seine Lippen bebten. »Vielleicht tue ich das«, erwiderte er, »falls die neue Köchin uns keine anständige Mahlzeit serviert.« Er warf Charles einen Blick zu und kehrte an seinen eigenen Platz zurück. »Ich habe den fetten Franzosen entlassen.«

Victoria wurde von momentanem Schuldbewußtsein ergriffen, als sie an ihren Anteil bei dieser Angelegenheit dachte, aber sie war so wütend über Jasons selbstherrliche Entscheidung wegen ihrer Garderobe, daß nicht einmal das ihren Zorn dämpfen konnte. Sie wollte nach dem Essen, unter vier Augen, mit ihm darüber sprechen, und so unterhielt sie sich ausschließlich mit Charles; aber im Laufe der Mahlzeit wurde sie sich unangenehm bewußt, daß Jason Fielding sie über den Tisch hinweg musterte.

Jason hob sein Weinglas an die Lippen und beobachtete sie. Sie war wütend auf ihn, weil er diese schäbigen schwarzen Kleider hatte beseitigen lassen, das war ihm klar, und sie sehnte sich danach, ihn mit Vorwürfen zu überschütten – das konnte er an ihren blitzenden Augen erkennen.

Wie stolz sie war, und wie schön, dachte er unbeteiligt. Vorher war sie ihm als hübsches kleines Ding erschienen, aber er hatte nicht erwartet, daß sie sich heute abend in eine vollerblühte Schönheit verwandeln würde, einfach, indem sie diese unkleidsamen schwarzen Gewänder ablegte. Vielleicht war seine Abneigung gegen die Trauerkleidung so groß, daß sie seinen Eindruck beeinträchtigt hatte. Wie auch immer, er zweifelte nicht daran, daß Victoria Seaton die Jungs daheim kräftig an der Nase herumgeführt hatte. Ganz gewiß würde sie auch den englischen Knaben den Kopf verdrehen. Und den ausgewachsenen Männern, korrigierte er sich.

Und darin lag sein Problem: Trotz ihrer verführerischen Kurven und diesem bezaubernden Gesicht war er immer mehr davon überzeugt, daß sie vollkommen unerfahren war, genau wie Charles behauptet hatte. Vollkommen unerfahren, und jetzt war er für sie verantwortlich. Die Vorstellung von sich selbst als Beschützer – mutiger Verteidiger mädchenhafter Tugend – war so absurd, daß er beinahe laut aufgelacht hätte, und doch war das die Rolle, die zu spielen er gezwungen sein würde. Jeder, der ihn kannte, würde das angesichts des Rufes der ihm anhaftete, ebenso lächerlich finden wie er selbst.

O'Malley goß mehr Wein in sein Glas, und Jason trank, während er nach dem besten Weg suchte, um sie loszuwerden. Je länger er darüber nachdachte, desto mehr war er überzeugt davon, daß er ihr die Londoner Saison ermöglichen sollte, auf die Charles so erpicht war.

Angesichts Victorias blühender Schönheit würde es ein leichtes sein, sie in der Gesellschaft zu etablieren. Und mit dem zusätzlichen Reiz einer bescheidenen Mitgift, die er selbst zur Verfügung stellen würde, dürfte es ebenso einfach sein, sie mit irgendeinem passenden Londoner Laffen zu verheiraten. Andererseits mochte sie, falls sie wirklich daran glaubte, daß ihr Andrew sie holen würde, darauf bestehen, monate-, ja, jahrelang zu warten, bevor sie einen anderen erhörte, und diese Möglichkeit gefiel Jason ganz und gar nicht.

Seinem halbgefaßten Plan folgend, wartete er, bis die Unterhaltung einen Augenblick verstummte, und sagte dann in trügerisch beiläufigem Ton: »Charles erzählt mir, daß Sie praktisch verlobt sind, mit . . . äh . . . Anson? Albert?«

Victoria fuhr herum. »Andrew.«

»Wie ist er?« fragte Jason.

Ein liebevolles Lächeln flog über Victorias Züge, als sie darüber nachdachte. »Er ist sanft, gutaussehend, intelligent, gütig, rücksichtsvoll –«

»Ich glaube, ich verstehe«, unterbrach Jason nüchtern. »Folgen Sie meinem Rat und vergessen Sie ihn.«

Victoria unterdrückte den Wunsch, etwas nach ihm zu werfen, und fragte statt dessen: »Warum?«

»Er ist nicht der richtige Mann für Sie. Nach vier Tagen hätten sie sein Heim vollkommen auf den Kopf gestellt. Was wollen Sie mit einem gesetzten Bauerntölpel, der ein friedliches, wohlgeordnetes Leben führen will? Es wäre besser, wenn Sie ihn vergessen und das Beste aus ihren Chancen hier machen.«

»Also, was das angeht –«, platzte Victoria heraus, aber Jason schnitt ihr das Wort ab, um die Saat des Mißtrauens in ihr Herz zu senken. »Natürlich ist es nur allzu wahrscheinlich, daß Albert Sie vergißt, wenn Sie schon nicht ihn. Wie heißt es so schön? Aus den Augen, aus dem Sinn?«

Victoria beherrschte sich mit übermenschlicher Geduld, biß die Zähne zusammen und sagte nichts.

»Was, kein Protest?« bohrte Jason und bewunderte die Art, wie der Zorn ihre Augen in rauchiges Mitternachtsblau verwandelte.

Victoria hob das Kinn. »In meiner Heimat gilt es als unschicklich, sich bei Tisch zu streiten, Mr. Fielding.«

Ihr versteckter Tadel amüsierte ihn. »Wie unpraktisch für Sie«, bemerkte er leise.

Charles lehnte sich in seinem Stuhl zurück und lächelte in sich hinein, während er zusah, wie sein Sohn sich mit der jungen Schönen stritt, die ihrer Mutter so sehr ähnelte. Sie sind füreinander geschaffen, dachte er. Victoria hatte keine Angst vor Jason. Ihr Temperament und ihre Wärme würden ihn zähmen, und wenn er erst einmal gezähmt war, würde er die Sorte Ehemann werden, von der junge Mädchen träumten. Sie würden einander glücklich machen, sie würde Jason einen Sohn schenken.

Zufrieden und glücklich träumte Charles von dem Enkel, den sie ihm schenken würden, sobald sie verheiratet waren. Nach all diesen Jahren der Leere und Verzweiflung würden er und Katherine tatsächlich Enkel zusammen haben. Natürlich vertrugen Jason und Victoria sich noch nicht besonders, aber das war zu erwarten gewesen. Jason war ein harter, erfahrener, verbitterter Mann, und das mit gutem Grund. Aber Victoria besaß Katherines Mut, ihre Sanftheit und ihr

Feuer. Und Katherine hatte sein eigenes Leben verändert. Sie hatte ihn gelehrt, was Liebe war. Und Schmerz. Seine Gedanken wanderten zu den lange vergangenen Ereignissen, die zu diesem bedeutsamen Abend geführt hatten . . .

Mit zweiundzwanzig besaß Charles bereits einen wohlverdienten Ruf als Spieler und Wüstling. Er hatte keinerlei Verantwortung, keine Aufsicht und absolut keine Zukunftsaussichten, denn sein älterer Bruder hatte bereits den Titel und alles, was dazu gehörte, geerbt – alles außer Geld. An Geld herrschte immerwährender Mangel, denn die Männer der Familie hatten seit 400 Jahren einen starken Hang zu kostspieligen Lastern bewiesen. Genaugenommen war Charles nicht schlimmer als sein Vater und sein Großvater. Charles' jüngerer Bruder war der einzige Fielding, der jemals den Wunsch gezeigt hatte, den Verlockungen des Satans zu widerstehen, aber er tat dies mit typisch Fieldingscher Maßlosigkeit, wurde Missionar und ging nach Indien.

Ungefähr zum gleichen Zeitpunkt teilte Charles' französische Geliebte ihm mit, daß sie schwanger war. Als Charles ihr Geld anbot statt einer Ehe, weinte sie und wütete gegen ihn, aber ohne Erfolg. Schließlich verließ sie ihn in einem Wutanfall. Eine Woche nach Jasons Geburt kehrte sie in Charles' Wohnung zurück, legte ihm das Kind einfach in die Arme und verschwand. Charles hatte keinerlei Verlangen, sich mit einem Säugling zu belasten, aber er brachte es nicht über sich, den Jungen einfach in einem Waisenhaus abzuladen. In einem Moment reiner Erleuchtung kam er auf die Idee, Jason seinem Bruder und dessen häßlicher Frau mitzugeben, die im Begriff waren, nach Indien zu reisen und dort »die Heiden zu bekehren«.

Ohne irgendwelche Bedenken gab er das Kind diesen beiden gottesfürchtigen, kinderlosen religiösen Eiferern – zusammen mit allem Geld, das er besaß – und verschwendete keinen weiteren Gedanken mehr an die ganze Sache.

Bis dahin war er mit seinen Gewinnen am Spieltisch recht gut ausgekommen, aber das launische Glück, das ihm immer hold gewesen war, ließ ihn endlich doch im Stich. Mit zweiunddreißig war Charles gezwungen, den Tatsachen ins Auge zu sehen. Er konnte den eleganten Lebensstil, der einem Mann seines Standes zukam, nicht länger mit Spielen allein finanzieren. Sein Problem war unter den unvermögenden jüngeren Söhnen des Adels weitverbreitet, und Charles löste es in der hergebrachten Weise: Er beschloß, seinen illustren Familiennamen im Tausch für eine fette Mitgift herzugeben. Mit unverhohlenem Desinteresse machte er der Tochter eines reichen Kaufmanns einen Antrag. Die junge Dame war äußerst reich, hübsch und nicht allzu intelligent.

Das Mädchen und ihr Vater nahmen seinen Antrag begeistert an, und Charles' älterer Bruder, der Herzog, erbot sich sogar, ein Fest zu geben, um die bevorstehende Hochzeit zu feiern.

Anläßlich dieses freudigen Ereignisses begegnete Charles seiner entfernten Cousine Katherine Langston wieder, der achtzehnjährigen Enkelin der Herzogin von Claremont. Das letztemal hatte er sie anläßlich eines seiner seltenen Besuche bei seinem Bruder in Wakefield gesehen. Damals war Katherine ein zehnjähriges Kind gewesen. Zwei Wochen lang war sie ihm fast überallhin gefolgt und hatte ihn aus riesigen blauen Augen mit unverhohlener Bewunderung angesehen. Sie war ein ungewöhnlich hübsches kleines Ding gewesen, mit einem bezaubernden Lächeln und mehr Mut als Frauen, die doppelt so alt waren wie sie.

Jetzt hatte sie sich zu einer jungen Frau von atemberaubender Schönheit ausgewachsen, und Charles konnte kaum den Blick von ihr abwenden.

Mit scheinbar gelangweiltem Gleichmut studierte er ihre atemberaubende Figur, ihre makellosen Züge und ihr prachtvolles rotgoldenes Haar, während sie am Rande des überfüllten Raumes stand wie eine überirdische Erscheinung. Dann schlenderte er zu ihr hinüber, ein Glas Madeira in der Hand, lehnte sich lässig an den Kaminsims und bewunderte freimütig ihre Schönheit. Er hatte erwartet, daß sie gegen seine Unverschämtheit protestieren würde, aber Katherine erhob keinen Einwand. Sie errötete nicht unter seinem Blick, sie wich ihm nicht aus. Sie legte einfach den Kopf zur Seite, als warte sie darauf, daß er seine Musterung abgeschlossen hatte. Endlich sagte er: »Hallo, Katherine.«

»Hallo, Charles«, antwortete sie ruhig.

»Findest du das Fest genauso unerträglich langweilig wie ich, meine Liebe?« fragte er, überrascht von ihrer Gelassenheit.

Statt irgendeine Dummheit zu stammeln, wie reizend sie alles fand, hob Katherine ihren beunruhigend direkten Blick und antwortete ruhig: »Es ist ein angemessenes Vorspiel für eine Ehe, die aus herzlosen, finanziellen Gründen geschlossen wird.«

Ihre Direktheit verblüffte ihn, aber nicht halb so sehr wie der merkwürdig anklagende Blick, den sie ihm zuwarf, bevor sie sich abwandte. Ohne nachzudenken, streckte Charles die Hand aus, um sie aufzuhalten. Die Berührung ihres nackten Armes jagte einen prickelnden Schauer durch seinen Körper, einen Schauer, den auch Katherine gefühlt haben mußte, denn sie erstarrte augenblicklich. Statt sie an sich zu ziehen, schob Charles sie vorwärts, hinaus auf den Balkon. Im Mondlicht drehte er sich zu ihr um, und seine Stimme war hart, denn ihre Anschuldigung hatte ihn getroffen. »Es ist voreilig von dir zu vermuten, daß Geld der einzige Grund ist, aus dem ich Amelia heirate. Es gibt andere Gründe, um zu heiraten.«

Wieder sahen diese beunruhigenden blauen Augen tief in die seinen. »Nicht für Menschen wie uns«, widersprach sie ruhig. »Wir heiraten, um Macht, Vermögen oder gesellschaftliche Stellung unserer Familien zu vergrößern. In diesem Fall dein Vermögen.«

Charles war allerdings dabei, seine Abstammung für Geld zu verkaufen, und obwohl es allgemein akzeptierter Brauch war, gab sie ihm das Gefühl, deswegen ein schlechter Mensch zu sein. »Und was ist mit dir?« spottete er. »Wirst du nicht aus einem dieser Gründe heiraten?«

»Nein«, erwiderte sie leise. »Ganz bestimmt nicht. Ich werde heiraten, weil ich jemanden liebe und wiedergeliebt werde. Ich will mich nicht mit einer Ehe begnügen, wie meine Eltern sie hatten. Ich erwarte mehr vom Leben als das, und ich habe mehr zu geben.«

Diese leisen Worte waren von solcher Gewißheit erfüllt, daß Charles sie einfach nur angestarrt hatte, um dann schließlich zu sagen: »Deine Großmutter wird nicht gerade erfreut sein, daß du beabsichtigst, aus Liebe und nicht um deiner Position willen zu heiraten. Wenn der Klatsch recht hat, wünscht sie sich eine Verbindung mit den Winstons, und sie erwartet, daß du dafür herhältst.«

Jetzt lächelte Katherine zum erstenmal, ein bezauberndes Lächeln, das ihr Gesicht erstrahlen ließ und Charles' Herz zum Schmelzen brachte. »Meine Großmutter und ich sind uns seit langem uneins, was das angeht, aber ich bin ebenso entschlossen wie sie, meinen Willen durchzusetzen.«

Sie war so schön, so frisch und unverdorben, daß der Panzer, der Charles seit dreißig Jahren umgeben hatte, zu bröckeln begann und ihn mit einem Mal einsam und leer zurückließ. Ohne zu merken, was er tat, hob er die Hand und streichelte ihre weiche Wange. Sanft sagte er: »Ich hoffe, der Mann, den du liebst, ist deiner würdig.«

Einen endlosen Augenblick lang hatte Katherine in seinem Gesicht geforscht, als ob sie dahinter seine müde, desillusionierte Seele sehen könne. Dann hatte sie leise geflüstert: »Ich glaube, die Frage ist eher, ob ich seiner würdig bin. Er braucht mich sehr, weißt du, und er hat eben erst angefangen, es zu begreifen.«

Nach einem Augenblick ging ihm die Bedeutung dessen, was sie gesagt hatte, auf, und Charles hörte sich selbst ihren Namen stöhnen, mit dem fieberhaften Verlangen eines Mannes, der gerade gefunden hat, wonach er sein ganzes Leben lang gesucht hat – eine Frau, die ihn um seiner selbst liebte, als den Mann, der er sein konnte und wollte. Und Katherine hatte keinen anderen Grund, ihn zu lieben. Ihre Abstammung war ebenso nobel wie die seine, ihre Verbindungen den seinen weit überlegen, ihr Reichtum unendlich größer.

Charles starrte sie an und versuchte, die Gefühle zu leugnen, die ihn durchpulsten. Das hier war Wahnsinn. Er kannte sie kaum. Er war kein junger Narr, der glaubte, daß erwachsene Männer und Frauen sich auf den ersten Blick ineinander verliebten. Eigentlich hatte er bis zu diesem Augenblick überhaupt nicht an die Liebe geglaubt. Aber jetzt, jetzt glaubte er daran, denn er wollte, daß dieses schöne, kluge, idealistische Mädchen ihn liebte, niemanden als ihn. Zum erstenmal in seinem Leben hatte er etwas Seltenes, Zartes, Unverdorbenes gefunden, und er war entschlossen, dieses Mädchen zu bewahren, sie zu heiraten und vor dem Zynismus zu schützen, der jeden in ihrer Gesellschaftsschicht zu korrumpieren schien.

Die Aussicht darauf, sein Verlöbnis mit Amelia brechen zu müssen, beunruhigte ihn kaum, er hatte keine Illusionen, was ihre Gründe für eine Ehe mit ihm anging. Sie fand ihn attraktiv, das wußte er, aber sie heiratete ihn, weil ihr Vater den Wunsch hatte, einen Kontakt zum Adel herzustellen.

Zwei glückliche, wunderbare Wochen lang war es Katherine und ihm gelungen, ihre wachsende Liebe füreinander geheimzuhalten; zwei Wochen voller verstohlener Rendezvous, verschwiegener Spaziergänge auf dem Land, gemeinsamen Gelächters und Zukunftsplänen.

Am Ende dieser Zeit konnte Charles die notwendige Unterredung mit der Herzoginwitwe von Claremont nicht länger hinausschieben. Er wollte Katherine heiraten.

Er war auf Widerstand gefaßt, denn obwohl seine Familie alt und von höchstem Adel war, war er doch nur der jüngere Sohn ohne Titel. Aber solche Ehen gab es oft genug, und er hatte erwartet, daß sie zum Schein protestieren und dann kapitulieren würde, da Katherine sich diese Ehe genauso sehnlich wünschte wie er. Er war *nicht* darauf gefaßt gewesen, daß sie vor Wut fast von Sinnen sein und ihn einen »hemmungslosen Opportunisten« und »verderbten, lasterhaften Wüstling« nennen würde. Er hatte nicht erwartet, daß sie auf sein eigenes zügelloses Leben und das seiner Vorfahren schimpfen oder seine Ahnen »verantwortungslose Irre, einer wie der andere« nennen würde.

Aber vor allem war er nicht auf ihren Schwur gefaßt gewesen, daß sie Katherine enterben und ihr keinen Cent geben werde, falls sie ihn heiratete. So etwas tat man einfach nicht. Aber als er an jenem Tage ihr Haus verließ, war Charles überzeugt, daß die Frau ihre Drohungen wahr machen würde. Er kehrte in seine Wohnung zurück und verbrachte die Nacht zwischen Wut und Verzweiflung. Am nächsten Morgen wußte er, daß er Katherine nicht heiraten konnte, denn wenn er auch willens war, seinen Lebensunterhalt auf ehrliche Weise zu verdienen, wenn nötig, mit seinen eigenen Händen, so konnte er es doch nicht ertragen, seine stolze, schöne Katherine um seinetwillen gedemütigt zu sehen. Er würde nicht der Grund dafür sein, daß sie von ihrer Familie verstoßen und öffentlich von der Gesellschaft gemieden wurde.

Selbst unter der Voraussetzung, daß er sie für die Schande, der sie ausgesetzt worden wäre, hätte entschädigen können, hätte er niemals ertragen, sie zu einem gewöhnlichen Hausmütterchen werden zu sehen. Sie war jung und idealistisch und in ihn verliebt, aber sie war auch an schöne Kleider und Dienstboten, die ihr jeden Wunsch von den Augen ablasen, gewöhnt. Wenn er für ihren Lebensunterhalt arbeiten mußte, konnte er ihr solchen Luxus unmöglich bieten. Katherine hatte nie in ihrem Leben einen Teller gewaschen, einen Fußboden geputzt oder ein Hemd gebügelt, und er wollte nicht mit ansehen, wie sie dazu gezwungen war, nur weil sie so dumm gewesen war, ihn zu heiraten.

Als es ihm am nächsten Tag gelang, ein kurzes, heimliches Treffen mit ihr zu arrangieren, teilte Charles ihr seinen Entschluß mit. Katherine protestierte wild. Luxus bedeute ihr nichts. Sie flehte ihn an, mit ihr nach Amerika zu gehen, wo angeblich jeder Mann ein gutes Leben führen konnte, wenn er willens war, dafür zu arbeiten.

Außerstande, ihre Tränen und seinen eigenen Kummer länger zu ertragen, hatte Charles nur gesagt, daß ihre Vorstellungen närrisch waren, daß sie ein Leben in Amerika nie ertragen würde. Sie hatte ihn angesehen, als ob er derjenige sei, der Angst vor dem Leben dort hatte, und dann hatte sie ihn beschuldigt, daß er nur ihre Mitgift wollte, nicht sie – genauso, wie ihre Großmutter es ihr gesagt hatte.

Charles, der ihr selbstlos sein eigenes Glück opferte, war von diesem Vorwurf tief verletzt. »Glaub, was du willst«, hatte er barsch erwidert und sich abgewandt. Er war zur Tür gegangen, aber er konnte nicht ertragen, daß sie glaubte, er habe nur ihr Geld gewollt. Er war stehengeblieben, ohne sich umzudrehen und hatte gesagt: »Katherine, ich flehe dich an, denk nicht so von mir.«

»Das tue ich nicht«, flüsterte sie gebrochen. Ebensowenig glaubte sie, daß er ihre hoffnungslose, folternde Sehnsucht nacheinander dadurch beenden würde, daß er in der folgenden Woche Amelia heiratete. Aber genau das tat Charles. Es war die erste vollkommen selbstlose Tat seines Lebens.

Katherine kam zusammen mit ihrer Großmutter zur Hochzeit, und Charles würde die Anklage in Katherines Blick, als er sein Leben einer anderen Frau versprach, zeitlebens nicht vergessen.

Zwei Monate später heiratete sie einen irischen Arzt und ging mit ihm nach Amerika. Charles wußte, daß sie das tat, weil sie wütend auf ihre Großmutter war und weil sie es nicht ertragen hätte, in England zu bleiben. Und um ihm zu beweisen, daß ihre Liebe zu ihm alles ertragen hätte – auch ein Leben in Amerika.

Im selben Jahr kam Charles' älterer Bruder bei einem Duell ums Leben, und Charles erbte den Herzogtitel. Er erbte zwar kein großes Vermögen, aber es wäre genug gewesen, Katherine ein Leben in bescheidenem Luxus zu ermöglichen. Aber Katherine war fort; denn er hatte nicht daran geglaubt, daß ihre Liebe stark genug war, ein paar Unannehmlichkeiten zu ertragen. Das Geld bedeutete ihm nichts.

Kurze Zeit später starb Charles' Bruder, der Missionar, in Indien, und sechzehn Jahre später Charles' Frau Amelia.

Am Abend nach Amelias Begräbnis betrank Charles sich sinnlos, wie so oft in jenen Tagen, aber an diesem Abend, in der trübseligen Einsamkeit seines Hauses, schoß ihm ein neuer Gedanke durch den Kopf: bald würde auch er tot sein. Und wenn es soweit war, würde seine Familie für immer erlöschen. Denn Charles hatte keinen Erben.

Sechzehn Jahre lang hatte Charles in einem Vakuum gelebt, aber in dieser schicksalsträchtigen Nacht begann etwas in ihm zu wachsen. Zuerst war es nur eine unbestimmte Ruhelosigkeit, dann wurde daraus Ekel, schließlich Abscheu, und dann, langsam, ganz langsam, Zorn. Er hatte Katherine verloren; er hatte sechzehn Jahre seines Lebens vergeudet. Er hatte eine geistlose Frau ertragen, eine lieblose Ehe, und jetzt würde er sterben, ohne einen Erben zu haben. Zum erstenmal in 400 Jahren war die Linie in Gefahr zu erlöschen, und Charles war mit einemmal fest entschlossen, das nicht zuzulassen.

Es stimmte, die Fieldings waren keine ausgesprochen ehrenhafte oder bedeutende Familie, aber, bei Gott, der Titel gehörte ihnen, und Charles würde ihn erhalten.

Um das zu tun, brauchte er einen Erben, und das bedeutete, daß er wieder heiraten mußte. Nach den amourösen Eskapaden seiner Jugend erschien ihm der Gedanke, eine junge Frau zu besteigen und einen Erben zu zeugen, eher lästig als aufregend. Mißmutig dachte er an all die hübschen Dinger, mit denen er vor langer Zeit das Bett geteilt hatte – an die schöne französische Ballerina, die seine Geliebte gewesen war und ihm einen Bastard geschenkt hatte . . .

Freudig sprang er auf. Er brauchte nicht wieder zu heiraten, er hatte bereits einen Erben! Er hatte Jason. Charles war sich nicht sicher, ob die Regeln der Nachfolge es zuließen, daß der Titel auf einen unehelichen Sohn überging, aber das war ihm gleich. Jason war ein Fielding, und die wenigen Menschen, die von Jasons Existenz in Indien wußte, hielten ihn für den legitimen Sohn von Charles' jüngerem Bruder. Außerdem hatte König Charles dreien seiner unehelichen Söhne einen Herzogtitel verliehen, und jetzt würde er, Charles Fielding, Herzog von Atherton, seinem Beispiel folgen.

Am nächsten Tag beauftragte Charles drei Privatdetektive damit, Nachforschungen anzustellen, aber zwei lange Jahre vergingen, bevor einer der Männer Charles endlich einen genauen Bericht schickte. Von Charles' Schwägerin fehlte jede Spur, aber Jason war in Bombay ausfindig gemacht worden, wo er anscheinend ein Vermögen im Kaufmannsgewerbe verdient hatte. Der Bericht begann mit Jasons derzeitigem Aufenthaltsort. Er endete mit den Informationen, die der Detektiv über Jasons Vergangenheit hatte.

Charles freudiger Stolz über Jasons finanziellen Erfolg schlug augenblicklich in Entsetzen um, als er las, wie seine Schwägerin das unschuldige Kind, das in ihre Obhut gegeben worden war, mißhandelt hatte. Als er zu Ende gelesen hatte, mußte er sich erbrechen.

Mehr denn je entschlossen, Jason zu seinem rechtmäßigen Erben zu machen, schrieb Charles ihm einen Brief, in dem er ihn bat, nach England zurückzukehren, damit er ihn in aller Form anerkennen konnte.

Als Jason nicht antwortete, reiste Charles mit einer Energie, die seit langem in seinem Charakter geschlummert hatte, selbst nach Bombay. Reuevoll und fest entschlossen besuchte er Jason in seinem prächtigen Haus. Bei ihrem ersten Zusammentreffen sah er mit eigenen Augen, was der Bericht des Detektivs ihm bereits verraten hatte: Jason war verheiratet, hatte einen Sohn und lebte wie ein König. Außerdem machte er nur allzu deutlich, daß er nichts mit Charles zu tun haben wollte, ebensowenig mit dem Erbe, das Charles ihm anzubieten versuchte. In den darauffolgenden Monaten gelang es Charles, seinen kalten, abweisenden Sohn davon zu überzeugen, daß er die unaussprechlichen Qualen, die Jason als Kind erduldet hatte, weder gebilligt noch auch nur geahnt hatte. Aber er konnte ihn nicht dazu bewegen, als sein Erbe nach England zu kommen.

Jasons schöne Frau Melissa war fasziniert von der Vorstellung, als Marquise von Wakefield in London zu erscheinen, aber weder ihre Wutanfälle noch Charles' Bitten hatten den mindesten Effekt auf Jason. Jason scherte sich nicht um Titel, und er hatte keinen Funken Mitgefühl mit den Fieldings.

Charles hatte schon beinahe aufgegeben, als ihm das treffendste Argument einfiel. Eines Abends, als er zusah, wie Jason mit seinem kleinen Sohn spielte, begriff er, daß es einen Menschen auf der Welt gab, für den Jason alles tun würde: Jamie. Jason vergötterte den kleinen Jungen geradezu. Und so änderte Charles seine Taktik. Statt zu versuchen, Jason von den Vorteilen seiner Rückkehr nach England zu überzeugen, gab er ihm zu bedenken, daß er Klein-Jamie sein Geburtsrecht raubte, wenn er sich weigerte, Charles Erbe zu werden. Der Titel und alles, was dazugehörte, würde einmal Jamie zufallen.

Es funktionierte.

Jason ernannte einen kompetenten Stellvertreter, der seine Geschäfte in Bombay führen sollte, und zog mit seiner Familie nach England. Mit der festen Absicht, ein »Königreich« für seinen kleinen Sohn zu bauen, gab Jason bereitwillig Unsummen für die Wiederherstellung der heruntergekommenen Herrenhäuser aus und ließ sie in einem Glanz erstrahlen, den sie nie zuvor besessen hatten.

Während Jason damit beschäftigt war, die Bauarbeiten zu überwachen, machte Melissa sich eilig auf den Weg nach London, um den ihr als Marquise von Wakefield gebührenden Platz in der Gesellschaft einzunehmen. Innerhalb eines Jahres kursierten wilde Gerüchte über ihre amourösen Affären in der ganzen Stadt. Ein paar Monate später waren sie und das Kind tot . . .

Charles schreckte aus seinen traurigen Erinnerungen auf

und hob den Blick, als die Gedecke vom Tisch geräumt wurden. »Sollen wir heute von der üblichen Prozedur abweichen?« schlug er Victoria vor. »Hättest du etwas dagegen, wenn wir unsere Zigarren bei dir im Salon rauchen, statt hier sitzen zu bleiben? Ich verzichte ungern auf deine Gesellschaft.«

Victoria hatte keine Ahnung, was der gewöhnlichen Prozedur entsprach, aber sie war jedenfalls völlig einverstanden. Als sie jedoch den rosa und goldenen Salon betreten wollte, hielt Charles sie zurück und sagte mit leiser Stimme: »Ich habe bemerkt, daß du keine Trauer mehr trägst, mein Kind. Falls das deine Entscheidung war, so kann ich sie nur begrüßen – deine Mutter hat Schwarz gehaßt. Das hat sie mir erzählt, als sie noch ein kleines Mädchen war und gezwungen war, es für ihre Eltern zu tragen.« Charles sah sie durchdringend an. »War es deine Entscheidung, Victoria?«

»Nein«, gab Victoria zu. »Mr. Fielding hat meine Kleider beseitigen und diese hier kommen lassen.«

Er nickte verständnisvoll. »Jason hat eine Abneigung gegen alle Symbole der Trauer, und nach den wütenden Blikken zu schließen, die du ihm beim Essen zugeworfen hast, bist du nicht glücklich über das, was er getan hat. Du solltest es ihm sagen«, fügte er hinzu. »Laß dich nicht von ihm einschüchtern, Kind; er kann Feiglinge nicht ausstehen.«

»Aber ich möchte dich nicht beunruhigen«, sagte Victoria besorgt. »Du hast gesagt, dein Herz ist schwach.«

»Mach dir keine Sorgen um mich«, erwiderte er schmunzelnd. »Mein Herz ist vielleicht ein bißchen anfällig, aber nicht so sehr, daß ich gar keine Aufregung vertrage. Wahrscheinlich würde es mir sogar guttun. Das Leben war unerträglich langweilig, bevor du hierher gekommen bist.«

Als Jason es sich bequem gemacht hatte und mit Portwein und Zigarre versehen war, versuchte Victoria mehrmals, dem Wunsch ihres Onkels zu entsprechen, aber jedesmal, wenn sie Jason ansah und versuchte, das Thema ihrer Kleidung anzuschneiden, ließ ihr Mut sie im Stich. Er trug heute abend wundervoll geschnittene anthrazitgraue Hosen und eine passende Jacke, eine dunkelblaue Weste und ein perlgraues Seidenhemd. Trotz seiner eleganten Aufmachung und der lässigen Art, wie er seine langen Beine ausstreckte, ging eine kaum bezähmbare, rohe Kraft von ihm aus. Etwas Primitives, Gefährliches war an ihm, und sie hatte das unbehagliche Gefühl, daß seine elegante Kleidung und seine gleichgültige Attitüde lediglich eine Maskerade waren, um den Unaufmerksamen in dem Glauben zu wiegen, daß er zivilisiert war. Und das war er ganz und gar nicht.

Er bewegte sich leicht, und Victoria warf ihm einen Blick zu. Er hatte den Kopf zurückgelegt und die dünne Zigarre zwischen die Zähne geklemmt. Seine Hände lagen auf den Lehnen seines Ohrensessels, seine gebräunten Züge waren in Schatten gehüllt. Ein Schauer überlief sie, als sie daran dachte, welch dunkle Geheimnisse in seiner Vergangenheit verborgen liegen mochten. Es mußten sehr viele sein, daß sie ihn so zynisch und unnahbar gemacht hatten. Er sah aus wie die Art Mann, die alles gesehen und getan hatte, was verboten war. Und trotzdem war er attraktiv – gefährlich attraktiv mit seinem schwarzen Haar, den grünen Augen und dem muskulösen Körper. Victoria konnte es nicht leugnen, und wenn sie nicht ein wenig Angst vor ihm gehabt hätte, hätte sie gerne mit ihm gesprochen. Wie verlockend die Vorstellung war, sich ihn zum Freund zu machen – verlokkend wie die Sünde und genauso töricht, als wolle man versuchen, sich mit dem Teufel anzufreunden. Und wahrscheinlich nicht weniger gefährlich.

Victoria holte tief Luft und machte sich bereit, höflich aber bestimmt darauf zu bestehen, daß sie ihre Trauerkleider wiederbekam. In diesem Moment erschien Northrup und kündigte die Ankunft von Lady Kirby und ihrer Tochter an.

Victoria sah, wie Jason zusammenzuckte und Charles einen inquisitorischen Blick zuwarf, den dieser mit einem ratlosen Achselzucken beantwortete. Charles sagte: »Schicken Sie sie weg –« Aber es war bereits zu spät.

»Sie brauchen uns nicht anzumelden, Northrup«, sagte eine energische Stimme, und eine untersetzte Frau kam in den Salon gesegelt, umgeben von flohfarbenen Satinröcken und schwülem Parfum, im Schlepptau eine entzückende Brünette in Victorias Alter. »Charles!« rief Lady Kirby strahlend. »Ich habe gehört, Sie waren heute mit einer jungen Dame namens Miss Seaton im Dorf, und selbstverständlich mußte ich sie mit eigenen Augen sehen.«

Ohne Atem zu holen, wandte sie sich an Victoria und sagte munter: »Sie müssen Miss Seaton sein.« Sie hielt inne und musterte mit schmalen Augen jeden Zug in Victorias Gesicht, in einer Art, die Victoria das Gefühl gab, sie suche nach einem Makel. Sie fand einen. »Was für eine interessante Kerbe Sie im Kinn haben, meine Liebe. Wie ist denn das passiert? Ein Unfall?«

»Ein Geburtsfehler«, antwortete Victoria, viel zu fasziniert von dieser eigenartigen Frau, um beleidigt zu sein. Sie begann sich zu fragen, ob England voll interessanter, schlechterzogener, indiskreter Menschen steckte, deren Eigenarten entweder unterstützt oder ignoriert wurden, weil sie adlig und reich waren.

»Wie traurig«, sagte Lady Kirby. »Tut es weh?«

Victorias Lippen zitterten vor Lachen. »Nur, wenn ich in den Spiegel sehe, Ma'am«, erwiderte sie.

Unbefriedigt wandte Lady Kirby sich ab und stellte sich vor Jason in Positur, der aufgestanden und zum Kamin hinübergegangen war, wo er jetzt am Sims lehnte. »Nun, Wakefield«, sagte sie, »so, wie die Dinge hier aussehen, scheint die Anzeige in der Zeitung der Wahrheit zu entsprechen. Ich will ehrlich sein – ich hab's keine Sekunde geglaubt. Und – stimmt es?«

Jason hob die Augenbrauen. »Stimmt was?«

Charles laute Stimme übertönte Lady Kirbys Worte. »Northrup, bringen Sie den Damen eine Erfrischung!« Man setzte sich, Miss Kirby auf den Sessel neben Jason, und Charles stürzte sich in ein angeregtes Gespräch über das Wetter. Lady Kirby wartete ungeduldig ab, bis Charles' Redeschwall versiegte, dann wandte sie sich Jason zu und sagte mit deutlicher Betonung: »Wakefield, sind Sie verlobt oder nicht?«

Jason hob sein Glas an die Lippen und sagte mit kaltem Blick: »Selbstverständlich nicht.«

Victoria sah die unterschiedlichen Reaktionen auf den Gesichtern um sie herum. Lady Kirby sah zufrieden aus, ihre Tochter entzückt, Charles unglücklich, und Jasons Ausdruck war undurchdringlich. Victorias weiches Herz zerschmolz augenblicklich in Mitgefühl. Kein Wunder, daß Jason so finster war – die Frau, die er liebte, mußte das Verlöbnis mit ihm gelöst haben. Merkwürdig war nur, daß die Damen Kirby sich ihr zuwandten, als erwarteten sie einen Kommentar von ihr.

Victoria lächelte unsicher, und Lady Kirby nahm den Ball auf. »Nun, Charles, wenn das so ist, nehme ich an, Sie haben die Absicht, die arme Miss Seaton in dieser Saison in die Gesellschaft einzuführen?«

»Ich werde dafür sorgen, daß *Gräfin Langston* ihren rechtmäßigen Platz in der Gesellschaft einnimmt«, korrigierte er kühl.

»Gräfin Langst –«, keuchte Lady Kirby.

Charles nickte gnädig. »Victoria ist Katherine Langstons

älteste Tochter. Wenn ich nicht irre, ist sie die Erbin des schottischen Titels ihrer Mutter.«

»Wie dem auch sei«, sagte Lady Kirby steif, »es wird nicht leicht sein, eine angemessene Partie für sie zu finden.« Sie wandte sich Victoria zu. Ihre Stimme vibrierte vor falschem Mitgefühl. »Ihre Mama hat einen ziemlichen Skandal verursacht, als sie mit diesem irischen Arbeiter durchgebrannt ist.«

Empörung jagte weißglühende Funken durch Victorias Glieder. »Meine Mutter hat einen irischen Arzt geheiratet«, korrigierte sie.

»Ohne Erlaubnis ihrer Großmutter«, schoß Lady Kirby zurück. »In diesem Land heiraten anständige Mädchen nicht gegen den Willen ihrer Familie.« Die kaum versteckte Andeutung, daß Katherine nicht anständig gewesen war, machte Victoria so wütend, daß sie die Fingernägel in ihre Handflächen grub.

»Nun ja, die Gesellschaft vergißt derlei, irgendwann«, fuhr Lady Kirby großmütig fort. »In der Zwischenzeit haben Sie viel zu lernen, bevor Sie vorgestellt werden können. Die korrekte Form der Anrede für jeden Angehörigen des Adels, ihre Frauen und ihre Kinder, und selbstverständlich die Anstandsregeln bei Besuchen und das Problem der Sitzordnung. Das alleine dauert Monate – wen man neben wen setzen kann, meine ich. Leute aus den Kolonien haben keine Ahnung von solchen Dingen, aber wir Engländer legen höchsten Wert auf derlei Fragen der Etikette.«

»Vielleicht erklärt das, warum wir Sie im Krieg regelmäßig besiegen«, versetzte Victoria mit Unschuldsmiene.

Lady Kirbys Augen wurden schmal. »Ich wollte niemanden beleidigen. Aber ich warne Sie, Sie werden Ihre Zunge hüten müssen, wenn Sie eine anständige Partie machen und den Ruf ihrer Mutter vergessen machen wollen.«

Victoria erhob sich und sagte mit ruhiger Würde: »Ich würde es vorziehen, ihn in Erinnerung zu bringen. Meine Mutter war die sanfteste, gütigste Frau, die je gelebt hat. Wenn Sie mich jetzt entschuldigen wollen, ich habe noch Briefe zu schreiben.«

Victoria schloß die Tür hinter sich und ging in die Bibliothek, einen gigantischen Raum mit persischen Teppichen auf glänzendem Parkett und Bücherregalen an den langen Wänden. Zu wütend, um sich an einen der Tische zu setzen und Dorothy oder Andrew zu schreiben, wanderte sie an den Regalen entlang, auf der Suche nach einem Buch, das ihr Gemüt besänftigte. Ihre Blicke glitten über die Buchrücken, vorbei an Geschichte, Mythologie und Handel, und kam schließlich zur Dichtung. Zerstreut las sie die Autorennamen, von denen sie einige bereits kannte – Milton, Shelley, Keats, Byron. Ohne echtes Interesse wählte sie aufs Geratewohl ein schmales Bändchen, einfach, weil es ein paar Zentimeter weiter aus dem Regal herausragte, und ging damit zu der nächsten bequemen Sitzgruppe hinüber.

Sie schraubte die Öllampe auf dem Tisch höher, machte es sich in einem Sessel bequem und zwang sich dazu, das Buch aufzuschlagen. Ein rosafarbener, parfümierter Bogen Papier flatterte heraus und schwebte zu Boden. Automatisch hob Victoria ihn auf und wollte ihn zurücklegen, aber die ersten französischen Worte der leidenschaftlichen Nachricht erregten ihre Aufmerksamkeit:

> Geliebter Jason,
> ich vermisse Dich so sehr. Ich warte ungeduldig. Ich zähle die Stunden, bis Du zu mir kommst . . .

Victoria ermahnte sich, daß es ungehörig, unverzeihlich und vollkommen unter ihrer Würde war, Briefe an eine andere

Person zu lesen, aber die Vorstellung, wie eine Frau ungeduldig darauf wartete, daß Jason Fielding zu ihr kam, war so unglaublich, daß Victoria ihre Neugier nicht bezwingen konnte. Was sie betraf, so wäre sie eher geneigt, ungeduldig darauf zu warten, daß cr wieder ging! Sie war so vertieft in ihre Entdeckung, daß sie nicht hörte, wie Jason und Miss Kirby in die Bibliothek traten, während sie weiterlas:

Ich schicke Dir diese entzückenden Gedichte in der Hoffnung, daß Du sie lesen und dabei an mich denken wirst, an die zärtlichen Nächte, die wir einer in des anderen Armen verbracht haben . . .

»Victoria!« rief Jason gereizt.

In schuldbewußter Nervosität sprang Victoria auf, ließ das Buch fallen, hob es hastig auf und setzte sich wieder. Bei dem Versuch, es so aussehen zu lassen, als sei sie ins Lesen vertieft, schlug sie es auf und starrte blind hinein, ohne zu merken, daß sie es verkehrt herum hielt.

»Warum antworten Sie mir nicht?« fragte Jason herrisch, als er mit der lieblichen Miss Kirby in die Bibliothek trat. »Johanna wollte sich von Ihnen verabschieden und ihre Hilfe anbieten, falls Sie etwas im Dorf einkaufen wollen.«

Nach Lady Kirbys unerwarteter Attacke fragte Victoria sich, ob Miss Kirby damit andeuten wollte, daß Victoria nicht imstande war, ihre eigenen Einkäufe zu tätigen. »Verzeihen Sie, ich habe Sie nicht gehört«, sagte sie mit, wie sie hoffte, beherrschter Miene, der weder Zorn noch Schuldbewußtsein anzusehen waren. »Ich lese, wie Sie sehen, und ich war ganz vertieft.« Sie schloß das Buch und legte es auf den Tisch. Dann zwang sie sich, das Paar ruhig anzusehen. Der Ausdruck angewiderten Entsetzens auf Jasons Gesicht ließ sie erstarren. »Was – was ist?« fragte sie, fest davon überzeugt, daß er sich an die Notiz in dem Buch erinnerte und sie verdächtigte, sie gelesen zu haben.

»Also wirklich«, sagte er barsch und wandte sich Miss Kirby zu, die Victoria mit einem ganz ähnlichen Ausdruck anstarrte. »Johanna, können Sie einen Lehrer aus dem Dorf empfehlen, der ihr Lesen beibringt?«

»Lesen?« keuchte Victoria, die die mitleidsvolle Verachtung auf Miss Kirbys schönem Gesicht unerträglich fand. »Seien Sie nicht albern ich brauche keinen Lehrer – ich kann sehr gut lesen.«

Jason ignorierte sie und sah Miss Kirby an. »Wissen Sie jemanden, der hierherkommen und sie unterrichten würde?«

»Ja, ich glaube schon, Mylord. Mr. Watkins, der Vikar, würde sich möglicherweise bereitfinden.«

Mit dem ergebenen Blick derjenigen, die bereits zu viele Schmähungen hinnehmen mußte und nicht bereit ist, noch eine einzige zu dulden, sagte Victoria betont: »Wirklich, das ist absurd. Ich brauche keinen Lehrer. Ich *kann* lesen.«

Jasons Ton wurde eisig. »Lügen Sie mich nie wieder an«, drohte er. »Ich verachte Lügner – ganz besonders weibliche. Sie können kein Wort lesen, und das wissen Sie verdammt gut!«

»Ich kann es einfach nicht fassen!« sagte Victoria, ohne auf Miss Kirbys entsetzte Miene zu achten. »Ich sage Ihnen doch, ich kann lesen!«

Jason riß die Geduld. Mit drei langen Schritten war er beim Tisch, griff nach dem Buch und hielt es ihr unter die Nase. »Dann lesen Sie!«

Wütend und gedemütigt, da er sie so behandelte, ganz besonders in Gegenwart Miss Kirbys, die ihre Freude über Victorias Mißgeschick nicht verhehlte, schlug Victoria das kleine Buch auf und erblickte den parfümierten Zettel.

»Na los«, spottete er. »Lassen Sie uns hören, wie Sie lesen.«

Victoria warf ihm einen absichtlich zögernden Seitenblick zu. »Bestehen Sie darauf, daß ich das hier laut lesen soll?«

»Laut und deutlich«, sagte Jason knapp.

»Vor Miss Kirby?« fragte sie unschuldig.

»Jetzt lesen Sie schon, oder geben Sie zu, daß sie es nicht können.«

»Wie Sie wünschen«, sagte Victoria. Das Gelächter, das in ihrer Kehle bebte, unterdrückend, las sie mit dramatischer Betonung: »Geliebter Jason, ich vermisse Dich so sehr. Ich warte voller Ungeduld. Ich zähle die Stunden, bis Du zu mir kommst. Ich schicke Dir diese entzückenden Gedichte in der Hoffnung, daß Du sie lesen und dabei an mich denken wirst, an die zärtlichen Nächte, die wir einer in des anderen Armen verbracht ha –«

Jason riß ihr das Buch aus der Hand. Mit erhobenen Augenbrauen sah ihm Victoria direkt in die Augen und erinnerte ihn: »Die Nachricht ist in Französisch geschrieben – ich habe übersetzt.«

Dann wandte sie sich Miss Kirby zu und sagte mit munterer Stimme: »Das geht natürlich noch weiter. Aber ich glaube nicht, daß man diese Art Lektüre herumliegen lassen sollte, wo wohlerzogene junge Damen anwesend sind. Nicht wahr?« Ehe einer der beiden etwas erwidern konnte, drehte Victoria sich um und verließ hocherhobenen Hauptes den Raum.

Lady Kirby wartete bereits in der Halle. Victoria verabschiedete sich kühl und schickte sich an, die Treppe hinaufzugehen, in der Hoffnung, so Jasons unvermeidlichem Zorn zu entgehen. Lady Kirbys letzte Bemerkung jedoch verursachte in Victorias Verstand eine derartige Explosion, daß alles andere dahinter verschwand. »Seien Sie nicht zu enttäuscht von Lord Fieldings Desertion, meine Liebe«, rief sie, als Northrup den beiden Damen in ihre Capes half. »Niemand hat diese Verlobungsanzeige für bare Münze genommen. Alle waren überzeugt davon, daß er sich da irgendwie herausmanövrieren würde, sobald sie erst einmal angekommen waren. Der Schurke hat jedermann davon überzeugt, daß er niemanden heiraten wird –«

Charles schob sie, unter dem Vorwand, sie zu ihrer Kutsche zu begleiten, aus der Tür, und Victoria stockte und fuhr herum. Wie eine schöne, empörte Göttin, bebend vor Wut, stand sie auf der Treppe und starrte auf Jason hinunter. Wütend erkundigte sie sich: »Verstehe ich richtig? Diese Verlobung, die nicht stattfindet, soll unsere gewesen sein?«

Jasons einzige Antwort bestand darin, die Zähne zusammenzubeißen, aber sein Schweigen war ein stummes Geständnis, und sie funkelte ihn mit blaublitzenden Augen an, ohne auf die Diener zu achten, die sie in versteinertem Entsetzen anstarrten. »Wie konnten Sie nur!« zischte sie. »Wie können Sie es wagen, irgend jemanden in dem Glauben zu wiegen, ich würde auch nur erwägen, Sie zu heiraten. Ich würde Sie nicht heiraten, und wenn Sie –«

»Ich kann mich nicht erinnern, Sie darum gebeten zu haben«, unterbrach Jason sie sarkastisch. »Aber wie dem auch sei, es ist beruhigend zu wissen, daß Sie, wenn ich mich jemals so weit vergessen sollte, Sie zu fragen, vernünftig genug wären, mich abzuweisen.«

Den Tränen gefährlich nahe, da sie ihre Haltung verlor, ohne die seine erschüttern zu können, strafte Victoria ihn mit einem sengenden Blick. »Sie sind ein kaltherziges, gefühlloses Monstrum ohne Respekt vor irgend jemandem – nicht einmal vor den Toten! Keine Frau, die bei Verstand ist, würde Sie wollen! Sie sind ein –« Ihre Stimme überschlug sich, und sie flüchtete die Treppe hinauf.

Jason sah ihr vom Foyer aus nach, wo zwei Diener und der Butler wie angenagelt standen und voller Entsetzen auf den Augenblick warteten, in den ihr Herr den Bannstrahl seines Zorns auf dieses winzige Persönchen richten würde. Nach einem endlosen Augenblick steckte Jason die Hände in die Taschen. Er warf dem erschütterten Butler einen Blick zu und hob die Brauen. »Ich nehme an, ich habe gerade das erhalten, was man allgemein eine ›vernichtende Abfuhr‹ nennt, Northrup.«

Northrup schluckte hörbar, sagte jedoch nichts, bis Jason die Treppe hinaufgegangen war. Dann herrschte er die Dienstboten an: »Geht an eure Arbeit, und wagt nicht, mit irgend jemandem zu klatschen.« Damit ging er.

O'Malley sah den anderen Diener mit offenem Mund an. »Sie hat mir'n Umschlag gemacht, und's hat gegen mein Zahnweh geholfen«, hauchte er ehrfürchtig. »Vielleicht hat sie Seiner Lordschaft auch was gegen die schlechte Laune angerührt.« Ohne auf Antwort zu warten, ging er direkt in die Küche, um Mrs. Craddock und dem Küchenpersonal von dem erstaunlichen Vorfall zu berichten, dessen Zeuge er gewesen war. Ohne Monsieur André – und dank der jungen Dame aus Amerika – war die Küche zu einem friedlichen Ort geworden, wo man sich gelegentlich einen Augenblick ausruhen konnte, solange Northrup's Adlerauge auf etwas anderes gerichtet war.

Innerhalb einer Stunde hatten alle Mitglieder dieses wohltrainierten, perfekt reglementierten Haushaltes ihre Arbeit lange genug unterbrochen, um ungläubig der Geschichte des Dramas zu lauschen, das sich auf der Treppe abgespielt hatte. Nach einer weiteren halben Stunde war die Nachricht von Seiner Lordschaft beispiellosem Wandel von eisiger Reserve zu warmer Menschlichkeit im Angesicht äußerster Provokation bis in den Stall und die Hütten der Wildhüter gedrungen.

Oben in ihrem Zimmer zitterten Victorias Hände vor aufgestautem Kummer, während sie die Nadeln aus ihrem Haar zog und das pfirsichfarbene Gewand ablegte. Immer noch den Tränen nahe, hängte sie es in den Schrank, zog ein Nachthemd an und kletterte ins Bett. Das Heimweh drohte sie zu überwältigen. Sie wollte fort von hier, einen Ozean zwischen sich und Menschen wie Jason Fielding und Lady Kirby legen. Wahrscheinlich hatte ihre Mutter England aus dem gleichen Grund verlassen. Ihre Mutter . . . meine schöne, sanfte Mutter, dachte sie mit ersticktem Schluchzen. Lady Kirby war es nicht wert, auch nur den Saum von Katherine Seatons Kleid zu berühren!

Erinnerungen an ihr früheres, glückliches Leben überkamen Victoria, bis das ganze Schlafzimmer davon erfüllt war. Sie dachte an den Tag, an dem sie für ihre Mutter einen Strauß Feldblumen gepflückt und dabei ihr Kleid beschmutzt hatte. »Schau, Mama, sind das nicht die hübschesten Blumen, die du je gesehen hast?« hatte sie gesagt. »Die hab' ich für dich gepflückt – aber ich hab' mich schmutzig gemacht.«

»Sehr hübsch«, hatte ihre Mutter gesagt und sie in den Arm genommen, ohne das schmutzige Kleid zu beachten. »Aber das Hübscheste, was ich je gesehen habe, bist du.«

Sie erinnerte sich an das Fieber, das sie gehabt hatte, als sie sieben Jahre alt war, und an dem sie fast gestorben wäre. Nacht für Nacht hatte ihre Mutter an ihrem Bett gesessen und ihr Gesicht und Arme gewaschen, während Victoria zwischen Wachen und Delirium geschwebt war. In der fünften Nacht war sie in den Armen ihrer Mutter erwacht, ihr Gesicht naß von den Tränen, die ihrer Mutter über die Wangen liefen. Katherine wiegte sie hin und her, weinte und flüsterte wieder und wieder dieselbe gestammelte Bitte: *»Laß mein kleines Mädchen nicht sterben. Sie ist so klein, und sie hat Angst im Dunkeln. Bitte, Gott . . .«*

In dem weichen, seidenen Kokon ihres Bettes in Wakefield vergrub Victoria ihr Gesicht in den Kissen und schluchzte untröstlich. »Oh, Mama, Mama, du fehlst mir so sehr . . .«

Jason blieb vor ihrem Schlafzimmer stehen und hob die Hand, um zu klopfen. Er zögerte, als er ihr abgehacktes Schluchzen hörte, und runzelte die Stirn. Wahrscheinlich wird es ihr besser gehen, wenn sie sich ordentlich ausweint, dachte er. Andererseits würde sie sich krank machen, wenn sie weiter so weinte. Nach ein paar unentschlossenen Sekunden ging er in sein eigenes Zimmer, goß etwas Brandy in ein Glas und kehrte zu ihrem Zimmer zurück.

Er klopfte – so wie sie ihm befohlen hatte –, aber als sie nicht antwortete, öffnete er die Tür und trat ein. Er stand an ihrem Bett und sah zu, wie ihre Schultern bebten. Er hatte schon andere Frauen weinen sehen, aber ihre Tränen waren immer in der Absicht vergossen worden, den Willen eines Mannes zu beugen. Victoria hatte auf der Treppe gestanden und ihm ihre verbalen Speere entgegengeschleudert wie ein erzürnter Krieger, und dann hatte sie sich in ihr eigenes Zimmer zurückgezogen, um sich in aller Heimlichkeit auszuweinen.

Jason legte eine Hand auf ihre Schulter. »Victoria –«

Victoria rollte sich auf den Rücken und stützte sich auf. Ihre Augen waren vom tiefen Blau nassen Samtes, in ihren dichten Wimpern glitzerten Tränen. »Hinaus!« befahl sie mit heiserem Flüstern. »Hinaus, auf der Stelle, bevor Sie jemand sieht!«

Jason betrachtete die wilde, blauäugige Schönheit, die

vor ihm lag, ihre zornroten Wangen, ihr kupferrotes Haar, das ihr wirr auf die Schultern fiel. In ihrem züchtigen Nachthemd hatte sie den unschuldigen Charme eines hilflosen, unglücklichen Kindes, und doch lag ein trotziger Stolz in ihren Augen, der ihn davor warnte, sie zu unterschätzen. Er erinnerte sich an ihren unverschämten Wagemut in der Bibliothek, als sie absichtlich jene Nachricht vorgelesen und dann keinen Hehl aus ihrer Befriedigung gemacht hatte. Melissa war die einzige Frau gewesen, die gewagt hatte, ihn zu provozieren, aber sie hatte es hinter seinem Rücken getan. Victoria Seaton tat es in aller Offenheit, und fast bewunderte er sie dafür.

Als er keine Anstalten machte zu gehen, wischte Victoria sich gereizt die Tränen von den Wangen, zog sich die Bettdecke bis unters Kinn und rutschte rückwärts, bis sie in die Kissen gelehnt dasaß. »Ist Ihnen klar, was die Leute sagen würden, wenn sie wüßten, daß Sie hier sind?« zischte Sie. »Haben Sie keine Prinzipien?«

»Nicht die geringsten«, gestand er ohne Bedauern. »Ich ziehe den gesunden Menschenverstand vor.« Ohne auf Victorias finsteren Blick zu achten, setzte er sich auf ihre Bettkante und sagte: »Hier, trinken Sie das.«

Er hielt ihr ein Glas mit einer bernsteinfarbenen Flüssigkeit unter die Nase. »Nein«, sagte sie kopfschüttelnd. »Ganz bestimmt nicht.«

»Trinken Sie«, sagte er ruhig, »sonst flöße ich es Ihnen selber ein.«

»Das würden Sie nicht wagen!«

»Doch, Victoria, das würde ich. Jetzt seien Sie ein braves Mädchen und trinken Sie. Danach wird es Ihnen bessergehen.«

Victoria merkte, daß es keinen Sinn hatte, sich zu widersetzen, und sie war zu erschöpft, um sich zu wehren. Widerstrebend trank sie einen Schluck von der schrecklichen gelben Flüssigkeit und versuchte, ihm das Glas zurückzugeben. »Es geht mir schon viel besser«, log sie.

Amüsement blitzte in seinen Augen, aber seine Stimme war unerbittlich. »Trinken Sie aus.«

»Lassen Sie mich dann in Ruhe?« fragte sie schroff. Er nickte. Als wäre es eine übelschmeckende Medizin, nahm sie zwei große Schlucke und krümmte sich dann zusammen, als die Flüssigkeit sich einen feurigen Pfad in ihren Magen brannte. »Furchtbar«, keuchte sie und sank in die Kissen zurück.

Jason schwieg ein paar Minuten, bis der Brandy sie in seine tröstliche Wärme eingehüllt hatte. Dann sagte er ruhig: »Erstens hat Charles die Verlobungsanzeige aufgegeben, nicht ich. Zweitens haben Sie ebensowenig den Wunsch, mit mir verlobt zu sein, wie ich mit Ihnen. Ist das richtig?«

»Vollkommen«, gab Victoria zu.

»Warum weinen Sie dann darüber, daß wir nicht verlobt sind?«

Victoria warf ihm einen hochmütigen Blick zu. »Ich habe nichts dergleichen getan.«

»Ach nein?« Amüsiert sah Jason die Tränen, die noch an ihren geschwungenen Wimpern hingen, und reichte ihr ein blütenweißes Taschentuch. »Warum dann die rote Nase, die verschwollenen Augen, das bleiche Gesicht und –«

Ein vom Brandy verursachtes, verschämtes Kichern stieg in Victoria auf, und sie betupfte sich die Nase. »Ein Gentleman bemerkt so etwas nicht.«

Ein träges Lächeln überzog seine harten Züge. »Ganz bestimmt habe ich nichts getan, was Ihnen den Eindruck geben könnte, ich sei ein Gentleman.«

Die übertriebene Bestürzung in seiner Stimme zauberte

ein zaghaftes Lächeln auf ihre Lippen. »Ganz und gar nichts«, versicherte sie. Sie trank noch einen Schluck Brandy und lehnte sich in die Kissen. »Ich habe nicht wegen dieser lächerlichen Verlobung geweint – das hat mich nur wütend gemacht.«

»Warum dann?«

Sie schwenkte ihr Glas und sah in die wirbelnde Flüssigkeit. »Ich habe um meine Mutter geweint. Lady Kirby hat gesagt, daß ich ihren Ruf vergessen machen müßte, und das hat mich so aufgebracht, daß ich nicht wußte, was ich sagen sollte.« Sie warf ihm einen hastigen Blick zu, und da er ausnahmsweise einmal ernsthaft Anteil zu nehmen schien, sprach sie stockend weiter. »Meine Mutter war gütig und sanft und liebevoll. Ich mußte daran denken, wie wunderbar sie gewesen ist, und das hat mich zum Weinen gebracht. Wissen Sie, seit meine Eltern gestorben sind, habe ich diese – eigenartigen Zustände. Einen Moment lang geht es mir gut, und dann, ganz plötzlich, fehlen sie mir entsetzlich, und ich muß weinen.«

»Es ist ganz natürlich, um Menschen zu weinen, die man liebt«, sagte er, so sanft, daß sie kaum glauben konnte, daß er es war, der da sprach.

Eigenartig getröstet von seiner Gegenwart und seiner tiefen, vollen Stimme, schüttelte Victoria den Kopf. »Ich weine um mich selbst«, gestand sie schuldbewußt. »Ich weine aus Selbstmitleid, weil ich sie verloren haben. Ich habe gar nicht gewußt, daß ich so feige bin.«

»Ich habe tapfere Männer weinen sehen, Victoria«, sagte er ruhig.

Victoria forschte in seinen harten Zügen. Selbst mit dem sanften Schein des Kerzenlichts auf seinem Gesicht sah er absolut unverwundbar aus. Es war unmöglich, sich ihn mit Tränen in den Augen vorzustellen. Der Brandy hatte ihre gewöhnliche Reserve erheblich vermindert, und so legte Victoria den Kopf auf die Seite und fragte leise: »Haben Sie schon einmal geweint?«

Unter ihrem enttäuschten Blick verschloß sich seine Miene. »Nein.«

»Nicht einmal als kleiner Junge?« fragte sie weiter, in dem Versuch, ihn aufzuheitern.

»Nicht einmal da«, sagte er kurz.

Er schickte sich an aufzustehen, aber Victoria legte impulsiv eine Hand auf seinen Ärmel. Sein Augen wurden schmal, als er ihre langen Finger auf seinem Arm sah. Dann sah er ihr in die großen, fragenden Augen. »Mr. Fielding«, sagte sie, in der Hoffnung, daß ihr kurzer Waffenstillstand halten möge, »ich weiß, daß Sie mich nur ungern hier dulden, aber ich werde nicht lange bleiben – nur so lange, bis Andrew mich holt.«

»Bleiben Sie, so lange Sie wollen«, sagte er achselzuckend.

»Vielen Dank«, sagte Victoria. In ihrem Gesicht spiegelte sich Verwirrung über seine abrupten Stimmungswechsel. »Aber was ich eigentlich sagen wollte, war – ich würde mich sehr freuen, wenn wir uns besser verstehen würden.«

»Welcher Art sollte dieses ›bessere Verstehen‹ Ihrer Meinung nach sein, Mylady?« Vom Brandy besänftigt, überhörte Victoria den Sarkasmus in seiner Stimme. »Nun, wenn man es nicht zu genau nimmt, sind Sie so eine Art entfernter Cousin.« Sie stockte und suchte in seiner rätselhaften Miene nach einem Fünkchen Wärme. »Ich habe keine Verwandten mehr außer Onkel Charles und Ihnen. Glauben Sie, daß es uns gelingen könnte, einander wie Cousin und Cousine zu behandeln?«

Zuerst schien ihr Vorschlag ihn zu verblüffen, dann zu amüsieren. »Ich denke schon.«

»Vielen Dank.«

»Schlafen Sie jetzt.«

Sie nickte und kuschelte sie unter die Decke. »Oh, ich hab' vergessen, mich zu entschuldigen – für das, was ich zu Ihnen gesagt habe, als ich wütend war, meine ich.«

Seine Lippen zuckten. »Bereuen Sie es?«

Victoria hob die Brauen und musterte ihn mit schläfrigem Lächeln. »Sie haben jedes Wort verdient.«

»Da haben Sie recht«, gab er grinsend zu. »Aber treiben Sie es nicht zu weit.«

Jason unterdrückte den Wunsch, ihr über das üppige Haar zu streichen, ging in sein eigenes Zimmer und goß sich einen Brandy ein. Dann setzte er sich und legte die Füße auf den Tisch vor seinem Sessel. Mit verzerrtem Lächeln dachte er darüber nach, warum Victoria Seaton diesen merkwürdigen Beschützerinstinkt in ihm zum Vorschein brachte. Er hatte beabsichtigt, sie sofort nach ihrer Ankunft nach Amerika zurückzuschicken – und das war, bevor sie seinen Haushalt so durcheinandergebracht hatte. Vielleicht lag es daran, daß sie so verloren wirkte, und so jung und zart. Oder vielleicht war es ihre Unverfrorenheit, die ihn so verunsicherte. Oder ihre Augen, die ihn ansahen, als wolle sie seine Seele erforschen. Sie hat keinen Hang zur Koketterie, das hat sie auch nicht nötig, dachte er widerwillig. Diese Augen konnten einen Heiligen verführen.

Achtes Kapitel

»Ich kann dir gar nicht sagen, wie leid mir tut, was gestern abend passiert ist«, versicherte Charles ihr am nächsten Morgen beim Frühstück. »Es war falsch von mir, deine Verlobung mit Jason anzukündigen, aber ich hatte so sehr darauf gehofft, daß ihr zusammenfinden würdet. Was Lady Kirby betrifft – sie ist ein böses Weib, und ihre Tochter ist seit zwei Jahren hinter Jason her. Deswegen sind sie sofort angerannt gekommen, um einen Blick auf dich zu werfen.«

»Du brauchst mir das alles nicht zu erklären, Onkel Charles«, versicherte Victoria herzlich. »Es ist ja nichts geschehen.«

»Vielleicht nicht, aber zusätzlich zu all ihren sonstigen unangenehmen Eigenschaften ist Kirby eine entsetzliche Klatschbase. Jetzt, wo sie weiß, daß du da bist, wird sie es jedem erzählen, und das bedeutet, daß wir demnächst von Besuchern überrannt werden. Das wiederum heißt, daß wir eine Anstandsdame für dich finden müssen, so daß niemand dir irgend etwas nachsagen kann, weil du mit zwei Männern zusammen lebst.« Er sah auf, als Jason hereinkam, und Victoria betete, daß der in der letzten Nacht geschlossene Waffenstillstand dem Licht des Tages standhalten möge.

»Jason, ich habe Victoria gerade erklärt, daß sie eine Anstandsdame braucht. Ich habe an Flossie Wilson gedacht«, setzte er hinzu und bezog sich damit auf die unverheiratete Tante, die sich früher um Jamie gekümmert hatte. »Sie ist eine Gans, aber sie ist meine einzige weibliche Verwandte und die einzig annehmbare Anstandsdame für Victoria, die mir einfällt. Flossie hat zwar keinen Funken Verstand, aber sie weiß, wie man sich benimmt.«

»Wunderbar«, sagte Jason zerstreut und blieb neben Victorias Stuhl stehen. Er sah sie mit undurchdringlicher Miene an. »Ich hoffe, Ihr Einblick in die Welt des Brandytrinkens hatte keine unangenehmen Folgen?«

»Überhaupt keine«, sagte sie fröhlich. »Eigentlich hat es mir geschmeckt, sobald ich mich erst einmal daran gewöhnt hatte.«

Ein träges Lächeln breitete sich auf seinem gebräunten Gesicht aus, und Victorias Herz setzte aus. Jason Fieldings Lächeln hätte einen Eisberg zum Schmelzen gebracht! »Nehmen Sie sich in acht, daß Sie nicht zu sehr auf den Geschmack kommen –«, sagte er um dann scherzhaft hinzuzusetzen: »– Cousine.«

Eingesponnen in hoffnungsvolle Pläne, wie sie Jasons Freundschaft gewinnen könnte, achtete Victoria nicht weiter auf das, was die beiden Männer besprachen, bis Jason sich direkt an sie wandte: »Haben Sie mir zugehört, Victoria?«

Zerstreut hob Victoria den Kopf. »Verzeihung. Ich habe nicht aufgepaßt.«

»Am Freitag erwarte ich den Besuch eines Nachbarn, der gerade aus Frankreich zurückgekehrt ist«, wiederholte Jason. »Falls er seine Frau mitbringt, würde ich sie Ihnen gerne vorstellen.« Victorias Freude über diese Geste wurde rasch gedämpft, als er ihr seine Gründe nannte. »Gräfin Collingwood ist ein ausgezeichnetes Beispiel dafür, wie man sich in der Gesellschaft verhalten sollte. Sie täten gut daran, ihr Benehmen zu beobachten und ihrem Vorbild nachzueifern.«

Victoria wurde rot. Sie kam sich vor wie ein ungezogenes Kind, das man gerade ermahnt hat, sich ein Beispiel an jemand anderem zu nehmen. Außerdem hatte sie schon vier englische Aristokraten kennengelernt – Charles, Jason, Lady Kirby und Miss Johanna Kirby. Bis auf Charles fand sie sie alle sehr schwierig im Umgang, und die Aussicht, noch zwei weitere kennenzulernen, war nicht sehr erhebend. Aber sie beherrschte ihren Zorn und ignorierte ihre Befürchtungen. »Vielen Dank«, sagte sie höflich. »Ich freue mich darauf, sie kennenzulernen.«

Die nächsten vier Tage verbrachte Victoria aufs angenehmste, indem sie Briefe schrieb oder Charles Gesellschaft leistete. Am Nachmittag des folgenden Tages ging sie wieder einmal hinunter in die Küche, um Futter für Willie zu holen.

»Das Viech wird noch so fett, daß man drauf reiten kann, wenn Sie ihn weiter so füttern«, schimpfte Mrs. Craddock gutmütig.

»Das kann noch lange dauern«, sagte Victoria und erwiderte ihr Lächeln. »Könnte ich den großen Knochen da auch noch haben – oder wollten Sie ihn in die Suppe tun?«

Mrs. Craddock versicherte ihr, daß sie nichts dergleichen vorhattc, und gab Victoria den großen Knochen. Victoria dankte ihr und wollte gehen. Dann fiel ihr etwas ein, und sie drehte sich noch einmal um. »Gestern abend hat Mr. Field- – ich meine, Seine Lordschaft«, verbesserte sie sich, als sie sah, wie die Dienstboten bei der bloßen Erwähnung seines Namens zu Eis erstarrten, »gesagt, daß die Ente die beste war, die er je gegessen hat. Ich glaube, er hat vergessen, es Ihnen gegenüber zu erwähnen«, erklärte Victoria, die genau wußte, daß Jason wahrscheinlich nicht im Traum daran gedacht hätte, »aber ich dachte, Sie würden sich bestimmt freuen.«

Mrs. Craddocks runde Wangen röteten sich vor Freude. Förmlich erwiderte sie: »Vielen Dank, Mylady.«

Victoria winkte lächelnd ab und verschwand.

»Also, das is' 'ne echte Dame«, sagte Mrs. Craddock zu den anderen, als Victoria gegangen war. »Sie ist gütig und freundlich und gar nicht wie diese dummen Gänse aus London oder die hochnäsigen Frauenzimmer, die Seine Lordschaft hierherbringt. O'Malley sagt, sie is' 'ne Gräfin. Er hat gehört, wie Seine Gnaden 's neulich zu Lady Kirby gesagt hat.«

Victoria trug die Schüssel hinaus zu der Stelle, an die sie Willie seit neun Tagen sein Fressen gestellt hatte. Statt wie sonst hinter den Bäumen zu lauern, trottete der Hund ihr ein paar Schritte entgegen, als er sie sah. »Hier«, sagte sie mit leisem Lachen, »sieh mal, was ich dir mitgebracht habe.«

Victorias Herz begann zu klopfen vor Siegesgewißheit, als der riesige schwarzsilberne Hund fast in Reichweite kam – viel näher als je zuvor. »Wenn du dich streicheln läßt, bringe ich dir heute abend noch einen Knochen«, versprach sie, näherte sich ihm vorsichtig und hielt ihm die Schüssel hin.

Er blieb stehen und beobachtete sie mit einer Mischung aus Angst und Mißtrauen. »Ich weiß, daß du ihn haben willst«, lockte sie und machte noch einen winzigen Schritt, »und ich möchte deine Freundin sein. Du denkst bestimmt, ich will dich bestechen«, fuhr sie fort, bückte sich und stellte die Schüssel zwischen sie. »Und du hast ganz recht. Weißt du, ich bin genauso einsam wie du, aber du und ich, wir können bestimmt Freunde werden. Ich hatte noch nie einen Hund, wußtest du das?«

Seine glitzernden Augen huschten gierig über das Futter und fixierten sie dann wieder. Nach einer Weile kroch er näher an die Schüssel heran, aber er beobachtete sie unverwandt, selbst, als er seinen Kopf beugte und anfing, sein Futter zu verschlingen. Victoria sprach leise weiter, um ihn zu beruhigen. »Ich verstehe nicht, was Mr. Fielding sich gedacht hat, dich Willie zu nennen. Du siehst gar nicht wie ein Willie aus. Ich hätte dich Wolf genannt, oder Rex – irgendwas, das genauso wild klingt, wie du aussiehst.«

Sobald er fertiggefressen hatte, wollte der Hund sich zurückziehen, aber Victoria streckte rasch ihre linke Hand aus und zeigte ihm den großen Knochen. »Du mußt ihn mir aus der Hand nehmen, wenn du ihn haben willst«, sagte sie. Er beäugte den Knochen nur einen kurzen Augenblick, dann schlossen seine riesigen Kiefer sich darum, und er riß ihn ihr aus der Hand. Sie hatte erwartet, daß er mit dem Knochen in den Wald zurückflüchten würde, aber zu ihrem Entzücken ließ er sich nach kurzem, mißtrauischen Zögern neben sie auf den Boden fallen und begann daran zu nagen. Mit einemmal hatte Victoria das Gefühl der Himmel täte sich über ihr auf. Jetzt fühlte sie sich nicht länger unerwünscht in Wakefield – beide Fieldings waren jetzt ihre Freunde, und bald würde sie in Willie einen neuen Gefährten haben. Sie kniete sich hin und streichelte seinen riesigen Kopf. »Du mußt dringend gebürstet werden«, sagte sie und sah zu, wie seine scharfen Zähne den Knochen zermalmten. »Wenn doch nur Dorothy dich sehen könnte«, seufzte sie. »Sie liebt Tiere, und sie kann mit ihnen umgehen. Sie würde dir bestimmt alle möglichen Kunststücke beibringen.« Der Gedanke brachte Victoria zum Lächeln, und dann wurde sie traurig.

Am Spätnachmittag des folgenden Tages erschien Northrup und teilte ihr mit, daß Lord Collingwood angekommen sei und Lord Fielding sie bat, in sein Arbeitszimmer zu kommen.

Victoria warf einen nervösen Blick in den Spiegel über ihrem Frisiertisch. Dann setzte sie sich, um ihr Haar zu einem ordentlichen Knoten zu schlingen, und machte sich innerlich darauf gefaßt, einen behäbigen, hochmütigen Aristokraten in Lady Kirbys Alter zu begegnen.

»Ihre Kutsche ist unterwegs zusammengebrochen, und sie ist von zwei Bauern hier abgeliefert worden«, berichtete Jason Robert Colingwood mit trockenem Lächeln. »Als sie Victorias Gepäck abladen wollten, sind zwei Ferkel entwischt, und Victoria hat eines gefangen, justament in dem Augenblick, als Northrup die Tür öffnen wollte. Er hat das Ferkel in ihren Armen gesehen, sie für ein Bauernmädchen gehalten und ihr gesagt, daß sie zum Hintereingang gehen soll, um ihre Lieferung abzugeben. Als Victoria protestieren wollte, hat er einem Diener befohlen, sie hinauszuwerfen«, schloß Jason und reichte Robert Collingwood ein Glas Claret.

»Du meine Güte«, sagte der Graf lachend. »Was für ein Empfang!« Er erhob sein Glas und verkündete: »Auf dein Glück und die unendliche Geduld deiner zukünftigen Frau.«

Jason sah ihn stirnrunzelnd an.

In dem Versuch, zu erklären, was er mit seinem Trinkspruch hatte sagen wollen, sagte Robert: »Da sie nicht sofort umgekehrt ist und das nächste Schiff nach Amerika bestiegen hat, kann ich nur vermuten, daß Miss Seaton ein Übermaß an Geduld besitzt – ein äußerst erstrebenswerter Charakterzug bei einer Braut.«

»Die Verlobungsanzeige in der *Times* geht auf Charles' Konto«, sagte Jason. »Victoria ist eine entfernte Cousine von ihm. Als er erfahren hat, daß sie keinerlei Familie mehr besitzt, hat er beschlossen, daß ich sie heiraten muß.«

»Ohne dich zu fragen?« fragte Robert ungläubig.

»Ich habe von meiner Verlobung auf demselben Wege erfahren wie alle anderen – aus der *Times*.«

Die warmen braunen Augen des Grafen erhellten sich vor amüsiertem Mitgefühl. »Ich nehme an, du warst überrascht.«

»Außer mir«, verbesserte Jason. »Da wir gerade beim Thema sind, ich hatte gehofft, du würdest deine Frau mitbringen, damit Victoria sie kennenlernt. Caroline ist ein paar Jahre älter als Victoria, und ich glaube, sie könnten Freundinnen werden. Um ehrlich zu sein, ich glaube, Victoria wird eine Freundin brauchen. Anscheinend hat ihre Mutter einen Skandal verursacht, indem sie einen irischen Arzt geheiratet hat, und die alte Kirby hat offenbar vor, die Sache wieder ans Tageslicht zu zerren. Außerdem ist die Herzogin von Claremont Victorias Urgroßmutter, und sie weigert sich, das Mädchen anzuerkennen. Victoria ist eine Gräfin, aber das allein wird ihr nicht helfen, in der Gesellschaft akzeptiert zu werden. Natürlich wird Charles sie unterstützen, und das hilft. Niemand wird wagen, sie einfach zu schneiden.«

»Außerdem hat sie deinen Einfluß hinter sich, und das ist nicht gerade wenig«, stellte Collingwood fest.

Jason widersprach ihm. »Nicht, wenn es darum geht, den untadeligen Ruf einer jungen Frau zu begründen«, sagte er trocken.

Robert schmunzelte. »Das ist wahr.«

»Wie auch immer, bis jetzt sind die Damen Kirby die einzigen Vertreterinnen des englischen Adels, die Victoria kennengelernt hat. Ich dachte, deine Frau könnte ihr einen besseren Eindruck verschaffen. Genaugenommen habe ich ihr Caroline als nachahmenswertes Beispiel empfohlen.«

Robert Collingwood legte den Kopf in den Nacken und lachte laut. »Wirklich? Dann können wir nur hoffen, daß Lady Victoria deinen Ratschlag ignoriert. Carolines Manieren sind exquisit – so exquisit anscheinend, daß sogar du darauf hereinfällst –, aber ich muß sie ständig aus irgendeiner Klemme befreien. Ich habe in meinem ganzen Leben noch keine so dickköpfige Frau gesehen«, schloß er, aber aus seinen Worten sprach Zärtlichkeit.

»Wenn das so ist, dürften Caroline und Victoria sich großartig verstehen«, sagte Jason trocken.

»Du scheinst dich sehr für sie zu interessieren«, sagte Robert und musterte ihn eindringlich.

»Nur in meiner Eigenschaft als widerwilliger Beschützer.«

Draußen vor der Tür des Arbeitszimmers glättete Victoria die Röcke ihres apfelgrünen Musselinkleides, klopfte vorsichtig und trat dann ein. Jason saß an seinem Schreibtisch in einem hochrückigen Ledersessel und sprach mit einem Mann Anfang Dreißig. Als sie sie sahen, hörten sie auf zu reden und erhoben sich gleichzeitig und wie auf Kommando – eine simple Bewegung, die die Ähnlichkeiten zwischen beiden zu betonen schien. Genau wie Jason war der Graf groß, gutaussehend und von athletischem Körperbau, aber seine Haare waren dunkelblond und seine Augen von warmem Braun. Er strahlte dieselbe ruhige Autorität aus wie Jason, aber er war weniger einschüchternd. Humor leuchtete aus seinen Augen, und sein Lächeln war eher freundlich als sarkastisch. Und doch sah er aus wie ein Mann, den niemand gerne zum Feind hatte.

»Verzeihen Sie meine Unhöflichkeit«, sagte Victoria leise, als Jason sie einander vorgestellt hatte. »Aber als ich Sie so zusammen gesehen habe, hatte ich den Eindruck, Sie seien einander ähnlich.«

»Ich vermute, Sie meinen das als Kompliment, Mylady«, sagte Robert Collingwood grinsend.

»Nein«, widersprach Jason lachend, »das tut sie nicht.«

Victoria suchte fieberhaft nach einer passenden Antwort und fand keine, aber der Graf ersparte ihr weitere Peinlichkeiten, indem er Jason einen indignierten Blick zuwarf und sagte: »Was soll Miss Seaton darauf antworten?«

Victoria hörte Jasons Antwort nicht, denn ihre Aufmerksamkeit wurde von einem weiteren Anwesenden beansprucht – einem reizenden kleinen Jungen von ungefähr drei Jahren, der neben dem Grafen stand und sie in stummer Faszination anstarrte. In den Armen hielt er ein für den Augenblick vollkommen vergessenes Segelboot. Mit seinen hellbraunen Locken und braunen Augen war er eine Miniaturausgabe seines Vaters, bis hin zu den hellbraunen Reithosen, braunen Stiefeln und der Jacke, die er trug. Hingerissen lächelte Victoria ihn an. »Ich glaube, wir sind einander noch nicht vorgestellt worden . . .«, mahnte sie.

»Verzeihen Sie mir«, sagte der Graf lächelnd. »Lady Victoria, erlauben Sie mir, Sie mit meinem Sohn John bekannt zu machen.«

Der kleine Junge legte sein Boot auf den Stuhl hinter sich und verbeugte sich mit reizendem Ernst. Victoria erwiderte seine Verbeugung mit einem tiefen Knicks, der ihn zum Kichern brachte. Dann zeigte er mit einem rundlichen Finger auf ihr Haar und sah seinen Vater an. »Rot?« fragte er mit kindlichem Entzücken.

»Ja«, bestätigte Robert.

Das Kind strahlte. »Hübss«, flüsterte er und brachte seinen Vater damit zum Lachen.

»John, du bist entschieden zu jung, um den Damen Komplimente zu machen«, sagte Collingwood.

»Oh, aber ich bin keine Dame«, sagte Victoria, die vollkommen von dem kleinen Jungen bezaubert war. Übermütig verkündete sie: »Ich bin ein Seemann!« Er sah sie so zweifelnd an, daß Victoria hinzusetzte: »Wirklich, und noch dazu ein ausnehmend guter. Mein Freund Andrew und ich und die anderen Kinder haben immerzu Boote gebaut und sie schwimmen lassen – obwohl unsere längst nicht so schön waren wie deins. Sollen wir deines unten im Bach schwimmen lassen?«

Er nickte, und Victoria warf seinem Vater einen Blick zu. »Ich werde gut auf ihn aufpassen«, versprach sie. »Und auf das Schiff natürlich.«

Als der Graf seine Zustimmung gab, legte John seine Hand in Victorias, und sie wanderten aus dem Zimmer.

»Offenbar mag sie Kinder«, stellte Robert fest, als die zwei Abenteurer gegangen waren.

»Sie ist selbst kaum mehr als ein Kind«, sagte Jason geringschätzig.

Der Graf drehte sich um und sah der verführerischen jungen Frau nach, die durch die Halle ging. Dann wandte er sich Jason wieder zu und hob in amüsiertem Protest die Brauen. Aber er sagte nichts.

Victoria verbrachte eine Stunde auf einer Decke am Ufer des Baches, der sich einen malerischen Weg durch den weiten Rasen bahnte. Die Sonne bestrahlte ihr Gesicht und wärmte ihr die Glieder, während sie neben John saß und Geschichten von Piraten und Stürmen erfand, die ihr Schiff auf der Überfahrt von Amerika heimgesucht hatten. John hörte hingerissen zu und umklammerte die lange Angelschnur, die Victoria von Northrup erbeten und am Schiff befestigt hatte. Als er anfing, sich am seichten Wasser zu langweilen, nahm sie ihm die Schnur aus der Hand, und sie gingen zusammen den Bach entlang zu einer steinernen Brücke, wo das Wasser von einem Baumstamm gestaut wurde und tief und reißend war. »Hier«, sagte sie und gab ihm die Schnur wieder. »Laß aber nicht los, sonst erleiden wir Schiffbruch an dem alten Baum da drüben.«

»Bestimmt nicht«, versicherte er lächelnd, während sein stolzer Dreimaster im wirbelnden Wasser tanzte.

Victoria wanderte am steilen Ufer entlang und pflückte die rosa, blauen und weißen Blumen, die die Böschung bedeckten. Plötzlich stieß John einen Schrei aus und lief ungeschickt der Schnur hinterher, die offenbar seiner Hand entglitten war. »Bleib stehen!« schrie sie und lief zu ihm.

Tapfer die Tränen unterdrückend zeigte er auf das kleine Schiff, das jetzt direkt auf die Äste des gefällten Baumes zutrieb. »Weg«, flüsterte er erstickt, während zwei große Tränen in seinen braunen Augen aufstiegen. »Onkel George hat's für mich gemacht. Er is' ganz bestimmt traurich.«

Victoria biß sich auf die Lippen und überlegte. Das Wasser war tief an dieser Stelle, aber sie und Andrew hatten ihre eigenen Schiffe aus dem viel gefährlicheren Fluß gerettet, in dem sie sie hatten schwimmen lassen. Sie hob den Kopf, suchte das Ufer ab und vergewisserte sich, daß sie vom Haus aus nicht gesehen werden konnten. Dann faßte sie sich ein Herz.

»Es ist nicht weg, es ist bloß auf ein Riff gelaufen«, sagte sie leichthin und umarmte ihn. »Ich hol's.« Sie hatte bereits Sandalen und Strümpfe abgestreift und zog sich jetzt das neue apfelgrüne Gewand über den Kopf. »Setz dich dahin«, sagte sie. »Ich hol's wieder.«

Nur mit einem Hemd und einem leichten Unterrock bekleidet, watete Victoria in den Bach, bis sie den Boden unter den Füßen verlor. Dann schwamm sie mit geübten Stößen auf das äußere Ende des Baumstammes zu. Das Wasser unter der Brücke war eisig und tief, aber sie fand das kleine Boot ohne Mühe. Mehr Mühe machte es ihr, die dicke Angelschnur aus den Zweigen zu befreien. Zweimal mußte sie tauchen, zum kichernden Entzücken des kleinen John, der offenbar noch nie zuvor jemanden hatte schwimmen oder tauchen sehen. Trotz des kalten Wassers und des hinderlichen Unterrocks fand Victoria ihre Schwimmpartie erfrischend, und sie genoß ihre Freiheit. »Diesmal schaffe ich es«, rief sie John zu und winkte. Sie vergewisserte sich, daß er nicht versuchte, ihr nachzukommen und rief: »Bleib, wo du bist, ich brauche keine Hilfe.«

Er nickte gehorsam, und Victoria tauchte noch einmal und folgte mit kalten Fingern der Schnur unter dem Baum, fand die Stelle, wo sie sich an einem abgebrochenen Ast verfangen hatte und tastete sich zum anderen Ende vor.

»Northrup sagt, er hat gesehen, wie sie zur Brücke ge-«, Jason verstummte, als in der Entfernung schwach das Wort »Hilfe« erklang.

Beide Männer fingen an zu laufen, schlitterten das steile,

blumenübersäte Ufer hinunter und langten schließlich bei John an. Robert Collingwood packte seinen Sohn an den Schultern und fragte rauh: »Wo ist sie?«

»Hinter der Brücke«, verkündete der kleine Junge stolz. »Unter dem Baum. Sie holt Onkel Georges Boot wieder.«

»O Gott! Diese kleine Närrin –«, keuchte Jason. Er hatte bereits die Jacke ausgezogen und lief jetzt auf das Wasser zu. Plötzlich schoß eine lachende, rothaarige Nixe an die Oberfläche. »Ich hab's, John«, rief sie, während das nasse Haar ihr in die Augen hing.

»Gut!« schrie John und klatschte in die Hände.

Jason blieb stehen. Seine namenlose Angst wich schwarzem Zorn, als er zusah, wie sie selig, mit langen, eleganten Stößen auf das Ufer zuschwamm, das kleine Segelboot im Schlepptau. Breitbeinig, mit unheilverkündender Miene, wartete er ungeduldig darauf, daß sein Opfer in Reichweite kam.

Robert Collingwood warf seinem aufgebrachten Freund einen mitfühlenden Blick zu und nahm seinen Sohn bei der Hand. »Komm mit mir ins Haus, John«, befahl er. »Ich glaube, Lord Fielding möchte Miss Victoria etwas sagen.«

»Dankessön?« fragte der kleine Junge hoffnungsvoll.

»Nein«, erwiderte er nüchtern. »Nicht ›dankeschön‹.«

Victoria watete rückwärts aus dem Wasser, zog dabei das Boot an Land und sprach mit dem abwesenden John. »Siehst du, ich hab' dir doch gesagt, daß ich –« Ihr Rücken prallte gegen einen unbeweglichen Gegenstand, und im selben Augenblick legten sich zwei Hände um ihre Arme wie Schraubstöcke und drehten sie unsanft herum.

»Kleine Närrin!« schnaubte Jason wütend. »Törichte kleine Närrin, Sie hätten sich umbringen können!«

»Nein – nein, es war überhaupt nicht gefährlich«, keuchte Victoria erschrocken. »Ich schwimme ausgezeichnet, und –«

»Das hat der Diener, der hier letztes Jahr fast ertrunken wäre, auch gesagt!« sagte er mit schrecklicher Stimme.

»Wenn Sie mir die Arme brechen, wird es auch nicht besser«, sagte sie, aber ihre vergeblichen Versuche, sich zu befreien, ließen seinen Griff nur fester werden. Victoria keuchte vor Angst, während sie verzweifelt versuchte, an seine Vernunft zu appellieren. »Ich weiß, daß ich Ihnen Angst gemacht habe, und es tut mir leid, aber ich war nicht im mindesten in Gefahr. Ich habe nichts getan.«

»Nichts getan? Und Sie sind nicht in Gefahr?« wiederholte er unheilvoll. Sein Blick fiel auf ihren Busen, der sich unter ihren angstvollen Atemzügen hob und senkte. Plötzlich wurde Victoria sich bewußt, daß sie tropfnaß und kaum bekleidet war. Dort, wo ihre Brüste sein Hemd berührten, war es vollkommen durchweicht. »Wenn nun jemand anderer hier am Ufer stünde und Sie beobachtete – was, glauben Sie, würde dann passieren?«

Victoria schluckte und fuhr sich mit der Zunge über die Lippen. Sie mußte daran denken, als sie einmal lange nach Einbruch der Dunkelheit nach Hause gekommen war und erfahren hatte, daß ihr Vater und ein paar Männer den Wald nach ihr absuchten. Zuerst war er außer sich gewesen vor Erleichterung. Aber dann war sie zwei Tage nicht imstande gewesen, ohne Schmerzen zu sitzen. »Ich – ich weiß nicht«, antwortete sie, in der Hoffnung, daß Dreistigkeit ihr weiterhelfen würde. »Ich vermute, wer auch immer es wäre, würde mir meine Kleider reichen und –«

Jasons Blick wanderte über ihre feuchten Lippen und ihren Hals zu den beiden verlockenden Wölbungen, die sich seinen Blicken über dem Ausschnitt ihres nassen Hemdes darboten. Sie bebten und hoben sich ihm einladend entgegen, unleugbarer Beweise dafür, daß sie eine verführerische Frau war und nicht das Kind, für das er sie hatte halten wollen. »Das würde passieren!« sagte er roh, und sein Mund preßte sich auf ihre Lippen in einem wilden, brutalen Kuß, der sie bestrafen und demütigen sollte.

Victoria wehrte sich gegen ihn, versuchte, seinem Griff zu entkommen und ihre Lippen zu befreien. Ihr Kampf schien ihn lediglich noch wütender und den Kuß nur um so schmerzhafter werden zu lassen. »Bitte«, keuchte sie angstvoll. »Es tut mir leid, daß ich sie erschreckt habe –«

Langsam lockerte sich sein Griff, und dann hob er den Kopf und starrte in ihre angsterfüllten Augen. Automatisch verschränkte Victoria die Arme über der Brust. Ihr Haar fiel ihr über die Schultern wie eine Flut von nassem Gold, in ihren saphirblauen Augen standen Angst und Reue. »Bitte«, flüsterte sie mit zitternder Stimme. »Es tut mir leid, daß ich Sie erschreckt habe. Ich schwimme seit meiner Kindheit, aber heute hätte ich es nicht tun dürfen. Das weiß ich jetzt.«

Ihr unumwundenes Geständnis traf Jason völlig unvorbereitet. Seit er reich geworden war und seinen Titel erhalten hatte, war jede nur denkbare weibliche List an ihn verschwendet worden, immer ohne Erfolg. Victorias Aufrichtigkeit, gepaart mit ihrer Schönheit und der Berührung ihrer beiden Körper, wirkte auf ihn wie ein starkes Aphrodisiakum. Begierde durchfuhr ihn und erhitzte sein Blut, so daß es in seinen Adern sang.

Victoria sah etwas Primitives, Erschreckendes in seinen Augen aufflackern, als seine Hände ihre Arme fester umklammerten. Sie fuhr zurück. Ein Schrei stieg in ihrer Kehle auf, aber seine Lippen verschlossen ihr den Mund und erstickten ihre Stimme mit einer Intensität, die sie bewegungslos vor Schock machte. Wie ein erschrecktes Kaninchen in einer Falle kämpfte sie so lange, bis sie seine Hände spürte, die besänftigend über ihren Rücken und ihre Schultern strichen, während sein Mund sich auf den ihren preßte.

Benommen klammerte sie sich an seiner Brust fest, um Halt zu suchen, und sei es auch an dem Objekt, das schuld daran war, daß sie ihr Gleichgewicht verlor. Diese unbewußte Tat provozierte eine augenblickliche Reaktion. Seine Arme legten sich fester um sie, und sein Kuß wurde noch tiefer. Verloren in einem Nebel aus namenlosen Begierden stellte Victoria sich auf die Zehenspitzen und gab dem Druck seiner Arme nach. Er stöhnte, während er ihren Körper an sich preßte, und seine geöffneten Lippen sogen hungrig an den ihren, zwangen sie, sich zu öffnen, und sobald sie nachgab, glitt seine Zunge in die weiche Höhlung ihres Mundes.

Victoria drehte entsetzt den Kopf zur Seite und stieß ihn mit aller Kraft zurück. »Nicht!«

Er ließ sie so plötzlich los, daß sie rückwärts stolperte. Dann atmete er tief und hielt lange die Luft an. Victoria riß ihren zornigen Blick von Jasons Brust los und funkelte ihn an, gefaßt darauf, daß er ihr die Schuld an diesem ungehörigen Kuß gab. »Ich nehme an, das habe ich mir auch selbst zuzuschreiben«, sagte sie wütend. »Zweifellos werden Sie sagen, daß ich es nicht besser verdient habe!« Sein ausdrucksvoller Mund verzog sich zu einem grimmigen Lächeln, und Victoria hatte den flüchtigen Eindruck, daß er um seine Fassung rang.

»Sie haben den ersten Fehler des Nachmittags begangen«, sagte er dann. »Dieser hier lag bei mir. Es tut mir leid.«

»Was?« sagte sie, unfähig, ihren Ohren zu trauen.

»Im Gegensatz zu dem, was sie offenkundig von mir denken«, sagte er mit arroganter Betonung, »ist es nicht meine Gewohnheit, naive junge Dinger zu verführen –«

»Ich war nicht in Gefahr, verführt zu werden«, log Victoria stolz.

Träger Spott blitzte in seinen Augen auf. »Ach nein?« fragte er, und Amüsement schien die Spannung aus seinem Körper zu vertreiben.

»Nein, allerdings nicht!«

»Dann würde ich vorschlagen, daß Sie sich ankleiden, bevor ich in Versuchung gerate, Ihnen zu beweisen, wie sehr Sie sich irren.«

Victoria öffnete den Mund, um eine angemessen schneidende Bemerkung über sein unmögliches Benehmen zu machen, aber sein freches Lächeln war einfach zu viel. »Sie sind unmöglich!« sagte sie lahm.

»Da haben Sie recht«, stimmte er zu und drehte sich um, damit sie sich anziehen konnte.

Victoria kleidete sich hastig an, verzweifelt bemüht, den Aufruhr, der in ihr tobte, zu beherrschen und sich seiner Stimmung anzupassen. Andrew hatte sie ein paarmal geküßt, aber nie so. Niemals. Jason hätte es unter keinen Umständen tun dürfen, noch weniger, wenn er sich so wenig daraus machte. Sie war sich ziemlich sicher, daß sie jedes Recht hatte, wütend auf ihn zu sein, aber vielleicht war hier in England auch das anders. Vielleicht duldeten Damen hier derartige Küsse. Vielleicht machte sie sich zum Narren, wenn sie dem Vorfall irgendeine Bedeutung beimaß. Und selbst wenn sie es täte, Jason würde den Kuß einfach achselzuckend abtun, so wie er es schon jetzt tat. Sie hatte nichts zu gewinnen, wenn sie seinen Zorn erregte, aber viel zu verlieren. Aber ganz konnte sie ihren Ärger doch nicht bezwingen. »Sie sind wirklich unmöglich«, wiederholte sie.

»Darüber waren wir uns bereits einig.«

»Außerdem sind Sie unberechenbar.«

»Inwiefern?«

»Nun, ich dachte, Sie würden mich ohrfeigen, weil ich Ihnen Angst gemacht habe. Statt dessen haben Sie mich geküßt.« Sie bückte sich und hob Johns Boot auf. »Ich fange an zu glauben, daß Sie Ihrem Hund ähneln – der sieht auch viel bösartiger aus als er ist.«

Ausnahmsweise einmal sah sie, wie seine lässige Fassade einen Sprung bekam. »Mein Hund?« echote er verständnislos.

»Willie«, erklärte sie.

»Kanarienvögel müssen Ihnen panische Angst einjagen, wenn Sie Willie bösartig finden.«

»Ich komme allmählich zu dem Schluß, daß ich mich vor keinem von Ihnen beiden fürchten muß.«

Ein Lächeln huschte über seinen sinnlichen Mund, als er ihr das kleine Boot abnahm. »Sagen Sie das nicht weiter, sonst ruinieren Sie meinen Ruf.«

Victoria hüllte sich in die Decke und legte dann den Kopf auf die Seite. »Haben Sie einen?«

»Von der allerschlimmsten Sorte«, sagte er mit einem herausfordernden Blick. »Soll ich Ihnen die schmutzigen Details verraten?«

»Nein, danke«, sagte Victoria züchtig. In der Hoffnung, daß Jasons milde Reue über den Kuß ihn zugänglicher machen würde, wagte Victoria, das Thema anzuschneiden, das sie schon seit Tagen beschäftigte. »Es gibt etwas, womit Sie ihren ›Fehler‹ wiedergutmachen könnten«, sagte sie zaghaft, als sie auf das Haus zugingen.

Jason warf ihr einen prüfenden Blick zu. »Ich würde sagen, ein Fehler gleicht den anderen aus. Aber wie dem auch sei, was ist es?«

»Ich möchte meine Kleider wiederhaben.«

»Nein.«

»Sie begreifen nicht« rief sie, völlig verwirrt durch seine plötzliche Unnachgiebigkeit. »Ich trage Trauer um meine Eltern.«

»Ich begreife sehr wohl, aber ich glaube nicht, daß ein Schmerz jemals so groß ist, daß man ihn nicht in seinem Inneren verbergen kann, und ich glaube nicht an die äußerliche Zurschaustellung von Trauer. Außerdem möchten Charles und ich, daß Sie hier ein neues Leben beginnen – eines, das Sie genießen können.«

»Ich brauche kein neues Leben!« rief Victoria verzweifelt. »Ich bleibe nur hier, bis Andrew mich holen kommt, und dann –«

»Er wird nicht kommen, Victoria«, sagte Jason. »Er hat Ihnen in all diesen Monaten nur ein einziges Mal geschrieben.«

Die Worte durchbohrten Victorias Herz wie glühende Dolche. »Ich sage Ihnen, er wird kommen. Für mehr Briefe war keine Zeit vor meiner Abreise.«

Jasons Miene wurde hart. »Ich hoffe, daß Sie recht haben. Aber ich verbiete Ihnen trotzdem, Schwarz zu tragen. Trauer trägt man im Herzen.«

»Woher wollen Sie das wissen?« rief Victoria außer sich. »Wenn Sie ein Herz hätten, würden Sie mich nicht zwingen, in diesen Kleidern herumzustolzieren, als ob meine Eltern nie auf der Welt gewesen wären. Sie haben kein Herz!«

»Sie haben recht«, sagte er mit einer Stimme, die dadurch um so erschreckender klang, daß sie so leise war. »Ich habe kein Herz. Denken Sie daran, und seien Sie nicht so töricht zu glauben, ich sei unter meiner bösartigen Schale so zahm wie ein Schoßhündchen. Diesen Fehler haben schon viele Frauen gemacht, und sie haben es bereut.«

Victorias Knie zitterten, als sie weiterging. Wie war sie nur auf die Idee gekommen, sie könnten Freunde werden! Er war kalt und zynisch und hart, er war bösartig und launisch, und außerdem war er ganz offenkundig verrückt! Kein normaler Mann würde eine Frau so zärtlich und leidenschaftlich küssen, nur um im nächsten Augenblick kalt und abscheulich zu sein. Er war kein Schoßhündchen – er war genauso gefährlich und unberechenbar wie der Panther, dem er ähnelte!

Obwohl sie so schnell ging wie sie konnte, hielt Jason mühelos mit ihr Schritt, und sie kamen gleichzeitig an der runden Auffahrt vor dem Haus an.

Graf Collingwood erwartete sie. Er saß bereits auf seinem prächtigen Grauschimmel, John vor sich im Sattel.

Beschämt und wütend verabschiedete Victoria sich, lächelte John kleinlaut zu und gab ihm sein Segelboot. Dann lief sie ins Haus.

John sah ihr hinterher, sah dann Jason an und drehte sich zu seinem Vater um. »Hat er Miss Tory etwa verhauen?«

Der Graf hob seinen amüsierten Blick von Jasons nasser Hemdbrust zu Seiner Lordschaft Gesicht. »Nein, John, Lord Fielding hat sie nicht verhauen.« Zu Jason sagte er: »Soll ich Caroline bitten, daß sie Miss Seaton morgen einen Besuch abstattet?«

»Bring sie mit, dann können wir unsere geschäftliche Besprechung fortsetzen.«

Robert nickte. Den Arm schützend um seinen kleinen Sohn gelegt, gab er seinem Pferd die Sporen, und der Schimmel galoppierte die Auffahrt entlang.

Jason sah ihnen nach. Seine gleichmütige Miene verwandelte sich in finsteres Mißvergnügen, als er sich zum erstenmal damit auseinandersetzte, was da unten am Bach mit ihm geschehen war.

Neuntes Kapitel

Am nächsten Nachmittag war es Victoria immer noch nicht gelungen, Jasons Kuß aus ihren Gedanken zu verbannen. Sie saß im Gras neben Willie und streichelte seinen Kopf, während er an dem Knochen nagte, den sie ihm gebracht hatte. Sie sah ihm zu und dachte wieder an Jasons gleichgültiges Verhalten, sobald der Kuß vorüber gewesen war, und ihr Magen krampfte sich zusammen, als sie ihre eigene Unerfahrenheit mit seiner spröden Weltgewandheit verglich.

Wie hatte er sie im Arm halten und küssen können, als wolle er sie verschlingen, um gleich darauf Witze darüber zu machen? Und woher hatte sie die Fähigkeit genommen, auf seine leichtfertige Stimmung einzugehen, wo alle ihre Sinne wie betäubt gewesen waren und ihre Knie gezittert hatten? Und nach alldem, wie hatte er sie mit so kalten Augen ansehen können, um ihr zu raten, daß sie nicht denselben Fehler wie »Dutzende« von anderen Frauen machen solle?

Wieso benahm er sich so? fragte sie sich. Es war unmöglich, mit ihm zurechtzukommen oder ihn zu begreifen. Sie hatte versucht, sich mit ihm anzufreunden, nur, um sich am Ende küssen lassen zu müssen. Alles war so anders in England, vielleicht waren derartige Küsse hier nichts Besonderes, und sie hatte keinen Grund, sich schuldig und gedemütigt zu fühlen. Aber das tat sie. Sehnsucht nach Andrew überwältigte sie, und sie erschauerte vor Scham, wie bereitwillig sie Jasons Kuß erwidert hatte.

Sie sah auf, als Jason auf den Stall zuritt. Er war heute morgen auf die Jagd gegangen, und es war ihr gelungen, ihm aus dem Weg zu gehen, während sie versuchte, wieder zu sich zu kommen, aber jetzt war ihre Schonzeit zu Ende – Graf Collingwoods Kutsche war gerade vorgefahren. Widerwillig stand sie auf. »Komm, Willie«, sagte sie gepreßt.

»Wir wollen Lord Fielding sagen, daß der Graf und die Gräfin angekommen sind und dem armen Mr. O'Malley einen unnötigen Gang in den Stall ersparen.«

Der Hund hob seinen großen Kopf und sah sie mit seinen klugen Augen an, aber er rührte sich nicht. »Es wird Zeit, daß du aufhörst, dich zu verstecken. Ich bin nicht dein Dienstbote, und ich weigere mich, dir dein Futter weiter hierher zu bringen. Northrup hat mir erzählt, daß du sonst immer im Stall gefüttert worden bist. Komm, Willie!« wiederholte sie, entschlossen, wenigstens diesen kleinen Teil ihres Lebens unter Kontrolle zu bringen. Sie machte zwei Schritte und wartete. Der Hund stand auf und sah sie an. Sein aufmerksamer Blick verriet, daß er ihren Befehl verstanden hatte.

»Willie«, sagte sie gereizt, »ich habe allmählich genug von arroganten männlichen Wesen.« Sie schnippte mit den Fingern. »Was hab' ich gesagt? Komm!« Wieder machte sie einen Schritt und sah über ihre Schulter, bereit und willens, das widerspenstige Tier am Nackenfell mitzuschleifen, falls es sich weigerte. »Komm!« sagte sie scharf, und diesmal trottete er langsam hinter ihr her.

Aufgeheitert durch diesen kleinen Sieg, ging Victoria auf den Stall zu, aus dem gerade Jason kam, das Gewehr locker in der Hand.

Vor dem Haus war Graf Collingwood gerade dabei, seiner Frau aus der Kutsche zu helfen. »Da sind sie, da drüben«, sagte er und nickte in Richtung der Stallungen. Er nahm zärtlich ihren Arm und ging mit seiner Frau über den Rasen auf das andere Paar zu. »Du mußt lächeln«, flüsterte er spöttisch, als ihre Schritte zögernd wurden. »Du siehst aus, als würdest du deinem Henker begegnen.«

»So ähnlich fühle ich mich auch«, gestand Caroline und lächelte ihn verlegen an. »Ich weiß, du wirst mich auslachen, aber Lord Fielding macht mir angst.« Sie nickte bekräftigend, als ihr Mann sie erstaunt ansah. »Ich bin nicht die einzige, der es so geht – alle fürchten sich vor ihm.«

»Jason ist ein ungewöhnlicher Mann, Caroline. Bis jetzt hat jedes Geschäft, das er mir empfohlen hat, enormen Gewinn gebracht.«

»Kann sein, aber er ist trotzdem schrecklich reserviert und abweisend. Außerdem kann er einem Abfuhren erteilen, daß man am liebsten im Erdboden versinken möchte. Vor ein paar Wochen hat er Miss Farraday erklärt, daß er weibliches Geschwätz verabscheut – ganz besonders, wenn die Frauen sich dabei an seinen Arm klammern.«

»Und was hat Miss Farraday dazu gesagt?«

»Was hätte sie sagen sollen? Sie hing gerade an seinem Arm und plapperte. Es war ungemein peinlich.«

Ohne das beredte Grinsen ihres Mannes zu beachten, strich sie ihre weißen Handschuhe glatt. »Ich kann nicht begreifen, was die Frauen an ihm finden, aber sie machen sich seinetwegen fortwährend zum Gespött, wenn er in der Nähe ist. Natürlich ist er reich wie Krösus, mit sechs Häusern und weiß der Himmel was für einem Einkommen – und natürlich ist er der nächste Herzog von Atherton. Und ich gestehe ihm zu, daß er ungewöhnlich gut aussieht –«

»Aber du begreifst nicht, was die Frauen an ihm finden?« erkundigte ihr Gatte sich schmunzelnd.

Caroline schüttelte den Kopf und senkte die Stimme, als sie sich dem Gegenstand ihres Gespräches näherten. »Seine Manieren sind ganz und gar nicht angenehm. Ganz im Gegenteil – er ist schockierend unhöflich!«

»Wenn ein Mann unablässig wegen seines Titels und seines Vermögens verfolgt wird, ist es nur allzu verständlich, wenn er ab und zu die Geduld verliert.«

»Möglicherweise findest du das, aber ich meinerseits

empfinde lebhaftes Mitgefühl für die arme Miss Seaton. Stell dir nur vor, was für Ängste sie ausstehen muß, zusammen im selben Haus mit ihm.«

»Ich weiß nicht, ob sie Angst hat, aber ich habe den Eindruck, daß sie einsam ist und eine Freundin braucht, die ihr zeigt, wie man sich in England zurechtfindet.«

»Sie muß sehr unglücklich sein«, sagte Caroline mitfühlend und beobachtete Victoria, die jetzt bei Jason angekommen war und mit ihm sprach.

»Der Graf und die Gräfin sind da«, sagte Victoria gerade mit kühler Höflichkeit.

»Ich sehe es. Sie sind Ihnen hierher gefolgt«, erklärte Jason, »da kommen sie, ein paar Schritte hinter Ihnen.« Wieder sah er sie an und erstarrte, seine Aufmerksamkeit auf etwas hinter ihrem Rücken gerichtet. »Weg!« kommandierte er, stieß sie unsanft beiseite und hob sein Gewehr. Hinter Victoria ertönte ein leises, warnendes Knurren, und plötzlich begriff sie, was Jason vorhatte.

»Nein!« schrie sie. Wild holte sie aus und schlug den Lauf des Gewehres nach oben. Dann warf sie sich auf die Knie, umschlang Willie mit beiden Armen und funkelte Jason wütend an. »Sie sind verrückt! Vollkommen verrückt! Was hat Willie Ihnen getan, daß Sie ihn hungern lassen und auch noch erschießen wollen?« schrie sie hysterisch und streichelte das Tier beruhigend. »Ist er in Ihrem albernen Bach geschwommen – oder hat er gewagt, einen Ihrer Befehle zu mißachten – oder –«

Das Gewehr glitt durch Jasons taube Finger, bis der Lauf auf den Boden gerichtet war. »Victoria«, sagte er mit ruhiger Stimme, die seine angespannten Züge Lügen straften, »das ist nicht Willie. Willie ist ein Collie, und ich habe ihn vor drei Tagen den Collingwoods ausgeliehen.«

Victorias Hand erstarrte mitten in der Bewegung.

»Wenn ich nicht vollkommen irre, ist das Tier, das sie da beschützen wie eine Mutter ihr Kind, mindestens zur Hälfte ein Wolf.«

Victoria schluckte und stand auf. »Auch wenn er nicht Willie ist, er ist ein Hund, kein Wolf«, sagte sie hartnäckig. »Er gehorcht mir.«

»Er ist mindestens zur Hälfte ein Wolf«, widersprach Jason. In der Absicht, sie von dem Tier wegzuziehen, machte er einen Schritt nach vorn und ergriff ihren Arm – eine Bewegung, die eine augenblickliche Reaktion auslöste. Mit gesträubten Nackenhaaren kauerte das Tier sich auf den Boden, knurrte und fletschte die Zähne. Jason ließ ihren Arm los. Langsam wanderten seine Finger auf den Abzug des Gewehres zu. »Gehen Sie aus dem Weg, Victoria.«

Victoria starrte wie gebannt auf das Gewehr. »Tun Sie es nicht!« warnte sie. »Ich lasse es nicht zu. Wenn Sie ihn erschießen, erschieße ich Sie, das schwör' ich Ihnen. Ich kann noch besser schießen als schwimmen – das kann Ihnen jeder zu Hause bestätigen. Jason!« schrie sie. »Er ist ein Hund, und er versucht nur, mich vor Ihnen zu beschützen. Das kann jeder sehen! Er ist mein Freund. Bitte, bitte, schießen Sie nicht. Bitte . . .«

Schwach vor Erleichterung sah sie, wie Jasons den Finger vom Abzug nahm und das Gewehr wieder harmlos zu Boden zeigte. »Stehen Sie auf«, befahl er. »Ich werde nicht schießen.«

»Geben Sie mir Ihr Ehrenwort?« fragte Victoria eindringlich, blieb aber schützend vor dem Tier stehen, um eine tödliche Konfrontation zwischen dem mutigen Hund, der sie beschützen wollte, und dem Mann, der ihn dafür töten wollte, zu vermeiden.

»Ich gebe Ihnen mein Wort.«

Victoria schickte sich an, den Weg freizugeben, aber dann

fiel ihr etwas ein, das Jason ihr erzählt hatte, und blitzschnell stellte sie sich wieder zwischen die beiden. Mit mißtrauischem Blick erinnerte sie ihn: »Sie haben mir gesagt, daß Sie kein Gentleman sind und keine Prinzipien haben. Woher soll ich wissen, daß Sie Ihr Wort halten?«

Jasons Pantheraugen glommen vor widerwilligem Amüsement, als er die wehrlose junge Frau ansah, die gleichzeitig einen Wolf schützen und sich ihm widersetzen wollte. »Ich werde es halten. Jetzt hören Sie schon auf, sich zu benehmen wie Jean d'Arc.«

»Ich weiß nicht, ob ich Ihnen trauen kann. Würden Sie es auch Lord Collingwood versprechen?«

»Treiben Sie es nicht zu weit, mein Kind«, warnte Jason.

Trotzdem klang es eindeutig nach einer Drohung, und Victoria beherzigte sie, nicht, weil sie Angst vor den Folgen hatte, sondern weil sie instinktiv fühlte, daß Jason sein Versprechen halten würde. Sie nickte und trat zur Seite, aber der riesige Hund verharrte in Angriffsstellung und wandte den drohenden Blick nicht von Jason.

Der beobachtete das Tier, das Gewehr immer noch schußbereit. Verzweifelt drehte Victoria sich zu dem Hund um. »Sitz!« kommandierte sie, ohne ernsthaft zu erwarten, daß er gehorchen würde.

Der Hund zögerte und setzte sich dann neben sie.

»Sehen Sie!« Erleichtert warf Victoria die Hände in die Luft. »Irgend jemand hat ihn gut erzogen. Und er weiß, daß das Gewehr ihm wehtun kann – deswegen behält er es im Auge. Er ist klug.«

»Sehr klug«, bestätigte Jason mit trockenem Spott. »Klug genug, um genau hier, vor meiner Nase, zu leben, während ich und jeder andere im Umkreis von zehn Meilen den ›Wolf‹ jagen, der Hühnerställe ausräubert und das Dorf in Angst und Schrecken versetzt.«

»Gehen Sie deswegen jeden Tag auf die Jagd?« Als er nickte, sprudelte aus Victoria ein Schwall von Worten heraus, der Jason daran hindern sollte, den Hund von Haus und Hof zu verbannen. »Sie sehen ja, er ist kein Wolf, sondern ein Hund. Und ich habe ihm jeden Tag zu fressen gegeben, und jetzt braucht er keine Hühnerställe mehr auszuräubern. Außerdem ist er sehr klug, und er versteht, was ich ihm sage.«

»Vielleicht sollten Sie ihm dann klarmachen, wie unhöflich es ist, daß er auf eine Gelegenheit lauert, die Hand zu beißen, die ihn, wenigstens indirekt, füttert.«

Victoria warf einen besorgten Blick auf ihren übereifrigen Beschützer. »Ich glaube, wenn Sie mich noch einmal anfassen und ich ihm befehle, Sie nicht anzuknurren, begreift er es. Versuchen wir's.«

»Am liebsten würde ich Ihnen den Hals umdrehen«, sagte Jason halb im Ernst, aber er nahm ihren Arm. Augenblicklich war das knurrende Tier sprungbereit.

»Nein!« rief Victoria scharf, und der Wolf namens Willie entspannte sich, zögerte und leckte ihr dann die Hand.

Victoria stieß einen Seufzer der Erleichterung aus. »Da, sehen Sie, es hat funktioniert. Ich werde gut auf ihn aufpassen – und er wird niemanden stören, wenn Sie ihn bleiben lassen.«

Jason kapitulierte vor ihrem Mut und dem flehenden Blick ihrer strahlendblauen Augen. »Legen Sie ihn lieber an die Kette«, seufzte er. Als sie protestieren wollte, setzte er hinzu: »Ich werde den Wildhütern sagen lassen, daß sie ihn in Ruhe lassen sollen, aber wenn er auf fremden Grund und Boden gerät, wird er sofort erschossen. Er hat noch niemanden angegriffen, aber die Bauern hängen an ihren Hühnern, ganz zu schweigen von ihren Familien.«

Er verhinderte eine weitere Auseinandersetzung, indem er sich umdrehte, um den Graf und die Gräfin Collingwood zu begrüßen, und Victoria erinnerte sich wieder an ihre Anwesenheit.

Ihr war heiß vor Scham, als sie der Frau gegenübertrat, die Jason offenbar als ein Muster an Anstand betrachtete. Doch statt mit hochmütiger Verachtung, wie sie erwartet hatte, betrachtete Lady Collingwood sie mit etwas, das beinahe aussah wie lachende Bewunderung. Jason machte sie miteinander bekannt und schlenderte dann mit dem Grafen von dannen, um irgendeine geschäftliche Angelegenheit zu besprechen. Victoria blieb mit der Gräfin alleine zurück.

Lady Collingwood brach schließlich das unbehagliche Schweigen. »Darf ich Sie begleiten, während Sie ihren Hund an die Kette legen?«

Victoria nickte und wischte sich die feuchten Handflächen am Rock ab. »Sie – Sie müssen mich für die ungezogenste Frau auf Gottes Erdboden halten«, sagte sie unglücklich.

»Nein«, entgegnete Caroline Collingwood und biß sich auf die Lippen, um ihre Erheiterung zu verbergen, »aber zweifellos für die tapferste.«

Victoria war sprach los. »Weil ich keine Angst vor Willie habe?«

Die Gräfin schüttelte den Kopf. »Weil Sie keine Angst vor Lord Fielding haben«, verbesserte sie lachend.

Victoria sah die attraktive Frau in ihrer eleganten Aufmachung an, aber was sie sah, waren der übermütige Glanz in ihren tanzenden grauen Augen und die Wärme in ihrem Lächeln. Sie hatte in diesem abweisenden Land eine verwandte Seele getroffen. Victoria strahlte. »Eigentlich hatte ich schreckliche Angst«, gestand Victoria, als sie um das Haus herumwanderten. Sie hatte beschlossen, ihren Hund hinter dem Haus anzubinden, bis es ihr gelungen war, Jason dazu zu bringen, daß er ihn ins Haus ließ.

»Aber Sie haben es sich nicht anmerken lassen, und das ist sehr gut. Ich glaube, sobald ein Mann merkt, daß eine Frau vor etwas Angst hat, benutzt er dieses Wissen auf die übelste Art und Weise. Mein Bruder Charles zum Beispiel. Sobald er gemerkt hat, daß ich Angst vor Schlangen habe, hat er eine in meiner Handschuhschachtel versteckt. Und noch bevor ich mich von dem Schrecken erholt hatte, hat mein Bruder Abbott eine in meine Tanzschuhe gelegt.«

Victoria erschauerte. »Ich kann Schlangen nicht ausstehen. Wie viele Brüder haben Sie?«

»Sechs, und sie haben mir übel mitgespielt, bis ich gelernt habe, es ihnen mit gleicher Münze heimzuzahlen. Haben Sie Brüder?«

»Nein – aber eine Schwester.«

Als die Herren ihre Unterredung beendet hatten und sich den Damen zu einem frühen Abendessen wieder anschlossen, nannten Victoria und Caroline einander beim Vornamen und waren auf dem besten Wege, gute Freundinnen zu werden. Victoria hatte ihr bereits erklärt, daß ihre Verlobung mit Lord Fielding auf einem Mißverständnis beruhte, und sie hatte ihr von Andrew erzählt. Caroline hatte ihr anvertraut, daß ihre Eltern ihre Heirat mit Lord Collingwood arrangiert hatten, aber nach dem, was sie sagte, und der Art, wie ihre Augen leuchteten, wenn sie von ihm sprach, war Victoria sicher, daß Caroline ihren Gatten anbetete.

Die Mahlzeit war erfüllt von ihrem Gelächter, als Victoria und Caroline fortfuhren, Geständnisse und kindliche Streiche auszutauschen. Selbst Lord Collingwood steuerte Geschichten aus seiner Kinderzeit bei, und Victoria merkte bald, daß sie alle drei eine sorglose Kindheit und die Geborgenheit elterlicher Liebe erfahren hatten. Nur Jason weigerte sich, über seine eigene Jugend zu sprechen, schien aber die Geschichten zu genießen, die die anderen erzählten.

»Kannst du wirklich schießen?« fragte Caroline Victoria bewundernd, während zwei Diener in Butter gedünstete Forellen mit einer köstlichen Kräutersoße servierten.

»Ja«, gab Victoria zu. »Andrew hat es mir beigebracht, weil er jemanden haben wollte, gegen den er gewinnen kann.«

»Und? Hat er gewonnen, meine ich.«

Victoria schüttelte den Kopf, und das Kerzenlicht fing sich in ihrem Haar und verwandelte es in einen leuchtenden Heiligenschein. »Nicht sehr oft. Es war ganz eigenartig, aber beim allerersten Mal, wo er mir das Gewehr in die Hand gegeben hat, habe ich getan, was er mir gesagt hat und getroffen. Es war gar nicht besonders schwer.«

»Und danach?«

»Wurde es einfacher«, sagte Victoria mit einem Zwinkern.

»Ich fechte leidenschaftlich gern«, gab Caroline zu. »Mein Bruder Richard war mein Partner. Einen guten Arm, mehr braucht man dazu nicht.«

Lord Collingwood schmunzelte. »Mein Lieblingsspiel war, so zu tun als wäre ich ein mittelalterlicher Ritter. Die Diener waren meine Gegner beim Turnier. Ich habe mich nicht schlecht geschlagen – aber die Dienstboten hatten natürlich Hemmungen, einen zukünftigen Grafen vom Pferd zu stoßen, und ich war bestimmt nicht so gut, wie ich damals dachte.«

»Habt ihr in Amerika auch Seilziehen gespielt?« fragte Caroline eifrig.

»Ja, und es ging immer Jungs gegen Mädchen.«

»Aber das ist nicht fair – Jungen sind immer die Stärkeren.«

Victoria lachte und sagte mit unschuldigem Augenaufschlag: »Nicht, wenn die Mädchen eine Stelle unter einem

Baum finden, und es dann – ganz zufällig – schaffen, das Seil beim Ziehen um den Stamm zu legen.«

»Schamlos!« lachte Jason. »Sie haben gemogelt.«

»Stimmt, aber anders hätten wir schlechtere Karten gehabt, wir haben also nicht wirklich gemogelt.«

»Was verstehen Sie von Karten?« fragte er scherzend.

»Sie meinen Kartenspielen?« fragte Victoria mit leuchtenden Augen. »Um die schreckliche Wahrheit zu gestehen, ich bin beinahe so gut darin, die Gewinnchancen von verschiedenen Blättern zu kalkulieren wie darin, die Karten so zu geben, daß die entsprechenden Blätter zustande kommen. Kurz«, gestand sie rundheraus, »ich kann schummeln.«

Jasons dunkle Brauen zogen sich zusammen. »Wer hat Ihnen das beigebracht?«

»Andrew. Er hat gesagt, es seien ›Kartenkunststücke‹, die er in der Schule gelernt hat.«

»Erinnern Sie mich daran, daß ich diesen Andrew nie als Mitglied in einem meiner Clubs vorschlage«, sagte Collingwood nüchtern. »Er würde den ersten Abend nicht überleben.«

»Andrew schummelt nie«, stellte Victoria richtig. »Er dachte nur, es sei wichtig zu wissen, wie man es macht, damit man nicht von einem skrupellosen Spieler betrogen werden kann – aber er war damals erst sechzehn, und ich glaube, er hat nicht gewußt, wie unwahrscheinlich es ist, so jemandem zu begegnen . . .«

Jason lehnte sich in seinem Stuhl zurück und beobachtete Victoria mit faszinierter Aufmerksamkeit, erstaunt von dem unbefangenen Charme, mit dem sie seine Gäste bezauberte, und der Art, wie sie Robert Collingwood dazu brachte, sich an der Unterhaltung zu beteiligen. Er bemerkte, wie ihr Gesicht vor Zärtlichkeit strahlte, sobald sie von ihrem Andrew sprach, und wie sie den Raum mit ihrem Lächeln zum Leben erweckte.

Sie war frisch und lebendig und unverdorben. Trotz ihrer Jugend war ihr eine natürliche Gewandtheit eigen, die von ihrem lebhaften Verstand, ihrem Sinn für Humor und einem echten Interesse an anderen Menschen gespeist wurde. Er lächelte in sich hinein, als er daran dachte, wie mutig sie ihren Hund verteidigt hatte, der, wie sie verkündet hatte, hinfort nicht mehr Willie, sondern Wolf heißen sollte. Jason hatte in seinem Leben nur wenige wahrhaft mutige Männer getroffen, aber noch nie eine mutige Frau. Er erinnerte sich an ihre scheue Empfänglichkeit für seinen Kuß und die heiße Begierde, die sie in seinem Körper entfacht hatte.

Victoria Seaton ist voller Überraschungen, voller Verheißung, dachte er, während er sie verstohlen beobachtete. Schönheit und Temperament prägten jeden Zug ihres makellosen Gesichtes, aber ihr Reiz ging weit darüber hinaus; er lag in ihrem melodischen Lachen und ihren graziösen Bewegungen. Sie besaß eine Tiefe, die sie funkeln und leuchten ließ wie ein Juwel, ein Juwel, das lediglich die richtige Fassung brauchte: elegante Kleider, um ihre verführerische Figur und ihr exquisites Gesicht zur Geltung zu bringen, ein prachtvolles Haus, in dem sie als Königin regieren konnte, einen Mann, der ihre Impulsivität bändigte, ein Kind an ihrer Brust, das sie lieben und umhegen konnte . . .

Während er ihr gegenübersaß, erinnerte sich Jason an seinen alten, schon lange vergessenen Traum von einer Frau, die seine Tage mit ihrer Wärme und ihrem Gelächter erhellte . . . einer Frau, die nachts in seinen Armen lag und die finstere Leere aus seiner Seele vertrieb . . . einer Frau, die die Kinder liebte, die er mit ihr zeugte . . .

Jason riß sich zusammen, angewidert von seinen naiven Jugendträumen und unerfüllten Sehnsüchten. Er hatte sie sich bis ins Erwachsenenalter bewahrt und Melissa geheiratet, in dem törichten Glauben, daß eine schöne Frau sie ihm erfüllen könne. Wie dumm er gewesen war, wie leichtgläubig! Zu glauben, daß einer Frau Liebe oder Kinder oder irgend etwas außer Geld, Juwelen und Macht wichtig waren. Er verzog das Gesicht, als er merkte, daß Victoria Seaton all diese albernen Sehnsüchte wieder in ihm zum Leben erweckte, um ihn damit zu quälen.

Zehntes Kapitel

Sobald die Collingwoods fort waren, begab Jason sich schnurstracks in die Bibliothek, wohin Charles vor einer Stunde verschwunden war.

Charles legte sein Buch sofort beiseite und strahlte Jason an. »Hast du Victorias Verhalten beim Essen bemerkt?« fragte er begeistert. »Ist sie nicht großartig? Sie hat solchen Charme, soviel Haltung und Einfühlungsvermögen. Ich wäre beinahe geplatzt vor Stolz! Sie ist –«

»Du fährst morgen mit ihr nach London«, unterbrach Jason ihn schroff. »Flossie Wilson kann euch dort treffen.«

»London!« stotterte Charles. »Aber warum? Wozu die Eile?«

»Ich will sie loswerden. Nimm sie mit nach London und such einen Mann für sie. Die Saison beginnt übernächste Woche.«

Charles wurde blaß, aber seine Stimme war fest. »Ich glaube, ich darf eine Erklärung für deine plötzliche Entscheidung verlangen.«

»Die habe ich dir schon gegeben – ich möchte, daß sie hier verschwindet, und ich möchte die Verantwortung für sie los sein. Das ist Erklärung genug.«

»So einfach ist das nicht«, protestierte Charles verzweifelt. »Ich kann schließlich nicht einfach eine Anzeige in die Zeitung setzen, um einen Mann für sie zu finden. Wir müssen angemessen vorgehen – indem wir Gesellschaften geben und sie formell in die Gesellschaft einführen.«

»Dann fahr mit ihr nach London und fang damit an.«

Charles fuhr sich mit der Hand durchs graue Haar und schüttelte den Kopf. »Mein Haus ist nicht gerade in dem Zustand, um üppige Feste darin zu geben –«

»Nimm meines«, sagte Jason.

»Aber dann kannst du nicht dort wohnen«, protestierte Charles, der verzweifelt nach Gründen suchte, die Jasons Plan vereiteln würden. »Sonst wird jeder annehmen, daß Victoria eine deiner Eroberungen ist – noch dazu eine ganz besonders dreiste. Daß du angeblich mit ihr verlobt bist, spielt dabei keine Rolle.«

»Ich werde bei dir wohnen, falls ich in der Stadt bin«, sagte Jason erleichtert. »Nimm die Diener von hier mit, sie können innerhalb eines Tages eine Gesellschaft vorbereiten. Das haben sie schon öfter getan.«

»Was ist mit Kleidern und Gutscheinen für Almack's und –«

»Flossie Wilson soll mit Victoria zu Madame Dumosse gehen und ihr von mir bestellen, daß ich das Allerbeste für Victoria erwarte – und das sofort. Flossie weiß bestimmt auch, wie man Gutscheine für Almack's bekommt. Was sonst noch?«

»Was noch?« sagte Charles verzweifelt. »Die Dumosse ist so berühmt, daß sogar ich von ihr gehört habe. Sie wird überhaupt keine Zeit für Victoria haben, nicht so kurz vor Beginn der Saison.«

»Bestell ihr, ich hätte gesagt, sie soll sich bei Victorias Garderobe auf ihr eigenes Urteil verlassen und weder Kosten noch Mühe scheuen. Victorias rote Haare und zierliche

Statur werden eine Herausforderung für sie sein. Sie wird Victoria ausstaffieren, daß sie allen blassen Blondinen und schlanken Brünetten in London die Schau stiehlt. Sie wird es schaffen, selbst wenn sie die nächsten zwei Wochen nicht schläft, und dann wird sie mir eine von ihren üblichen schwindelerregenden Rechnungen schicken, um sich dafür schadlos zu halten. Ich kenne das alles schon«, schloß er hastig. »So, und jetzt, wo alles besprochen ist, gehe ich wieder an meine Arbeit.«

Charles stieß einen langen, enttäuschten Seufzer aus. »Na schön, aber wir fahren in drei Tagen, nicht morgen. Ich muß Flossie Wilson schreiben, daß sie nach London kommen soll. Als Junggeselle kann ich nicht im selben Haus wohnen wie Victoria, wenn nicht eine Anstandsdame anwesend ist – ganz besonders nicht in London. Schick deine Dienerschaft schon voraus, und ich schreibe an Flossie. Und jetzt muß ich dich um einen Gefallen bitten.«

»Um welchen?«

Vorsichtig, mit wohlgesetzten Worten sagte Charles: »Ich möchte nicht, daß jemand davon erfährt, daß deine Verlobung mit Victoria gelöst worden ist. Nicht sofort.«

»Warum nicht?« fragte Jason ungeduldig.

Charles zögerte, als täte ihm die Antwort weh. Dann lächelte er. »Zum einen wird niemand Victoria so kritisch beobachten, wenn alle glauben, daß sie bereits mit dir verlobt ist. Sie wird sich besser umsehen können, bevor sie sich für einen geeigneten Kandidaten entscheidet.«

Als Jason protestieren wollte, setzte Charles rasch hinzu: »Sie wird viel mehr bewundert – und begehrt – sein, wenn die Londoner Beaus glauben, daß sie ausgerechnet dich dazu gebracht hat, um ihre Hand anzuhalten. Überleg mal, jeder erstrebenswerte Junggeselle in London wird annehmen, daß sie etwas ganz Besonderes sein muß, wenn du sie heiraten willst. Auf der anderen Seite werden sie sicher abgeschreckt, wenn sie glauben, daß du ihr den Laufpaß gegeben hast.«

»Deine ›Freundin‹ Lady Kirby hat sicher schon überall herumerzählt, daß die Verlobung geplatzt ist«, korrigiert Jason.

Charles winkte verächtlich ab. »Niemand wird Kirby zuhören, solange du mitspielst, wenn du in London bist.«

»Na schön«, sagte Jason schließlich, bereit, fast allem zuzustimmen, um Victoria loszuwerden. »Nimm sie mit nach London und präsentiere sie. Ich sorge für eine anständige Mitgift. Gib ein paar Bälle und lade jeden Laffen in Europa ein. Ich werde persönlich bei ihrem Debüt anwesend sein«, setzte er sarkastisch hinzu. »Und ich werde in London bleiben und die in Frage kommenden Anwärter begutachten. Es dürfte nicht allzu schwer sein, jemanden zu finden.«

Er war so erleichtert, das Problem Victoria gelöst zu haben, daß ihm nicht in den Sinn kam, Charles' widersprüchliche Argumente für die Aufrechterhaltung der Verlobung zu überprüfen.

Victoria kam in die Bibliothek, als Jason gerade gehen wollte. Sie lächelten sich zu, dann verließ er den Raum, und Victoria ging zu Charles hinüber. »Wie steht's mit unserem Spiel, Onkel Charles?«

»Was?« fragte er abwesend. »Ja, natürlich, mein Liebes. Ich habe mich den ganzen Tag darauf gefreut. Wie immer.« Sie setzten sich einander gegenüber an den Spieltisch vor das schwarz-weiß karierte Mühlebrett.

Während sie ihre zwölf weißen Steine auf die schwarzen Flächen setzte, warf Victoria dem großen, eleganten grauhaarigen Mann, den sie bereits liebte wie einen echten Onkel, einen besorgten Blick zu. Er war heute abend beim

Essen ganz reizend gewesen, hatte über ihre Kinderstreiche gelacht und ein paar der seinen zum besten gegeben, aber jetzt wirkte er nervös und unglücklich. »Fühlst du dich unwohl Onkel Charles?« fragte sie.

»Nein, nein, nichts dergleichen«, versicherte er ihr, aber es gelang Victoria, innerhalb von fünf Minuten drei seiner Steine zu gewinnen.

»Ich scheine mich heute abend nicht recht konzentrieren zu können«, gestand er, als sie einen vierten eroberte.

»Sollen wir uns statt dessen unterhalten?« schlug Victoria vor.

Als er mit erleichtertem Lächeln einwilligte, suchte Victoria einen taktvollen Weg herauszufinden, was ihm Sorgen machte. Ihr Vater hatte stets die Ansicht vertreten, daß Menschen über die Dinge, die sie quälten, reden sollten – ganz besonders Menschen mit schwachem Herzen, weil das die innere Anspannung löste, die möglicherweise einen neuen Anfall verursachte. Victoria fiel ein, daß vor ihr Jason bei Charles gewesen war, und so vermutete sie in Seiner Lordschaft die wahrscheinlichste Ursache von Charles' Kummer. »Hast du dich heute beim Essen gut unterhalten?« fragte sie mit gespielter Beiläufigkeit.

»Ganz ungemein«, sagte er. Er sah aus, als ob er es ernst meinte.

»Und Jason?«

»Du lieber Himmel, ja. Sehr sogar. Warum fragst du?«

»Nun, mir ist aufgefallen, daß er überhaupt nichts aus seiner Kindheit erzählt hat.«

Charles' Blick wich dem ihren aus. »Vielleicht ist ihm nichts Amüsantes eingefallen, das er uns erzählen konnte.«

Victoria achtete kaum auf diese Antwort, sie zermarterte sich den Kopf nach einer besseren Methode, das Gespräch auf Charles selbst zu bringen. »Ich dachte, er hat sich vielleicht über irgend etwas, was ich gesagt oder getan habe, geärgert und war gerade bei dir, um darüber zu sprechen.«

Charles' Blick wandte sich wieder ihr zu, diesmal mit einem versteckten Lächeln in den hellbraunen Augen. »Du machst dir Sorgen um mich, Kind, stimmt's? Und du möchtest herausfinden, ob mir etwas Kummer macht?«

Victoria brach in Gelächter aus. »Bin ich so leicht zu durchschauen?«

Charles' lange Finger legten sich auf ihre Hand und drückten sie. »Du bist nicht leicht zu durchschauen, Victoria, du bist wundervoll. Du hältst deine Mitmenschen für wichtig. Ich sehe dich an und fühle neue Hoffnung für die Welt. Trotz allen Schmerzes, den du in den letzten Monaten erlitten hast, merkst du immer noch, wenn ein alter Mann müde aussieht, und du sorgst dich um ihn.«

»Du bist überhaupt nicht alt«, protestierte sie und dachte bewundernd, wie gut er in seiner Abendkleidung aussah.

»Manchmal fühle ich mich unendlich viel älter als ich bin«, sagte er mit einem halbherzigen Versuch, komisch zu sein. »Heute abend zum Beispiel. Aber du hast mich aufgeheitert. Darf ich dir etwas sagen?«

»Natürlich.«

»Es gab Zeiten in meinem Leben, in denen ich mir eine Tochter gewünscht habe, und du bist genauso, wie ich sie mir immer vorgestellt habe.«

Plötzlich aufwallende Zärtlichkeit schnürte Victoria die Kehle zu, während er hastig weitersprach. »Manchmal sehe ich dir zu, wie du im Park spazierengehst oder mit den Dienstboten redest, und mein Herz zerspringt fast vor Stolz. Ich weiß, daß dir das eigenartig erscheinen muß, da ich keinen Anteil daran hatte, dich zu dem zu machen, was du bist, aber ich fühle trotzdem so. Am liebsten würde ich allen Zynikern auf der Welt zurufen: ›Seht sie euch an, sie ist Leben und Mut und Schönheit. Sie hatte der Herr im Sinn, als er dem ersten Mann eine Gefährtin schuf. Sie wird für das kämpfen, woran sie glaubt, sich wehren, wenn ihr Unrecht geschieht – und dennoch eine Entschuldigung für dieses Unrecht annehmen und es ohne Haß vergeben.‹ Ich weiß, daß du Jason sein Verhalten dir gegenüber mehr als einmal verziehen hast.

All das denke ich, und dann frage ich mich: ›Was kann ich ihr geben, um ihr zu zeigen, wieviel sie mir bedeutet? Was schenkt ein Sterblicher einer Göttin?‹«

Victoria glaubte, einen Schimmer von Tränen in seinen Augen zu sehen, aber sie war sich nicht sicher, denn ihre eigenen Augen waren feucht.

»Genug!« sagte er mit verlegenem Lachen und drückte fast schmerzhaft ihre Hand, »wenn ich so weitermache, tropfen wir noch das ganze Spielbrett naß. Ich habe deine Frage beantwortet. Darf ich dir auch eine stellen? Wie denkst du über Jason?«

Victoria lächelte nervös. »Er ist sehr großzügig zu mir gewesen«, begann sie behutsam, aber Charles winkte ab. »Das habe ich nicht gemeint. Ich meine, was hältst du von ihm persönlich? Sei ehrlich.«

»Ich – ich weiß nicht, was du von mir hören willst.«

»Na schön, ich will mich genauer ausdrücken. Findest du ihn attraktiv?«

Victoria unterdrückte ein erstauntes Kichern.

»Die meisten Frauen scheinen ihn für ausgesprochen attraktiv zu halten«, sagte Charles lächelnd. Und ziemlich stolz, dachte Victoria. »Was ist mit dir?«

Victoria versuchte, sich von ihrer Überraschung über sein Verhör zu erholen. Sie nickte und versuchte, sich ihre Beschämung nicht anmerken zu lassen.

»Gut, gut. Würdest du mir zustimmen, wenn ich sage, er ist sehr . . . äh . . . männlich?«

Zu Victorias Entsetzen schoß ihr genau in diesem Augenblick die Erinnerung an Jasons Kuß durch den Kopf, und sie fühlte, wie das Blut ihr in die Wangen stieg.

»Aha«, sagte Charles schmunzelnd. »Ausgezeichnet. Ich werde dir jetzt ein Geheimnis verraten: Jason ist einer der besten Männer, denen du je begegnen wirst. Sein Leben ist nicht besonders glücklich verlaufen, aber er hat es ertragen, dank seiner enormen Willensstärke. Leonardo da Vinci sagt: ›Je größer die Seele eines Mannes, desto tiefer seine Liebe.‹ Dieses Zitat hat mich immer an Jason erinnert. Vieles geht ihm sehr nahe, aber er läßt es sich nur selten anmerken. Und«, setzte Charles nüchtern hinzu, »dank seiner Stärke trifft er nur selten auf Widerstand – schon gar nicht bei einer jungen Dame. Das erklärt, warum er dir gelegentlich ein wenig . . . äh . . . gebieterisch erscheinen mag.«

Victorias Neugier überwand ihre natürliche Diskretion. »Inwiefern ist sein Leben nicht glücklich?«

»Jason ist derjenige, der dir von seinem Leben erzählen muß; ich habe kein Recht dazu. Irgendwann wird er es dir erzählen – das weiß ich. Aber ich muß dir noch etwas anderes sagen: Jason hat beschlossen, daß du eine Saison in London verbringen sollst, komplett mit allem Pomp, der dazugehört. Wir fahren in drei Tagen. Flossie Wilson kommt auch dorthin, und in den zwei Wochen vor Beginn der Saison wird sie dir alles beibringen, was du wissen mußt. Wir werden in Jasons Stadthaus wohnen, das für Gesellschaften wesentlich besser geeignet ist als meines, und Jason wird in meinem Haus wohnen, wenn er in der Stadt ist. Es mag angehen, daß wir drei hier, auf dem Lande, unter einem Dach leben, aber das muß ein Ende haben, sobald wir in London sind.«

Victoria hatte nicht die leiseste Ahnung, was eine Saison in London bedeutete, aber sie lauschte aufmerksam, als

Charles ihr die unablässige Folge von Bällen, Empfängen, Soireen Theatergesellschaften und venezianischen Soupers beschrieb, die sie besuchen würde. Ihre Nerven waren bereits zum Zerreißen gespannt, als er erwähnte, daß Caroline Collingwood aus dem gleichen Grund in London sein würde.

». . . und wenn du auch nicht besonders darauf geachtet zu haben scheinst«, schloß er, »Lady Caroline hat zweimal erwähnt, daß sie hofft, dich in der Stadt zu sehen und eure Freundschaft zu vertiefen. Das würde dich doch freuen, oder nicht?«

Victoria dachte bei sich, daß sie zumindest diesen Teil der Saison genießen würde, und sagte es auch laut, aber sie haßte den Gedanken, Wakefield zu verlassen und Hunderten von Fremden gegenübezutreten, ganz besonders, wenn sie so waren wie die Damen Kirby.

»So, jetzt haben wir alles besprochen«, sagte Charles abschließend, zog eine kleine Schublade auf und nahm ein Paket Spielkarten heraus. »Jetzt sag mir eines: Als dein Freund Andrew dir das Kartenspielen beigebracht hat, hat er da zufällig auch an Piquet gedacht?«

Victoria nickte.

»Ausgezeichnet, dann laß uns spielen.« Als Victoria eifrig zustimmte, warf Charles ihr einen scherzhaft empörten Blick zu. »Du wirst doch nicht schummeln, oder?«

»Ganz bestimmt nicht«, versprach sie feierlich.

Mit lachenden Augen schob er ihr die Karten zu. »Zeig mir zuerst, wie gut du geben kannst. Wir können unsere Technik vergleichen.«

Victoria brach in Lachen aus. Sie nahm den Stapel, und die Karten erwachten unter ihren geschickten Fingern zum Leben, wirbelten durcheinander und zischten leise, während sie sie wieder und wieder mischte. »Zuerst werde ich dir weismachen, daß das Glück heute Nacht auf deiner Seite ist«, verkündete sie und gab ihnen beiden je zwölf Karten. Charles sah sich an, was sie ihm gegeben hatte, und warf ihr einen bewundernden Blick zu. »Vier Könige. Ich würde ein Vermögen auf dieses Blatt setzen.«

»Und würdest verlieren«, versprach Victoria mit munterem Lächeln und deckte ihre eigenen Karten auf, die vier Asse enthielten.

»Jetzt zeig mir, wie du von unten gibst«, schlug Charles vor. Als sie es ihm vormachte, warf er lachend den Kopf zurück.

Die beabsichtigte Kartenpartie artete in eine Farce aus, als sie sich gegenseitig die unwahrscheinlichsten Blätter gaben, und die Bibliothek hallte von ihrem Gelächter wider, während sie versuchten einander hereinzulegen.

Jasons Konzentration wurde durch die lautstarken Lachsalven, die aus der Bibliothek drangen, empfindlich gestört, und so schlenderte er zu den beiden, als die prachtvolle Standuhr gerade neun schlug. Als er eintrat, fand er Charles und Victoria zusammengesunken auf ihren Stühlen sitzen, Lachtränen in den Augen, ein Spiel Karten zwischen sich. »Die Geschichten, die ihr einander erzählt, scheinen noch amüsanter zu sein als die beim Essen«, stellte Jason, die Hände in den Taschen seiner enganliegenden Hosen vergraben, mit leicht beleidigtem Gesichtsausdruck fest. »Ich kann euch bis in mein Arbeitszimmer hören.«

»Es ist meine Schuld«, log Charles und zwinkerte Victoria verschwörerisch zu. »Victoria möchte eine ernsthafte Partie Piquet spielen, und ich lenke sie mit meinen dummen Witzen ab. Ich scheine heute abend nicht den rechten Ernst zu haben. Würdest du vielleicht für mich einspringen?«

Victoria erwartete, daß Jason ablehnen würde, aber er sah Charles lediglich zweifelnd an und setzte sich ihr gegenüber, während Charles hinter Jasons Stuhl Aufstellung nahm. Dort stand er, bis Victoria zu ihm aufsah, und dann warf er ihr einen lachenden Blick zu, der klar und deutlich besagte: »Schlag ihn – und wenn du schummeln mußt!«

Victoria war so übermütig nach all den haarsträubenden Kartenkunststücken, einschließlich derer, die Charles ihr gerade beigebracht hatte, daß sie ohne weiteres darauf einging. »Möchten Sie geben, oder soll ich?« fragte sie unschuldig.

»Sie, selbstverständlich«, erwiderte er höflich.

Darauf bedacht, ihn in trügerischer Sicherheit zu wiegen, mischte Victoria die Karten, ohne irgendwelches Geschick zur Schau zu stellen, und fing an, auszuteilen. Jason warf einen Blick über die Schulter und bat Charles um ein Glas Brandy. Dann lehnte er sich gleichgültig zurück und zündete sich ein Zigarillo an.

»Wollen Sie sich Ihr Blatt nicht ansehen?« fragte Victoria.

Jason schob die Hände in die Taschen und warf ihr einen abschätzenden Blick zu. »Ich ziehe es vor, meine Karten von oben zu bekommen«, grollte er.

Gebannt durch seinen Blick unterdrückte Victoria ein hysterisches Kichern und versuchte zu bluffen. »Ich weiß nicht, was Sie meinen.«

Eine dunkle Augenbraue hob sich herausfordernd. »Wissen Sie, was man mit Schwindlern macht?«

Victoria ließ jeden Anschein von Unschuld fahren. Sie stützte die Ellbogen auf den Tisch, legte ihr Kinn in beide Hände und sah ihn mit lachenden blauen Augen an. »Nein, was denn?«

»Die betrogene Partei fordert die Partei, die betrogen hat, zum Duell.«

»Möchten Sie sich mit mir duellieren?« fragte Victoria herausfordernd. Sie amüsierte sich großartig.

Jason lehnte sich träge in seinem Sessel zurück und betrachtete ihr lachendes Gesicht und ihre funkelnden Augen, während er die Angelegenheit anscheinend erwog. »Sind Sie eine so gute Schützin, wie sie heute nachmittag behauptet haben?«

»Besser«, verkündete sie frech.

»Wie steht es um Ihre Fechtkünste?«

»Ich habe noch nie einen Degen in der Hand gehabt, aber vielleicht wäre Lady Caroline bereit, mich zu vertreten. Sie versteht sich großartig darauf.«

Der verwirrendc Charme von Jasons trägem Lächeln hatte einen merkwürdigen Effckt auf Victorias Pulsschlag, während er feststellte: »Ich frage mich, was mir in den Sinn gekommen ist, zu glauben, daß Sie und Caroline Collingwood die geeignete Gesellschaft füreinander seien.« Dann setzte er hinzu, was in Victorias Ohren wie ein wundervolles Kompliment klang. »Gott stehe den Londoner Beaus in dieser Saison bei. Es wird kein einziges intaktes Herz mehr unter ihnen geben, wenn Sie mit ihnen fertig sind.«

Victoria versuchte immer noch, sich von ihrer Überraschung angesichts der hohen Meinung, die Jason von ihrem Effekt auf Männer hatte, zu erholen, als Jason sich aufsetzte und munter wurde. »Und, sollen wir die Partie spielen, auf die Sie so großen Wert legen?«

Als sie nickte, nahm er ihr die Karten aus der Hand. »Ich werde geben, falls es Ihnen nichts ausmacht«, sagte er scherzhaft. Er hatte dreimal gewonnen, bevor Victoria sah, wie er geschickt eine Karte, die er brauchte, aus dem bereits abgelegten Stapel zog.

»Abscheulicher Wicht!« rief sie unter empörtem Gelächter. »Ich habe mich mit einer Räuberbande eingelassen! Ich hab' genau gesehen, was Sie gemacht haben – Sie haben gerade eben geschummelt!«

»Sie irren sich«, sagte Jason grinsend und stand auf. »Ich schummele schon die ganze Zeit.« Ohne Vorwarnung beugte er sich vor und drückte einen Kuß auf ihren Scheitel, fuhr ihr liebevoll durch das lange Haar und schlenderte hinaus.

Victoria war so überrascht, daß sie den Ausdruck reiner Freude nicht bemerkte, der sich auf Charles' Gesicht ausbreitete, als er Jason nachsah.

Elftes Kapitel

Zwei Tage später meldeten die *Gazette* und die *Times*, daß Lady Victoria Seaton, Gräfin Langston – deren Verlöbnis mit Jason Fielding, Marquis von Wakefield, bereits angezeigt worden war – anläßlich eines Balles, der in zwei Wochen von ihrem Cousin, dem Herzog von Atherton, gegeben würde, offiziell in die Londoner Gesellschaft eingeführt werden würde.

Sobald die Londoner *Gesellschaft* diese aufregende Neuigkeit vernommen hatte, war in dem palastartigen Stadthaus des Marquis von Wakefield in der Upper Brook Street Nr. 6 ein Ausbruch von fieberhafter Geschäftigkeit zu beobachten.

Zuerst trafen zwei Kutschen ein, in denen neben Dienstboten untergeordneten Ranges Northrup, O'Malley und Mrs. Craddock saßen. Diese Gefährte wurden bald von einem riesigen Lastkarren gefolgt, der die Haushälterin, mehrere Zimmermädchen, drei Küchenjungen, vier Laufburschen und einen Berg von Koffern beförderte.

Kurz danach traf eine weitere Kutsche mit Flossie Wilson, der unverheirateten Tante des Herzogs, ein, einer rundlichen älteren Dame mit einem rosigen, von blonden Locken umrahmten Engelsgesicht. Auf ihrem Kopf thronte ein entzückendes, maulbeerfarbenes Häubchen, das einer jüngeren Dame wesentlich angemessener gewesen wäre und Miss Flossie das Aussehen einer niedlichen, ältlichen Puppe verlieh. Miss Flossie, eine in besseren Kreisen wohlbekannte Persönlichkeit, kletterte aus der Kutsche, winkte zwei Freundinnen, die gerade vorbeigingen, munter zu und trippelte die Stufen zur Residenz ihres Großneffen hinauf.

All dies wurde von den eleganten Damen und Herren, die müßig die Upper Brook Street entlangflanierten, getreulich zur Kenntnis genommen, aber nichts nahm die allgemeine Aufmerksamkeit so sehr in Anspruch wie Jason Fieldings weinrote Kutsche, gezogen von vier stolzen Grauen, die am nächsten Tag vor der Nr. 6 hielt.

Aus dem prachtvollen Inneren der wappengeschmückten Kutsche stieg Charles Fielding, Herzog von Atherton, gefolgt von einer jungen Dame, die niemand anderer als Jason Fieldings zukünftige Frau sein konnte. Die junge Dame stieg grazil die Stufen der Kutsche hinunter, schob ihre Hand in den Arm des Herzogs und blieb stehen, den Blick gebannt auf das vierstöckige Haus mit den breiten Sprossenfenstern gerichtet.

»Du meine Güte, das ist sie!« rief der junge Lord Wiltshire aus. »Das ist die Gräfin Langston!« setzte er hinzu und bohrte dem Nebenstehenden vor Enthusiasmus einen Ellbogen in die Brust.

»Woher willst du das wissen?« fragte Lord Crowley und strich eine nicht vorhandene Falte in seiner Jacke glatt.

»Das erkennt doch jeder Dummkopf – sieh sie dir an, sie ist eine Schönheit. Unvergleichlich.«

»Du kannst ihr Gesicht doch gar nicht sehen«, stellte sein Freund nüchtern fest.

»Das brauche ich auch nicht, Schwachkopf. Wenn sie

nicht schön wäre, hätte sie Wakefield nie rumgekriegt. Hast du ihn je mit einer Frau gesehen, die keine umwerfende Schönheit war?«

»Nein«, gab Lord Crowley zu. Er hob sein Monokel, spähte hindurch und stieß einen leisen Pfiff aus. »Sie hat rotes Haar. Das hätte ich nie gedacht.«

»Es ist nicht rot, eher rotgolden.«

»Nein, es ist tizianblond«, protestierte Lord Crowley. Nach einem Augenblick der Überlegung setzte er hinzu: »Tizianblond ist eine bezaubernde Farbe. Hab' selbst eine Schwäche dafür.«

»Blödsinn. Hattest du noch nie. Tizianrot ist überhaupt nicht in Mode.«

»Jetzt schon«, prophezeite Lord Crowley grinsend. Er ließ sein Monokel sinken und warf seinem Freund einen selbstzufriedenen Blick zu. »Ich glaube, meine Tante Mersley ist mit Atherton bekannt – sie hat sicher eine Einladung zu Gräfin Langstons erstem Ball bekommen. Ich glaube, ich werd' sie begleiten und –« Er unterbrach sich und staunte mit offenem Mund, als die fragliche junge Dame sich zur Kutsche umdrehte und etwas rief. Einen Augenblick später sprang ein riesiges, silbriggraues Tier heraus an ihre Seite, woraufhin das Trio die Eingangstreppe betrat. »Ich will verdammt sein, wenn das kein Wolf war!« hauchte Lord Crowley ehrfürchtig.

»Sie hat Stil«, erklärte der andere junge Mann, als er seiner Stimme wieder mächtig war. »Hab' noch nie von einer Frau mit einem Wolf als Haustier gehört. Sehr flott, die Gräfin. Ein Original, das wett' ich.« Erpicht darauf, die Nachricht zu verbreiten, daß sie die ersten gewesen waren, die die geheimnisvolle Gräfin Langston gesehen hatten, trennten sich die beiden jungen Männer und eilten in ihre jeweiligen Clubs.

Bis zum folgenden Abend, als Jason in London eintraf

und sich zum erstenmal seit Monaten bei White's sehen ließ, war es bereits eine allseits bekannte, akzeptierte Tatsache, daß seine Verlobte eine blendende Schönheit und anerkannte Trendsetterin war. Folglich sah sich Jason, statt in Frieden Kartenspielen zu können, wiederholt mit Bekannten konfrontiert, die ihn unterbrachen, um ihm zu seinem ausgezeichneten Geschmack und seinem Glück zu gratulieren und ihn mit ihren Glückwünschen überhäuften.

Nach zwei Stunden Händeschütteln und Schulterklopfen ging ihm auf, daß es, entgegen dem, was Charles zu glauben schien, nicht besonders weise war, das Gerücht von ihrer Verlobung aufrechtzuerhalten. Jason kam zu diesem Schluß durch die simple Beobachtung, daß keiner der erstrebenswerten Junggesellen, die ihm gratulierten, es wagen würden, ihn zu brüskieren, indem er seine Braut umwarb. So machte er sich daran, sie zu ermutigen, indem er ihnen für ihre Glückwünsche dankte, gleichzeitig aber einen Widerruf hinzufügte. Er murmelte: »Die Angelegenheit ist noch nicht ganz entschieden« oder: »Lady Seaton ist sich nicht vollkommen sicher, ob ihre Neigung dauerhaft ist – sie kennt mich nicht gut genug.«

Er sagte das, weil es notwendig war, aber die ganze Farce widerte ihn an, und er tobte innerlich, weil er gezwungen war, die Rolle eines hoffnungsfrohen Bräutigams zu spielen, dessen Verlobte drohte, ihm den Laufpaß zu geben.

Als um neun seine Kutsche vor dem eleganten Haus in der Williams Street vorfuhr, in dem er seine Geliebte untergebracht hatte, war Jasons Laune äußerst schlecht. Er stürmte die Stufen hinauf und klopfte ungeduldig an die Tür.

Das Mädchen, das ihm öffnete, warf einen Blick auf seine harten Züge und wich erschrocken zurück. »M – Miss Sybil hat mir aufgetragen, Ihnen zu sagen, daß sie Sie nicht mehr sehen will.«

»Oh?« sagte Jason mit seidenweicher Stimme. »Tatsächlich?«

Die kleine Zofe, die genau wußte, daß ihr Lohn von dem erschreckend großen, kraftvollen Mann vor ihr bezahlt wurde, nickte, schluckte, und setzte entschuldigend hinzu: »Ja, Mylord. Wissen – wissen Sie, Miss Sybil hat von dem Ball gelesen, den ihre Verlobte gibt, und daß Sie dasein werden, und dann hat sie sich hingelegt. Sie ist auf ihrem Zimmer.«

»Ausgezeichnet!« sagte Jason grob. Er war nicht in der Stimmung für eine von Sybils Szenen, und so ließ er die Zofe stehen, lief die Treppe hinauf und riß die Tür zu Sybils Schlafzimmer auf.

Seine Augen wurden schmal, als er die betörend schöne Frau ansah, die inmitten eines Berges von Satinkissen auf dem Bett lag. »Wieder einmal diese schrecklichen Wallungen, meine Süße?« erkundigte er sich kühl und lehnte sich an die geschlossene Tür.

Sybils grüne Augen schossen Wutblitze, aber sie ließ sich nicht zu einer Antwort herab.

Jasons Geduld, die bereits über Gebühr strapaziert war, riß jetzt endgültig. »Steh auf und zieh dich an«, befahl er mit gefährlich ruhiger Stimme. »Wir gehen heute abend auf ein Fest. Ich habe dir geschrieben.«

»Ich gehe nirgends mit dir hin! Nie wieder!«

Jason begann lässig, seine Jacke aufzuknöpfen. »Wenn das so ist, verbringen wir den Abend eben hier.«

»Du verkommener Lüstling!« schrie die stürmische Schöne und sprang in einer Wolke rosafarbenen Chiffons vom Bett, als er auf sie zukam. »Wie kannst du nur! Wie kannst du es wagen, nach diesem Artikel in der *Times*! Scher dich aus meinem Haus!«

Jason beobachtete sie gleichgültig. »Muß ich dich daran erinnern, wessen Haus es ist? Es gehört mir.«

»Dann gehe ich«, erwiderte sie hitzig. Trotz ihres zur Schau gestellten Widerstandes bebte ihr Kinn, und sie brach in Tränen aus. »Jason, wie konntest du nur«, schluchzte sie, am ganzen Körper zitternd. »Mir hast du gesagt, daß deine Verlobung nur vorgetäuscht ist, und ich hab' dir geglaubt! Ich – ich werde dir nie verziehen. Niemals . . .«

Der Zorn auf Jasons Gesicht wich einem Hauch überraschten Bedauerns, als er ihrem scheinbar aufrichtigen, herzergreifenden Schluchzen lauschte. »Würde das helfen?« fragte er leise. Er griff in seine Tasche, zog ein flaches Samtetui heraus, ließ es aufspringen und hielt es ihr hin.

Sybil spähte durch ihre Finger und keuchte, als sie das glitzernde Brillantarmband sah, das auf dem schwarzen Samt lag. Ehrfürchtig hob sie es aus seinem Samtnest und drückte es an ihre Wange. Mit glänzenden Augen sagte sie: »Jason, für das passende Halsband würde ich dir *alles* vergeben!«

Jason, der gerade dabeigewesen war, ihr zu versichern, daß er keinerlei Absicht hatte, Victoria zu heiraten, warf den Kopf zurück und brüllte vor Lachen. »Sybil«, sagte er grinsend und schüttelte den Kopf, als amüsiere er sich ebenso über sich wie über sie, »ich glaube, das ist eine deiner liebenswertesten Eigenschaften.«

»Was?« fragte sie und vergaß das Armband, als sie seine sarkastische Miene bemerkte.

»Deine ehrliche, schamlose Habgier«, sagte er ohne Bosheit. »Alle Frauen sind habgierig, aber du bist wenigstens aufrichtig dabei. Jetzt komm her und zeig mir, daß du dich über dein neues Spielzeug freust.«

Gehorsam eilte Sybil in seine Arme, aber ihr Blick war leicht beunruhigt, als sie ihr Gesicht hob, um seinen Kuß entgegenzunehmen. »Du – du hast keine allzu hohe Meinung von uns Frauen, nicht, Jason? Es bin nicht nur ich, die du insgeheim verachtest – es sind wir alle, oder?«

»Ich halte Frauen für entzückende Wesen – im Bett«, murmelte Jason, während er die Satinschleifen an ihrem Busen aufzog.

»Und außerhalb? Was ist da?«

Er ignorierte ihre Frage und streifte das Nachthemd von ihren Schultern. Seine erfahrenen Finger glitten über ihre Brüste. Er eroberte ihre Lippen mit einem stürmischen, verlangenden Kuß, hob sie auf seine Arme und trug sie zum Bett. Sybil vergaß, daß er ihre Frage nicht beantwortet hatte.

Zwölftes Kapitel

Victoria saß auf dem Kanapee in ihrem Schlafzimmer, umgeben von Schachteln, in denen immer noch mehr Sachen von Madame Dumosse geliefert wurden, um die Vielfalt von Kostümen, Reitkleidern, Ballroben, Hauben, Schals, langen französischen Ziegenlederhandschuhen und Pantoffeln zu vermehren, die bereits jeden verfügbaren Platz in ihrer Suite einnahmen. »Mylady!« japste Ruth aufgeregt, als sie ein königsblaues Cape mit Hermelinbesatz auspackte. »Haben Sie schon einmal etwas so Schönes gesehen?«

Victoria unterbrach die Lektüre von Dorothys Brief und sah auf. »Hinreißend«, sagte sie schwach. »Wie viele Capes sind es bis jetzt?«

»Elf«, antwortete Ruth und streichelte das weiche weiße Fell. »Nein, zwölf. Oder dreizehn? Einen Moment – es gibt vier aus Samt, fünf aus Satin, zwei Pelzcapes und drei aus Wolle. Vierzehn insgesamt!«

»Kaum zu glauben, daß ich früher wunderbar mit zweien ausgekommen bin«, seufzte Victoria lächelnd. »Und wenn ich wieder zu Hause bin, werden drei oder vier mehr als genug sein. Was für eine Geldverschwendung für Kleidung, für die ich in ein paar Wochen doch keine Verwendung habe. In Portage, New York, ziehen Frauen sich nicht so an«, sagte sie abschließend und wandte ihre Aufmerksamkeit wieder Dorothys Brief zu.

»Wenn Sie wieder zu Hause sind?« flüsterte Ruth entsetzt. »Was meinen Sie damit? Verzeihen Sie, Mylady, ich wollte nicht neugierig sein.«

Victoria hörte sie nicht, sie las den Brief, der heute eingetroffen war, ein zweites Mal.

Liebste Tory,

vor einer Woche habe ich Deinen Brief erhalten und mich sehr gefreut, daß Du nach London kommst, da ich hoffte, Dich sofort zu sehen. Das habe ich Großmama auch gesagt, aber statt in London zu bleiben, sind wir am nächsten Tag aufs Land gereist, nur eine Stunde von Wakefield entfernt. Jetzt bin ich auf dem Land und Du bist in der Stadt. Tory, ich glaube, Großmama will uns absichtlich voneinander fernhalten, und es macht mich sehr traurig und auch wütend. Wir müssen einen Weg finden, uns zu treffen, aber das überlasse ich Dir, die Du soviel besser im Pläneschmieden bist als ich.

Vielleicht bilde ich mir alles auch nur ein. Ich bin mir nicht sicher. Großmama ist streng, aber nicht grausam. Sie wünscht, daß ich eine »glänzende Partie« mache, wie sie es nennt, und dazu hat sie einen Gentleman namens Winston im Auge. Ich habe Dutzende von neuen Kleidern in jeder denkbaren Farbe, obwohl ich die meisten nicht tragen kann, bis ich in die Gesellschaft eingeführt werde. Ein eigenartiger Brauch. Und Großmama sagt, ich kann mein Debüt nicht machen, bevor Du mit jemandem verlobt bist, was ein anderer Brauch ist. Zu Hause war alles viel einfacher, nicht wahr?

Ich habe Großmama unzählige Male erklärt, daß Du praktisch mit Andrew Bainbridge verlobt bist und daß ich eine musikalische Laufbahn anzustreben wünschte, aber sie scheint mir nicht zuzuhören.

Sie erwähnt Dich nie, aber ich spreche trotzdem von Dir, denn ich bin fest entschlossen, sie dazu zu bewegen, Dich herkommen zu lassen. Sie verbietet mir nicht, von Dir zu sprechen. Es ist nur, daß sie nie etwas sagt, wenn ich es tue, und deswegen glaube ich, daß sie es vorzieht, so zu tun, als ob Du gar nicht existierst. Sie hört mir einfach zu, ohne eine Miene zu verziehen, und sagt keinen Ton.

Eigentlich habe ich sie Deinetwegen fast zu Tode gequält – aber ganz diskret, wie ich es Dir versprochen habe. Zuerst habe ich einfach nur von Dir gesprochen und Deinen Namen ins Gespräch einfließen lassen, wann immer es möglich war. Als Großmama gesagt hat, daß ich hübsch bin, habe ich ihr erzählt, daß Du viel hübscher bist, als sie mich für mein Klavierspiel gelobt hat, habe ich gesagt, daß du viel talentierter bist, als sie meinte, daß meine Manieren akzeptabel sind, habe ich ihr gesagt, daß Deine exquisit sind.

Als das alles nichts half, war ich gezwungen, drastischere Mittel anzuwenden, und so habe ich das kleine Porträt von Dir, das ich so gerne habe, auf den Kaminsims im Salon gestellt. Großmama hat nichts gesagt, aber am nächsten Tag hat sie mich auf eine Besichtigungstour durch London geschickt, und als ich wiederkam, war das Porträt wieder auf meinem Zimmer.

Ein paar Tage später, als sie Besuch erwartete, bin ich in ihren Lieblingssalon geschlichen und habe dort eine kleine Ausstellung mit Deinen Landschaftsskizzen aufgebaut

– die, die Du mir zur Erinnerung an zu Hause geschenkt hast. Als die Damen sie sahen, waren sie alle begeistert von Deinem Talent, nur Großmama hat nichts gesagt. Am nächsten Tag hat sie mich nach Yorkshire geschickt, und als ich zwei Tage später wieder da war, lagen die Skizzen in einem Schrank in meinem Zimmer.
Heute abend hatte sie wieder Besuch, und ich wurde gebeten, für ihre Freunde zu spielen. Das hab' ich getan, aber ich hab' dabei gesungen – das Lied, das Du und ich geschrieben haben, als wir noch klein waren – »Schwestern auf ewig«, erinnerst Du Dich? Ich konnte sehen, daß Großmama sehr böse auf mich war. Als ihre Freunde fort waren, hat sie mir mitgeteilt, daß sie beschlossen hat, mich für eine ganze Woche nach Devonshire zu schicken. Wenn ich sie noch einmal provoziere, schickt sie mich bestimmt für einen ganzen Monat nach Brüssel oder sonstwohin. Aber ich bleibe standhaft. Doch jetzt genug davon.
Wie schrecklich muß es für Dich gewesen sein zu hören, daß Deine Verlobung mit Lord Fielding bekanntgegeben worden ist. Wie wütend Andrew wäre, wenn er davon erführe. Aber jetzt, wo alles geklärt ist und nichts daraus wird, mußt Du Deine neuen Kleider genießen und darfst nicht traurig sein, weil du nicht lange genug um Mama und Papa trauern darfst. Ich trage schwarze Handschuhe, Großmama sagt, das ist die englische Art zu trauern, obwohl manche Frauen sechs Monate lang Schwarz tragen und danach Grau.
Großmama hält nichts davon, Traditionen zu ignorieren, und selbst wenn sie mir glauben würde, daß Du bereits mit Andrew verlobt bist, könnte ich erst im nächsten Jahr debütieren. Sie sagt, daß nach dem Tod eines engen Familienmitglieds ein ganzes Jahr vergehen muß, bevor man

irgendwo hingehen darf. Aber das macht mir nicht das geringste aus, denn die Aussicht auf Bälle und alles, was damit zusammenhängt, macht mir Angst. Du mußt schreiben und mir erzählen, ob es tatsächlich so schlimm ist.
Großmama wird von Zeit zu Zeit nach London fahren, um das Theater zu besuchen, das sie so liebt. Sie hat mir versprochen, daß ich sie manchmal begleiten darf. Ich lasse Dich wissen, wann das sein wird, und wir werden einen Weg finden, uns zu sehen.
Ich muß jetzt schließen. Großmama hat einen Lehrer engagiert, der mir beibringt, wie ich mich bei meinem Debüt benehmen muß. Es gibt so viel zu lernen, daß mir ganz schwindlig davon wird . . .

Victoria legte den Brief in eine Schublade, warf einen Blick auf die Uhr auf dem Kaminsims und seufzte. Sie wußte nur allzu gut, was Dorothy mit dem letzten Absatz meinte. Miss Flossie Wilson hatte ihr während der letzten zwei Wochen die Regeln von Anstand und Sitte eingetrichtert, und jetzt war es Zeit für eine weitere Lektion.

»Da bist du ja«, strahlte Miss Flossie, als Victoria den Salon betrat. »Ich glaube, wir sollten heute die korrekte Anrede für die Mitglieder des Hochadels durchgehen. Wir können nicht riskieren, daß du auf deinem Ball morgen abend einen Fehler machst.«

Victoria unterdrückte den Impuls, ihre Röcke zu raffen und aus dem Haus zu fliehen. Statt dessen setzte sie sich neben Charles, Miss Flossie gegenüber. Seit beinahe zwei Wochen schleppte Miss Flossie sie nun von Schneiderin zu Modistin zu Handschuhmacherin und gab ihr zwischendurch scheinbar endlose Lektionen in Benehmen, Tanzen und Französisch. Während dieser Unterrichtsstunden lauschte Miss Flossie auf Victorias Diktion, beobachtete jede ihrer Eigenarten und befragte sie über ihre Fähigkeiten und Interessen. Dabei nickte sie unentwegt mit dem lockigen Haupt und zappelte mit den Händen, so daß sie Victoria an einen nervösen kleinen Vogel erinnerte.

»Also dann«, zwitscherte Miss Flossie. »Ich will mit den Herzögen beginnen. Wie ich dir gestern schon sagte, ist der Herzog der höchste Rang des britischen Adels unterhalb der königlichen Familie. Genaugenommen sind Herzöge ›Prinzen‹, aber wenn es dir auch scheinen muß, als stünde ein Prinz über einem Herzog, so mußt du bedenken, daß Söhne der königlichen Familie als Prinzen geboren werden, aber in den Rang von Herzögen erhoben werden müssen. Unser lieber Charles hier«, schloß sie triumphierend, »ist ein Herzog!«

»Ja«, sagte Victoria schwach und erwiderte Charles' mitfühlendes Lächeln.

»Nach dem Herzog kommt der Marquis. Ein Marquis ist der Erbe eines Herzogtums. Und deswegen ist unser lieber Jason ein Marquis! Dann kommt der Graf, dann der Vicomte und zuletzt der Baron. Soll ich dir das alles aufschreiben, Kindchen?«

»Das ist nicht nötig«, versicherte Victoria ihr hastig. »Ich hab' alles im Kopf.«

»So ein kluges Kind«, sagte Miss Flossie wohlwollend. »Nun, dann zur Anrede. Wenn du mit einem Herzog sprichst, nennst du ihn ›Euer Gnaden‹, auf keinen Fall ›Mylord‹«, warnte sie in strengem Ton. »Eine Herzogin wird ebenfalls mit ›Euer Gnaden‹ angesprochen. Alle anderen Mitglieder des Adels hingegen darfst du ›Mylord‹ nennen, ihre Gattinnen ›Mylady‹. Das ist die angemessene Form. Wenn du Herzogin bist, wird man dich ›Euer Gnaden‹ nennen«, erklärte sie glückselig. »Ist das nicht aufregend?«

»Ja«, murmelte Victoria nervös. Onkel Charles hatte ihr

erklärt, warum es notwendig war, daß die Gesellschaft ihre Verlobung mit Jason für echt hielt, und da Flossie Wilson eine schreckliche Klatschbase war, hatte er beschlossen, sie glauben zu lassen, was alle anderen glaubten.

»Ich habe von den Patronessen bei Almack's die Erlaubnis erhalten, daß du bei deinem Debüt Walzer tanzen darfst, Kind. Aber genug davon. Sollen wir uns jetzt einen Abschnitt von Debrett's Adelsverzeichnis ansehen?« Aber diese Tortur blieb Victoria erspart, da in diesem Augenblick Northrup in den Salon trat, sich räusperte und die Ankunft von Gräfin Collingwood meldete.

»Führen Sie sie herein«, sagte Onkel Charles jovial.

Caroline Collingwood betrat den Salon, sah die aufgeschlagenen Bücher und warf Victoria einen verschwörerischen Blick zu. »Ich hatte gehofft, du würdest mich auf eine Spazierfahrt durch den Park begleiten«, sagte sie zu Victoria.

»Liebend gern!« rief Victoria aus. »Würde es Ihnen sehr viel ausmachen, Miss Flossie? Und dir, Onkel Charles?« Beide gaben ihr ihre Erlaubnis, und Victoria lief nach oben, um ihr Haar zu glätten und ihren Hut zu holen.

Während sie auf Victoria wartete, wandte Caroline sich höflich an die beiden älteren Herrschaften. »Ich vermute, Sie beide sind schon sehr gespannt auf morgen abend.«

»O ja, schrecklich«, gab Miss Flossie zu und ließ energisch die blonden Locken wippen. »Victoria ist eine entzückende junge Dame, aber das muß ich Ihnen ja nicht sagen, da Sie sie bereits kennen. So charmante Manieren, so ungekünstelt und umgänglich. Und was für Augen! Eine entzückende Figur obendrein. Ich bin zuversichtlich, daß sie ein großer Erfolg wird. Ich wünschte nur, sie wäre blond.« Miss Flossie seufzte und schüttelte bekümmert den Kopf, ohne auf Lady Collingwoods mahagonifarbene

Haarpracht zu achten. »Blond ist augenblicklich Mode, wissen Sie.« Ihre Vogelaugen huschten zu Charles hin. »Erinnerst du dich an Lord Hornby, als er noch jung war? Damals hielt ich ihn für den schönsten Mann auf der ganzen Welt. Er hatte rote Haare und so reizende Manieren. Sein Bruder war schrecklich klein . . .« Und so plapperte sie dahin und sprang von einem Thema zum nächsten wie ein Vogel von Ast zu Ast.

Victoria sah sich im Park um, lehnte sich in der offenen Kutsche zurück und schloß die Augen vor Wonne. »Wie friedlich es hier ist«, sagte sie zu Caroline, »und wie lieb von dir, daß du mich so oft gerettet hast in der letzten Zeit.«

»Was habt ihr besprochen, als ich gekommen bin?«

»Die korrekte Form der Anrede für Mitglieder des Adels und ihre Gattinnen.«

»Und beherrschst du sie?« fragte Caroline.

»Voll und ganz«, versicherte Victoria und unterdrückte ein müdes, unehrerbietiges Kichern. »Alles, was ich tun muß, ist, die Männer ›Mylord‹ nennen, als wären sie der liebe Herrgott, und ihre Frauen ›Mylady‹, als wäre ich ihre Kammerzofe.«

Carolines Gelächter wirkte ansteckend. »Am schlimmsten finde ich Französisch«, gestand Victoria. »Meine Mutter hat Dorothy und mir beigebracht, es zu lesen, und das kann ich auch, aber wenn ich versuche, etwas zu sagen, fallen mir nie die richtigen Worte ein.«

Caroline, die fließend Französisch sprach, versuchte zu helfen. »Manchmal ist es am besten, eine Sprache in nützlichen Sätzen zu lernen statt in einzelnen Worten. Dann brauchst du nicht darüber nachzudenken, wie man sie kombiniert, und der Rest kommt von alleine. Wie würdest du mich zum Beispiel um Schreibzeug bitten?«

»Mon pot d'encre veut vous emprunter vôtre stylo?« sagte Victoria zaghaft.

Carolines Lippen zitterten vor Heiterkeit. »Weißt du, was du gerade gesagt hast? ›Mein Tintenfaß möchte Ihren Federhalter ausleihen.‹«

»Immerhin war ich nahe dran«, sagte Victoria, und beide brachen in Gelächter aus.

Die Insassen der anderen Gefährte im Park drehten sich bei diesen musikalischen Lauten um, und wieder einmal bemerkte man allgemein, daß die elegante Gräfin Collingwood eine ganz besondere Neigung für Lady Victoria Seaton zu haben schien – ein Umstand, der bereits erheblich zu Victorias wachsendem Prestige innerhalb der Gesellschaft beigetragen hatte.

Victoria streckte ihre Hand aus und streichelte Wolf, der sie regelmäßig auf ihren Ausflügen begleitete. »Ist es nicht merkwürdig, daß ich mühelos Mathematik und Chemie von meinem Vater gelernt habe, aber vor Französisch kapitulieren muß? Vielleicht begreife ich es nicht, weil es so sinnlos ist.«

»Warum das?«

»Weil Andrew bald kommen wird, um mich zu holen.«

»Ich werde dich vermissen«, sagte Caroline traurig. »Die meisten Freundschaften brauchen Jahre, bevor sie so eng sind wie unsere. Wann genau, glaubst du, wird dein Andrew eintreffen?«

»Ich habe ihm gleich nach dem Tod meiner Eltern geschrieben«, erwiderte Victoria nachdenklich. »Der Brief braucht ungefähr sechs Wochen, und Andrew ist sechs Wochen unterwegs, um nach Hause zu kommen. Dann noch einmal vier bis sechs Wochen, um wieder hierher zu kommen. Insgesamt also etwa sechzehn bis achtzehn Wochen. Morgen sind es genau achtzehn Wochen, seit ich ihm geschrieben habe.«

»Du gehst davon aus, daß er deinen ersten Brief erhalten hat, während er in der Schweiz war, aber Post nach Europa ist nicht immer pünktlich. Wenn er nun schon in Frankreich war?«

»Für den Fall habe ich Mrs. Bainbridge – Andrews Mutter – einen zweiten Brief gegeben, den sie nach Frankreich schicken sollte«, seufzte Victoria. »Wenn ich damals gewußt hätte, daß ich mittlerweile in England sein würde, hätte er einfach in Europa bleiben können. Unglücklicherweise wußte ich es nicht, deswegen habe ich ihm in dem ersten Brief nur gesagt, daß meine Eltern bei einem Unfall ums Leben gekommen sind. Ich bin sicher, daß er nach Amerika aufgebrochen ist, sobald er davon erfahren hat.«

»Warum ist er dann nicht vor deiner Abreise eingetroffen?«

»Wahrscheinlich hat die Zeit gerade eben nicht gereicht. Ich nehme an, daß er ein oder zwei Wochen nach meiner Abreise angekommen ist.«

Caroline warf Victoria einen nachdenklichen Seitenblick zu. »Victoria, hast du dem Herzog von Atherton gesagt, daß du sicher bist, Andrew holt dich?«

»Ja, aber er glaubt mir nicht. Und deswegen ist er fest entschlossen, daß ich diese Saison haben soll.«

»Aber findest du es nicht merkwürdig, daß er von dir und Lord Fielding erwartet, so zu tun, als ob ihr verlobt wäret? Ich will nicht neugierig sein«, warf Caroline entschuldigend ein. »Wenn du lieber nicht mit mir darüber sprechen möchtest . . .«

Victoria schüttelte energisch den Kopf. »Ich wollte schon lange mit dir darüber reden, aber ich wollte unsere Freundschaft nicht ausnutzen, indem ich mich bei dir ausweine.«

»Aber ich habe mich bei dir ausgeweint«, sagte Caroline schlicht. »Dafür sind Freunde da – um mit ihnen zu reden.

Du kannst dir nicht vorstellen, wie wunderbar und wie ungewöhnlich es für mich ist, eine Freundin zu haben, die kein Wort von dem weitersagt, was ich ihr erzähle.«

Victoria lächelte. »Wenn das so ist . . . Onkel Charles sagt, der Grund dafür, daß alle glauben sollen, ich sei verlobt, ist der, daß es mir die Möglichkeit gibt, mich von sonstigen ›Verstrickungen‹ und ›Komplikationen‹ freizuhalten. Als verlobte Frau, sagt er, kann ich mein Debüt genießen, ohne von Verehrern oder der Gesellschaft gedrängt zu werden, eine passende Partie zu machen.«

»Irgendwie hat er recht«, meinte Caroline leicht verwirrt. »Aber er macht sich sehr viel Mühe, nur um die Herren davon abzuhalten, dich mit ihren Anträgen zu verfolgen.«

Gedankenvoll starrte Victoria in ein prächtiges Narzissenbeet, das am Wegrand blühte. »Das weiß ich, und ich wundere mich selbst darüber. Onkel Charles hat mich gern, und manchmal habe ich den Verdacht, daß er immer noch hofft, Lord Fielding und ich würden einander irgendwann heiraten, falls Andrew mich nicht holt.«

Carolines graue Augen sahen besorgt drein. »Und hältst du das für möglich?«

»Ganz bestimmt nicht«, sagte Victoria mit lächelndem Ernst.

Mit einem Seufzer der Erleichterung lehnte Caroline sich gegen die Polsterung der Kutsche. »Gut. Ich hätte Angst um dich, wenn du Lord Fielding heiratest.«

»Warum?« erkundigte sich Victoria neugierig.

»Ich wünschte, ich hätte das nicht gesagt«, murmelte Caroline unglücklich, »aber da es nun einmal geschehen ist, sollte ich es dir wahrscheinlich sagen. Falls dein Andrew nicht kommt, mußt du erfahren, was für ein Mann Lord Fielding ist. Es gibt Salons, in denen er geduldet, aber nicht wirklich willkommen ist . . .«

»Warum denn das?«

»Zum einen gab es vor vier Jahren irgendeinen Skandal. Ich kenne die Details nicht, weil ich damals noch zu jung war, um den wirklich skandalösen Klatsch mitanzuhören. Letzte Woche habe ich meinen Mann gebeten, es mir zu erzählen, aber er ist Lord Fieldings Freund, und er weigert sich, darüber zu sprechen. Er sagt, das Ganze war hochgespielter Unsinn, den eine gehässige Frau verbreitet hat, und er hat mir verboten, irgend jemand anderen zu fragen, weil es nur den alten Klatsch wieder aufrühren würde.«

»Miss Flossie sagt, irgendein wildes Gerücht schwirrt immer durch die Salons, und das meiste davon ist Unsinn«, sagte Victoria. »Was immer es war, ich bin sicher, daß ich in den nächsten Wochen alles darüber erfahren werde.«

»Wirst du nicht«, weissagte Caroline nachdrücklich. »Zum einen bist du eine junge, unverheiratete Frau, und niemand wird dir etwas auch nur annähernd Skandalöses erzählen, aus Angst, dein Zartgefühl zu verletzen. Außerdem klatschen Leute über andere, aber sie erzählen ihre Geschichten nur selten denen, die davon betroffen sind. Es liegt in der Natur des Klatsches, daß er hinter dem Rücken derer weitergetragen wird, die am engsten an den Ereignissen beteiligt sind.«

»Wo er am meisten Schaden anrichtet und den größten Reiz besitzt«, stimmte Victoria zu. »Klatsch ist auch in Portage, New York, nicht unbekannt, und auch dort ist das meiste nicht wahr.«

»Vielleicht, aber es gibt noch mehr, wovor ich dich warnen muß«, fuhr Caroline fort, schuldbewußt aber entschlossen, ihre Freundin zu schützen. »Aufgrund seiner Stellung und seines Vermögens wird Lord Fielding immer noch als glänzende Partie betrachtet, und es gibt sehr, sehr viele Damen, die ihn außerdem ungemein attraktiv finden. Aus diesen drei Gründen sind sie hinter ihm her. Er allerdings behandelt sie alles andere als höflich. Manchmal ist er geradezu grob! Victoria«, schloß sie in einem Ton äußerster Verdammung, »Lord Fielding ist kein Gentleman.«

Sie wartete auf eine Reaktion, aber als Victoria sie nur ansah, als sei dieser Makel in Lord Fieldings Charakter nicht gravierender als ein zerknittertes Halstuch, seufzte Caroline tief und sprach weiter. »Die Männer haben fast ebenso viel Angst vor ihm wie viele der Damen, nicht nur, weil er so ungemein abweisend ist, sondern auch wegen der Gerüchte über seine Duelle in Indien. Es heißt, er hat Dutzende davon ausgetragen und seine Gegner kaltblütig getötet, ohne einen Hauch von Bedauern – sie sagen, daß er einen Mann beim geringsten Anlaß herausfordert –«

»Das glaube ich nicht«, warf Victoria mit unbewußter Loyalität ein.

»Du vielleicht nicht, aber andere, und alle haben Angst vor ihm.«

»Wird er deswegen geschnitten?«

»Ganz im Gegenteil«, sagte Caroline. »Sie überschlagen sich geradezu, um ihm zu gefallen. Niemand würde es wagen, ihn direkt zu schneiden.«

Victoria sah sie ungläubig an. »Ganz bestimmt hat nicht *jeder* Angst vor ihm, der ihn kennt?«

»Fast jeder. Robert hat ihn wirklich gern, und er lacht, wenn ich sage, daß Lord Fielding mir unheimlich ist. Aber ich habe gehört, wie Roberts Mutter zu einer Freundin gesagt hat, daß Lord Fielding schlecht ist, daß er Frauen benutzt und dann wegwirft.«

»So schlimm kann er nicht sein. Du hast selbst gesagt, daß er als glänzende Partie gilt –«

»Genaugenommen die beste in ganz England.«

»Siehst du! Wenn alle ihn für so schrecklich hielten wie

du sagst, würde keine junge Dame, noch weniger ihre Mama, je daran denken, ihn zu heiraten.«

Caroline schnaubte verächtlich. »Es gibt genug, die bereit wären Blaubart zu heiraten, wenn es um einen Herzogtitel und ein riesiges Vermögen geht!«

Als Victoria nur schmunzelte, bewölkte Carolines Gesicht sich vor Verwirrung. »Findest du ihn den nicht eigenartig und einschüchternd?«

Victoria erwog ihre Antwort sorgfältig, während die Kutsche wieder auf Jasons Stadthaus zurollte. Sie erinnerte sich an Jasons bissige Bemerkung, als sie in Wakefield angekommen war, und an seinen fürchterlichen Zorn, als er sie beim Schwimmen im Bach erwischt hatte. Ebenso erinnerte sie sich daran, wie er sie beim Kartenspielen mühelos ausgetrickst, daran, wie er sie eines Nachts getröstet hatte, und wie er über ihre Versuche, eine Kuh zu melken, gelacht hatte. Und sie erinnerte sich an die Art, wie er sie an sich gepreßt und mit wilder, fordernder Zärtlichkeit geküßt hatte, aber diesen Gedanken schlug sie sich schnell aus dem Kopf.

»Lord Fielding hat ein unausgeglichenes Temperament«, sagte sie langsam, »aber ich habe festgestellt, daß er seinen Zorn schnell überwindet und nicht nachtragend ist. Darin bin ich ihm sehr ähnlich, obwohl ich nicht so schnell ärgerlich werde wie er. Und mich hat er nicht zum Duell gefordert, als ich gedroht habe, ihn zu erschießen«, setzte sie heiter hinzu, »deshalb kann ich mir nicht vorstellen, daß er so begierig darauf ist, Leute zu erschießen. Wenn ich ihn beschreiben sollte«, sagte Victoria abschließend, »würde ich wahrscheinlich sagen, daß er ein ausnehmend großzügiger Mann ist, der möglichweise sogar unter seiner harten Schale –«

»Das ist nicht dein Ernst!«

Victoria schüttelte den Kopf, bemüht zu erklären, was sie

meinte. »Ich sehe ihn anders als du. Ich versuche, die Menschen so zu sehen, wie mein Vater es mich gelehrt hat.«

»Hat er dir gesagt, daß du blind für ihre Fehler sein sollst?« fragte Caroline verzweifelt.

»Ganz und gar nicht. Aber er war Arzt, und er hat mir beigebracht, nach den Ursachen zu suchen, statt nur die Symptome zu sehen. Deswegen frage ich mich, wenn jemand sich eigenartig benimmt, *warum* er das tut, und es gibt immer einen Grund. Hast du zum Beispiel schon einmal bemerkt, daß Leute, die sich nicht wohl fühlen, oft schlecht gelaunt sind?«

Caroline nickte. »Meine Brüder waren immer unausstehlich, sobald sie auch nur ein bißchen krank waren.«

»Das meine ich eben: Deine Brüder sind keine bösen Menschen, aber wenn sie sich nicht wohl fühlen, haben sie schlechte Laune.«

»Glaubst du denn, daß Lord Fielding krank ist?«

»Ich glaube nicht, daß er sehr glücklich ist, und das ist beinahe dasselbe. Abgesehen davon hat mein Vater mir auch beigebracht, mehr auf das zu achten, was jemand tut, als auf das, was er sagt. Wenn man es so betrachtet, ist Lord Fielding sehr gut zu mir gewesen. Er hat mir ein Heim gegeben, und mehr schöne Kleider, als ich mein Lebtag brauchen werde, und er hat mir sogar erlaubt, Wolf ins Haus zu bringen.«

»Du mußt eine überragende Menschenkenntnis besitzen«, sagte Caroline leise.

»Nein, ganz und gar nicht«, widersprach Victoria. »Ich bin genauso ungeduldig und leicht verletzt wie jeder andere. Und meistens versuche ich erst hinterher herauszufinden, warum der Betreffende mich so behandelt hat.«

»Und du hast keine Angst vor Lord Fielding, nicht einmal, wenn er wütend ist?«

»Ein bißchen«, gestand Victoria bekümmert. »Aber ich habe ihn, seit wir in London sind, nicht gesehen, und vielleicht komme ich mir nur so mutig vor, weil wir Abstand voneinander haben.«

»Nicht mehr lange«, sagte Caroline und nickte in Richtung der eleganten schwarzlackierten Kutsche mit dem goldenen Wappen, die vor dem Haus in der Upper Brook Street wartete. »Das ist Lord Fieldings Wappen«, erklärte sie, als Victoria sie verständnislos ansah. »Und das dahinter ist unsere Kutsche – das heißt, daß mein Mann seine Geschäfte erledigt hat und mich selber abholt.«

Victorias Herz machte einen merkwürdigen kleinen Sprung, als sie hörte, daß Jason da war – eine Reaktion, die sie sofort als Schuldbewußtsein deutete, weil sie mit Caroline über ihn gesprochen hatte.

Beide Herren waren im Salon und lauschten höflich Miss Flossies endlosem Monolog über Victorias Fortschritte während der vergangenen beiden Wochen, freigiebig untermischt mit begeisterten Erinnerungen an ihr eigenes Debüt vor fast fünfzig Jahren. Victoria warf einen Blick auf Jasons angespannte Züge und vermutete, daß er im Geiste dabei war, die Dame zu erwürgen.

»Victoria!« rief Miss Flossie und schlug selig die kleinen Hände zusammen. »Endlich! Ich habe diesen Gentlemen von deinem Talent auf dem Pianoforte berichtet, und sie können es kaum erwarten, dich spielen zu hören.« Ohne Jasons sarkastische Miene zu bemerken, dirigierte Miss Flossie Victoria zum Klavier hinüber und bestand darauf, daß sie augenblicklich spielte.

Hilflos setzte Victoria sich auf die Bank und sah Jason an, der sich ganz darauf konzentrierte, ein Stäubchen von seinen eleganten dunkelblauen Hosen zu entfernen. Er sah unendlich gelangweilt aus. Außerdem geradezu unglaublich attraktiv, stellte Victoria fest, und ein weiterer nervöser Schauer durchlief sie, tausendfach verstärkt durch sein träges, spöttisches Lächeln, als er zu ihr aufsah. »Ich habe noch nie ein weibliches Wesen kennengelernt, das schwimmen, schießen, wilde Tiere zähmen und obendrein auch noch klavierspielen kann. Fangen sie an.«

Victoria merkte an seinem Tonfall, daß er nicht viel von ihr erwartete, und sie hätte liebend gerne vermieden, jetzt zu spielen. »Mr. Wilheim hat Dorothy und mir als Gegenleistung für Papas Behandlung Stunden gegeben, aber Dorothy ist viel begabter als ich. Ich habe monatelang nicht gespielt, und ich bin immer noch außer Übung«, sagte sie hastig. »Mein Beethoven ist bestenfalls mittelmäßig, und –«

Ihre schwache Hoffnung auf Schonung wurde zunichte, als Jason herausfordernd die Augenbrauen hob und auf die Tastatur zeigte.

Victoria seufzte und kapitulierte. »Möchten Sie etwas Bestimmtes hören?«

»Beethoven«, sagte er trocken.

Victoria warf ihm einen empörten Blick zu, worauf er nur noch mehr grinste, aber dann senkte sie den Kopf und schickte sich an, seinem Wunsch zu gehorchen. Zaghaft ließ sie die Finger über die Tasten gleiten und hob sie. Als sie sie wieder senkte, vibrierte der Raum von der mitreißenden Melodie und den triumphalen Crescendi von Beethovens Sonate in f-Moll.

Im Korridor vor dem Salon horchte Northrup auf und schloß glückselig die Augen. In der Halle stockte O'Malley mitten in der Strafpredigt, die er einem Diener hielt, und drehte sich lächelnd zum Salon um.

Als Victoria fertig war, brachen alle im Salon in spontanen Applaus aus – alle außer Jason, der sich mit einem schiefen Lächeln auf den Lippen in seinem Sessel zurücklehnte. »Besitzen Sie noch irgendwelche anderen ›mittelmäßigen‹ Talente?« fragte er scherzhaft, aber in seinen Augen lag ein aufrichtiges Kompliment, und als Victoria es sah, erfüllte es sie mit widersinniger Freude.

Caroline und ihr Gatte verabschiedeten sich kurz danach mit dem Versprechen, Victoria morgen auf ihrem Ball wiederzusehen, und Miss Flossie begleitete sie zur Tür. Allein mit Jason fühlte Victoria sich unerklärlich nervös, und sie plapperte los, um das zu verbergen. »Ich – ich war überrascht, Sie hier zu sehen.«

»Sie haben doch nicht etwa gedacht, daß ich Ihrem Debüt fernbleiben würde?« erkundigte er sich mit verwirrendem Lächeln. »Ich bin nicht ganz hoffnungslos, was Sitte und Anstand angehen. Wir sind angeblich verlobt. Wie würde es aussehen, wenn ich mich nicht blicken lassen würde?«

»Mylord –«, setzte sie an.

»Das hört sich nicht schlecht an«, meinte er schmunzelnd. »Sehr respektvoll. So haben Sie mich noch nie genannt.«

Victoria warf ihm einen strengen Blick zu. »Und ich würde es auch jetzt nicht tun, wenn Miss Flossie mir nicht tagelang Titel und Anreden eingepaukt hätte. Aber was ich sagen wollte, war, daß ich mich nicht besonders auf Täuschungsmanöver verstehe. Die Vorstellung, den Leuten zu erzählen, daß wir verlobt sind, ist mir entsetzlich unangenehm. Onkel Charles will nicht auf mich hören, aber ich halte das ganze für keine gute Idee.«

»Da haben Sie recht«, sagte Jason. »Der Grund für diese Saison ist, Ihnen mögliche Heiratskandidaten vorzuführen –«

Victoria wollte darauf bestehen, daß Andrew ihr Mann werden würde, aber Jason hob eine Hand und berichtigte seine letzte Aussage. »Ihnen mögliche Heiratskandidaten vorzustellen, falls Ambrose Ihnen nicht zu Hilfe eilt.«

»Andrew«, verbesserte Victoria. »Andrew Bainbridge.«

Jason winkte gleichgültig ab. »Wenn das Thema unserer Verlobung angesprochen wird, möchte ich, daß Sie sagen, was ich auch gesagt habe.«

»Und das wäre?«

»Ich sage, daß noch nichts endgültig ist, oder daß Sie mich nicht gut genug kennen, um zu wissen, ob Ihre Neigung tatsächlich mir gilt. Das hält ihren anderen Verehrern ein Hintertürchen offen, und selbst Charles kann nichts dagegen haben.«

»Ich würde es vorziehen, die Wahrheit zu sagen.«

Jason strich sich über den Nacken und massierte gereizt die verspannten Muskeln. »Das geht nicht. Wenn einer von uns zu schnell widerruft – so bald nach Ihrer Ankunft in England –, gibt es nur Spekulationen darüber, wer von uns beiden die Verlobung gelöst hat und warum.«

Victoria erinnerte sich an Carolines Äußerungen und konnte sich sehr gut vorstellen, was die Leute denken würden, wenn sie die Verlobung löste. Unter diesem Aspekt war sie bereit, die Scharade weiter aufrechtzuerhalten. Um nichts in der Welt wollte sie Jasons Großzügigkeit damit vergelten, daß sie irgend jemand glauben machte, sie fände ihn abstoßend oder einschüchternd. »Na schön«, sagte sie. »Ich werde sagen, daß wir uns noch nicht ganz einig sind.«

»Braves Mädchen«, sagte er. »Charles hat schon einen schweren Anfall hinter sich, und sein Herz ist schwach. Ich möchte ihn nicht unnötig beunruhigen, und er ist fest entschlossen, Sie gut zu verheiraten.«

»Aber was soll aus ihm werden, wenn Andrew kommt?« Ihre Augen weiteten sich, als ihr dieses neue Problem bewußt wurde. »Und was werden die Leute hier denken, wenn ich Sie sitzen lasse, um Andrew zu heiraten?«

Amüsement über ihre Wortwahl blitzte in Jasons Augen. »Falls das passiert, werden wir sagen, daß Sie ein

Versprechen einlösen, das Ihr Vater gegeben hat. In England ist es die Pflicht einer guten Tochter, eine Ehe einzugehen, die ihrer Familie genehm ist, und jeder wird Verständnis haben. Charles wird Sie natürlich vermissen, aber es wird ihm den Schlag leichter machen, wenn er weiß, daß Sie glücklich sind. Charles hat mir von Bainbridge erzählt, und ich bin mit ihm einer Meinung, daß er vermutlich ein Schwächling ist, der unter dem Pantoffel seiner verwitweten Mutter steht. Ohne Ihre Anwesenheit in Amerika bringt er vermutlich nicht den Mumm auf, sich seiner Mutter zu widersetzen und Ihnen nachzureisen.«

»Ach, um Himmels –«, platzte Victoria heraus, empört über den falschen Eindruck, den er von Andrew hatte.

»Ich bin noch nicht zu Ende«, unterbrach Jason sie gebieterisch. »Es ist ebenso offensichtlich, daß Ihr Vater nicht besonders erfreut über diese Verbindung war – nicht, wenn er auf diese Trennung bestanden hat, um Ihre Gefühle füreinander auf die Probe zu stellen. Sie waren nicht mit Bainbridge verlobt, als Ihr Vater gestorben ist, Victoria«, sagte Jason unerbittlich. »Falls er hier auftaucht, muß er erst meine Zustimmung erlangen, bevor ich Ihnen erlaube, ihn zu heiraten und nach Amerika zurückzukehren.«

Victoria schwankte zwischen Zorn und Lachen über seine Anmaßung. »Wie können Sie nur!« platzte sie heraus, während ihre Gedanken sich überschlugen. »Sie haben ihn noch nie gesehen, aber Sie wissen bereits, was für ein Mensch er ist, und jetzt sagen Sie, ich darf nicht mit ihm abreisen, wenn Sie ihn nicht mögen, Sie, der mich praktisch hinausgeworfen hat, als ich in Wakefield angekommen bin!« Das alles war so absurd, daß Victoria anfing zu lachen. »Wissen Sie, ich habe nie auch nur die leiseste Ahnung, was Sie als nächstes sagen oder tun werden. Ich werde einfach nicht aus Ihnen schlau.«

Ein Lächeln erschien auf Jasons Lippen »Sie brauchen weiter nichts zu tun, als sich in den nächsten Wochen das derzeitige Angebot von jungen Herren anzusehen, sich den auszusuchen, den Sie wollen und ihn mir vorzustellen, damit ich ihm meinen Segen geben kann. Und das ist ganz einfach – ich werde fast jeden Tag hier in meinem Arbeitszimmer sein.«

»Hier?« rief Victoria aus und unterdrückte ein entsetztes Kichern über die Art, wie sie sich ihren Gatten aussuchen sollte. »Ich dachte, Sie wollten in Onkel Charles' Haus wohnen.«

»Ich werde dort schlafen, aber arbeiten werde ich hier. Charles' Haus ist verdammt ungemütlich. Die Möbel sind alt, und fast alle Räume sind klein und dunkel. Außerdem wird sich niemand etwas dabei denken, wenn ich tagsüber hier bin, solange Sie eine Anstandsdame bei sich haben. Es gibt keinen Grund, mich irgendwelchen Unbequemlichkeiten auszusetzen, während ich arbeite. Da wir gerade beim Thema sind: Hat Flossie Wilson Sie schon um den Verstand geschnattert?«

»Sie ist sehr lieb«, sagte Victoria und mußte wieder gegen das Lachen ankämpfen.

»Ich habe noch nie eine Frau erlebt, die so viel redet und so wenig sagt.«

»Sie hat ein gutes Herz.«

»Das ist wahr«, sagte er abwesend, als seine Aufmerksamkeit sich auf die Uhr konzentrierte. »Ich gehe heute abend in die Oper. Wenn Charles wiederkommt, sagen Sie ihm bitte, daß ich da war und daß ich morgen rechtzeitig kommen werde, um die Gäste zu begrüßen.«

»Sehr wohl.« Mit einem aufsässigen Blick setzte Victoria

hinzu: »Aber ich warne Sie, ich werde mich diebisch freuen, wenn Andrew kommt und Sie zugeben müssen, daß Sie sich getäuscht haben.«

»Rechnen Sie nicht zu fest damit.«

»Aber das tue ich. Und ich werde Sie zwingen, es zuzugeben.«

In verblüfftem Schweigen sah Jason in ihr lachendes Gesicht. »Sie haben vor gar nichts Angst, nicht wahr?«

»Jedenfalls nicht vor Ihnen«, verkündete sie strahlend.

»Es wäre aber klüger«, sagte er, und nach dieser rätselhaften Bemerkung verließ er den Raum.

Dreizehntes Kapitel

»Sie sind fast alle da«, flüsterte Miss Flossie aufgeregt, während Ruth letzte Hand an Victorias Frisur legte. »Es wird Zeit für deinen großen Auftritt, mein Kind.«

Victoria erhob sich folgsam, aber ihr Knie zitterten. »Ich hätte viel lieber mit Onkel Charles und Lord Fielding am Eingang gestanden und die Gäste einzeln kennengelernt. Das wäre lange nicht so erschreckend gewesen.«

»Aber auch nicht so effektiv«, sagte Miss Flossie munter.

Victoria warf ihrem Spiegelbild einen letzten prüfenden Blick zu, ergriff den Fächer, den Ruth ihr reichte, und raffte ihre Röcke. »Ich bin soweit«, sagte sie unsicher. An der Treppe blieb Victoria stehen, um einen Blick auf die große Eingangshalle zu werfen, die zu Ehren ihres Balles in einen Zaubergarten voller Blumen verwandelt worden war. Überall standen riesige Töpfe mit Farnen und große Körbe voll weißer Rosen. Dann atmete sie tief durch und erklomm die geschwungene Treppe in den nächsten Stock, wo der Ballsaal lag. Diener in formellen, grünen Samtlivreen mit Goldtressen standen auf der langen Treppe, neben ihnen noch mehr weiße Rosen in hohen Silberständern. Victoria lächelte die Diener, die sie kannte, an und nickte den anderen zu. O'Malley stand oben an der Treppe, und sie fragte ihn leise: »Hat Ihr Zahn Ihnen wieder Kummer gemacht? Bitte sagen Sie mir Bescheid, wenn er wehtut – ich rühre Ihnen gerne noch einen Umschlag an.«

Er strahlte sie mit aufrichtiger Bewunderung an. »Der hat mich gar nich' mehr gestört, seit sie mir den ersten gemacht haben, Mylady.«

»Sehr gut, aber falls er sich doch wieder bemerkbar macht, plagen Sie sich nicht so lange damit herum, ja?«

»Sehr wohl, Mylady.«

Er wartete, bis Victoria außer Hörweite war und sagte dann zu dem Diener neben ihm: »'n echtes Prachtstück, nich'?«

»Eine echte Dame«, sagte der zweite Diener anerkennend. »Genau, wie du von Anfang an gesagt hast.«

»Sie wird uns allen das Leben leichter machen«, prophezeite O'Malley, »und Seiner Lordschaft auch, wenn sie ihm ers'mal 's Bett wärmt. Sie werden Kinder zusammen haben – und dann is' er glücklich.«

Northrup stand kerzengerade auf der Balustrade, von der aus man den Ballsaal überblicken konnte, bereit, die letzten Gäste anzukündigen, die verspätet das marmorne Portal unter ihm durchschritten. Victoria näherte sich ihm auf Beinen, die weich wie Butter waren. »Lassen Sie mir einen Augenblick Zeit, um zu Atem zu kommen«, bat sie ihn. »Dann können Sie uns ankündigen. Ich bin schrecklich nervös.«

Etwas wie ein Lächeln überzog seine feierliche Miene, als sein erfahrenes Auge die atemberaubende junge Frau musterte, die vor ihm stand. »Darf ich Ihnen, während Sie

Atem schöpfen, sagen, wie sehr ich ihr Spiel gestern genossen habe, Mylady? Beethovens Sonate in f-Moll schätze ich ganz besonders.«

Victoria war so entzückt und so verblüfft über diese unerwartete Herzlichkeit von seiten des bärbeißigen alten Dieners, daß sie beinahe die laute Menge da unten im Ballsaal vergaß. »Vielen Dank«, sagte sie lächelnd. »Und was ist Ihr Lieblingsstück?«

Ihr Interesse schien ihn zu schockieren, aber er sagte es ihr.

»Morgen spiele ich es für Sie«, versprach sie ihm.

»Das ist äußerst liebenswürdig von Ihnen, Mylady!« antwortete er mit unbeweglicher Miene und einer steifen Verbeugung. Aber als er sich umdrehte, um ihren Namen zu verkünden, klang unverkennbarer Stolz aus Northrups Stimme. »Lady Victoria Seaton, Gräfin Langston«, rief er, »und Miss Florence Wilson.«

Ein elektrischer Schlag schien durch die Menschenmenge zu gehen, Gespräche brachen ab und Gelächter verstummte, als über fünfhundert Gäste sich beinahe gleichzeitig umdrehten, um ihren ersten Blick auf das junge Mädchen aus Amerika zu werfen, das jetzt den Titel ihrer Mutter trug und bald einen noch viel begehrteren von Jason, Lord Fielding, erhalten sollte.

Was sie sahen, war eine exotische, tizianhaarige Göttin in einem schimmernden griechischen Gewand aus saphirblauer Seide, das ihre leuchtenden Augen betonte und jede Kurve ihres schlanken Körpers zur Geltung brachte. Lange Handschuhe umschlossen ihre Arme, und ihr glänzendes Haar war zu einer üppigen Lockenpracht aufgesteckt und mit Saphiren und Brillanten durchwoben. Sie sahen ein Gesicht von unvergeßlicher Schönheit mit hohen, feingeformten Wangenknochen, einer vollkommenen Nase, üppigen Lippen und einer winzigen Kerbe im Kinn.

Niemand, der sie so sah, hätte geglaubt, daß die Knie der königlichen jungen Schönen vor Panik zitterten.

Der Ozean namenloser Gesichter schien sich zu teilen, als Victoria die Treppen hinunterkam, und plötzlich trat Jason aus der Menge. Er streckte ihr seine Hand hin, und Victoria legte automatisch ihre Hand in seine, aber als sie ihn ansah, waren ihre Augen weit vor Angst.

Vorgebeugt, so, als wolle er ihr ein intimes Kompliment ins Ohr flüstern, sagte Jason: »Sie haben Todesangst, nicht wahr? Möchten Sie, daß ich gleich mit den endlosen Vorstellungen anfange oder würden Sie lieber mit mir tanzen und allen Gelegenheit geben, Sie in Ruhe anzusehen?«

»Was für eine Wahl!« flüsterte Victoria mit ersticktem Lachen.

»Wir tanzen«, entschied Jason und nickte dem Orchester zu. Er führte sie auf die Tanzfläche und nahm sie in die Arme, während die Musiker einen schwungvollen Walzer anstimmten. »Können Sie Walzer tanzen?« fragte er plötzlich.

»Das fragen Sie ausgerechnet jetzt?« erwiderte sie lachend, der Hysterie nahe.

»Victoria!« sagte Jason streng, aber mit einem strahlenden Lächeln, das ihrem aufmerksamen Publikum galt. »Ist das dieselbe junge Dame, die kaltblütig damit gedroht hat, mich mit einem Gewehr über den Haufen zu schießen? Wehe Ihnen, wenn Sie jetzt kneifen.«

»Jawohl, Mylord«, erwiderte sie und versuchte krampfhaft, seinen ersten Walzerschritten zu folgen. Er tanzte mit der gleichen entspannten Eleganz, mit der er seine exquisite Abendgarderobe trug.

Plötzlich legte er seinen Arm fester um ihre Taille und zwang sie zu beunruhigender Nähe mit seinem kräftigen Körper. Mit leiser Stimme ermahnte er sie: »Es ist üblich, daß Paare sich in irgendeiner Weise unterhalten oder miteinander flirten, wenn sie tanzen. Andernfalls vermuten die Zuschauer, daß sie einander nicht leiden können.«

Victoria starrte ihn an. Ihr Mund war trocken wie Sägemehl.

»Verdammt noch mal, sagen Sie etwas.«

Der Fluch in Kombination mit seinem strahlendsten, aufmerksamsten Lächeln, entrang ihr ein unwillkürliches Lachen, und sie vergaß ihr Publikum. In dem Versuch, seinem Befehl Folge zu leisten, sagte sie das erstbeste, was ihr einfiel: »Sie tanzen ausgezeichnet, Mylord.«

Jason entspannte sich und lächelte sie an. »Das sollte ich zu Ihnen sagen.

»Ihr Engländer habt Regeln für alles«, erwiderte Victoria in gespielter Bewunderung.

»Rein zufällig sind auch Sie Engländerin, Ma'am«, erinnerte er sie und setzte dann hinzu: »Miss Flossie hat Ihnen den Walzer nicht schlecht beigebracht. Was haben Sie sonst noch gelernt?«

Ein wenig beleidigt über seine Annahme, daß sie vorher nicht hatte tanzen können, sagte Victoria mit hochmütigem Lächeln: »Seien Sie versichert, daß ich jetzt über alle Fähigkeiten verfüge, die ihr Engländer als notwendig für eine junge Dame von Stand und Kultur erachtet.«

»Und die wären?« fragte Jason grinsend.

»Abgesehen vom Klavierspielen kann ich halbwegs richtig singen, Walzer tanzen, ohne hinzufallen, und säuberlich sticken. Außerdem bin ich imstande, Französisch zu lesen und einen erstklassigen Hofknicks machen. Mir scheint«, verkündete sie mit frechem Lächeln, »in England ist es erstrebenswert für ein weibliches Wesen, ausgesprochen nutzlos zu sein.«

Jason warf den Kopf zurück und lachte über diese Beobachtung. Sie ist eine erstaunliche Kombination faszinierender Gegensätze, dachte er, von Weisheit und Unschuld, Weiblichkeit und Mut, verführerischer Schönheit und unverwüstlichem Humor. Ihr Körper war für die Hände eines Mannes geschaffen, ihre Augen konnten ihn um den Verstand bringen, ihr Lächeln war sonnig und sinnlich zugleich, und ihr Mund – ihr Mund lud förmlich dazu ein, ihn zu küssen.

»Es ist unhöflich, jemanden anzustarren«, sagte Victoria, eher, um die Illusion aufrechtzuerhalten, daß sie sich amüsierten, als wegen der Richtung seines Blicks.

Jason riß seinen Blick von ihren Lippen los. »Verzeihung.«

»Sie sagten, daß man irgendeine Art Flirt von uns erwartet, während wir tanzen«, mahnte sie scherzhaft. »Ich habe keinerlei Erfahrung darin – Sie?«

»Mehr als genug«, erwiderte er und bewunderte dabei die Frische ihrer Wangen.

»Wunderbar – dann bringen Sie es mir bei.«

Verblüfft sah Jason in ihre langwimprigen, lachenden blauen Augen und verlor sich einen Augenblick in ihren Tiefen. Heißes Verlangen durchströmte seinen Körper, und er zog sie unwillkürlich an sich. »Das brauchen Sie nicht zu lernen«, murmelte er heiser. »Sie machen Ihre Sache sehr gut.«

»Welche Sache?«

Ihre offensichtliche Verwirrung brachte Jason wieder zu Verstand, und er lockerte seinen Griff. »Sich viel mehr Unannehmlichkeiten einzuhandeln, als sie je erwartet haben.«

Am Rande der Tanzfläche hob der junge Lord Crowley sein Monokel und inspizierte Lady Victoria von Kopf bis Fuß. »Exquisit«, sagte er zu seinem Freund. »Ich hab's ja gleich gesagt, an dem Tag, als sie in der Brook Street angekommen ist. Göttlich. Himmlisch. Ein Engel.«

»Eine Schönheit, eine echte Schönheit!« bestätigte der junge Lord Wiltshire.

»Wenn Wakefield nicht wäre, würde ich mich selber um sie bewerben«, sagte Crowley. »Ich würde sie so lange belagern, bis ich die anderen aus dem Feld geschlagen habe, und dann – nichts wie drauflos!«

»Das könntest du natürlich«, konterte Lord Wiltshire trocken, »aber um sie zu fangen, müßtest du zehn Jahre älter und zwanzigmal so reich sein. Obwohl die Heirat, soweit ich gehört habe, noch nicht beschlossene Sache ist.«

»Wenn das so ist, lasse ich mich ihr noch heute abend vorstellen.«

»Ich auch«, entgegnete Lord Wiltshire herausfordernd, und beide eilten davon und suchten ihre jeweiligen Mütter, um eine formelle Vorstellung herbeizuführen.

Für Victoria war der Abend ein uneingeschränkter Erfolg. Sie hatte befürchtet, daß der Rest der Londoner Gesellschaft genau wie Lady Kirby sein würde, aber der Großteil schien sie mit offenen Armen in ihrem erlauchten Kreis aufzunehmen. Eigentlich waren die meisten – ganz besonders die Herren – geradezu närrisch überschwenglich in ihren Komplimenten. Sie umringten sie, erbaten eine Vorstellung oder einen Tanz, blieben dann an ihrer Seite, wetteiferten um ihre Aufmerksamkeit und fragten um Erlaubnis, ihr ihre Aufwartung machen zu dürfen. Victoria nahm nichts davon ernst, aber sie behandelte sie alle mit gleichbleibender Freundlichkeit.

Gelegentlich erhaschte sie einen Blick auf Jason und lächelte in sich hinein. Er sah atemberaubend aus in seinem rabenschwarzen Anzug, der zu seinem Haar paßte und mit dem schneeweißen Hemd und seinen blitzenden Zähnen kontrastierte, wenn er lächelte. Neben ihm wirkten die anderen Herren blaß und unbedeutend.

Viele andere Damen dachten genauso, wie Victoria feststellte, als sie vier Stunden später mit einem weiteren Verehrer tanzte. Einige dieser Damen flirteten geradezu haarsträubend mit ihm, trotz der Tatsache, daß sie angeblich mit ihm verlobt war. Mit heimlichem Mitgefühl beobachtete sie, wie eine schöne, feurige Blondine sich vergeblich bemühte, seine Aufmerksamkeit zu erregen, indem sie ihm einladend in die Augen sah, währen Jason lässig an einer Säule lehnte, einen Ausdruck gelangweilter Herablassung auf seinen sonnenbraunen Zügen.

Bis zum heutigen Abend hatte Victoria angenommen, daß er nur sie so empörend behandelte, aber jetzt sah sie, daß Jason allen weiblichen Wesen gegenüber diese kühle Duldsamkeit an den Tag legte. Zweifellos hatte Caroline das gemeint, als sie gesagt hatte, daß Jason grob und unhöflich war. Trotzdem wurden die Damen von ihm angezogen wie hübsche Motten, die um eine gefährliche Flamme herumtanzten. Und warum auch nicht, entschied Victoria philosophisch, als sie beobachtete, wie er seinen Arm sanft aus dem Griff der blonden Schönen befreite und sich Lord Collingwood näherte. Jason war überwältigend, unwiderstehlich, magnetisch . . . männlich.

Robert Collingwood sah Jason an und nickte in Richtung von Victorias Verehrern, die sich um Flossie Wilson scharten und darauf warteten, daß Victoria von der Tanzfläche zurückkehrte. »Wenn du immer noch die Absicht hast, sie mit jemand anderem zu verheiraten, brauchst du nicht lange zu warten. Sie ist gerade der letzte Schrei geworden.«

»Gut«, erwiderte Jason, warf einen flüchtigen Blick auf Victorias Gefolge und zuckte die Achseln.

Vierzehntes Kapitel

Roberts Prophezeiung bewahrheitete sich. Am Tag nach dem Ball statteten zwölf Herren und sieben junge Damen Lady Victoria einen Besuch ab, bedrängten sie mit Einladungen und bettelten darum, einen Blick auf Wolf werfen zu dürfen. Northrup war in Höchstform, geleitete Besucher hinein und hinaus und gab den Dienern, die Teetabletts in die verschiedenen Salons trugen, hastige Anweisungen.

Als um neun das Abendessen serviert wurde, war Victoria zu erschöpft, um auch nur darüber nachzudenken, zu welchen der zahllosen Bälle und Soireen, zu denen sie eingeladen worden war, sie gehen sollte. In der vergangenen Nacht war sie erst kurz vor Morgengrauen ins Bett gegangen, und sie konnte kaum die Augen offen halten, während sie lustlos in ihrem Dessert stocherte. Jason dagegen sah genauso frisch und lebendig aus wie immer, obwohl er den ganzen Nachmittag gearbeitet hatte.

»Sie waren gestern abend ein glänzender Erfolg, Victoria«, sagte er und wandte sich ihr zu. »Offensichtlich sind Crowley und Wiltshire schon völlig in Ihrem Bann. Ebenso Lord Makepeace, und der gilt als der beste Fang der Saison.«

Ihre schläfrigen Augen füllten sich mit Gelächter. »Der Ausdruck erinnert eher an einen Heilbutt!«

Einen Augenblick später entschuldigte sie sich, um schlafen zu gehen. Jason wünschte ihr eine gute Nacht. Er lächelte immer noch über ihr Bonmot. Ihr Lächeln konnte einen ganzen Raum aufhellen, sei es auch noch so müde. Unter ihrer ungekünstelten Frische lagen Liebreiz und Klugheit. Er nippte an seinem Brandy und dachte daran, wie sie am vergangenen Abend die Gesellschaft mit ihrer Schönheit und ihrem Lachen bezaubert hatte. Northrup hatte sie völlig erobert, indem sie heute abend Mozart für ihn gespielt hatte. Als sie fertig war, hatten in den Augen des alten Butlers Tränen gestanden. Danach hatte sie nach O'Malley geschickt und ein wildes irisches Volkslied für ihn gespielt. Am Schluß hatte ein Dutzend Diener vor dem Salon gestanden und ihrem improvisierten Konzert gelauscht. Statt ihnen zu befehlen, sich wieder an ihre Arbeit zu machen – wie Jason vorgehabt hatte –, hatte sie sich umgedreht und sie nach ihren Musikwünschen gefragt. Sie kannte alle ihre Namen, hatte sich nach ihrer Gesundheit und ihren Familien erkundigt. Und so müde sie war, sie hatte weitergespielt, über eine Stunde lang.

Alle Dienstboten sind ihr treu ergeben, dachte Jason. Diener lächelten und überschlugen sich fast, um ihr zu gefallen. Zimmermädchen erfüllten ihr den kleinsten Wunsch. Und Victoria dankte ihnen allen artig für jeden Dienst, den sie ihr erwiesen. Sie verstand, mit Menschen umzugehen; sie eroberte Barone und Butler mit derselben Leichtigkeit – vielleicht, weil sie beide mit demselben aufrichtigen Interesse behandelte.

Nachdenklich drehte Jason das Glas in seinen Händen. Ohne sie war das Eßzimmer mit einem mal trübe und leer. Ohne zu merken, daß Charles ihn beobachtete, saß Jason da und starrte stirnrunzelnd auf ihren leeren Platz.

»Sie ist eine bemerkenswerte junge Frau, nicht wahr?« sagte Charles.

»Ja.«

»Hinreißend schön, und witzig noch dazu. Seit Victoria hier ist, hast du mehr gelacht als im ganzen vergangenen Jahr. Versuch nicht, es zu leugnen – das Mädchen ist einzigartig.«

»Ich leugne es nicht«, erwiderte Jason, der an ihre faszinierende Fähigkeit dachte, je nach ihrer Stimmung und Umgebung auszusehen wie eine Gräfin, ein Milchmädchen, ein verlorenes Kind oder eine Dame von Welt.

»Sie ist charmant und unschuldig, aber sie hat Geist und Feuer. Der richtige Mann könnte Victoria zu einer leidenschaftlichen, liebenden Frau machen – einer Frau, die sein Bett und sein Leben mit Wärme erfüllt.« Charles hielt inne, aber Jason sagte nichts. »Ihr Andrew hat nicht die mindeste Absicht, sie zu heiraten«, fuhr Charles nachdrücklich fort. »Daran besteht kein Zweifel. Wenn es anders wäre, hätte er sich inzwischen mit ihr in Verbindung gesetzt.« Wieder unterbrach er sich, und wieder sagte Jason nichts.

»Ich habe mehr Mitleid mit diesem Andrew als mit Victoria«, setzte Charles listig hinzu. »Ich habe Mitleid mit jedem Mann, der dumm genug ist, die eine Frau unter Tausenden, die ihn glücklich machen könnte, zu ignorieren. Jason«, sagte er, »hörst du mir überhaupt zu?«

Jason warf ihm einen gereizten Blick zu. »Wort für Wort. Was hat das alles mit mir zu tun?«

»Was hat –?« Charles war empört. Dann fing er sich wieder und ging behutsamer vor. »Alles, und mit mir auch. Victoria ist eine junge, unverheiratete Frau. Selbst wenn Miss Flossie hier ist, kann Victoria nicht ewig mit einem Junggesellen in einem Haus leben, während ein anderer Junggeselle seine Tage hier verbringt. Wenn wir mehr als ein paar Wochen so weitermachen, werden die Leute vermuten, daß die Verlobung ein Schwindel ist und Victoria in Wirklichkeit nur eine deiner Eroberungen. Wenn das passiert, werden sie sie ächten. Du willst dem Mädchen doch keinen Kummer machen, oder?«

»Nein, natürlich nicht«, sagte Jason abwesend und starrte in sein Glas.

»Dann gibt es nur eine Lösung – sie muß heiraten, und

zwar so schnell wie möglich.« Er wartete, aber Jason blieb still. »Oder nicht, Jason?« drängte er.

»Wahrscheinlich.«

»Wen soll sie heiraten, Jason?« fragte Charles triumphierend. »Wer könnte sie zu einer liebenden, leidenschaftlichen Frau machen? Wer braucht eine Frau, die ihm einen Erben schenkt?«

Jason zuckte gereizt die Achseln. »Woher zum Teufel soll ich das wissen. Du bist der Kuppler in der Familie, nicht ich.«

Charles staunte ihn mit offenem Mund an. »Willst du etwa sagen, du hast keine Ahnung, wen sie wirklich heiraten sollte?«

Jason hob das Glas an die Lippen und trank aus. Dann stellte er das Glas energisch auf den Tisch und stand abrupt auf. »Victoria kann singen, klavierspielen, knicksen und nähen«, sagte er. »Finde einen Mann mit einem Ohr für Musik, einem Auge für Schönheit und einer Vorliebe für Hunde. Aber vergewissere dich, daß er ein friedliches Gemüt hat – sonst treibt sie ihn zur Verzweiflung. So einfach ist das.«

Als Charles ihn nur anstarrte, sagte Jason ungeduldig: »Ich habe sechs Häuser, um die ich mich kümmern muß, eine Flotte von Schiffen und hundert andere Kleinigkeiten, die meine Aufmerksamkeit erfordern. Das ist meine Arbeit. Kümmere du dich darum, einen Mann für Victoria zu finden. Ich helfe dir, indem ich sie in den nächsten Wochen zu ein paar Bällen und Abendgesellschaften begleite. Sie ist schon jetzt eine Sensation. Noch ein paar öffentliche Auftritte, dann hat sie mehr Verehrer als sie brauchen kann. Sieh sie dir an, wenn sie sie besuchen, und mach eine Liste von den aussichtsreichsten Kandidaten. Ich werde die Liste durchgehen und einen aussuchen.«

Charles ließ müde die Schultern sinken. »Ganz wie du wünschst.«

Fünfzehntes Kapitel

»Seit Carolines Debüt hat keine junge Frau mehr so viel Aufsehen erregt«, sagte Robert Collingwood eine Woche später und grinste Jason an, während sie Victoria beobachteten. »Sie hat jedes Klatschmaul in der Stadt in Gang gesetzt. Hat sie Roddy Carstairs wirklich gesagt, daß sie ihn beim Wettschießen mit seiner eigenen Pistole besiegen könnte?«

»Nein«, sagte Jason trocken. »Sie hat gesagt, daß sie ihn erschießt, wenn er ihr noch einen unsittlichen Antrag macht – und daß sie überzeugt davon ist, daß ich kurzen Prozeß mit ihm mache, falls sie nicht trifft und er Wolf entkommt«, sagte Jason schmunzelnd und schüttelte den Kopf. »Das ist das erstemal, daß jemand mir die Rolle des Helden zudenkt. Ich war allerdings etwas enttäuscht, daß ich erst an zweiter Stelle nach ihrem Hund komme.«

Robert Collingwood warf ihm einen eigenartigen Blick zu, aber Jason bemerkte es nicht. Er sah Victoria zu. Heiter stand sie inmitten ihrer Verehrer, die sie umrundeten – eine tizianhaarige Königin, die ihre ehrfürchtigen Untertanen empfängt. In eisblauen Satin gewandet, das Haar in üppigen Kaskaden über die Schultern fließend, beherrschte sie den gesamten Ballsaal mit ihrer bezaubernden Persönlichkeit.

Während er sie beobachtete, merkte er, wie Lord Warren sich an ihre Seite drängte und den Blick in das tiefdekolletierte, wohlgerundete Mieder ihres Kleides versenkte. Jasons Gesicht wurde weiß vor Wut. »Entschuldige mich«, sagte er gepreßt zu Robert. »Warren und ich müssen uns unterhalten.«

Es war die erste von vielen Gelegenheiten während der nächsten zwei Wochen, bei denen die Gesellschaft Zeuge des erstaunlichen Schauspiels wurde, wie der Marquis von Wakefield sich raubvogelgleich auf irgendeinen übereifrigen Lümmel stürzte, der Lady Victoria zuviel Aufmerksamkeit zollte.

Drei Wochen nach Victorias Debüt kam Charles in Jasons Arbeitszimmer. »Ich hab die Liste mit Heiratskandidaten für Victoria zusammengestellt. Du wolltest sie dir ansehen«, verkündete er im Ton von jemandem, der gezwungen wurde, eine abscheuliche Aufgabe auszuführen, und froh ist, damit fertig zu sein. »Ich würde sie gerne mit dir besprechen.«

Jason sah von dem Bericht auf, den er las, und seine Augen wurden schmal, als er das Blatt Papier in Charles' Hand sah. »Ich bin beschäftigt.«

»Ich möchte es gerne hinter mich bringen. Ich fand das ganze ungewöhnlich unerfreulich. Ich habe einige akzeptable Kandidaten ausgewählt, aber es war nicht einfach.«

»Davon bin ich überzeugt«, bestätigte Jason boshaft. »Jeder Laffe in London ist ihr auf den Fersen.« Damit wandte Jason sich wieder dem Bericht zu. »Lies mir die Namen vor, wenn es denn sein muß.«

Mit befremdetem Stirnrunzeln über Jasons gleichgültige Haltung nahm Charles ihm gegenüber am Schreibtisch Platz und setzte seine Brille auf. »Zuerst ist da der junge Lord Crowley, der bereits um Erlaubnis gebeten hat, ihr den Hof machen zu dürfen.«

»Nein. Zu impulsiv«, bestimmte Jason.

»Wieso sagst du das?« fragte Charles erstaunt.

»Crowley kennt Victoria nicht gut genug, um ihr ›den Hof machen zu dürfen‹, wie du dich so hübsch ausdrückst.«

»Sei nicht albern. Die ersten vier Männer auf dieser Liste haben mich alle um dasselbe gebeten – vorausgesetzt natürlich, daß dein Anspruch auf sie nicht endgültig ist.«

»Nein zu allen vieren – aus demselben Grund«, sagte Jason schroff und lehnte sich, vertieft in seinen Bericht, in seinen Stuhl zurück. »Wer ist der nächste?«

»Crowleys Freund, Lord Wiltshire.«

»Zu jung. Der nächste?«

»Arthur Lancaster.«

»Zu klein. Der nächste?«

»William Rogers«, sagte Charles mit herausfordernder Stimme, »und der ist groß, konservativ, reif, intelligent und gutaussehend. Außerdem erbt er eines der größten Vermögen in England. Ich glaube, er wäre eine sehr gute Wahl.«

»Nein.«

»Nein?« rief Charles. »Und warum nicht?«

»Mir mißfällt die Art, wie Rogers zu Pferd sitzt.«

»Dir mißfällt –« Charles brach ab, warf einen Blick auf Jasons unnachgiebige Miene und seufzte. »Nun gut. Der letzte auf meiner Liste ist Lord Terrance. Er reitet ausgezeichnet und ist außerdem ein sehr sympathischer Mann. Und er ist groß, gutaussehend, intelligent und wohlhabend. Also bitte«, schloß er triumphierend, »was hast du an ihm auszusetzen?«

Jasons Wangenmuskeln spannten sich. »Ich mag ihn nicht.«

»Du sollst ihn auch nicht heiraten!« erwiderte Charles mit erhobener Stimme.

Jason setzte sich auf und hieb mit der Faust auf den Tisch. »Ich habe gesagt, ich mag ihn nicht«, sagte er mit zusammengebissenen Zähnen. »Und damit hat es sich.«

Der Zorn in Charles' Gesicht wich nach und nach einem Ausdruck von Überraschung, und schließlich einem freudlosen Lächeln. »Du willst sie nicht, aber du willst auch nicht, daß ein anderer sie bekommt – stimmt's?«

»Richtig«, erwiderte Jason beißend. »Ich will sie nicht.«

Von der Tür her erklang Victorias leise, wütende Stimme. »Und ich will Sie nicht!«

Beide Männer fuhren herum, aber Victorias furchterregend blitzenden Augen waren ausschließlich auf Jasons gleichgültiges Gesicht gerichtet. Sie stemmte die Hände auf seinen Schreibtisch und sagte zornbebend: »Da Sie so darauf bedacht sind, mich loszuwerden, falls Andrew mich nicht holt, werde ich jede Anstrengung unternehmen, Ersatz für ihn zu finden, aber Sie kommen ganz bestimmt nicht in Betracht! Sie sind nicht ein Zehntel soviel wert wie er. Er ist gut und sanft und freundlich, und Sie sind kalt und zynisch und hochmütig und – und ein Schuft!«

Dieses Wort entfachte eine rasende Wut in Jason. »An Ihrer Stelle würde ich bald damit anfangen«, erwiderte er mit leiser Stimme. »Der gute alte Andrew will Sie genauso wenig haben wie ich.«

Über alle Maßen gedemütigt machte Victoria auf dem Absatz kehrt und stolzierte aus dem Raum. Sie hatte nur den einen Gedanken im Kopf: Jason Fielding zu beweisen, daß andere Männer sie haben wollten. Und sie würde ihm nie, nie wieder vertrauen. In den letzten Wochen hatte sie geglaubt, sie seien Freunde. Sie hatte sogar gedacht, er hätte sie gern. Sie erinnerte sich an das Schimpfwort, das sie ihm an den Kopf geworfen hatte, und ihre Scham vertiefte sich noch. Wie hatte sie sich dazu hinreißen lassen können, ihn zu beschimpfen!

Als sie gegangen war, drehte Charles sich zu Jason um. »Herzlichen Glückwunsch«, sagte er bitter. »Du wolltest vom ersten Tag an, daß sie dich verachtet, und jetzt weiß ich auch, warum. Ich hab gesehen, wie du sie ansiehst, wenn du glaubst, daß niemand dich sieht. Du willst sie, und du hast Angst, daß du sie in einem schwachen Augenblick bitten könntest, deine Frau zu wer –«

»Das reicht!«

»Du willst sie«, fuhr Charles wütend fort, »du begehrst sie, und du hast sie gern, und du haßt dich für diese Schwäche. Jetzt brauchst du dir jedenfalls keine Sorgen mehr zu machen – du hast sie so gründlich gedemütigt, daß sie dir nie verzeihen wird. Ihr habt beide recht gehabt. Du *bist* ein Schuft, und Andrew wird nicht kommen. Du kannst stolz auf dich sein, Jason. Keine Angst, daß du schwach werden könntest. Sie wird dich noch viel mehr hassen, sobald ihr klar wird, daß Andrew nicht kommt. Genieße deinen Triumph.«

Jason hob den Bericht, in dem er gelesen hatte, auf und sagte mit eisiger Miene: »Mach im Laufe der nächsten Woche eine neue Liste und bring sie mir.«

Sechzehntes Kapitel

Die Aufgabe, aus der wachsenden Schar von Victorias Verehrern die geeigneten Kandidaten herauszusuchen, war beim zweitenmal erheblich schwieriger. Am Ende der folgenden Woche quoll das Haus in der Brook Street über von Blumen, die von einer unaufhörlichen Parade eifriger Herren abgegeben wurden, in der Hoffnung, ihre Zuneigung für sich zu gewinnen.

Selbst der elegante französische Marquis de Salle verfiel ihrem Zauber, nicht etwa trotz der Sprachbarriere, sondern gerade deswegen. Er erschien eines Tages in Gesellschaft seines Freundes Baron Arnoff und eines anderen Freundes, der Victoria einen Vormittagsbesuch abstatten wollte.

»Ihr Französisch ist exzellent«, log der Marquis mit glatter, bedeutungsloser Galanterie, wohlweislich auf englisch, und setzte sich auf den ihm zugedachten Platz.

Victoria sah ihn mit lachendem Unglauben an. »Es ist entsetzlich«, erklärte sie reumütig. »Ich finde die Nasallaute im Französischen fast ebenso schwer nachzuahmen wie die Gutturallaute der Apachen.«

»Apachen?« erkundigte er sich höflich. »Was ist das?«

»Ein Indianerstamm.«

»Amerikanische Wilde?« echote der russische Baron, ein legendärer Reiter der russischen Armee. Seine gelangweilte Miene verwandelte sich in eine lebhaften Interesses. »Ich habe gehört, daß diese Wilden erstklassige Reiter sind. Stimmt das?«

»Ich habe nur einen Indianer kennengelernt, Baron Arnoff, und der war sehr alt und sehr höflich und überhaupt nicht wild. Mein Vater hat ihn im Wald gefunden und nach Hause mitgebracht, um ihn gesundzupflegen. Sein Name war Reißender Fluß, und er ist als eine Art Helfer bei uns geblieben. Aber um Ihre Frage zu beantworten: Er war tatsächlich ein hervorragender Reiter, und dabei war er nur zur Hälfte Apache. Ich war damals zwölf, und ich war sprachlos vor Staunen über seine Reitkunststücke. Er ist ohne Sattel geritten und –«

»Ohne Sattel!« rief der Baron aus.

Victoria schüttelte den Kopf. »Apachen benutzen keine Sättel.«

»Was für Kunststücke konnte er?« fragte der Marquis, den ihr berückendes Gesicht weitaus mehr interessierte als ihre Worte.

»Einmal mußte ich ein Taschentuch in die Mitte eines Feldes legen. Dann ritt er in vollem Galopp darauf zu. Als er direkt davor war, ließ er die Zügel los, lehnte sich zur Seite und hob das Taschentuch auf, während das Pferd weitergaloppierte. Er hat's mir auch beigebracht«, gestand sie lachend.

Wider Willen beeindruckt sagte der Baron: »Das muß ich sehen, bevor ich es glaube. Sie könnten es mir nicht zufällig demonstrieren?«

»Nein, so leid es mir tut. Das Pferd müßte zuerst auf Apachenart zugeritten werden.«

»Vielleicht könnten Sie mir ein oder zwei Worte in der Apachensprache beibringen«, bat der Marquis mit gewinnendem Lächeln. »Ich könnte Ihnen dafür bei Ihrem Französisch helfen.«

»Ihr Angebot ist überaus freundlich«, erwiderte Victoria, »aber es wäre nicht fair, denn ich habe viel zu lernen und nur wenig zu lehren. Ich erinnere mich nur noch an wenige Worte, die Reißender Fluß mir beigebracht hat.«

»Aber einen Satz können Sie mir doch sicherlich sagen?« bat er und lächelte in ihre funkelnden Augen.

»Wirklich, ich –«

»Ich bestehe darauf.«

»Na schön.« Victoria kapitulierte mit einem Seufzer. »Wenn Sie darauf bestehen.« Sie sprach einen Satz in gutturalen Lauten und sah den Marquis an. »Jetzt versuchen Sie es.«

Der Marquis bewältigte seine Aufgabe beim zweiten Versuch perfekt und lächelte befriedigt. »Was bedeutet es?« fragte er. »Was habe ich gesagt?«

Victoria warf ihm einen schuldbewußten Blick zu. »Sie haben gesagt: ›Der Mann dort trampelt auf meinem Adler herum.‹«

»Trampelt auf meinem –« Der Marquis, der Baron und

alle anderen im goldenen Salon brachen in hilfloses Gelächter aus.

Am nächsten Tag kamen der russische Baron und der französische Marquis wieder, um sich in die Menge von Victorias Anbetern einzureihen und damit ungemein zu ihrem Ansehen beizutragen.

Wo immer im Haus Victoria sich aufhielt, herrschten Gelächter und Heiterkeit. Das übrige Haus hingegen war von einer pulsierenden, bedrohlichen Spannung erfüllt, die von Lord Fielding ausging und sich auf jedermann übertrug. Als die Wochen vergingen und die Zahl von Victorias Verehrern sich verdoppelte und verdreifachte, verfinsterte Jasons Stimmung sich immer mehr. Er fand überall etwas, das ihm mißfiel. Er warf der Köchin vor, daß sie sein Lieblingsgericht zu oft kochte, er beschimpfte ein Zimmermädchen wegen einer Staubflocke, die er unter dem Treppengeländer gefunden hatte, er drohte einen Diener zu entlassen, weil er einen losen Knopf an der Livree hatte.

Bis dahin war Lord Fielding ein anspruchsvoller, strenger Arbeitgeber gewesen, aber in vernünftigen Maßen. Jetzt schien nichts ihm zu genügen, und jeder Dienstbote, der ihm über den Weg lief, hatte seine bissige Zunge zu fürchten. Unglücklicherweise arbeiteten sie um so schneller und verbissener, je unmöglicher er wurde, und sie wurden nervös und ungeschickt.

Früher waren seine Haushalte gelaufen wie gutgeölte Maschinen. Jetzt rannten die Dienstboten kopflos herum und prallten aufeinander vor lauter Eile, ihre Aufgaben zu erfüllen und dem schwelenden Zorn ihres Arbeitgebers zu entrinnen. Als Resultat der nervösen Hast ging eine unbezahlbare chinesische Vase zu Bruch, ein Eimer Waschwasser ergoß sich auf den Aubussonteppich im Eßzimmer, und im ganzen Haus herrschte allgemeines Chaos.

Victoria war sich der Spannung bewußt, aber als sie vorsichtig versuchte, daß Thema bei Jason anzuschneiden, beschuldigte er sie, »den Geist der Auflehnung« im Hause zu verbreiten und ließ sich dann lautstark über den Lärm aus, den ihre Besucher verursachten, während er versuchte zu arbeiten, und den penetranten Geruch der Blumen, die sie ihr brachten.

Charles versuchte zweimal, seine Liste mit ihm durchzugehen, nur um sich unsanft aus dem Arbeitszimmer befördert zu sehen.

Als Northrup selbst einen beißenden Tadel von Jason erhielt, begann der gesamte Haushalt, vor Anspannung zu knistern. Der Zustand endete abrupt an einem Spätnachmittag fünf Wochen nach Victorias Debüt. Jason war im Arbeitszimmer und rief nach Northrup, der gerade ein neues Bukett für Victoria in einer Vase arrangierte.

Statt seinen schlechtgelaunten Herren warten zu lassen, eilte Northrup zu ihm, die Blumen noch in der Hand. »Sie wünschen Mylord?« fragte er nervös.

»Wie reizend«, sagte Jason sarkastisch. »Noch mehr Blumen? Für mich?« Noch bevor Northrup antworten konnte, setzte Jason bissig hinzu: »Das ganze verdammte Haus stinkt nach Blumen! Werfen Sie die da weg und sagen Sie Victoria, daß ich sie sehen will. Und bringen sie mir die verdammte Einladung zu den Frigleys heute abend. Ich weiß nicht mehr, wann der Ball anfängt. Und sagen Sie meinem Kammerdiener, er soll meine Abendkleidung herauslegen. Was ist?« schimpfte er. »Worauf warten Sie? Bewegen Sie sich!«

»Ja, Mylord. Sofort.« Northrup eilte hinaus und prallte gegen O'Malley, den Jason gerade abgekanzelt hatte, weil seine Stiefel nicht genug glänzten.

»So hab' ich ihn noch nie erlebt«, keuchte O'Malley.

»Seine Lordschaft hat mich nach Tee geschickt, und dann hat er mich angebrüllt, weil es kein Kaffee war.«

»Seine Lordschaft trinkt keinen Tee«, bemerkte Northrup hochmütig.

»Das hab ich ihm gesagt, als er darum gebeten hat«, antwortete O'Malley bitter, »und er hat gesagt, ich bin unverschämt.«

»Das stimmt«, erwiderte Northrup und vertiefte damit den Zwist, der seit zwanzig Jahren zwischen ihm und dem irischen Diener schwelte. Dann stolzierte er mit triumphierendem Grinsen von dannen.

Im kleinen Salon starrte Victoria blind auf Mrs. Bainbridges Brief, den sie gerade erhalten hatte. Die Worte verschwammen vor ihren brennenden Augen.

> ... ich finde nicht die richtigen Worte, um Ihnen mitzuteilen, daß Andrew seine Cousine in der Schweiz geehelicht hat. Ich habe versucht, Sie vor Ihrer Abreise nach England darauf vorzubereiten, aber Sie wollten nichts davon hören. Jetzt, da Sie die Tatsachen akzeptieren müssen, möchte ich Ihnen raten, sich nach einem passenderen Gatten für ein Mädchen Ihres Ranges umzusehen.

»Nein! Bitte nicht«, flüsterte Victoria, während ihre Träume und Hoffnungen zerbrachen, zusammen mit ihrem Glauben an alle Männer. In der Erinnerung sah sie Andrews hübsches, lachendes Gesicht, während sie neben ihm dahingaloppierte: *»Niemand reitet so wie du, Tory ...«* Sie erinnerte sich an ihren ersten flüchtigen Kuß an ihrem sechzehnten Geburtstag. Heiser hatte er geflüstert: »›Wenn du älter wärest, würde ich dir kein Armband schenken, sondern einen Ring ...‹«

»Lügner!« flüsterte Victoria. »Lügner!« Heiße Tränen

brannten in ihren Augen, rollten ihr über die Wangen und tropften auf das Papier.

Northrup betrat den Salon und verkündete: »Lord Fielding wünscht sie in seinem Arbeitszimmer zu sehen, Mylady, und Lord Crowley ist gerade eingetroffen. Er läßt fragen, ob Sie ihm einen ...« Northrup verstummte, als Victoria ihn mit tränenerfüllten blauen Augen ansah; dann sprang sie auf, schlug die Hände vors Gesicht und eilte an ihm vorbei aus dem Zimmer.

Northrups entsetzter Blick folgte ihr die lange Treppe hinauf, dann bückte er sich mechanisch und hob den Brief auf, der ihr vom Schoß gefallen war. Anders als die anderen Diener, die nur Bruchstücke des Familiengeschehens mitbekamen, wußte Northrup genauer Bescheid, und er hatte nie daran geglaubt, daß Lady Victoria Lord Fielding heiraten würde. Außerdem hatte er sie öfter sagen hören, daß sie einen amerikanischen Gentleman zu heiraten beabsichtigte.

Aus Besorgnis, nicht etwa aus Neugier, überflog er den Brief, um festzustellen, welch böse Nachrichten ihr so herzzerbrechenden Kummer bereitet hatten. Er las und schloß die Augen vor Mitgefühl.

»Northrup!« rief Lord Fielding aus seinem Arbeitszimmer mit Donnerstimme.

Wie ein Automat gehorchte Northrup dem Ruf.

»Haben Sie Victoria gesagt, daß ich sie sprechen will?« fragte Jason. »Was haben Sie da – ist das Lady Frigleys Brief? Geben Sie her.« Jason streckte ungeduldig die Hand aus, als der Butler steif und sehr, sehr langsam auf seinen Schreibtisch zuging. »Was zum Teufel ist mit Ihnen los?« sagte er und entriß dem Diener den Brief. »Was sind das für Flecken?«

»Tränen«, erklärte Northrup, der hochaufgerichtet und mit abgewandtem Blick dastand.

»Tränen?« echote Jason und besah die verschwommenen Worte genauer. »Das hier ist nicht die Einladung, das –« Schweigen senkte sich über den Raum, als Jason begriff, was er da las. Er hielt den Atem an. Als er fertiggelesen hatte, sah Jason Northrup zornig an. »Er hat es seiner *Mutter* überlassen, ihr zu schreiben, daß er jemand anderen geheiratet hat. Dieser charakterlose Schweinehund!«

Northrup schluckte. »Ganz meine Meinung«, sagte er heiser.

Zum erstenmal seit fast einem Monat schwang kein Ärger in Jasons Stimme. »Ich werde mit ihr reden«, sagte er. Er schob seinen Stuhl zurück und ging hinauf.

Wie üblich antwortete Victoria nicht auf sein Klopfen, und wie üblich, nahm Jason die Sache in die Hand und trat ohne ihre Erlaubnis ein. Statt in ihr Kissen zu schluchzen, starrte Victoria aus dem Fenster, ihr Gesicht totenbleich, die Schultern so stocksteif, daß Jason ihr Bemühen um Haltung fast schmerzhaft spürte. Er schloß die Tür hinter sich und zögerte, in der Hoffnung, daß sie eine ihrer üblichen scharfen Bemerkungen machen würde, weil er ungebeten hereingekommen war, aber als sie schließlich sprach, war ihre Stimme erschreckend ruhig und unbeteiligt. »Bitte gehen Sie.«

Jason überhörte das und ging zu ihr. »Victoria, es tut mir leid –« Er verstummte, als er die Wut sah, die in ihren Augen glomm.

»Das wette ich! Aber machen Sie sich keine Sorgen, Mylord, ich habe nicht die Absicht hierzubleiben und Ihnen weiter zur Last zu fallen.«

Er versuchte, sie in die Arme zu nehmen, aber sie fuhr zurück, als habe sie sich verbrannt. »Fassen Sie mich nicht an!« zischte sie. »Wagen Sie nicht, mich anzufassen! Ich will nicht, daß mich irgendein Mann anfaßt, am allerwenigsten Sie.« Sie atmete einmal tief, offenbar, um die Beherrschung nicht zu verlieren, und fuhr dann stockend fort. »Ich habe darüber nachgedacht, wie ich für meinen Lebensunterhalt aufkommen kann. Ich – ich bin nicht ganz so hilflos wie Sie denken« sagte sie tapfer. »Ich bin eine ausgezeichnete Näherin. Madame Dumosse hat mehr als einmal erwähnt, wie schwierig es ist, willige Hilfskräfte mit den richtigen Kenntnissen zu finden. Vielleicht könnte sie mir Arbeit geben –«

»Machen Sie sich nicht lächerlich!« schnappte Jason, wütend auf sich selbst, weil er ihr damals, als sie nach Wakefield gekommen war gesagt hatte, daß sie hilflos war, und wütend auf sie, weil sie es ihm jetzt, wo er sie trösten wollte, vorhielt.

»Oh, aber ich bin lächerlich«, sagte sie erstickt. »Ich bin eine Gräfin ohne einen Schilling, ohne Heim und ohne Stolz. Ich weiß nicht einmal, ob ich geschickt genug bin, um –«

»Hören Sie auf!« befahl Jason gepreßt. »Ich werde Ihnen nicht gestatten, als gewöhnliche Näherin zu arbeiten, und damit Schluß.« Als sie protestieren wollte, schnitt Jason ihr das Wort ab. »Wollen Sie meine Gastfreundschaft damit vergelten, daß sie Charles und mich in den Augen von ganz London lächerlich machen?«

Victoria ließ die Schultern hängen und schüttelte den Kopf.

»Gut. Dann will ich nichts mehr davon hören.«

»Aber was soll ich sonst tun?« flüsterte sie, während ihre gequälten Augen forschend in die seinen blickten.

Eine eigenartige Regung flackerte in Jasons Augen, und er biß die Zähne zusammen, als hielte er sich von etwas zurück. »Das, was alle Frauen tun«, sagte er schroff nach langem Schweigen. »Heiraten Sie einen Mann, der imstande ist, Ihnen einen angemessenen Lebensstil zu bieten. Charles hat bereits ein halbes Dutzend Anträge um Ihre Hand. Heiraten Sie einen von diesen Männern.«

»Ich weigere mich, jemanden zu heiraten, der mir gleichgültig ist«, erwiderte Victoria mit flüchtig aufflackerndem Temperament.

»Sie werden Ihre Meinung ändern«, sagte Jason mit kalter Gewißheit.

»Vielleicht sollte ich das«, sagte Victoria niedergeschlagen. »Es tut zu weh, jemanden zu lieben. Weil – weil er einen im Stich läßt und – o Jason, sagen Sie mir, was mit mir los ist«, rief sie. »Sie können mich nicht leiden, und Andrew –«

Jasons Zurückhaltung brach zusammen. Er schlang seine Arme um sie und drückte sie an seine Brust. »Nichts, nichts«, flüsterte er und streichelte ihr Haar. »Andrew ist ein charakterloser Dummkopf. Und ich bin ein noch größerer Dummkopf als er.«

»Er liebt eine andere mehr als mich«, schluchzte sie. »Und es tut so weh.«

Jason schloß die Augen und schluckte. »Ich weiß«, flüsterte er.

Sie durchtränkte seine Hemdbrust mit ihren heißen Tränen, und diese ließen endlich das Eis schmelzen, das Jasons Herz seit Jahren umgab. Schützend hielt er Victoria in den Armen und wartete, bis ihr Schluchzen nachließ. Dann streifte er mit den Lippen über ihre Schläfe und flüsterte: »Erinnern Sie sich noch daran, wie Sie mich in Wakefield gefragt haben, ob wir Freunde sein könnten?«

Sie nickte und schmiegte unbewußt ihre Wange an seine Brust.

»Ich würde es mir wünschen«, murmelte Jason heiser. »Bekomme ich eine zweite Chance?«

Victoria hob den Kopf und starrte ihn zweifelnd an. Dann nickte sie.

»Ich danke Ihnen«, sagte er mit dem Schatten eines Lächelns.

Siebzehntes Kapitel

In den folgenden Wochen spürte Victoria das volle Ausmaß von Andrews Verrat. Zuerst war sie verletzt, dann wütend, und schließlich fühlte sie eine dumpfe Leere. Aber mit innerer Stärke und Entschlossenheit zwang sie sich, damit fertigzuwerden und die Realität zu akzeptieren. Ihr bisheriges Leben war endgültig Vergangenheit. Sie lernte, einsame, verstohlene Tränen um all das zu vergießen, was sie zurückgelassen hatte – und dann ihr schönstes Ballkleid und ihr strahlendstes Lächeln zur Schau zu stellen, um Freunde und Bekannte zu bezaubern.

Es gelang ihr, ihre Gefühle vor allen geheimzuhalten, mit Ausnahme von Jason und Caroline Collingwood, die ihr beide auf ihre Weise zur Seite standen – Caroline, indem sie Victoria mit einer unendlichen Folge von gesellschaftlichen Aktivitäten ablenkte, und Jason, indem er sie zu fast allen Anlässen begleitete.

Größtenteils behandelte er sie wie ein gönnerhafter älterer Bruder, begleitete sie zu Gesellschaften, ins Theater und in die Oper, um sie, sobald sie dort waren, in der Obhut ihrer Freunde zu lassen und den Abend mit den seinen zu verbringen. Nichtsdestotrotz beschützte er sie – jederzeit bereit, jeden Gecken zu vertreiben, der ihm nicht gefiel. Und davon gab es einige. Für Victoria, die seinen Ruf als schockierender Wüstling inzwischen kannte, war es einigermaßen komisch mitanzusehen, wie Jason irgendeinen übereifrigen Bewunderer mit dem Froststrahl seines Blickes bannte und zu gemurmelten Entschuldigungen und hastigem Rückzug trieb.

Für den Rest der Londoner Gesellschaft war das Verhalten des Marquis von Wakefield nicht nur amüsant, sondern befremdlich und fast ein wenig suspekt. Niemand glaubte, daß das Paar beabsichtigte zu heiraten – nicht, wenn Jason Fielding weiterhin Victorias Beaus in seinem Hause willkommen hieß und ständig betonte, daß ihr Verlöbnis nicht endgültig war. Deswegen, und weil die Verlobung angekündigt worden war, bevor die Gräfin auch nur einen Fuß auf englischen Boden gesetzt hatte, wurde allgemein angenommen, daß das ganze ein voreiliges Arrangement seitens des kränkelnden Herzogs war (der beide offensichtlich gern hatte), und daß das Paar lediglich um seinetwillen den Anschein aufrechterhielt.

Jetzt allerdings wurde diese Theorie allmählich durch eine weniger gutwillige ersetzt. Von Anfang an hatte es ein paar kritische Stimmen gegeben, die sich gegen Victorias Lebensweise erhoben hatten, aber da sie ein so reizendes Mädchen war und Lord Fielding nie irgendeine besondere Neigung für sie an den Tag gelegt hatte, hatte niemand darauf geachtet. Je mehr ihre gemeinsamen Auftritte jedoch zunahmen, desto mehr blühte auch der Klatsch, daß der berüchtigte Lord Fielding beschlossen hatte, sie zu einer seiner Eroberungen zu machen – wenn das nicht schon geschehen war.

Die schlimmsten Klatschmäuler gingen sogar so weit zu behaupten, daß die Verlobung lediglich ein bequemes Deckmäntelchen für eine Liaison war, die sich hinter dem Rücken der armen Flossie Wilson abspielte. Diese Verleumdung wurde wiederholt, ohne jedoch allzuviel Glauben zu finden, aus dem einfachen Grund, daß Lord Fielding Victoria zwar häufig begleitete, sich aber nicht als besitzergreifender Liebhaber aufspielte. Außerdem hatte Lady Victoria viele standhafte Verteidiger, darunter die Gräfin Collingwood und ihren einflußreichen Gatten. Diese beiden betrachteten es als persönliche Beleidigung, wenn irgend jemand auch nur ein Wort der Kritik an Gräfin Langston äußerte.

Victoria war sich wohlbewußt, welche Neugier ihre Beziehung mit Jason erregte. Sie sah auch, daß viele Mitglieder der Gesellschaft ihm zu mißtrauen schienen. Je mehr die Neuheit ihrer eleganten Bekanntschaften sich abnutzte, desto empfindlicher wurde sie für die leisen Nuancen in ihren Gesichtern, sobald Jason in der Nähe war. Zuerst glaubte sie, sie bilde sich nur ein, daß Menschen in seiner Gegenwart erstarrten und formell wurden, aber es war nicht allein ihre Einbildung. Gelegentlich hörte sie Dinge – Fetzen von geflüstertem Klatsch, ein Wort hier und da – die einen Unterton von Bosheit oder zumindest Geringschätzung hatten.

Caroline hatte sie gewarnt, daß niemand ihm traute. Eines Abends versuchte auch Dorothy, sie zu warnen.

»Tory, Tory, du bist es tatsächlich!« rief Dorothy und drängte sich durch die Menschenmenge, die Victoria vor Lord und Lady Pothams Haus umgab, wo gerade ein Ball stattfand.

Victoria, die Dorothy nicht gesehen hatte, seit sie das Schiff verlassen hatten, betrachtete ihre Schwester mit liebevoller Rührung, während Dorothy sie heftig umarmte. »Wo bist du gewesen?« fragte Victoria sie tadelnd. »Du schreibst so selten, ich dachte schon, du bist immer noch auf dem Land.«

»Großmama und ich sind vor drei Tagen nach London zurückgekommen«, erklärte Dorothy rasch. »Ich wäre sofort zu dir gekommen, aber Großmama wünscht nicht, daß ich engeren Kontakt mit dir habe. Ich habe überall nach dir Ausschau gehalten. Aber das ist egal. Wir haben nicht viel Zeit. Meine Anstandsdame ist sicher schon auf der Suche nach mir. Ich hab' ihr gesagt, daß ich eine Bekannte von Großmama gesehen habe, der ich etwas sagen will.« Sie warf einen ängstlichen Blick über die Schulter, zu sehr auf der Hut vor ihrer Anstandsdame, um zu bemerken, daß Victorias junge Bewunderer sie aufmerksam musterten. »Oh, Tory, ich war ganz außer mir vor Sorge. Ich weiß, daß Andrew dir etwas Schreckliches angetan hat, aber du darfst nicht einmal daran denken, Wakefield zu heiraten! Du kannst diesen Mann nicht heiraten. Du darfst nicht! Niemand mag ihn. Ich habe gehört, wie Lady Faulklyn – Großmamas Gesellschafterin – mit ihr über ihn gesprochen hat, und weißt du, was sie gesagt hat?«

Victoria wandte ihrem aufmerksamen Publikum den Rükken zu. »Dorothy, Lord Fielding ist sehr gut zu mir gewesen. Bitte, erwarte nicht von mir, mir unerfreulichen Klatsch über ihn anzuhören. Ich weigere mich. Aber ich möchte dich diesen jungen Herren vorstellen –«

»Nicht jetzt!« sagte Dorothy verzweifelt, zu besorgt, um an irgend etwas anderes zu denken. Sie versuchte zu flüstern, aber das war unmöglich, wenn sie sich verständlich machen wollte, und so war sie gezwungen, lauter zu sprechen. »Weißt du, was für Dinge die Leute über Wakefield sagen? Lady Faulklyn sagt, er würde nirgends empfangen werden, wenn er nicht ein Fielding wäre. Sein Ruf ist unbeschreiblich. Er benutzt Frauen für seine lasterhaften Zwecke und läßt sie dann einfach fallen! Alle fürchten sich vor ihm, und das solltest du auch! Man sagt –« Sie brach ab, als eine ältliche Dame aus einer Kutsche stieg und sich, offensichtlich auf der Suche nach jemandem, einen Weg durch die Menge bahnte. »Ich muß gehen. Das ist Lady Faulklyn.«

Dorothy eilte davon, um die alte Frau abzufangen, und Victoria sah, wie die beiden wieder in die Kutsche stiegen.

Neben ihr bediente Mr. Warren sich aus seiner Schnupftabaksdose. »Die junge Dame hat vollkommen recht«, näselte er.

Aus ihren sehnsüchtigen Gedanken an Dorothy aufgerüttelt, warf Victoria einen angewiderten Blick auf den geckenhaften jungen Mann, der aussah, als fürchte er sich vor seinem eigenen Schatten. Dann musterte sie die Gesichter ihrer anderen Verehrer, die offenbar das meiste mit angehört hatten.

Wütende Verachtung für sie alle stieg in ihr auf. Kein einziger von ihnen hatte jemals ehrlich gearbeitet, so wie Jason es tat. Sie waren alberne, oberflächliche, herausgeputzte Schneiderpuppen, die jede Kritik an Jason genossen, weil er weitaus reicher war als sie und, trotz seines schlechten Rufes, weitaus begehrter bei den Damen.

Ihr strahlendes Lächeln wurde von dem gefährlichen Glitzern ihrer Augen Lügen gestraft, als sie sagte: »Aber Mr. Warren, fürchten Sie etwa um mein Wohlergehen?«

»Jawohl, Mylady, und ich bin nicht der einzige.«

»Wie absurd!« sagte Victoria höhnisch. »Wenn Sie die Wahrheit wissen wollen, statt auf albernen Klatsch zu hören, dann kann ich sie Ihnen verraten. Die Wahrheit ist: Ich bin hierhergekommen, mutterseelenallein auf der Welt, ohne Familie oder Vermögen, vollkommen abhängig von Seiner Gnaden und Lord Fielding. Und jetzt«, verkündete sie mit unverwandtem Lächeln, »jetzt sehen Sie mich ganz genau an.«

Unverhohlene Heiterkeit stieg in ihr auf, als der törichte junge Mann sein Monokel hob und ihre Anweisung wörtlich befolgte. »Sehe ich mißhandelt aus?« fragte Victoria ungeduldig. »Hat man mich in meinem Bett ermordet? Nein, Sir, keineswegs! Statt dessen hat Lord Fielding mir den Trost seines schönen Heimes und den Schutz seines Namens gewährt. In aller Aufrichtigkeit, Mr. Warren, ich glaube, viele Frauen in London wünschen sich insgeheim, auf diese Art ›mißhandelt‹ zu werden, und, soweit ich das feststellen kann, von eben diesem Mann. Im übrigen bin ich überzeugt davon, daß nur der Neid anderer all diese albernen Gerüchte hervorbringt.«

Mr. Warren wurde rot, und Victoria wandte sich an die anderen und setzte feurig hinzu: »Wenn Sie Lord Fielding so gut kennen würden wie ich, würden sie feststellen, daß er der Inbegriff von Güte, Rücksicht, Distinktion und – Liebenswürdigkeit ist!« schloß sie.

Hinter ihr ertönte Jasons lachende Stimme: »Mylady, in Ihrem Bemühen, meine schwarze Weste reinzuwaschen, haben sich mich zu einem tödlichen Langweiler abgestempelt.«

Victoria fuhr herum. »Möglicherweise könnte ich Ihnen vergeben, wenn Sie mir den nächsten Tanz schenken«, räumte er mit raschem Lächeln ein. Victoria legte ihre Hand auf seinen ausgestreckten Arm und betrat an seiner Seite das festliche Haus.

Das Gefühl stolzen Triumphes, weil sie den Mut aufgebracht hatte, sich für Jason einzusetzen, begann zu verblassen, als er sie auf der Tanzfläche schweigend in den Arm nahm. Sie kannte ihn noch immer nicht sehr gut, aber sie wußte aus eigener Anschauung, daß Jason nur ungern von sich sprach. Nervös fragte sie sich, ob er sich darüber ärgerte, daß sie mit anderen über ihn gesprochen hatte. Als er weiter schweigend mit ihr tanzte, spähte sie unsicher in seine gedankenverlorenen Augen. »Sind Sie mir böse?« fragte sie. »Ich meine, weil ich über sie geredet habe?«

»Haben Sie von *mir* gesprochen?« konterte er mit erhobenen Augenbrauen. »Nach ihrer Beschreibung war ich mir nicht sicher. Seit wann bin ich gütig, rücksichtsvoll, distinguiert und liebenswürdig?«

»Sie sind mir böse«, schloß Victoria seufzend.

Ein leises Lachen rollte in seiner Brust, und seine Arme hielten sie fester. »Ich bin nicht böse«, sagte er mit belegter Stimme. »Ich schäme mich.«

»Sie schämen sich?« echote sie verblüfft und studierte die Wärme in seinen grünen Augen. »Warum?«

»Für einen Mann von meinem Alter, meiner Größe und meiner Reputation ist es ein wenig beschämend, wenn eine winzige junge Frau versucht, ihn gegen die Welt in Schutz zu nehmen.«

Hypnotisiert von der Zärtlichkeit in seinen Augen, unterdrückte Victoria einen absurden Impuls, ihre Wange an seine weinrote Samtjacke zu schmiegen.

Es sprach sich herum, daß Victoria Lord Fielding, den sie offenbar bewunderte, aber nicht zu heiraten wünschte, in aller Öffentlichkeit verteidigt hatte, und die Gesellschaft schloß daraus, daß die Hochzeit doch unmittelbar bevorstand – eine Möglichkeit, die Victorias übrige Bewerber so betrübte, daß sie ihre Anstrengungen verdoppelten. Sie wetteiferten miteinander um ihre Aufmerksamkeit, sie stritten untereinander um sie, und am Ende duellierten sich Lord Crowley und Lord Wiltshire ihretwillen.

»Sie will keinen von uns«, vertraute Lord Wiltshire eines Spätnachmittags ärgerlich seinem Freund an, als sie nach einem kurzen, unbefriedigenden Besuch bei Victoria das Haus in der Upper Brook Street verließen.

»Doch, sie will«, protestierte Lord Wiltshire hitzig. »Mir zeigt sie eine ganz besondere Zuneigung!«

»Du eingebildeter Esel! Sie hält uns für verweichlichte

Engländer, und sie mag keine Engländer«, sagte er trotzig. »Sie bevorzugt Bauerntölpel aus den Kolonien! Sie ist nicht so süß wie du denkst, insgeheim lacht sie über uns –«

»Das ist eine Lüge!« erwiderte sein heißblütiger Freund.

»Nennst du mich einen Lügner, Wiltshire?« rief Crowley wütend.

»Das nicht«, entgegnete Wiltshire mit zusammengebissenen Zähnen. »Aber ich fordere dich.«

»Gut«, erwiderte Crowley. »Morgen kurz vor Sonnenaufgang bei mir. Im Wäldchen.« Er riß sein Pferd herum und galoppierte in seinen Club, von wo die Neuigkeit von seinem bevorstehenden Duell sich ausbreitete, bis sie schließlich das exklusive Etablissement erreichte, wo der Marquis de Salle und Baron Arnoff um sehr hohe Einsätze Würfel spielten. »Verdammte junge Narren«, bemerkte de Salle mit einem gereizten Seufzer, als er von dem geplanten Duell hörte. »Lady Victoria wird außer sich sein, wenn sie davon erfährt.«

Baron Arnoff schmunzelte. »Weder Crowley noch Wiltshire können gut genug schießen, um irgendeinen Schaden anzurichten. Ich habe ihren beklagenswerten Mangel an Können selbst beobachtet, als ich zur Jagd bei den Wiltshires in Devon weilte.«

»Vielleicht sollte ich versuchen, es zu verhindern«, sagte der Marquis.

Baron Arnoff schüttelte amüsiert den Kopf. »Ich wüßte nicht, warum. Das Schlimmste, was geschehen kann, ist, daß es einem von ihnen gelingt, das Pferd des anderen zu treffen.«

»Ich dachte an Lady Victorias Reputation. Ein Duell um ihretwillen wird ihr schaden.«

»Ausgezeichnet«, lachte Arnoff. »Wenn sie weniger beliebt ist, habe ich vielleicht bessere Chancen bei ihr.«

Einige Stunden später hörte an einem anderen Tisch Robert Collingwood von dem Duell, aber er nahm die Sache weniger leicht. Er entschuldigte sich bei seinen Freunden, verließ den Club und begab sich in die Londoner Residenz des Herzogs von Atherton, wo Jason wohnte. Nachdem er beinahe eine Stunde auf ihn gewartet hatte, brachte Robert den schlaftrunkenen Butler dazu, Jasons Kammerdiener zu wecken. Nach langem Drängen verriet der Diener widerwillig, daß sein Herr am frühen Abend von einem Empfang zurückgekehrt war, auf den er Lady Victoria begleitet hatte, und dann eine gewisse weibliche Person in der Williams Street aufgesucht hatte.

Robert sprang in seine Kutsche und gab dem Kutscher die Adresse. »Beeilen Sie sich«, befahl er.

Sein lautes Klopfen weckte nach längerer Zeit eine verschlafene französische Zofe, die die Tür öffnete und diskret jede Bekanntschaft mit Lord Fielding leugnete. »Holen Sie sofort Ihre Herrin«, befahl Robert ungeduldig. »Ich habe nicht viel Zeit.« Das Mädchen warf einen hastigen Blick über sein Schulter, sah das Wappen an seiner Kutsche und ging nach oben.

Nach einer weiteren langen Wartepause erschien eine hinreißende Brünette in einem enganliegenden Morgenmantel auf der Treppe. »Was um alles in der Welt ist geschehen, Lord Collingwood?« fragte Sybil.

»Ist Jason hier?«

Sybil nickte sofort.

»Sagen Sie ihm, Crowley und Wiltshire duellieren sich bei Morgengrauen wegen Victoria. Im Wäldchen hinter Crowleys Haus«, sagte Robert.

Jason streckte seine Hand aus, als Sybil sich neben ihn aufs Bett setzte. Mit geschlossenen Augen fand er die Öffnung ihres Morgenmantels und strich ihr verführerisch über die nackte Hüfte. »Komm ins Bett«, bat er heiser. »Ich brauche dich.«

Ein melancholisches Lächeln huschte über ihre Lippen, als sie seine braune Schulter streichelte. »Du ›brauchst‹ niemanden, Jason«, flüsterte sie traurig. »Das hast du noch nie.«

Ein leises, begehrliches Lachen rollte in Jasons Brust, als er sich auf den Rücken rollte und sie auf seinen nackten, erregten Körper zog. »Und wie nennst du das?«

»Das habe ich nicht gemeint, und das weißt du auch«, flüsterte sie und drückte einen Kuß auf seine warmen Lippen. »Nicht«, sagte sie hastig, als seine wissenden Hände sie an sich zogen. »Du hast keine Zeit. Collingwood ist unten. Er läßt dir sagen, daß Crowley und Wiltshire sich bei Morgengrauen bei Crowley duellieren.«

Jasons Augen öffneten sich, ihr Ausdruck war wachsam, aber nicht übermäßig besorgt.

»Sie duellieren sich wegen Victoria«, setzte sie hinzu.

Jason brach sofort in hektische Aktivität aus, schob sie beiseite, sprang aus dem Bett und fuhr hastig in Hosen und Stiefel. Fluchend zog er sich das Hemd über den Kopf. »Wie spät ist es?« fragte er schroff, mit einem Blick aus dem Fenster.

»Ungefähr eine Stunde vor Sonnenaufgang.«

Er nickte, drückte einen kurzen, verzeihungheischenden Kuß auf ihre Stirn und ging. Das Geräusch seiner Stiefel hallte durch die stillen Räumen.

Der Himmel wurde bereits hell, als Jason endlich das Wäldchen hinter dem Sitz der Crowleys ausfindig gemacht hatte und die beiden Duellanten unter den schattigen Eichen entdeckte. Fünfzig Meter neben dem Paar stand die schwarze Kutsche des Arztes, dahinter angebunden ein Pferd. Jason gab seinem Pferd die Sporen, und der schwarze Hengst jagte die Böschung hinunter, als ob er flöge.

Neben den Pferden der Widersacher kam er schnaubend zum Stehen, und Jason sprang aus dem Sattel. »Was zum Teufel geht hier vor!« verlangte er von Crowley zu wissen, als er bei ihm ankam, und wirbelte dann überrascht herum, als zwanzig Meter entfernt der Marquis de Salle aus den Schatten trat und sich neben den jungen Wiltshire stellte. »Was haben Sie hier zu suchen, de Salle?« fragte Jason ärgerlich. »Sie zumindest sollten mehr Verstand haben als diese zwei Welpen.«

»Ich tue dasselbe wie Sie«, näselte de Salle mit schwachem Lächeln, »aber ohne besonderen Erfolg, wie Sie feststellen werden.«

»Crowley hat auf mich geschoss'n«, platzte Wiltshire anklagend heraus. Sein Gesicht war verzerrt vor überraschter Wut, und er lallte, weil er sich Mut angetrunken hatte. »Crowley is – is' kein Gen – Gen'leman. Un' jetz' erschieß ich ihn.«

»Ich hab' überhaupt nicht auf dich geschossen«, brüllte Crowley wütend. »Sonst hätte ich dich auch getroffen.«

»Du has' nich' in – in die Luf' geschossen«, brüllte Wiltshire zurück. »Du bis' kein Gen'leman. Ich wer' dich erschieß'n, du has's verdient!« Wiltshires Arm zitterte, als er ihn hob und auf seinen Gegner zielte, und dann passierte alles auf einmal. Der Schuß löste sich genau in dem Moment, als der Marquis de Salle vorwärtssprang und versuchte, Wiltshire die Waffe aus der Hand zu schlagen, während Jason sich auf Crowley stürzte und den schreckensstarren Jungen zu Boden warf. Die Kugel sauste an Jasons Ohr vorbei, prallte von einem Baumstamm ab und streifte seinen Oberarm.

Nach einem Moment der Sprachlosigkeit setzte Jason sich langsam und mit ungläubiger Miene auf. Er legte seine

Hand auf die Stelle, wo sein Arm schmerzte, und starrte mit fast komischem Unglauben das Blut an, das an seinen Fingern klebte.

Der Arzt, der Marquis de Salle und der junge Wiltshire rannten zu ihm. »Lassen Sie sehen«, sagte Dr. Worthing, schob die anderen beiseite und hockte sich neben Jason.

Dr. Worthing riß Jasons Hemdsärmel auf, und der junge Wiltshire stöhnte auf, als er das Blut sah, das aus Jasons Wunde rann. »O Gott!« jammerte er. »Lord Fielding, ich wollte Sie nicht –«

»Halten Sie den Mund«, kommandierte Dr. Worthing. »Geben Sie mir den Whisky aus meiner Tasche.« Zu Jason gewandt sagte er: »Es ist nur eine Fleischwunde, Jason, aber sie ist ziemlich tief. Ich werde sie nähen müssen.« Er nahm die Whiskyflasche, die der Marquis de Salle ihm hinhielt, und sah Jason entschuldigend an. »Es wird höllisch brennen.«

Jason nickte und biß die Zähne zusammen, und der Arzt drehte blitzschnell die Flasche um und goß den Alkohol in die blutende Wunde. Dann gab er sie Jason. »An Ihrer Stelle würde ich den Rest trinken. Sie brauchen eine Menge Stiche.«

»Es war nicht meine Schuld«, verkündete Wiltshire in einem verzweifelten Versuch, der Satisfaktion aus dem Weg zu gehen, die er Lord Fielding, dem legendären Duellanten, schuldig war. Vier Augenpaare sahen ihn voller Abscheu an. »Wirklich!« wiederholte Wiltshire. »Es war der Baum. Ich hab' auf den Baum gezielt, und die Kugel hat den Baum getroffen und dann erst Lord Fielding.«

Jason hob seine funkelnden Augen und sagte mit bedrohlicher Stimme: »Wenn Sie sehr viel Glück haben, Wiltshire, schaffen Sie es, mir aus den Augen zu bleiben, bis ich zu alt bin, um sie auszupeitschen.«

Wiltshire wich zurück, machte auf dem Absatz kehrt und fing an zu laufen. Jason wandte den Kopf und durchbohrte den zweiten Duellanten mit seinem Blick. »Crowley«, sagte er leise, »Ihre Anwesenheit stört mich ungemein.«

Crowley drehte sich um und floh auf sein Pferd.

Als sie davongaloppiert waren, hob Jason die Whiskyflasche und nahm einen tiefen Schluck. Er keuchte, als Dr. Worthings Nadel das geschwollene Fleisch durchbohrte, die Wundränder zusammenzog und wieder zustach. Er hielt dem Marquis die Flasche hin und sagte trocken: »Ich bedaure den Mangel an passenden Gläsern, wenn Sie mir trotzdem Gesellschaft leisten wollen, bedienen Sie sich bitte.«

De Salle ergriff die angebotene Flasche, ohne zu zögern. Dabei sagte er erklärend: »Als ich von dem Duell gehört habe, bin ich zu Ihrem Haus gefahren, aber Ihr Butler hat gesagt, Sie seien ausgegangen, und er hat sich geweigert, mir zu sagen, wohin.« Er trank ausgiebig und gab Jason die Flasche zurück. »Dann habe ich Dr. Worthing geholt, und wir sind hierhergefahren, in der Hoffnung, sie aufzuhalten.«

»Wir hätten ihnen ruhig erlauben sollen, einander umzubringen«, sagte Jason angewidert, biß dann die Zähne zusammen und versteifte sich, als die Nadel wieder in sein Fleisch eindrang.

»Wahrscheinlich.«

Jason trank noch zwei Schlucke und merkte, wie der Alkohol seine Sinne zu betäuben begann. Er lehnte den Kopf an die harte Rinde und seufzte in amüsiertem Ärger. »Was genau hat meine kleine Gräfin eigentlich getan, um dieses Duell herauszufordern?«

De Salle erstarrte bei Jasons liebevollem Ausdruck, und seine Stimme verlor den höflichen Klang. »Soweit ich beurteilen kann, hat Lady Victoria Wiltshire einen verweichlichten britischen Tölpel genannt.«

»Dann hätte Wiltshire *sie* fordern sollen«, sagte Jason schmunzelnd und trank noch einen Schluck Whisky. »Sie hätte wenigstens nicht vorbeigeschossen.«

De Salle lächelte nicht über diesen Witz. »Was soll das heißen: ›Ihre kleine Gräfin‹?« fragte er knapp. »Wenn sie Ihnen gehört, lassen Sie sich sehr viel Zeit, es bekanntzugeben – Sie selbst haben gesagt, es sei noch nicht offiziell. Was für ein Spiel treiben sie mit ihren Gefühlen, Wakefield?«

Jason warf einen Blick auf sein empörtes Gegenüber, dann schloß er die Augen, ein müdes Lächeln auf den Lippen. »Falls Sie die Absicht haben sollten, mich zu fordern, hoffe ich nur, daß Sie schießen können. Es ist verdammt peinlich für einen Mann mit meinem Ruf, von einem Baum zur Strecke gebracht zu werden.«

Victoria warf sich in ihrem Bett hin und her, zu erschöpft, um zu schlafen, und unfähig, ihre kreisenden Gedanken zur Ruhe zu bringen. Bei Tagesanbruch gab sie den Versuch auf und sah zu, wie der Himmel von Dunkelgrau zu Hellgrau wechselte. Ihre Gedanken waren ebenso trübe, wie der Morgen zu werden versprach. Ihr Leben erstreckte sich vor ihr wie ein endloser, dunkler Tunnel. Sie dachte an Andrew, der mit einer anderen verheiratet und für sie verloren war, sie dachte an die Dorfbewohner, die sie seit ihrer Kindheit geliebt hatte und die sie wiederliebten. Jetzt hatte sie niemanden. Außer Onkel Charles natürlich, aber selbst seine Zuneigung konnte die schmerzende Leere in ihrem Inneren nicht füllen.

Sie hatte sich immer nützlich gefühlt und war beschäftigt gewesen, jetzt war ihr Leben ein endlose Reihe hektischer Frivolitäten, für die Jason aufkam. Sie fühlte sich so – so überflüssig, so nutzlos und lästig.

Sie hatte versucht, Jasons hartherzigen Rat zu befolgen

und einen anderen Mann zum Heiraten zu finden. Sie hatte es versucht, aber sie konnte sich einfach nicht vorstellen, mit einem dieser oberflächlichen Londoner Gecken verheiratet zu sein, die sich so um sie bemühten. Sie brauchten keine Gefährtin. Sie würde nichts als ein Schmuckstück sein, eine Dekoration für ihr Leben. Mit Ausnahme der Collingwoods und einiger anderer waren Gesellschaftsehen eine oberflächliche Annehmlichkeit, weiter nichts. Paare erschienen nur selten gemeinsam in der Öffentlichkeit, und wenn sie es taten, trennten sie sich, wie die Mode es verlangte, sobald es ging. Die Kinder, die diesen Ehen entsprangen, wurden so schnell wie möglich bei Kindermädchen und Hauslehrern abgeladen. Wie anders die Bedeutung einer »Ehe« hier war, dachte Victoria.

Sehnsüchtig dachte sie an die Ehepaare, die sie in Portage gekannt hatte. Sie erinnerte sich, wie der alte Mr. Prowther sommers auf der Veranda gesessen und seiner gelähmten Frau vorgelesen hatte, die kaum wußte, wo sie war. Sie erinnerte sich an den Ausdruck auf Mr. und Mrs. Makepeaces Gesichtern, als ihr Vater ihnen mitteilte, daß Mrs. Makepeace nach zwanzig Jahren kinderloser Ehe ein Kind erwartete. Sie dachte daran, wie das so gar nicht mehr junge Paar sich umarmt und ohne Scham Freudentränen vergossen hatte. Das waren Ehen, wie sie sein sollten – zwei Menschen, die zusammen arbeiteten und einander durch gute und schlechte Zeiten beistanden. Zwei Menschen, die miteinander lachten, miteinander Kinder großzogen und sogar miteinander weinten.

Victoria dachte an ihre eigenen Eltern. Auch wenn Katherine Seaton ihren Vater nicht geliebt hatte, so hatte sie ihm doch ein behagliches Heim geschaffen und ihm zur Seite gestanden. Und sie hatten Dinge zusammen getan, hatten im Winter am Kamin Schach gespielt und im Sommer Abendspaziergänge gemacht.

In London war Victoria begehrt, weil sie derzeit »in Mode« war. Als Ehefrau würde sie keinen Nutzen und keine Aufgabe haben, abgesehen davon, an dem einen Ende der Tafel zu sitzen, wenn Gäste zum Abendessen erwartet wurden. Victoria wußte, daß sie sich damit nie zufriedengeben konnte. Sie wollte sich jemandem schenken, der sie brauchte, ihn glücklich machen und wichtig für ihn sein. Sie wollte zu etwas nutze sein, eine wichtigere Aufgabe erfüllen als die der Dekoration.

Der Marquis de Salle hatte sie aufrichtig gern, das spürte sie – aber er liebte sie nicht, egal, was er sagte.

Victoria biß sich auf die Lippen, um den Schmerz zu unterdrücken, der sie zu überwältigen drohte, als sie an Andrews zarte Liebesschwüre dachte. Er hatte sie nicht wirklich geliebt. Der Marquis de Salle liebte sie nicht. Vielleicht waren reiche Männer, Andrew eingeschlossen, unfähig zu echter Liebe. Vielleicht –

Victoria setzte sich kerzengerade in ihrem Bett auf, als schwere, schleppende Schritte im Korridor widerhallten. Es war zu früh für die Dienstboten, und außerdem flogen sie förmlich durchs Haus in ihrer Hast, ihren Herren zufriedenzustellen. Irgend etwas polterte gegen die Wand, und ein Mann stöhnte. Onkel Charles muß krank sein, dachte sie, schlug die Decke zurück und sprang aus dem Bett. Sie eilte zur Tür und riß sie auf. »Jason!« rief sie erschreckt, als er an der Wand zusammensank. Sein linker Arm steckte in einer improvisierten Schlinge. »Was ist passiert?« flüsterte sie und verbesserte sich dann rasch: »Egal. Versuchen Sie nicht zu reden. Ich werde einen Diener holen.« Sie wirbelte herum, aber er hielt sie fest, ein schiefes Grinsen auf dem Gesicht.

»Ich will, daß du mir hilfst«, sagte er und legte ihr den rechten Arm über die Schulter, so daß sie unter seinem Gewicht fast in die Knie ging. »Bring mich in mein Zimmer, Victoria«, befahl er mit belegter, schmeichelnder Stimme.

»Wo ist Ihr Zimmer?« flüsterte Victoria, während sie ungeschickt den Gang entlangwankten.

»Weißt du das nicht?« tadelte er in beleidigtem Tonfall. »Ich weiß, wo deines ist.«

»Was hat das damit zu tun?« fragte Victoria verzweifelt, während sie versuchte, sein Gewicht zu verlagern.

»Nichts«, bestätigte er nachgiebig und blieb an der nächsten Tür stehen. Victoria machte sie auf und half ihm hinein.

Am anderen Ende des Ganges öffnete sich eine Tür, und Charles Fielding trat mit besorgtem Ausdruck aus seinem Schlafzimmer. Er war dabei, sich seinen Satinmorgenrock anzuziehen, hielt jedoch, einen Arm im Ärmel, inne, als er hörte, wie Jason überschwenglich verkündete: »Un' jetz', kleine Gräfin, bring mich ins Bett.«

Victoria bemerkte, wie eigenartig undeutlich Jasons Aussprache war, sie hatte sogar den Verdacht, daß ein Hauch von Flirt in seiner Stimme lag, aber sie schrieb beides den Schmerzen oder dem möglichen Blutverlust zu.

Als sie an seinem breiten Bett standen, zog er seinen Arm weg und wartete geduldig, während Victoria die Decke zurückschlug. Dann setzte er sich und sah mit dümmlichem Lächeln zu ihr auf. Victoria erwiderte seinen Blick und versuchte, ihre Angst zu verbergen. In der sanften, sachlichen Manier ihres Vaters sagte sie: »Können Sie mir sagen, was geschehen ist?«

»Selbstverständlich!« sagte er beleidigt. »Ich bin schließlich nicht schwachsinnig.«

»Na gut, was ist passiert?« wiederholte Victoria, als er keine Anstalten unternahm, es ihr zu erzählen.

»Hilf mir, die Stiefel auszuziehen.«

Victoria zögerte. »Ich glaube, ich hole lieber Northrup.«

»Dann lassen wir die Stiefel«, sagte er großmütig, und damit legte er sich hin und kreuzte achtlos die Füße auf der weinroten Überdecke. »Setz dich neben mich und halt meine Hand.«

»Seien Sie nicht albern.«

Er warf ihr einen beleidigten Blick zu. »Du solltest freundlicher zu mir sein, Victoria. Schließlich bin ich bei einem Duell um deine Ehre verwundet worden.« Er ergriff ihre Hand.

Entsetzt von diesen Neuigkeiten gab Victoria dem Druck seiner Hand nach und setzte sich neben ihn. »O mein Gott – ein Duell! Aber warum, Jason?« Sie forschte in seinen bleichen Zügen, sah sein tapferes, verzerrtes Lächeln, und ihr Herz schmolz vor Reue und Schuldgefühl. Aus irgendeinem Grund hatte er sich für sie geschlagen. »Bitte sagen Sie mir, worum es ging«, flehte sie.

Er grinste. »Wiltshire hat dich einen englischen Trampel genannt.«

»Einen was?« fragte sie ängstlich. »Jason, wieviel Blut haben Sie verloren?«

»Alles«, gestand er heroisch. »Wie sehr tue ich dir leid?«

»Sehr«, antwortete sie automatisch. »Würden Sie sich jetzt bitte zusammenreißen? Wiltshire hat auf Sie geschossen, weil –«

Er verdrehte angewidert die Augen. »Wiltshire hat mich nicht getroffen – der könnte keine Mauer auf zwei Schritt treffen. Der Baum hat mich getroffen.« Er streckte die Arme aus, nahm ihr entsetztes Gesicht in beide Hände, zog sie zu sich heran, und seine Stimme sank zu einem Flüstern herab. »Weißt du, wie wunderschön du bist?« sagte er heiser, und diesmal wehte sein whiskyduftender Atem ihr ins Gesicht.

Victoria zuckte zurück. »Sie sind betrunken!«

»Das stimmt«, verkündete er heiter. »Ich hab' mir mit dei'm Freund de Salle ein' Schluck genehmigt.«

»Allmächtiger Gott!« keuchte Victoria. »Der war auch da?«

Jason nickte, aber er sagte nichts, während er sie fasziniert ansah. Ihr schimmerndes Haar fiel ihr über die Schultern wie ein Strom geschmolzenen Goldes und umrahmte ein Gesicht von herzzerreißender Schönheit. Ihre Haut war glatt wie Alabaster, ihre Brauen zartgewölbt, ihre Wimpern dicht und gebogen. Ihre Augen waren wie riesige strahlende Saphire. Stolz und Mut sprachen aus jedem Zug ihres Gesichtes, von den hohen Wangenknochen und der eigenwilligen kleinen Nase bis zu dem Kinn mit seiner winzigen, bezaubernden Kerbe. Und doch war ihr Mund verletzlich und zart – so zart wie die schwellenden Brüste, die sich ihm gerade in Augenhöhe darboten und um seine Zärtlichkeiten zu betteln schienen. Aber es war ihr Mund, den Jason zuerst kosten wollte ... Er hielt ihren Arm fester und zog sie an sich.

»Lord Fielding«, warnte sie dumpf und versuchte, sich zu befreien.

»Vor einer Minute hast du mich Jason genannt. Ich hab's gehört, versuch nicht, es zu leugnen.«

»Das war ein Irrtum«, sagte Victoria verzweifelt.

Seine Lippen zuckten. »Dann laß uns noch einen begehen.« Während er sprach, glitt seine Hand in ihren Nacken, legte sich darum und zog ihr Gesicht zu sich heran.

»Bitte nicht«, bettelte Victoria, ihr Gesicht nur Zentimeter von seinem entfernt. »Zwingen Sie mich nicht, mich zu wehren – das schadet Ihrer Wunde.« Der Druck auf ihren Nacken ließ ganz leicht nach, nicht genug, um sie freizugeben, aber soviel, daß sie ihren Abstand halten konnte, während Jason ihr Gesicht in nachdenklichem Schweigen studierte.

Victoria wartete geduldig darauf, daß er sie losließ. Sie wußte, daß seine Sinne durch Blutverlust, Schmerz und eine erhebliche Dosis Alkohol verwirrt waren. Keinen Augenblick lang glaubte sie, daß er auch nur das leiseste echte Verlangen nach ihr empfand, und sah mit einer Art Amüsement auf ihn hinunter.

»Bist du schon einmal geküßt worden, wirklich geküßt, meine ich, abgesehen vom guten Arnold?« fragte er benommen.

»Andrew«, verbesserte Victoria mit vor Gelächter bebenden Lippen.

»Nicht alle Männer küssen gleich, hast du das gewußt?«

Ein Kichern entfuhr ihr, bevor sie es unterdrücken konnte. »Wirklich? Wie viele Männer haben Sie schon geküßt?«

Ein antwortendes Lächeln verzog seine sinnlichen Lippen, aber er ignorierte ihren Scherz. »Beug dich zu mir«, verlangte er heiser und verstärkte den Druck seiner Hand in ihrem Nacken wieder. »Leg deinen Mund auf meinen. Wir küssen auf meine Art.«

Victorias Nachgiebigkeit verflog, und sie empfand Panik. »Jason, hören Sie auf«, bat sie. »Sie wollen mich nicht küssen. Sie mögen mich nicht einmal besonders, wenn Sie nicht betrunken sind.«

Ein schroffes Lachen entfuhr ihm. »Ich mag dich viel zu sehr!« flüsterte er bitter, zog sie an sich und eroberte ihre Lippen in einem wilden Kuß, der alles nahm und nichts zurückgab. Victoria kämpfte mit entsetztem, furchtbarem Ernst gegen ihn an, stemmte ihre Hände auf seine Brust und versuchte, ihn wegzustoßen. Schnell vergrub Jason seine Finger in ihren dichten Haaren und zerrte unsanft daran. »Laß das!« sagte er mit zusammengebissenen Zähnen. »Du tust mir weh.«

»Sie tun *mir* weh«, keuchte Victoria. »Lassen Sie mich.«

»Ich kann nicht«, sagte er rauh, aber sein Griff lockerte

sich, und seine langen Finger glitten abwärts und legten sich um ihren Nacken, während seine hypnotisierenden grünen Augen tief in die ihren blickten. Als würde ihm das Geständnis unter der Folter abgerungen, sagte er abgehackt: »Hundertmal hab' ich versucht, dich gehen zu lassen, Victoria, aber ich kann nicht.« Und während Victoria noch wie betäubt war von dieser unglaublichen Eröffnung, zog Jason ihren Kopf nach unten und küßte sie, mit einem endlosen, berauschenden Kuß, der ihr den Atem raubte und sie lähmte. Sein Mund preßte sich auf ihre Lippen, hungrig und sehnsuchtsvoll, als verlange er mehr, immer mehr. Irgend etwas tief in ihrem Inneren erahnte seine verzweifelte Einsamkeit, und widerstandslos antwortete Victoria darauf. Ihre Lippen wurden sanft und verschmolzen mit den seinen. Augenblicklich nahm die fordernde Hitze von Jasons Kuß zu. Seine Zunge glitt über ihre Lippen, zwang sie, sich zu öffnen, und glitt, sobald sie nachgab, sanft in ihren Mund.

Woge um Woge wilder Lust durchflutete Victoria, während seine Zunge ihren Mund erforschte, bis sie in ihrem fiebrigen Taumel zaghaft seine Lippen mit ihrer eigenen Zunge berührte. Jasons Reaktion kam augenblicklich: Er stöhnte und umschlang sie mit seinem unverletzten Arm, preßte ihren Busen an seine Brust, fuhr ihr mit der Zunge tief in den Mund, zog sie zurück und stieß dann wieder und wieder zu, in einem wilderregenden, verbotenen Rhythmus.

Eine Ewigkeit lang glitten seine Lippen ihre brennende Wange entlang und küßten sie auf Wange und Schläfe. Und dann, ohne Vorwarnung, hörte er auf.

Langsam kehrte Victorias klarer Verstand zurück und damit die entsetzliche Erkenntnis ihres schamlosen Benehmens. Ihre Wange gegen seine harte Brust gepreßt, lag sie halb auf ihm wie eine – eine schamlose Dirne! Innerlich zitternd zwang sie sich dazu, den Kopf zu heben, darauf gefaßt, daß Jason sie entweder triumphierend oder verächtlich ansehen würde – etwas anderes hatte sie auch nicht verdient. Widerstrebend öffnete sie die Augen und begegnete seinem Blick.

»Mein Gott«, flüsterte er gebrochen, mit flackernden grünen Augen. Victoria zuckte instinktiv zusammen, als er seine Hand hob, aber statt sie wegzustoßen, legte er seine Hand an ihre erhitzte Wange und strich ihr sacht über das Gesicht. Verwirrt durch seine rätselhafte Stimmung, sah sie forschend in seine glühenden Augen.

»Dein Name paßt nicht zu dir«, flüsterte er nachdenklich. »›Victoria‹ ist viel zu lang und zu eisig für ein so winziges, feuriges Geschöpf.«

Bezaubert von dem warmen Blick seiner Augen und der Zärtlichkeit in seiner Stimme, schluckte Victoria und sagte: »Meine Eltern haben Tory zu mir gesagt.«

»Tory«, wiederholte er lächelnd. »Das gefällt mir – es paßt perfekt zu dir.« Sein hypnotischer Blick bannte ihre Augen, während seine Hand weiter verführerisch über ihre Schulter und ihren Arm wanderte. »Und es gefällt mir, wie die Sonne in deinem Haar glänzt, wenn du mit Caroline Collingwood davonfährst«, fuhr er fort. »Und der Klang deines Lachens. Ich mag die Art, wie deine Augen blitzen, wenn du wütend bist . . . Weißt du, was ich sonst noch mag?« fragte er, während seine Augen sich langsam schlossen.

Victoria schüttelte den Kopf, bezaubert von seiner Stimme und der Süße seiner Worte.

Mit geschlossenen Augen und einem Lächeln auf den Lippen murmelte er: »Am meisten . . . am meisten gefällt mir, wie du das Nachthemd da ausfüllst . . .«

In verletztem Schamgefühl zuckte Victoria zurück, und seine Hand fiel herab und landete neben seinem Kopf auf dem Kissen. Er schlief tief und fest.

Mit weit aufgerissenen, ungläubigen Augen starrte sie ihn an, ohne zu wissen, was sie tun oder denken sollte. Er war doch wirklich der arroganteste, unverschämteste . . . Die Empörung, die sie heraufzubeschwören versuchte, weigerte sich einzusetzen, und sie lächelte wider Willen, als sie ihn betrachtete. Die harten Flächen seines Gesichtes wurden vom Schlaf gemildert, und ohne den zynischen Zug um den Mund wirkte er verletzlich und unglaublich jungenhaft.

Ihr Lächeln vertiefte sich, als sie bemerkte, wie unerhört dicht seine Wimpern waren – jedes Mädchen hätte ihn darum beneidet. Sie begann sich zu fragen, wie er als kleiner Junge gewesen sein mochte. Ganz bestimmt war er damals nicht zynisch und abweisend gewesen. »Andrew hat meine Kindheitsträume zerstört«, dachte sie laut. »Ich frage mich, wer es bei dir war.« Er drehte den Kopf auf dem Kissen, und eine schwarze Locke fiel ihm in die Stirn. In einer seltsam mütterlichen Regung streckte Victoria die Hand aus und strich sie mit den Fingerspitzen beiseite. »Ich werde dir ein Geheimnis verraten«, sagte sie, wohlwissend, daß er sie nicht hören konnte. »Ich hab' dich auch gern, Jason.«

Draußen auf dem Gang ging eine Tür, und Victoria sprang schuldbewußt auf, ordnete ihr Nachthemd und glättete ihr Haar. Aber als sie in den Gang hinausspähte, war niemand zu sehen.

Achtzehntes Kapitel

Als Victoria zum Frühstück hinunterkam, war sie überrascht, Onkel Charles bereits am Tisch vorzufinden, lange vor seiner üblichen Zeit, und scheinbar überglücklich über irgend etwas.

»Du siehst entzückend aus wie immer«, sagte Charles strahlend, stand auf und schob ihr den Stuhl zurecht.

»Und du siehst sogar noch besser aus als sonst, Onkel Charles«, erwiderte Victoria lächelnd, während sie sich Tee einschenkte und etwas Milch hinzufügte.

»Ich habe mich noch nie so gut gefühlt«, erklärte er überschwenglich. »Sag mir, wie geht es Jason?«

Victoria ließ ihren Löffel fallen.

»Ich habe ihn heute morgen ganz früh im Gang rumoren hören«, erklärte er rasch, »und ich habe deine Stimme gehört. Jason klang«, er machte eine zartfühlende Pause, »ein wenig mitgenommen. War er's?«

Victoria nickte heiter. »Sturzbetrunken!«

Anstelle eines Kommentars dazu sagte Charles: »Northrup sagt mir, daß dein Freund Wiltshire vor einer Stunde hier war und sich einigermaßen dringlich nach Jasons Gesundheit erkundigt hat.« Er warf ihr einen amüsierten, nachdenklichen Blick zu. »Wiltshire schien der Ansicht zu sein, daß Jason heute morgen ein Duell ausgefochten hat und dabei verwundet worden ist.«

Victoria merkte, daß es zwecklos war, die Angelegenheit vor ihm geheim halten zu wollen. Sie nickte lachend. »Nach dem, was Jason mir erzählt hat, hat er sich mit Lord Wiltshire duelliert, weil Lord Wiltshire mich einen ›englischen Trampel‹ genannt hat.«

»Wiltshire hat mich fast um den Verstand gebracht, weil er dir in aller Form den Hof machen will. Ich kann mir nicht vorstellen, daß er das von dir gesagt hat.«

»Ich bin sicher, daß es nicht stimmt. Es ergibt auch überhaupt keinen Sinn.«

»Ganz und gar keinen«, stimmte Charles heiter zu. »Aber was auch immer der Anlaß für dieses Duell war, Wiltshire hat Jason offenbar angeschossen?«

Victorias Augen blitzten vor Vergnügen. »Jason zufolge ist er von einem Baum in den Arm geschossen worden.«

»Eigenartigerweise ist das genau die Geschichte, die Northrup vom jungen Wiltshire gehört hat!« sagte Onkel Charles amüsiert. Nach einer kurzen Pause setzte er hinzu: »Egal. Soweit ich weiß, hat Dr. Worthing Jason verbunden. Er ist ein Freund von Jason und mir und ein ausgezeichneter Arzt. Wenn Jasons Leben wirklich in Gefahr wäre, wäre er jetzt hier, um ihn zu pflegen. Außerdem kann man sich darauf verlassen, daß Worthing über die Angelegenheit schweigt – es ist illegal, sich zu duellieren, weißt du.«

Victoria erbleichte, und Onkel Charles ergriff ihre Hand und drückte sie aufmunternd. »Mach dir keine Sorgen.« Unerklärliche Zärtlichkeit bebte in seiner Stimme, als er hinzufügte: »Ich kann dir nicht sagen, wie – wie unendlich glücklich ich darüber bin, dich hier zu haben, Kind. Es gibt soviel, was ich dir erzählen möchte. Und bald ist die Zeit gekommen, wo ich es darf.«

Victoria ergriff die Gelegenheit, um ihn noch einmal nach der Zeit zu fragen, als er ihre Mutter gekannt hatte, aber Onkel Charles schüttelte lediglich den Kopf. »Bald«, versprach er wie immer. »Aber noch nicht.«

Die Zeit schleppte sich dahin, während Victoria nervös darauf wartete, daß Jason erschien, und sich fragte, wie er sich ihr gegenüber nach der letzten Nacht verhalten würde. Ihre Gedanken kreisten unablässig um die verschiedenen Möglichkeiten. Vielleicht verachtete er sie, weil sie sich hatte küssen lassen. Vielleicht haßte er sich selbst, weil er zugegeben hatte, sie gern zu haben und sie nicht aufgeben zu wollen. Vielleicht hatte er nichts von dem, was er gesagt hatte, ernst gemeint.

Sie war sich fast sicher, daß ein Großteil seines gestrigen Benehmens dem Alkohol zuzuschreiben war, aber sie wollte gerne glauben, daß irgendeine Art engerer Freundschaft daraus hervorgehen würde. In den vergangenen Wochen hatte sie ihn schätzen gelernt, sie mochte und bewunderte ihn. Und mehr, sie ... Aber sie weigerte sich, darüber nachzudenken.

Im Laufe des Vormittags erstarb ihre Hoffnung allmählich, und ihre Spannung stieg – ein Zustand, der noch verschlimmert wurde, als zwei Dutzend Besucher vorsprachen und sich nach den wahren Umständen von Jasons Duell erkundigten. Northrup sagte allen, daß Lady Seaton nicht zu Hause sei, und Victoria wartete weiter.

Um ein Uhr mittags kam Jason endlich nach unten, nur um sofort in seinem Arbeitszimmer zu verschwinden, wo er sich mit Lord Collingwood und zwei anderen Herren einsperrte, um eine geschäftliche Transaktion zu besprechen.

Um drei ging Victoria in die Bibliothek. Voller Abscheu vor sich selbst, weil sie sich derart aufregte, saß sie da und versuchte, sich auf ihr Buch zu konzentrieren, unfähig zu irgendeiner vernünftigen Unterhaltung mit Onkel Charles, der an einem Fenster saß und in einer Zeitschrift blätterte.

Als Jason endlich in die Bibliothek geschlendert kam, war Victoria so aufgelöst, daß sie fast aufsprang, als sie ihn sah.

»Was lesen Sie?« erkundigte er sich beiläufig, blieb vor ihr stehen und vergrub die Hände in den Taschen seiner engen, hellbraunen Hosen.

»Shelley«, sagte sie nach einer langen, peinlichen Pause, während der sie sich nicht an den Namen des Dichters erinnern konnte.

»Victoria«, setzte er an, und jetzt sah sie den angespannten Zug um seinen Mund. Er zögerte, als müsse er nach den richtigen Worten suchen. Dann sagte er: »Habe ich heute nacht irgend etwas getan, für das ich mich entschuldigen sollte?«

Victorias Herz sank. Er erinnerte sich an nichts. »Nicht daß ich wüßte«, sagte sie, bemüht, sich ihre Enttäuschung nicht anmerken zu lassen.

Der Schatten eines Lächelns lauerte in seinen Mundwinkeln. »Normalerweise ist es derjenige, der zuviel gehabt hat, der sich an nichts erinnern kann – nicht umgekehrt.«

»Ich verstehe. Nun, nein, es war nichts.«

»Gut. Wenn das so ist, sehe ich Sie nachher, wenn wir ins Theater gehen –« Mit blitzendem Lächeln setzte er nachdrücklich hinzu: Tory.« Dann wandte er sich zum Gehen.

»Sie haben gesagt, Sie erinnern sich an nichts«, platzte Victoria heraus, bevor sie sich beherrschen konnte.

Jason drehte sich um und sah sie mit geradezu wölfischem Grinsen an. »*Ich* erinnere mich an alles, Tory. Ich wollte lediglich wissen, ob ich Ihrer Meinung nach etwas getan habe, wofür ich mich entschuldigen muß.«

Victorias Lachen klang verlegen. »Sie sind der schlimmste Mann auf der ganzen Welt!«

»Stimmt«, gestand er zerknirscht. »Aber Sie haben mich trotzdem gern.«

Ihre Wangen brannten, als sie ihm nachsah. Niemals, nicht in ihren schlimmsten Träumen, hatte sie damit gerechnet, daß er wach sein könnte, als sie das gesagt hatte. Sie sank in ihren Sessel und schloß die Augen, beschämt bis ins Mark. Und das war, bevor ein Geräusch vom Fenster her sie daran erinnerte, daß Onkel Charles dort saß. Sie machte die Augen auf und sah, daß er sie mit triumphierender Freude beobachtete.

»Sehr gut, mein Kind«, sagte er sanft. »Ich habe immer gehofft, daß du ihn schätzen lernen würdest, und ich kann sehen, daß du ihn gern hast.«

»Ja, aber ich verstehe ihn nicht, Onkel Charles.«

Ihr Geständnis schien den Herzog nur um so mehr zu beglücken. »Wenn du ihn jetzt gern hast, wo du ihn nicht verstehst, wirst du ihn hundertmal lieber haben, wenn du es endlich tust, das verspreche ich dir.« Er stand auf. »Ich sollte mich auf den Weg machen. Ich bin mit einem alten Freund verabredet.«

Als Victoria an diesem Abend den Salon betrat, wartete Jason auf sie. Er war in einen exquisiten weinroten Anzug gewandet und trug einen Rubin in den Falten seines schneeweißen Halstuchs. Zwei passende Rubine blitzten an den Manschetten seines Hemdes auf, als er die Hand nach seinem Weinglas ausstreckte.

»Sie tragen keine Schlinge!« sagte Victoria, als sie merkte, was fehlte.

»Sie sind nicht umgezogen«, entgegnete er. »Und die Mortrams geben einen Ball. Wir gehen nach dem Theater hin.«

»Ich habe weder zum einen noch zum anderen Lust. Ich habe dem Marquis de Salle schon eine Nachricht gesandt und ihn gebeten, mich beim Souper zu entschuldigen.«

»Er wird völlig zerknirscht sein«, prophezeite Jason voller Genugtuung. »Ganz besonders, wenn er erfährt, daß sie statt dessen mit mir gespeist haben.«

»Oh, aber ich kann nicht!«

»Doch«, sagte er nüchtern, »Sie können.«

»Ich wünschte, sie würden die Schlinge tragen«, sagte Victoria ausweichend.

Er sah sie mit gespielter Empörung an. »Wenn ich öffentlich mit einer Schlinge auftrete, wird dieser Grünschnabel Wiltshire jedem in London weismachen, daß ich von einem Baum zur Strecke gebracht worden bin.«

»Das bezweifle ich«, sagte Victoria augenzwinkernd. »Er

ist noch sehr jung. Wahrscheinlich wird er eher damit protzen, daß er Sie im Duell besiegt hat.«

»Das wäre noch schlimmer, als von einem Baum besiegt zu werden«, sagte er angewidert. »Wiltshire weiß nicht einmal, mit welchem Ende der Pistole er zielen muß.«

Victoria unterdrückte ein Kichern. »Aber warum soll ich überhaupt mit Ihnen ausgehen, wenn Sie sich nur unverletzt in der Öffentlichkeit zeigen wollen?«

»Weil sich sonst irgendeine Dame, die Herzogin werden will, an meinen verletzten Arm hängt. Außerdem möchte ich, daß Sie mitkommen.«

Victoria blieb nicht immun gegen seine scherzhafte Überredungskunst. »Na schön«, meinte sie lachend. »Ich würde mir nie vergeben, wenn ich dafür verantwortlich wäre, Ihren Ruf als unbesiegbarer Duellant ruiniert zu haben.« Sie wollte gehen, aber dann drehte sie sich noch einmal um, ein freches Lächeln auf den Lippen. »Haben Sie wirklich ein Dutzend Männer im Duell getötet?«

»Nein«, sagte er. »Und jetzt laufen Sie schon und ziehen Sie sich um.«

Es schien, als ob jeder in London heute abend im Theater war – und jedes Augenpaar schien sich auf sie zu richten, als sie Jasons Loge betraten. Köpfe fuhren herum, Fächer flatterten, und ein Raunen erhob sich. Zuerst vermutete Victoria, daß sie überrascht waren, Jason so unversehrt zu sehen, aber später änderte sie ihre Meinung. Sobald sie in der Pause die Loge verließen, merkte sie, daß irgend etwas anders war. Junge und ältere Damen, die zuvor freundlich gewesen waren, beäugten sie mit unbewegten Mienen und abschätzigen Blicken. Und endlich begriff Victoria, warum: Jason hatte sich angeblich ihretwegen duelliert. Ihr Ruf hatte gerade einen nachhaltigen Schlag erlitten.

Nicht weit von ihr beobachtete eine alte Frau in weißem

Satinturban Jason und Victoria mit schmalen Augen. »Soso«, zischte die Herzogin von Claremont ihrer ältlichen Begleiterin zu, »Wakefield hat sich ihretwegen geschlagen.«

»Soweit ich gehört habe, Euer Gnaden«, bestätigte Lady Faulklyn.

Die Herzogin von Claremont stützte sich auf ihren Ebenholzstock und beobachtete ihre Urenkelin. »Sie ist Katherines Ebenbild.«

»Jawohl, Euer Gnaden.«

Die verblichenen blauen Augen der Herzogin musterten Victoria von Kopf bis Fuß und wanderten dann zu Jason Fielding hinüber. »Hübscher Kerl, nicht wahr?«

Lady Faulklyn erbleichte, als scheue sie sich, ihr zuzustimmen.

Ohne ihr Schweigen zu beachten, trommelte die Herzogin mit den Fingerspitzen auf den juwelenbesetzten Knauf ihres Stockes und fuhr fort, den Marquis von Wakefield zu beobachten. »Er sieht aus wie Atherton«, sagte sie.

»Es besteht eine leichte Ähnlichkeit«, sagte Lady Faulklyn zögernd.

»Dumme Gans!« keifte die Herzogin. »Wakefield sieht haargenau aus wie Atherton, als er jung war.«

»Ganz genau so!« bestätigte Lady Faulklyn.

Ein boshaftes Lächeln verbreitete sich auf dem hageren Gesicht der Herzogin. »Atherton glaubt, er kann diese Heirat gegen meinem Wunsch durchsetzen. Er hat zweiundzwanzig Jahre darauf gewartet, sich an mir zu rächen, und jetzt denkt er, er hat's geschafft.« Ein leises Gackern entfuhr ihr, als sie das schöne Paar beobachtete, das ein paar Meter von ihr entfernt stand. »Aber er irrt sich.«

Victoria wandte nervös den Blick von der strenggesichtigen alten Frau mit dem eigenartigen Turban. *Jeder* schien sie und Jason zu beobachten, selbst ältere Frauen, die sie nie zuvor gesehen hatte, wie die da. Nervös sah sie Jason an. »Ich hätte nicht mit Ihnen herkommen sollen. Es war ein schrecklicher Fehler«, sagte sie zu ihm, als er ihr ein Glas Punsch reichte.

»Warum? Das Stück hat Ihnen gefallen.« Er grinste in ihre beunruhigten blauen Augen. »Und mir hat es gefallen, Ihnen zuzusehen.«

»Aber das dürfen Sie nicht, und ganz besonders nicht, wenn Sie dabei so aussehen, als ob sie es gern tun«, sagte Victoria und versuchte dabei, die Freude zu unterdrücken, die sein zwangloses Kompliment ihr machte.

»Warum nicht?«

»Weil uns alle beobachten.«

»Sie haben uns schon öfter zusammen gesehen«, sagte Jason gleichgültig und geleitete sie in seine Loge zurück.

Auf dem Mortramschen Ball war alles noch viel schlimmer. Sobald sie zusammen den Ballsaal betraten, drehten alle Gäste sich um und starrten sie in entschieden unfreundlicher Manier an.

»Jason, das ist entsetzlich! Es ist noch schlimmer als das Theater. Da haben wenigstens ein paar Leute auf die Bühne gesehen. Hier starren alle uns an, und, bitte«, sagte sie flehentlich und unzusammenhängend, »würden Sie aufhören, mich so charmant anzulächeln – alle sehen uns zu!«

»Bin ich charmant?« neckte er, aber sein Blick wanderte kurz und abschätzend über die Gesichter im Ballsaal. »Was ich sehe«, sagte er milde mit einem Wink in die angegebene Richtung, »ist ein halbes Dutzend Ihrer verzückten Anbeter da drüben, die allesamt so aussehen, als würden sie darüber brüten, wie sie mir die Kehle durchschneiden und die Leiche beseitigen sollen.«

Victoria hätte vor Verzweiflung mit dem Fuß aufstampfen

mögen. »Sie ignorieren absichtlich, was passiert ist. Caroline Collingwood hört alle Gerüchte, und sie hat mir erzählt, daß niemand glaubt, daß wir irgendein echtes Interesse aneinander haben. Dem Klatsch zufolge halten wir den Anschein nur Onkel Charles zuliebe aufrecht. Aber jetzt haben Sie sich duelliert, weil irgend jemand irgend etwas über mich gesagt hat, und das ändert alles. Sie denken daran, wieviel Zeit Sie zu Hause verbringen, wenn ich da bin –«

»Zufällig ist es mein Haus«, sagte Jason gedehnt, und seine Augenbrauen zogen sich drohend zusammen.

»Das weiß ich, aber hier geht es ums Prinzip. Jetzt denken alle – und ganz besonders die Damen – alle möglichen schlimmen Dinge über uns. Wenn es nicht ausgerechnet Sie wären, wäre es nicht so schlimm«, sagte sie und meinte damit lediglich, daß ihre sogenannte Verlobung dem Klatsch noch mehr Nahrung gab. »Es ist das Prinzip der –«

Jasons Stimme senkte sich zu einem leisen, eisigen Flüstern. »Sie irren sich, wenn Sie glauben, daß ich auch nur einen Pfifferling dafür gebe, was die Leute denken. Geben Sie sich keine Mühe, mir eine Predigt über Prinzipien zu halten. Ich habe keine. Und machen Sie nicht den Fehler, mich für einen ›Gentleman‹ zu halten. Ich bin keiner. Ich habe an Orten gelebt, von denen Sie nie gehört haben, und ich habe dort Dinge getan, die ihre puritanische Seele zutiefst verletzen würden. Sie sind ein naives, törichtes Kind. Ich war nie naiv. Ich war nicht einmal ein Kind. Da Ihnen die Meinung der anderen jedoch so wichtig zu sein scheint, schlage ich eine relativ einfache Lösung des Problems vor. Sie können den restlichen Abend bei ihren ergebenen Anbetern verbringen, und ich suche mir jemanden, mit dem ich mich amüsieren kann.«

Victoria war so erschüttert von Jasons unerwarteter Attakke, daß sie kaum zu denken imstande war, als sie ihn verließ.

Dann tat sie genau das, was er ihr so rüde vorgeschlagen hatte. Die unfreundlichen Blicke ließen nach, aber sie litt trotzdem. Ihr verletzter Stolz ließ sie so tun, als genieße sie das Tanzen und die seichte Unterhaltung mit ihren Partnern, aber ihre Ohren schienen auf Jasons tiefe Stimme eingestellt zu sein, und ihr Herz wußte genau, wann er in ihrer Nähe war.

Mit wachsendem Unglücklichsein sah Victoria, daß Jason sich mit drei wunderschönen Blondinen umgeben hatte, die miteinander um seine Aufmerksamkeit wetteiferten und sich fast überschlugen, um ihm sein träges Lächeln zu entlocken. Nicht einmal seit der vergangenen Nacht hatte sie sich gestattet, daran zu denken, wieviel Lust seine Lippen ihr geschenkt hatten. Jetzt konnte sie an nichts anderes denken, und sie sehnte sich danach, ihn wieder an ihrer Seite zu haben. Zum Teufel mit der öffentlichen Meinung!

Ein junger Mann tauchte neben ihr auf und erinnerte sie daran, daß sie ihm den nächsten Tanz versprochen hatte. »Ja, natürlich«, sagte Victoria höflich, aber ohne Enthusiasmus. »Wissen Sie zufällig, wie spät es ist, Mr. Bascomb?« fragt sie, als er sie auf die Tanzfläche führte.

»Selbstverständlich«, verkündete er stolz. »Es ist halb zwölf.« Victoria unterdrückte ein Stöhnen. Es würde noch stundenlang dauern, bevor die Qual ein Ende fand.

Charles steckte seinen Schlüssel ins Schloß und öffnete die Tür. Northrup eilte ihm in der Halle entgegen. »Sie hätten nicht meinetwillen aufbleiben müssen, Northrup«, sagte Charles freundlich und reichte ihm Stock und Hut. »Wie spät ist es?«

»Halb zwölf, Euer Gnaden.«

»Jason und Victoria werden bestimmt erst bei Tagesanbruch wieder hier sein. Warten Sie nicht auf sie«, schlug er vor. »Sie wissen ja, wie lange diese Bälle dauern.«

Northrup wünschte ihm eine gute Nacht und verschwand: Charles ging in Richtung des Salons, in der Absicht, bei einem Glas Port genüßlich seinen Gedanken über die frischerblühte Romanze zwischen Jason und Victoria nachzuhängen. Er durchquerte die Halle, aber ein lautes Klopfen an der Haustür hielt ihn davon ab. Jason und Victoria müssen ihren Schlüssel vergessen haben, dachte er und öffnete die Tür. Sein Lächeln wich einem fragenden Ausdruck, als er einen großen, gutgekleideten Mann um die Dreißig gewahrte.

»Vergeben Sie mein Eindringen zu dieser späten Stunde, Euer Gnaden«, sagte der Mann. »Ich bin Arthur Winslow, und meine Firma ist von einer anderen Kanzlei in Amerika beauftragt worden, Sorge zu tragen, daß dieser Brief sofort an Sie weitergeleitet wird. Ich habe einen zweiten für Miss Victoria Seaton.«

Eine unkontrollierbare Vorahnung klopfte in Charles' Herz, als er seinen Brief entgegennahm. »Lady Seaton ist ausgegangen.«

»Das weiß ich, Euer Gnaden.« Der junge Mann zeigte auf die Kutsche, die vor dem Haus stand. »Ich warte seit dem frühen Abend auf einen von Ihnen, seit mir die Briefe ausgehändigt wurden. Für den Fall, daß Lady Seaton nicht hier ist, lauten meine Anweisungen, die Briefe Ihnen auszuhändigen und Sie zu bitten, dafür zu sorgen, daß sie den ihren sofort erhält.« Er legte den zweiten Brief in Charles schweißfeuchte Handfläche und zog den Hut. »Guten Abend, Euer Gnaden.«

Eisige Furcht umklammerte sein Herz, als Charles die Tür schloß und seinen Brief öffnete. Der Name »Andrew Bainbridge« sprang ihm in die Augen. Er starrte ihn an, und sein Herz begann wie rasend zu klopfen; dann zwang er sich zu lesen, was da stand. Während er las, wich die Farbe aus seinem Gesicht, und die Worte verschwammen vor seinen Augen.

Als er fertig war, sanken seine Hände kraftlos herunter, und sein Kopf fiel nach vorne. Seine Schultern bebten, und Tränen rannen über seine Wangen und tropften auf den Boden, während all seine Träume und Hoffnungen in sich zusammenbrachen. Noch lange, nachdem seine Tränen versiegt waren, starrte er blind zu Boden. Endlich straffte er sich und hob den Kopf. Er schickte sich an, die Treppen hinaufzugehen, und versuchte, nach Northrup zu rufen, aber seine Stimme war nur ein heiseres Flüstern. Er räusperte sich und rief noch einmal: »Northrup!«

Der Butler eilte in die Halle. »Sie haben gerufen, Euer Gnaden?« sagte er, den entsetzten Blick auf den Herzog gerichtet, der auf der Treppe stehengeblieben war und das Geländer umklammert hielt.

Charles wandte den Kopf und sah auf ihn hinunter. »Lassen Sie Dr. Worthing holen«, sagte er. »Sagen Sie ihm, er soll sofort kommen. Es ist dringend.«

»Soll ich nach Lord Fielding und Lady Victoria schikken?« fragte Northrup rasch.

»Nein, zum Teufel!« krächzte Charles. Dann hatte er seine Stimme wieder unter Kontrolle. »Ich gebe Ihnen weitere Anweisungen, sobald Dr. Worthing hier ist«, sagte er und schleppte sich weiter die Treppe hinauf.

Es war schon beinahe Morgengrauen, als Jasons Kutsche vor dem Haus in der Upper Brook Street hielt. Weder Jason noch Victoria hatten ein Wort miteinander gewechselt, seit sie den Ball verlassen hatten, aber als Jason scharf Luft holte, richtete Victoria sich auf und sah sich um. »Wessen Kutsche ist das?« fragte sie.

»Dr. Worthings. Das sind seine Füchse.« Jason riß den Schlag auf, sprang aus der Kutsche und zerrte sie ohne Umstände mit sich. Dann überließ er Victoria ihrem Schicksal und hastete die Stufen zum Eingang hinauf. Victoria raffte ihre langen Röcke und rannte ihm nach. Panik stieg in ihr auf, als ein übernächtigter Northrup ihnen öffnete.

»Was ist passiert?« schrie Jason.

»Ihr Onkel, Mylord«, erwiderte Northrup finster. »Er hatte einen Anfall – das Herz. Dr. Worthing ist bei ihm.«

»Mein Gott!« rief Victoria und klammerte sich an Jasons Jackenärmel.

Gemeinsam eilten sie die Treppe hinauf, während Northrup ihnen nachrief: »Dr. Worthing hat darum gebeten, daß Sie erst eintreten, wenn ich ihn von Ihrem Kommen informiert habe.«

Jason hob die Hand, um an Charles' Tür zu klopfen, aber Dr. Worthing öffnete sie bereits. Er trat in den Gang hinaus und schloß die Tür energisch hinter sich. »Ich habe Sie kommen hören«, erklärte er und fuhr sich mit verzweifelter Geste durchs weiße Haar.

»Wie geht es ihm?« fragte Jason gepreßt.

Dr. Worthing nahm seine goldgeränderte Brille ab und konzentrierte sich darauf, die Gläser zu polieren. Nach einem endlosen Augenblick holte er tief Luft und hob den Blick. »Er hat einen schweren Rückschlag erlitten, Jason.«

»Können wir ihn sehen?« fragte Jason.

»Ja, aber ich muß Sie beide bitten, nichts zu tun oder zu sagen, was ihn aufregen könnte.«

Victoria griff sich an die Kehle. »Er wird doch – er wird doch nicht sterben, Dr. Worthing?«

»Früher oder später muß jeder sterben, meine Liebe«, sagte er mit so finsterer Miene, daß Victoria vor Entsetzen zu zittern begann.

Sie betraten das Zimmer des Sterbenden und stellten sich an sein Bett, Jason auf die eine, Victoria auf die andere Seite.

Auf dem Tisch neben dem Bett stand ein brennender Kerzenleuchter, aber für Victoria war der Raum bereits dunkel und fürchterlich wie ein offenes Grab. Charles' Hand lag schlaff auf der Decke, und sie ergriff sie und hielt sie fest, um ihm so etwas von ihrer Kraft einzuflößen.

Charles' Augen öffneten sich und fixierten ihr Gesicht. »Mein liebes Kind«, flüsterte er. »Ich hatte nicht vor, so schnell zu sterben. Ich hatte mir so gewünscht, dich zuerst froh und glücklich verheiratet zu sehen. Wer soll sich um dich kümmern, wenn ich nicht mehr bin? Hast du irgend jemanden, der dich aufnehmen wird?«

Tränen rannen über Victorias Wangen. Sie liebte ihn so sehr, und jetzt sollte sie ihn verlieren. Sie versuchte zu sprechen, aber Kummer und Angst schnürten ihr die Kehle zu, und so drückte sie lediglich stumm seine zerbrechliche Hand.

Charles wandte mühevoll den Kopf und sah Jason an. »Du bist mir so ähnlich«, flüsterte er, »genauso halsstarrig. Und jetzt wirst du genauso einsam sein, wie ich es immer war.«

»Du darfst nicht soviel sprechen«, befahl Jason mit einer Stimme, die vor Kummer schroff war. »Ruh dich aus.«

»Ich kann nicht«, protestierte Charles schwach. »Wie kann ich in Frieden sterben, wenn ich weiß, daß Victoria ganz allein auf der Welt ist? Ihr beide werdet einsam sein, jeder auf seine Weise. Sie kann nicht unter deinem Dach bleiben, Jason. Die Gesellschaft würde euch nie vergeben . . .« Er verstummte. Sichtbar bemüht, die Kraft zum Weitersprechen aufzubringen, wandte er sich noch einmal an Victoria.

»Victoria, du bist nach mir benannt worden. Deine Mutter und ich haben einander geliebt. Ich – ich wollte dir irgendwann alles erzählen. Jetzt bleibt mir keine Zeit mehr dazu.«

Victoria konnte sich nicht länger beherrschen, sie beugte den Kopf und schluchzte herzzerreißend.

Charles' Blick wanderte von ihr zu Jason hinüber. »Es war mein Wunschtraum, daß du Victoria heiratest. Ich wollte, daß ihr einander habt, wenn ich nicht mehr bin . . .«

Jasons Gesicht war eine undurchdringliche Maske beherrschten Kummers. Er nickte. »Ich werde mich um Victoria kümmern – sie heiraten«, stellte er hastig klar, als Charles sich anschickte zu protestieren.

Victorias schockierter, tränenverhangener Blick flog zu Jason hinüber, dann wurde ihr klar, daß er lediglich versuchte, Charles die letzten Stunden zu erleichtern.

Müde schloß Charles die Augen. »Ich glaube dir nicht, Jason«, flüsterte er.

Gebrochen vor Verzweiflung und Entsetzen fiel Victoria neben dem Bett auf die Knie und umklammerte Charles' Hand. »Du darfst dir keine Sorgen um uns machen, Onkel Charles«, schluchzte sie.

Charles öffnete die Augen und sah Jason eindringlich an. »Schwörst du's?« flüsterte er. »Schwör mir, daß du Victoria heiraten wirst, daß du immer für sie da sein wirst.«

»Ich schwör's«, sagte Jason, und der wilde Ausdruck seiner Augen überzeugte Victoria, daß er keineswegs Theater spielte. Er gab einem Sterbenden sein Ehrenwort.

»Und du, mein Kind?« sagte er zu Victoria. »Schwörst du feierlich, daß du ihn zum Mann nehmen wirst?«

Victoria erstarrte. Jetzt war nicht die Zeit, über vergangene Kränkungen und nebensächliche Details zu streiten. Es war die reine Wahrheit, daß sie außer Jason und Charles niemanden auf der Welt hatte, und das wußte sie. Sie erinnerte sich an die berauschende Wonne von Jasons Küssen, und obwohl sie seine äußerliche Kälte fürchtete, wußte sie auch, daß er stark war und sie beschützen würde. Das Wenige, das von ihren Plänen, eines Tages in ihr Heimatland zurückzukehren, übriggeblieben war, verblaßte vor der größeren Notwendigkeit zu überleben und Charles seine Todesstunde zu erleichtern.

»Victoria?« fragte Charles schwach.

»Ich werde ihn heiraten«, flüsterte sie gebrochen.

»Ich danke dir«, murmelte Charles mit dem erschütternden Versuch eines Lächelns. Er zog seine Linke unter der Decke hervor und ergriff Jasons Hand. »Jetzt kann ich in Frieden sterben.«

Plötzlich straffte sich Jasons Körper. Er sah Charles durchbohrend an, und sein Gesicht wurde zu einer zynischen Maske. Mit beißendem Hohn bestätigte er: »Ja, jetzt kannst du in Frieden sterben, Charles.«

»Nein!« stieß Victoria hervor. »Du darfst nicht sterben, Onkel Charles. Bitte!« In verzweifeltem Bemühen, ihm einen Grund zum Leben zu geben, schluchzte sie: »Wenn du jetzt stirbst, kannst du mich nicht zum Altar führen . . .«

Dr. Worthing trat aus dem Dunkel und half Victoria sanft auf die Füße. Mit einem Wink zu Jason führte er sie hinaus in den Korridor. »Das reicht für jetzt, meine Liebe«, sagte er tröstend. »Sie werden sich noch krank machen.«

Victoria hob ihr tränenüberströmtes Gesicht und sah den Arzt an. »Glauben Sie, daß er leben wird, Dr. Worthing?«

Der gütige alte Arzt tätschelte ihr beruhigend den Arm. »Ich werde bei ihm bleiben und Ihnen Bescheid geben, sobald eine Veränderung eintritt.« Dann zog er sich ohne ein Wort wirklicher Beruhigung wieder in das Schlafgemach zurück und schloß die Tür.

Victoria und Jason gingen nach unten in den Salon. Jason setzte sich neben sie und legte tröstend den Arm um sie, so daß ihr Kopf auf seiner Schulter lag. Victoria verbarg ihr Gesicht an seiner harten Brust und schluchzte, bis sie keine

Tränen mehr hatte. Sie verbrachte den Rest der Nacht in Jasons Armen, in stummes Gebet versunken.

Charles spielte bis zum frühen Morgen Karten mit Dr. Worthing.

Neunzehntes Kapitel

Früh am nächsten Nachmittag konnte Dr. Worthing berichten, daß Onkel Charles »sich wacker hielt«. Am nächsten Tag kam er ins Eßzimmer, wo Victoria und Jason gerade speisten, und teilte ihnen mit, daß Charles' Zustand »sich sehr gebessert« zu haben schien.

Victoria konnte sich kaum beherrschen vor Freude, aber Jason hob lediglich eine spöttische Augenbraue und lud den Arzt ein, ihnen beim Essen Gesellschaft zu leisten.

»Äh – vielen Dank«, sagte Dr. Worthing mit einem scharfen Blick auf Jasons undurchdringliche Miene. »Ich glaube, ich kann meinen Patienten für kurze Zeit unbeaufsichtigt lassen.«

»Ich bin überzeugt davon«, erwiderte Jason liebenswürdig.

»Glauben Sie, er wird sich wieder erholen, Dr. Worthing?« fragte Victoria, die sich wunderte, daß Jason so unendlich rational sein konnte.

Dr. Worthing vermied sorgfältig, Jasons spöttischem Blick zu begegnen, wandte sich Victoria zu und hüstelte nervös. »Schwer zu sagen. Er sagt, daß er Sie beide verheiratet sehen will. Er ist fest entschlossen. Man könnte fast sagen, er klammert sich an diesen Gedanken.«

Victoria biß sich auf die Lippen und warf Jason einen beunruhigten Blick zu, ehe sie den Arzt fragte: »Was würde geschehen, wenn er sich erholt und wir ihm sagen, daß wir – daß wir unsere Meinung geändert haben?«

Jason antwortete ihr mit gedehnter Stimme: »In diesem Fall erleidet er sicher einen Rückfall.« Er wandte sich an den Arzt und sagte kühl: »Nicht wahr?«

Dr. Worthings Augen wichen Jasons stählernem Blick aus. »Sie kennen ihn natürlich besser als ich, Jason. Was würde er Ihrer Meinung nach tun?«

Jason zuckte die Achseln. »Ich glaube, daß er einen Rückfall haben würde.«

Victoria fühlte sich, als ob das Schicksal sie absichtlich foltere, ihr Heim und Menschen raubte, die sie liebte, sie in ein unbekanntes Land verschlug und jetzt auch noch zu einer Ehe ohne Liebe mit einem Mann zwang, der sie nicht wollte.

Noch lange, nachdem beide Männer gegangen waren, saß sie am Tisch, stocherte in dem Essen auf ihrem Teller herum und versuchte, um ihret- und Jasons willen einen Ausweg aus diesem Dilemma zu finden. Ihre Träume von einem glücklichen Heim mit einem liebenden Gatten an ihrer Seite und einem Baby in den Armen kehrten wieder wie zum Hohn, und sie gab einem Anfall von Selbstmitleid nach. Schließlich hatte sie nicht sehr viel vom Leben erwartet, sie hatte weder Pelze noch Juwelen gewollt, keine Saison in London und keine Paläste, in denen sie Königin spielen konnte. Sie hatte sich nicht mehr gewünscht, als sie in Amerika gehabt hatte – außer einem Mann und Kindern.

Eine Woge von Heimweh überkam sie, und sie ließ den Kopf sinken. Wie sehr sehnte sie sich danach, die Uhr um ein Jahr zurückzudrehen und dort anzuhalten. Sie wollte die lächelnden Gesichter ihrer Eltern vor sich sehen, ihrem Vater zuhören, wenn er über das Krankenhaus sprach, das er bauen wollte, und die Einwohner des Dorfes um sich haben, die ihre zweite Familie gewesen waren. Sie hätte alles, alles darum gegeben, wieder zu Hause zu sein. Die Erinnerung an Andrews hübsches, lachendes Gesicht kam zurück, um sie zu quälen, und Victoria verscheuchte sie aus ihren Gedanken, um nicht noch mehr Tränen um den treulosen Mann zu vergießen, den sie so geliebt hatte.

Sie schob ihren Stuhl zurück und machte sich auf die Suche nach Jason. Andrew hatte sie ihrem Schicksal überlassen, aber Jason war hier, und er war verpflichtet, mit ihr gemeinsam einen Ausweg zu finden.

Er saß allein in seinem Arbeitszimmer – ein einsamer, melancholischer Mann vor dem kalten Kamin. Mitgefühl schwoll in Victorias Brust: Vor Dr. Worthing hatte er sich kalt und nüchtern gegeben, aber er war hierher gekommen, um in einsamer Abgeschiedenheit zu trauern.

Leise sagte sie: »Jason?«

Er hob den Kopf und sah sie an. Sein Gesicht verriet nichts.

»Was sollen wir tun?«

»Was meinen Sie?«

»Ich meine diese haarsträubende Idee, daß wir heiraten sollen.«

»Warum ist das so haarsträubend?«

Diese Reaktion überraschte Victoria, aber sie war fest entschlossen, die Angelegenheit ruhig und offen zu besprechen. »Weil ich Sie nicht heiraten will.«

Seine Augen wurden hart. »Dessen bin ich mir bewußt, Victoria.«

»Sie wollen mich doch auch nicht heiraten«, sagte sie nüchtern.

»Da haben Sie recht.« Er starrte wieder in den Kamin und verfiel in Schweigen. Victoria wartete darauf, daß er etwas sagte. Als er keine Anstalten machte, seufzte sie und wollte gehen. Seine nächsten Worte verblüfften sie so, daß sie stehenblieb und sich umsah. »Immerhin könnte diese Ehe uns beiden etwas verschaffen, das wir haben wollen.«

»Und das wäre?« fragte sie, während sie sein markantes Profil musterte, um seine Stimmung zu ergründen. Er drehte sich um und sah ihr in die Augen. »Sie wollen nach Amerika zurück, um unabhängig zu sein, im Kreis ihrer Freunde zu leben und vielleicht einmal das Krankenhaus zu bauen, von dem Ihr Vater geträumt hat. Das haben Sie mir selbst erzählt. Wenn Sie ehrlich sind, müssen Sie auch zugeben, daß Sie Andrew und allen anderen beweisen wollen, wie wenig sein Verrat Ihnen ausgemacht hat – daß Sie ihn genauso schnell vergessen haben wie er Sie und Ihr Leben weitergelebt haben.«

Victoria war so gedemütigt von seinen Worten, daß es einen Augenblick dauerte, bevor sie begriff, was er als nächstes sagte. »Und ich«, schloß er sachlich, »ich wünsche mir einen Sohn.«

Ihr Mund blieb offenstehen, als er gelassen hinzusetzte: »Wir könnten einander geben, was wir uns wünschen. Heiraten Sie mich und gebären Sie mir einen Sohn. Dann schikke ich Sie nach Amerika zurück, und das mit ausreichend Geld, um zu leben wie eine Königin und ein Dutzend Krankenhäuser zu bauen.«

Victoria starrte ihn ungläubig an. »Ihnen einen Sohn gebären?« wiederholte sie. »Einen Sohn, und dann schicken Sie mich zurück? Ich soll mein Kind hierlassen?«

»Ich bin kein vollkommener Egoist – Sie könnten ihn bei sich behalten, bis er . . . sagen wir, vier Jahre alt ist. So lange braucht ein Kind seine Mutter. Danach erwarte ich, daß er bei mir bleibt. Vielleicht könnten Sie sich entschließen, hierzubleiben, wenn Sie ihn zurückbringen. Ich würde es lieber sehen, wenn Sie auf Dauer hierblieben, aber das überlasse ich Ihnen. Nur eins noch – eine Bedingung, auf die ich allerdings bestehen muß.«

»Was für eine?« fragte Victoria benommen.

Er zögerte, als müsse er seine Worte sorgfältig abwägen, und als er schließlich sprach, sah er aus dem Fenster, als wolle er ihrem Blick ausweichen. »Aufgrund der Tatsache, daß Sie mich neulich abend so glühend verteidigt haben, nehmen die Leute an, daß Sie mich nicht fürchten oder verachten. Wenn Sie in diese Heirat einwilligen, erwarte ich, daß Sie diesen Eindruck unterstützen und nichts tun oder sagen, das dem zuwiderläuft. Mit anderen Worten, egal, was privat zwischen uns vorfällt – wenn wir in der Öffentlichkeit sind, erwarte ich von Ihnen, daß sie sich verhalten, als ob Sie mich nicht nur wegen meines Geldes und meines Titels geheiratet hätten. Einfacher gesagt – tun Sie so, als ob Sie mich gern hätten.«

Völlig grundlos erinnerte Victoria sich an seine Bemerkung auf dem Mortramschen Ball: »Sie irren sich, wenn Sie glauben, daß ich einen Pfifferling darum gebe, was die Leute denken . . .« Er hat gelogen, dachte sie mitleidig. Ganz offensichtlich machte es ihm etwas aus, was sie dachten, sonst hätte er sie nicht darum gebeten.

Sie sah den kühlen, leidenschaftslosen Mann an, der vor ihr stand. Er wirkte kraftvoll, distanziert und vollkommen selbstsicher. Es war unvorstellbar, daß er einen Sohn wollte, oder sie oder irgend jemanden – genauso unvorstellbar wie der Gedanke, daß es ihm etwas ausmachte, ob jemand ihn fürchtete oder ihm mißtraute. Unvorstellbar aber wahr. Sie erinnerte sich daran, wie jungenhaft er im Schlaf ausgesehen hatte. Sie erinnerte sich an die sehnsüchtige Gier seines Kusses und die Verzweiflung in seinen Worten: »Hundertmal hab' ich versucht, dich gehen zu lassen. Aber ich kann nicht.«

Vielleicht war Jason hinter seiner kühlen Fassade ebenso

einsam wie sie selbst. Vielleicht brauchte er sie und konnte es nicht zugeben. Vielleicht wollte er sie aber auch nur täuschen. »Jason«, sagte sie laut. »Sie können nicht von mir erwarten, daß ich ein Kind zur Welt bringe und es dann einfach Ihnen überlasse und meiner Wege gehe. So kalt und herzlos, wie ihr Vorschlag klingt, können Sie nicht sein. Ich – ich weigere mich, das zu glauben.«

»Sie werden feststellen, daß ich kein grausamer Ehemann bin, falls Sie das meinen.«

»Das meine ich ganz und gar nicht«, rief Victoria leicht hysterisch. »Wie können Sie davon sprechen, mich zu heiraten, wie von einer geschäftlichen Transaktion – ohne jegliches Gefühl, ohne auch nur den Anschein von Liebe oder –«

»Sie haben doch nicht etwa noch Illusionen, was die Liebe angeht?« spottete er ungeduldig. »Ihre Erfahrungen mit Bainbridge hätten Sie lehren sollen, daß Liebe eine Empfindung ist, mit der man Dummköpfe an der Nase herumführt. Ich erwarte keine Liebe von Ihnen, und ich wünsche sie mir auch nicht, Victoria.«

Victoria umklammerte den Rücken des Sessels neben ihr. Ihr schwindelte bei seinen Worten. Sie öffnete den Mund, um sein Angebot zurückzuweisen, aber er schüttelte den Kopf und kam ihr zuvor. »Antworten Sie mir erst, wenn Sie über mein Angebot nachgedacht haben. Wenn Sie mich heiraten, haben Sie die Freiheit, mit ihrem Leben zu tun, was Ihnen beliebt. Sie könnten ein Krankenhaus in Amerika bauen und eines in der Nähe von Wakefield. Ich besitze sechs Häuser und tausend Diener und Pächter. Mein Personal allein könnte Ihnen genug Kranke bescheren, um Ihr Krankenhaus zu füllen. Und falls nicht, bezahle ich sie dafür, daß sie krank werden.« Die Andeutung eines Lächelns lag auf seinen Lippen, aber Victoria war zu niedergeschlagen, um der Situation irgendwelchen Humor abzugewinnen.

Als er merkte, daß sein Scherz nicht gewürdigt wurde, setzte er leicht hinzu: »Sie können jede Wand in Wakefield mit Ihren Skizzen bedecken, und wenn Ihnen der Platz ausgeht, kann ich anbauen.« Victoria versuchte immer noch, die erstaunliche Tatsache, daß er von ihren Zeichnungen wußte, zu verarbeiten, als er die Hand ausstreckte und ihr über die Wange strich. Dann sagte er: »Sie werden einen großzügigen Gatten in mir haben, das verspreche ich.«

Die Endgültigkeit des Wortes »Gatte« jagte einen Schauder durch Victorias Körper, und sie verschränkte die Arme, um sich zu wärmen. »Warum?« hauchte sie. »Warum ich? Wenn Sie Söhne wollen – es gibt Dutzende von weiblichen Wesen in London, die geradezu erschreckend darauf versessen sind, Sie zu heiraten.«

»Weil Sie mir gefallen – aber das wissen Sie doch bestimmt«, sagte er. »Außerdem haben Sie mich gern«, setzte er scherzhaft hinzu, während er seine Hände auf ihre Schultern legte und versuchte, sie an sich zu ziehen. »Das haben Sie mir selber gesagt, erinnern Sie sich?«

Victoria staunte ihn an, unfähig zu glauben, daß er sie wirklich anziehend fand. »Ich habe auch Andrew gern gehabt«, erwiderte sie mit ärgerlicher Ungeduld. »Ich habe kein gutes Gespür für Männer.«

»Das ist wahr«, bestätigte er lachend.

Sie fühlte, wie er sie unnachgiebig weiter an sich zog. »Ich glaube, Sie haben den Verstand verloren!« sagte sie erstickt. »Sie sind vollkommen verrückt.«

»Das habe ich und das bin ich«, stimmte er zu, während er seinen Arm um sie legte.

»Ich will nicht. Ich kann nicht –«

»Victoria«, sagte er sanft, »du hast keine andere Wahl.« Seine Stimme wurde rauh und schmeichelnd, als ihre Brüste schließlich sein Hemd berührten. »Ich kann dir alles geben, was eine Frau will –«

»Alles, nur keine Liebe«, sagte Victoria erstickt.

»Alles, was eine Frau wirklich will«, verbesserte er, und noch ehe Victoria diese zynische Bemerkung richtig verstanden hatte, näherte er seine scharfgeschnittenen Lippen den ihren. »Ich werde dir Schmuck und Juwelen schenken«, versprach er. »Du wirst mehr Geld haben, als du je gedacht hast.« Seine freie Hand legte sich um ihren Kopf und brachte ihr seidiges Haar durcheinander, als er ihr Gesicht anhob. »Ich erwarte keine andere Gegenleistung als das hier . . .«

Etwas in Victorias Innerem protestierte, daß er sich zu billig hergab, zu wenig von ihr verlangte. Er war attraktiv und reich und begehrt – er hatte ein Recht, mehr von seiner Frau zu erwarten als das . . . Und dann verflogen ihre Gedanken, als sein sinnlicher Mund in einem endlosen, erregenden Kuß Besitz von ihr ergriff, einem Kuß, der sich langsam zu einem fordernden Drängen steigerte und heiße Schauer durch ihren Körper jagte. Seine Zunge drängte gegen ihre Lippen, zwang sie, sich zu öffnen, und stieß tief in ihren Mund, während Schockwellen betäubender Sinnlichkeit Victoria durchrasten. Victoria stöhnte, und seine Arme legten sich schützend um sie und drückten sie an seinen harten Körper, während seine Zunge ihren langsamen, erotischen Rhythmus in ihrem Mund begann und seine Hände besitzergreifend über ihren Rücken und ihre Schultern glitten.

Als er endlich den Kopf hob, war Victoria benommen, erhitzt und von unerklärlicher Angst erfüllt.

»Sieh mich an«, flüsterte er, legte eine Hand unter ihr Kinn und hob es an. »Du zitterst«, sagte er, als sie ihre riesigen blauen Augen hob. »Hast du Angst vor mir?«

Trotz all der wilden Empfindungen, die sie durchrannen, schüttelte Victoria den Kopf. »Nein.«

Ein Lächeln spielte um seinen Mund. »Du hast Angst, aber es gibt keinen Grund dafür.« Er legte seine Hand an ihre Wange und strich ihr sacht das schwere Haar zurück. »Ich werde dir nur einmal wehtun, und das nur, weil es nicht anders geht.«

»Was – warum?«

Sein Kinn straffte sich. »Vielleicht wird es auch gar nicht wehtun. Ist es das?«

»Ist was was?« rief Victoria ein wenig hysterisch. »Ich wünschte, Sie würden aufhören, in Rätseln zu sprechen, wenn ich ohnehin schon so durcheinander bin, daß ich kaum denken kann.«

In einem seiner blitzartigen Stimmungswechsel winkte er gleichgültig ab. »Unwichtig«, sagte er schroff. »Es ist mir egal, was du mit Bainbridge getrieben hast. Das war vorher.«

»Vorher?« wiederholte Victoria in wachsender Verwirrung. »Vor was?«

»Vor mir«, sagte er knapp. »Aber ich glaube, du solltest von vornherein wissen, daß ich es nicht dulde, zum Hahnrei gemacht zu werden. Ist das klar?«

Victoria blieb der Mund offenstehen. »Zum Hahnrei! Sie sind verrückt. Vollkommen verrückt.«

Seine Lippen zuckten. »Darüber waren wir uns bereits einig.«

»Wenn Sie weiter in beleidigenden Andeutungen sprechen, gehe ich auf mein Zimmer«, warnte sie.

Jason sah in ihre stürmischen blauen Augen und unterdrückte den plötzlichen Drang, sie in die Arme zu nehmen und noch einmal zu küssen. »Nun gut, dann reden wir von etwas anderem. Was kocht Mrs. Craddock heute abend?«

Victoria hatte das Gefühl, die Welt und jeder Geanke in ihr wirbelten in einer Richtung davon, während sie sich andauernd in die andere drehte, schwindlig und hilflos. »Mrs. Craddock?« wiederholte sie verständnislos.

»Die Köchin. Siehst du, ich kenne ihren Namen. Ich weiß auch, daß O'Malley dein Lieblingsdiener ist.« Er grinste. »Also, was kocht Mrs. Craddock heute abend?«

»Gans«, sagte Victoria und versuchte, ihre Selbstbeherrschung wiederzuerlangen. »Ist – ist das akzeptabel?«

»Ausgezeichnet. Essen wir zu Hause?«

»Ich schon«, sagte sie absichtlich unverbindlich.

»Dann gilt dasselbe natürlich auch für mich.«

Er spielt bereits die Rolle des Ehemannes, dachte sie benommen. »Dann sage ich Mrs. Craddock Bescheid«, sagte sie und verließ völlig verwirrt den Raum. Jason sagte, daß er sie anziehend fand. Er wollte sie heiraten. Unmöglich. Falls Onkel Charles starb, mußte sie ihn heiraten. Wenn sie ihn jetzt heiratete, fand Onkel Charles womöglich seinen Lebenswillen wieder. Und Kinder – Jason wollte Kinder haben. Die wünschte sie sich auch – sehr sogar. Irgend etwas, das sie lieben konnte. Vielleicht konnten sie zusammen glücklich sein, es gab Zeiten, in denen Jason charmant und liebenswert sein konnte, Zeiten, in denen sein Lächeln sie wärmte. Er hatte gesagt, daß er ihr nicht wehtun würde. Sie hatte das Zimmer bereits zur Hälfte durchquert, als Jasons ruhige Stimme sie zurückhielt.

»Victoria –«

Automatisch drehte sie sich um.

»Ich glaube, du hast dich bereits entschieden. Wenn deine Antwort ja ist, sollten wir nach dem Essen zu Charles gehen und ihm sagen, daß wir ein Datum festgesetzt haben. Das wird ihn freuen, und je eher wir es ihm sagen, desto besser.«

Jason will sichergehen, daß ich ihn wirklich heiraten will,

dachte Victoria. Sie starrte ihn an, diesen schönen, kraftvollen, vitalen Mann – und der Augenblick schien für alle Ewigkeit gebannt. Warum hatte sie das Gefühl, er sei nervös, während er auf ihre Antwort wartete? Warum mußte er sie fragen, als handele es sich um einen geschäftlichen Vorschlag?

»Ich –«, begann Victoria hilflos, während ihr plötzlich Andrews zärtlicher, formeller Antrag in den Sinn kam. »Sag, daß du meine Frau wirst, Victoria. Ich liebe dich. Ich werde dich immer lieben . . .«

Ihr Kinn hob sich in rebellischem Trotz. Wenigstens sagte Jason Fielding nichts, was er nicht ernst meinte. Genauso wenig hatte sein Antrag irgendeinen sentimentalen Beiklang, und so akzeptierte sie ihn in derselben unbewegten Art, in der er gestellt worden war. Sie sah Jason an und nickte steif. »Wir sagen es ihm nach dem Essen.«

Victoria hätte schwören können, daß die Anspannung aus Jasons Gesicht und Körper wich.

Nüchtern betrachtet war es der Abend ihrer Verlobung, und Victoria beschloß, die Gelegenheit zu nutzen, um ihre gemeinsame Zukunft mit besseren Vorzeichen zu beginnen. Am Morgen des Duells hatte Jason gesagt, daß er sie gern lachen hörte. Wenn er, wie sie vermutete, genauso einsam und innerlich leer war, wie sie sich selbst oft fühlte, dann konnten sie einander vielleicht das Leben leichter machen. Barfuß stand sie vor dem offenen Kleiderschrank und ging ihre schönsten Kleider durch. Schließlich entschied sie sich für ein aquamarinblaues Chiffongewand mit goldbesticktem Rock und eine Goldkette mit Aquamarinen, die Jason ihr am Abend ihres Debüts geschenkt hatte. Ruth bürstete ihre Haare, bis sie glänzten wie Seide, und drapierte es zu schimmernden Wellen, die Victorias Gesicht umrahmten und ihr über Schultern und Rücken fielen. Als Victoria mit ihrer Erscheinung zufrieden war, verließ sie ihr Zimmer und ging hinunter in den Salon. Jason war offenbar einem ähnlichen Impuls gefolgt, denn er trug einen makellos geschnittenen weinroten Samtrock mit passender Hose und eine weiße Brokatweste, dazu Hemdknöpfe aus Rubinen.

Er war gerade dabei, Champagner in ein Glas zu gießen, als sie eintrat. Sein freimütiger Blick umfing sie mit unverhohlener männlicher Bewunderung. Besitzerstolz sprach aus seinen Augen, und Victorias Magen flatterte nervös, als sie es merkte. Er hatte sie noch nie so angesehen – als sei sie ein schmackhafter Bissen, den er nach Belieben verschlingen würde.

»Du hast ein äußerst beunruhigendes Talent, wie ein bezauberndes Kind auszusehen, um dich im nächsten Moment in eine unglaublich begehrenswerte Frau zu verwandeln«, sagte er.

»Vielen Dank«, sagte Victoria unsicher, »wenn es ein Kompliment sein sollte.«

»Es sollte ein Kompliment sein«, versicherte er ihr mit leichtem Lächeln. »Eigentlich bin ich sonst nicht so ungeschickt. In Zukunft werde ich besser aufpassen.«

Gerührt von dieser Andeutung, daß er sich ihr zuliebe bessern wollte, sah Victoria zu, wie er die prickelnde Flüssigkeit in zwei Gläser goß. Er reichte ihr eines, und sie wollte sich damit auf der Chaiselongue niederlassen, aber er legte seine Hand auf ihren nackten Arm und hielt sie zurück. Mit der anderen Hand öffnete er den Deckel eines großen Schmucketuis, das neben seinem Glas lag, und brachte eine dreifache Perlenkette von unerhörtem Glanz zum Vorschein. Wortlos drehte er sie zum Spiegel über der Konsole und schob ihr langes Haar beiseite. Seine Finger sandten winzige Schauer über ihren Rücken, als er die Aquamarinkette abnahm und das breite, schwere Perlenkollier um ihren schlanken Hals legte.

Victoria beobachtete sein ausdrucksloses Gesicht im Spiegel, während er die Brillantschließe in ihrem Nacken schloß und dann aufsah, um das Kollier an ihrem Hals zu begutachten. »Vielen Dank«, sagte Victoria unbeholfen und drehte sich um. »Ich –«

»Ich hätte es lieber, wenn du mir mit einem Kuß dankst«, informierte Jason sie geduldig.

Victoria stellte sich auf die Zehenspitzen und drückte gehorsam einen Kuß auf seine glatte, frischrasierte Wange. Irgend etwas störte sie an der Art, wie er ihr die Perlen gab und selbstverständlich einen Kuß dafür erwartete – störte sie sogar sehr, als ob er ihre Zuneigung erkaufte, angefangen mit einem Kuß im Austausch für eine Perlenkette. Ihr Verdacht bestätigte sich sofort, als er ihren Kuß kommentierte: »Das war kein besonders aufregender Kuß für so ein schönes Geschenk«, und ihre Lippen mit überraschend fordernder Gier eroberte.

Als er sie losließ, lächelte er fragend in ihre ängstlichen blauen Augen. »Magst du Perlen nicht, Victoria?«

»Oh, doch – wirklich!« versicherte Victoria nervös und erbost über sich selbst, weil sie nicht imstande war, ihre alberne Furcht zu unterdrücken. »Ich hab' noch nie so schöne Perlen gesehen. Selbst Lady Wilhelm hat keine so großen. Sie könnten einer Königin gehören.«

»Sie haben einmal einer russischen Prinzessin gehört, vor über hundert Jahren«, sagte er, und Victoria war seltsam gerührt, weil er sie einer so unbezahlbaren Kette würdig fand.

Nach dem Essen gingen sie hinauf zu Charles. Sein Entzücken, als sie ihm ihre Entscheidung mitteilten, schien ihn um Jahre zu verjüngen, und als Jason liebevoll seinen Arm um Victorias Schultern legte, lachte der bettlägerige Invalide tatsächlich vor Freude. Er sah so glücklich aus, so überzeugt davon, daß sie das Richtige taten, daß Victoria es beinahe selbst glaubte.

»Wann soll die Hochzeit stattfinden?« fragte Charles plötzlich.

»In einer Woche«, sagte Jason und erntete einen überraschten Blick von Victoria.

»Ausgezeichnet, ausgezeichnet!« rief Charles strahlend. »Ich beabsichtige, bis dahin soweit wiederhergestellt zu sein, daß ich ihr persönlich beiwohnen kann.«

Victoria wollte protestieren, aber Jasons Finger gruben sich in ihren Arm und hielten sie davon ab.

»Und was ist das da, mein Kind?« fragte Charles, als er das Collier an ihrem Hals entdeckte.

Mechanisch fuhr sie mit der Hand an ihre Kehle. »Die hat Jason mir heute geschenkt, um unsere Vereinb – Verlobung zu besiegeln.«

Als die Unterredung mit Charles vorbei war, schützte Victoria Müdigkeit vor, und Jason begleitete sie an die Tür ihrer Suite. »Irgend etwas quält dich«, sagte er ruhig. »Was ist los?«

»Unter anderem fühle ich mich schrecklich, weil ich heirate, bevor die Trauerzeit für meine Eltern vorbei ist. Ich habe jedesmal ein schlechtes Gewissen, wenn ich auf einen Ball gehe. Wenn jemand mich fragt, wann meine Eltern gestorben sind, gebe ich immer eine ausweichende Antwort, damit niemand merkt, was für eine respektlose Tochter ich bin.«

»Du hast getan, was du mußtest, und deine Eltern hätten Verständnis dafür. Wenn du mich so schnell wie möglich heiratest, gibst du Charles einen Grund zum Leben. Du hast gesehen, wieviel besser er aussah, als wir ihm das Datum mitgeteilt haben. Außerdem lag die ursprüngliche Entscheidung, deine Trauerzeit zu verkürzen, bei mir, nicht bei dir, und du hattest keine andere Wahl. Wenn du irgend jemandem die Schuld geben mußt, gib sie mir.«

Ihr Verstand sagte Victoria, daß er recht hatte, und so wechselte sie das Thema. Mit leicht anklagendem Lächeln sagte sie: »Da ich gerade erfahren haben, daß *wir* beschlossen haben, in einer Woche zu heiraten, können Sie mir auch sagen, wo wir heiraten werden?«

»Touché«, grinste er. »Nun gut, wir haben beschlossen, hier zu heiraten.«

Victoria schüttelte energisch den Kopf. »Bitte, Jason, können wir nicht in einer Kirche heiraten – in der kleinen Dorfkirche bei Wakefield? Wir könnten noch ein bißchen warten, bis Onkel Charles die Reise aushält.« Erstaunt beobachtete sie, wie bei der Erwähnung einer Kirche kalter Ekel in Jasons Augen trat, aber nach kurzem Zögern lenkte er mit knappem Nicken ein. »Wenn es das ist, was du dir wünschst, dann heiraten wir hier in London, in einer Kirche, die groß genug ist, um alle Gäste unterzubringen.«

»Nein, bitte –«, entfuhr es Victoria, und sie legte ihm eine Hand auf den Arm, ohne es zu merken. »Ich bin so weit von Amerika weg, Mylord. Die Kirche in Wakefield wäre viel schöner – sie erinnert mich an zu Hause, und ich habe davon geträumt, in einer kleinen Dorfkirche zu heiraten, solange ich denken kann –« Zu spät fiel ihr ein, daß sie davon geträumt hatte, Andrew in der kleinen Dorfkirche zu heiraten, und sie bereute, sie überhaupt erwähnt zu haben.

»Ich möchte, daß unsere Trauung in London stattfindet, vor den Augen der Öffentlichkeit«, sagte Jason mit absoluter Endgültigkeit. »Aber wir können einen Kompromiß eingehen«, bot er an. »Wir heiraten hier, und dann fahren wir nach Wakefield, um dort zu feiern.«

Victorias Hand glitt von seinem Ärmel. »Denken Sie nicht mehr daran. Wir werden alle hierher einladen. Es wäre beinahe so etwas wie Gotteslästerung, etwas, das kaum mehr ist als ein Geschäft, in einer Kirche zu besiegeln.« Mit einem schwachen Versuch, komisch zu sein, setzte sie hinzu: »Ich hätte Angst, daß der Blitz einschlägt, während wir geloben, einander zu lieben und zu ehren.«

»Wir heiraten in einer Kirche«, sagte Jason knapp. »Und falls der Blitz einschlägt, zahle ich ein neues Dach.«

Zwanzigstes Kapitel

»Hallo, mein Kind«, sagte Charles heiter und klopfte neben sich auf das Bett. »Setz dich zu mir. Euer Besuch gestern abend hat mich fast wiederhergestellt. Jetzt erzähl mir mehr von euren Plänen.«

Victoria setzte sich neben ihn. »Um ehrlich zu sein, es ist alles sehr verwirrend, Onkel Charles. Northrup hat mir gerade gesagt, daß Jason heute morgen die Sachen aus seinem Arbeitszimmer mitgenommen hat und nach Wakefield zurückgefahren ist.«

»Ich weiß«, sagte Charles lächelnd. »Er ist bei mir gewesen, bevor er abgereist ist, und hat mir gesagt, daß er ›den Anstand wahren‹ will. Je weniger Zeit er in deiner unmittelbaren Nähe verbringt, desto weniger Klatsch wird es geben.«

»Also deswegen ist er gefahren«, sagte Victoria, und ihre bedrückte Miene hellte sich auf.

Charles' Schultern bebten vor Gelächter. Er nickte. »Mein Kind, ich glaube, das ist das erste Mal in seinem Leben, daß Jason eine Konzession an die Anstandsregeln macht! Es war ihm zuwider, aber er hat es trotzdem getan. Du hast eindeutig einen guten Einfluß auf ihn«, stellte Charles fröhlich fest. »Vielleicht kannst du ihm als nächstes beibringen, Prinzipien zu haben.«

Victoria erwiderte sein Lächeln, erleichtert und urplötzlich sehr glücklich. »Ich fürchte, ich weiß nicht sehr viel über die Hochzeitsvorbereitungen«, gestand sie, »außer, daß die Trauung in einer großen Kirche hier in London stattfinden soll.«

»Jason kümmert sich um alles. Er hat seinen Sekretär nach Wakefield mitgenommen, und außerdem einen Großteil des Personals. Nach der Trauung gibt es in Wakefield ein Fest für die engsten Freunde und ein paar von den Pächtern. Ich glaube, die Gästeliste und die Einladungen sind schon in Vorbereitung. Du hast also nichts zu tun außer hierzubleiben und dich über die allgemeine Überraschung zu freuen, wenn man feststellt, daß du wirklich und wahrhaftig die zukünftige Herzogin von Atherton wirst.«

Victoria ignorierte das und brachte zögernd das Gespräch auf etwas, das ihr viel mehr am Herzen lag. »In der Nacht, als du so krank warst, hast du etwas gesagt, etwas über meine Mutter und dich.«

Charles wandte den Blick ab und sah aus dem Fenster. Hastig sagte Victoria: »Du mußt es mir nicht erzählen, wenn es dich zu sehr aufregt.«

»Das ist es nicht«, sagte er und kehrte ihr seinen Blick wieder zu. »Ich weiß, wie verständig und einfühlsam du bist, aber du bist noch sehr jung. Du hast deinen Vater geliebt, und das sicher ebenso sehr, wie du deine Mutter geliebt hast. Wenn ich dir erzähle, was ich zu sagen habe, wirst du mich vielleicht für einen Eindringling in ihre Ehe halten, obwohl ich dir schwöre, daß ich keinen Kontakt mehr mit deiner Mutter hatte, nachdem sie deinen Papa geheiratet hat.

Victoria«, erklärte er unglücklich, »ich versuche, dich zu bitten, mich nicht zu verachten, und ich fürchte, das wirst du, wenn du meine Geschichte hörst.«

Victoria ergriff seine Hand und sagte sanft: »Wie könnte ich jemanden verachten, der meine Mutter geliebt hat?«

Er sah auf ihre Hand hinunter, und seine Stimme klang erstickt vor Bewegung. »Du hast auch das Herz deiner Mutter geerbt, weißt du das?« Als Victoria schwieg, wanderte sein Blick wieder zum Fenster, und er erzählte die Geschichte seiner Liebe zu Katherine. Er sah Victoria erst wieder an, als er geendet hatte, und als er es tat, sah er keine Anklage in ihren Augen, sondern nur Kummer und Mitleid. »Ich habe sie von ganzem Herzen geliebt«, schloß er. »Ich habe sie geliebt, und ich habe sie aus meinem Leben verbannt. Sie war das einzige, für das es sich zu leben gelohnt hätte.«

»Meine Urgroßmutter hat dich dazu gezwungen«, sagte Victoria mit Zorn in den Augen.

»Waren sie glücklich – deine Mutter und dein Vater, meine ich? Ich habe mich immer gefragt, was für eine Art Ehe sie geführt haben, aber ich habe nicht gewagt zu fragen.«

Victoria dachte an die schreckliche Szene zwischen ihren Eltern, deren Zeugin sie vor so vielen Jahren geworden war, aber sie wurde ausgewogen durch die achtzehn Jahre an Freundschaft und Rücksichtnahme, die sie einander bezeugt hatten. »Ja, sie waren glücklich. Ihre Ehe war ganz anders als die Ehen, die hier in der Gesellschaft üblich sind.«

Aus ihren Worten klang solcher Abscheu, daß Charles neugierig lächelte. »Was meinst du damit?«

»Die Art Ehe, wie sie fast alle hier in London führen – abgesehen von Robert und Caroline Collingwood und ein paar anderen. Die Art Ehe, bei der die Eheleute sich kaum zusammen sehen lassen. Und wenn sie sich zufällig bei irgendeinem Anlaß treffen, behandeln sie sich einander wie höfliche, wohlerzogene Fremde. Die Herren sind immerzu in ihren Clubs, und die Damen haben ihre Techtelmechtel. Meine Eltern hatten wenigstens ein richtiges Heim, und wir waren eine echte Familie.«

»Es scheint, du hast vor, eine altmodische Ehe zu führen, mit einer altmodischen Familie«, neckte er und sah dabei sehr zufrieden aus.

»Ich glaube, Jason möchte das nicht.« Sie konnte sich nicht dazu überwinden, Charles zu erzählen, daß Jason ihr ursprünglich vorgeschlagen hatte, ihm einen Sohn zu gebären und dann das Land zu verlassen. Sie tröstete sich mit dem Gedanken, daß es ihm offenbar lieber war, wenn sie bei ihm in England blieb.

»Ich wage zu bezweifeln, daß Jason augenblicklich weiß, was er will«, sagte Charles ernsthaft. »Er braucht dich, Kind. Er braucht deine Wärme und dein Feuer. Er will es nicht zugeben, noch nicht einmal sich selbst gegenüber – und wenn er es schließlich tut, wird es ihm nicht gefallen, glaub mir. Er wird dagegen ankämpfen«, warnte Charles sie behutsam. »Aber früher oder später wird er dir sein Herz öffnen, und dann wird er Frieden finden. Dafür wird er dich glücklicher machen, als du dir je erträumt hast.«

Sie sah so skeptisch drein, daß Charles' Lächeln verblaßte. »Hab Geduld mit ihm, Victoria. Wenn er nicht so stark wäre, körperlich wie geistig, er wäre keine dreißig Jahre alt geworden. Er hat Wunden, tiefe Wunden, aber du hast die Macht, sie zu heilen.«

»Was für Wunden?«

Charles schüttelte den Kopf. »Es ist besser für euch beide, wenn Jason dir selbst von seinem Leben erzählt, ganz besonders von seiner Kindheit. Wenn er es nicht tut, kannst du zu mir kommen.«

In den folgenden Tagen hatte Victoria nur wenig Zeit,

über Jason oder überhaupt irgend etwas nachzudenken. Kaum hatte sie Charles' Zimmer verlassen, traf Madame Dumosse mit vier Näherinnen ein. »Lord Fielding hat mich beauftragt, ein Hochzeitskleid für Sie zu kreieren, Mademoiselle«, sagte sie und schickte sich bereits an, um Victoria herumzuwandern. »Er sagt, es soll sehr kostbar werden, sehr elegant. Etwas ganz Besonderes. Wie für eine Königin. Keine Rüschen.«

Hin- und hergerissen zwischen Ärger und Lachen über Jasons Selbstherrlichkeit, warf Victoria ihr einen Seitenblick zu. »Hat er zufällig auch eine Farbe ausgewählt?«

»Blau.«

»Blau?« protestierte Victoria, bereit, ihr weißes Kleid zur Not mit Fäusten durchzusetzen.

Madame nickte, einen Finger nachdenklich an die Lippen gepreßt, die andere Hand in die Hüfte gestemmt. »Ja, blau. Eisblau. Er hat gesagt, Sie sehen unvergleichlich darin aus – ›ein tizianblonder Engel‹, hat er gesagt.«

Victoria beschloß abrupt, daß Eisblau genau die richtige Farbe für ein Hochzeitskleid war.

»Lord Fielding hat einen exquisiten Geschmack«, fuhr Madame mit hochgezogenen Brauen fort. »Finden Sie nicht auch?«

»Unbedingt«, sagte Victoria lachend und überließ sich den geübten Händen der Schneiderin.

Vier Stunden später, als Madame sie endlich entließ und ihre Näherinnen zurück in ihren Modesalon beförderte, wurde Victoria davon in Kenntnis gesetzt, daß Lady Caroline Colingwood im Goldenen Salon auf sie wartete.

»Victoria«, rief ihre Freundin und streckte Victoria die Hände entgegen. »Lord Fielding ist heute morgen zu uns gekommen, um uns von eurer Hochzeit zu erzählen. Ich freue mich natürlich, daß du mich als Brautjungfer haben willst, wie Lord Fielding gesagt hat, aber das kommt alles so plötzlich – eure Hochzeit, meine ich.«

Victoria unterdrückte ihre Freude darüber, daß Jason daran gedacht hatte, daß sie eine Brautjungfer brauchte, und bei den Collingwoods vorgesprochen hatte.

»Ich hätte nie vermutet, das du eine dauerhafte Neigung zu Lord Fielding entwickeln würdest«, sagte Caroline, »und ich wundere mich ein wenig. Du willst ihn doch wirklich heiraten, oder nicht? Du wirst doch nicht etwa, nun, irgendwie dazu gezwungen?«

»Nur vom Schicksal«, sagte Victoria mit einem Lächeln und sank erschöpft in einen Sessel. Sie sah Carolines gerunzelte Stirn und setzte hastig hinzu: »Niemand zwingt mich. Ich möchte es.«

Carolines ganzes Gesicht erhellte sich vor Glück und Erleichterung. »Ich bin so froh – ich hatte gehofft, daß das passiert.« Als sie Victorias zweifelnden Blick sah, erklärte sie: »In den letzten Wochen habe ich ihn besser kennengelernt, und ich gebe Robert vollkommen recht. Die Dinge, die über Lord Fielding gesagt werden, sind das Resultat gemeiner Gerüchte, die eine ausnehmend bösartige Frau in Umlauf gebracht hat. Ich bezweifle, daß irgend jemand ihnen Glauben geschenkt hätte, wenn Lord Fielding selbst nicht so abweisend gewesen wäre. Natürlich mag man niemanden besonders, der schreckliche Dinge von einem glaubt, nicht wahr? Wahrscheinlich sah er nicht die mindeste Veranlassung, uns über unseren Irrtum aufzuklären. Und wie Robert gesagt hat, Lord Fielding ist ein stolzer Mann, und das macht es ihm unmöglich, sich angesichts der allgemeinen Feindseligkeit zu erniedrigen, ganz besonders, wenn sie so unverdient ist!«

Victoria unterdrückte ein Kichern, als sie diese Verteidigungsrede ihrer Freundin hörte, aber sie war typisch für

Caroline. Caroline weigerte sich, an Menschen, die sie mochte, irgendeinen Fehler zu entdecken, und sie war entsprechend unwillig, denen, die sie nicht mochte, irgendwelche guten Eigenschaften zuzugestehen. Dieser Charakterzug machte sie allerdings zur treuesten aller Freundinnen, und Victoria war ihr dafür zutiefst dankbar. »Vielen Dank, Northrup«, sagte sie, als der Butler mit einem Teetablett in den Salon trat.

»Ich weiß gar nicht, warum ich je Angst vor ihm hatte«, sagte Caroline, während Victoria den Tee einschenkte. Begierig, Jason von allen Makeln freizusprechen, die sie je an ihm gefunden hatte, fuhr sie fort: »Es war falsch von mir, meine Phantasie so mit mir durchgehen zu lassen. Ich glaube, der Grund, warum ich ihn so einschüchternd fand, liegt darin, daß er so ungemein groß und schwarzhaarig ist. Das war natürlich vollkommen albern von mir. Weißt du, was er heute morgen gesagt hat?« fragte sie strahlend.

»Nein«, sagte Victoria und unterdrückte noch einmal ein Lächeln, weil Caroline festentschlossen schien, Jason vom Teufel zum Heiligen zu erheben. »Was denn?«

»Er hat gesagt, daß ich ihn immer an einen hübschen Schmetterling erinnert habe.«

»Wie reizend«, sagte Victoria, und sie meinte es ernst.

»Das war es, aber nicht annähernd so hübsch wie das, was er über dich gesagt hat.«

»Mich? Wie ist das alles überhaupt gekommen?«

»Die Komplimente?« Als Victoria nickte, sagte Caroline: »Ich hatte gerade gesagt, wie glücklich ich bin, daß du einen Engländer heiratest und hierbleibst, so daß wir enge Freundinnen bleiben können. Lord Fielding hat gelacht und gesagt, daß wir einander wunderbar ergänzen, du und ich, weil ich ihn schon immer an einen hübschen Schmetterling erinnert habe und du wie eine wilde Rose bist, die selbst unter den widrigsten Umständen gedeiht und jedermann Freude bringt. War das nicht entzückend von ihm?«

»Allerdings«, stimmte Victoria zu. Sie freute sich auf geradezu absurde Weise.

»Ich glaube, er ist viel mehr in dich verliebt, als er zugibt«, sagte Caroline vertraulich. »Immerhin hat er sich deinetwegen duelliert.«

Als Caroline ging, war Victoria beinahe überzeugt davon, daß Jason sie tatsächlich gern hatte, ein Glaube, der es ihr ermöglichte, am nächsten Morgen heiter und gelassen der Unzahl von Besuchern entgegenzutreten, die ihre Glückwünsche zu ihrer bevorstehenden Vermählung überbringen wollten.

Victoria bewirtete gerade eine Versammlung junger Damen, die aus diesem Grund bei ihr erschienen waren, als das Objekt ihrer romantischen Anmerkungen in den Salon geschlendert kam. Das Gelächter verklang in nervösem Geflüster, als die jungen Damen die eindrucksvoll-bedrohliche Gestalt des unberechenbaren Marquis von Wakefield auf der Schwelle gewahrten, gekleidet in einen kohlrabenschwarzen Reitrock und enganliegende Reithosen, die ihn überwältigend männlich aussehen ließen. Ohne sich des Eindrucks, den er auf diese leicht zu beeindruckenden weiblichen Wesen machte, bewußt zu sein, schenkte Jason ihnen ein blitzendes Lächeln. »Guten Morgen, meine Damen«, sagte er. Dann wandte er sich an Victoria, und sein Lächeln wurde warm. »Hast du einen Augenblick Zeit für mich?«

Victoria entschuldigte sich sofort bei ihren Besucherinnen und folgte ihm in sein Arbeitszimmer.

»Ich werde dich nicht lange von deinen Freundinnen fernhalten«, versprach er und griff in seine Jackentasche. Ohne ein weiteres Wort nahm er ihre Hand in die seine und schob einen schweren Ring auf ihren Finger. Victoria sah den Ring an, der ihren Finger bis zum Knöchel bedeckte. Eine Reihe riesiger Saphire wurde flankiert von zwei Reihen funkelnder Brillanten. »Er ist wunderschön, Jason«, hauchte sie. »Atemberaubend, unglaublich schön. Vielen –«

»Dank mir mit einem Kuß«, mahnte er leise, und als Victoria ihr Gesicht dem seinen entgegen hob, küßte er sie, lange und gierig, so daß ihre Gedanken sich verwirrten und ihr Körper allen Widerstand aufgab. Erschüttert von seiner Leidenschaft und der Reaktion ihres eigenen Körpers starrte Victoria in seine verhangenen Jadeaugen und versuchte zu begreifen, warum Jasons Küsse diesen Effekt auf sie hatten.

Sein Blick lag auf ihrem Mund. »Glaubst du, du könntest dich das nächste Mal dazu überwinden, mich zu küssen, ohne daß ich dich darum bitten muß?« Es war die Andeutung von enttäuschter Sehnsucht in seiner Stimme, die ihr Herz erweichte. Er hatte sich ihr als Ehemann angeboten und nur sehr wenig dafür verlangt – nichts weiter als das. Sie stellte sich auf die Zehenspitzen, legte ihm die Arme um den Hals, und dann küßte sie ihn. Sie fühlte, wie ein Schauer ihn durchfuhr, als sie sachte mit ihren Lippen über seinen Mund streifte, die warmen Kurven seines Mundes nachfuhr, seinen Geschmack kennenlernte, während seine geöffneten Lippen die ihren in einem erregenden Kuß eroberten.

Verloren in dem wilden Aufruhr ihres Kusses, ohne den wachsenden Druck an ihrem Becken zu bemerken, fuhr Victoria mit den Fingern in das weiche Haar in seinem Nacken. Unbewußt schmiegte ihr Körper sich an den seinen – und plötzlich war alles anders. Jasons Arme umschlossen sie mit erschreckender Kraft, sein Mund öffnete sich in wildem Hunger. Er öffnete ihre Lippen und zwang sie sanft dazu, mit ihrer eigenen Zunge seine Lippen zu berühren, und als sie es tat, preßte er sie noch enger an sich.

Als er schließlich den Kopf hob, betrachtete er sie mit

einem Ausdruck von überraschter Ironie. »Ich hätte dir neulich abend Brillanten und Saphire schenken sollen statt Perlen«, stellte er fest. »Aber du solltest mich erst wieder so küssen, wenn wir verheiratet sind.«

Victoria war von ihrer Mutter und Miss Flossie gewarnt worden, daß ein Mann von seiner Leidenschaft überwältigt werden konnte. Dies mochte ihn zu nicht näher erklärbarem – aber sehr unpassendem – Benehmen gegenüber der jungen Dame verleiten, die ihm fälschlicherweise gestattet hatte, den Kopf zu verlieren. Sie verstand instinktiv, was Jason ihr sagen wollte, nämlich, daß er nahe daran gewesen war, den Kopf zu verlieren. Und sie war Frau genug, um einen winzigen Hauch von Befriedigung zu empfinden, weil ihr unerfahrener Kuß diesen erfahrenen Mann derartig beeindrukken konnte – besonders, weil Andrew nie so reagiert hatte. Allerdings hatte sie Andrew auch nie so geküßt, wie Jason es von ihr verlangte.

»Ich sehe, du hast mich verstanden«, sagte er spöttisch. »Ich persönlich habe nie besonders viel Wert auf Jungfräulichkeit gelegt. Es hat entschiedene Vorteile, eine Frau zu heiraten, die bereits Erfahrung darin hat, einem Mann Freude zu machen . . .« Er wartete und beobachtete sie genau, als erwarte – hoffe – er auf irgendeine Reaktion von ihr, aber Victoria wandte lediglich den Blick ab. Ihr sank der Mut. Ihre Jungfräulichkeit hätte für ihren Gatten ein wertvolles Geschenk sein sollen, oder jedenfalls sagte man das. Sie hatte keinerlei Erfahrung darin, »einem Mann Freude zu machen«, was auch immer das bedeutete. »Es – es tut mir leid«, sagte sie peinlich berührt. »In Amerika sieht man das alles ganz anders.«

Trotz der Anspannung in Jasons Stimme waren seine Worte sanft. »Du brauchst dich nicht zu entschuldigen, Victoria, und du brauchst auch nicht so unglücklich auszusehen.

Fürchte dich nie, mir die Wahrheit zu sagen. Egal, wie schlimm sie ist, ich kann sie akzeptieren und dich dafür bewundern, daß du den Mut hast, sie zu sagen.« Er hob die Hand und streichelte ihre Wange. »Es spielt keine Rolle«, sagte er tröstend. Dann wechselte er abrupt das Thema. »Sag mir, daß dein Ring dir gefällt, und dann lauf wieder zu deinen Freundinnen.«

»Er ist wundervoll«, sagte sie, ohne mit seinen rätselhaften Stimmungsumschwüngen Schritt halten zu können. »Er ist so schön, daß ich jetzt schon Angst habe, ihn zu verlieren.«

Jason zuckte in vollkommenem Gleichmut die Achseln. »Wenn du ihn verlierst, kaufe ich dir einen anderen.«

Dann ging er, und Victoria sah auf ihren Verlobungsring hinunter und wünschte sich, daß Jason seinen möglichen Verlust nicht so leicht abgetan hätte. Sie wünschte, der Ring hätte mehr Bedeutung für ihn und wäre weniger leicht zu ersetzen. Andererseits war er als Beweis seiner Zuneigung betrüblich angemessen, denn auch sie war unwichtig und leicht ersetzbar.

Er braucht dich, Kind. Charles' Worte fielen ihr wieder ein, und sie lächelte, als sie daran dachte, daß Jason sie sehr zu brauchen schien, zumindest, wenn sie in seinen Armen lag. Einigermaßen getröstet ging sie in den Salon zurück, wo ihr Ring sofort bemerkt und von den jungen Damen gebührend bewundert wurde.

In den Tagen vor ihrer Hochzeit empfing Victoria beinahe dreihundert Besucher. Elegante Kutschen paradierten die Straße auf und ab, luden ihre Insassen ab und kehrten genau zwanzig Minuten später zurück, um sie wieder abzuholen, während Victoria im Salon saß und eleganten älteren Damen zuhörte, die ihr gute Ratschläge bezüglich Haushaltsführung und gesellschaftliche Verpflichtungen gaben. Jüngere

Ehefrauen sprachen mit ihr über die Schwierigkeiten, eine gute Gouvernante zu finden, und die beste Methode, einen passablen Hauslehrer für die Kinder ausfindig zu machen. Inmitten all dieses fröhlichen Durcheinanders begann Victoria, sich in England zu Hause zu fühlen. Bis jetzt hatte sie keine Gelegenheit gehabt, diese Menschen besser kennenzulernen oder mit ihnen über etwas anderes als die oberflächlichsten Themen zu sprechen. Zum überwiegenden Teil hatte sie in ihnen lediglich reiche, verwöhnte Frauen gesehen, die nie einen Gedanken auf etwas anderes als Kleider, Schmuck und Amüsement verschwendeten. Jetzt sah sie sie in neuem Licht – als Gattinnen und Mütter, die Wert darauf legten, ihre Pflichten in beispielhafter Weise zu erfüllen –, und sie mochte sie viel lieber.

Von allen ihren Bekannten hielt nur Jason sich fern, aber er tat es der Konvention zuliebe, und Victoria war ihm dankbar dafür, obwohl sie gelegentlich das unbehagliche Gefühl hatte, ein Phantom zu heiraten. Charles kam oft nach unten, um die Damen mit seiner Konversation zu bezaubern und deutlich zu machen, daß Victoria seine volle Unterstützung hatte. Den Rest der Zeit blieb er außer Sicht, »um seine Kräfte zu schonen«, wie er Victoria sagte, damit er sie zum Traualtar führen konnte. Weder Victoria noch Dr. Worthing konnten ihn von diesem Entschluß abbringen. Jason versuchte es erst gar nicht.

Während die Tage vergingen, begann Victoria, die Stunden im Salon mit ihren Besucherinnen aufrichtig zu genießen – abgesehen von den Gelegenheiten, bei denen Jasons Name erwähnt wurde und sie den altbekannten Unterton von Nervosität unter ihnen bemerkte. Offensichtlich bewunderten ihre neuen Freundinnen das gesellschaftliche Prestige, das sie als die Frau eines unerhört reichen Marquis genießen würde, aber Victoria hatte das unangenehme Gefühl, daß einige von ihnen immer noch ernste Bedenken gegen ihren zukünftigen Gatten hatten. Das störte sie, denn sie fing an, diese Leute sehr zu mögen, und sie wünschte sich, daß sie ihrerseits Jason mochten. Gelegentlich konnte sie Gesprächsfetzen aus einer anderen Ecke des Salons erhaschen, während sie mit einem Gast plauderte, aber jede Unterhaltung über Jason brach sofort ab, sobald Victoria ihr ihre Aufmerksamkeit zuwandte. Es hielt sie davon ab, ihn zu verteidigen, denn sie wußte nicht, wogegen.

Am Tag vor ihrer Hochzeit löste sich das Rätsel endlich, und das Resultat ließ Victoria beinahe die Sinne schwinden. Als Lady Clappeston, die letzte Besucherin des Nachmittags, sich verabschiedete, tätschelte sie Victoria liebevoll den Arm und sagte: »Sie sind eine vernünftige junge Frau, meine Liebe. Und trotz aller finsteren Prognosen, was Ihre Sicherheit betrifft, bin ich überzeugt davon, daß Sie mit Wakefield fertigwerden. Sie haben keinerlei Ähnlichkeit mit seiner ersten Frau. Meiner Meinung nach hat Lady Melissa alles verdient, was er ihr angeblich angetan hat, wenn nicht noch mehr. Die Frau war weiter nichts als eine Schlampe!«

Mit diesen Worten segelte Lady Clappestone aus dem Zimmer. Victoria starrte Caroline verstört an. »Seine erste Frau?« hauchte sie mit dem Gefühl, sie befinde sich mitten in einem Alptraum. »Jason war schon einmal verheiratet? Warum – warum hat mir niemand etwas davon gesagt?«

»Aber ich dachte, du wüßtest es«, protestierte Caroline hastig. »Ich hatte natürlich angenommen, daß dein Onkel oder Lord Fielding es dir sagen würden. Du hast doch bestimmt wenigstens den Klatsch gehört?«

»Alles, was ich je gehört habe, waren Bruchstücke von Gesprächen, die immer sofort abgebrochen wurden, wenn ich dazukam.« Victoria war bleich vor Zorn und Schock.

»Ich habe den Namen Lady Melissa im Zusammenhang mit Jason gehört, aber niemand hat je von ihr als von seiner Frau gesprochen. Meistens geschah es in so mißbilligendem Tonfall, daß ich angenommen habe, sie wäre mit Jason . . . nun, liiert gewesen«, sagte sie unglücklich, »so wie Miss Sybil Wie-immer-sie-heißt es war.«

»War?« wiederholte Caroline überrascht. Sie hatte sich sofort wieder in der Gewalt und sah zu Boden, anscheinend fasziniert von dem Muster des Teppichs zu ihren Füßen.

»Jetzt, wo wir heiraten werden, wird er doch bestimmt nicht – oder doch?« fragte Victoria.

»Ich weiß nicht, was er tun wird«, sagte Caroline kleinlaut. »Manche Männer, Robert zum Beispiel, geben ihre Liebschaften auf, wenn sie heiraten, andere nicht.«

Victoria massierte ihre Schläfen mit den Fingerspitzen. Ihre Gedanken waren in derartigem Aufruhr, daß sie vom eigentlichen Thema abkam. »Manchmal komme ich in England einfach nicht zurecht. Zu Hause widmen verheiratete Männer ihre Zeit und ihre Zuneigung ausschließlich ihren Frauen. Wenigstens habe ich nie etwas anderes gehört. Trotzdem habe ich hier Bemerkungen gehört, die mich glauben lassen, daß es vollkommen akzeptabel ist, wenn reiche Ehemänner Umgang mit – mit Damen haben, die nicht ihre Gattinnen sind.«

Caroline brachte das Gespräch wieder auf ein wichtigeres Thema. »Macht es dir sehr viel aus, daß Lord Fielding schon einmal verheiratet war?«

»Natürlich. Zumindest glaube ich es. Ich weiß nicht. Am schlimmsten ist, daß niemand in der Familie mir davon erzählt hat.« Sie sprang so abrupt auf, daß Caroline zusammenzuckte. »Wenn du mich entschuldigen würdest, ich möchte mit meinem Onkel Charles reden.«

Onkel Charles' Kammerdiener legte seinen Finger an die

Lippen, als Victoria an Charles' Tür klopfte, und teilte ihr mit, daß Seine Gnaden schliefen. Zu aufgewühlt, um darauf zu warten, daß er aufwachte, marschierte Victoria in Miss Flossies Gemächer. In den vergangenen Wochen hatte Miss Flossie ihre Pflichten als Anstandsdame fast völlig an Caroline Collingwood abgetreten. So hatte Victoria die liebenswerte kleine Frau außer bei gelegentlichen gemeinsamen Mahlzeiten kaum gesehen.

Victoria klopfte an, und als Miss Flossie sie munter hereinbat, betrat sie das hübsche kleine Wohnzimmer, das an Miss Flossies Schlafgemach angrenzte.

»Was für eine strahlende Braut du bist, mein Kind!« sagte Miss Flossie mit ihrem unbestimmten Lächeln und dem üblichen Mangel an Beobachtungsgabe, denn in Wahrheit war Victoria totenbleich und sichtlich beunruhigt.

»Miss Flossie«, sagte Victoria ohne Umschweife, »ich bin gerade bei Onkel Charles gewesen, aber er schläft. Sie sind die einzige Person außer ihm, an die ich mich wenden kann. Es geht um Jason. Es ist schrecklich.«

»Du lieber Himmel!« rief Miss Flossie und legte ihre Stickerei beiseite. »Was meinst du damit?«

»Ich habe gerade erfahren, daß er schon einmal verheiratet war!«

Miss Flossie legte den Kopf schief, eine ältliche Porzellanpuppe in weißem Spitzenhäubchen. »O jemine, ich dachte, Charles hätte dir das gesagt – oder Wakefield selber. Wie dem auch sei, Jason war schon einmal verheiratet, mein Kind. So, jetzt weißt du's.« Damit war das Problem für sie aus der Welt geschafft, und sie nahm ihre Stickerei wieder auf.

»Aber ich weiß überhaupt nichts. Lady Clappeston hat etwas ganz Eigenartiges gesagt – sie hat gesagt, Jasons Frau hätte alles verdient, was er ihr angetan hat. Was hat er getan?«

»Getan?« wiederholte Miss Flossie erstaunt. »Ach, das weiß eigentlich niemand so genau. Es war äußerst unbedacht von Lady Clappeston, überhaupt etwas zu sagen, denn sie kann es auch nicht wissen, es sei denn, sie wäre mit ihm verheiratet gewesen, und das war sie nicht, wie ich dir versichern kann. Nun, Kindchen, ist dir jetzt leichter ums Herz?«

»Nein!« protestierte Victoria leicht hysterisch. »Was ich wissen möchte, ist, warum Lady Clappeston glaubt, daß Jason seine Frau schlecht behandelt hat. Sie muß einen Grund dafür haben, und wenn ich mich nicht täusche, denken sehr viele Leute dasselbe.«

»Möglicherweise«, stimmte Miss Flossie zu. »Verstehst du, Jasons fürchterliche Frau, möge sie in Frieden ruhen – obwohl ich mir nicht vorstellen kann, wie sie das soll, wenn man bedenkt, wie schlecht sie sich benommen hat, als sie noch am Leben war – hat sich bei jedem ausgejammert, wie schlimm Wakefield sie behandelt. Einige haben ihr offenbar geglaubt, aber allein die Tatsache, daß er sie nicht ermordet hat, sollte Beweis genug sein, daß er ein Mann von bewundernswerter Selbstbeherrschung ist. Wenn ich einen Gatten hätte, was natürlich nicht der Fall ist, und wenn ich mich aufführte wie Melissa, was ich natürlich nie tun würde, dann würde er mich bestimmt schlagen. Falls Wakefield Melissa geschlagen hat, was ich selbstverständlich nicht genau weiß, wäre er dazu mehr als berechtigt gewesen. Darauf gebe ich dir mein Wort.«

Victoria dachte an die Gelegenheiten, wo sie Jason wütend erlebt hatte, an die mühsam gebändigte Wildheit in seinen Augen und die erschreckende, raubtierhafte Kraft, die sie manchmal unter seinem distinguierten Äußeren gewahrte. Ein Bild schoß ihr durch den Kopf – die Vorstellung einer schreienden Frau, die von ihm wegen irgendeines trivialen Verstoßes gegen seine persönlichen Gesetze verprügelt wurde. Mit trockener Kehle flüsterte sie: »Was hat Melissa denn getan?«

»Nun, es gibt keine freundliche Art, das auszudrücken. Die Wahrheit ist, daß sie sich in Gesellschaft anderer Männer gezeigt hat.«

Victoria erschauerte. Fast jede elegante Dame in London wurde in Begleitung anderer Männer gesehen. In London war es allgemein akzeptierter Brauch, daß verheiratete Damen ihre Flirts hatten. »Und dafür hat er sie geschlagen?« flüsterte sie schwach.

»Wir wissen nicht, ob er sie geschlagen hat«, korrigierte Miss Flossie. »Eigentlich bezweifle ich es. Ich habe einmal gehört, wie ein anderer Gentleman Jason kritisiert hat – hinter seinem Rücken versteht sich, niemand hätte den Mut, ihn offen zu kritisieren –, weil er Melissas Benehmen derart ignoriert hat.«

Plötzlich kam Victoria eine Idee. »Was genau hat der Betreffende gesagt?« fragte sie langsam. »Wortwörtlich.«

»Wortwörtlich? Nun, da du darauf bestehst, er hat gesagt – wenn ich mich recht erinnere – ›*Wakefield* wird unter den Augen von ganz London zum Hahnrei gemacht, und er weiß es nur zu gut, aber er ignoriert es einfach und trägt seine Hörner. Ein miserables Vorbild für uns und unsere Frauen. Wenn Sie mich fragen, er sollte die Schlampe in seinem Schloß in Schottland einsperren und den Schlüssel wegwerfen.‹«

Victorias Kopf sank in die Sesselpolster, und sie schloß die Augen, halb erleichtert, halb mitleidig. »Ach«, flüsterte sie. »Das ist es also . . .« Sie dachte daran, wie stolz Jason war und wie sehr sein Stolz unter der öffentlichen Untreue seiner Frau gelitten haben mußte.

»So, und jetzt? Gibt es noch etwas anderes, was du wissen wolltest?«

»Ja«, sagte Victoria mit sichtlicher Nervosität.

Die Anspannung in ihrer Stimme ließ Miss Flossie zusammenzucken. »Nun, ich hoffe, es hat nichts mit Du-weißt-schon zu tun«, zwitscherte sie nervös. »Mir ist klar, daß ich als nächste weibliche Verwandte die Pflicht habe, es dir zu erklären, aber um die Wahrheit zu sagen, habe ich schrecklich wenig Erfahrung darin. Ich hatte gehofft, daß deine Mutter es dir schon erklärt hat.«

Victoria öffnete neugierig die Augen, aber sie war zu erschöpft von allem, was vorgefallen war, um mehr zu tun als geduldig zu sagen: »Ich verstehe nicht ganz, wovon Sie sprechen, Ma'am.«

»Ich spreche von Du-weißt-schon-was – so hat es meine beste Freundin, Prudence, immer genannt – sehr albern, denn natürlich wußte ich es nicht. Aber ich kann dir wiederholen, was meine Freundin Prudence am Tag vor ihrer Hochzeit von ihrer Mutter erfahren hat.«

»Pardon?« wiederholte Victoria verwirrt.

»Nun, nun, du brauchst mich nicht um Verzeihung zu bitten, es wäre an mir, das zu tun, da ich dir nicht weiterhelfen kann. Aber Damen sprechen nicht über Du-weißt-schon-was. Möchtest du hören, was Prudences Mutter gesagt hat?«

Victorias Lippen zuckten. »Ja, Ma'am«, sagte sie, ohne die leiseste Idee zu haben, wovon sie eigentlich sprachen.

»Also. In deiner Hochzeitsnacht, wird dein Gatte dich in deinem Bett aufsuchen – vielleicht nimmt er dich auch mit in seins, das weiß ich nicht mehr so genau. Wie auch immer, du darfst unter keinen Umständen deinen Abscheu zu erkennen geben, du darfst nicht schreien und keine Zustände bekommen. Du mußt deine Augen zumachen und ihm Du-weißt-schon-was gestatten. Was auch immer das heißt. Es wird wehtun, und es wird abstoßend sein, und das erstemal gibt es Blut, aber du mußt die Augen schließen und es erdulden. Ich glaube, Prudences Mama hat vorgeschlagen, daß Prudence währenddessen an etwas anderes denken sollte – den neuen Pelzmantel oder das neue Kleid, das sie sich kaufen kann, wenn ihr Gatte mit ihr zufrieden ist. Scheußlich, nicht wahr?«

Tränen, gemischt aus Heiterkeit und Nervosität, sammelten sich in Victorias Augen, und ihre Schultern bebten vor Lachen. »Vielen Dank, Miss Flossie«, kicherte sie. »Sie haben mir sehr geholfen.« Bis jetzt hatte Victoria sich keine Gedanken über die Intimitäten gemacht, zu der eine Heirat Jason berechtigte und von denen er zweifelsohne Gebrauch machen würde, da er einen Sohn von ihr erwartete. Sie war zwar die Tochter eines Arztes, aber ihr Vater hatte sorgfältig darauf geachtet, daß sie nie dem Anblick der männlichen Anatomie unterhalb der Gürtellinie ausgesetzt worden war. Trotzdem war Victoria der Paarungsvorgang nicht ganz unbekannt. Sie hatten zu Hause ein paar Hühner gehalten, und sie hatte das Flattern und Gackern beobachtet, das den Akt begleitete, obwohl es unmöglich war festzustellen, was eigentlich vor sich ging. Außerdem hatte sie meistens nicht hingesehen, um die Hühner bei ihrem Tun nicht zu stören.

Einmal, als sie vierzehn war, war ihr Vater in das Haus eines Bauern geholt worden, um der Frau bei der Geburt ihres Babys beizustehen. Während Victoria darauf wartete, daß es zur Welt kam, war sie hinaus auf die kleine Weide gewandert, wo die Pferde gehalten wurden. Dort war sie Augenzeugin des erschreckenden Schauspiels geworden, wie ein Hengst ein Stute bestieg. Er hatte sich mit seinen riesigen Zähnen in den Hals der Stute verbissen und sie festgehalten, während er ihr zusetzte, und die arme Stute hatte geschrien vor Schmerzen.

Visionen von flatternden Flügeln, gackernden Hennen

und panischen Stuten gingen ihr durch den Sinn, und Victoria erschauerte.

»Mein liebes Kind, du siehst ganz blaß aus, und das wundert mich auch nicht«, bemerkte Miss Flossie wenig hilfreich. »Wenn es dich tröstet, so kann ich dir sagen, daß ein rücksichtsvoller Ehemann, nachdem seine Frau ihre Pflicht erfüllt und ihm einen Erben geschenkt hat, sich eine Mätresse sucht und Du-weißt-schon-was mit ihr tut, während seine Frau den Rest ihres Lebens genießen kann.«

Victorias Blick huschte nervös zum Fenster. »Eine Mätresse«, hauchte sie. Sie wußte, daß Jason bereits eine hatte, und daß er in der Vergangenheit sehr viele andere gehabt hatte – alle wunderschön, wenn man dem Klatsch glauben durfte. Victoria dachte über ihre frühere Meinung über die Gentlemen der besseren Stände und ihre Geliebten nach. Sie hatte es entsetzlich gefunden, daß sie verheiratet waren und trotzdem Mätressen hatten, aber vielleicht war es das gar nicht. Wahrscheinlicher war, wie Miss Flossie andeutete, daß diese Herren zivilisiert und rücksichtsvoll waren. Statt ihre niedrigen Lüste bei ihren Gattinnen zu befriedigen, suchten sie sich eine andere Frau dafür, brachten sie mit Dienstboten und schönen Kleidern in einem hübschen Haus unter und ließen ihre armen Ehefrauen in Frieden. Ja, entschied sie, das war sicher die ideale Lösung dieses Problems. Ganz offensichtlich dachten die Damen der Gesellschaft dasselbe, und die wußten es bestimmt besser als sie selbst.

»Vielen Dank, Miss Flossie«, sagte sie nachdrücklich, »Sie haben mir sehr geholfen.«

Miss Flossie strahlte, und die gelben Locken unter dem weißen Spitzenhäubchen tanzten. »Ich danke dir, mein liebes Kind. Du hast Charles glücklicher gemacht, als ich ihn je gesehen habe. Und Jason selbstverständlich auch«, setzte sie höflich hinzu.

Victoria lächelte, aber sie konnte nicht ganz glauben, daß sie Jason wirklich glücklich gemacht hatte.

Sie kehrte in ihr Zimmer zurück, setzte sich an den kalten Kamin und unternahm den Versuch, ihre Gefühle zu entwirren und ihre Augen nicht länger vor den Tatsachen zu verschließen. Morgen früh würde sie Jasons Frau werden. Sie wollte ihn glücklich machen – so sehr, daß sie kaum wußte, wie sie mit ihren eigenen Gefühlen umgehen sollte. Die Tatsache, daß er mit einer untreuen Frau verheiratet gewesen war, erweckte Sympathie und Mitleid in ihr, nicht Abscheu – und den um so größeren Drang, ihn für alles Unglück in seinem Leben zu entschädigen.

Ruhelos sprang Victoria auf und wanderte im Raum umher, nahm die porzellanene Spieluhr von ihrem Frisiertisch, stellte sie wieder hin und ging zum Bett. Sie versuchte sich zu sagen, daß sie Jason heiratete, weil sie keine andere Wahl hatte, aber als sie sich auf ihr Bett setzte, mußte sie sich eingestehen, daß das nicht ganz stimmte. Ein Teil von ihr *wollte* ihn heiraten. Sie liebte sein Äußeres und sein Lächeln und seinen trockenen Humor. Sie liebte die Autorität in seiner tiefen Stimme und das Selbstvertrauen seines ausgreifenden, athletischen Ganges. Sie liebte das Leuchten in seinen Augen, wenn er sie anlachte. Sie liebte die träge Eleganz, mit der er seine Kleidung trug, und das Gefühl seiner Lippen auf den ihren. –

Victoria riß ihre Gedanken von Jasons Lippen los und starrte trübselig auf die goldenen Bettvorhänge. Sie liebte vieles an ihm – zu vieles. Sie war keine gute Menschenkennerin, was Männer betraf, ihre Erfahrung mit Andrew bewies das. Sie hatte geglaubt, daß Andrew sie liebte, aber sie hatte keine Illusionen, was Jasons Gefühle ihr gegenüber betraf. Er fand sie anziehend, und er wollte einen Sohn von ihr. Er hatte sie gern, auch das wußte Victoria, aber darüber hinaus fühlte er nichts für sie. Sie andererseits war bereits in Gefahr, sich in ihn zu verlieben. Aber er wollte ihre Liebe nicht. Das hatte er ihr überdeutlich zu verstehen gegeben.

Seit Wochen hatte sie versucht, sich einzureden, daß das, was sie für Jason fühlte, Dankbarkeit und Freundschaft war, aber sie wußte, daß es schon viel mehr war als das. Warum sonst hatte sie diesen brennenden Wunsch, ihn glücklich zu machen und ihn dazu zu bringen, sie zu lieben? Warum sonst war sie so wütend geworden, als Miss Flossie ihr von der öffentlichen Untreue seiner Frau erzählt hatte?

Furcht durchzuckte Victoria, und sie rieb sich die feuchten Handflächen an ihrem zitronengelben Musselingewand. Morgen früh würde sie ihr gesamtes Leben in die Hände eines Mannes legen, der ihre Liebe nicht wollte, eines Mannes, der die Zärtlichkeit, die sie ihm gegenüber empfand, dazu benutzen würde, ihr wehzutun. Ihr Selbsterhaltungstrieb ließ sie vor dieser Ehe zurückschrecken. Die Worte ihres Vaters hallten in ihr wieder, wie bereits seit Tagen, und warnten sie davor, morgen vor dem Altar zu stehen: *»Jemanden zu lieben, ohne wiedergeliebt zu werden, ist die Hölle auf Erden! Laß dir von niemandem weismachen, daß du mit einem Menschen glücklich sein kannst, der dich nicht liebt.«*

Victoria neigte den Kopf und ballte die Fäuste. Ihr Verstand sagte ihr, daß sie Jason nicht heiraten dürfte, daß er sie unglücklich machen würde – aber ihr Herz flehte sie an, alles auf eine Karte zu setzen und nach dem Glück zu greifen, das fast schon in Reichweite schien.

Ihr Verstand flüsterte ihr zu: »Lauf weg!«, aber ihr Herz verbot ihr, feige zu sein.

Northrup klopfte an. »Verzeihen Sie, Lady Victoria«, sagte er durch die Tür. Seine Stimme vibrierte vor Mißbilligung. »Unten ist eine recht aufgeregte junge Dame ohne Hut und Begleitung. Sie ist in einer Mietkutsche angekommen, aber sie behauptet, sie sei ... ähäm ihre Schwester? Ich bin mir keiner jungen weiblichen Verwandtschaft von Ihnen hier in London bewußt, daher habe ich ihr geraten, das Haus zu verlassen, aber –«

»Dorothy?« entfuhr es Victoria. Sie riß die Tür auf und strich sich das Haar aus der Stirn. »Wo ist sie?« fragte sie mit strahlendem Gesicht.

»Ich habe sie in den kleinen Salon geführt«, sagt Northrup mit sichtlichem Unbehagen. »Aber wenn sie Ihre Schwester ist, werde ich sie selbstverständlich im Gelben Salon unterbringen. Dort ist es wesentlich komfortabler und ...«

Sein Stimme verklang, als Victoria die Treppe hinunterlief.

»Tory!« rief Dorothy und umarmte Victoria mit einer heftigen, beschützenden Geste, während ihre Worte sich überstürzten und ihre Stimme zwischen Lachen und Weinen schwankte. »Du hättest sehen sollen, wie euer Butler die Mietkutsche angesehen hat – es war fast so schlimm wie der Blick, den er mir zugeworfen hat.«

»Warum hast du meinen letzten Brief nicht beantwortet?« fragte Victoria und drückte sie an sich.

»Weil ich erst heute aus Bath zurückgekommen bin. Morgen fahre ich für zwei Monate nach Frankreich, um ›Schliff‹ zu bekommen, wie Großmama sagt. Sie wird furchtbar wütend sein, wenn sie herausfindet, daß ich hiergewesen bin, aber ich kann nicht einfach ruhig zusehen, wie du diesen Mann heiratest. Tory, wie haben sie dich dazu gebracht? Haben sie dich geschlagen oder hungern lassen oder –«

»Nichts dergleichen!« sagte Victoria lächelnd und strich ihrer Schwester über das goldene Haar. »Ich möchte ihn heiraten.«

»Das glaube ich nicht. Du lügst mich nur an, damit ich mir keine Sorgen mache . . .«

Jason lehnte sich in die Kutsche zurück und schlug sich gelangweilt mit den Handschuhen auf die Oberschenkel, während er die Reihe von Herrschaftshäusern betrachtete, die auf dem Weg zu seinem Haus in der Upper Brook Street vor dem Fenster vorbeizogen. Morgen war seine Hochzeit . . .

Jetzt, wo er sich sein Verlangen nach Victoria eingestand und beschlossen hatte, sie zu heiraten, begehrte er sie mit fast irrationaler Heftigkeit. Seine wachsende Sehnsucht machte ihn dünnhäutig und reizbar, wußte er doch aus Erfahrung, wie bösartig und hinterhältig das »sanfte Geschlecht« sein konnte. Und doch konnte er seinen Wunsch, sie zu besitzen, genausowenig ersticken wie die naive, kindische Hoffnung, daß sie einander glücklich machen würden.

Ein Leben mit ihr wird nie friedlich sein, dachte er mit schiefem Lächeln. Victoria würde ihn abwechselnd amüsieren, ärgern und aus der Fassung bringen – das wußte er, ebenso wie er wußte, daß sie ihn nur heiratete, weil sie keine andere Wahl hatte. Ebenso wie er wußte, daß sie ihre Unschuld Andrew geschenkt hatte.

Abrupt erlosch sein Lächeln. Neulich nachmittag hatte er gehofft, daß sie es leugnen würde, statt dessen hatte sie den Blick abgewandt und gesagt: »Es tut mir leid.«

Er hatte die Wahrheit gehaßt, aber er hatte sie bewundert, weil sie sie zugegeben hatte. Er konnte Victoria nicht zum Vorwurf machen, daß sie sich Andrew hingegeben hatte, nicht, wo er so gut verstehen konnte, wie es geschehen war. Er konnte sich genau vorstellen, wie der reichste Mann der Gegend ein naives junges Mädchen, das auf dem Lande aufgewachsen war, davon überzeugen konnte, daß sie seine

Frau werden würde. Sobald Bainbridge ihr das eingeredet hatte, war es vermutlich nicht allzu schwierig gewesen, ihr die Unschuld zu rauben. Victoria war ein warmherziges, großzügiges Mädchen, das sich dem Mann, den es aufrichtig liebte, wahrscheinlich ebenso selbstverständlich hingab wie sie den Dienstboten oder Wolf ihre Zuneigung schenkte.

Nach dem zügellosen Leben, das er selbst geführt hatte, wäre es der Gipfel der Heuchelei gewesen, Victoria zu verurteilen. Jason haßte Heuchler. Unglücklicherweise haßte er auch die Vorstellung, daß Victoria nackt in den Armen eines anderen Mannes lag. Andrew hat sie viel gelehrt, dachte er bitter, als die Kutsche vor seinem Haus anhielt. Er hatte ihr gezeigt, wie man einen Mann küßte und seine Begierde erweckte, indem man sich an ihn drückte . . .

Er ignorierte diese schmerzlichen Gedanken, verließ die Kutsche und ging die Treppe zum Eingang hinauf. Victoria ist über Andrew hinweg, sagte er sich entschlossen. Sie hatte ihn in den letzten Wochen vergessen.

Er klopfte an die Tür, ein wenig beschämt, weil er am Abend vor ihrer Hochzeit auf ihrer Schwelle stand. Er hatte keinen anderen Grund für sein Kommen, als das Vergnügen an ihrem Anblick und die Freude, die er ihr, so hoffte er, machen würde, wenn er ihr von dem indianischen Pony erzählte, das mit einem seiner Schiffe aus Amerika kommen würde. Es sollte eines ihrer Hochzeitsgeschenke sein, aber in Wahrheit war er geradezu lächerlich neugierig auf ihre Reitkünste. Er konnte sich jetzt schon vorstellen, wie schön sie auf dem Pferd aussehen würde, den grazilen Körper tief über den Nacken des Tieres gebeugt, ihr wunderbares Haar in der Sonne glänzend . . . »Guten Abend, Northrup. Wo ist Lady Victoria?«

»Im Gelben Salon, Mylord«, erwiderte Northrup. »Mit ihrer Schwester.«

»Ihre Schwester?« sagte Jason. Als Northrup nickte, lächelte er vor Überraschung und Freude. »Offenbar hat die alte Hexe ihr Verbot aufgehoben«, setzte er hinzu und ging bereits den Korridor entlang. Froh über diese Gelegenheit, die jüngere Schwester kennenzulernen, von der Victoria ihm erzählt hatte, öffnete Jason die Tür zum gelben Salon.

»Ich kann es nicht fassen«, hörte er ein junges Mädchen in ihr Taschentuch schluchzen. »Ich bin froh, daß Großmama mir nicht erlaubt, auf die Hochzeit zu gehen. Ich könnte es nicht ertragen, dich vor dem Traualtar zu sehen, wenn ich ganz genau weiß, daß du so tust, als wäre er Andrew –«

»Offenbar komme ich ungelegen«, sagte Jason lässig. Die verstohlene Hoffnung, daß Victoria ihn tatsächlich heiraten wollte, starb einen raschen, schmerzlichen Tod, als er entdeckte, daß sie sich vormachen mußte, er sei Andrew, bevor sie sich dazu zwingen konnte, vor den Traualtar zu treten.

»Jason!« sagte Victoria und drehte sich bestürzt um, als sie merkte, daß er Dorothys wirres Gestammel mitangehört hatte. Sie faßte sich schnell wieder, streckte ihm die Hände entgegen und sagte mit sanftem Lächeln: »Ich bin so froh, daß du da bist. Komm und zeig dich meiner Schwester.« Sie wußte, daß es keinen Sinn hatte, den Vorfall mit einer mitleidigen Lüge zu beschönigen, und so versuchte sie, ihm die Wahrheit zu sagen. »Dorothy hat ein paar böse Bemerkungen von Lady Faulklyn, der Gesellschafterin meiner Urgroßmutter, mitangehört und ist jetzt der festen Überzeugung, daß du ein Ungeheuer bist.« Sie biß sich auf die Lippen, als Jason sarkastisch die Augenbrauen hochzog, ohne ein Wort zu erwidern. Dann beugte sie sich über ihre Schwester. »Dorothy, würdest du jetzt bitte vernünftig sein und mir wenigstens erlauben, dir Lord Fielding vorzustellen? Dann kannst du dich selbst davon überzeugen, daß er sehr nett ist.«

Ohne rechte Überzeugung hob Dorothy den Blick und sah die kalte, unerbittliche Miene des Mannes, der vor ihr aufragte wie ein dunkler, zorniger Gigant, die Arme vor der breiten Brust verschränkt. Ihre Augen wurden groß, und sie stand wortlos auf. Aber statt einen Knicks zu machen, funkelte sie ihn wütend an. »Lord Fielding«, sagte sie herausfordernd, »ich weiß nicht, ob Sie ›sehr nett‹ sind oder nicht. Aber ich warne Sie – wenn Sie je wagen sollten, meiner Schwester auch nur ein Haar zu krümmen, werde ich nicht die geringsten Skrupel haben, Sie zu – zu erschießen! Habe ich mich klar genug ausgedrückt?« Ihre Stimme bebte vor Angst, aber sie hielt dem Blick seiner kalten grünen Augen stand.

»Vollkommen.«

»Da ich meine Schwester nicht dazu bringen kann, Ihnen davonzulaufen, kehre ich jetzt wieder in das Haus meiner Urgroßmutter zurück. Guten Abend.«

Damit verließ Dorothy den Salon, dicht gefolgt von Victoria. »Dorothy, wie konntest du nur«, rief Victoria unglücklich. »Warum warst du so unhöflich?«

»Besser, er hält mich für unhöflich, als daß er denkt, er kann dich mißhandeln, ohne daß ihn jemand dafür zur Rechenschaft zieht.«

Victoria verdrehte die Augen und umarmte ihre Schwester zum Abschied. Dann eilte sie in den Salon zurück.

»Es tut mir leid«, sagte sie zu Jason, der am Fenster stand und zusah, wie Dorothys Kutsche davonrollte.

Jason sah sie an und hob die Augenbrauen. »Kann sie schießen?«

Unsicher unterdrückte Victoria ein nervöses Kichern und schüttelte den Kopf. Als er sich wieder dem Fenster zuwandte, ohne noch etwas zu sagen, bemühte sie sich um eine Erklärung. »Dorothy hat eine lebhafte Phantasie, und sie bildet sich ein, ich heirate dich nur, weil ich Liebeskummer wegen Andrew habe.«

»Und das stimmt nicht?« spottete er.

»Nein, es stimmt nicht.«

Bei diesen Worten drehte er sich um, seine Augen wie eisgrüne Glasscherben. »Victoria, wenn du morgen vor dem Traualtar stehst, wird nicht dein geliebter Andrew neben dir stehen, sondern ich. Denk dran. Wenn du die Wahrheit nicht erträgst, komm nicht in die Kirche.« Er hatte ihr sagen wollen, daß er ihr ein Indianerpony gekauft hatte, er hatte sie zum Lachen bringen wollen. Er ging ohne ein weiteres Wort.

Einundzwanzigstes Kapitel

Der Himmel war grau und verhangen. Jasons glänzende, schwarzlackierte Kutsche, gezogen von vier stolzen kastanienbraunen Pferden mit prachtvollem, silbernem Zaumzeug, schaukelte sanft durch Londons belebte Straßen. Sechs Vorreiter in grüner Samtlivree führten den Zug an, gefolgt von vier weiteren berittenen, uniformierten Männern hinter der Kutsche. Zwei Kutscher saßen stolz und kerzengerade auf dem Kutschbock, zwei weitere klammerten sich hinten an das Gefährt.

Victoria drückte sich in die tiefen, luxuriösen Polster von Jasons Kutsche, gehüllt in ein Gewand von unvorstellbarer Pracht und ungeheurer Kostbarkeit. Ihre Gedanken waren ebenso trüb wie der Tag.

»Ist dir kalt, mein Kind?« erkundigte Charles sich fürsorglich.

Victoria schüttelte den Kopf und fragte sich nervös, warum Jason darauf bestanden hatte, so ein aufsehenerregendes Schauspiel aus ihrer Hochzeit zu machen.

Ein paar Minuten später legte sie ihre Hand in Charles', stieg aus der Kutsche und erklomm langsam die niedrigen Stufen der ungeheuren gotischen Kathedrale, wie ein Kind, das von seinem Vater an einen Ort gebracht wird, vor dem es Angst hat.

Sie blieb an Charles' Seite am Eingang stehen und versuchte, nicht an das zu denken, was sie gleich tun würde. Statt dessen ließ sie ihren Blick ziellos über die Menschenmenge wandern. Ihre unsteten Gedanken registrierten den Unterschied zwischen den in Seide und Brokat gewandeten Londonern, die gekommen waren, um Zeugen ihrer Hochzeit zu sein, und den einfachen, gütigen Landbewohnern, die sie an diesem Tag erwartet hatte. Sie kannte die meisten Leute nur flüchtig – einige hatte sie noch nie zuvor gesehen. Sie vermied es, den Traualtar anzusehen, wo Jason, nicht Andrew, bald auf sie warten würde, und starrte statt dessen in die Kirchenbänke. Ein Platz in der ersten Bank war für Charles reserviert, aber der Rest war mit Gästen voll besetzt. Direkt gegenüber auf der ersten Bank, die sonst der Familie der Braut vorbehalten blieb, saß eine alte Dame, die sich auf einen Ebenholzstock stützte und einen grellvioletten Turban trug.

Das beturbante Haupt kam ihr irgendwie bekannt vor, aber Victoria war viel zu nervös, um sich daran zu erinnern, wo sie es schon einmal gesehen hatte, und Charles lenkte sie ab, indem er Lord Collingwood, der auf sie zukam, zunickte.

»Ist Jason schon da?« fragte Charles, als Robert Collingwood vor ihnen stand.

Der Graf, der Jasons Trauzeuge war, küßte Victoria die Hand, lächelte beruhigend und sagte: »Er ist da, und er ist bereit, sobald Sie es sind.«

Victorias Knie begannen zu zittern. Sie war nicht bereit. Ganz und gar nicht!

Caroline ordnete die Schleppe von Victorias brillantenbesetzter blauer Satinrobe und lächelte ihren Gatten an. »Ist Lord Fielding nervös?«

»Er sagt nein«, sagte Robert. »Aber er würde die Prozedur gerne hinter sich bringen.«

Wie kalt, dachte Victoria, während ihre Furcht in Panik umschlug. Wie gefühllos. Wie typisch für Jason.

Charles wurde unruhig. »Wir sind bereit«, sagte er enthusiastisch. »Fangen wir an.«

Mit dem Gefühl, eine Marionette zu sein, deren Fäden von anderen gezogen wurden, legte Victoria ihre Hand auf Charles' Arm und begann den endlosen Marsch durch die Kirche. Sie bewegte sich im Kerzenlicht wie eine glorreiche Wolke aus schimmerndem Satin, in dem Brillanten funkelten wie winzige Sterne. Auf der Balustrade über ihr sang ein Chor, aber Victoria hörte es nicht. Hinter ihr, mit jedem Schritt weiter entfernt, lagen das Gelächter und die sorglosen Tage ihrer Mädchenjahre. Vor ihr . . . vor ihr stand Jason in einem prachtvollen Anzug aus mitternachtsblauem Samt. Mit seinem halb im Schatten versteckten Gesicht sah er sehr groß und sehr dunkel aus. So dunkel wie das Unbekannte . . . wie ihre Zukunft.

Warum tust du das?! gellten Victorias panische Gedanken, als Charles sie auf Jason zuführte.

Ich weiß es nicht, rief sie stumm zurück. *Jason braucht mich.*

Das ist kein Grund! rief ihr Verstand. *Noch ist Zeit. Dreh dich um und lauf.*

Ich kann nicht! schrie ihr Herz.

Doch, du kannst. Mach einfach kehrt und lauf. Gleich, bevor es zu spät ist.

Ich kann nicht! Ich kann ihn nicht einfach hier stehenlassen.

Warum nicht?

Er wird so gedemütigt sein, wenn ich das tue – viel mehr als je zuvor.

Denk an das, was dein Vater gesagt hat – laß dir von niemandem einreden, du könntest mit jemandem glücklich sein, der dich nicht liebt. Denk daran, wie unglücklich er war. Lauf! Schnell! Lauf weg, bevor es zu spät ist!

Victorias Herz verlor den Kampf gegen das Entsetzen, als Charles ihre eisige Hand in Jasons warme legte und zurücktrat. Ihr Körper straffte sich fluchtbereit, ihre freie Hand ergriff ihre Röcke, ihr Atem ging schneller. Sie versuchte, ihre Rechte aus Jasons Griff zu befreien, und im selben Moment schlossen sich seine Finger darum wie eine stählerne Falle, und er wandte den Kopf. Sein Blick bohrte sich in den ihren und mahnte sie, es nur ja nicht zu versuchen. Dann, urplötzlich, wurden seine Finger schlaff, seine Augen wurden distanziert und ausdruckslos. Er ließ sie los und sah den Erzbischof an.

Er sagt es ihm! dachte Victoria entsetzt, als der Erzbischof sich vorbeugte und fragte: »Sollen wir anfangen, Mylord?«

Jason schüttelte knapp den Kopf und öffnete den Mund.

»Nein!« flüsterte Victoria, um Jason aufzuhalten.

»Was sagen Sie?« fragte der Erzbischof mit finsterer Miene.

Victoria sah flehend zu Jason auf und erkannte die Demütigung, die er hinter einer Maske zynischen Gleichmuts verbarg. »Ich habe einfach Angst, Mylord. Bitte, nehmen Sie meine Hand.«

Er zögerte, sah forschend in ihre Augen, und Erleichterung malte sich auf seinen Zügen. Er berührte ihre Hand und umschloß dann beruhigend ihre Finger.

»Können wir jetzt beginnen?« flüsterte der Erzbischof indigniert.

Jasons Lippen zuckten. »Bitte.«

Als der Erzbischof mit seiner langen Predigt begann, ruhte Charles' glücklicher Blick auf Braut und Bräutigam, und sein Herz schwoll vor Freude. Aber ein violetter Fleck, den er aus dem Augenwinkel erhaschte, zusammen mit dem unheimlichen Gefühl, beobachtet zu werden, lenkte ihn ab. Er sah zur Seite und wurde starr vor Schreck, als er in die blaßblauen Augen der Herzogin von Claremont sahen. Das Gesicht erfüllt von kaltem Triumph starrte er sie an, dann wandte er sich mit einem letzten verächtlichen Blick ab und verbannte ihre Anwesenheit aus seinen Gedanken. Er beobachtete, wie sein Sohn neben Victoria stand, zwei schöne junge Menschen, die für immer vereint sein würden. Tränen brannten in seinen Augen, als der Erzbischof seine Frage stellte: »Willst du, Victoria Seaton . . .«

»Katherine, mein Leben«, flüsterte Charles in der Tiefe seines Herzens, *»siehst du unsere Kinder? Sind sie nicht schön zusammen? Deine Großmutter hat uns verwehrt, eigene Kinder zu haben, mein Liebling – damals hat sie gesiegt, aber jetzt siegen wir. Meine süße, schöne Katherine, wir werden zusammen Enkel haben . . .«* Charles neigte das Haupt, um der alte Frau auf der anderen Seite des Kirchenschiffes nicht zu zeigen, daß er weinte. Aber die Herzogin von Claremont konnte nichts sehen. Tränen flossen aus ihren eigenen Augen und rollten ihr die faltigen Wangen hinunter. *»Katherine, mein Liebling«,* flüsterte sie in ihrem tiefsten Herzen, *»sieh dir an, was ich getan habe. In meiner törichten blinden Selbstsucht habe ich dich daran gehindert, ihn zu heiraten und Kinder mit ihm zu haben. Aber jetzt sollt ihr statt dessen Enkel haben. Oh, Katherine, ich habe dich so sehr geliebt. Ich wollte die Welt zu deinen Füßen sehen,*

und ich konnte nicht glauben, daß du nichts wolltest als ihn . . .«

Als der Erzbischof Victoria bat, seine Worte nachzusprechen, erinnerte sie sich an ihre Abmachung, in der Öffentlichkeit so zu tun, als sei sie Jason zutiefst verbunden. Mit erhobenem Haupt bemühte sie sich, klar und deutlich zu sprechen, aber als sie versprach, ihn zu lieben, wanderte Jasons Blick zur Decke der Kathedrale empor, und ein zynisches Lächeln trat auf seine Lippen. Victoria wußte, daß er auf den Blitz wartete, der ins Kirchenschiff einschlagen sollte, und ihre Spannung entlud sich in einem erstickten Kichern, das ihr einen strafenden Blick des Erzbischofs eintrug.

Victorias Heiterkeit erstarb abrupt, als Jasons tiefe, klingende Stimme in der Kirche widerhallte und ihr all seine weltlichen Güter zuerkannte. Und dann war es vorbei. »Sie dürfen die Braut jetzt küssen«, sagte der Erzbischof.

Jason wandte sich ihr zu und sah sie an. Der Triumph in seinen Augen war so intensiv, so unterwartet, und so erschreckend, daß Victoria erstarrte, als seine Arme sie umfingen. Er nahm ihre Lippen in einem langen, kühnen Kuß, den der Erzbischof mißbilligend betrachtete und einige Gäste mit amüsiertem Schmunzeln zur Kenntnis nahmen. Dann ließ er sie los und reichte ihr seinen Arm.

»Mylord«, flüsterte sie flehend, als sie durch das Kirchenschiff auf den Ausgang zugingen, »bitte – ich kann nicht mit Ihnen Schritt halten.«

»Nenn mich Jason«, sagte er schroff, aber er ging langsamer. »Und wenn ich dich das nächstemal küsse, dann tu wenigstens so, als ob es dir gefällt.«

Sein eisiger Tonfall traf sie wie ein Kübel Eiswasser, aber irgendwie gelang es Victoria, vor der Kirche zwischen Charles und Jason zu stehen und die unzähligen Leute anzulächeln, die ihnen Glück wünschen wollten.

Charles wandte sich zur Seite, um mit einem seiner Freunde zu sprechen, gerade als der letzte Gast aus der Kirche trat, schwer gestützt auf einen Ebenholzstock.

Ohne Jason auch nur im geringsten zu beachten, näherte die Herzogin sich Victoria mit unverwandtem Blick. »Weißt du, wer ich bin?« fragte sie ohne Umschweife, als Victoria sie höflich anlächelte.

»Nein, Ma'am«, sagte Victoria. »Es tut mir sehr leid, aber ich weiß es nicht. Ich glaube, ich habe Sie schon einmal gesehen, denn Sie kommen mir bekannt vor, aber –«

»Ich bin deine Urgroßmutter.«

Victorias Hand krampfte sich um Jasons Arm. Das also war ihre Urgroßmutter, die Frau, die sich geweigert hatte, sie bei sich aufzunehmen und das Glück ihrer Mutter zerstört hatte. Victoria hob das Kinn. Mit tödlicher Ruhe sagte sie: »Ich habe keine Urgroßmutter.«

Diese nüchterne Feststellung hatte einen äußerst merkwürdigen Effekt auf die Herzoginwitwe. Ihre Augen glühten vor Bewunderung, und die Andeutung eines Lächelns glättete ihre strengen Züge. »O doch, mein Kind«, sagte sie. »O doch«, wiederholte sie beinahe liebevoll. »Du siehst deiner Mutter sehr ähnlich, aber deinen Stolz hast du von mir.« Sie schmunzelte und schüttelte den Kopf, als Victoria protestierten wollte. »Nein – mach dir nicht die Mühe, meine Existenz noch einmal zu verleugnen. Mein Blut fließt in deinen Adern, und ich erkenne den Trotz in deinem Kinn. Die Augen deiner Mutter, meine Willensstärke –«

Charles fuhr herum. »Lassen Sie sie in Ruhe!« zischte er wütend. »Verschwinden Sie von hier!«

Die Herzogin richtete sich auf, und ihre Augen blitzten vor Zorn. »Wagen Sie nicht, so mit mir zu reden, Atherton, sonst –«

»Was?« versetzte Charles wütend. »Sparen Sie sich Ihre

Drohungen. Ich habe jetzt alles, was ich mir gewünscht habe.«

Die Herzoginwitwe von Claremont sah ihn in hochmütigem Triumph an. »Weil ich es Ihnen gegeben habe, Sie Narr.« Ohne Charles' wütende Blicke zu beachten, wandte sie sich wieder Victoria zu. Sie legte ihre zerbrechliche Hand an Victorias Wange, und ihre Augen wurden feucht. »Vielleicht kommst du nach Claremont, um Dorothy zu besuchen, wenn sie aus Frankreich zurückkommt. Es war nicht leicht, sie von dir fernzuhalten, aber sie hätte alles verdorben mit ihrem albernen Geschwätz von alten Skand-Gerüchten«, verbesserte die Herzogin schnell.

Sie wandte sich Jason zu, und ihre Miene wurde streng. »Ich vertraue Ihnen meine Urenkelin an, Wakefield, aber ich mache Sie höchstpersönlich verantwortlich für ihr Glück, ist das klar?«

»Vollkommen«, sagte er feierlich, aber er betrachtete die winzige Frau, die vage Drohungen gegen ihn ausstieß, mit kaum verhohlenem Amüsement.

Die Herzogin warf einen scharfen Blick auf seine versöhnliche Miene und nickte dann. »Solange wir einander nur verstehen. Ich werde mich jetzt verabschieden.« Sie hob den Arm. »Sie dürfen mir die Handküssen.«

In vollkommener Haltung nahm Jason ihre Hand und drückte einen galanten Kuß auf ihren Handrücken.

Zu Victoria gewandt sagte die Herzogin traurig: »Es ist vermutlich zuviel verlangt –?« Victoria begriff nur wenig von dem, was in den Minuten geschehen war, seit ihre Großmutter sie angesprochen hatte, aber sie wußte genau, daß in den Augen der alten Frau Liebe stand – Liebe und tiefes Bedauern.

»Großmama«, flüsterte sie gebrochen und fiel ihrer Urgroßmutter um den Hals.

Nach einer Weile befreite sich die Herzogin aus ihrer Umarmung, ein brummiges, fast beschämtes Lächeln auf den Lippen. Dann warf sie Jason einen strafenden Blick zu. »Wakefield, ich habe beschlossen, nicht zu sterben, ehe ich meinen Ururenkel in den Armen gehalten habe. Da ich nicht ewig leben werde, dulde ich keinerlei Verzögerungen von Ihrer Seite.«

»Ich werde mich der Angelegenheit sofort annehmen, Euer Gnaden«, sagte Jason mit todernster Miene und lachenden Augen.

»Ebenso wenig dulde ich irgendwelches Getrödel von deiner Seite, mein Kind«, drohte sie ihrer errötenden Urenkelin. Sie tätschelte Victorias Hand und setzte hoffnungsfroh hinzu: »Ich habe beschlossen, mich auf dem Land zur Ruhe zu setzen. Claremont ist nur eine Stunde von Wakefield entfernt, vielleicht hast du Lust, mich von Zeit zu Zeit zu besuchen.« Dabei winkte sie ihrem Anwalt zu, der an der Kirchentür stand, und sagte hochmütig: »Ihren Arm Weatherford. Ich habe gesehen, was ich sehen wollte, und gesagt, was ich zu sagen hatte.« Mit einem letzten triumphierenden Blick auf den vollkommen verwirrten Charles drehte sie sich um und ging. Sie hielt sich kerzengerade, und ihr Stock berührte kaum den Boden.

Zahlreiche Hochzeitsgäste standen noch herum und warteten auf ihre Kutschen, als Jason Victoria durch die Menge zu seinem eigenen luxuriösen Gefährt geleitete. Victoria lächelte mechanisch, als die Leute ihnen nachwinkten und ihrer Abfahrt zusahen, aber sie war so durcheinander von allem, was geschehen war, daß sie sich ihrer Umgebung erst wieder bewußt wurde, als sie das Dorf vor Wakefield erreichten. Schuldbewußt merkte sie, daß sie in über zwei Stunden kaum ein Dutzend Worte zu Jason gesagt hatte.

Sie warf dem attraktiven Mann, der jetzt ihr Gatte war,

einen verstohlenen Blick zu. Sein Gesicht war abgewandt, sein Profil eine harte, wie gemeißelte Maske, bar jeden Mitgefühls oder Verständnisses. Er war wütend auf sie, weil sie versucht hatte, ihn vor dem Altar stehenzulassen, das wußte sie – wütend und nicht geneigt, ihr zu verzeihen. Angst vor seiner möglichen Rache ging in ihr um und erhöhte die Anspannung ihrer bereits bis zum äußersten strapazierten Nerven. Verzweifelt fragte sie sich, ob sie einen Bruch zwischen ihnen verursacht hatte, der nie heilen würde. »Jason«, sagte sie schüchtern, »das, was in der Kirche passiert ist, tut mir schrecklich leid.«

Er zuckte gleichgültig die Achseln.

Sein Schweigen half wenig, um Victorias Nervosität zu mildern. Die Kutsche fuhr um eine Kurve und rollte auf das malerische kleine Dorf in der Nähe von Wakefield zu. Sie wollte sich gerade noch einmal entschuldigen, als Kirchenglocken zu läuten begannen und sie festlich gekleidete Dorfbewohner und Bauern am Straßenrand entdeckte.

Sie lächelten und winkten, als die Kutsche vorbeifuhr, und kleine Kinder stürzten vorwärts und reichten Victoria Feldblumensträuße, die sie aufgeregt umklammerten, durch das offene Fenster.

Ein kleiner Junge von ungefähr vier Jahren stolperte über eine dicke Baumwurzel am Straßenrand und landete genau auf seinem Strauß. »Jason«, bat Victoria, ohne an das unbehagliche Schweigen zwischen ihnen zu denken, »sag dem Kutscher, er soll anhalten – bitte!«

Jason tat es, und Victoria öffnete den Schlag. »Was für hübsche Blumen!« rief sie dem kleinen Jungen zu, der sich wieder aufrappelte, während ein paar ältere Jungen danebenstanden und ihn auslachten. »Sind die für mich?« fragte sie begeistert und zeigte auf die mitgenommenen Blumen.

Der kleine Junge schniefte und rieb sich die Tränen aus

den Augen. »Ja, Ma'am – jedenfalls, bevor ich draufgefall'n bin.«

»Darf ich sie haben?« bat Victoria lächelnd. »Sie würden so hübsch aussehen in meinem Strauß.«

Der kleine Junge hielt ihr schüchtern die geköpften Stengel hin. »Die hab' ich selbs' gepflückt«, flüsterte er stolz und mit großen Augen, als Victoria sorgfältig zwei Stengel in ihr üppiges Brautbouquet steckte. »Ich heiß' Billy«, sagte er und fixierte Victoria mit seinem linken Auge, während das rechte auf seine Nase gerichtet blieb. »Ich wohn' in dem Waisenhaus da drüben.«

Victoria lächelte und sagte freundlich: »Mein Name ist Victoria, aber meine besten Freunde nennen mich Tory. Möchtest du mich Tory nennen?«

Seine kleine Brust schwoll vor Stolz, aber er warf Jason einen vorsichtigen Blick zu und wartete auf die Seiner Lordschaft Zustimmung, bevor er begeistert zustimmte.

»Würdest du gerne einmal nach Wakefield kommen und mit mir Drachen steigen lassen?« fuhr sie fort, während Jason sie überrascht und nachdenklich beobachtete.

Sein Lächeln verschwand. Mit schmerzlicher Aufrichtigkeit gestand er: »Ich kann nich' gut rennen. Ich fall' immerssu hin.«

Victoria nickte verständnisvoll. »Wahrscheinlich wegen deinem Auge. Aber ich weiß vielleicht, wie wir es geraderichten können. Ich hab schon einmal einen kleinen Jungen getroffen, der genauso ein Auge hatte. Einmal, als wir alle Siedler und Indianer gespielt haben, ist er hingefallen und hat sein gutes Auge verletzt, und mein Vater mußte eine Klappe drauftun, damit es heilen konnte. Und während das gute Auge zugedeckt war, ist das schlechte gesund geworden – mein Vater hat gemeint, es lag daran, daß das schlechte Auge die Arbeit vom guten übernehmen mußte. Möchtest du, daß wir das auch versuchen?«

»Dann seh' ich aber komisch aus«, sagte er zögernd.

»Wir fanden, daß Jimmy – der andere kleine Junge – genau wie ein Seeräuber aussah«, sagte Victoria, »und dann wollten wir alle Augenklappen haben. Möchtest du, daß ich dich besuchen komme und mit dir Seeräuber spiele?«

Er nickte und grinste die älteren Jungen hochmütig an. »Was hat die Dame gesagt?« schrien sie, als Jason dem Kutscher ein Zeichen gab.

Billy stopfte die Hände in die Hosentaschen, streckte die Brust heraus und verkündete stolz »Sie sagt, ich darf sie Tory nennen.«

Die Kinder schlossen sich der Prozession der Erwachsenen an, die die Kutsche, wie Victoria annahm, traditionsgemäß den Hügel nach Wakefield hinauf begleitete. Als die Pferde das massive schmiedeeiserne Gitter passierten, folgte ihnen eine kleine Armee von Dorfbewohnern, und noch mehr Menschen warteten entlang der Allee, die durch den Park führte. Victoria sah Jason unsicher an, und sie hätte schwören können, daß er ein Lächeln unterdrückte.

Der Grund für dieses Lächeln wurde sichtbar, sobald die Kutsche sich dem Herrenhaus näherte. Sie hatte Jason gesagt, daß sie immer davon geträumt hatte, in einem kleinen Dorf zusammen mit all seinen Bewohnern zu feiern, und in einer merkwürdig selbstlosen Geste versuchte der rätselhafte Mann, den sie geheiratet hatte, ihr diesen Traum wenigstens teilweise zu erfüllen. Er hatte den Rasen in eine Laube wie aus dem Märchenland verwandelt. Riesige Spaliere weißer Orchideen, Lilien und Rosen bogen sich über lange Tafeln, auf denen Silberschüsseln, Porzellan und Speisen sich drängten. Der Pavillon am anderen Ende der Rasenfläche war mit Blumen übersät und von bunten Laternen erleuchtet. Überall, wo sie hinsah, brannten helle Fackeln, die die hereinbrechende Dämmerung vertrieben und die Szenerie in einen festlichen, geheimnisvollen Glanz tauchten.

Statt sich darüber zu ärgern, daß er einen Großteil der Hochzeitsgäste in London zurücklassen mußte, hatte Jason offensichtlich ein Vermögen dafür ausgegeben, Wakefield für sie in ein irdisches Paradies zu verwandeln, und dann das gesamte Dorf zu einem Fest eingeladen. Selbst die Natur hatte ein Einsehen, denn die Wolken lösten sich auf und wurden von der untergehenden Sonne vertrieben, die den Himmel mit lebhaftem Rosa und Violett schmückte.

Die Kutsche hielt vor dem Haus, und Victoria sah sich bewundernd um. Sie warf Jason einen Seitenblick zu und sah das winzige Lächeln, das seine Mundwinkel kräuselte, auch wenn er sein Bestes tat, es zu verheimlichen. Sanft legte sie ihre Hand auf seinen Arm. »Jason«, flüsterte sie, und ihre Stimme zitterte vor Rührung. »Ich – ich danke dir.« Eingedenk seiner Aufforderung, ihm mit einem Kuß zu danken, legte sie eine Hand an seine Brust und küßte ihn mit scheuer Zärtlichkeit.

Die lachende irische Stimme eines Mannes versetzte Victoria unsanft in die Realität zurück. »Jason, mein Junge, steigst du irgendwann aus und machst mich mit deiner Braut bekannt, oder muß ich mich selbst vorstellen?«

Jason fuhr herum. Ein freudig überraschter Ausdruck trat auf seine gebräunten Züge, und er sprang aus der Kutsche. Er streckte dem muskulösen Iren seine Hand entgegen, aber der umarmte ihn wie ein freundlicher Bär. »Na«, sagte der Fremde dann, packte Jason bei den Schultern und strahlte ihn mit unverstellter Wärme an, »hast du dir endlich eine Frau gesucht, die dir diesen alten Palast aufwärmt? Du hättest wenigstens warten können, bis mein Schiff im Hafen ist«, rief er scherzhaft.

»Ich hab' dich erst nächsten Monat zurückerwartet«, sagte Jason. »Seit wann bist du wieder hier?«

»Ich hab' das Löschen der Ladung überwacht und bin heute nach Hause gekommen. Vor einer Stunde bin ich hergeritten, aber statt dich bei der Arbeit zu finden, mußte ich hören, daß du auf deiner eigenen Hochzeit bist. Und, stellst du mich deiner Frau jetzt endlich vor?«

Jason drehte sich um, um Victoria aus der Kutsche zu helfen, und stellte ihr den Seemann als Kapitän Michael Farrell vor. Kapitän Farrell war nach Victorias Schätzung um die Fünfzig, hatte dichtes, lohfarbenes Haar und die lustigsten hellbraunen Augen, die sie je gesehen hatte. Sein Gesicht war braun und wettergegerbt, mit winzigen Fältchen in den Augenwinkeln, die von einem Leben an Bord eines Schiffes sprachen. Victoria mochte ihn auf den ersten Blick, aber sie war so erschüttert, als jemand das erstemal von ihr als Jasons Frau sprach, daß sie Mike Farrell mit der formellen Zurückhaltung begrüßte, die sie das Leben in London gelehrt hatte.

Bei ihren Worten verfinsterte sich Kapitän Farrells Miene. Das Wohlwollen in seinen Augen erlosch, und sein Benehmen übertraf das ihre noch an Steifheit. »Es ist mir eine Ehre, Sie kennenzulernen, Lady Wakefield«, verkündete er mit einer knappen Verbeugung. »Sie werden meinen Aufzug entschuldigen. Als ich herkam, hatte ich keine Ahnung, daß hier ein Fest im Gange ist. Wenn Sie mich jetzt entschuldigen wollen, ich war sechs Monate lang auf See, und ich sehne mich nach meinem Heim.«

»Oh, aber Sie dürfen nicht gehen!« rief Victoria mit der ungekünstelten Wärme, die ihrer Natur viel eher entsprach als steife Formalität. Sie konnte sehen, daß Kapitän Farrell ein ganz besonders guter Freund von Jason war, und sie wollte unbedingt, daß er sich willkommen fühlte. »Mein

Mann und ich sind viel zu fein angezogen für diese Tageszeit«, scherzte sie. »Außerdem habe ich mich schon nach sechs Wochen auf See nach einem Tisch gesehnt, der nicht hin und her schwankt, und ich bin sicher, daß unsere Tische genau dort stehenbleiben, wo sie sind.«

Kapitän Farrell sah sie scharf an, als wisse er nicht, was er von ihr halten sollte. »Dann haben Sie Ihre Seereise nicht genossen, Lady Fielding?« fragte er unverbindlich.

Victoria schüttelte den Kopf. Ihr Lächeln wirkte anstekkend. »Nicht halb so sehr wie meinen gebrochenen Arm oder die Masern – da mußte ich mich wenigstens nicht eine ganze Woche lang übergeben wie auf See. Ich fürchte, ich bin kein guter Seemann, denn ich hatte schandbare Angst, als ein Sturm aufzog, bevor ich mich von der Seekrankheit erholt hatte.«

»Herr im Himmel!« sagte Kapitän Farrell, während sein Lächeln ein Gutteil seiner ursprünglichen Wärme zurückgewann. »Deswegen sind Sie noch lange kein Feigling. Die ältesten Seebären haben Angst davor, in einem Sturm umzukommen.«

»Aber ich«, widersprach Victoria lachend, »ich hatte Angst, daß ich überlebe.«

Mike Farrell legte den Kopf zurück und lachte. Dann packte er Victorias Hände mit seinen riesigen Pranken und grinste sie an. »Ich bleibe gern. Vergeben Sie mir, daß ich vorhin so . . . äh . . . reserviert war.«

Victoria nickte froh. Dann nahm sie sich ein Glas Wein von dem Tablett, das ein Diener ihr anbot, und wanderte zu den zwei Bauern hinüber, die sie am Tag ihrer Ankunft in Wakefield abgeliefert hatten.

Als sie außer Hörweite war, wandte Mike Farrell sich Jason zu und sagte leise: »Als ich gesehen hab, wie sie dich in der Kutsche geküßt hat, mochte ich sie sofort. Aber als sie mich so hochmütig begrüßt hat – mit diesem leeren Ausdruck in den Augen, als ob sie mich gar nicht richtig sehen würde –, da hatte ich einen Moment lang Angst, daß du wieder so ein hochmütiges Miststück wie Melissa geheiratet hast.«

Jason sah zu, wie Victoria den verlegenen Bauern ihre Scheu nahm. »Sie ist alles andere als das. Ihr Hund ist ein halber Wolf, und sie ist eine halbe Meerjungfrau. Meine Dienerschaft vergöttert sie, Charles betet sie an, und jeder junge Dummkopf in London bildet sich ein, in sie verliebt zu sein.«

»Du auch?« fragte Mike Farrell betont.

Jason betrachtete Victoria dabei, wie sie ihr Glas austrank und nach einem zweiten griff. Sie hatte sich heute morgen nur dazu überwinden können, ihn zu heiraten, indem sie so getan hatte, als sei er Andrew und selbst so hatte sie ihn um ein Haar vor all den Menschen am Altar stehenlassen. Er hatte sie noch nie mehr als einen Schluck Wein trinken sehen, und jetzt leerte sie bereits ihr zweites Glas, daher nahm Jason an, daß sie jetzt versuchte, ihren Ekel vor der bevorstehenden Hochzeitsnacht zu betäuben.

»Du siehst nicht gerade wie ein strahlender Bräutigam aus«, stellte Mike Farrell fest, als er Jasons finstere Miene sah.

»Ich war noch nie so glücklich«, erwiderte Jason bitter und ging daran, Gäste zu begrüßen, deren Namen er nicht kannte, um sie der Frau vorzustellen, die er besser nicht geheiratet hätte. Er spielte die Rolle des Gastgebers und Bräutigams mit dem äußeren Anschein lächelnder Herzlichkeit, und dachte dabei unentwegt daran, wie Victoria in der Kirche fast die Flucht vor ihm ergriffen hatte. Die Erinnerung daran war erschreckend schmerzhaft und erniedrigend, und er konnte sie nicht aus seinen Gedanken vertreiben.

Die Sterne erschienen bereits am Himmel, während Jason vom Rand der Tanzfläche aus zusah, wie Victoria mit dem Bürgermeister und Mike Farrell und einigen Dorfbewohnern tanzte. Sie ging ihm bewußt aus dem Weg, und die wenigen Male, wo ihre Blicke sich trafen, sah Victoria hastig weg.

Sie hatte ihren Schleier schon lange abgelegt und das Orchester gebeten, lebhaftere Stücke zu spielen, und dann hatte sie die scheuen Dorfbewohner für sich gewonnen, indem sie sie gebeten hatte, ihr ein paar Volkstänze beizubringen. Als der Mond hoch am Himmel stand, waren alle dabei zu tanzen, zu klatschen und sich großartig zu amüsieren, Victoria, die inzwischen fünf Gläser Wein getrunken hatte, eingeschlossen. Offenbar versucht sie, sich bis zur Bewußtlosigkeit zu betrinken, dachte Jason, der ihre roten Wangen bemerkte. Gallebitterer Ekel lag ihm auf der Zunge, als er an seine Hoffnungen für die heutige Nacht, für ihre gemeinsame Zukunft, dachte. Wie ein Narr hatte er geglaubt, daß endlich das Glück zum Greifen nah vor ihm lag.

An einen Baum gelehnt sah er ihr zu und fragte sich, warum Frauen ihn so lange anziehend fanden, bis er sie geheiratet hatte, und ihn dann verabscheuten. Wieder einmal, dachte er wütend. Er hatte denselben idiotischen Fehler zweimal gemacht – er hatte eine Frau geheiratet, die ihn genommen hatte, weil sie etwas von ihm wollte, aber nicht ihn selber.

Melissa hatte jeden Mann begehrt, der ihr über den Weg lief, nur nicht ihn. Victoria wollte nur Andrew – den guten, sanften, charakterlosen Andrew!

Der einzige Unterschied zwischen Melissa und Victoria bestand darin, daß Victoria eine wesentlich bessere Schauspielerin ist, dachte Jason. Daß Melissa ein selbstsüchtiges, berechnendes Miststück war, hatte er von Anfang an gewußt, aber Victoria hatte er eher für einen Engel gehalten . . . einen gefallenen Engel natürlich, dank Andrew, aber das hatte er ihr nicht verübelt. Jetzt allerdings tat er es. Er verachtete sie, weil sie sich Andrew bereitwillig geschenkt hatte und jetzt versuchte, ihrem rechtmäßigen Mann zu entkommen, denn genau das bezweckte sie mit ihrem unmäßigen Weinkonsum. Vor ein paar Minuten hatten sie miteinander getanzt, und sie hatte in seinen Armen gezittert und seinen Blick gemieden, und als er angedeutet hatte, daß es Zeit war hineinzugehen, war ein Schauer durch ihren Körper gelaufen.

Teilnahmslos dachte Jason darüber nach, wieso er seine Mätressen vor Lust schreien machen konnte, während die Frauen, die er heiratete, nichts mit ihm zu tun haben wollten, sobald sie ihr Jawort gegeben hatten. Er fragte sich, warum es ihm so leicht fiel, reich zu werden, privates Glück ihm aber stets versagt blieb. Die böse alte Hexe, die ihn aufgezogen hatte, hatte offenbar recht gehabt – er war der Sproß des Satans, der nicht verdiente, am Leben zu sein, geschweige denn glücklich.

Die einzigen drei Frauen, die je ein Teil seines Lebens gewesen waren – Victoria, Melissa und seine Stiefmutter – hatten alle etwas in ihm gesehen, was ihn in ihren Augen abscheulich und häßlich machte. Seine beiden Frauen hatte ihren Ekel allerdings erst nach der Hochzeit offenbart, wenn sein Reichtum endlich ihnen gehörte.

Mit unerbittlicher Entschlossenheit ging Jason auf Victoria zu und berührte ihren Arm. Sie erschrak und zuckte zurück, als habe er sie verbrannt. »Es ist spät. Wir sollten hineingehen«, sagte er.

Selbst im Mondlicht wurde ihr Gesicht deutlich bleich, und ein gehetzter Blick weitete ihre Augen. »Aber – aber es ist noch gar nicht spät –«

»Spät genug, um ins Bett zu gehen, Victoria«, sagte er rüde.

»Aber ich bin noch überhaupt nicht müde!«

»Um so besser«, sagte Jason mit absichtlicher Brutalität. Er wußte, daß sie ihn verstanden hatte, denn sie begann, am ganzen Körper zu zittern. »Wir haben eine Abmachung«, sagte er roh, »und ich erwarte, daß du deinen Teil erfüllst, egal wie widerlich dir der Gedanke ist, mit mir ins Bett zu gehen.«

Seine eisige, autoritäre Stimme ließ sie erstarren bis ins Mark. Victoria nickte und ging stocksteif ins Haus und hinauf in ihre neuen Gemächer, die direkt neben die Jasons lagen.

Ruth, die Victorias Stimmung spürte, half ihr schweigend aus dem Hochzeitsgewand und in das cremefarbene Seidennegligé, das Madame Dumosse speziell für die Hochzeitsnacht kreiert hatte.

Bittere Galle stieg Victoria in die Kehle, und ihr Magen verkrampfte sich vor Angst, als Ruth das Bett aufschlug. Der Wein, den sie in der Hoffnung getrunken hatte, damit ihre Angst zu beschwichtigen, machte sie jetzt schwindlig. Statt sie zu beruhigen wie vorher, machte er sie entsetzlich krank und unfähig, ihre Emotionen unter Kontrolle zu halten. Sie wünschte inständig, daß sie ihn nie angerührt hätte. Das einzige Mal bisher, wo sie mehr als einen Schluck Wein getrunken hatte, war nach dem Begräbnis ihrer Eltern gewesen, als Dr. Morrison darauf bestanden hatte, daß sie zwei Gläser trank. Damals hatte sie sich erbrochen, und er hatte ihr gesagt, sie sei möglicherweise einer der seltenen Fälle, in denen der Körper keinen Alkohol vertrug.

Miss Flossies grausige Beschreibung vor Augen, ging Victoria auf das Bett zu. Bald würde ihr Blut auf diesen Laken vergossen werden, dachte sie wild. Wieviel Blut? Wieviel

Schmerzen? Kalter Schweiß stand ihr auf der Stirn, und Schwindel überwältigte sie, während Ruth die Kissen aufschüttelte. Wie eine Marionette stieg sie ins Bett, bemüht, ihre Panik und die Übelkeit, die sie zu überwältigen drohte, zu verbergen. Sie durfte nicht schreien, und sie durfte keinen Widerwillen verraten, hatte Miss Flossie ihr gesagt, aber als Jason die Verbindungstür zwischen ihren Räumen aufzog und eintrat, gekleidet in einen weinroten Morgenrock, der sehr viel von seiner nackten Brust und seinen Beinen zeigte, konnte Victoria ein entsetztes Keuchen nicht unterdrücken. »Jason!« rief sie und wich in die Kissen zurück.

»Wen hattest du erwartet – Andrew?« fragte er lässig. Seine Hände zogen an dem Satingürtel, der seinen Morgenrock zusammenhielt, und Victorias Angst steigerte sich zu Panik. »B-bitte nicht«, flehte sie, außerstande, zusammenhängend zu sprechen oder zu denken. »Ein Gentleman zieht sich doch bestimmt nicht vor einer Dame aus, selbst wenn sie seine Frau ist.«

»Ich glaube, wir sprachen bereits darüber, aber falls du es vergessen hast, erinnere ich dich noch einmal daran, daß ich kein Gentleman bin.« Seine Hände zogen die Schleife seines Gürtels auf. »Wenn der Anblick meines Körpers dein Feingefühl verletzen sollte, kannst du das Problem lösen, indem du die Augen schließt. Die einzige andere Möglichkeit wäre, daß ich erst ins Bett komme und dann meinen Morgenrock ausziehe, und das würde *mein* Feingefühl verletzen.« Er warf seinen Morgenrock ab, und Victoria riß entsetzt die Augen auf, als sie seinen riesigen, muskulösen Körper sah.

Die winzige Hoffnung, die Jason gehegt hatte, daß sie seinen Annäherungsversuchen willig nachgeben würde, erstarb, als sie die Augen schloß und ihr Gesicht abwandte.

Jason starrte auf sie hinab, und dann, mit absichtlicher Rohheit, entriß er ihr die Laken und schleuderte sie zur

Seite. Er bestieg das Bett und löste wortlos die Schleife ihres tiefausgeschnittenen Negligés. Dann stockte ihm der Atem, als er die Vollkommenheit ihres nackten Körpers gewahrte.

Victorias Brüste waren reif und voll, ihre Taille gertenschlank, ihre Hüften sanft gerundet. Ihre Beine waren lang und unglaublich wohlgeformt, mit schlanken Waden und schmalen Fesseln. Als sein Blick über ihren Körper streifte, überzog feine Röte ihre elfenbeinfarbene Haut, und als er versuchsweise eine Hand auf ihre sinnverwirrenden Brüste legte, erschauerte sie und versteifte sich ablehnend.

Für eine erfahrene Frau war sie so kalt und abweisend wie Marmor. Jasons dachte daran, sie zu verführen, aber dann verwarf er die Idee. Sie hatte ihn heute morgen in der Kirche beinahe im Stich gelassen, und jetzt hatte sie offensichtlich nicht den Wunsch, sich seine Zärtlichkeiten länger als unbedingt nötig gefallen zu lassen.

»Nicht«, flehte sie verzweifelt, als er ihre Brust liebkoste. »Mir wird übel!« rief sie und versuchte, aus dem Bett zu springen.

Ihre Worte drangen in sein Hirn wie scharfe Nägel, und sinnloser Zorn stieg in ihm auf. Er vergrub seine Hände in ihrem Haar und rollte sich auf sie. »Wenn das so ist, bringen wir es lieber schnell hinter uns.«

Schreckensvisionen von Blut und entsetzlichem Schmerz stiegen vor Victoria auf und vermehrten die Übelkeit, die der Wein verursacht hatte. Verzweifelt schrie sie: »Ich will nicht!«

»Wir haben eine Abmachung, und solange wir verheiratet sind, wirst du dich daran halten«, flüsterte er, während er ihre starren Schenkel auseinanderdrängte. Victoria schrie auf, als sein harter Penis sich seinen Eingang erzwang, aber irgendwo in den Tiefen ihrer gequälten Seele wußte sie, daß er damit recht hatte, und sie hörte auf, sich gegen ihn zu wehren. »Halt still«, drohte er finster, »ich bin vielleicht nicht so rücksichtsvoll wie dein geliebter Andrew, aber ich will dir nicht wehtun.«

Daß er Andrew zu einem derartigen Zeitpunkt erwähnte, traf Victoria mitten ins Herz, und ihr Kummer entlud sich in einem Schmerzensschrei, als Jason brutal in sie eindrang. Sie wand sich unter ihm, und Tränen der Erniedrigung flossen ihr über die Wangen, während ihr Ehemann sie ohne Zärtlichkeit oder Rücksicht mißbrauchte.

Sobald er sie freigab, rollte Victoria sich auf die Seite, vergrub ihr Gesicht in den Kissen und schluchzte herzzerbrechend vor Kummer und Entsetzen. »Geh«, sagte sie erstickt, zog die Knie an und rollte sich zusammen wie ein weinendes Kind. »Geh weg!«

Jasons zögerte, rollte sich dann vom Bett, hob seinen Morgenrock auf und ging in sein Zimmer hinüber. Er schloß die Tür, aber ihr Schluchzen verfolgte ihn. Nackt trat er an eine Kommode, ergriff die Karaffe, die dort stand, und goß sich ein halbes Glas ein. Er stürzte den Inhalt hinunter, um damit die Erinnerung an ihren Widerstand und ihren Abscheu zu ertränken, den Gedanken an ihr verschrecktes Gesicht, als sie vor dem Altar versucht hatte, sich von ihm loszumachen.

Wie dumm von ihm, sich einzubilden, daß Victoria ihn mit echter Wärme geküßt hatte. Sie hatte ihm von Anfang an gesagt, daß sie ihn nicht heiraten wollte. Vor langer Zeit, als sie entdeckt hatte, daß sie angeblich miteinander verlobt waren, hatte sie ihm gesagt, was sie wirklich von ihm hielt: *»Sie sind ein kaltes, arrogantes Ungeheuer... Keine Frau mit einem Funken Verstand würde Sie heiraten.. Sie sind nicht ein Zehntel von ihm wert...«*

Sie hatte jedes Wort ernstgemeint.

Wie dumm, sich einzureden, daß sie ihn tatsächlich

gernhatte . . . Jason drehte sich um, um das Glas abzustellen, und sah sein Spiegelbild. Seine Hüften waren blutverschmiert.

Es war Victorias Blut.

Ihr Herz mochte Andrew gehört haben, nicht aber ihr vollkommener Körper – den hatte sie nur Jason gegeben. Er starrte sich an, und Selbsthaß pulste in seinen Adern wie eine ätzende Säure. Er war so gottverdammt eifersüchtig gewesen, so verletzt, weil sie ihn in der Kirche beinahe stehengelassen hätte – er hatte nicht einmal gemerkt, daß sie noch Jungfrau war.

Er schloß die Augen, unfähig, seinen eigenen Anblick noch länger zu ertragen. Er hatte Victoria nicht mehr Zärtlichkeit oder Rücksicht entgegengebracht als ein betrunkener Matrose einer bezahlten Hure.

Ihm fiel ein, wie schwer es gewesen war, in sie einzudringen, wie klein und zerbrechlich sie sich in seinen Armen angefühlt hatte, wie brutal er sie mißbraucht hatte, und eine neue Woge von angeekelter Reue überkam ihn.

Er öffnete die Augen und starrte sich im Spiegel an. Er wußte, daß er ihre Hochzeitsnacht in einen Alptraum verwandelt hatte. Victoria war tatsächlich der sanfte, tapfere Engel, für die er sie von Anfang an gehalten hatte. Und er – er war genauso, wie seine Stiefmutter ihn als Kind genannt hatte: der Sproß des Satans.

Jasons schlüpfte in seinen Morgenrock, nahm ein Samtetui aus einer Schublade und ging zurück in Victorias Zimmer. Er stand an ihrem Bett und betrachtete sie. »Victoria«, flüsterte er. Sie zuckte beim Klang seiner Stimme zusammen, und wieder fühlte er bittere Reue. Wie verletzlich sie aussah, wie unglaublich schön sie war mit ihrem Haar, das über die Kissen floß und im Schein der Kerzen leuchtete.

Jason beobachtete sie in gequältem Schweigen. Er wollte

sie nicht stören. Schließlich zog er ihr sanft die Decke über die Schultern und strich ihr das schwere Haar aus der Stirn. »Verzeih mir«, flüsterte er seiner schlafenden Frau zu.

Er blies die Kerze aus und legte das Samtetui auf das Tischchen neben ihrem Bett, wo sie es sehen würde, wenn sie aufwachte. Brillanten würden sie trösten. Für Brillanten vergab eine Frau alles.

Zweiundzwanzigstes Kapitel

Victoria schlug die Augen auf und starrte verwirrt aus dem Fenster in einen dunklen, verhangenen Himmel. Der Schlaf umgab sie wie ein dichtes Netz, in dem ihre Gedanken sich verfingen, während ihr Blick ziellos über die ungewohnten rosa-goldenen Vorhänge ihres Bettes wanderten.

Sie fühlte sich dumpf und träge, als ob sie überhaupt nicht geschlafen hätte, und war doch unfähig weiterzuschlafen oder ganz wach zu werden. Ihre Gedanken wanderten ziellos umher, und dann wußte sie es wieder.

Mein Gott, sie war verheiratet! Wirklich und wahrhaftig verheiratet. Mit Jason.

Sie schrak hoch und unterdrückte einen Schrei entsetzten Protestes, als die Erinnerung an die vergangene Nacht sie überkam. Davor also hatte Miss Flossie sie warnen wollen. Kein Wunder, daß Frauen nicht darüber sprachen! In einem verspäteten Fluchtimpuls schickte sie sich an, aus dem Bett zu springen, aber dann besann sie sich, schüttelte ihre Kissen auf und sank wieder hinein. Die erniedrigenden Details ihrer Hochzeitsnacht standen ihr mit schmerzhafter Deutlichkeit vor Augen, und sie zuckte innerlich zusammen, als sie sich daran erinnerte, wie Jason sich vor ihr entkleidet hatte. Sie erschauerte bei dem Gedanken daran, wie er sie wegen Andrew verspottet hatte. Und dann hatte er sie mißbraucht, als sei sie ein Tier, ein stumpfes Tier ohne Gefühle, dem man weder Zärtlichkeit noch Mitgefühl beweist.

Eine Träne rann ihr über die Wange, als sie an die nächste Nacht dachte, und die übernächste, an all die Nächte, die vor ihr lagen, bis Jason sie endlich schwängerte. Wie lange würde es dauern? Ein Dutzend Mal? Zwei Dutzend? Öfter? Nein, bitte, das nicht. Das ertrug sie nicht.

Ärgerlich wischte sie sich die Tränen ab, wütend auf sich selbst, weil sie sich diese Schwäche gestattete. Gestern nacht hatte er gesagt, daß er beabsichtigte, ihr diese schreckliche Sache weiter anzutun – es war ein Teil ihrer Abmachung. Jetzt, da sie wußte, was diese Abmachung wirklich bedeutete, wollte sie sie sofort brechen!

Sie warf die Decke beiseite und schlüpfte aus dem seidenen Kokon, der ihre Entschädigung für ein Leben im Unglück sein sollte, ein Leben, das ein zynischer, herzloser Mann ihr aufzwang. Na schön, sie war kein albernes englisches Mädchen, das Angst davor hatte, der Welt zu trotzen. Eher trat sie einem Erschießungskommando entgegen als einer weiteren Nacht wie der letzten! Sie konnte auf Luxus verzichten, wenn das die Art Bezahlung war, die man von ihr verlangte.

Sie sah sich im Zimmer um und versuchte, ihren nächsten Schritt zu planen, als ihr Blick auf ein schwarzes Samtetui auf dem Tisch neben ihrem Bett fiel. Sie nahm es und ließ es aufschnappen. Dann knirschte sie vor Wut mit den Zähnen, als sie das kostbare Brillanthalsband sah. Es war fast fünf Zentimeter breit, ein zarter Strauß aus Brillanten in verschiedenen Größen und Formen, die Blüten und Blätter von Tulpen, Rosen und Orchideen bildeten.

Heiße Wut wallte in ihr auf wie roter Nebel. Sie hob das

Halsband mit zwei Fingern hoch, als sei es eine giftige Schlange, und ließ es in das Etui zurückfallen.

Jetzt erkannte sie, was sie schon immer an Jasons Geschenken gestört hatte. Er kaufte sie. Er glaubte tatsächlich, daß sie käuflich war – wie eine billige Hafenhure. Nein – keine billige, eine teure, aber nichtsdestotrotz eine Hure.

Nach der letzten Nacht hatte Victoria sich bereits mißbraucht und verletzt gefühlt. Das Halsband fügte der wachsenden Liste von Jasons Vergehen ein weiteres hinzu. Sie konnte kaum glauben, daß sie tatsächlich gedacht hatte, er habe sie gern. Er brauchte niemanden. Er wollte keine Liebe, und er hatte keine Liebe zu geben. Sie hätte es wissen sollen – er hatte es deutlich genug gesagt.

Männer! dachte Victoria wütend. Was für Ungeheuer sie waren – Andrew mit seinen falschen Liebesschwüren und Jason, der glaubte, er könne sich ihrer bedienen und sie dann mit Schmuck auszahlen.

Der Schmerz zwischen ihren Beinen ließ sie zusammenzucken, aber sie kletterte aus dem Bett und marschierte in das marmorne Bad, das an ihre Suite anschloß. Sie würde die Scheidung verlangen. Sie hatte schon von so etwas gehört. Sie würde Jason sofort von ihrer Entscheidung in Kenntnis setzen.

Ruth kam herein, als Victoria gerade aus der Badewanne stieg.

Das Gesicht der kleinen Zofe war von verschwiegenem Lächeln erhellt, als sie auf Zehenspitzen in den Raum schlich und sich umsah. Was auch immer sie erwartet hatte, es war auf jeden Fall nicht ihre Herrin, die, bereits gebadet und in ein Handtuch gehüllt, kriegerisch auf und ab lief und sich wild das Haar bürstete. Noch weniger hatte sie erwartet, die junge Braut Lord Fieldings, der angeblich ein unwiderstehlicher Liebhaber war, mit eiskalter Stimme sagen zu hören: »Es gibt keinen Grund, hier herumzuschleichen, als hättest du Angst vor deinem eigenen Schatten, Ruth. Das Ungeheuer ist nebenan.«

»Un-ungeheuer, Miss?« stammelte das arme Mädchen verständnislos. Sie kicherte nervös. »Ich – ich glaube, ich muß mich verhört haben –«

»Ganz und gar nicht«, sagte Victoria ungehalten. Als sie merkte, wie giftig ihre Stimme sich anhörte, tat es ihr augenblicklich leid. »Verzeih mir, Ruth. Ich bin wohl ein wenig . . . nun ja, erschöpft.«

Aus irgendeinem Grund errötete die kleine Zofe bei diesen Worten und kicherte, und das wiederum irritierte Victoria, die ohnehin am Rande der Hysterie schwebte, egal, wie oft sie sich sagte, daß sie vollkommen kalt und logisch und entschlossen war. Sie wartete ungeduldig, bis Ruth das Zimmer aufgeräumt hatte. Die Uhr auf dem Kaminsims zeigte auf elf, als sie durch die Verbindungstür in Jasons Zimmer trat. Sie blieb stehen und suchte Halt am Kaminsims. Ihr Körper zitterte wie Espenlaub bei dem Gedanken, eine Scheidung von ihm zu verlangen, aber sie würde es tun, und nichts konnte sie davon abbringen. Wenn sie ihm erst einmal mitgeteilt hatte, daß ihre Ehe vorbei war, hatte Jason keinerlei eheliche Rechte mehr. Danach konnte sie entscheiden, wohin sie gehen und was sie anfangen sollte. Jetzt brauchte sie erst einmal lediglich seine Einwilligung in die Scheidung. Oder brauchte sie sie gar nicht? Da sie sich dessen nicht sicher war, beschloß sie, daß es besser war, ihn nicht unnötig zu verärgern. Aber sie konnte auch nicht allzu lange um den heißen Brei herumreden.

Victoria straffte sich, zog die Schärpe ihres samtenen Morgenrocks fester, drückte die Klinke herunter und marschierte in Jasons Schlafzimmer.

Trotz des Impulses, den Porzellankrug an seinem Bett auf seinem Kopf zu zerschmettern, sagte sie höflich: »Guten Morgen.«

Er öffnete die Augen. Er war sofort hellwach, und dann lächelte er. Dieses träge, sinnliche Lächeln, das früher ihr Herz zum Schmelzen gebracht hätte, machte sie jetzt nur wütend. Irgendwie gelang es ihr trotzdem, ihn höflich, ja, beinahe freundlich anzusehen.

»Guten Morgen«, sagte Jason heiser, während sein Blick über ihren üppigen, in sinnlichen goldenen Samt gehüllten Körper glitt. Als er an die Art dachte, wie er sie in der vergangenen Nacht mißhandelt hatte, riß Jason sich von dem tiefen Ausschnitt ihres Morgenrocks los und rutschte beiseite, um ihr Platz neben sich im Bett zu machen. Tief gerührt, daß sie ihm freundlich gegenübertrat, wo die letzte Nacht ihr doch jedes Recht gab, ihn zu verachten, klopfte er neben sich auf die Matratze und sagte sanft: »Möchtest du dich nicht setzen?«

Victoria war so damit beschäftigt, den richtigen Ansatz für das zu finden, was sie sagen wollte, daß sie seiner Aufforderung nachgab. Höflich sagte sie: »Vielen Dank.«

»Wofür?« fragte er scherzhaft.

Das war genau die Chance, auf die Victoria gewartet hatte. »Für alles. Du bist in vieler Hinsicht außerordentlich großzügig zu mir gewesen. Ich weiß, wie wenig erfreut du warst, als ich auf deiner Schwelle aufgetaucht bin, aber du hast mich aufgenommen, obwohl du mich nicht hierhaben wolltest. Du hast mir schöne Kleider gekauft und mich zu Gesellschaften begleitet, was äußerst liebenswürdig von dir war. Du hast dich um meinetwillen duelliert, was zwar vollkommen unnötig, aber sehr ritterlich von dir war. Du hast mich in einer Kirche geheiratet, was ganz und gar nicht deinen Wünschen entsprach, und du hast mir zuliebe ein wunderbares Fest gegeben und lauter Menschen eingeladen, die du nicht kennst. Für all das danke ich dir.«

Jason streckte die Hand aus und strich ihr über die blasse Wange. »Es war mir ein Vergnügen«, sagte er leise.

»Jetzt möchte ich mich scheiden lassen.«

Seine Hand erstarrte. »Was?« sagte er in drohendem Flüsterton.

Victoria ballte die Fäuste im Schoß, aber sie blieb standhaft. »Ich möchte mich scheiden lassen«, wiederholte sie mit gespielter Ruhe.

»Einfach so?« fragte er mit einer schrecklichen, weichen Stimme. Auch wenn Jason bereitwillig zugab, daß er sie in der letzten Nacht sehr schlecht behandelt hatte – das hatte er nicht erwartet. »Wir sind erst einen Tag verheiratet, und du willst dich scheiden lassen?«

Victoria warf einen Blick auf seine glitzernden Augen, in denen der Zorn stand, und stand hastig auf, nur um sich von Jason wieder zurückzerren zu lassen. »Faß mich nicht an, Jason«, warnte sie.

Jason, dem sie in der letzten Nacht wie ein verwundetes Kind erschienen war, fand sich jetzt einer Unbekannten gegenüber – einer kalten, schönen Rachegöttin. Statt sich zu entschuldigen, wie er es vorgehabt hatte, sagte er: »Sei nicht albern. In den letzten fünfzig Jahren hat es hier höchstens eine Handvoll Scheidungen gegeben, und für uns kommt das nicht in Frage.«

Victoria befreite sich so energisch aus seinem Griff, daß sie sich fast die Schulter verrenkte, und wich außer Reichweite zurück. Ihr Busen wogte vor Angst und Wut. »Du bist ein Tier!« zischte sie. »Ich bin nicht albern, und ich werde dir nie wieder gestatten, mich zu berühren!«

Sie stolzierte in ihr Zimmer und schlug die Tür zu. Dann drehte sie den Schlüssel um.

Sie hatte nur ein paar Schritte gemacht, als die Tür hinter ihr aufflog und aus dem Rahmen brach. Im leeren Türrahmen stand Jason mit zornbleichem Gesicht. »Wage nicht noch einmal, einc Tür vor mir zu verschließen«, zischte er. »Und komm mir nicht noch einmal mit Scheidung! Das Haus hier gehört rechtmäßig mir, genauso wie du. Hast du mich verstanden?«

Victoria nickte hastig, entsetzt über die rohe Gewalt, die in seinen Augen flackerte. Er machte auf dem Absatz kehrt und marschierte aus dem Zimmer, während sie vor Angst bebend zurückblieb. Nic zuvor hatte sie ein menschliches Wesen derartig wütend gesehen. Jason war kein Tier, er war ein Monstrum.

Sie wartete und horchte darauf, wie er wütend Schubladen aufriß und zuschob, während er sich anzog. Ihr Verstand suchte fieberhaft nach einem Ausweg aus dem Alptraum, zu dem ihr Leben geworden war. Als sie seine Tür zufallen hörte und wußte, daß er nach unten gegangen war, warf sie sich auf ihr Bett. Dort blieb sie fast eine Stunde lang und dachte nach, aber ohne Ergebnis. Sie war gefangen, für immer und ewig. Jason hatte die Wahrheit gesagt – sie war sein Eigentum, genau wie sein Haus und seine Pferde.

Sie hatte keine Ahnung, wie sie ohne seine Einwilligung ihrerseits eine Scheidung erlangen konnte. Sie war sich nicht einmal sicher, ob sie Gründe hatte, die ein Gericht davon überzeugen würden, die Scheidung auszusprechen, aber eines wußte sie: Sie konnte unmöglich einer Versammlung weißbezopfter, männlicher Richter beschreiben, was Jason ihr in der vergangenen Nacht angetan hatte.

Sie hatte heute morgen, als sie an Scheidung gedacht hatte, nach der erstbesten Lösung gegriffen, die ihr in den Sinn gekommen war. Die ganze Idee ist undurchführbar, dachte sie mit einem ergebenen Seufzer. Sie war hier gefangen, bis sie Jason den Sohn gebar, den er wollte. Dann würde die Existenz eben dieses Kindes sie an Wakefield fesseln, denn sie wußte, daß sie ihr Kind nie im Stich lassen konnte.

Ziellos sah sie sich in dem luxuriösen Raum um. Irgendwie würde sie lernen müssen, sich an ihr neues Leben zu gewöhnen und das Beste daraus zu machen, bis das Schicksal ihr irgendwie zu Hilfe kam. In der Zwischenzeit muß ich etwas unternehmen, um nicht den Verstand zu verlieren, dachte sie, während eine betäubende Ruhe über sie kam. Sie konnte Zeit mit anderen Menschen verbringen, das Haus verlassen und ihren eigenen Vergnügungen nachgehen. Sie würde sich einen Zeitvertreib suchen müssen, um sich vom Grübeln abzuhalten. Und zwar sofort. Sie haßte Selbstmitleid und weigerte sich, ihm nachzugeben.

Sie hatte bereits Freunde in England, bald würde sie ein Kind haben, das sie lieben konnte und das ihre Liebe erwidern würde. Sie würde das Beste aus ihrem leeren Dasein machen, indem sie es mit allem anfüllen würde, was ihr half, bei Verstand zu bleiben.

Sie strich sich die Haare aus der blassen Stirn und stand auf, entschlossen, gleich damit zu beginnen. Trotzdem war sie niedergeschlagen, als sie nach Ruth läutete. Warum verachtet Jason mich so, fragte sie sich traurig. Sie sehnte sich nach jemandem, mit dem sie reden, dem sie sich anvertrauen konnte. Früher hatte sie ihre Mutter, ihren Vater und Andrew gehabt. Es half immer, wenn man über seine Sorgen sprach. Aber seit sie in England war, hatte sie niemanden mehr. Charles war nicht gesund, und sie mußte ihm zuliebe heitere Miene zum bösen Spiel machen. Abgesehen davon war Jason sein Neffe, und sie konnte ihm ihren Kummer unmöglich anvertrauen, selbst wenn Charles hier in Wakefield gewesen wäre. Caroline Collingwood war eine treue Freundin, aber sie war meilenweit entfernt, und Victoria bezweifelte, daß Caroline Jason verstand, selbst, wenn sie selbst über ihn sprach.

Ihr blieb nichts anderes übrig, als weiter alles in ihrem Inneren zu verbergen und so zu tun, als sei sie glücklich und zufrieden, bis sie es – irgendeines Tages – tatsächlich wieder war. Irgendwann, schwor sie sich grimmig, würde eine Zeit kommen, wo sie der Nacht entgegensehen konnte, ohne Angst zu haben, daß Jason in ihr Zimmer kam. Eine Zeit, wo sie ihn ansehen konnte, ohne irgend etwas zu fühlen – weder Angst noch Demütigung noch Einsamkeit. Der Tag würde kommen – irgendwann! Sobald sie ein Kind zur Welt gebracht hatte, würde er sie in Ruhe lassen, und sie betete darum, daß es bald geschehen würde.

»Ruth«, sagte sie angespannt, als die kleine Zofe erschien. »Würdest du jemanden bitten, die kleinste Kutsche, die wir haben, anspannen zu lassen – eine, die ich lenken kann? Und sag demjenigen, er soll das sanfteste Pferd aussuchen, das wir haben – ich habe nicht viel Erfahrung mit Kutschen. Und dann sag Mrs. Craddock bitte, daß sie ein paar Körbe mit dem Essen packen soll, das vom Fest übrig ist.«

»Aber Mylady«, sagte Ruth zögernd, »sehen Sie doch nur aus dem Fenster. Es ist kalt geworden, und da hinten zieht ein Gewitter auf. Sehen Sie doch nur, wie dunkel der Himmel ist.«

Victoria spähte hinaus in den bleiernen Himmel. »Es wird noch Stunden dauern, bis es regnet, wenn überhaupt«, behauptete sie leicht verzweifelt. »Ich möchte in einer halben Stunde aufbrechen. Ach – ist Lord Fielding ausgegangen oder ist er noch unten?«

»Seine Lordschaft ist gegangen, Mylady.«

»Weißt du zufällig, ob er irgendwo draußen ist?« fragte Victoria, ohne die Nervosität aus ihrer Stimme verbannen zu können. Trotz ihrer Entscheidung, Jason wie einen vollkommen Fremden zu behandeln, behagte der Gedanke, ihm jetzt schon wieder gegenüberzutreten, ihr ganz und gar nicht. Außerdem war sie sich ziemlich sicher, daß er ihr verbieten würde, bei diesem Wetter das Haus zu verlassen. Und sie mußte für eine Weile hier heraus. Sie mußte einfach!

»Lord Fielding hat den Phaeton anspannen lassen und ist weggefahren. Er hat gesagt, er muß ein paar Besuche machen. Ich hab' ihn mit eigenen Augen gesehen«, versicherte Ruth.

Die Kutsche war mit Körben beladen und wartete in der Einfahrt, als Victoria nach unten kam.

»Was soll ich Seiner Lordschaft sagen?« fragte Northrup unglücklich, als Victoria darauf bestand, trotz seiner Warnung vor dem heraufziehenden Gewitter zu fahren.

Victoria drehte sich um und gestattete ihm, ihr ein leichtes, malvenfarbenes Cape über die Schultern zu legen. Ausweichend sagte sie: »Sagen Sie ihm, ich hätte mich von ihm verabschiedet.«

Sie trat ins Freie, ging hinter das Haus und machte Wolf von seiner Kette los. Dann kehrte sie wieder zur Kutsche zurück, und ein Diener war ihr beim Einsteigen behilflich. Wolf sprang neben ihr auf den Kutschbock. Er wirkte so froh darüber, von seiner Kette befreit zu sein, daß Victoria lächelte und ihm den Kopf streichelte. »Jetzt bist du frei«, flüsterte sie dem riesigen Tier zu. »Und ich auch.«

Dreiundzwanzigstes Kapitel

Victoria ergriff die Zügel mit mehr Zuversicht, als sie tatsächlich empfand, und das temperamentvolle Pferd machte einen Satz vorwärts. »Sei schön brav«, flüsterte Victoria ängstlich.

Jason sah offenbar keinen Sinn darin, ruhige Kutschpferde in seinem Stall zu halten – die schöne Stute war unglaublich schwer zu lenken. Sie tänzelte und bäumte sich auf, daß Victorias Hände Blasen bekamen und rot waren, bis das Pferd schließlich in eine langsamere Gangart verfiel.

Als Victoria sich dem Dorf näherte, wurde der Wind heftiger und Blitze zuckten über den nachtschwarzen Himmel, während heftiger Donner rollte. Minuten später öffnete der Himmel seine Schleusen, und der Regen prasselte herab, verdeckte ihr die Sicht und verwandelte ihr Cape in einen tropfnassen Fetzen.

Victoria strich sich das nasse Haar aus den Augen und versuchte, die Straße zu finden. Sie hatte das Waisenhaus nie besucht, aber Kapitän Farrell hatte ihr den Weg beschrieben, der in anderer Richtung zu seinem Haus führte. Victoria kniff die Augen zusammen und entdeckte schließlich etwas, das wie eine der beschriebenen Straßen aussah. Sie zweigte nach links ab, und sie lenkte ihr Pferd dorthin, nicht wissend, ob sie sich auf dem Weg zum Waisenhaus oder zu Kapitän Farrell befand. Das war ihr auch egal, solange es am Ziel nur ein warmes, trockenes Plätzchen gab, wo sie vor dem Gewitter in Sicherheit war. Die Straße machte eine Kurve und stieg dann an, führte durch immer dichteren Wald, an zwei verlassenen Bauernhöfen vorbei, um immer schmaler zu werden, bis sie kaum mehr war als ein Waldweg, der sich mit zunehmender Geschwindigkeit in Morast verwandelte.

Der Schlamm hielt die Räder der Kutsche fest, und das Pferd begann, bei jedem mühseligen Schritt vor Anstrengung zu keuchen. Vor sich hinter den Bäumen sah Victoria einen schwachen Lichtschimmer. Zitternd vor Erleichterung und Kälte bog sie in den schmalen Weg ein, über dem dichte Eichen sich bogen wie ein tropfender Schirm. Plötzlich beleuchtete heller Blitz ein Haus, das groß genug war für eine Familie, aber ganz bestimmt nicht für zwanzig Waisenkinder. Über ihr grollte ohrenbetäubender Donner, und das Pferd scheute und bäumte sich auf. »Ganz ruhig«, sagte Victoria beruhigend und griff in das Zaumzeug des nervösen Tieres. Ihre Füße versanken im Schlamm, als sie das Pferd zum Haus führte und dort anband.

Wolf dicht an ihrer Seite, hob sie ihre schlammbespritzten Röcke, erklomm die Eingangstreppe des Hauses und klopfte.

Einen Augenblick später flog die Tür auf, und Kapitän Farrells rotes Gesicht erschien vor dem Hintergrund eines flackernden Kaminfeuers. »Lady Fielding!« rief er und streckte die Hand aus, um sie ins Haus zu ziehen. Ein leises, bösartiges Knurren stoppte ihn mitten in der Bewegung, und seine Augen wurden groß, als er das nasse, graue Untier sah, das ihn anknurrte und die Zähne bleckte.

»Laß das, Wolf!« befahl Victoria müde, und das Tier gehorchte.

Ohne das gefährlich wirkende Tier aus den Augen zu lassen, zog Kapitän Farrell sie vorsichtig ins Haus. Wolf folgte ihr auf den Fersen und beobachtete seinerseits unausgesetzt Mike Farrell. »Was um Himmels willen tun Sie hier draußen bei diesem Wetter?« fragte dieser besorgt.

»Sch-schwimmen«, sagte Victoria mit dem Versuch eines Scherzes, aber ihre Zähne klapperten, und ihr Körper zitterte vor Kälte, als er ihr das Cape von den Schultern nahm und über einen Stuhl am Feuer hängte.

»Sie müssen die nassen Sachen ausziehen, sonst holen Sie sich den Tod. Wird dieses Ungeheuer Sie lange genug aus den Augen lassen, daß Sie sich etwas Warmes anziehen können?«

Victoria schlang die Arme um ihren Körper und nickte.

Sie warf ihrem treuen Beschützer einen Blick zu und kommandierte: »Sitz, Wolf.«

Der Hund ließ sich vor dem Kamin zu Boden fallen und legte den Kopf auf seine riesigen Pfoten, den Blick unverwandt auf die Tür zum Schlafzimmer gerichtet, hinter der sie verschwunden war.

»Ich lege Holz nach«, sagte Kapitän Farrell und gab ihr eine seiner Hosen und ein Hemd. »Das ist das Beste, was ich zu bieten habe.« Victoria wollte etwas sagen, aber er kam ihr zuvor. »Ich will nichts davon hören, wie unschicklich es für eine Frau ist, Männerkleidung zu tragen, junge Dame«, sagte er gebieterisch. »Waschen Sie sich mit dem Wasser in dem Krug da und wickeln Sie sich in die Decke ein. Wenn Sie fertig sind, kommen Sie ans Feuer. Falls Sie sich fragen, ob Jason etwas dagegen hätte, daß Sie meine Kleider tragen, keine Angst – ich kenne ihn, seit er ein kleiner Junge war.«

Victoria hob den Kopf. »Ich interessiere mich nicht dafür, was Jason denken mag«, sagte sie, unfähig, den rebellischen Ton aus ihrer Stimme fernzuhalten. »Ich habe nicht die Absicht, mich ihm zuliebe zu Tode zu frieren. Oder wegen irgend jemand anderem«, verbesserte sie hastig, als sie merkte, daß sie sich verriet.

Kapitän Farrell warf ihr einen prüfenden Blick zu, aber er nickte nur. »Gut. Das ist sehr vernünftig.«

»Wenn ich vernünftig wäre, wäre ich heute zu Hause geblieben.« Victoria lächelte schwach, um ihr Unglück über den mißglückten Versuch zu einem glücklichen Leben zu verbergen.

Als sie aus dem Schlafzimmer kam, hatte Kapitän Farrell bereits das Pferd in der kleinen Scheune neben dem Haus untergestellt, das Feuer angefacht und Tee gekocht. Jetzt gab er ihr ein großes Tuch. »Für Ihre Haare«, befahl er gutmütig und führte sie zu dem Sessel, den er an den Kamin gezogen hatte.

»Stört es Sie, wenn ich die hier rauche?« fragte er und hielt seine Pfeife hoch, während er sich ihr gegenübersetzte.

»Überhaupt nicht«, sagte Victoria höflich.

Den beunruhigend direkten Blick auf Victorias Gesicht gerichtet, stopfte er die Pfeife, zündete sie an und schmauchte genüßlich. Dann fragte er: »Warum haben Sie das nicht getan?«

»Was getan?«

»Warum sind Sie nicht zu Hause geblieben?«

Victoria fragte sich, ob sie genauso schuldbewußt und unglücklich aussah, wie sie sich fühlte. Sie zuckte die Achseln. »Ich wollte den Waisenkindern Essen bringen. Wir hatten soviel übrig von dem Fest gestern.«

»Aber es war offensichtlich, daß ein Gewitter aufzieht, und Sie hätten einen Diener zum Waisenhaus schicken können – bis dahin ist es übrigens noch eine Meile. Statt dessen haben Sie beschlossen, den Elementen zu trotzen und selbst hinzufahren.«

»Ich mußte – ich meine, ich wollte – für eine Weile weg, aus dem Haus, wollte ich sagen«, sagte Victoria und rührte mit unangemessener Konzentration in ihrem Tee.

»Ich bin erstaunt, daß Jason nicht darauf bestanden hat, Sie im Haus zu behalten«, bohrte er hartnäckig weiter.

»Ich habe es nicht für nötig gehalten, ihn um Erlaubnis zu bitten«, erwiderte Victoria nervös.

»Er macht sich bestimmt schreckliche Sorgen um Sie.«

»Ich bezweifle, ob er überhaupt merkt, daß ich nicht da bin.« Und wenn, ist es ihm sicher egal, dachte sie unglücklich.

»Lady Fielding?«

Etwas in seinem Ton überzeugte Victoria davon, daß sie

diese Unterhaltung nicht weiterführen sollte. Andererseits blieb ihr nicht viel anderes übrig. »Ja, Kapitän?« sagte sie mißtrauisch.

»Ich habe Jason heute morgen gesehen.«

Victorias Unbehagen wuchs. »Ach ja?« Sie hatte den schlimmen Verdacht, daß Jason hierhergekommen war, um mit seinem alten Freund über sie zu sprechen, und sie fing an zu glauben, die ganze Welt habe sich gegen sie verschworen.

Offenbar ahnte Kapitän Farrell, was sie dachte, denn er erklärte: »Jason besitzt eine große Flotte von Schiffen. Ich habe das Kommando auf einem davon, und er wollte das Resultat der letzten Reise mit mir besprechen.«

Victoria ergriff die Gelegenheit, um das Gespräch von sich abzulenken. »Ich wußte gar nicht, daß Lord Fielding mit Schiffen zu tun hat«, sagte sie wißbegierig.

»Wie merkwürdig.«

»Was?«

»Vielleicht bin ich altmodisch, aber ich finde es merkwürdig, wenn eine Frau nichts davon weiß, daß ihr Gatte Jahre seines Lebens an Bord eines Schiffes verbracht hat.«

Victoria staunte ihn an. Nach allem, was sie wußte, war Jason ein englischer Edelmann – ein arroganter, reicher, weltmüder, verwöhnter Aristokrat. Das einzige, was ihn von anderen Adligen unterschied, war, daß Jason einen Großteil seiner Zeit mit Arbeit verbrachte, während die anderen reichen Gentlemen, die sie in England kennengelernt hatte, ihr gesamtes Leben mit Nichtstun und Geselligkeit verbrachten.

»Möglicherweise interessieren Sie sich einfach nicht für das, was er leistet?« bohrte Kapitän Farrell gnadenlos weiter. Er sog einen Augenblick an seiner Pfeife und fragte dann direkt: »Warum haben Sie ihn geheiratet?«

Victoria riß die Augen auf. Sie kam sich vor wie ein gefangenes Kaninchen, ein Gefühl, das sie in letzter Zeit sehr oft hatte und das ihrem Stolz zutiefst widerstrebte. Sie hob den Kopf und musterte ihren Inquisitor mit schlechtverhohlener Abneigung. Mit größtmöglicher Würde erwiderte sie: »Ich habe Lord Fielding aus den üblichen Gründen geheiratet.«

»Geld, Einfluß und soziale Stellung«, sagte Kapitän Farrell mit beißendem Spott. »Na, jetzt haben Sie, was Sie wollen. Meinen Glückwunsch.«

Diese unverdiente Attacke war zuviel. Tränen hilfloser Wut schossen ihr in die Augen, als sie aufstand und die Decke um sich raffte. »Kapitän, ich bin weder naß noch unglücklich genug, um hier zu sitzen und mir anzuhören, daß ich habgierig und selbstsüchtig und – eine Schmarotzerin –«

»Und warum nicht?« sagte er schroff. »Offensichtlich sind Sie all das.«

»Mir ist egal, was Sie von mir denken. Ich –« Ihre Stimme brach, und Victoria wollte ins Schlafzimmer fliehen, um ihre Kleider zu holen, aber Farrell sprang auf und verstellte ihr den Weg.

»Warum wollen Sie sich scheiden lassen?« fragte er scharf, aber seine Miene wurde sanfter, als er in ihr Gesicht sah. Selbst in eine alte Wolldecke gehüllt war Victoria Seaton ein lieblicher Anblick. Der Schein des Feuers glomm in ihrem rotgoldenen Haar, und ihre herrlichen blauen Augen blitzten vor hilflosem Zorn. Sie hatte Stolz, aber die Tränen in ihren Augen verrieten, daß er fast gebrochen war. Sie sah aus, als würde sie im nächsten Moment zusammenbrechen.

»Heute morgen habe ich Jason gefragt, ob Sie ihn schon verlassen hätten. Das nicht, hat er gesagt, aber Sie hätten um die Scheidung gebeten. Ich dachte, das sei ein Scherz, aber als Sie gerade hier hereingekommen sind, haben Sie nicht gerade ausgesehen wie eine strahlende Braut.«

Am Rande der Verzweiflung sah Victoria in das unerbittliche, sonnengebräunte Gesicht ihres Plagegeistes. Tapfer unterdrückte sie ihre Tränen und versuchte, ihre Würde zu bewahren. »Würden Sie mir bitte aus dem Weg gehen«, sagte sie mit erstickter Stimme.

Statt zur Seite zu treten, packte er ihre Schultern. »Jetzt, da Sie alles haben, was Sie von ihm wollten – das Geld, die Macht und die Stellung: Warum wollen Sie sich scheiden lassen?«

»Ich habe nichts, gar nichts!« rief Victoria, den Tränen nahe, aus. »Lassen Sie mich los!«

»Nicht, bevor ich herausgefunden habe, wie ich Sie so falsch beurteilen konnte. Gestern, als wir miteinander geredet haben, fand ich Sie wunderbar. Ich habe das Lachen in Ihren Augen gesehen, wenn sie gesprochen haben, und die Art, wie Sie die Dörfler behandelt haben. Und ich habe mir gedacht, daß Sie eine wirkliche Frau sind, nicht irgend so ein habgieriges, verwöhntes kleines Ding!«

Heiße Tränen schossen Victoria in die Augen, als sie dieses vernichtende Urteil aus dem Munde eines Fremden hörte, noch dazu eines Freundes von Jason. »Lassen Sie mich in Ruhe, verdammt noch mal«, schluchzte sie und versuchte, ihn wegzuschieben.

Erstaunlicherweise legten sich seine Arme um sie und zogen sie an seine breite Brust. »Weinen Sie«, befahl er brummig. »In Gottes Namen, weinen Sie sich aus.«

Victoria erschauerte, und er flüsterte: »Weinen Sie sich aus, Kind. Wenn Sie alles in Ihrem Herzen vergraben, gehen Sie daran zugrunde.«

Victoria hatte gelernt, Tragödien und Feindseligkeit zu ertragen, aber Güte und Verständnis waren zuviel für sie.

Die Tränen schossen ihr aus den Augen, und sie schluchzte herzzerbrechend, in langen, schmerzhaften Stößen, die ihren ganzen Körper erbeben ließen. Sie wußte nicht, wann Kapitän Farrell sie dazu gebracht hatte, sich neben ihn auf das Sofa zu setzen oder wann sie begonnen hatte, ihm vom Tod ihrer Eltern und der Abfolge der Ereignisse bis zu Jasons kaltherzigem Heiratsantrag zu erzählen. Den Kopf an seiner Schulter vergraben, beantwortete sie seine Fragen über Jason und warum sie ihn geheiratet hatte. Und als sie fertig war, fühlte sie sich besser als seit Wochen.

»So ist das also«, sagte er mit leisem, bewunderndem Lächeln. »Trotz Jasons gefühllosem Antrag, trotzdem Sie eigentlich nichts von ihm wissen, haben Sie gedacht, daß er sie braucht?«

Victoria wischte sich verlegen die Tränen ab und nickte. »Natürlich war das sehr töricht von mir, aber manchmal wirkte er so einsam – wenn ich ihn in einem Ballsaal sah zum Beispiel, umgeben von Menschen, meistens von Frauen – und ich hatte dieses eigenartige Gefühl, daß er sich genauso einsam fühlte wie ich. Und Onkel Charles hat auch gesagt, daß Jason mich braucht. Aber wir haben uns alle beide geirrt. Jason will einen Sohn, so einfach ist das. Mich braucht er nicht.«

»Da irren sie sich«, sagte der Kapitän mit sanfter Unerbittlichkeit. »Jason braucht eine Frau wie Sie, seitdem er auf der Welt ist. Er braucht Sie, um seine tiefen Wunden zu heilen und ihm zu zeigen, wie man liebt und wiedergeliebt wird. Wenn Sie mehr von ihm wüßten, könnten Sie verstehen, warum ich das sage.« Kapitän Farrell erhob sich und holte eine Flasche. Er goß etwas von dem Inhalt in zwei Gläser und reichte ihr eines davon.

»Werden Sie mir von ihm erzählen?« fragte Victoria, als er vor den Kamin trat und auf sie heruntersah.

»Ja.«

Victoria beäugte mißtrauisch den Whisky, den er ihr gegeben hatte, und wollte ihn auf den Tisch stellen.

»Wenn Sie etwas über Jason hören wollen, sollten Sie das trinken«, sagte Kapitän Farrell finster. »Sie werden es brauchen.«

Victoria nippte an dem scharfen Gebräu, aber der stämmige Ire hob sein Glas und trank es mit einem Zug halbleer, so, als ob auch er es bräuchte.

»Ich werde Ihnen Dinge von Jason erzählen, die nur ich weiß, Dinge, von denen Sie offenbar nichts wissen sollen, sonst hätte er es Ihnen erzählt. Ich breche damit Jasons Vertrauen, und bis jetzt war ich einer der wenigen Menschen, die ihn nie betrogen haben. Er ist wie ein Sohn für mich, Victoria, und ich tue es sehr ungern, aber ich glaube, es ist wichtig, daß Sie ihn verstehen.«

Langsam schüttelte Victoria den Kopf. »Vielleicht sollten Sie mir gar nichts erzählen, Kapitän Farrell. Lord Fielding und ich sind uns nur selten einig, aber ich möchte nicht, daß einer von Ihnen beiden unter dem zu leiden hat, was Sie mir erzählen werden.«

Ein Lächeln huschte über Kapitän Farrells grimmige Züge. »Wenn ich Angst hätte, daß Sie das, was ich Ihnen sage, gegen ihn verwenden, würde ich meinen Mund halten. Aber das werden Sie nicht. Sie besitzen Stärke, Mitgefühl und Einfühlungsvermögen, das habe ich gestern abend mit eigenen Augen gesehen. Ich habe zugesehen, wie sie mit den einfachen Leuten gelacht haben, und ich dachte mir, was für eine wunderbare junge Frau Sie sind – und die perfekte Frau für Jason. Und das denke ich immer noch.«

Er holte tief Luft und fing an. »Das erstemal habe ich Jason in Bombay gesehen. Es ist schon viele Jahre her, und ich habe damals für einen reichen indischen Kaufmann namens Napal gearbeitet, der von Bombay aus Ware in alle Welt verkaufte. Napal gehörte nicht nur die Ware, mit der er handelte, er besaß auch vier Schiffe, die sie in alle Welt transportierten. Ich war erster Maat auf einem dieser Schiffe.

Ich war sechs Monate auf See gewesen, und als wir nach einer sehr einträglichen Fahrt wieder in Bombay angelegt hatten, lud Napal den Kapitän und mich zu sich ein, um zu feiern.

Es ist immer heiß in Indien, aber an diesem Tag schien es noch heißer zu sein als gewöhnlich, besonders, weil ich mich auf dem Weg zu Napals Haus verirrte. Irgendwie landete ich in einem Labyrinth von engen Gassen, und als ich endlich wieder herausfand, stand ich auf einem elenden kleinen Platz zwischen schmutzigen, zerlumpten Indern – die Armut dort ist unvorstellbar. Wie dem auch sei, ich sah mich um und hoffte wider besseres Wissen, daß ich jemanden finden würde, den ich auf französisch oder englisch nach dem Weg fragen konnte.

An einem Ende des Platzes stand eine Menschenmenge, die etwas zu beobachten schien – was, konnte ich nicht erkennen –, und ich ging hin. Sie standen vor einem Gebäude und sahen zu, was im Inneren vor sich ging. Ich wollte schon umkehren, da sah ich das grobe Holzkreuz über dem Eingang. Ich hielt das Gebäude für eine Kirche, wo ich vielleicht jemanden finden konnte, der meine Sprache beherrschte, und so drängte ich mich durch die Menge und trat ein. Ich bahnte mir einen Weg durch ungefähr hundert zerlumpte Inder, bis ich eine Frau hörte, die auf englisch etwas von Wollust und der Vergeltung des Allmächtigen kreischte.

Als ich soweit durchgedrungen war, daß ich etwas sehen konnte, sah ich die Frau auf einer Art Holzgerüst stehen, neben sich einen kleinen Jungen. Sie zeigte auf das Kind und schrie, er sei der Teufel, ›der Sproß der Wollust‹ und ›die Frucht des Bösen‹, und dann riß sie den Kopf des Kindes hoch, und ich konnte sein Gesicht sehen.

Ich war wie vom Blitz getroffen, als ich sah, daß der Junge weiß war. ›Seht den Teufel und die Rache des Herrn‹, schrie sie der Menge zu, und dann drehte sie den Jungen um, um ihnen die ›Rache des Herrn‹ zu zeigen. Als ich seinen Rücken sah, dachte ich, ich müßte mich erbrechen.«

Kapitän Farrell schluckte vernehmlich. »Victoria, der Rücken dieses kleinen Jungen war schwarz und blau von Schlägen, und die unzähligen Narben verrieten, daß er schon Gott weiß wie oft geschlagen worden war. Offenbar hatte sie ihn gerade vor ihrer ›Gemeinde‹ gezüchtigt – Indern macht diese Art barbarischer Grausamkeit nichts aus.«

Sein Gesicht verzerrte sich, als er weitersprach. »Während ich dastand, befahl das irrsinnige Weib dem Kind, es solle sich hinknien und den Herrn um Vergebung bitten. Er sah ihr gerade in die Augen, ohne ein Wort zu sagen, aber er rührte sich nicht, und sie gab ihm einen Schlag mit ihrer Peitsche, der einen erwachsenen Mann in die Knie gezwungen hätte. Das Kind gehorchte. ›Bete, du Satan‹, kreischte sie das kniende Kind an, und dann schlug sie es wieder. Das Kind sagte kein Wort, sondern starrte einfach geradeaus, und dann sah ich seine Augen . . . Seine Augen waren trokken. Keine einzige Träne stand darin. Aber Schmerz – Gott, ein solcher Schmerz!«

Victoria erschauerte vor Mitleid mit dem unbekannten Kind und fragte sich, warum Kapitän Farrell ihr diese grausige Geschichte erzählte, bevor er über Jason sprach.

Kapitän Farrells Gesicht verzog sich. »Ich werde die Qual in seinen Augen nie vergessen«, flüsterte er heiser, »und wie grün sie in diesem Augenblick waren.«

Victorias Glas fiel zu Boden und zerbrach in tausend

Scherben. Sie schüttelte wild den Kopf, um nicht zu hören, was er ihr erzählte. »Nein«, rief sie verzweifelt. »O bitte, nein –«

Scheinbar ohne auf ihr Entsetzen zu achten, sprach Kapitän Farrell weiter, unverwandt geradeaus starrend, in Erinnerungen verloren. »Dann betete der kleine Junge. Er faltete die Hände und deklamierte: ›Ich knie vor dem Herrn und bitte demütig um Vergebung.‹ Die Frau zwang ihn, es wieder und wieder zu sagen, immer lauter, und als sie zufrieden war, zerrte sie ihn hoch. Sie zeigte auf die schmutzstarrenden Inder und befahl ihm, sie um Vergebung zu bitten. Dann gab sie ihm eine kleine Schale. Ich sah zu, wie der kleine Junge vor den ›Gläubigen‹ niederkniete, den Saum ihrer schmutzigen Lumpen küßte und sie ›um Vergebung anflehte‹.«

»Nein«, stöhnte Victoria, schlang ihre Arme um sich und schloß die Augen, während sie versuchte, das Bild eines gefolterten, gedemütigten kleinen Jungen mit schwarzen Locken und grünen Augen aus ihren Gedanken zu verbannen.

»Irgend etwas in mir zerbrach«, fuhr Farrell fort. »Die Inder sind allesamt Fanatiker, und mir ist egal, was sie anstellen. Aber ein Kind meiner eigenen Rasse so mißbraucht zu sehen –. Und es war noch mehr als das. Es war etwas an diesem kleinen Jungen, das mich berührte – er war schmutzig und zerlumpt und unterernährt, aber es war etwas von Trotz und Verachtung in seinem Blick, das mir fast das Herz brach. Ich wartete, während er vor den Indern niederkniete und sie Münzen in seine Schale fallen ließen. Dann brachte er der Frau die Schale, und sie lächelte. Sie nahm die Schale und lächelte ihn an. Dann sagte sie ihm, daß er jetzt ›gut‹ war, und lächelte weiter ihr fanatisches, irrsinniges Lächeln.

Ich sah dieses Weib an, das da an dem groben Altar stand

und ein Kreuz umklammerte, und ich wollte nur eines – sie umbringen. Andererseits wußte ich nicht, wie ergeben ihre Gemeinde ihr war, und da ich ihnen allein nicht gewachsen war, fragte ich sie, ob sie mir den Jungen verkaufen würde. Ich sagte, meiner Meinung nach müsse er die Hand eines Mannes spüren, um ordentlich bestraft zu werden.«

Eine Art freudloses Grinsen trat auf Kapitän Farrells Gesicht, und er sah Victoria an. »Sie hat ihn mir für die sechs Monate Heuer verkauft, die ich in der Tasche hatte. Ihr Mann war ein Jahr zuvor gestorben, und sie brauchte das Geld genauso dringend wie einen Prügelknaben. Aber noch bevor ich mit dem Jungen verschwunden war, warf sie mein Geld unter die Leute und schrie, daß Gott ihnen durch sie seine Gaben gesandt hatte. Sie war verrückt. Vollkommen verrückt.«

Victorias Stimme war ein flehendes Flüstern. »Glauben Sie, daß es Jason besser ergangen ist, bevor sein Vater starb?«

»Jasons Vater lebt noch«, antwortete Kapitän Farrell steif. »Jason ist Charles' unehelicher Sohn.«

Der Raum fing an, sich zu drehen, und Victoria preßte eine Hand auf ihren Mund, um die aufsteigende Übelkeit zu unterdrücken.

»Finden Sie den Gedanken, mit einem Bastard verheiratet zu sein, so abstoßend?« fragte er, als er ihre Reaktion sah.

»Wie können Sie so etwas Albernes fragen!« entfuhr es Victoria entrüstet.

Er lächelte. »Gut. Ich habe es auch nicht angenommen, aber Engländer sind in dieser Hinsicht sehr streng.«

Hitzig erwiderte Victoria: »Was extrem bigott von ihnen ist. Immerhin sind drei Herzöge, die ich mit Namen nennen könnte, direkte Nachkommen von König Charles' Bastarden. Außerdem bin ich nicht aus England, sondern aus Amerika.«

»Sie sind entzückend«, sagte er sanft.

»Würden Sie mir auch den Rest erzählen?« bat sie mit einem Herzen, das bereits bis zum Überlaufen von Mitleid erfüllt war.

»Der Rest ist nicht mehr so wichtig. Ich habe Jason noch in derselben Nacht zu Napal gebracht. Einer von Napals Dienern hat ihn gewaschen und zu uns hereingeschickt. Das Kind wollte nicht sprechen, aber als es sein Schweigen brach, war offenbar, daß es intelligent war. Als ich Napal die Geschichte erzählte, tat Jason ihm leid, und er nahm ihn als eine Art Laufburschen bei sich auf. Jason bekam kein Geld, aber er hatte ein Bett in Napals Geschäftsräumen, anständiges Essen und Kleidung. Er hat sich selbst Lesen und Schreiben beigebracht – er hatte eine unersättliche Gier zu lernen.

Als Jason sechzehn war, hatte er alles von Napal gelernt, was er wissen mußte, um Kaufmann zu werden. Außer seiner Intelligenz besaß Jason einen unglaublichen Ehrgeiz. Ich vermute, es lag daran, daß er als Kind zum Betteln gezwungen worden war.

Jedenfalls wurde Napal mit fortschreitendem Alter weicher, und da er keine eigenen Kinder hatte, begann er, Jason eher als Sohn denn als schlechtbezahlten überarbeiteten Untergebenen zu sehen. Jason überredete Napal, ihn auf einem seiner Schiffe segeln zu lassen, damit er die Seefahrt aus eigener Anschauung kennenlernen konnte. Damals war ich schon Kapitän, und Jason segelte fünf Jahre lang mit mir.«

»War er ein guter Seemann?« fragte Victoria leise, mit unsinnigem Stolz auf den kleinen Jungen, der zu einem derartig erfolgreichen Mann herangewachsen war.

»Der Allerbeste. Er fing als einfacher Matrose an, aber in seiner freien Zeit ließ er sich von mir Navigation und alles andere beibringen. Napal starb zwei Tage, nachdem wir von einer unserer Reisen zurückgekehrt waren. Er saß in seinem Büro, und sein Herz blieb stehen, einfach so. Jason tat alles, was er konnte, um ihn zu retten, er versuchte sogar, ihm seinen eigenen Atem einzuhauchen. Die andern im Geschäft glaubten, daß Jason den Verstand verloren hätte, aber er liebte den alten Geizkragen. Er hat monatelang um ihn getrauert. Aber ohne eine einzige Träne«, sagte Mike Farrell leise. »Jason kann nicht weinen. Die Hexe, die ihn aufgezogen hat, war überzeugt davon, daß ›Teufel‹ nicht weinen können, und sie prügelte ihn nur um so schlimmer, wenn er es tat. Das hat Jason mir erzählt, als er neun Jahre alt war.

Napal hinterließ Jason seinen gesamten Besitz. In den nächsten sechs Jahren tat Jason das, wozu er Napal immer hatte überreden wollen – er kaufte eine ganze Flotte von Schiffen und vervielfachte Napals Vermögen.«

Als Kapitän Farrell schweigend ins Feuer starrte, sagte Victoria: »Jason war doch auch verheiratet, nicht? Ich habe es erst vor ein paar Tagen erfahren.«

»Ach ja, er war verheiratet«, sagte Mike, ging zu der Whiskyflasche und schenkte sich ein. »Zwei Jahre nach Napals Tod war Jason der reichste Mann in Bombay geworden. Diese Eigenschaft bescherte ihm das Interesse einer schönen, skrupellosen Frau namens Melissa. Ihr Vater war ein in Bombay lebender Engländer, der für die Regierung arbeitete. Melissa hatte Stil und eine gute Erziehung, alles außer dem, was sie am dringendsten brauchte: Geld. Sie hat Jason geheiratet, weil er ihr geben konnte, was sie brauchte.«

»Und warum hat Jason sie geheiratet?« fragte Victoria.

Mike Farrell zuckte die Achseln. »Er war jünger als sie und von ihrem Äußeren geblendet, vermute ich. Und die Dame – und ich benutze den Ausdruck ungern – hatte eine . . . Art . . . an sich, die jeden Mann glauben ließ, daß er Wärme in ihren Armen finden würde. Diese Wärme hat sie an Jason verschachert, und dafür hat sie genommen, was immer sie aus ihm herausholen konnte. Und das war eine ganze Menge – Juwelen, die einer Königin gefallen hätten. Sie nahm sie und lächelte ihn an. Sie hatte ein wunderschönes Gesicht, aber aus irgendeinem Grund mußte ich immer, wenn sie ihn so anlächelte, an die verrückte alte Hexe mit der Holzschale denken.«

Mit schmerzhafter Deutlichkeit erinnerte Victoria sich daran, wie Jason ihr die Perlen und die Saphire geschenkt und zum Dank einen Kuß verlangt hatte. Traurig fragte sie sich, ob er glaubte, daß er eine Frau bestechen mußte, damit sie ihn liebte.

Mike hob sein Glas und nahm einen tiefen Schluck. »Melissa war eine Hure – eine Hure, die ihr Leben damit verbrachte, von einem Bett zum anderen zu wandern, sobald sie verheiratet war. Und es ist merkwürdig, aber sie hatte einen Wutanfall, als sie herausfand, daß Jason ein Bastard ist. Ich war in ihrem Haus in Bombay, als der Herzog von Atherton auftauchte und seinen Sohn zu sprechen verlangte. Melissa wurde wild vor Wut, als sie begriff, daß Jason Charles' *illegitimer* Sohn ist. Anscheinend verstieß es gegen ihre Prinzipien, ihre Familie mit der eines Bastards zu verbinden. Allerdings schien es nicht gegen ihre Prinzipien zu verstoßen, ihren Körper jedem Mann zu schenken, der sie in sein Bett einlud. Eigenartiger Moralkodex, finden Sie nicht auch?«

»Allerdings!« bestätigte Victoria nachdrücklich.

Kapitän Farrell grinste über ihre loyale Antwort und sagte dann: »Wenn Jason ihr gegenüber irgendwelche zärtlichen Gefühle empfunden haben sollte, so wurden sie schon bald durch das Leben mit ihr zerstört. Immerhin gebar sie ihm einen Sohn, und aus diesem Grund versorgte er sie königlich und ignorierte ihre Affären. Ehrlich gesagt glaube ich, daß es ihm vollkommen gleichgültig war, was sie tat.«

Victoria, die nicht wußte, daß Jason einen Sohn hatte, setzte sich kerzengerade auf und starrte Kapitän Farrell schockiert an, während er weitersprach. »Jason hat den Jungen vergöttert. Er hat ihn fast überallhin mitgenommen. Er war sogar einverstanden, hierherzukommen und ein Vermögen dafür auszugeben, Charles Fieldings heruntergekommene Herrenhäuser instandzusetzen, so daß Jamie ein richtiges Königreich erben konnte. Und am Ende war alles umsonst. Melissa hat versucht, mit ihrem letzten Liebhaber durchzubrennen und Jamie mitgenommen. Sie wollte ihn Jason später gegen Lösegeld zurückgeben. Ihr Schiff ist in einem Sturm gesunken.«

Kapitän Farrells Hand krampfte sich um sein Glas, und die Muskeln an seinem Hals zuckten. »Ich war der erste, der entdeckt hat, daß Melissa Jamie mitgenommen hatte. Ich mußte Jason auch sagen, daß sein Sohn tot ist. Ich habe geweint«, sagte er heiser. »Aber Jason nicht. Nicht einmal da. Er kann nicht weinen.«

»Kapitän Farrell«, sagte Victoria mit erstickter Stimme, »ich würde jetzt gerne nach Hause fahren. Es ist schon spät, und Jason macht sich vielleicht Sorgen um mich.«

Der Kummer in Mikes Gesicht verflog, und er lächelte. »Eine ausgezeichnete Idee«, rief er. »Aber bevor Sie gehen, möchte ich Ihnen noch etwas sagen.«

»Was?«

»Lassen Sie sich von Jason nicht weismachen, daß er nichts von Ihnen will als ein Kind. Ich kenne ihn besser als irgend jemand sonst, und ich hab' gesehen, wie er Ihnen letzte Nacht zugesehen hat. Er ist jetzt schon in Sie verliebt, obwohl ich bezweifle, daß er es weiß.«

»Ich kann es ihm nicht verdenken, wenn er keine Frau lieben will«, sagte Victoria traurig. »Ich kann mir nicht vorstellen, wie er all das, was ihm zu gestoßen ist, überlebt hat, ohne den Verstand zu verlieren.«

»Er ist stark«, erwiderte Kapitän Farrell. »Jason ist der stärkste Mensch, den ich je gesehen habe. Und der beste. Lieben Sie ihn, Victoria – ich weiß, daß Sie es können. Und lehren Sie ihn, Sie zu lieben. Er hat viel Liebe zu geben, aber zuerst wird er lernen müssen, Ihnen zu vertrauen. Sobald er das tut, wird er Ihnen die Welt zu Füßen legen.«

Victoria stand auf, aber ihr Blick war verzagt. »Woher sind Sie so sicher, daß alles so gehen wird, wie Sie glauben?«

Die Stimme des Iren war sanft, und seine Augen schienen weit in die Ferne zu sehen. »Weil ich vor langer Zeit auch so ein Mädchen wie Sie getroffen habe. Sie hatte dieselbe Wärme und den gleichen Mut. Sie hat mir gezeigt, was es heißt zu vertrauen, zu lieben und wiedergeliebt zu werden. Ich habe keine Angst vor dem Tod, weil ich weiß, daß sie da drüben auf mich wartet. Die meisten Menschen verlieben sich schnell und oft, aber Jason ist so wie ich. Er wird nur einmal lieben – aber dann für immer.«

Vierundzwanzigstes Kapitel

Während Victoria ihre feuchten Kleider anzog, spannte Kapitän Farrell an und holte die Kutsche aus der kleinen Scheune. Er half ihr hinein und bestieg sein eigenes Pferd. Der Wolkenbruch war in trübes, anhaltendes Nieseln übergegangen, und er ritt in der hereinbrechenden Dämmerung neben ihr her nach Wakefield.

»Es gibt überhaupt keinen Grund, warum Sie den ganzen Weg mit mir zurückreiten sollten«, sagte sie. »Ich kenne den Weg.«

»O doch«, sagte Kapitän Farrell warnend. »Die Straßen

sind nach Einbruch der Dunkelheit nicht sicher. Letzte Woche erst ist hier eine Kutsche angehalten worden. Die Insassen wurden ausgeraubt, und einer von ihnen wurde angeschossen. Und zwei Wochen vorher hat sich eines der älteren Mädchen aus dem Waisenhaus zu weit in den Wald gewagt, und später hat man sie tot aus dem Fluß gefischt. Sie war nicht ganz bei sich, deswegen ist nicht sicher, ob es ein Verbrechen war. Aber man sollte kein unnötiges Risiko eingehen.«

Victoria hörte zwar seine Worte, aber ihre Gedanken waren bei Jason, und ihr Herz klopfte vor Zuneigung zu dem Mann, der sie aufgenommen hatte, als sie nach England gekommen war, der ihr schöne Dinge geschenkt, sie aufgeheitert hatte, wenn sie einsam war. Und sie schließlich geheiratet hatte. Natürlich war er oft abweisend und unnahbar, aber je mehr sie darüber nachdachte, desto fester war sie davon überzeugt, daß Kapitän Farrell recht hatte – Jason mußte sie gern haben, sonst wäre er nie das Wagnis einer zweiten Ehe eingegangen.

Sie erinnerte sich an die gierige Leidenschaft seiner Küsse, bevor sie geheiratet hatten, und das überzeugte sie noch mehr. Trotz der Qualen, die er als Kind im Namen des »Glaubens« erlitten hatte, war er in eine Kirche gegangen und hatte sie dort geheiratet, weil sie ihn darum gebeten hatte.

»Ich glaube, Sie sollten jetzt nicht weiter mitkommen«, sagte Victoria, als sie sich dem schmiedeeisernen Tor von Wakefield näherten.

»Warum nicht?«

»Wenn Jason weiß, daß ich den Nachmittag bei Ihnen verbracht habe, wird er bestimmt vermuten, daß Sie mir von ihm erzählt haben, sobald ich mich ihm gegenüber anders verhalte.«

Kapitän Farrell zog seine Augenbrauen hoch. »Und werden Sie sich anders verhalten?«

Victoria nickte. »Ich glaube schon.« Fast unhörbar setzte sie hinzu. »Ich werde versuchen, einen Panther zu zähmen.«

»Dann haben Sie recht. Es ist besser, wenn Jason nicht weiß, daß Sie bei mir waren. Auf dem Weg zu mir sind Sie an zwei verlassenen Bauernhöfen vorbeigekommen. Sie können sagen, daß Sie dort angehalten haben – aber ich warne Sie, Jason haßt es, angelogen zu werden. Lassen Sie sich nicht erwischen.«

»Ich lüge auch nicht gerne«, sagte Victoria erschauernd. »Und noch weniger gerne lasse ich mich von Jason dabei erwischen.«

»Ich fürchte, er wird sich große Sorgen machen, wenn er schon wieder da ist und gemerkt hat, daß Sie bei diesem Wetter allein unterwegs sind.«

Jason war wieder da, und er machte sich Sorgen. Außerdem war er wütend. Victoria hörte seine laute Stimme im vorderen Teil des Hauses, sobald sie durch die Hintertür eintrat, nachdem sie Wolf draußen angebunden hatte. Mit einer Mischung von Schreck und Wiedersehensfreude ging sie den Korridor entlang und betrat sein Arbeitszimmer. Er lief, ihr den Rücken zudrehend, nervös auf und ab und verhörte eine Gruppe von sechs schreckensstarren Dienstboten. Sein weißes Hemd war naß und klebte ihm an Schultern und Rücken, und seine braunen Reitstiefel starrten vor Schmutz. »Wiederhol, was Lady Fielding gesagt hat«, schrie er Ruth an. »Und hör endlich auf zu flennen! Noch einmal, von Anfang an und Wort für Wort.«

Die Zofe rang die Hände. »Sie – sie hat gesagt, sie will, daß das sanfteste Pferd vor die kleinste Kutsche gespannt wird, weil sie nicht besonders gut lenkt. Dann hat sie mir gesagt, ich soll Mrs. Craddock – die Köchin – bitten, das

Essen von gestern abend in Körbe zu packen und die Körbe in die Kutsche zu stellen. Ich h-hab' ihr gesagt, daß ein Gewitter im Anzug is', aber sie hat gesagt, daß es noch stundenlang trocken bleibt. Dann hat sie mich gefragt, ob ich mir ganz sicher bin, daß Sie aus dem Haus gegangen sind, und ich hab' gesagt ja. Dann is' sie weg.«

»Und ihr habt sie gehen lassen?« brüllte Jason die Dienstboten an und bedachte sie kollektiv mit einem vernichtenden Blick. »Ihr habt eine impulsive Frau, die keinerlei Erfahrung im Kutschieren hat, wegfahren lassen, unmittelbar vor einem Gewitter und mit genug Essen für einen ganzen Monat, und nicht ein einziger von euch ist auf die Idee gekommen, sie aufzuhalten!« Er wandte sich an einen der Diener. »Sie haben gehört, wie sie zu ihrem Hund gesagt hat, daß sie ›endlich frei‹ wären, und haben sich nichts dabei gedacht!«

Ohne eine Antwort abzuwarten, richtete sich sein eisiger Blick auf Northrup, der sich kerzengerade hielt wie ein stolzer Mann angesichts eines Exekutionskommandos, bereit, ein schreckliches und ungerechtes Ende zu nehmen. »Wiederholen Sie – wortgetreu – was sie zu Ihnen gesagt hat«, sagte Jason ungeduldig.

»Ich habe Ihre Ladyschaft gefragt, was ich Euer Lordschaft ausrichten soll, wenn Sie wiederkommen«, sagte Northrup steif. »Sie hat gesagt: ›Sagen Sie ihm, ich verabschiede mich von ihm.‹«

»Und Sie fanden das kein bißchen eigenartig?« sagte Jason bissig. »Eine jungvermählte Ehefrau verläßt das Haus und läßt ihrem Gatten ausrichten, daß sie sich verabschiedet!«

Northrup errötete bis zu den Haarwurzeln. »Wenn man die Umstände berücksichtigt, Mylord, schien es mir nicht ›eigenartig‹.«

Jason blieb stehen und starrte ihn in blanker Wut an. »Welche ›Umstände‹?«

»Wenn man bedenkt, was Sie eine Stunde vorher zu mir gesagt hatten, als Sie das Haus verließen. Ich habe selbstverständlich angenommen, daß Sie beide nicht ganz miteinander einverstanden waren und daß Ihre Ladyschaft darüber unglücklich war.«

»Wenn man bedenkt, was ich gesagt habe, als ich das Haus verlassen habe?« wiederholte Jason mordlustig. »Was zum Teufel habe ich gesagt?«

Northrups schmale Lippen bebten vor Empörung. »Als Euer Lordschaft heute morgen das Haus verließen, habe ich Ihnen einen angenehmen Tag gewünscht.«

»Und?« fragte Jason ätzend.

»Und Sie sagten, daß Sie bereits andere Pläne hätten. Daher nahm ich selbstverständlich an, daß Sie nicht die Absicht hatten, einen angenehmen Tag zu verbringen, und daher nahm ich, als Ihre Ladyschaft herunterkam, an, daß sie miteinander uneins waren.«

»Zu dumm, daß Sie nicht ›angenommen‹ haben, daß sie mich verlassen will, und versucht haben, sie aufzuhalten.«

Victorias Herz schmerzte vor bitterer Reue. Jason glaubte, sie hätte ihn verlassen, und wenn ein Mann mit seinem Stolz so etwas vor der Dienerschaft zugab, mußte er außer sich sein. Nicht einmal in ihren wildesten Träumen wäre sie darauf gekommen, daß er das denken könnte, aber jetzt, da sie wußte, was Melissa getan hatte, konnte sie ihn verstehen. Entschlossen, seinen Stolz zu retten, wappnete sie sich mit einem strahlenden, versöhnlichen Lächeln und ging über den dicken Aubussonteppich zu ihm hin. »Northrup würde niemals so albern sein, etwas Derartiges anzunehmen«, sagte sie heiter und schob ihre Hand in Jasons Armbeuge.

Jason fuhr so heftig herum, daß er sie beinahe aus dem

Gleichgewicht brachte. Victoria fing sich und sagte leise: »Ich mag impulsiv sein, aber doch, wie ich hoffe, keine vollkommene Närrin.«

Jasons Augen funkelten vor Erleichterung – eine Erleichterung, die sofort in Wut umschlug. »Wo zum Teufel bist du gewesen?« zischte er.

Victoria erbarmte sich der entsetzen Dienstboten und sagte zerknirscht: »Du hast jedes Recht, mich auszuschimpfen, und ich merke, daß du genau das vorhast, aber ich hoffe, daß du es nicht vor der gesamten Dienerschaft tust.«

Jason biß die Zähne zusammen, bis ein Nerv in seiner Wange zuckte, aber er beherrschte seinen Zorn und nickte in die allgemeine Richtung der Dienstboten. In dem darauffolgenden gespannten Schweigen verließen die Diener hastig den Raum, und der letzte machte die Tür hinter sich zu. Sobald die Tür ins Schloß gefallen war, machte Jason seinem Zorn Luft. »Du kleine Närrin!« zischte er mit zusammengebissenen Zähnen. »Ich hab' die ganze Gegend nach dir absuchen lassen.«

Victoria sah in sein markantes Gesicht mit dem festen, sinnlichen Mund und dem kräftigen Kinn, aber was sie sah, war ein wehrloser schmutziger kleiner Junge mit dunklen Locken, der ausgepeitscht wurde, weil er »schlecht« war. Herzzerbrechende Zärtlichkeit schnürte ihr die Kehle zu, und sie legte, ohne nachzudenken, ihre Hand an seine Wange. »Es tut mir leid«, flüsterte sie reumütig.

Jason wich vor ihrer Berührung zurück und runzelte die Stirn. »Es tut dir leid?« sagte er mit beißendem Hohn. »Warum? Tun dir die Männer leid, die immer noch da draußen sind und nach einer Spur von dir suchen?« Er wandte sich ab, als könne er ihre Nähe nicht ertragen, und stellte sich ans Fenster. »Oder das Pferd, das ich dabei zuschanden geritten habe?«

»Es tut mir leid, daß du gedacht hast, ich verlasse dich«, unterbrach Victoria unsicher. »Das würde ich niemals tun.«

Er drehte sich um und musterte sie spöttisch. »Eingedenk der Tatsache, daß du gestern versucht hast, mich am Altar stehenzulassen, und heute morgen die Scheidung verlangt hast, finde ich deine jetzige Haltung etwas überraschend. Welchem Umstand habe ich deinen plötzlichen Hang zur Treue zuzuschreiben?«

Victoria spürte die Anspannung hinter seiner zur Schau gestellten Gleichgültigkeit, als er den Zwischenfall in der Kirche erwähnte, und ihr Mut sank. Offenbar hatte ihn das sehr gekränkt.

»Mylord –«, begann sie leise.

»Ach, zum Teufel!« sagte er unwillig. »Hör auf, mich so zu nennen, und laß das Gewinsele. Ich kann das nicht ausstehen.«

»Ich habe nicht gewinselt!« sagte Victoria, und vor ihrem inneren Auge sah sie ihn unter einer schwarzen, sich schlängelnden Peitsche. Sie mußte ihre Tränen hinunterschlucken, bevor sie weitersprechen konnte. »Was ich sagen wollte, ist, daß ich lediglich versucht habe, das übriggebliebene Essen ins Waisenhaus zu bringen. Es tut mir leid, daß ich dir Sorgen gemacht habe, und ich werde es nicht wieder tun.«

Er starrte sie an, und sein Zorn verrauchte. »Du kannst tun und lassen, was du willst, Victoria«, sagte er müde. »Diese Heirat war der größte Fehler meines Lebens.«

Victoria zögerte. Sie wußte, daß nichts, was sie jetzt sagte, ihn umstimmen würde, wenn er in dieser Verfassung war. Schließlich entschuldigte sie sich, um sich umzuziehen. Er aß nicht mit ihr, und sie ging mit der Gewißheit zu Bett, daß er zu ihr kommen würde – und sei es auch nur, um sie an ihre Abmachung zu erinnern.

Jason kam weder in dieser Nacht noch in den nächsten

drei. Genaugenommen ging er ihr völlig aus dem Weg. Er blieb den ganzen Tag in seinem Arbeitszimmer, diktierte Briefe und traf sich mit Männern, die aus London kamen, um mit ihm über Transporte und Unkosten und alle möglichen anderen geschäftlichen Angelegenheiten zu sprechen. Wenn er Victoria beim Essen oder auf dem Korridor begegnete, grüßte er sie höflich, aber ohne Wärme, als sei sie eine Fremde für ihn.

Wenn er seine Arbeit beendet hatte, ging er nach oben, zog sich um und fuhr nach London.

Da Caroline in den Süden des Landes gefahren war, um einen ihrer Brüder zu besuchen, dessen Frau ein Kind erwartete, verbrachte Victoria viel Zeit im Waisenhaus, spielte mit den Kindern und besuchte die Dorfbewohner, damit sie sie nicht vergaßen. Aber egal, wieviel sie unterwegs war, sie vermißte Jason schrecklich. In London hatten sie viel Zeit miteinander verbracht. Er hatte sie fast überallhin begleitet, auf Bälle und Gesellschaften und ins Theater, und wenn er auch nicht an ihrer Seite blieb, so hatte sie doch gewußt, daß er da war – wachsam und beschützend. Sie vermißte seine Hänseleien, vermißte selbst seine finstere Miene. In den Wochen, seit der Brief von Andrews Mutter gekommen war, waren sie Freunde geworden.

Jetzt war er ein höflicher Fremder, der sie möglicherweise brauchte, sie aber absichtlich von sich fernhielt. Sie wußte, daß er ihr nicht mehr böse war, er hatte sie einfach aus seinem Herzen und seinen Gedanken verbannt, so, als würde sie nicht existieren.

Am vierten Abend fuhr Jason wieder nach London, und Victoria lag wach, starrte in den rosafarbenen Seidenhimmel ihres Bettes und sehnte sich danach, wieder mit ihm zu tanzen wie früher. Jason war ein wundervoller Tänzer, er bewegte sich mit selbstverständlicher Grazie . . .

Sie fragte sich, was er an diesen langen Abenden in London tat, bevor er nach Hause kam. Sie beschloß, daß er wahrscheinlich in einem der exklusiven Clubs, in denen er Mitglied war, saß und spielte.

In der fünften Nacht kam Jason überhaupt nicht nach Hause. Beim Frühstück am nächsten Morgen warf Victoria einen Blick in die Klatschseiten der *Gazette* und entdeckte, was Jason in London getrieben hatte. Er hatte weder gespielt noch Geschäftspartner getroffen. Er war auf Lord Muirfields Ball gewesen – und hatte mit der blendendschönen jungen Frau des ältlichen Gastgebers getanzt. Außerdem wurde erwähnt, daß Lord Fielding am vergangenen Abend das Theater besucht hatte, und das in Gesellschaft einer ungenannten brünetten Ballettänzerin. Victoria wußte drei Dinge von Jasons Mätresse – ihr Name war Sybil, sie war Tänzerin, und sie war brünett.

Eifersucht stieg in Victoria auf, echte, bittere, rasende Eifersucht. Sie kam vollkommen überraschend, und sie hatte etwas Derartiges noch nie zuvor erlebt.

Jason wählte diesen unpassenden Augenblick, um ins Eßzimmer zu schlendern. Er trug dieselbe Kleidung wie am Abend zuvor, allerdings hing ihm die makellos geschnittene schwarze Abendjacke jetzt nachlässig über der Schulter, sein Halstuch war lose, und sein weißes Hemd stand offen. Ganz eindeutig hatte er die Nacht nicht in seinem Haus in London verbracht.

Er nickte ihr kühl zu, ging ans Büffet und schenkte sich eine Tasse schwarzen Kaffee ein.

Victoria erhob sich langsam von ihrem Stuhl, zitternd vor Empörung und Schmach. »Jason«, sagte sie steif.

Er warf einen fragenden Blick über die Schulter, sah ihre steinerne Miene und drehte sich um. »Ja?« sagte er, hob die Tasse an seine Lippen und sah sie über den Rand hinweg an.

»Weißt du noch, wie es dir ergangen ist, als deine erste Frau in London war und alle möglichen Affären hatte?«

Die Kaffeetasse senkte sich leicht, aber seine Miene blieb gleichgültig. »Nur allzu gut«, sagte er.

Erstaunt und ein wenig beeindruckt von ihrem eigenen Mut deutete Victoria auf die Zeitung und hob das Kinn. »Nun, dann hoffe ich, daß du mir nicht noch einmal Anlaß geben wirst, genauso zu fühlen.«

Er warf einen kurzen Blick auf die Zeitung und sah sie wieder an. »Wenn ich mich recht erinnere, hat es mich nicht besonders gekümmert.«

»Mich kümmert es schon!« entfuhr es Victoria. »Ich sehe ein, daß rücksichtsvolle Ehemänner eine – eine Geliebte brauchen, aber du könntest wenigstens diskret dabei sein. Ihr Engländer habt für alles Regeln, und Diskretion ist eine davon. Es ist demütigend, wenn du deine – Freundinnen überall herumzeigst, und es tut mir weh.« Mit diesen Worten rauschte sie aus dem Zimmer. Sie kam sich vor wie ein alter, abgelegter Pantoffel, wirkte jedoch wie eine strahlende junge Königin mit ihren langen, glänzenden Locken und der unbewußten Grazie ihrer Bewegungen.

Jason sah ihr schweigend nach, ohne an die Kaffeetasse in seiner Hand zu denken. Er spürte das vertraute, heiße Verlangen nach ihr in seinen Lenden aufsteigen, die alte Sehnsucht, sie in seine Arme zu nehmen und sich in ihr zu verlieren. Aber er ging ihr nicht nach. Was immer sie für ihn fühlte, es war keine Liebe, noch nicht einmal Verlangen. Sie findet es »rücksichtsvoll« von mir, irgendwo eine Geliebte zu haben, an der ich meine abstoßende Lust befriedigen kann, dachte Jason bitter. Aber Victorias Stolz litt darunter, daß er sich mit derselben Frau in der Öffentlichkeit sehen ließ.

Ihr Stolz, weiter nichts. Aber als er daran dachte, was für

einen Schlag dieser Stolz durch ihren geliebten Andrew bereits erlitten hatte, brachte er es nicht übers Herz, sie weiter zu quälen. Er wußte, was Stolz war, er erinnerte sich noch allzu gut, wie außer sich er gewesen war, als er Melissas Untreue entdeckt hatte.

Er ging in sein Arbeitszimmer, um dort einige Unterlagen zu holen, und stieg dann lesend die Treppe hinauf.

»Guten Morgen, Mylord«, sagte sein Kammerdiener mit einem vorwurfsvollen Blick auf die mißhandelte Jacke, die am Daumen seines Herren baumelte.

»Guten Morgen, Franklin«, sagte Jason und reichte sie ihm, ohne seine Augen von den gerade eingetroffenen Dokumenten abzuwenden.

Franklin legte Jasons Rasierzeug bereit und trug die Jacke zur Garderobe, wo er begann, sie eifrig zu bürsten. Höflich erkundigte er sich: »Wünschen Mylord heute abend formelle oder informelle Kleidung?«

Jason blätterte um. »Informell«, sagte er abwesend. »Lady Fielding findet, daß ich abends zu wenig zu Hause bin.«

Er schlenderte in das marmorne Bad neben seinem Schlafzimmer, ohne die Freude zu sehen, die das Gesicht seines Kammerdieners erhellte. Franklin wartete, bis Jason im Bad verschwunden war. Dann hängte er die Jacke weg und eilte die Treppe hinunter, um die freudige Nachricht an Northrup weiterzugeben.

Bevor Lady Victorias Ankunft die wohlgeordnete, disziplinierte Langeweile in ihrer aller Leben erschüttert hatte, hatten Mr. Franklin und Mr. Northrup eifersüchtig über ihre jeweiligen Vertrauensstellungen gewacht. Genaugenommen waren sie einander seit Jahren aus dem Weg gegangen. Jetzt hingegen waren diese zwei ehemaligen Gegner Verbündete in ihrer gegenseitigen Anteilnahme am Wohlergehen ihrer Herrschaft.

Mr. Northrup hielt sich im vorderen Korridor in der Nähe des Salons auf, wo er ein Tischchen polierte. Nachdem er sich vergewissert hatte, daß niemand sie belauschte, eilte Mr. Franklin auf ihn zu, um ihn über die jüngsten Ereignisse in Seiner Lordschaft ereignisreicher – oder, richtiger, so wenig ereignisreicher – Liebesgeschichte zu unterrichten und dafür zu hören, was Mr. Northrup ihm anzuvertrauen gedachte. Ohne O'Malleys Anwesenheit zu bemerken, der im Salon stand und sein Ohr an die Wand preßte, um ihre Unterhaltung zu belauschen, flüsterte er lautstark: »Seine Lordschaft beabsichtigen, heute abend zu Hause zu speisen, Mr. Northrup. Ich halte das für ein gutes Zeichen. Ein sehr gutes sogar.«

Northrup richtete sich auf. »Es ist ein ungewöhnliches Ereignis, wenn man die Abwesenheit Seiner Lordschaft an den vergangenen fünf Abenden bedenkt, aber ich halte es nicht für ausgesprochen ermutigend.«

»Sie verstehen nicht – Seine Lordschaft hat ausdrücklich erwähnt, daß er zu Hause bleibt, weil Ihre Ladyschaft es so wünscht!«

»Nun, das ist allerdings ermutigend, Mr. Franklin!« Northrup lehnte sich zurück, sah sich vorsichtig um und sagte: »Ich glaube, der Grund für diesen Wunsch findet sich in einem gewissen Artikel in der *Gazette*, den sie heute morgen gelesen hat. Sie vermutet, daß Seine Lordschaft möglicherweise eine gewisse Dame einer gewissen Klasse unterhält – eine Operntänzerin, glaube ich.«

O'Malley nahm das Ohr von der Wand, verließ den Salon durch die Seitentür und rannte durch den Gang, den die Dienerschaft benutzte, um Erfrischungen aus der Küche in den Salon zu tragen. »Sie hat's geschafft!« krähte er dem Küchenpersonal triumphierend zu, als er in den Raum platzte.

Mrs. Craddock sah von ihrem Kuchenteig auf, reckte sich und übersah vor Aufregung, daß er ihr einen Apfel stibitzte. »Was hat sie geschafft?«

O'Malley lehnte an der Wand, biß herzhaft in den saftigen Apfel und unterstrich seine Gesten mit dem ungegessenen Rest. »Sie hat's seiner Lordschaft gezeigt! Ich hab's von Franklin und Northrup. Ihre Ladyschaft hat in der Zeitung gelesen, daß Seine Lordschaft bei Miss Sybil war, und da hat sie ihm gesagt, daß er zu Hause bleiben soll, wo er hingehört. Und er tut's. Ich hab's euch allen doch gesagt – das Mädel wird mit ihm fertig. Ich hab's gleich gewußt, als ich gehört hab, daß sie Irin is'! Aber sie is' auch 'ne echte Lady«, setzte er loyal hinzu. »Immerzu lieb und nett und höflich.«

»Sie war 'ne traurige Lady in den letzten Tagen, das arme Ding«, sagte Mrs. Craddock. »Sie ißt kaum was, wenn er nich' da is', und dabei hab' ich all ihre Lieblingsspeisen gemacht. Und sie bedankt sich immer so nett. Rein zum Heulen is' es. Ich kann nich' verstehen, wieso er nachts nich' in ihr'm Bett is', wo er hingehört.«

O'Malley schüttelte den Kopf. »Da is' er seit der Hochzeitsnacht nich' gewesen. Ruth sagt, sie is' sich ganz sicher. Und Ihre Ladyschaft schläft auch nich' in seinem Bett. Die Zimmermädchen passen auf, und es is' immer nur ein Kopfkissen in seinem Bett.« Er aß in trübseligem Schweigen seinen Apfel und wollte sich einen zweiten nehmen, aber diesmal schlug Mrs. Craddock ihm auf die Finger. »Hör auf, meine Äpfel zu klauen, Daniel, die sind für den Kuchen.« Plötzlich huschte ein Lächeln über ihr gütiges Gesicht. »Na, is' schon gut, nimm sie. Ich denk, ich mach' ihnen heute abend was anderes. Was festlicheres als Apfelkuchen.«

Das jüngste Spülmädchen, ein frisches, dralles Mädchen von sechzehn Jahren, verkündete stolz: »Eine von den

Waschfrauen hat mir von 'nem Pulver erzählt, das man dem Mann in sein' Wein tun kann. Das bringt ihn in Stimmung, wenn's an seiner Männlichkeit liegt, daß sie's nich' tun. Die Waschfrauen finden alle, daß Seine Lordschaft vielleicht 'ne kleine Prise nehm' sollte – bloß, um ihm 'n bißchen nachzuhelfen.«

Alle in der Küche murmelten ihre Zustimmung, aber O'Malley rief nur: »Meine Güte, Mädchen! Wie kommst du nur auf so was? Seine Lordschaft brauch' so was nich', und das kannst du allen in der Waschküche von mir sagen! John, was der Kutscher is', hat den ganzen letzten Winter Schnupfen gehabt, weil er draußen auf'm Kutschbock warten mußte, bis Seine Lordschaft aus Miss Hawthornes Bett gestiegen is'.« Hilfreich setzte er hinzu: »Miss Hawthorne war sein Techtelmechtel vor Miss Sybil.«

»War er letzte Nacht bei Miss Sybil?« fragte Mrs. Craddock und wog bereits das Mehl für ihr »festliches« Dessert. »Oder war das bloß Zeitungsgeschwätz?«

O'Malleys fröhliches Gesicht wurde finster. »Doch, doch, er war da. Ich hab's von den Stallburschen. Natür'ch wissen wir nich' genau, ob irgendwas passiert is', als er da war. Vielleicht hat er sie ausgezahlt.«

Mrs. Craddock schenkte ihm ein schwaches, ungläubiges Lächeln. »Na ja, wenigstens bleibt er heute zum Essen zu Hause bei seiner Frau. Das is' kein schlechter Anfang.«

O'Malley nickte und machte sich auf, um die letzten Neuigkeiten an den Stallknecht weiterzugeben, der ihm verraten hatte, wo Seine Lordschaft die letzte Nacht verbracht hatte.

Und deswegen war von den hundertvierzig Menschen in Wakefield Park nur Victoria überrascht, als Jason an diesem Abend im Eßzimmer erschien, um mit ihr zu speisen.

»Bleibst du heute abend zu Hause?« fragte sie erleichtert und ungläubig, als er sich am Kopf der Tafel niederließ.

Er warf ihr einen prüfenden Blick zu. »Ich hatte den Eindruck, daß du es so wünschst.«

»Das stimmt«, gab Victoria zu und fragte sich, ob ihr smaragdgrünes Kleid ihr schmeichelte und warum er so weit entfernt am anderen Ende des Tisches sitzen mußte. »Aber ich hatte nicht damit gerechnet, daß du es tust. Ich meine –« Sie verstummte, als O'Malley sich vom Büffet entfernte und auf einem Tablett zwei funkelnde Kristallgläser voll Wein servierte. Es war beinahe unmöglich, sich zu unterhalten, wenn Jason so weit weg war, räumlich ebenso wie mit seinen Gedanken.

Sie seufzte, als O'Malley auf sie zukam, ein verräterisches, entschlossenes Funkeln in den Augen. »Ihr Wein, Mylady«, sagte er, nahm das Glas vom Tablett und servierte es mit einer eigenartig übertriebenen Bewegung, bei der das Glas natürlich umkippte und seinen Inhalt über das leinene Tischtuch ergoß.

»O'Malley!« rief Northrup entsetzt von seinem Standpunkt am Büffet, wo er wie gewöhnlich den Verlauf der Mahlzeit beaufsichtigte.

O'Malley warf ihm einen unschuldigen Blick zu, zog mit großem Aufwand Lady Victorias Stuhl zurück, half ihr auf die Füße und geleitete sie zu Jasons Ende des Tisches. »So, Mylady«, sagte er, förmlich übersprudelnd vor diensteifriger Zerknirschung, während er ihr den Stuhl rechts neben Jason zurechtrückte, »ich bring Ihn' gleich ein neues Glas. Dann räum' ich da unten auf. Riecht schrecklich, verschütteter Wein. Am besten bleibt man weit weg davon. Ich versteh' gar nich', wie ich so ungeschickt sein konnte.« Er entfaltete eine Serviette und breitete sie Victoria über den Schoß. »Mein Arm tut in letzter Zeit immer so weh, daher kommt's wahrscheinlich. Nichts Ernsthaftes, keine Angst – bloß 'n alter Bruch.«

Victoria strich sich die Röcke glatt und sah mit mitfühlendem Lächeln zu ihm auf. »Es tut mir leid, das zu hören, Mr. O'Malley.«

Dann wandte O'Malley sich Lord Fielding zu, um noch mehr Entschuldigungen anzubringen, aber die Worte blieben ihm im Hals stecken, als er Jasons durchdringendem Blick begegnete und sah, wie dieser bedeutungsvoll seinen Finger über die Schneide seines Messers gleiten ließ.

O'Malley fuhr sich mit dem Zeigefinger in den Kragen, räusperte sich und murmelte Victoria hastig zu: »I-ich bring' Mylady ein neues Glas.«

»Lady Fielding trinkt zum Abendessen keinen Wein«, sagte Jason gedehnt. Wie zur Bestätigung warf er ihr einen Blick zu. »Oder haben sich deine Gewohnheiten geändert, Victoria?«

Victoria schüttelte den Kopf, verwirrt von der wortlosen Kommunikation, die zwischen Jason und dem armen O'Malley hin und her zu fliegen schien. »Aber ich glaube, heut abend hätte ich gerne einen Schluck«, fügte sie hinzu, um eine Situation zu entschärfen, die sie nicht verstand.

Die Diener zogen sich zurück und überließen sie der bedrückenden Pracht des dreißig Meter langen Eßzimmers. Drückendes Schweigen begleitete das gesamte Mahl, unterbrochen lediglich von dem gelegentlichen Klirren goldenen Besteckes auf feinem französischem Porzellan. Es war um so unerträglicher für Victoria, da sie sich bewußt war, welch beschwingte Heiterkeit Jason jetzt umgeben hätte, wenn er nach London gefahren wäre, statt hier bei ihr zu bleiben.

Als die Teller abgeräumt waren und das Dessert serviert wurde, hatte ihr Kummer sich zur Verzweiflung gesteigert. Zweimal hatte sie versucht, die Mauer des Schweigens zwischen ihnen zu durchbrechen, indem sie ein paar harmlose Bemerkungen über das Wetter und ihr ausgezeichnetes, zehngängiges Mahl machte. Jasons Antworten waren höflich, aber entmutigend knapp.

Victoria spielte nervös mit ihrem Löffel. Sie wußte, daß sie etwas tun mußte, und das schnell. Die Kluft zwischen ihnen erweiterte sich mit jedem Augenblick, jedem Tag, und bald würde es keinen Weg mehr hinüber geben.

Sie vergaß ihre Besorgnis für einen Augenblick, als O'Malley mit dem Dessert hereinkam und mit kaum verhohlenem Lächeln eine köstlich aussehende kleine Torte vor ihnen abstellte, verziert mit zwei ineinander verschlungenen, farbenfrohen Fahnen – eine englisch, die andere amerikanisch.

Jason sah die Torte und musterte den aufdringlichen Diener mit sarkastischem Blick. »Darf ich annehmen, daß Mrs. Craddock sich heute in patriotischer Stimmung befindet?« O'Malleys Lächeln erlosch, als sein Herr ihn mit kaltem Mißvergnügen ansah. »Oder soll mich das da daran erinnern, daß ich verheiratet bin, rein symbolisch selbstverständlich?«

Der Diener erbleichte. »Niemals, Mylord.« Er wartete wie versteinert, bis Jason ihn mit knappem Nicken entließ.

»Wenn die Torte da unsere Ehe darstellen soll«, sagte Victoria mit unbeabsichtigtem Humor, »dann hätte Mrs. Craddock sie wohl besser mit zwei gekreuzten Schwertern dekoriert.«

»Da hast du recht«, bestätigte Jason schroff, und griff nach seinem Weinglas, ohne die exquisite kleine Torte weiter zu beachten.

Er klang so desinteressiert an dem schrecklichen Zustand ihrer Ehe, daß Victoria die Fassung verlor und direkt auf das Thema zu sprechen kam, das sie den ganzen Abend versucht hatte anzuschneiden. »Aber ich will nicht recht haben!« Sie starrte flehend in sein verschlossenes Gesicht. »Bitte, Jason – ich möchte, daß es anders wird zwischen uns.«

Er sah leicht überrascht aus, als er sich zurücklehnte und sie teilnahmslos ansah. »Welche Art Arrangement schwebt dir vor?«

Sein Ton war so reserviert, daß Victorias Nervosität sich verdoppelte. »Nun, ich wünsche mir zum Beispiel, daß wir Freunde werden. Früher haben wir miteinander gelacht und geredet.«

»Bitte, fang nur damit an«, schlug er vor.

»Gibt es irgend etwas Besonderes, über das du gerne reden würdest?« fragte sie ernsthaft.

Jasons Blick wanderte über ihre lieblichen Züge. Er dachte: *Ich möchte darüber reden, warum du dich sinnlos betrinken mußt, bevor du mit mir ins Bett gehen kannst. Ich möchte darüber reden, warum dir übel wird, sobald ich dich anfasse.* Laut sagte er: »Nichts Besonderes.«

»Na schön, dann fange ich an.« Sie überlegte einen Augenblick. Dann fragte sie: »Wie gefällt dir mein Kleid? Du hast es bei Madame Dumosse für mich bestellt.«

Jasons Blick fiel auf die weiche Fülle ihres Busens, der einladend in dem tiefgeschnittenen Dekollete ihres grünen Kleides schwoll. Sie sieht hinreißend aus in Grün, dachte er, aber sie braucht die passenden Smaragde um ihren schlanken Hals. Wenn die Dinge anders gewesen wären, hätte er die Diener weggeschickt und sie auf seinen Schoß gezogen, und dann hätte er ihr Kleid aufgeschnürt und ihre sinnverwirrenden Brüste mit Lippen und Händen erforscht. Er hätte sie geküßt und sie dann nach oben getragen, um sich mit ihr zu vereinigen, bis sie beide zu schwach waren, um sich zu rühren. »Das Kleid ist in Ordnung. Du solltest Smaragde dazu tragen.«

Victoria hob beschämt die Hand an ihren nackten Hals. Sie besaß keine Smaragde. »Ich finde, du siehst auch sehr gut aus«, sagte sie bewundernd. Die elegante dunkelblaue

Jacke saß wie angegossen an seinen breiten Schultern. Sein Gesicht war so braun, daß sein weißes Hemd und das Halstuch einen blendenden Kontrast dazu erzeugten. »Ausnehmend gut«, sagte sie sehnsüchtig.

Der Hauch eines erstaunten Lächelns spielte um seine Lippen. »Vielen Dank«, sagte er sichtlich erstaunt.

»O bitte, gern geschehen«, erwiderte Victoria, und weil er sich über ihr Kompliment zu freuen schien, ergriff sie die Gelegenheit beim Schopfe. »Als ich dich das erstemal gesehen habe, fand ich dich einschüchternd, wußtest du das? Natürlich war es schon beinahe dunkel, und ich war nervös, aber – nun ja – du bist so riesengroß, daß es mir angst gemacht hat.«

Jason verschluckte sich an seinem Wein. »Wovon sprichst du?«

»Von unserem ersten Zusammentreffen«, erklärte Victoria unschuldig. »Erinnerst du dich – ich stand draußen in der Sonne, mit dem Ferkel im Arm, das ich dann dem Bauern gegeben habe, und dann hast du mich ins Haus geschleppt, und da drinnen war es so dunkel im Vergleich zu draußen –«

Jason stand abrupt auf. »Tut mir leid, wenn ich damals unhöflich war. Jetzt entschuldige mich bitte, ich habe zu tun.«

»Nein«, sagte Victoria hastig und sprang ebenfalls auf, »bitte, arbeite doch heute nicht. Wir könnten doch irgend etwas anderes tun – gemeinsam. Etwas, das dir Spaß machen würde.«

Jasons Herz begann zu hämmern. Er sah ihre geröteten Wangen und die einladende Bitte in ihren blauen Augen. Hoffnung und Unglaube stritten in ihm und prallten aufeinander, als er seine Hand zärtlich auf ihre heiße Wange legte und ihr langsam über das schwere, seidige Haar strich.

Victoria zitterte vor Freude, weil er sie endlich mit Wärme behandelte. Sie hätte ihn schon vor Tagen aus seiner düsteren Stimmung aufrütteln sollen, statt stumm vor sich hin zu leiden. »Wir könnten Schach spielen, wenn du willst«, sagte sie glücklich. »Ich spiele nicht sehr gut, aber wenn du ein Spiel Karten hast –«

Er zog seine Hand zurück, und sein Gesicht erstarrte zur Maske. »Entschuldige mich, Victoria. Ich habe zu tun.« Er ging an ihr vorbei und verschwand in seinem Arbeitszimmer.

Victoria sank das Herz vor ratloser Enttäuschung, und sie verbrachte den Rest des Abends mit dem Versuch, ein Buch zu lesen. Als es Zeit wurde, schlafen zu gehen, war sie wild entschlossen, ihn nicht wieder in sein früheres Verhalten verfallen zu lassen, egal, was es kostete. Sie dachte daran, wie er sie angesehen hatte, bevor sie vorgeschlagen hatte, mit ihm Schach zu spielen – genauso hatte er sie immer angesehen, bevor er sie küßte. Ihr Körper hatte sich sofort daran erinnert und war hingeschmolzen vor unerklärlicher Wärme, wie immer, wenn Jason sie berührte. Vielleicht hatte er sie küssen wollen, statt Schach zu spielen. Gütiger Himmel, womöglich hatte er ihr wieder diese schreckliche Sache antun wollen –

Victoria erschauerte bei dem Gedanken, aber sie war bereit, selbst das zu tun, wenn dadurch die Eintracht zwischen ihnen wiederhergestellt würde. Ihr Magen verkrampfte sich, wenn sie daran dachte, wie Jason ihren nackten Körper berührte und ihn so kalt und unbeteiligt inspizierte wie in ihrer Hochzeitsnacht. Vielleicht wäre es nicht so schrecklich gewesen, wenn er dabei nett zu ihr gewesen wäre – so, wie wenn er sie küßte.

Sie wartete in ihrem Schlafzimmer, bis sie Jason nebenan herumgehen hörte, und schlüpfte dann in ein türkisfarbenes Satinneglige mit breitem Spitzenbesatz und weiten Ärmeln.

Sie öffnete die Tür zu Jasons Zimmer, die inzwischen wieder eingesetzt worden war – allerdings ohne Schloß – und trat ein. »Mylor – Jason«, sagte sie hastig.

Er zog gerade sein Hemd aus und seine Brust war fast vollkommen entblößt. Er zuckte zusammen, als er ihre Stimme hörte.

»Ich möchte mit dir reden«, sagte sie bestimmt.

»Verschwinde hier, Victoria«, sagte er mit eisigem Mißvergnügen.

»Aber –«

»Ich will mich nicht unterhalten«, sagte er sarkastisch. »Ich will auch nicht Schach spielen. Und schon gar nicht Karten.«

»Was möchtest du dann?«

»Ich möchte, daß du verschwindest. Ist das deutlich genug?«

»Überdeutlich, würde ich sagen«, erwiderte sie mit unerschütterlicher Würde. »Ich werde dich nicht wieder belästigen.« Sie ging zurück in ihr Zimmer und schloß die Tür, aber sie war immer noch fest entschlossen, ihre Ehe zu retten. Sie verstand nicht, was er von ihr erwartete. Vor allem verstand sie *ihn* nicht. Aber sie kannte jemanden, der es tat. Jason war dreißig, viel älter und viel erfahrener als sie, aber Kapitän Farrell war noch älter als Jason, und er würde ihr raten können, was sie als nächstes tun sollte.

Fünfundzwanzigstes Kapitel

Am nächsten Morgen ging Victoria kurzentschlossen in den Stall und wartete darauf, daß ein Pferd für sie gesattelt wurde. Ihr neues schwarzes Reitkostüm war wundervoll geschnitten, mit einer engtaillierten Jacke, die ihre vollen Brüste und ihre schmale Taille zur Geltung brachte. Das schneeweiße Jabot der Bluse betonte ihren frischen Teint und ihre hohen Wangenknochen, und ihr Haar war im Nacken zu einem eleganten Chignon geschlungen. Mit dieser Frisur fühlte sie sich älter und erfahrener, und das unterstützte ihr sinkendes Selbstbewußtsein.

Sie wartete und spielte ungeduldig mit ihrer Reitpeitsche, dann lächelte sie dem Stallburschen zu, der einen stolzen Wallach mit rabenschwarzem, schimmerndem Fell aus dem Stall führte.

Sprachlos staunte Victoria das prachtvolle Pferd an. »Er ist wundervoll, John. Wie heißt er?«

»Matador«, sagte der Reitbursche. »Er kommt aus Spanien. Seine Lordschaft hat gesagt, Sie sollen ihn reiten, bis Ihr Pferd hier ist.«

Jason hatte ihr also ein Pferd gekauft. Victoria konnte sich nicht vorstellen, warum Jason es für notwendig erachtet hatte, noch ein Pferd für sie zu kaufen, wo sein Stall angeblich die besten Pferde Englands beherbergte. Aber es war ein großzügiges Geschenk und sehr typisch für ihn, daß er es mit keinem Wort erwähnt hatte.

Sie zügelte Matador, als sie in die steile, gewundene Straße zu Kapitän Farrell Haus einbogen und atmete erleichtert auf, als Kapitän Farrell aus dem Haus kam, um ihr aus dem Sattel zu helfen. »Vielen Dank«, sagte sie, als sie sicher auf dem Boden stand. »Ich hatte gehofft, daß Sie da sind.«

Kapitän Farrell grinste sie an. »Ich wollte heute nach Wakefield kommen und nachsehen, wie es Ihnen und Jason geht.«

»Wenn das so ist«, sagte Victoria mit betrübtem Lächeln, »dann ist es gut, daß Sie sich die Mühe erspart haben.«

»Keine Besserung?« sagte er überrascht und führte sie ins

Haus. Er füllte einen Kessel mit Wasser und hängte ihn über das Feuer.

Victoria setzte sich und schüttelte melancholisch den Kopf. »Es ist eher schlimmer geworden. Nun, das vielleicht nicht. Wenigstens ist Jason gestern abend zu Hause geblieben statt nach London zu fahren und . . . Sie wissen schon.« Sie hatte nicht vorgehabt, darüber zu sprechen. Sie wollte über Jasons Stimmung sprechen, nicht über ihre intimen Beziehungen.

Kapitän Farrell nahm zwei Tassen von einem Regal und warf einen erstaunten Blick über die Schulter. »Nein, ich habe keine Ahnung. Was meinen Sie?«

Victoria sah ihn verzweifelt an.

»Raus damit, Kind. Ich habe mich Ihnen anvertraut. Sie sollten wissen, daß Sie mir vertrauen können. Mit wem wollen Sie sonst reden?«

»Mit niemandem«, sagte Victoria unglücklich.

»Wenn das, was Sie zu sagen haben, so schwierig ist, stellen Sie sich vor, ich wäre Ihr Vater – oder Jasons Vater.«

»Sie sind weder das eine noch das andere. Und ich bin mir nicht einmal sicher, ob ich es meinem eigenen Vater erzählen könnte.«

Kapitän Farrell stellte die Teetassen hin und drehte sich langsam um. »Wissen Sie, was ich nicht mag, wenn ich auf See bin?« Als sie den Kopf schüttelte, sagte er: »Die Einsamkeit in meiner Kajüte. Manchmal genieße ich sie. Aber wenn ich mir wegen irgend etwas Sorgen mache – wenn zum Beispiel ein Sturm aufzieht –, dann gibt es niemanden, dem ich meine Angst anvertrauen kann. Ich darf meine Männer nicht spüren lassen, daß ich Angst habe, sonst verlieren sie die Nerven. Und so muß ich sie für mich behalten, und sie wächst immer mehr an. Manchmal bin ich da draußen gewesen und hab' das Gefühl gehabt, meine Frau ist krank oder in Gefahr, und das Gefühl hat mich verfolgt, weil niemand da war, der mir sagen konnte, daß ich mir etwas einbilde. Wenn Sie mit Jason nicht reden können und mit mir nicht reden wollen, werden Sie nie eine Antwort auf Ihre Fragen finden.«

Victoria sah ihn voller Zuneigung an. »Sie sind einer der gütigsten Menschen, die ich je kennengelernt habe, Kapitän.«

»Warum stellen Sie sich dann nicht vor, ich wäre Ihr Vater, und sprechen mit mir?«

Viele Menschen, Frauen eingeschlossen, hatten Dr. Seaton ihre Nöte anvertraut, ohne sich deswegen zu schämen, das wußte Victoria. Und wenn sie Jason je begreifen wollte, mußte sie mit Kapitän Farrell sprechen.

»Also gut«, sagte sie und war erleichtert, als er so rücksichtsvoll war, ihr den Rücken zuzuwenden und sich mit dem Teekessel zu schaffen zu machen. So war es einfacher. »Eigentlich bin ich hergekommen, um Sie zu fragen, ob Sie mir auch ganz bestimmt alles von Jason erzählt haben. Aber um Ihre Frage zu beantworten: Jason ist gestern abend zum erstenmal, seit ich Sie zuletzt gesehen habe, zu Hause geblieben. Sonst ist er immer nach London gefahren, zu seiner... äh...« Sie holte tief Atem und sagte entschlossen: »... seiner Geliebten.«

Kapitän Farrells Rücken straffte sich, aber er drehte sich nicht um. »Wie kommen Sie auf so etwas?« sagte er und griff langsam nach einer Zuckerdose.

»Oh, ich weiß es genau. Gestern morgen stand es in der Zeitung, andeutungsweise jedenfalls. Jason war die ganze Nacht fort, aber als er zurückgekommen ist, saß ich beim Frühstück, und ich hatte gerade die Zeitung gelesen. Ich war verärgert –«

»Das kann ich mir vorstellen –«

»Und ich habe beinahe die Beherrschung verloren, aber ich hab' zumindest versucht, vernünftig zu sein. Ich hab' ihm gesagt, mir sei klar, daß rücksichtsvolle Ehemänner sich Mätressen hielten, daß er aber wenigstens diskret sein könnte und –«

Kapitän Farrell fuhr herum und staunte sie an, die Zuckerdose in der einen, ein Milchkännchen in der anderen Hand. »Sie haben gesagt, sie finden es *rücksichtsvoll* von ihm, eine Mätresse zu haben, wenn er dabei nur *diskret* ist?«

»Ja. Hätte ich das nicht sagen sollen?«

»Wichtiger ist, warum haben Sie es gesagt? Warum haben Sie es überhaupt gedacht?«

Victoria hörte die Kritik in seiner Stimme und erschrak ein wenig. »Miss Wilson – Flossie Wilson hat mir erklärt, daß es in England für rücksichtsvolle Ehemänner üblich ist –«

»Flossie Wilson?« rief er ungläubig. »Flossie Wilson? Flossie Wilson ist eine alte Jungfer, und außerdem eine dumme Gans! Sie hat früher in Wakefield gewohnt, um auf Jamie aufzupassen, wenn Jason nicht da war. Flossie hat ihn vergöttert, aber sie hat das Kind tatsächlich eines Tages irgendwo vergessen. Und Sie haben so jemanden um Rat gefragt, wie man seinen Mann behandelt?«

»Ich habe nicht gefragt, sie hat es mir von sich aus gesagt«, protestierte Victoria errötend.

»Tut mir leid, daß ich Sie angebrüllt habe, Kind«, sagte er und rieb sich den Nacken. »In Irland zieht eine Frau ihrem Mann eins mit dem Kochlöffel über, wenn er zu einer anderen Frau geht! Das ist viel einfacher und wesentlich effektiver, glauben Sie mir. Aber bitte, erzählen Sie weiter. Sie haben Jason also zur Rede gestellt –«

»Ich möchte lieber nicht weitersprechen«, sagte Victoria mißtrauisch. »Ich hätte nicht kommen sollen. Es war eine dumme Idee. Ich hatte nur gehofft, daß Sie mir erklären können, warum Jason seit unserer Hochzeit so abweisend ist –«

»Was meinen Sie mit ›abweisend‹?« fragte Kapitän Farrell knapp.

»Ich weiß nicht, wie ich es erklären soll.«

Er goß zwei Tassen Tee ein und hob sie hoch. »Victoria«, sagte er stirnrunzelnd, »versuchen Sie, mir zu sagen, daß er nicht sehr oft in Ihr Bett kommt?«

Victoria errötete und starrte auf ihre Hände. »Eigentlich ist er seit unserer Hochzeitsnacht nicht dagewesen – obwohl ich das befürchtet hatte, weil er am nächsten Morgen die Tür aufgebrochen hat, nachdem ich sie abgeschlossen hatte –«

Wortlos drehte Kapitän Farrell sich wieder dem Regal zu, stellte die Teetassen ab und schenkte zwei Gläser Whisky ein.

Er kam zu ihr und drückte ihr eines in die Hand. »Trinken Sie«, befahl er. »Es wird Ihnen das Reden leichter machen, und ich möchte den Rest Ihrer Geschichte hören.«

»Wissen Sie eigentlich, daß ich, bevor ich nach England gekommen bin, nie irgendetwas Alkoholisches getrunken habe, abgesehen von zwei Gläsern Wein, nachdem meine Eltern gestorben waren?« fragte sie. »Aber seit ich hier bin, gibt mir immerzu irgend jemand Wein und Brandy und Champagner und sagt mir, daß es mir guttun wird. Aber das stimmt nicht.«

»Versuchen Sie's«, befahl er.

»Das hab' ich schon. Verstehen Sie, an unserem Hochzeitstag war ich so nervös, daß ich am Altar versucht habe, mich von Jason loszumachen. Als wir in Wakefield angekommen sind, dachte ich, daß der Wein mir helfen würde, den Rest der Nacht zu überstehen. Auf dem Fest hab' ich fünf Gläser getrunken, aber mir ist davon bloß schlecht geworden, als wir – ich ins Bett gegangen bin.«

»Wollen Sie damit sagen, daß Sie Jason um ein Haar

stehengelassen hätten, im Angesicht einer ganzen Kirche voller Bekannter und Freunde?«

»Ja, aber sie haben es nicht gemerkt. Bloß Jason.«

»Du meine Güte«, flüsterte er.

»Und in der Hochzeitsnacht habe ich mich beinahe übergeben.«

»Du meine Güte«, flüsterte er noch einmal. »Und am nächsten Morgen haben Sie Jason aus Ihrem Zimmer ausgesperrt?«

Victoria nickte deprimiert.

»Und gestern haben Sie ihm gesagt, Sie fänden es rücksichtsvoll von ihm, wenn er zu seiner Mätresse geht?« Als Victoria wieder nickte, starrte Kapitän Farrell sie in stummer Faszination an.

»Gestern hab' ich versucht, es wiedergutzumachen«, sagte sie verteidigend.

»Ich bin erleichtert, das zu hören.«

»Ja, ich habe ihm angeboten, alles zu tun, was ihm gefällt.«

»Das hat seine Laune bestimmt sehr gebessert«, prophezeite Kapitän mit einem schwachen Lächeln.

»Es sah einen Augenblick lang so aus. Aber als ich gesagt habe, wir könnten Schach oder Karten spielen, wurde er –«

»Sie wollten Schachspielen? Warum zum Teufel?«

Victoria sah ihn mit stummem Vorwurf an. »Ich hab' versucht, mich daran zu erinnern, was mein Vater und meine Mutter getan haben. Ich hätte ja vorgeschlagen, daß wir einen Spaziergang machen, aber es war ein bißchen kühl.«

Hin- und hergerissen zwischen Gelächter und Verzweiflung schüttelte Kapitän Farrell den Kopf. »Armer Jason«, sagte er grinsend. Aber als er sie wieder ansah, war er todernst. »Ich kann Ihnen versichern, daß Ihre Eltern noch andere Dinge getan haben.«

»Was zum Beispiel?« fragte Victoria und dachte an die Abende, an denen ihre Eltern einander gegenüber am Kamin gesessen und gelesen hatten. Ihre Mutter hatte auch die Lieblingsgerichte ihres Vaters gekocht und Haus und Kleidung sauber und ordentlich gehalten, aber dafür hatte Jason eine Armee von Dienstboten, die diese Aufgaben vollkommen erfüllten. Sie sah Kapitän Farrell an, der in unbehagliches Schweigen versunken war. »Worauf wollen Sie hinaus?«

»Ich meine das, was Ihre Eltern getan haben, wenn sie in ihrem eigenen Bett waren«, sagte er platt.

Eine langvergessene Erinnerung tauchte vor ihr auf – die Erinnerung an ihren Vater, wie er vor der Tür zum Schlafzimmer ihrer Mutter gestanden hatte, und an seine drängende Stimme, als er versuchte, seine Frau in die Arme zu nehmen – »Weis mich nicht ab, Katherine. Ich flehe dich an!«

Ihre Mutter hatte sich ihrem Vater verweigert, jetzt begriff sie es. Und dann erinnerte sie sich, wie verletzt und verzweifelt ihr Vater damals gewesen war, und wie wütend sie auf ihre Mutter gewesen war, weil sie ihm wehgetan hatte. Ihre Eltern waren Freunde gewesen, das ja, aber ihre Mutter hatte ihren Vater nicht geliebt. Katherine hatte Charles Fielding geliebt, und aus diesem Grund hatte sie ihren Mann nicht in ihr Bett gelassen, nachdem Dorothy auf der Welt war.

Victoria biß sich auf die Lippen und dachte daran, wie einsam ihr Vater oft gewirkt hatte. Sie fragte sich, ob alle Männer sich einsam – oder zurückgestoßen – fühlten, wenn ihre Frauen sich ihnen verweigerten.

Ihre Mutter hatte ihren Vater nicht geliebt, das wußte sie, aber sie waren Freunde gewesen. Freunde . . . Plötzlich verstand sie: Sie hatte versucht, Jasons Freundschaft zu gewinnen, genauso, wie sie es bei Mutter gesehen hatte.

»Sie sind eine warmherzige Frau, Victoria, voller Kraft

und Lebensfreude. Denken Sie nicht mehr an die Ehen, die Sie in London gesehen haben – die sind leer und oberflächlich. Denken Sie statt dessen an die Ehe Ihrer Eltern. Sie waren doch glücklich, oder nicht?«

Ihr Schweigen machte Kapitän Farrell stutzig, und er änderte abrupt seine Taktik. »Vergessen Sie, was ich gesagt habe. Ich kenne die Männer und ich kenne Jason, und ich will, daß Sie an eines denken. Wenn eine Frau ihren Mann aus ihrem Schlafzimmer verbannt, verbannt er sie aus seinem Herzen. Zumindest, wenn er ein Fünkchen Stolz besitzt. Und Jason hat ziemlich viel davon. Er wird nicht vor Ihnen kriechen oder um ihre Zärtlichkeit betteln. Sie haben sich ihm verweigert, jetzt ist es an Ihnen, ihm begreiflich zu machen, daß Sie das nicht länger wollen.«

»Wie soll ich das anstellen?«

»Nicht, indem Sie ihm vorschlagen, daß sie zusammen Schach spielen«, sagte Kapitän Farrell nachdrücklich. »Und auch nicht, indem Sie ihm sagen, daß er zu einer anderen Frau gehen soll.« Er massierte sich den Nacken. »Ich hab' nie daran gedacht, wie schwierig es für einen Mann ist, eine Tochter zu erziehen. Es gibt Dinge, über die man mit dem anderen Geschlecht nur schwer sprechen kann.«

Victoria stand auf. »Ich werde über alles nachdenken, was Sie gesagt haben«, versprach sie, bemüht, ihre Beschämung zu verbergen.

»Darf ich Sie etwas fragen?« sagte er zögernd.

»Ich glaube, das ist nur gerecht«, sagte Victoria mit einem gewinnendem Lächeln, das ihre Furcht tarnen sollte. »Schließlich habe ich Ihnen sehr viele Fragen gestellt.«

»Hat nie jemand mit Ihnen über eheliche Beziehungen gesprochen?«

»Darüber spricht man nur mit seiner Mutter«, sagte Victoria und wurde wieder rot. »Natürlich weiß man, daß man eheliche Pflichten hat, aber das alles ist etwas unverständlich –«

»Pflichten!« echote er angewidert. »In meiner Heimat freut ein Mädchen sich auf seine Hochzeitsnacht. Gehen Sie nach Hause und verführen Sie Ihren Mann, mein Kind, den Rest wird er schon besorgen. Ich kenne Jason gut genug, um es zu wissen!«

»Und wenn ich Ihren Rat befolge, wird er dann glücklich mit mir sein?«

»Ja«, sagte Kapitän sanft und lächelte. »Und er wird Sie glücklich machen.«

Victoria stellte ihr unberührtes Glas hin. »Ich weiß nur wenig über die Ehe, noch weniger, wie man eine Ehefrau ist, und rein gar nichts von Verführung.«

Kapitän Farrell sah die exotische Schönheit an, die da vor ihm stand, und seine Schultern bebten vor stummem Gelächter. »Ich glaube, da brauchen Sie sich nicht besonders anzustrengen, mein Kind. Ich bin sicher, sobald er merkt, daß Sie ihn in Ihrem Bett haben wollen, wird er nur allzu froh sein, Ihrem Wunsch nachzukommen.«

Victoria wurde rot wie eine Rose, lächelte schwach und floh aus dem Haus.

Sie ritt auf Matador nach Hause, so gedankenverloren, daß sie kaum merkte, wo sie war. Als sie vor den Toren von Wakefield stand, wußte sie wenigstens eines ganz sicher: Sie wollte nicht, daß Jason in seiner Ehe ebenso einsam war wie ihr Vater in der seinen.

Es würde nicht so schrecklich sein, Jason im Bett nachzugeben, ganz besonders dann nicht, wenn er sie vielleicht wieder so küßte, wie es seine Gewohnheit war. Statt an neue Kleider, wie Miss Flossie vorgeschlagen hatte, würde sie daran denken, wie er sie küßte. Sie mußte sich selbst eingestehen, daß sie seine Küsse genoß. Ein Jammer, daß Männer so etwas nicht taten, wenn sie im Bett waren. Es hätte das ganze so viel angenehmer gemacht. Offenbar gehörten Küsse nicht ins Bett. Dort taten Männer, was sie von vorneherein im Sinn gehabt hatten.

»Das ist mir egal!« sagte Victoria energisch, als ein Diener aus dem Haus stürzte und ihr beim Absitzen half. Sie war entschlossen, alles zu ertragen, um Jason glücklich zu machen, und die frühere Vertrautheit zwischen ihnen wiederherzustellen. Kapitän Farrell zufolge brauchte sie nichts weiter zu tun, als Jason anzudeuten, daß sie ihn in ihrem Bett erwartete.

Sie ging ins Haus. »Ist Lord Fielding zu Hause?« fragte sie Northrup.

»Ja, Mylady«, sagte er mit einer Verbeugung. »In seinem Arbeitszimmer.«

»Ist er alleine?«

»Ja, Mylady.« Northrup verbeugte sich noch einmal.

Victoria danke ihm und ging den Korridor entlang. Sie öffnete die Tür zum Arbeitszimmer und schlüpfte leise hinein. Jason saß an seinem Schreibtisch am anderen Ende des langen Raumes, einen Stapel Papiere neben sich. Victoria sah ihn an, den kleinen Jungen, der seine elende Kindheit hinter sich gelassen hatte und zu einem attraktiven, reichen, mächtigen Mann herangewachsen war. Er hatte ein Vermögen angehäuft und Grund und Boden gekauft, seinem Vater vergeben und eine Waise aus Amerika aufgenommen. Und immer noch war er allein, immer noch arbeitete er, ohne sich je Ruhe zu gönnen.

»Ich liebe dich«, dachte sie, und der ungebetene Gedanke machte ihr angst. Sie hatte Andrew geliebt, seit sie denken konnte. Aber wenn das stimmte, warum hatte sie dann nie diesen verzweifelten Wunsch verspürt, Andrew glücklich zu machen? Sie liebte Jason, trotz der Warnung ihres Vaters, trotz Jasons eigener Warnung, daß er nicht ihre Liebe wollte, sondern bloß ihren Körper. Wie traurig, daß Jason besaß, was er nicht wollte, aber nicht, was er sich wünschte. Und wie entschlossen sie war, ihm beides zu geben.

Sie überquerte den weichen Teppich, der das Geräusch ihrer Schritte verschluckte, und stellte sich hinter seinen Stuhl. »Warum arbeitest du soviel?« fragte sie leise.

Er zuckte zusammen, als er ihre Stimme hörte, aber er drehte sich nicht um. »Es macht mir Spaß«, sagte er schroff. »Willst du irgend etwas? Ich bin sehr beschäftigt.«

Das war kein allzu vielversprechender Anfang, und für den Bruchteil einer Sekunde dachte Victoria daran, ihm einfach zu sagen, daß sie mit ihm ins Bett gehen wollte. Aber in Wahrheit war sie nicht so kühn, und auch nicht so schrecklich versessen darauf, wirklich nach oben zu gehen – vor allem nicht, wenn seine Laune noch schlechter war als an ihrem Hochzeitstag. In der Hoffnung, ihn zugänglicher zu machen, sagte sie leise: »Du bekommst sicher schreckliche Rückenschmerzen, wenn du den ganzen Tag so dasitzt.« Sie nahm all ihren Mut zusammen und legte ihre Hände auf seine breiten Schultern, um sie zu massieren.

Jasons gesamter Körper versteifte sich, sobald sie ihn berührte. »Was tust du da?« fragte er barsch.

»Ich dachte, ich massiere dir die Schultern.«

»Meine Schultern bedürfen keiner freundlichen Zuwendung, Victoria.«

»Warum bist du so unfreundlich zu mir?« fragte sie und ging um den Tisch herum, während sie seine Hand beobachtete, die über das Papier flog und es mit kühnen Lettern bedeckte. Als er sie weiter ignorierte, setzte sie sich auf die Kante seines Schreibtisches.

Entnervt ließ Jason seine Feder fallen und lehnte sich zurück, um sie anzusehen. Ihr Bein lag genau neben seiner

Hand. Gegen seinen Willen wanderte sein Blick aufwärts zu ihren Brüsten und dann hinauf zu ihren Lippen. Ihr Mund war zum Küssen wie geschaffen, und ihre Wimpern waren so lang, daß sie Schatten auf ihre Wangen warfen. »Runter von meinem Schreibtisch«, blaffte er.

»Wie du wünschst«, sagte seine Frau heiter und stand auf. »Ich wollte dir nur guten Tag sagen. Was möchtest du zum Abendessen?«

Dich, dachte er. »Irgendwas«, sagte er.

»Wenn das so ist, vielleicht irgendein besonderes Dessert?«

Dasselbe wie zum Abendessen, dachte er. »Nein«, sagte er laut und versuchte, die augenblickliche Reaktion seines Körpers zu ignorieren.

»Du bist sehr leicht zufriedenzustellen«, sagte sie nekkend und streckte die Hand aus, um die Linie seiner Augenbrauen nachzufahren.

Jason hielt ihr Hand fest und schob sie von sich. Sein Griff war wie aus Stahl. »Was zum Teufel hast du vor?« fragte er schroff.

Victoria erzitterte innerlich, aber sie ließ sich nichts anmerken. »Wir haben immer Türen zwischen uns. Ich dachte, ich mache die Tür zu deinem Arbeitszimmer auf und schaue nach, was du tust.«

»Was uns trennt, ist mehr als eine Tür«, antwortete er und ließ ihre Hand los.

»Ich weiß«, sagte sie traurig und sah ihn mit schmelzendem Blick an.

Jason riß sich von ihren Augen los. »Ich bin sehr beschäftigt«, sagte er kurz angebunden und nahm seine Papiere wieder auf.

»Das sehe ich«, sagte sie weich. »Viel zu sehr, um für mich Zeit zu haben.« Leise verließ sie den Raum.

Am Abend erschien sie ihm Salon in einem pfirsichfarbenen Chiffongewand, das wie angegossen an ihrem Körper saß und beinah durchsichtig war. Jasons Augen wurden schmal. »Hab' ich dafür etwa bezahlt?«

Victoria sah, daß seine Augen wie gebannt auf das tiefe V ihres Dekolletés gerichtet waren, und lächelte. »Selbstverständlich. Ich habe kein Geld.«

»Trag es nicht außer Haus. Es ist unanständig.«

»Ich wußte, daß es dir gefallen würde!« sagte sie, instinktiv spürend, daß es ihm nur allzu gut gefiel.

Jason sah sie an, als traue er seinen Ohren nicht. Dann wandte er sich den Kristallkaraffen auf dem Tisch zu. »Möchtest du einen Sherry?«

»Um Gottes willen, nein!« sagte sie und lachte. »Wein bekommt mir nicht, wie du bereits wissen dürftest. Denk nur daran, wie es mir an unserem Hochzeitstag ergangen ist.« Ohne sich der Bedeutung ihrer Worte bewußt zu sein, drehte Victoria sich um und studierte eine unbezahlbare Ming-Vase auf einem vergoldeten Tischchen. Sie hatte eine Idee. »Ich würde morgen gerne nach London fahren«, sagte sie und ging auf ihn zu.

»Warum?«

Sie hockte sich auf die Lehne seines Sessels. »Um dein Geld auszugeben natürlich.«

»Ich bin mir nicht bewußt, dir Geld gegeben zu haben«, murmelte er zerstreut. Im Schimmer der Kerzen wirkte der zarte Chiffon vollkommen transparent.

»Ich habe immer noch fast alles, was du mir in den letzten Wochen als Taschengeld gegeben hast. Kommst du mit nach London? Wir könnten ins Theater gehen und im Stadthaus übernachten.«

»Ich habe übermorgen früh eine Besprechung hier.«

»Um so besser«, sagte sie, ohne nachzudenken. Sie würden mehrere Stunden ungestört miteinander in der Kutsche sitzen, ausreichend Zeit für ein entspanntes Gespräch. »Dann fahren wir morgen abend zusammen nach Hause.«

»Ich habe keine Zeit«, sagte er knapp.

Leise sagte sie: »Jason –«, und wollte seine schwarzen Locken streicheln.

Er sprang auf, und seine Stimme bebte vor Abscheu. »Wenn du Geld brauchst, dann sag es! Aber hör endlich auf, dich wie eine billige Dirne aufzuführen, sonst behandle ich dich wie eine, und du landest mit hochgeschobenen Röcken auf dem Sofa da.«

Wütend und gedemütigt starrte Victoria ihn an. »Nur damit du es weißt, lieber bin ich eine billige Dirne als ein blinder Narr wie du, der jede Geste mißversteht!«

Jasons funkelte sie an. »Und was soll das heißen?«

Victoria hätte beinahe mit dem Fuß aufgestampft vor Zorn. »Denk mal drüber nach! Du durchschaust mich doch so gut, nur irrst du dich leider ständig! Aber eins sag ich dir: Wenn ich eine Dirne wäre, würde ich verhungern, wenn alles dir überlassen bliebe! So, und jetzt kannst du allein zu Abend essen und die Diener ärgern statt mich. Und morgen fahre ich nach London. Ohne dich!« Mit diesen Worten rauschte Victoria aus dem Salon.

Victoria stürmte in ihr Zimmer, riß sich das Chiffongewand vom Leib und zog einen Morgenrock an. Sie setzte sich an ihren Frisiertisch, und als ihr Zorn verraucht war, verzog ein widerwilliges Lächeln ihre Lippen. Der erstaunte Ausdruck auf Jasons Gesicht, als sie ihm gesagt hatte, daß sie verhungern würde, wenn sie eine Dirne wäre und alles ihm überlassen bliebe, war beinahe komisch gewesen.

Sechsundzwanzigstes Kapitel

Victoria fuhr früh am nächsten Morgen nach London und kam erst in der Dämmerung wieder zurück. In den Armen hielt sie behutsam das Objekt, das sie vor Wochen, als sie nach London gekommen war, in einem Schaufenster gesehen hatte. Es hatte sie gleich an Jason erinnert, aber es hatte schrecklich teuer ausgesehen, und außerdem wäre es damals unschicklich gewesen, ihm ein Geschenk zu machen. Aber es war ihr all diese Wochen nicht aus dem Kopf gegangen, bis sie nicht wagte, noch länger zu warten.

Sie hatte keine Ahnung, wann sie es ihm geben sollte, ganz bestimmt nicht jetzt, wenn er so feindselig ihr gegenüber war – aber bald. Sie erschauerte, als sie daran dachte, wieviel es gekostet hatte. Jason hatte ihr ein unglaublich großzügiges Taschengeld gegeben, von dem sie kaum etwas ausgegeben hatte, aber ihr Geschenk hatte sie jeden Schilling davon gekostet und noch einiges mehr. Der Besitzer des Geschäftes war nur allzu bereit gewesen, die restliche Summe auf das Konto zu schreiben, das er auf den Namen der Marquise von Wakefield eröffnet hatte.

»Seine Lordschaft befindet sich im Arbeitszimmer«, informierte Northrup Victoria, als er ihr öffnete.

»Will er mich sehen?« fragte Victoria, verwirrt von Northrups bereitwilliger Auskunft.

»Ich weiß nicht, Mylady«, erwiderte Northrup nervös. »Aber er hat ... äh ... gefragt, ob sie bereits wieder zu Hause sind.«

Victoria sah Northrups angespannte Miene und dachte daran, wie besorgt Jason gewesen war, als sie einen Nachmittag lang bei Kapitän Farrell gewesen war. Ihr Ausflug nach London hatte doppelt so lange gedauert wie beabsichtigt, weil sie sich nicht mehr genau erinnern konnte, wo das

Geschäft lag. Sie nahm an, daß Northrup wieder ins Arbeitszimmer zitiert worden war.

»Wie oft hat er gefragt?«

»Dreimal«, erwiderte Northrup. »In der letzten Stunde.«

»Ich verstehe«, sagte Victoria mit mitfühlendem Lächeln, aber sie war entzückt darüber, daß Jason an sie gedacht hatte.

Nachdem sie sich von Northrup den Umhang hatte abnehmen lassen, ging sie in Jasons Arbeitszimmer. Sie konnte nicht klopfen, da sie ihr Geschenk trug, und so drückte sie die Klinke herunter und lehnte sich sachte gegen die Tür. Statt an seinem Schreibtisch zu sitzen, wie sie erwartet hatte, stand Jason am Fenster, die Schulter an den Rahmen gelehnt, das Gesicht finster, während er auf den Rasen hinausstarrte. Sobald er ein Geräusch vernahm, drehte er sich um und richtete sich auf.

»Du bist zurück«, sagte er und schob die Hände in die Hosentaschen.

»Hast du etwas anderes erwartet?« fragte Victoria und sah ihn forschend an.

Er zuckte müde die Schultern. »Ehrlich gesagt, ich habe keine Ahnung, was ich als nächstes von dir zu erwarten habe.«

Wenn Victoria an ihre jüngsten Aktionen dachte, konnte sie nachvollziehen, warum er sie für die unberechenbarste Frau der Welt halten mußte. Wenn man nur an gestern dachte – sie hatte mit ihm geflirtet, war zärtlich zu ihm gewesen und dann wütend davongelaufen. Und jetzt hatte sie ein irrsinniges Verlangen danach, ihm die Arme um den Hals zu legen und ihn um Verzeihung zu bitten. Statt dessen unterdrückte sie ihren Wunsch und beschloß, ihm ihr Geschenk sofort zu geben. »Ich wollte etwas Bestimmtes in London kaufen«, sagte sie strahlend und zeigte ihm das Paket in ihren Händen. »Ich hab' es schon vor Wochen gesehen, aber ich hatte nicht genug Geld.«

»Du hättest mich darum bitten können«, sagte er und ging bereits wieder auf seinen Schreibtisch zu, um sich in die Arbeit zu stürzen.

Victoria schüttelte den Kopf. »Ich kann dich nicht sehr gut um Geld bitten, wenn das, was ich kaufen wollte, für dich bestimmt ist. Hier«, sagte sie und streckte die Arme aus. »Das ist für dich.«

Jason blieb wie angewurzelt stehen und starrte auf den länglichen Gegenstand in Silberpapier. »Was?« sagte er, als hätte er ihre Worte nicht verstanden.

»Der Grund, warum ich nach London gefahren bin, war, daß ich dir das hier kaufen wollte«, erklärte Victoria mit rätselhaftem Lächeln.

Verwirrt sah er das Geschenk an, die Hände immer noch in den Hosentaschen. Erschrocken fragte Victoria sich, ob er jemals zuvor ein Geschenk bekommen hatte. Wahrscheinlich hatten weder seine erste Frau noch seine Mätressen je daran gedacht. Und die herzlose Frau, die ihn aufgezogen hatte, bestimmt nicht.

Als Jason endlich die Hände aus den Taschen nahm, war ihr Drang, ihn zu umarmen, fast überwältigend. Er nahm das Paket und drehte es in seinen Händen, als wisse er nicht, was er damit tun sollte. Mit strahlendem Lächeln, hinter dem sich ihre Zärtlichkeit verbarg, setzte Victoria sich auf den Rand des Schreibtisches und sagte: »Willst du es nicht aufmachen?«

»Was?« sagte er verständnislos. »Jetzt?«

»Wann sonst?« fragte Victoria munter und klopfte neben sich auf den Schreibtisch. »Du kannst es hier abstellen, während du es auspackst, aber paß auf – es ist zerbrechlich.«

»Und schwer«, sagte er und lächelte ihr unsicher zu, während er vorsichtig das schmale Band aufknotete und das Silberpapier entfernte. Er hob den Deckel von einem großen Kasten und griff in das samtverkleidete Innere.

»Er erinnert mich an dich«, sagte Victoria lächelnd, als er behutsam den exquisit geschnitzten Panther aus solidem Onyx zum Vorschein brachte. Seine Augen waren glitzernde Smaragde, und als hätte der Künstler mit Zauberkraft eine lebendige Katze mitten im Laufen eingefangen und zu Stein verwandelt, vibrierte jede Kurve des geschmeidigen Körpers vor Kraft und Grazie.

Jason, dessen Sammlung von Bildern und Kunstgegenständen als eine der besten in Europa galt, betrachtete den Panther mit einer Ehrfurcht, die Victoria fast die Tränen in die Augen trieb. Es war ein schönes Stück, das wußte sie, aber er behandelte es wie einen unbezahlbaren Schatz.

»Er ist vollkommen«, sagte Jason leise und fuhr mit dem Daumen über den Rücken des Panthers. Mit unendlicher Behutsamkeit stellte er das Tier auf seinen Schreibtisch und wandte sich Victoria zu. »Ich weiß nicht, was ich sagen soll«, gestand er mit schiefem Grinsen.

Victoria sah in sein markantes Gesicht mit dem jungenhaften Lächeln, und sie dachte, daß er noch nie so liebenswert ausgesehen hatte. Mit bebendem Herzen sagte sie: »Du brauchst nichts zu sagen – außer ›danke‹, wenn du willst.«

»Danke«, sagte er heiser.

Bedank dich mit einem Kuß. Die Erinnerung kam ihr ganz plötzlich, und sie sprach die Worte aus, bevor sie es wußte. »Bedank dich mit einem Kuß«, sagte sie lächelnd.

Jason atmete tief, als müsse er sich wappnen. Dann stützte er seine Hände auf den Schreibtisch und beugte sich vor. Sein Mund berührte ihre Lippen, und die Wonne dieser Berührung war fast unerträglich. Victoria ließ unter dem leichten Druck den Kopf zurücksinken, verlor dadurch das

Gleichgewicht und klammerte sich an seinen Arm. Für Jason war die Berührung ihrer Hände wie ein Zauber. Mit zärtlichem Feuer preßte sein Mund sich auf den ihren, und als sie seinen Kuß erwiderte, schob er seine Zunge zwischen ihre Lippen.

Zaghaft erwiderte ihre Zungenspitze die Berührung, und Jason verlor die Kontrolle über sich. Er stöhnte und legte seine Arme um sie, hob sie vom Tisch und preßte ihren Körper an sich. Er fühlte, wie ihre Hände über seine Brust glitten und sich um seinen Nacken schlangen. Diese ermutigende Geste entfachte in ihm blinde Leidenschaft, die ihm fast den Verstand raubte. Gegen seinen Willen glitt seine Hand über ihre Taille hinweg aufwärts, bis sie auf ihren betörend vollen Brüsten lag. Victoria zitterte bei der Intimität dieser Berührung, aber statt zurückzuweichen, wie Jason erwartete, preßte sie ihren Körper gegen sein erregtes Glied, ebenso verloren in ihren leidenschaftlichen Kuß wie er selbst.

Draußen auf dem Korridor, genau vor der Tür, ertönte Kapitän Farrells fröhliche Stimme: »Sparen Sie sich die Mühe, Northrup, ich kenne den Weg.« Die Tür des Arbeitszimmers flog auf, und Victoria riß sich aus Jasons Armen los. »Jason, ich –« Kapitän Farrell verstummte und blieb stehen, als er Victorias erhitzte Wangen und Jasons finstere Miene gewahrte. »Ich hätte anklopfen sollen.«

»Wir waren fertig«, sagte Jason trocken.

Unfähig, ihrem Freund in die Augen zu sehen, schenkte Victoria Jason ein flüchtiges Lächeln und murmelte hastig eine Entschuldigung. Dann floh sie aus dem Zimmer.

Kapitän Farrell streckte seine Hand aus. »Wie geht es dir, Jason?«

»Ich bin mir nicht sicher«, erwiderte Jason abwesend.

Mike Farrells Lippen zuckten vor Gelächter, aber sein

Amüsement wurde gedämpft, als Jason sich abwandte und langsam ans Fenster ging. Als sei er unvorstellbar erschöpft, fuhr Jason sich mit der Hand über den Nacken und massierte die verspannten Muskeln.

»Was ist los?«

Jasons Antwort war ein freudloses Lachen. »Nichts, Mike. Nichts, was ich nicht verdient habe. Und nichts, womit ich nicht selber fertig werde.«

Als Mike eine Stunde später ging, lehnte Jason sich zurück und schloß die Augen. Das Verlangen, das Victoria in ihm geweckt hatte, brannte noch in ihm wie Feuer. Er begehrte sie so sehr, daß sein ganzer Körper davon schmerzte. So sehr, daß er die Zähne zusammenbeißen und sich gewaltsam beherrschen mußte, um nicht die Treppe hinaufzustürzen und sie sofort zu nehmen. Warum nur hatte sie ihm gesagt, er solle »rücksichtsvoll« sein und zu seiner Mätresse gehen? Er hätte sie dafür am liebsten erwürgt.

Sein kindliche Frau brachte ihn allmählich um den Verstand. Sie hatte mit ihm Schach und Karten spielen wollen, jetzt versuchte sie sich an einem aufregenderen Spiel – sie spielte mit ihm. Und sie war ungemein begabt. Sie saß auf seinem Schreibtisch und auf seiner Sessellehne, sie brachte ihm ein Geschenk, sie bat ihn um einen Kuß. Hartherzig fragte er sich, ob sie, als er sie gerade geküßt hatte, so getan hatte, als sei er Andrew, so wie bei ihrer Hochzeit.

Angewidert vom unnachgiebigen Verlangen seines Körpers, sprang er auf und ging die breite Treppe hinauf. Er hatte gewußt, daß er die Frau eines anderen heiratete – er hatte nur nicht erwartet, daß es ihm soviel ausmachen würde. Bloß sein Stolz hinderte ihn daran, sie wieder zu zwingen, ihm zu Willen zu sein. Stolz und das Wissen, daß er, wenn es vorbei war, ebensowenig Befriedigung empfinden würde wie in ihrer Hochzeitsnacht.

Victoria hörte, wie er in seinem Zimmer auf und ab ging, und sie klopfte an die Verbindungstür. Er rief sie herein, aber ihr Lächeln erstarb, als sie eintrat und sah, wie Franklin, sein Kammerdiener, eine Reisetasche packte, während Jason Papiere in einem Portefeuille verstaute. »Wo fährst du hin?« keuchte Victoria.

»Nach London.«

»Aber warum?« Sie war so enttäuscht, daß sie kaum klar denken konnte.

Jason warf Franklin einen Blick zu. »Um den Rest kümmere ich mich selbst.« Er wartete, bis der Kammerdiener sich zurückgezogen hatte und sagte dann knapp: »Ich kann dort besser arbeiten.«

»Aber gestern abend hast du gesagt, daß du heute nicht mit mir nach London fahren kannst, weil du dich morgen früh hier mit jemandem triffst.«

Jason hörte auf, noch mehr Papiere in die Mappe zu stopfen und richtete sich auf. Mit absichtlicher Roheit sagte er: »Victoria, weißt du, was mit einem Mann passiert, wenn er tagelang sexuell erregt ist, ohne sich Erleichterung verschaffen zu können?«

»Nein«, sagte Victoria schwach und schüttelte zur Bekräftigung den Kopf.

»Dann werde ich es dir erklären.«

Victoria schüttelte ängstlich den Kopf. »Lieber nicht – nicht, wenn du schlechte Laune hast.«

»Bevor ich dich kannte, hatte ich nie ›schlechte Laune‹«, sagte Jason grimmig. Er wandte ihr den Rücken zu, stemmte die Hände gegen den Kaminsims und starrte auf den Boden. »Ich warne dich, geh wieder in dein Zimmer, ehe ich vergesse, was für ein ›rücksichtsvoller‹ Mann ich bin, und nicht erst nach London fahre.«

Victoria wurde schwindlig. »Du willst zu deiner Mätresse, stimmt's?« fragte sie erstickt und dachte ungläubig daran zurück, wie entzückend er gewesen war, als sie ihm ihr Geschenk überreicht hatte.

»Du fängst an, auf fatale Weise wie eine eifersüchtige Ehefrau zu klingen«, sagte er zwischen zusammengebissenen Zähnen.

»Ich kann nichts dafür, ich *bin* eine Ehefrau.«

»Du hast eine sehr merkwürdige Vorstellung davon, was das bedeutet«, sagte er höhnisch. »Jetzt geh.«

Victoria verlor die Beherrschung. »Zum Teufel mit dir!« schrie sie. »Ich weiß nicht, wie ich dir eine gute Frau sein soll, merkst du das nicht? Ich kann kochen und nähen und einen Mann versorgen, aber dafür brauchst du mich nicht. Und noch eins, Jason Fielding, ich bin vielleicht keine besonders gute Ehefrau, aber du bist unerträglich! Wenn ich mit dir Schach spielen will, wirst du wütend. Wenn ich versuche, dich zu verführen, wirst du gehässig –«

Sie sah, wie Jason den Kopf hob, aber sie war so wütend, daß sie seinen erstaunten Ausdruck nicht bemerkte. »Und wenn ich dir etwas schenke, fährst du nach London zu deiner Geliebten!«

»Tory«, sagte er sehnsüchtig. »Komm her.«

»Nein, ich bin noch nicht fertig! Geh zu deiner Mätresse, wenn du willst, aber gib mir nicht die Schuld, wenn du nie einen Sohn bekommst. Vielleicht bin ich naiv, aber ich bin nicht so dumm zu glauben, daß ich ein Kind produzieren kann, ohne – ohne irgendeine Hilfe von deiner Seite!«

»Tory, bitte komm her«, wiederholte er heiser.

Endlich hörte Victoria die Rührung in seiner Stimme, und ihr Zorn verrauchte augenblicklich, aber sie hatte immer noch Angst, daß er sie wieder zurückweisen würde, wenn sie zu ihm ging. »Jason, ich glaube, du weißt nicht, was du willst. Du hast gesagt, du willst einen Sohn, aber –«

»Ich weiß genau, was ich will«, protestierte er und breitete die Arme aus. »Wenn du herkommst, beweise ich es dir . . .«

Hypnotisiert vom lockenden Blick seiner grünen Augen und der samtigen Rauhheit seiner tiefen Stimme, ging Victoria langsam auf ihn zu und fand sich in seinen Armen wieder. Sein Mund öffnete sich über ihren Lippen, und sein wilder, erregender Kuß jagte einen Strom von Hitze durch ihren Körper. Sie fühlte den Druck seines Körpers gegen den ihren, während seine Hände besitzergreifend über ihren Rücken und ihre Brüste glitten, ihre Angst vertrieben und brennende Sehnsucht entfachten, wo immer sie sie berührten. »Tory«, hauchte er mit gebrochenem Flüstern und bedeckte ihren Hals mit Küssen. »Tory.«

Er küßte sie lange und ausgiebig. Dann glitten seine Hände an ihrem Körper herunter, bis er ihr Hinterteil umfaßte und sie fest an sein erregtes Glied preßte. Sie stöhnte sehnsüchtig.

Seinen Mund immer noch auf dem ihren, nahm er sie in die Arme und hob sie hoch. Verloren in dem vibrierenden, hitzigen Zauber seiner Umarmung, fühlte Victoria, wie er sie auf das Bett legte. Sie kniff die Augen zu und versuchte, dieses bezaubernde Universum, in dem nichts existierte als ihr Mann, weiter festzuhalten. Dann spürte sie sein Gewicht auf dem Bett und kämpfte gegen ihre Panik an, während sie darauf wartete, daß er ihren Morgenrock öffnete.

Statt dessen küßte er sie zärtlich auf die geschlossenen Augen und legte seinen Arm um sie. »Prinzessin«, flüsterte er liebevoll, »bitte, mach die Augen auf. Ich werde nicht über dich herfallen, das verspreche ich.«

Victoria schluckte und schlug die Augen auf, grenzenlos erleichtert, als sie sah, daß nur noch die Kerzen auf dem Kaminsims brannten.

Jason sah die Angst in ihren großen blauen Augen, und er stützte sich auf den Ellbogen und streckte die freie Hand aus, um ihre wirren rotgoldenen Locken zu glätten. Kein Mann außer mir hat sie je berührt, dachte er ehrfürchtig. Bei diesem Gedanken stieg Stolz in ihm auf. Dieses schöne, tapfere, unverdorbene Mädchen hatte sich ihm geschenkt, ihm allein. Er wollte sie für ihre Hochzeitsnacht entschädigen. Sie sollte stöhnen vor Lust und sich an ihn klammern.

Ohne das dringende Klopfen in seinen Lenden zu beachten, berührte er ihr Ohr mit den Lippen. »Ich weiß nicht, was du gerade denkst«, sagte er weich, »aber du siehst aus, als hättest du Todesangst. Nichts ist anders als vor ein paar Minuten, als wir einander geküßt haben.«

»Außer, daß du nichts an hast«, erinnerte Victoria zitternd.

Er unterdrückte ein Lächeln. »Stimmt. Aber du.«

Nicht für lange, dachte sie, und hörte sein tiefes, sinnliches Lachen, als habe er ihre Gedanken gelesen.

Er küßte sie in den Augenwinkel. »Möchtest du deinen Morgenrock anbehalten?«

Die Frau, deren Unschuld er mit brutaler, rücksichtsloser Hast zerstört hatte, sah ihm in die Augen, legte ihre Hand an seine Wange und flüsterte leise: »Ich möchte tun, was dir gefällt. Und ich glaube, du willst nicht, daß ich ihn anbehalte.«

Mit leisem Stöhnen beugte Jason sich vor und küßte sie mit feuriger Zärtlichkeit. Dann erschauerte er, als sie seinen Kuß mit so unschuldiger Leidenschaft erwiderte, daß die Lust in ihm aufflackerte wie ein Waldbrand.

Tiefatmend löste er die Samtkordel an ihrer Taille, aber als er begann, ihren Morgenrock auszuziehen, schloß sich ihre Hand krampfhaft um die seine. »Wenn du das nicht willst, höre ich auf, mein Liebling«, versprach er, ohne seine

Hand zu bewegen. »Ich hatte nur gehofft, daß nichts mehr zwischen uns ist – keine Mißverständnisse, keine Türen, nicht einmal Kleider. Ich bin nackt, um mich dir zu zeigen, nicht um dir Angst zu machen.«

Sie erzitterte bei seiner zärtlichen Erklärung und ließ seine Hand los. Dann, zu seiner namenlosen Freude, legte Victoria ihm die Arme um den Hals und ließ ihn gewähren.

Ihre Morgenrock glitt unter seinen forschenden Händen zu Boden, und er küßte sie, während seine Finger an ihren Brustwarzen spielten und seine Zunge über ihre Lippen glitt. Statt seinen Kuß einfach nur zu dulden, sog Victoria seine Zunge in ihren Mund, umschlang ihn leidenschaftlich und empfing begierig die wilden Stöße seiner Zunge. Ihre Brustwarzen wurden starr unter seiner Hand, und Jason riß sich von ihrem Mund los und beugte sich über ihre Brüste.

Victoria zuckte zusammen, und er sah ehrfürchtig zu ihr auf, als ihm wieder einfiel, daß kein Mann zuvor sie jemals so berührt oder geküßt hatte. Beruhigend flüsterte er: »Ich werde dir nicht wehtun, Liebling«, dann drückte er seine Lippen auf die harte Knospe, küßte sie und spielte mit ihr, bis er fühlte, wie Victoria sich entspannte. Dann öffnete er seinen Mund und nahm sie zwischen seine Lippen.

Victorias benommenes Staunen, daß er an ihrer Brust saugen wollte, wich einem Stöhnen höchster Lust, als der Druck seines Mundes stärker und stärker wurde, bis unerträglich intensive Lust ihren gesamten Körper durchzuckte. Ihre Finger fuhren in seine schwarzen Locken und zogen ihn an sich, als wolle sie ihn nie wieder gehen lassen – bis sie merkte, daß seine Hand zwischen ihre Beine glitt.

»Nein!« Sie preßte die Schenkel zusammen. Statt wütend zu werden, wie sie gefürchtet hatte, lachte er leise.

Mit einer geschmeidigen Bewegung schob er sich hoch und küßte sie mit schwindelerregender Gier. »Ja«, flüsterte er. »Oh, ja . . .« Wieder legte er seine Hand auf das zarte Dreieck zwischen ihren Beinen und spielte mit ihr, bis die Starre aus ihren Beinen wich und ihre Hüften sich entspannten und seiner sanften Berührung nachgaben. Jason preßte seine Hand gegen ihre Scheide, und die feuchte Wärme, die ihn dort begrüßte, brachte ihn fast um seine Beherrschung. Er konnte kaum glauben, welches Feuer in ihr steckte, wie selbstverständlich sie ihn zum Äußersten reizte – denn Victoria hielt nichts vor ihm zurück, sobald sie sich ihm hingegeben hatte. Er bewegte seine Finger in ihr, und ihre Hüften hoben sich, preßten sich an seine Hand, während sie sich an seine Schultern klammerte und ihre Nägel in sein Fleisch grub. Er richtete sich auf und legte sich auf sie.

Victorias Herz klopfte in einer Mischung aus Wonne und nackter Angst, als sie die fordernde Hitze seines Gliedes zwischen ihren Beinen spürte, aber statt in sie einzudringen, ließ Jason seine Hüften gegen ihr Becken kreisen, bis ihr sanfter, eindringlicher Rhythmus ihr fast die Sinne vergehen ließ. Und jetzt spürte sie keine Angst mehr – nur noch köstliche, schmerzhafte Sehnsucht nach ihm.

Er schob sein Knie zwischen ihre Beine. »Hab keine Angst«, sagte er heiser. »Hab keine Angst vor mir.«

Langsam öffnete Victoria die Augen und sah den Mann über ihr an. Sein Gesicht war hart und dunkel vor Leidenschaft, seine Schultern und Arme angespannt vor Beherrschung, sein Atem ging schnell und stoßweise. Wie in Trance berührte sie seine sinnlichen Lippen. »Du bist so sanft«, flüsterte sic gebrochen, »so zärtlich . . .«

Ein dumpfes Stöhnen entrang sich seiner Brust, und er verlor die Kontrolle über sich. Er drang halb in sie ein und zog sich zurück, drang beim nächsten Stoß weiter vor, wieder und wieder, bis sie ihm ihre Hüften entgegen hob und er ganz und gar in sie eindrang. Schweiß stand auf seiner Stirn, als er das unerträgliche Verlangen seines eigenen Körpers unterdrückte und begann, sich langsam in ihr zu bewegen. Er beobachtete sie. Sie warf den Kopf hin und her, während sie sich ihm in zitternder Sehnsucht darbrachte und ihre Hüften gegen seine bebenden Schenkel drückte. Er hörte ihr leises Keuchen und beschleunigte das Tempo seiner tiefen, heftigen Stöße. »Nimm es dir, Tory«, ächzte er heiser, »ich gebe es dir. Ich versprech's.«

Ein ekstatischer Schauer durchfuhr Victorias Körper, Wellen der Lust, die schneller und schneller kamen, bis sie sich in einer Explosion entluden, die ihr einen Schrei entriß. Jason beugte den Kopf und küßte sie leidenschaftlich, und dann gab er sich seinem eigenen Höhepunkt hin.

Danach rollte er sich auf die Seite, damit sein Gewicht sie nicht erdrückte, und zog sie mit sich. Als sein Atem endlich ruhiger ging, küßte er sie auf die Stirn und strich ihr das wirre, seidige Haar aus dem Gesicht. »Wie fühlst du dich?« fragte er leise.

Victorias lange, gebogene Wimpern flatterten, und Augen wie tiefe, blaue Teiche sahen ihn an. »Wie eine Ehefrau«, hauchte sie.

Er lachte heiser, strich mit dem Finger über die Kurve ihrer Wange, und sie schmiegte sich an ihn. »Jason«, sagte sie mit zärtlicher Stimme, »es gibt etwas, das ich dir sagen muß.«

»Was?« fragte er lächelnd.

Sehr schlicht und ohne Beschämung sagte sie: »Ich liebe dich.«

Sein Lächeln erlosch.

»Wirklich. Ich lie –«

Er legte einen Finger auf ihre Lippen und schüttelte den Kopf. »Nein, das tust du nicht«, sagte er mit stiller Überzeugung. »Und das sollst du auch nicht. Gib mir nicht mehr, als du kannst, Tory.«

Victoria wandte ihre Augen ab und sagte nichts, aber seine Zurückweisung traf sie mehr, als sie je für möglich gehalten hätte. Sie dachte an seine Worte, die sie verfolgten, selbst wenn sie in seinen Armen lag ... Ich erwarte keine Liebe von dir. Ich will sie nicht.

Draußen auf dem Gang klopfte Franklin an die Tür, um sich zu erkundigen, ob Lord Fielding Hilfe beim Packen brauchte. Als er keine Antwort erhielt, nahm Franklin an, daß Seine Lordschaft sich in einem anderen Zimmer befinden mußte, und öffnete ungebeten die Tür.

Er tat einen Schritt in den schwacherleuchteten Raum hinein und blinzelte ungläubig, als er das Paar in dem riesigen Bett entdeckte. Dann starrte er entsetzt auf den Haufen von Kleidungsstücken, die Jason aus seinem Schrank genommen hatte und die jetzt in einem neben dem Bett auf dem Boden lagen. Der pflichtbewußte Kammerdiener unterdrückte den überwältigenden Impuls, auf Zehenspitzen in den Raum zu schleichen und Seiner Lordschaft exquisites Abendsakko von seinen Reithosen zu befreien. Statt dessen zog Franklin sich leise zurück und ließ die Tür mit leisem Klicken zufallen.

Sobald er draußen war, wich seine Verzweiflung über Lord Fieldings mißhandelte Garderobe verspäteter Freude über das, was er gerade gesehen hatte. Er drehte sich um, lief den Korridor entlang und stürzte auf die Balustrade über der Empfangshalle. »Mr. Northrup!« flüsterte er lautstark, lehnte sich gefährlich weit über das Geländer und winkte Northrup, der neben der Eingangstür stand, eindringlich zu. »Mr. Northrup, ich habe Neuigkeiten von äußerster Wichtigkeit! Kommen Sie her, damit uns niemand hören kann ...«

Weiter hinten im Gang huschten zwei aufmerksame Zimmermädchen aus den Zimmern, die sie gerade aufräumten, prallten zusammen und stießen einander beiseite, um zu hören, was für Neuigkeiten Franklin zu vermelden hatte. Auf der anderen Seite des Korridors erschien wie aus dem Nichts ein Diener und begann voller Inbrunst, einen Spiegel mit Bienenwachs und Zitronenöl zu polieren.

»Es ist passiert!« zischte Franklin Northrup zu und wählte seine Worte absichtlich so, daß sicherlich niemand verstehen konnte, was er damit meinte, selbst, wenn jemand sie belauschen sollte.

»Sind Sie sicher?«

»Natürlich bin ich das«, sagte Franklin beleidigt.

Ein flüchtiges Lächeln erhellte Northrups starre Züge, aber er besann sich sofort und versteckte sich hinter seiner üblichen Maske reservierter Formalität. »Vielen Dank, Mr. Franklin. In diesem Fall werde ich die Kutsche wieder in den Stall bringen lassen.«

Damit drehte Northrup sich um und schritt zur Eingangstür. Er öffnete sie und ging in die Nacht hinaus, wo eine luxuriöse, weinrot lackierte Kutsche mit goldenem Wappen wartete. Vier glänzende Kastanienbraune stampften mit den Hufen und rasselten mit ihrem Zaumzeug vor Ungeduld. Außerstande, die Aufmerksamkeit des livrierten Kutschers zu erregen, der kerzengerade auf seinem Kutschbock thronte, ging Northrup die Stufen zur Auffahrt hinunter.

»Seine Lordschaft benötigt Ihre Dienste heute abend nicht«, verkündete er mit seiner kühlsten, befehlsgewohnten Stimme. »Sie können abspannen.«

»Er brauch' die Kutsche nich'?« John, der Kutscher, war überrascht. »Aber er hat mir selbs' gesagt, daß ich anspann' soll, un' zwar sofort!«

Frostig sagte Northrup: »Seine Pläne haben sich geändert.«

John stieß einen ergebenen Seufzer aus und sah den wortkargen Butler finster an. »Ich sag Ihnen, das muß 'n Irrtum sein. Er will nach London –«

»Schwachkopf! Er wollte nach London. Jetzt hat er sich statt dessen zur Ruhe begeben!«

»Um halb acht –« Während Northrup sich umdrehte und ins Haus zurückmarschierte, blühte ein breites, verstehendes Lächeln im Gesicht des Kutschers auf. Er stieß seinen Kollegen an, warf ihm einen schlauen Blick zu und sagte: »Ich schätz, Lady Fielding hat beschlossen, daß Brünett außer Mode is'.« Dann lenkte er die Braunen hastig in den Stall zurück, um den Stallknechten die unerhörte Neuigkeit mitzuteilen.

Northrup ging direkt ins Eßzimmer, wo O'Malley fröhlich vor sich hin pfiff und das zerbrechliche Porzellan wegräumte, das er vorher für Victorias einsames Mahl gedeckt hatte. »Es gibt eine Änderung, O'Malley«, sagte Northrup.

»Allerdings, Mr. Northrup«, bestätigte der dreiste Diener fröhlich.

»Sie können abdecken.«

»Das hab' ich schon.«

»Womöglich werden Lord und Lady Fielding zu einer späteren Stunde zu Abend essen.«

»Oben«, prophezeite O'Malley mit anzüglichem Grinsen.

Northrup erstarrte und marschierte von dannen. »Unverschämter Ire!« murmelte er wütend.

»Aufgeblasener Esel!« rief O'Malley ihm hinterher.

Siebenundzwanzigstes Kapitel

»Guten Morgen, Mylady«, sagte Ruth strahlend.

Victoria drehte sich in Jasons riesigem Bett auf den Rükken, ein träumerisches Lächeln in den Augen. »Guten Morgen. Wie spät ist es?«

»Zehn Uhr. Darf ich Ihnen einen Morgenrock bringen?« fragte Ruth, als sie den verräterischen Knäuel von Kleidung und Bettlaken auf dem Fußboden sah.

Victorias Wangen wurden heiß, aber sie war zu träge, um mehr als leise Beschämung darüber zu empfinden, daß sie in Jasons Bett überrascht worden war. Sie hatten sich noch zweimal geliebt, bevor sie eingeschlafen waren, und dann noch einmal am frühen Morgen. »Laß nur, Ruth«, murmelte sie. »Ich glaube, ich schlafe noch ein bißchen weiter.«

Als Ruth gegangen war, rollte Victoria sich auf den Bauch und schmiegte sich tiefer in die Kissen. Die Gesellschaft hält Jason für kalt, zynisch und unnahbar, dachte sie lächelnd. Wie überrascht sie wohl wären, wenn sie wüßten, was für ein zärtlicher, leidenschaftlicher, stürmischer Liebhaber er war. Vielleicht war es auch gar kein Geheimnis, dachte sie, und ihr Lächeln verblaßte ein wenig. Sie hatte gesehen, wie gierig verheiratete Frauen Jason anstarrten, und da sie ihn unmöglich heiraten konnten, mußten sie ihn sich als Liebhaber gewünscht haben.

Als sie darüber nachdachte, fiel ihr ein, wie oft sie seinen Namen in Verbindung mit gewissen schönen Damen gehört hatte, deren Gatten alt und häßlich waren. Kein Zweifel, es hatte vor ihr schon viele Frauen in seinem Leben gegeben, denn er hatte genau gewußt, wie er sie küssen und wo er sie berühren mußte, um ihre Lust zu entfachen.

Victoria schob diese erniedrigenden Gedanken von sich.

Es spielte keine Rolle, wie viele Frauen die wilde, hemmungslose Wonne seiner körperlichen Liebe erfahren hatten, denn von jetzt an gehörte er ihr, und nur ihr allein. Kurz bevor ihr die Augen zufielen, entdeckte sie das flache Samtetui auf dem Nachttisch. Ohne großes Interesse zog sie ihre Hand aus den Seidenlaken und ließ das Schloß aufschnappen. Im Inneren lag ein prachtvolles Smaragdcollier, daneben eine Karte von Jason: »Vielen Dank für einen unvergeßliche Nacht.«

Victoria runzelte die Stirn. Wenn er ihr doch nur anders reagiert hätte, als sie ihm gesagt hatte, daß sie ihn liebte. Wenn er doch gesagt hätte, daß er sie auch liebte. Und wenn er doch vor allem aufhören würde, ihr Schmuck zu geben, wann immer sie ihm Freude gemacht hatte. Und dieses Collier im besonderen hatte den unangenehmen Beigeschmack von Bezahlung für erwiesene Dienste . . .

Victoria schrak hoch. Es war beinahe Mittag, und Jason hatte ihr gesagt, daß seine Besprechung gegen zehn vorbei sein würde. Begierig darauf, ihn zu sehen und die Wärme seines Lächelns zu spüren, zog sie ein hübsches, lavendelfarbenes Kleid an, dessen weiche, weite Ärmel an den Handgelenken in weiten Manschetten zusammengefaßt waren. Sie wartete ungeduldig, bis Ruth ihre Haare gebürstet und zu weichen, mit Satinbändern gehaltenen Locken gedreht hatte.

Sobald sie fertig war, eilte Victoria den Gang entlang und entschloß sich erst zu einem gemäßigteren Tempo, als sie die große Treppe erreichte. Northrup lächelte sie tatsächlich an, als sie ihn fragte, wo Jason war, und als sie auf dem Weg ins Arbeitszimmer an O'Malley vorbeikam, hätte sie schwören können, daß der irische Diener ihr zublinzelte. Sie wunderte sich immer noch darüber, als sie an Jasons Tür klopfte und hineinging. »Guten Morgen«, sagte sie fröhlich. »Ich dachte, du möchtest vielleicht mit mir essen.«

Jason sah sie kaum an. »Tut mir leid, Victoria, ich bin beschäftigt.«

Sie fühlte sich wie ein lästiges Kind, das gerade höflich, aber bestimmt an seinen Platz verwiesen worden war. Zaghaft versuchte sie es noch einmal: »Jason – warum arbeitest du so viel?«

»Weil es mir Spaß macht«, sagte er kühl.

Offenbar mehr als meine Gesellschaft, dachte Victoria, da es ihm sicher nicht um das Geld ging. »Verzeih, daß ich dich gestört habe«, sagte sie leise. »Es soll nicht wieder vorkommen.«

Als sie ging, wollte Jason ihr nachrufen, daß er es sich anders überlegt hatte, aber dann ignorierte er diesen Impuls und setzte sich wieder an seinen Schreibtisch. Er wollte mit ihr essen, aber es war nicht klug, zuviel Zeit mit ihr zu verbringen. Er würde Victoria zu einem angenehmen Bestandteil seines Lebens machen, aber er würde nicht zulassen, daß sie zu dessen Mittelpunkt wurde. Soviel Macht über sich würde er keiner Frau geben.

Victoria lachte, als der kleine Billy sein Holzschwert zückte und einem der anderen Waisenkinder befahl, über die »Klinke zu springen«. Mit der schwarzen Klappe über dem gesunden Augen sah der stämmige Knabe entzückend seeräuberisch aus.

»Glauben Sie, daß die Augenklappe helfen wird?« fragte der Vikar, der neben ihr stand.

»Ich weiß es nicht. Mein Vater war genauso überrascht wie alle anderen, als es bei dem kleinen Jungen funktioniert hat. Hinterher hat Papa sich gefragt, ob der Fehler in diesen Fällen nicht im Auge selbst, sondern in den umliegenden

Muskeln zu suchen ist. Wenn das so ist, müßten die Muskeln des schlechten Auges dadurch gestärkt werden, daß sie mehr belastet werden.«

»Meine Frau und ich wollten Sie fragen, ob Sie uns die Ehre geben würden, heute abend mit uns zu essen, nachdem die Kinder ihr Puppenspiel aufgeführt haben. Wenn Sie mir erlauben, es zu erwähnen, Mylady, die Kinder hier können sich glücklich schätzen, eine so großzügige und engagierte Gönnerin zu haben. Ich wage zu behaupten, daß es kein Waisenhaus in England gibt, dessen Insassen sich besserer Kleidung und Ernährung erfreuen als diese Kinder.«

Victoria lächelte und wollte die freundliche Einladung schon ablehnen, aber dann änderte sie ihre Meinung und nahm an. Sie schickte eines der älteren Kinder nach Wakefield, um Jason ausrichten zu lassen, daß sie im Haus des Vikars essen würde. Dann lehnte sie sich an einen Baum, sah den Kindern beim Spielen zu und fragte sich, wie Jason auf ihre unterwartete Abwesenheit reagieren würde.

Eigentlich hatte sie keine Ahnung, ob es ihm etwas ausmachte. Ihr Leben war sehr verwirrend geworden. Zusätzlich zu dem Schmuck, den er ihr vorher geschenkt hatte, besaß sie inzwischen ein Paar Smaragdohrringe und ein passendes Armband, tropfenförmige Brillantohrringe, eine Rubinbrosche und einen Satz Brillantspangen für ihr Haar – ein Stück für jede der fünf aufeinanderfolgenden Nächte, in denen sie miteinander geschlafen hatten.

Jede Nacht liebte er sie leidenschaftlich. Am Morgen ließ er ein teures Schmuckstück zurück und verbannte sie vollkommen aus seinen Gedanken und seinem Leben, bis er sie zum Abendessen wiedertraf. Als Resultat dieser eigenartigen Behandlung entwickelte Victoria rasch eine lebhafte Abneigung gegen Jason und eine noch lebhaftere gegen Schmuck.

Möglicherweise hätte sie sein Verhalten besser ertragen, wenn er tatsächlich ununterbrochen gearbeitet hätte, aber das war nicht der Fall. Er hatte Zeit, um mit Robert Collingwood auszureiten, den Verwalter zu besuchen und für alles mögliche andere. Victoria wurde die Ehre seiner Gesellschaft lediglich beim Abendessen und im Bett zuteil. Der Gedanke, daß ihr gesamtes Leben so verlaufen sollte, machte sie erst traurig und dann wütend. Heute war sie wütend genug, um absichtlich nicht nach Hause zu gehen.

Offenbar wollte Jason eine typische Gesellschaftsehe führen. Er erwartete von ihr, daß sie ihrer Wege ging und ihn in Frieden ließ. Kultivierte Eheleute hockten einander nicht ständig auf dem Schoß, das wußte sie, das galt als vulgär. Ebenso wenig bekundeten sie ihre Liebe zueinander, aber in dieser Hinsicht verhielt Jason sich sehr eigenartig. Er hatte ihr gesagt, daß sie ihn nicht lieben sollte, und doch schlief er Nacht für Nacht mit ihr, stundenlang, und betäubte ihre Sinne mit Wollust, bis sie ihre Liebe zu ihm herausschrie. Je länger sie versuchte, die Worte zurückzuhalten, desto hitziger wurde sein Verlangen, bis er ihr das Geständnis mit seinen Händen, seinen Lippen und seinem harten Körper entrissen hatte. Dann, und nur dann, gestattete er ihr, die Erfüllung zu finden, die er ihr geben oder vorenthalten konnte.

Es war, als ob er diese Worte hören wollte, mußte, aber nie, nicht einmal auf dem Höhepunkt seiner eigenen Verzükkung sagte Jason sie zu ihr. Ihr Körper und ihr Herz waren ihm willenlos ergeben, er fesselte sie an sich – hielt sie in den Ketten seiner wilden Leidenschaft – und war doch gefühlsmäßig vollkommen unabhängig von ihr.

Nach einer Woche war Victoria entschlossen, ihn irgendwie dazu zu zwingen, ihre Gefühle zu teilen und es auch zuzugeben. Sie konnte einfach nicht glauben, daß er sie nicht liebte – sie fühlte es in der zärtlichen Berührung seiner Hände und dem unersättlichen Hunger seiner Lippen. Und wenn er ihre Liebe nicht wollte, warum zwang er sie dann dazu, sie zu bekennen?

Nach dem, was Kapitän Farrell ihr erzählt hatte, konnte sie beinahe verstehen, warum Jason ihr nicht trauen wollte. Sie konnte es verstehen, aber sie war fest entschlossen, es zu ändern. Kapitän Farrell hatte gesagt, daß Jason nur einmal lieben würde . . . und dann für immer. Sie wünschte sich sehnsüchtig, so von ihm geliebt zu werden. Wenn sie nicht so leicht zugänglich wäre, vielleicht würde er dann merken, daß sie ihm fehlte, und ihr wenigstens das zugestehen. Zumindest hoffte sie das.

Während des Puppenspiels und später, beim Abendessen im Haus des Vikars, saß Victoria wie auf Kohlen, während sie darauf wartete, nach Wakefield zurückzukehren und zu sehen, wie Jason auf ihre Abwesenheit reagiert hatte. Trotz ihrer Proteste bestand der Vikar darauf, sie zu begleiten, und erzählte ihr den gesamten Weg über Schauergeschichten von den Gefahren, denen eine Frau nachts allein im Freien ausgesetzt war.

Mit wundervollen, wenn auch einigermaßen unwahrscheinlichen Visionen von Jason, der vor ihr niederkniete und ihr seine Liebe gestand, sobald sie zur Tür herein kam, rannte Victoria geradezu ins Haus.

Northrup teilte ihr mit, daß Lord Fielding, nachdem er ihre Nachricht erhalten hatte, bei Nachbarn zum Essen gegangen und noch nicht zurück war.

Tiefenttäuscht ging Victoria hinauf in ihre Suite, nahm ein ausgedehntes Bad und wusch sich die Haare. Als sie fertig war, war Jason noch immer nicht gekommen, und so ging sie ins Bett und blätterte ohne Interesse in einem Journal. Jason hätte keinen besseren Weg finden können, es mir heimzuzahlen, dachte Victoria angewidert – nicht, daß sie dachte, er hätte sich tatsächlich soviel Mühe gemacht, nur um ihr eine Lektion zu erteilen.

Es war schon nach elf, als sie ihn endlich sein Zimmer betreten hörte, und sie griff sofort nach dem Journal und starrte hinein, als handele es sich um den Interessantesten Lesestoff der Welt. Ein paar Minuten später schlenderte er in ihr Zimmer, das Hemd bis zur Taile aufgeknöpft. Er sah so atemberaubend männlich aus, daß Victorias Kehle trocken wurde, aber Jason trug eine vollkommen gleichgültige Miene zur Schau. »Du warst zum Essen nicht zu Hause«, bemerkte er, als er an ihrem Bett stand.

»Nein«, bestätigte Victoria.

»Warum nicht?«

Sie warf ihm einen unschuldigen Blick zu und wiederholte seine eigene Erklärung, warum er sie vernachlässigte. »Ich genieße die Gesellschaft anderer Menschen genauso wie du deine Arbeit.« Leider verriet sie sich, indem sie leicht nervös hinzufügte: »Ich dachte, es würde dir nichts ausmachen.«

»Nicht das geringste«, sagte er zu ihrer tiefen Enttäuschung und kehrte in seine eigenen Räume zurück, nachdem er ihr einen keuschen Kuß auf die Stirn gegeben hatte.

Trübselig starrte Victoria das leere Kopfkissen neben sich an. Ihr Herz weigerte sich zu glauben, daß es ihm egal war, ob sie da war oder nicht. Es weigerte sich auch zu glauben, daß er allein schlafen würde, und sie lag wach und wartete auf ihn, aber er kam nicht.

Als sie am nächsten Morgen aufwachte, fühlte sie sich schrecklich – und das, bevor Jason in ihr Zimmer kam, frisch rasiert und förmlich strahlend vor Vitalität, um beiläufig vorzuschlagen: »Wenn du dich einsam fühlst, solltest du vielleicht für ein oder zwei Tage in die Stadt fahren, Victoria.«

Verzweiflung überkam sie, und die Bürste entglitt ihren Fingern, aber ihr Stolz kam ihr zu Hilfe, und sie setzte ein strahlendes Lächeln auf. Entweder bluffte er, oder er wollte sie loswerden, aber was auch immer der Grund war, sie würde seinen Ratschlag befolgen. »Was für eine reizende Idee, Jason. Ich glaube, das werde ich tun. Vielen Dank.«

Achtundzwanzigstes Kapitel

Victoria blieb vier Tage in London, immer in der Hoffnung, daß Jason ihr nachfahren würde, und wurde von Stunde zu Stunde unglücklicher, als er es nicht tat. Sie ging dreimal ins Theater und einmal in die Oper, und sie besuchte alle ihre Freunde. Nachts lag sie wach und versuchte zu begreifen, wie ein Mann bei Nacht so leidenschaftlich und bei Tag so kalt sein konnte. Sie konnte nicht glauben, daß er in ihr nicht mehr sah als ein bequemes Objekt für seine Lust. Das konnte nicht wahr sein – nicht wenn er ihre Gesellschaft beim Abendessen so sehr zu genießen schien. Er saß endlos mit ihr zusammen, machte Scherze und drängte sie, über alles mögliche mit ihm zu sprechen. Einmal hatte er ihr sogar ein Kompliment über ihre Intelligenz gemacht, und ein paarmal hatte er sie um ihre Meinung gefragt.

Am vierten Abend begleitete Charles sie ins Theater, und danach fuhr sie in Jasons Stadthaus zurück, um sich für einen Ball umzuziehen. Morgen früh würde sie nach Hause fahren, beschloß sie in einer Mischung aus Empörung und Resignation. Sie war bereit, sich geschlagen zu geben und den Kampf um seine Zuneigung zu Hause fortzusetzen.

Gehüllt in eine aufsehenerregende Robe aus schimmernder, mit Silberfäden durchwirkter Gaze, betrat sie den Ballraum in Begleitung des Marquis de Salle und Baron Arnoffs.

Köpfe drehten sich, als sie herein kam, und wieder fiel Victoria auf, wie merkwürdig die Leute sie ansahen. Gestern abend war es genauso gewesen. Sie konnte kaum glauben, daß jemand Anstoß daran nahm, wenn sie ohne ihren Mann in London war. Außerdem waren die Blicke, die die eleganten Damen und Herren ihr zuwarfen, nicht strafend. Sie beobachteten sie eher mit Verständnis oder vielleicht auch Mitleid.

Caroline Collingwood erschien am Ende des Abends, und Victoria zog sie beiseite, um sie zu fragen, ob sie wußte, warum die Leute sich so merkwürdig benahmen. Noch bevor sie dazu Gelegenheit hatte, lieferte Caroline ihr die Antwort. »Victoria«, sagte sie nervös, »ist alles in Ordnung – zwischen Lord Fielding und dir, meine ich? Oder seid ihr einander etwa schon entfremdet?«

»Entfremdet?« echote Victoria verständnislos. »Denken die Leute das? Sehen sie mich deswegen so eigenartig an?«

»Du tust nichts Falsches«, versicherte Caroline ihr hastig und sah sich nervös um, ob auch keiner von Victorias treuen Begleitern in Hörweite war. »Aber unter den gegebenen Umständen ziehen die Leute ihre Schlüsse – zum Beispiel, daß du und Lord Fielding euch entzweit habt und du ihn, nun ja, ihn verlassen hast.«

»Was?« platzte Victoria angewidert heraus. »Warum um alles in der Welt sollten sie so etwas denken? Lady Calliper ist ohne ihren Mann hier, und Lady Graverton auch, und –«

»Ich bin auch ohne meine Mann hier«, unterbrach Caroline sie verzweifelt. »Aber verstehst du nicht, keiner von ihnen war schon einmal verheiratet. Jason schon.«

»Und das spielt eine Rolle?« sagte Victoria und wunderte sich wieder einmal, welch unerhörte, unbekannte Anstandsregel sie diesmal verletzt hatte. Die Gesellschaft hatte Regeln für alles, mit einer langen Liste von Ausnahmen, die das Ganze unglaublich verwirrend machten. Aber sie konnte einfach nicht glauben, daß Frauen in erster Ehe ihre eigenen Wege gehen durften, die in zweiter dagegen nicht.

»O ja«, seufzte Caroline, »weil die erste Lady Fielding schreckliche Dinge über Lord Fielding gesagt hat, und einige haben ihr geglaubt. Du bist noch nicht einmal zwei Wochen verheiratet, und jetzt bist du hier, und du siehst nicht sehr glücklich aus, Victoria, wirklich nicht. Die Leute, die der ersten Lady Fielding geglaubt haben, denken an das, was sie erzählt hat, und jetzt wiederholen sie ihre Lügen und nehmen dich als Beweis.«

Victoria starrte sie an. Sie kam sich verfolgt vor. »Ich habe nicht im Traum an so etwas gedacht. Ich wollte morgen ohnehin wieder nach Hause fahren. Wenn es nicht so spät wäre, würde ich gleich abreisen.«

Caroline legte ihre Hand auf Victorias Arm. »Wenn dich irgend etwas bedrückt, etwas, worüber du nicht sprechen willst – du weißt, daß du jederzeit bei uns bleiben kannst. Ich will dich nicht bedrängen.«

Hastig versicherte Victoria ihr: »Ich möchte wieder nach Hause. Aber heute abend kann ich nichts tun.«

»Du könntest versuchen, glücklich auszusehen«, empfahl ihre Freundin.

Das klang wie ein ausgezeichneter Ratschlag, und sie schickte sich an, ihn zu befolgen – mit einer leichten Abänderung. In den nächsten zwei Stunden unterhielt sie sich mit so vielen Menschen wie möglich, und es gelang ihr jedesmal, Jasons Namen ins Spiel zu bringen und mit der glühendsten Begeisterung von ihm zu sprechen. Als Lord Armstrong einer Gruppe von Freunden gegenüber bemerkte, daß es unmöglich sei, seine Pächter zufriedenzustellen, warf

Victoria ein, daß ihr Gatte auf bestem Fuße mit den seinen stand. »Lord Fielding ist so geschickt in diesen Dingen«, schloß sie mit der atemlosen Stimme einer vernarrten Braut. »Seine Pächter lieben ihn, und das Personal vergöttert ihn geradezu!«

»Ach ja?« sagte Lord Armstrong schockiert. »Ich muß mich mit ihm darüber unterhalten. Wußte gar nicht, daß Wakefield sich überhaupt für seine Pächter interessiert. Aber da sieht man's wieder – ich hab mich geirrt.«

Zu Lady Brimworthy, die Victoria ein Kompliment über ihr Saphircollier machte, sagte sie: »Lord Fielding überschüttet mich mit Geschenken. Er ist so ungeheuer großzügig, so lieb und rücksichtsvoll. Und er hat einen ausgezeichneten Geschmack, nicht wahr?«

»In der Tat«, bestätigte Lady Brimworthy und bewunderte das Vermögen an Brillanten und Saphiren um Victorias schlanken Hals. »Brimworthy bekommt Zustände, wenn ich ein neues Schmuckstück kaufe«, fügte sie düster hinzu. »Das nächstemal, wenn er mir vorwirft, ich sei extravagant, erzähle ich ihm von Wakefields Großzügigkeit!«

Als die ältliche Gräfin Draymore Victoria daran erinnerte, daß sie morgen ein venezianisches Frühstück gab, zu dem Victoria eingeladen war, erwiderte diese: »Ich fürchte, ich kann nicht kommen, Lady Draymore. Ich habe meinen Gatten seit vier Tagen nicht gesehen, und um ehrlich zu sein, ich vermisse ihn entsetzlich. Er ist der Inbegriff von Güte und Liebenswürdigkeit.«

Lady Draymore blieb der Mund offenstehen. Als Victoria sich entfernt hatte, wandte sich die alte Dame an ihre Freundinnen und blinzelte erstaunt. »Der Inbegriff von Güte?« echote sie staunend. »Wie komme ich nur darauf, daß sie mit Wakefield verheiratet ist?«

In seinem Haus in der Upper Brook Street lief Jason

durch seine Suite wie ein eingesperrtes Raubtier und verfluchte im stillen seinen alternden Londoner Butler, der ihm nicht genau hatte sagen können, wo Victoria sich heute abend aufhielt, und ebenso sich selbst, weil er ihr nachgereist war wie ein eifersüchtiger, liebeskranker Knabe. Er war zu den Berfords gegangen, wo Victoria angeblich sein sollte, aber Jason hatte sie dort nicht gefunden. Und auch nicht an den anderen drei Orten, wo er sie gesucht hatte.

Victorias Unternehmen war so erfolgreich, daß die anderen Gäste sie am Ende des Abends eher mit Amüsement denn mit Besorgnis betrachteten. Sie lächelte immer noch darüber, als sie kurz vor Morgengrauen das Haus betrat.

Sie zündete die Kerze an, die die Diener für sie auf dem Tisch in der Halle zurückgelassen hatten, und erklomm die Treppe. Sie wollte gerade die Kerzen in ihrem Schlafzimmer anzünden, als ein leises Geräusch aus der angrenzenden Suite ihre Aufmerksamkeit erregte. Mit einem Stoßgebet, daß die Person ein Diener und kein Dieb sein möge, schlich Victoria leise zur Tür. Mit hocherhobener Kerze legte sie ihre zitternde Hand auf die Klinke, und im gleichen Augenblick flog die Tür auf. Sie schrie auf. »Jason!« rief sie erleichtert, eine Hand an ihrer Kehle. »Gott sei Dank, daß du es bist. Ich – ich dachte, du bist ein Dieb, und ich wollte nachsehen.«

»Sehr tapfer«, sagte er und warf einen Blick auf die erhobene Kerze in ihrer Hand. »Was hättest du getan, falls ich ein Dieb gewesen wäre – gedroht, meine Wimpern in Brand zu setzen?«

Victorias Kichern blieb ihr in der Kehle stecken, als sie das bedrohliche Glitzern in seinen grünen Augen und die zuckenden Muskeln in seinen Wangen sah. Hinter seiner sarkastischen Fassade verbarg sich fürchterliche Wut. Automatisch begann sie, vor ihm zurückzuweichen, während er immer weiter auf sie zukam. Trotz der Eleganz seiner Bekleidung hatte er nie gefährlicher oder überwältigender ausgesehen als jetzt, wo er scheinbar lässig auf sie zustrebte.

Victoria umrundete ihr Bett, blieb dann stehen und unterdrückte ihre irrationale Angst. Sie hatte nichts getan, und sie benahm sich wie ein ängstliches Kind! Sie würde ruhig und sachlich mit ihm sprechen. »Jason«, sagte sie mit einem winzigen Beben in der Stimme, »bist du böse auf mich?«

Er blieb ein paar Zentimeter vor ihr stehen. Er stemmte die Hände in die Hüften und baute sich mit unverhohlener Aggressivität vor ihr auf. »Das kann man wohl sagen«, sagte er mir schrecklicher Ruhe. »Wo zum Teufel bist du gewesen?«

»Auf – auf Lady Dunworthys Ball.«

»Bis zum Morgengrauen?«

»Ja. Das ist doch nichts Ungewöhnliches. Du weißt doch, wie lange diese Sachen dauern –«

»Nein. Ich weiß es nicht«, sagte er gepreßt. »Wie wär's, wenn du mir verrätst, warum du das Zählen vergißt, sobald du außer Reichweite bist!«

»Zählen?« wiederholte Victoria, von Minute zu Minute ängstlicher. »Was?«

»Tage«, sagte er ätzend. »Ich habe dir erlaubt, zwei Tage wegzubleiben, nicht vier!«

»Ich brauche deine Erlaubnis nicht«, entfuhr es Victoria unklugerweise. »Und tu nicht so, als ob es dir etwas ausmacht, ob ich hier bin oder in Wakefield!«

»Oh, aber es macht mir etwas aus«, sagte er mit trügerisch sanfter Stimme, zog langsam seine Jacke aus und begann, sein weißes Hemd aufzuknöpfen. »Und du brauchst meine Erlaubnis. Du bist sehr vergeßlich geworden, meine Süße – ich bin dein Mann, erinnerst du dich? Zieh dich aus.«

Wild schüttelte Victoria den Kopf.

»Mach mich nicht wütend«, warnte er leise. »Sonst muß ich dich zwingen, und das wird dir nicht gefallen, glaub mir.«

Victoria glaubte es ihm wortwörtlich. Ihre zitternden Hände kämpften mit den Verschlüssen an ihrem Mieder. »Jason, bitte, was ist denn nur los?« fragte sie.

»Was los ist?« wiederholte er schneidend und ließ sein Hemd zu Boden fallen. »Ich bin eifersüchtig, mein Liebling.« Er knöpfte sich die Hosen auf. »Ich bin eifersüchtig, und ich finde das Gefühl nicht nur ungewohnt, sondern auch ausgesprochen unerquicklich.«

Unter anderen Umständen wäre Victoria hochbeglückt gewesen von diesem Geständnis. Jetzt machte es sie nur noch ängstlicher und ihre Finger noch ungeschickter.

Jason sah, wie wenig Fortschritt sie machte, packte sie und drehte sie um. Er löste die winzigen Haken mit einer Geschicklichkeit, die von großer Erfahrung zeugte. »Ins Bett«, kommandierte er und gab ihr einen Stoß in die richtige Richtung.

Victorias Stimmung war ein Wirrwarr aus wilder Rebellion und bebender Angst, als er zu ihr ins Bett kam und sie grob in seine Arme zog. Sein Mund preßte sich auf ihre Lippen in einem harten, strafenden Kuß, und sie biß die Zähne aufeinander und keuchte unter dem Druck.

»Mach deinen Mund auf, verdammt noch mal!«

Victoria stemmte ihre Hände gegen seine Brust und wandte ihr Gesicht ab. »Nein. Nicht so. Ich will nicht!«

Er lächelte – ein hartes, grausames Lächeln, das ihr das Blut in den Adern erstarren ließ. »Doch, du willst, meine Süße«, flüsterte er weich. »Bevor ich mit dir fertig bin, wirst du mich darum anflehen.«

Wütend und mit unerwarteter Kraft stieß Victoria ihn von

sich und rollte unter ihm hervor. Sie stand schon beinahe, da packte er ihren Arm und zerrte sie ins Bett zurück. Er riß ihre Arme hoch und hielt sie über ihrem Kopf fest. Dann legte er sein Bein über ihre Schenkel. »Das war sehr dumm von dir«, flüsterte er und beugte sich langsam vor.

Tränen der Furcht traten in Victorias Augen, als sie so auf dem Rücken lag und sah, wie Jasons Lippen sich ihr näherten. Aber statt grob über sie herzufallen, eroberte sein Mund den ihren mit einem langen, tiefen Kuß, während seine freie Hand über ihren Körper strich, eine rosige Brust umfaßte und preßte, um dann tiefer zu gleiten und in den goldenen Locken ihres Schamhaares zu spielen, so lange, bis ihr verräterischer Körper begann, auf seine erfahrenen Liebkosungen zu reagieren. Victoria wehrte sich verzweifelt, als seine Finger noch tiefer wanderten, aber es hatte keinen Sinn – er schob ihre Knie auseinander, und seine Finger fanden den Eingang, den sie suchten.

Feurige Hitze raste durch ihren Körper und lähmte ihren Widerstand, bis ihre Lippen sich öffneten. Seine Zunge fuhr in ihren Mund, füllte ihn aus, zog sich wieder zurück, während seine Finger in ihr den langsamen, drängenden Bewegungen seiner Zunge folgten. Diesem Ansturm von Sinnlichkeit war Victoria nicht gewachsen. Mit einem stummen Schrei der Kapitulation gab sie sich ihm hin und erwiderte seinen Kuß. Ihr Körper wurde weich und schmiegsam, und im selben Moment ließ Jason ihre Hände los.

Seine Lippen glitten über ihren Hals, abwärts zu der rosigen Fülle ihrer Brüste. Seine Zunge malte kleine Kreise auf ihrer erhitzten Haut, dann schloß sein Mund sich über ihrer Brustwarze, und ein Keuchen purer Lust entrang sich ihr, als sie seinen dunklen Kopf an sich preßte. Er lachte und bewegte sich weiter nach unten, bis seine Zunge einen feurigen Pfad über ihren straffen Bauch zeichnete und Victoria merkte, was er vorhatte, und entsetzt versuchte, sich ihm zu entwinden. Seine Hände umspannten ihre Hüften und hoben sie an seinen Mund. Als er aufhörte, schrillte glühende Lust durch Victorias ganzen Körper, und sie sehnte sich verzweifelt nach Erlösung.

Er schob sich über sie und drang leicht, fast spielerisch in sie ein. Victoria hob sich ihm entgegen und zog ihn an sich. Er senkte sich mit quälender Langsamkeit in sie, zog sich dann leicht zurück und drang wieder in sie ein, jedesmal ein winziges Stückchen tiefer, bis Victoria halb von Sinnen war vor Begierde. Ihre Schenkel umklammerten ihn, und sie hob sich ihm bei jedem Stoß entgegen. Ihr Atem ging flach und stoßweise, ihr Gesicht war gerötet. Plötzlich stieß er so heftig zu, daß sie aufschrie – und dann, genauso plötzlich, zog er sich zurück.

»Nein!« rief Victoria enttäuscht und überrascht. Sie schlang ihre Arme um ihn.

»Willst du mich, Victoria?« flüsterte er.

Ihre Augen flogen auf, und sie sah ihn über sich, aufgestützt, um sich möglichst weit von ihr weg zu halten. Sein Gesicht war hart.

»Willst du mich?« wiederholte er.

»Das werde ich dir nie vergeben«, keuchte Victoria erstickt.

»Willst du mich?« wiederholte er und rieb sein Glied provozierend an ihrem heißen, geschwollen Fleisch. »Sag's mir.«

Lust raste in ihrem Körper, kämpfte gegen ihren geschwächten Willen, sprach für ihn: Er war eifersüchtig. Er liebte sie. Ihre lange Abwesenheit hatte ihn gekränkt. Ihre Lippen formten ein »Ja«, aber nicht einmal die Begierde konnte sie dazu bringen, es laut zu sagen.

Befriedigt von dem, was er gesehen hatte, gab Jason ihr,

was sie wollte. Als wolle er ihre Demütigung wieder gutmachen, gab er sich ihr mit selbstloser Energie, bewegte seinen Körper so, daß sie die höchste Lust erfuhr, und unterdrückte die Forderungen seiner eigenen Begierde, während sie bei jedem Stoß unter ihm erbebte. Er brachte sie zu einem rauschhaften Höhepunkt und hielt vollkommen still, während Spasmen der Leidenschaft sie schüttelten. Dann drückte er sie an sich und gab sich seiner eigenen Lust hin.

Als es vorbei war, herrschte Schweigen zwischen ihnen. Jason war eine endlose Minute lang vollkommen ruhig und starrte an die Decke. Dann stieg er aus dem Bett und ging in sein eigenes Zimmer. Abgesehen von ihrer Hochzeitsnacht war es das erstemal, daß er sie jemals alleingelassen hatte, nachdem sie miteinander geschlafen hatten.

Neunundzwanzigstes Kapitel

Victoria erwachte mit schwerem, klopfendem Herzen und dem Gefühl, überhaupt nicht geschlafen zu haben. Dumpfe Verzweiflung saß ihr wie ein Kloß in der Kehle, als sie an Jasons demütigende Rache dachte, die sie nicht verdient hatte. Sie schob sich das zerzauste Haar aus der Stirn, stützte sich auf und sah sich um. Und dann fiel ihr Blick auf das lederne Etui neben ihrem Bett.

Eine bis dahin ungekannte Wut explodierte in ihr und betäubte jeden anderen Gedanken. Sie sprang aus dem Bett, zog einen Morgenrock an und ergriff die Schachtel.

Wie eine Gewitterwolke von blaßgrünem Satin stürmte sie in Jasons Zimmer. »Wag nicht, mir noch ein einziges Schmuckstück zu schenken!« zischte sie.

Er stand mit nackter Brust neben seinem Bett, die langen

Beine in bisquitfarbenen Hosen. Er hob gerade rechtzeitig den Kopf, um zu sehen, wie sie das schwere Etui in seine Richtung warf, aber er bewegte sich nicht, und es flog haarscharf an seinem Ohr vorbei.

Mit dumpfem Poltern fiel es auf das glänzende Parkett und schlitterte unter sein Bett. »Ich werde dir nie vergeben!« schrie Victoria mit geballten Fäusten. »Niemals!«

»Davon bin ich überzeugt«, sagte er ausdruckslos und griff nach seinem Hemd.

»Ich hasse deinen Schmuck, ich hasse die Art, wie du mich behandelst, und ich hasse dich! Du weißt nicht, wie man liebt – du bist ein zynischer, herzloser Bastard!«

Das Wort war ihrem Mund entflohen, bevor Victoria merkte, was sie gesagt hatte, aber welche Reaktion sie auch immer erwartet hatte, es war nicht die, die sie erhielt. »Du hast recht«, bestätigte er gepreßt. »Genau das bin ich. Es tut mir leid, wenn ich die wenigen Illusionen, die du noch über mich hast, zerstören muß, aber die Wahrheit ist: Ich bin das Zufallserzeugnis einer kurzen, unbedeutenden Affäre zwischen Charles Fielding und irgendeiner langvergessenen Tänzerin, die er in seiner Jugend ausgehalten hat.«

Er zog sich das Hemd über die muskulösen Schultern und fuhr hinein, und Victoria dämmerte langsam, daß er glaubte, ihr etwas gestanden zu haben, das ihn in ihren Augen häßlich und abstoßend machte.

»Ich bin im Elend aufgewachsen, bei Charles' Schwägerin. Später habe ich in einem Warenlager geschlafen. Ich habe mir selbst Lesen und Schreiben beigebracht, ich bin nicht in Oxford gewesen und habe nichts von dem getan, was deine feinen, adligen Verehrer so treiben. Kurz gesagt, ich bin nichts von dem, was du glaubst, zumindest nicht, was das Gute betrifft.«

Er fing an, sein Hemd zuzuknöpfen, ohne sie anzusehen. »Ich bin nicht der richtige Mann für dich. Ich bin nicht wert, dich zu berühren. Du wärst entsetzt, wenn du wüßtest, was für Dinge ich getan habe.«

Kapitan Farrells Worte schossen Victoria durch den Kopf: *Die Hexe zwang ihn, vor diesen schmutzigen Indern niederzuknien und um Vergebung zu betteln.* Victoria sah in Jasons stolzes, schmales Gesicht, und sie dachte, ihr Herz würde brechen. Jetzt verstand sie sogar, warum er ihre Liebe nicht akzeptieren wollte und konnte.

»Ich bin ein Bastard«, schloß er grimmig, »im wahrsten Sinne des Wortes.«

»Dann bist du in ausgezeichneter Gesellschaft«, sagte sie mit bebender Stimme. »Drei Söhne von König Charles waren Bastarde, und er hat sie alle zu Herzögen ernannt.«

Er stutzte, aber dann zuckte er die Achseln. »Es geht darum, daß du gesagt hast, du liebst mich, und ich kann dir nicht gestatten, das weiter zu glauben. Du hast ein Phantom geliebt, nicht mich. Du kennst mich nicht.«

»O doch«, protestierte Victoria. Sie wußte, alles, was sie jetzt sagte, würde ihre gesamte gemeinsame Zukunft bestimmen. »Ich weiß alles über dich – Kapitän Farrell hat es mir vor über einer Woche erzählt. Ich weiß, was du durchgemacht hast, als du ein kleiner Junge warst . . .«

Einen Augenblick lang flackerte Wut in Jasons Augen auf, aber dann zuckte er resigniert die Achseln. »Er hatte kein Recht dazu.«

»Du hättest es mir selbst erzählen müssen«, schluchzte sie, unfähig, ihre Stimme oder ihre Tränen länger unter Kontrolle zu halten. »Aber du hast es nicht getan, weil du dich schämst, statt stolz auf das zu sein, was du geleistet hast!« Wütend wischte sie ihre Tränen ab. »Ich wünschte, er hätte es mir nicht erzählt. Vorher habe ich dich nur ein bißchen geliebt. Hinterher, als ich wußte, wie tapfer und – und stark du wirklich bist, habe ich dich so sehr geliebt, daß –«

»Was?« flüsterte er ungläubig.

»Vorher habe ich dich wenigstens nicht bewundert«, rief sie hysterisch, »und jetzt tue ich es, und ich ertrage es nicht, wenn du –«

Durch einen Tränenschleier sah sie, wie er auf sie zukam. Sie fühlte, wie er sie an seine Brust drückte. Ihre so lange unterdrückten Gefühle brachen aus ihr heraus. »Es ist mir egal, wer deine Eltern waren«, schluchzte sie.

»Wein nicht, Liebling«, flüsterte er, »bitte, wein nicht.«

»Ich ertrage es nicht, wenn du mich wie eine alberne Puppe behandelst, mich mit Ballkleidern ausstaffierst und –«

»Ich werde dir nie wieder ein einziges Kleid kaufen«, versprach er halb im Scherz.

»Und dann überschüttest du mich mit Schmuck –«

»Und auch keinen Schmuck«, sagte er und drückte sie fester an sich.

»Und wenn du genug mit mir gespielt hast, schiebst du mich beiseite.«

»Ich bin ein Esel«, sagte er, streichelte ihr Haar und rieb sein Kinn an ihrem Scheitel.

»Du hast mir noch nie erzählt, was du denkst oder fühlst, und ich kann keine Gedanken lesen.«

»Da gibt's nichts zu lesen«, sagte er schroff. »Ich hab' schon seit Monaten keinen klaren Gedanken mehr gefaßt.«

Victoria wußte, daß sie gewonnen hatte, aber ihre Erlösung war so köstlich, daß sie haltlos zu schluchzen begann.

»O Gott, bitte wein doch nicht so«, stöhnte Jason und versuchte verzweifelt, sie zu trösten, indem er ihr über Schultern und Rücken strich. »Ich kann es nicht ertragen, wenn du weinst.« Er vergrub seine Hände in ihren Haaren und drehte ihr tränenüberströmtes Gesicht dem seinen zu. »Ich werde dich nie wieder zum Weinen bringen«, flüsterte er schmerzlich. »Das versprech ich dir.« Er beugte sich über sie und küßte sie mit zärtlicher Rauhheit. »Komm ins Bett«, murmelte er mit heiserer, drängender Stimme. »Komm, laß uns die letzte Nacht vergessen . . .«

Victoria schlang ihre Arme um den Nacken ihres Mannes, und Jason hob sie hoch und legte sie sanft aufs Bett, um sie auf die einzige Art, die er kannte, zu entschädigen. Dann beugte er sich über sie und küßte sie leidenschaftlich.

Als er sich aufrichtete, um Hemd und Hosen abzustreifen, sah Victoria ihn ohne Scham an und bewunderte seinen prachtvollen Körper – die langen, muskulösen Beine und schmalen Hüften, die starken Arme und die breiten Schultern, die Muskelstränge seines Rückens, als er sich umdrehte – sie stieß einen erstickten Schrei aus.

Jason hörte es, und er erstarrte, als er merkte, was sie sah. Die Narben! Er hatte die verdammten Narben vergessen. Er erinnerte sich nur allzu gut an das letzte Mal, als er vergessen hatte, sie zu verstecken – an das Entsetzen der Frau in seinem Bett, die Verachtung in ihrem Gesicht, als sie sah, daß er geprügelt worden war wie ein Hund. Aus diesem Grund hatte er Victoria nie den Rücken zugewandt, wenn sie sich liebten, und er hatte immer sorgfältig die Kerzen gelöscht, bevor sie eingeschlafen waren.

»O Gott«, flüsterte Victoria erstickt und starrte auf die weißen Narben, die seinen Rücken kreuz und quer bedeckten. Ihre Finger zitterten, als sie sie ausstreckte, um sie zu berühren, und sobald sie es tat, zuckte er zusammen. »Tun sie immer noch weh?« hauchte sie erschrocken.

»Nein.« Jasons Stimme klang gepreßt. Das Gefühl seiner Schande überwältigte ihn, während er hilflos auf ihre unvermeidliche Reaktion wartete.

Zu seinem höchsten Erstaunen fühlte er, wie ihr Arm ihn von hinten umschlang und ihre Lippen seinen Rücken küßten. »Wie tapfer du gewesen sein mußt, um das zu ertragen«, flüsterte sie, »wie stark, es zu überleben . . .« Als sie begann, jede einzelne Narbe zu küssen, drehte Jason sich um und riß sie in seine Arme. »Ich liebe dich«, flüsterte er, als täte jedes einzelne Wort ihm weh. »Ich liebe dich so sehr . . .«

Seine Küsse brannten auf ihrer Haut wie feurige Male, als sein Mund von ihren Lippen zu ihrem Hals und ihren Brüsten glitt, während seine Hände über ihren Rücken und ihre Taille strichen. Sie stöhnte und wand sich unter seiner wilden Zärtlichkeit. Er stützte sich auf und sagte mit heiserer Stimme: »Faß mich an – ich will deine Hände auf mir spüren.«

Es war Victoria nie in den Sinn gekommen, daß er genauso von ihr berührt werden wollte, wie er es mit ihr tat, und diese Entdeckung war erregend. Sie legte ihre Hände auf seine braune Brust und spreizte langsam die Finger. Sie staunte, als ihm bei dieser simplen Berührung der Atem stockte. Zaghaft ließ sie ihre Hände weiter abwärts wandern, und seine straffen Bauchmuskeln zuckten. Sie legte ihre Lippen auf seine winzige Brustwarze und küßte sie, spielte mit der Zunge daran, und als sie sie in den Mund nahm und daran sog, stöhnte er auf.

Berauscht von ihrer neuentdeckten Macht über seinen Körper rollte sie ihn auf den Rücken und streifte mit ihren geöffneten Lippen über seinen Mund. Ein kleines Lachen, fast wie ein Stöhnen, drang aus seiner Kehle, und er nahm ihre Zunge in seinen Mund, während seine Arme ihre Hüften umschlangen und sie auf seinen Körper hoben.

Ohne nachzudenken, rieb Victoria ihre Hüften an seinem stolzen, hochaufgerichteten Glied, bis ihr schwindlig war von der Lust, die sie ihm schenkte und sich selbst nahm. Sie glitt abwärts, küßte seine Brust und liebkoste seinen Bauch, bis seine Hände plötzlich in ihr Haar griffen, und ihr Gesicht wieder an seines zogen. Unter sich fühlte die das Klopfen seines Gliedes, die feurige Berührung seiner heißen Haut, das wilde Hämmern seines Herzens an ihrer Brust. Aber statt sie zu nehmen, wie sie erwartet hatte, sah er sie voll rasender Begierde an und sprach demütig die Worte, die er ihr in der vergangenen Nacht abgerungen hatte: »Ich will dich«, flüsterte er. Und als sei diese Abbitte nicht genug, fügte er hinzu: »Bitte, mein Liebling.«

Sie dachte, ihr Herz müsse zerspringen vor Liebe, und sie antwortete ihm mit einem schmelzenden Kuß. Das war Antwort genug. Jason nahm sie in die Arme, drehte sie auf den Rücken und drang rasch und sicher in sie ein. Seine Arme umschlagen ihre Schultern und Hüften, preßten sie fester an sich, und sie verschmolzen in dieser Umarmung.

Victoria bog sich ihm begierig entgegen, um seine Leidenschaft anzustacheln und zu teilen, sie preßte ihre Hüften gegen seine pulsierenden Schenkel und küßte ihn unaufhörlich, bis die Lust, die sie durchfloß, unerträglich wurde und ihren gesamten Körper mit glühender Ekstase erfüllte.

Jason erschauerte, als er fühlte, wie ihr Orgasmus auch ihn ergriff, und er stieß ein letztes Mal zu. Sein Körper zuckte krampfhaft, wieder und wieder, als Victorias Körper eine Ewigkeit an Bitterkeit und Verzweiflung aus ihm sog. Sein Körper war vollkommen leer und rein, und dann spürte er, wie statt dessen Glück ihn durchströmte. Sein Herz quoll davon über und sandte es durch all seine Venen, bis sein Körper vor Wonne schmerzte.

Nach all seinen finanziellen Erfolgen und ziellosen Abenteuern hatte er endlich gefunden, wonach er immer gesucht hatte: Er hatte den Platz gefunden, an den er gehörte. Er besaß sechs englische Herrenhäuser, zwei indische Paläste und eine Flotte von Schiffen, jedes mit einer Kabine für seinen Privatgebrauch, und doch hatte er sich nie irgendwo zu Hause gefühlt. Jetzt war er zu Hause. Dieses schöne Mädchen, das zufrieden in seinen Armen lag, war sein Zuhause.

Victorias sah ihn an, und er dachte, er würde in den tiefen blauen Teichen ihrer Augen ertrinken. »Wie fühlst du dich?« fragte sie lächelnd.

Mit zärtlicher Feierlichkeit erwiderte er: »Wie ein Ehemann.« Er neigte den Kopf und küßte sie liebevoll. Dann sah er in ihre strahlenden Augen. »Nicht zu fassen, daß ich nie an Engel geglaubt habe«, seufzte er, lehnte sich in die Kissen und genoß das Gefühl, sie in den Armen zu halten. »Wie unglaublich dumm ich war –«

»Du bist genial«, erklärte seine Frau loyal.

»Nein, überhaupt nicht«, sagte er. »Wenn ich auch nur einen Funken Verstand hätte, wäre ich so schnell wie möglich mit dir ins Bett gegangen und hätte hinterher darauf bestanden, daß du mich heiratest.«

»Wann hast du zum ersten Mal daran gedacht?« fragte sie neckend.

»An dem Tag, als du in Wakefield angekommen ist«, gestand er lächelnd. »Ich glaube, ich habe mich in dich verliebt, als ich dich da auf der Schwelle gesehen habe, mit dem Ferkel im Arm und deinen Haaren, die wie eine goldene Flamme im Wind flatterten.«

Ernüchtert schüttelte Victoria den Kopf. »Bitte – wir wollen einander nie anlügen, Jason. Du hast mich damals nicht geliebt, und du hast mich nicht geliebt, als wir geheiratet haben. Es spielt keine Rolle, wirklich nicht. Das einzige, was zählt, ist, daß du mich jetzt liebst.«

Jason hob ihr Kinn und zwang sie, ihm in die Augen zu sehen. »Nein, mein Liebling – ich meine es ernst. Ich habe dich aus Liebe geheiratet.«

»Jason!« rief sie geschmeichelt, aber nichtsdestotrotz entschlossen, nicht von dem einmal beschrittenen Weg der Ehrlichkeit abzuweichen. »Du hast mich geheiratet, weil es der Wunsch eines Sterbenden war.«

»Der Wunsch eines Sterben –« Zu Victorias befremdetem Erstaunen legte Jason den Kopf in den Nacken und brach in Gelächter aus. Dann legte er die Arme um sie und zog sie an seine nackte Brust. »Oh, Liebling«, sagte er grinsend, »Der ›Sterbende‹, der uns an sein Bett geholt und sich an deine Hand geklammert hat, hatte eine Handvoll Spielkarten in der anderen.«

Victoria richtete sich auf. »Was hatte er?« rief sie, hin- und hergerissen zwischen Zorn und Gelächter. »Bist du dir sicher?«

»Absolut«, bestätigte Jason. »Ich hab' sie gesehen, als die Decke verrutscht ist. Er hatte vier Königinnen.«

»Aber warum sollte er uns so einen Streich spielen?«

Jasons breite Schultern hoben sich. »Offenbar hat er gedacht, daß wir uns mit dem Heiraten zuviel Zeit lassen.«

»Wenn ich daran denke, wie ich darum gebetet habe, daß er wieder gesund wird. Ich könnte ihn umbringen!«

»Wie kannst du so etwas sagen«, meinte Jason lachend. »Gefällt dir etwa nicht, was dabei herausgekommen ist?«

»Doch, natürlich, aber warum hast du mir nicht gesagt, daß du ihm auf die Schliche gekommen bist – oder wenigstens ihm?«

Jason knabberte an ihrem Ohr. »Was? Um ihm den Spaß zu verderben? Niemals!«

Victoria warf ihm einen empörten Blick zu. »Du hättest es mir sagen müssen. Du hattest kein Recht, es mir zu verheimlichen.«

»Stimmt.«

»Warum hast du es mir dann nicht gesagt?«

»Hättest du mich geheiratet, wenn es nicht absolut notwendig gewesen wäre?«

»Nein.«

»Siehst du, deswegen habe ich dir nichts gesagt.«

Victoria sank ihm an die Brust und lachte hilflos über seinen Mangel an Prinzipien, wenn es darum ging, sein Ziel zu erreichen, und seine absolute Reuelosigkeit darüber. »Hast du denn überhaupt keine Prinzipien?« fragte sie streng.

Er grinste. »Offenbar nicht.«

Dreißigstes Kapitel

Spät am nächsten Nachmittag saß Victoria im Salon und wartete darauf, daß Jason von einer Besprechung zurückkam. Der ältliche Butler, der dem Londoner Haus vorstand, erschien in der Tür. »Ihre Gnaden, die Herzogin von Claremont, wünscht Sie zu sehen, Mylady. Ich habe ihr –«

»Er hat mir gesagt, daß du keine Besucher empfängst«, sagte Ihre Gnaden brummig, während sie zum Entsetzen des Butlers in den Salon marschiert kam. »Der Dummkopf scheint nicht zu begreifen, daß ich ›Familie‹ bin und kein ›Besuch‹.«

»Großmama!« rief Victoria und sprang überrascht auf.

Triumphierend wandte die Herzogin sich an den schokkierten Diener und schüttelte ihren Stock unter seiner Nase. »Na bitte! Haben Sie das gehört? *Großmama*!« wiederholte sie befriedigt. Der Butler zog sich unter hastig gemurmelten Entschuldigungen und zahllosen Bücklingen zurück und ließ Victoria mit ihrer Verwandten zurück, die sich auf einem Sessel niederließ und ihre blaugeäderten Hände über ihrem Stockknauf faltete. »Du siehst recht glücklich aus«, stellte sie fest, als sei sie überrascht.

»Bist du deswegen in die Stadt gekommen?« fragte Victoria und setzte sich ihr gegenüber. »Um nachzusehen, ob ich glücklich bin?«

»Ich bin hier, um mit Wakefield zu sprechen«, sagte Ihre Gnaden drohend.

»Er ist nicht hier«, sagte Victoria erschrocken.

Die Miene ihrer Urgroßmutter verfinsterte sich zusehends. »Das weiß ich. Ganz London weiß, daß er nicht hier ist! Ich beabsichtige, ihn zur Rede zu stellen, und wenn ich ihn durch ganz Europa jagen muß!«

»Erstaunlich«, verkündete Jason, als er den Salon betrat. »Einfach erstaunlich, daß jeder, der mich kennt, ein bißchen Angst vor mir zu haben scheint – außer meiner winzigen Frau, meiner jungen Schwägerin und Ihnen, Madame, die dreimal so alt und ein Drittel so schwer ist wie ich. Ich kann nur vermuten, daß Courage – oder Unvorsichtigkeit – ebenso vererbbar sind wie körperliche Eigenschaften.« Grinsend fügte er hinzu: »Wie auch immer, ich will Sie nicht abhalten. Stellen Sie mich zur Rede, gleich hier, in meinem eigenen Salon.«

Die Herzogin erhob sich und sah ihn finster an. »Aha! Haben Sie sich endlich daran erinnert, wo Sie wohnen und daß Sie eine Frau haben!« blaffte sie gebieterisch. »Ich habe Ihnen gesagt, daß ich Sie für Victorias Glück verantwortlich mache, und Sie machen sie nicht glücklich. Ganz und gar nicht!«

Jason warf Victoria einen fragenden Blick zu, aber die schüttelte hilflos den Kopf und zuckte die Achseln. Beruhigt legte er seinen Arm um Victorias Schultern und sagte milde: »In welcher Hinsicht vernachlässige ich meine Pflichten als Ehemann?«

Der Herzogin blieb der Mund offenstehen. »In welcher Hinsicht?« wiederholte sie ungläubig. »Da stehen Sie, den Arm um sie gelegt, aber ich weiß aus sicherer Quelle, daß Sie in Wakefield nur sechsmal in ihrem Bett gewesen sind!«

»Großmama!« rief Victoria entsetzt.

»Still, Victoria«, sagte sie und starrte Jason mit durchbohrenden Blicken an. »Zwei Ihrer Diener sind mit zwei von meinen verwandt, und sie sagen mir, daß ganz Wakefield Park in Aufruhr war, weil Sie eine Woche lang verabsäumt haben, mit Ihrer Frau das Bett zu teilen.«

Victoria stöhnte entsetzt auf, und Jason verstärkte seinen tröstlichen Griff.

»Nun«, blaffte sie, »was haben Sie dazu zu sagen, junger Mann?«

Jason hob seine Augenbrauen. »Offenbar muß ich ein ernstes Wort mit meinem Personal reden.«

»Wagen Sie nicht, sich so aus der Affäre zu ziehen! Sie von allen Männern sollten wissen, wie man eine Frau in seinem Bett und an seiner Seite hält. Gott weiß, daß in den letzten vier Jahren jede zweite Frau in London hinter Ihnen hergewesen ist. Wenn Sie irgendein alberner, nichtsnutziger Beau wären, könnte ich verstehen, warum Sie keine Ahnung haben, wie man einen Erben zeugt –«

»Ich werde der Erzeugung Ihres Erben höchste Priorität einräumen«, versetzte Jason mit amüsiertem Ernst.

»Ich dulde kein weiteres Herumgetrödel«, drohte sie und war schon halb besänftigt.

»Sie sind äußerst geduldig gewesen«, bemerkte er höflich.

Ohne seinen Spott zu beachten, nickte sie. »Jetzt, da wir einander verstanden haben, dürfen Sie mich zum Essen einladen. Aber ich kann nicht lange bleiben.«

Mit schelmischem Lächeln bot Jason ihr den Arm. »Ich

nehme an, Sie haben vor, uns zu einem späteren Zeitpunkt einen ausgedehnten Besuch abzustatten – sagen wir, in neun Monaten?«

»Auf den Tag genau«, bestätigte sie, aber als sie Victoria ansah, lachte sie. Als sie ins Eßzimmer traten, flüsterte sie ihrer Urenkelin ins Ohr: »Hübscher Kerl, nicht wahr, mein Kind?«

»Sehr«, bestätigte Victoria und tätschelte ihr die Hand.

»Und du bist glücklich, trotz all des Klatsches, nicht wahr?«

»Mehr als ich sagen kann«, sagte Victoria.

»Ich würde mich freuen, wenn du mich bald einmal besuchen kämest. Es sind nur fünfzehn Meilen, wenn man die Straße am Fluß entlang fährt.«

»Ich komme bald«, versprach Victoria.

»Du darfst deinen Mann mitbringen.«

»Vielen Dank.«

In den folgenden Tagen erschienen der Marquis und die Marquise von Wakefield bei zahlreichen gesellschaftlichen Anlässen. Niemand tuschelte mehr über seine angebliche Grausamkeit gegenüber seiner ersten Frau, denn es war nur allzu deutlich, daß Jason, Lord Fielding, der ergebenste und großzügigste aller Gatten war.

Man brauchte das Paar nur beobachten, um zu sehen, daß Lady Victoria förmlich strahlte vor Glück und ihr hochgewachsener, gutaussehender Gatte sie anbetete. Die Gesellschaft fand Anlaß zu beträchtlicher Erheiterung, als der ehemals so abweisende, strenge Jason Fielding gesehen wurde, wie er seine junge Braut beim Tanzen liebevoll anlächelte oder im Theater laut über irgendeine geflüsterte Bemerkung von ihr lachte.

Schon bald ging die allgemeine Meinung dahin, daß der

Marquis bis dato ein Opfer der übelsten Verleumdung geworden war. Die Damen und Herren, die ihn mit mißtrauischer Vorsicht behandelt hatten, bemühten sich jetzt um seine Freundschaft.

Fünf Tage nachdem Victoria versucht hatte, die Gerüchte um ihren Mann durch beständiges Lob zum Schweigen zu bringen, stattete Lord Armstrong Jason einen Besuch ab, bei dem er ihn um Rat bezüglich seines Personals und seiner Pächter bat. Lord Fielding hatte schockiert gewirkt, dann hatte er gegrinst und vorgeschlagen, daß Lord Armstrong mit *Lady* Fielding darüber sprechen solle.

Am selben Abend bei White's machte Lord Brimworthy Jason im Scherz dafür verantwortlich, daß Lady Brimworthy ein haarsträubend teures Saphirhalsband gekauft hatte. Lord Fielding warf ihm einen amüsierten Blick zu, setzte fünfhundert Pfund auf das nächste Spiel und hatte ihm einen Augenblick später seinen Einsatz abgenommen.

Am nächsten Nachmittag hielt im Hyde Park, wo Jason Victoria beibrachte, ihren prachtvollen neuen Phaeton zu lenken, eine Kutsche mit drei alten Damen, die ihn beäugten. »Erstaunlich!« sagte Gräfin Draymore zu ihren Busenfreundinnen, während sie Jasons Züge durch ihr Monokel studierte. »Sie ist doch mit Wakefield verheiratet!« Sie drehte sich zu ihren Begleiterinnen um. »Als Lady Victoria gesagt hat, ihr Gatte sei ›der Inbegriff von Güte‹, dachte ich, sie spricht von jemand anderem.«

»Er ist nicht nur gütig, sondern auch tapfer«, gackerte die älteste der Damen und sah zu, wie das Paar in halsbrecherischem Tempo den Weg entlangsauste. »Sie hat das Ding schon zweimal fast umgeworfen!«

Für Victoria war das Leben ein Kaleidoskop unaufhörlicher Freuden. Nachts liebte Jason sie und lehrte sie, ihn zu lieben. Er badete ihre Sinne in Wollust und erweckte in ihr eine stürmische Leidenschaft, zu der sie sich nie fähig geglaubt hatte. Sie hatte ihn gelehrt, ihr zu vertrauen, und jetzt schenkte er sich ihr ohne Einschränkung – Körper, Herz und Seele.

Er taufte seine schnittige Yacht auf den Namen *Victoria* und überredete sie dazu, mit ihm auf der Themse zu segeln. Als Victoria meinte, daß ihr das viel mehr Spaß machte, als auf dem Ozean zu segeln, ließ Jason eine zweite, ganz in blassem Blau und Gold ausgestattete Yacht für ihren persönlichen Gebrauch bauen. Dieser Beweis unerhörter Extravaganz veranlaßte Miss Wilber auf einem Ball zu der folgenden neidischen Bemerkung: »Man lebt in andauernder Spannung, was Wakefield ihr noch kaufen will, um die Yacht zu übertreffen!«

Robert Collingwood hob die Augenbrauen und grinste die neidische junge Frau an. »Die Themse vielleicht?«

Für Jason, der nie zuvor das Glück erlebt hatte, um seiner selbst willen geliebt zu werden, war der innere Friede, den er gefunden hatte, himmlisch. Nachts konnte er sie nicht fest genug in den Armen halten. Tagsüber arrangierte er Picknicks für sie beide oder schwamm mit ihr im Fluß. Wenn er arbeitete, dachte er an sie und lächelte. Er hätte ihr die Welt zu Füßen gelegt, aber Victoria schien nur ihn zu wollen, und dieses Wissen erfüllte ihn mit tiefster Zärtlichkeit. Er spendete ein Vermögen, um in der Nähe von Wakefield ein Krankenhaus – das Patrick-Seaton-Hospital – erbauen zu lassen und begann mit den Plänen für ein zweites in Portage, New York, das ebenfalls nach Victorias Vater benannt werden sollte.

Einunddreißigstes Kapitel

An ihrem einmonatigen Hochzeitstag erhielt Jason eine Nachricht, die ihn nach Portsmouth rief, wo gerade eines seiner Schiffe angelegt hatte.

Am Morgen seiner Abreise küßte er Victoria zum Abschied mit solcher Leidenschaft, daß Victoria rot wurde und der Kutscher ein Lachen unterdrücken mußte.

»Wenn du doch nur nicht fortmüßtest«, sagte Victoria, preßte ihr Gesicht an seine Brust und legte ihre Arme um seine Taille. »Sechs Tage sind eine Ewigkeit, und ich werde schrecklich einsam sein ohne dich.«

»Charles wird dir Gesellschaft leisten, Liebste«, sagte er und verbarg seinen eigenen Abschiedskummer hinter einem Grinsen. »Mike Farrell ist nicht weit weg, und du kannst deine Urgroßmutter besuchen. Ich bin am Dienstag rechtzeitig zum Essen zurück.«

Victoria nickte und stellte sich auf die Zehenspitzen, um seine glattrasierte Wange zu küssen.

Mit großer Energie beschäftigte sie sich in diesen sechs Tagen so gut wie möglich, indem sie im Waisenhaus arbeitete und ihren Haushalt überwachte, aber die Zeit schleppte sich dahin. Die Nächte waren noch endloser. Sie verbrachte ihre Abende mit Charles, der zu Besuch war, aber sobald sie ins Bett ging, schien die Uhr stehenzubleiben.

In der Nacht vor Jasons Rückkehr wanderte sie in ihrem Zimmer umher, um nicht in ihr einsames Bett gehen zu müssen. Sie ging in Jasons Suite hinüber und lächelte über den Gegensatz zwischen seinen schweren, üppig geschnitzten, dunklen Möbelstücken und ihrem eigenen Raum, der im französischen Stil mit zarten Seidendraperien und Bettvorhängen in Rosa und Gold ausgestattet war. Liebevoll fuhr sie über die vergoldeten Rücken seiner Bürsten. Dann kehrte sie widerwillig in ihr Zimmer zurück und schlief endlich ein.

Sie erwachte im Morgengrauen mit vor Aufregung klopfendem Herzen und begann, ein besonderes Menü anläßlich Jasons Rückkehr zusammenzustellen.

Draußen wurde es dämmerig, und schließlich brach eine sternklare Nacht herein, während sie im Salon saß und auf das Geräusch von Jasons Kutsche horchte. »Er ist wieder da, Onkel Charles!« sagte sie entzückt, als sie aus dem Fenster spähte und die Kutschenlaternen sah, die sich auf das Haus zubewegten.

»Das muß Mike Farrell sein. Jason kommt frühestens in zwei Stunden«, sagte er und lächelte ihr liebevoll zu. »Ich weiß, wie lange die Reise dauert, und er hat ohnehin schon einen Tag geopfert, um heute abend zurück zu sein.«

»Wahrscheinlich hast du recht, aber es ist halb acht, und ich erwarte Kapitän Farrell erst um acht.« Ihr Lächeln erstarb, als die Kutsche vor dem Haus anhielt und sie sah, daß es nicht Jasons luxuriöses Reisegefährt war. »Ich glaube, ich werde Mrs. Craddock bitten, das Essen zu verschieben«, sagte sie gerade, als Northrup in der Tür zum Salon erschien. Sein Gesicht wirkte angespannt.

»Da draußen ist ein Herr, der mit Ihnen zu sprechen wünscht, Mylady«, verkündete er.

»Ein Herr?« echote Victoria verständnislos.

»Ein Mr. Andrew Bainbridge aus Amerika.«

Victoria suchte am nächsten Sessel Halt, und ihre Finger wurden weiß, als sie die Lehne umklammerte.

»Soll ich ihn hereinführen?«

Sie nickte hastig und versuchte, den heftigen Abscheu zu unterdrücken, der sie bei der Erinnerung an seinen herzlosen Verrat überkam. Sie betete darum, daß sie ihm gegenübertreten konnte, ohne ihre Gefühle zu verraten. Sie war so mit ihren eigenen Empfindungen beschäftigt, daß sie vollkommen übersah, wie bleich Charles wurde, und daß er sich erhob und der Tür zuwandte, als bereite er sich auf seine Hinrichtung vor.

Einen Augenblick später kam Andrew zur Tür herein. Sein lächelndes Gesicht war Victoria so vertraut, daß ihr Herz lautstark gegen seinen Verrat aufbegehrte.

Er blieb vor ihr stehen und betrachtete die elegante junge Schönheit in der verführerischen Seidenrobe, die jede Kurve ihres gereiften Körpers betonte. »Tory«, sagte er atemlos und sah ihr tief in die Augen. Ohne Vorwarnung zog er sie fast grob in seine Arme und vergrub das Gesicht in ihrem duftenden Haar. »Ich hatte vergessen, wie schön du bist«, flüsterte er und drückte sie noch fester an sich.

»Ganz offenbar«, erwiderte Victoria, erholte sich von ihrem Schock und schüttelte seine Arme ab. Sie funkelte ihn an, fassungslos darüber, daß er so dreist gewesen war, hierherzukommen, ganz zu schweigen von der Unverschämtheit, sie mit einer Leidenschaft zu umarmen, die er ihr nie zuvor gezeigt hatte. »Anscheinend vergißt du Menschen sehr schnell«, setzte sie bitter hinzu.

Zu ihrem äußersten Erstaunen lachte Andrew. »Du bist wütend auf mich, weil ich zwei Wochen später komme, als ich dir in meinem Brief versprochen habe, stimmt's?« Ohne ihre Antwort abzuwarten, sprach er weiter. »Mein Schiff ist vom Kurs abgekommen, und wir mußten auf einer der Inseln aufs Dock.« Den Arm liebevoll um Victorias steife Schulter gelegt, wandte er sich Charles zu und streckte ihm strahlend die Hand hin. »Sie müssen Charles Fielding sein«, sagte er mit unverstellter Herzlichkeit. »Ich kann Ihnen nicht genug danken, daß Sie für Victoria gesorgt haben, bis ich kommen konnte. Selbstverständlich werde ich für alle Unkosten aufkommen, die Ihnen entstanden sind – einschließlich dieses hinreißenden Kleides.«

Er wandte sich an Victoria. »Ich will dich nicht drängen,Tory, aber unser Schiff legt in zwei Tagen ab. Der Kapitän hat bereits versprochen, daß er uns unterwegs trauen wird –«

»Brief?« unterbrach Victoria. Ihr war schwindlig. »Welcher Brief? Du hast mir kein einziges Mal geschrieben, seit ich New York verlassen habe.«

»Ich hab' dir ein paarmal geschrieben«, sagte er stirnrunzelnd. »In meinem letzten Brief habe ich dir doch erklärt, daß ich dir weiter nach Amerika geschrieben habe, weil meine schreckliche Mutter mir deine Briefe nie geschickt hat. Ich wußte nicht, daß du in England bist. Tory, das hab' ich dir alles geschrieben – in dem Brief, den ich per Kurier nach England geschickt habe.«

»Ich habe keinen Brief erhalten!« sagte sie beharrlich und am Rande der Hysterie.

Zorn machte Andrews Lippen schmal. »Bevor wir abreisen, werde ich einer kleinen Firma in London einen Besuch abstatten. Sie haben ein Vermögen erhalten, um dir und deinem Cousin, dem Herzog, meine Briefe eigenhändig zu übergeben. Ich möchte hören, was sie zu ihrer Entschuldigung zu sagen haben!«

»Sie werden sagen, daß sie sie mir ausgehändigt haben«, sagte Charles nüchtern.

Wild schüttelte Victoria den Kopf. Sie ahnte bereits, was vorgefallen war, aber sie weigerte sich, es zu glauben. »Nein, Onkel Charles, du hast keinen Brief erhalten. Du mußt dich irren. Du denkst an den, den ich von Andrew's Mutter erhalten habe – den, in dem sie mir geschrieben hat, daß er verheiratet ist.«

Andrews Augen blitzten vor Zorn, als er die Schuld in

Charles' Gesicht geschrieben sah. Er packte Tory bei den Schultern. »Hör mich an, Tory! Ich hab' dir ein Dutzend Briefe geschrieben, als ich in Europa war, aber ich hab' sie nach Amerika geschickt. Ich hab' erst vor zwei Monaten vom Tod deiner Eltern erfahren. Meine Mutter hat aufgehört, mir deine Briefe zu schicken, sobald sie gestorben waren. Als ich nach Hause gekommen bin, hat sie mir erzählt, daß deine Eltern gestorben sind und du von irgendeinem reichen Cousin nach England geholt worden bist, der dich heiraten wollte. Angeblich hatte sie keine Ahnung, wo oder wie ich dich hier finden könnte. Ich kenne dich gut genug, um zu wissen, daß du mich nicht einfach so für einen reichen alten Cousin sitzen lassen würdest. Es hat eine Weile gedauert, aber schließlich habe ich Dr. Morrison ausfindig gemacht, und er hat mir die Wahrheit erzählt und mir gesagt, wo ich dich finden kann.

Als ich meiner Mutter gesagt habe, daß ich nachfahre, hat sie den Rest ihrer Intrige gestanden. Sie hat mir von dem Brief erzählt, in dem sie dir geschrieben hat, daß ich Madeline geheiratet habe. Dann hatte sie prompt einen ihrer ›Anfälle‹. Nur daß er diesmal echt war. Ich konnte sie nicht allein lassen, solange sie am Rande des Todes schwebte, und deswegen habe ich dir und deinem Cousin hier –«, er warf Charles einen mordlustigen Blick zu, »– geschrieben, aber aus irgendeinem Grund hat er dir nichts von meinen Briefen gesagt. Ich hab' darin erklärt, was geschehen ist, und euch beiden mitgeteilt, daß ich dich so schnell wie möglich holen würde.«

Seine Stimme wurde sanft, als er Victorias Gesicht in die Hände nahm. »Tory«, sagte er mit zärtlichem Lächeln, »du bist die große Liebe meines Lebens, seit ich dich gesehen habe, wie du auf deinem Indianerpony über unsere Felder galoppiert bist. Ich bin nicht verheiratet, Liebste.«

Victoria schluckte und versuchte, ihre Stimme wiederzufinden. »Aber ich.«

Andrew zog seine Hände weg, als würde ihre Haut ihn verbrennen. »Was hast du gesagt?« fragte er gepreßt.

Victoria starrte verzweifelt in sein geliebtes Gesicht und wiederholte flüsternd: »Aber ich. Ich bin verheiratet.«

Andrews Körper erstarrte, als versuche er, einem körperlichen Schlag standzuhalten. Er musterte Charles verächtlich. »Mit ihm? Mit diesem alten Mann? Du hast dich für eine Handvoll Schmuck und ein paar Kleider verkauft?«

»Nein!« Victoria schrie es beinahe. Sie zitterte vor Wut und Schmerz.

Endlich sagte Charles mit ausdrucksloser Miene: »Victoria ist mit meinem Neffen verheiratet.«

»Mit deinem Sohn!« Victoria schleuderte ihm die Worte entgegen. Sie fuhr herum, voller Haß auf Charles, der sie hintergangen, und auf Jason, der ihm dabei geholfen hatte.

Andrews Hände umklammerten ihre Oberarme, und sie fühlte seine Verzweiflung wie ihre eigene. »Warum?« sagte er und rüttelte sie. »Warum!«

»Die Schuld liegt bei mir«, sagte Charles gepreßt. Er richtete sich zu voller Höhe auf, den Blick, mit dem er schweigend um Verständnis bat, auf Victoria gerichtet. »Ich habe diesen Moment der Abrechnung gefürchtet, seit Mr. Bainbridges Briefe eingetroffen sind. Jetzt, wo er tatsächlich gekommen ist, ist es schlimmer als ich je gedacht hätte.«

»Wann hast du diese Briefe erhalten?« fragte Victoria, aber sie kannte die Antwort bereits, und sie brach ihr das Herz.

»In der Nacht, als ich meinen Anfall hatte.«

»Deinen vorgetäuschten Anfall!« korrigierte Victoria bitter.

»Richtig«, gestand Charles und wandte sich an Andrew. »Als ich las, daß Sie kommen und uns Victoria wegnehmen wollten, habe ich das einzige getan, was mir einfiel – ich habe eine Herzattacke vorgetäuscht und sie angefleht, meinen Sohn zu heiraten, damit sie jemanden hat, der sich um sie kümmern kann.«

»Schuft!« zischte Andrew mit zusammengebissenen Zähnen.

»Ich erwarte nicht, daß Sie mir glauben, aber ich war der aufrichtigen Überzeugung, daß Victoria und mein Sohn zusammen sehr glücklich sein würden.«

Andrew riß sich von seinem Gegner los und sah Victoria an. »Komm mit mir nach Hause«, bat er verzweifelt. »Sie können dich nicht zwingen, mit einem Mann verheiratet zu sein, den du nicht liebst. Komm mit mir, wir finden schon einen Ausweg. Das Schiff fährt in zwei Tagen. Wir werden trotzdem heiraten. Niemand wird es je erfahren.«

»Ich kann nicht!« Sie zwang sich zu jedem einzelnen geflüsterten Wort.

»Bitte –«, sagte er.

Mit Tränen in den Augen schüttelte Victoria den Kopf. »Ich kann nicht.«

Andrew atmete tief und wandte sich langsam ab.

Victorias Hand, die sie ihm in schweigendem, hilflosem Flehen entgegenstreckte, sank herunter, als er aus dem Zimmer ging. Aus dem Haus. Aus ihrem Leben.

Eine Minute verstrich in drückendem Schweigen, dann noch eine. Victoria umklammerte die Falten ihres Kleides und drehte den Stoff, bis ihre Knöchel weiß hervortraten, während das Bild von Andrews verzweifeltem Gesicht sich tief in ihr Gedächtnis brannte. Sie erinnerte sich daran, was sie gefühlt hatte, als sie von seiner Heirat erfahren hatte, die Qual, sich durch den Tag zu schleppen und zu lächeln, während sie innerlich starb.

Plötzlich brachen Schmerz und Zorn in ihrem Inneren

sich Bahn, und sie ging wutentbrannt auf Charles los. »Wie konntest du nur!« schrie sie. »Wie konntest du zwei Menschen, die dir nie etwas getan haben, so etwas antun! Hast du sein Gesicht gesehen? Weißt du überhaupt, wie sehr du ihm wehgetan hast?«

»Ja«, sagte Charles heiser.

»Weißt du, was ich in all diesen Wochen durchgemacht habe, als ich dachte, daß er mich im Stich gelassen hat? Als ich niemanden auf der ganzen Welt hatte? Ich hab' mich in deinem Haus gefühlt wie eine Bettlerin! Weißt du, was ich gefühlt habe, als ich dachte, daß ich einen Mann heiraten muß, der mich nicht will, weil ich keine andere Wahl hatte –« Ihre Stimme versagte, und sie sah ihn mit Augen an, die von unterdrückten Tränen so verschleiert waren, daß sie die Qual in den seinen nicht sah.

»Victoria«, sagte Charles rauh, »bitte, gib Jason nicht die Schuld. Er wußte nicht, daß mein Anfall nur gespielt war, er wußte nichts von den Briefen –«

»Du lügst!« schrie Victoria mit bebender Stimme.

»Nein, ich schwöre es!«

Victoria hob den Kopf. Ihre Augen blitzten vor Empörung über diese neueste Zumutung. »Wenn du denkst, daß ich dir je wieder ein Wort glaube –« Sie brach ab, als sie die tödliche Blässe auf Charles' gequältem Gesicht sah, und lief aus dem Zimmer. Sie lief die Treppe hinauf, stolperte in ihrer blinden Hast und rannte auf ihr Zimmer zu. Sobald sie drinnen war, lehnte sie sich an die geschlossene Tür und biß die Zähne zusammen, so fest, daß ihr Kinn schmerzte.

Andrews schmerzverzerrtes Gesicht erschien vor ihren festgeschlossenen Augen, und sie stöhnte laut vor Reue. *»Ich liebe dich, seit ich dich zum erstenmal auf deinem Indianerpony gesehen habe ... Bitte, Tory! komm mit mir nach Hause ...«*

Ich war weiter nichts als ein Pfand in einem Spiel, das zwei egoistische, herzlose Männer miteinander gespielt hatten, dachte sie hysterisch. Jason hatte von vornherein gewußt, daß Andrew kommen würde, genauso wie er immer gewußt hatte, daß Charles in der Nacht seiner ›Attacke‹ Karten gespielt hatte.

Victoria stieß sich von der Tür ab, riß sich das Kleid vom Leib und zog ein Reitkostüm an. Wenn sie noch eine Stunde länger in diesem Haus blieb, würde sie den Verstand verlieren. Sie durfte Charles nicht anschreien und womöglich seinen Tod verschulden. Und Jason – er würde heute abend zurückkommen. Ganz bestimmt würde ich ihm einen Dolch ins Herz stoßen, wenn sie ihn jetzt sehe, dachte sie verzweifelt. Sie zog ein weißes Wollcape aus dem Schrank und rannte die Treppe hinunter.

»Warte, Victoria!« rief Charles, als sie zum Hintereingang stürmte.

Victoria wirbelte herum, am ganzen Körper zitternd. »Bleib mir vom Leib!« schrie sie und wich zurück. »Ich fahre nach Claremont! Du hast genug Unheil angerichtet!«

»O'Malley«, rief Charles verzweifelt, als sie aus der Hintertür stürzte.

»Ja, Euer Gnaden?«

»Sie haben zweifelsohne ›gehört‹, was im Salon geschehen ist –«

Der Lauscher O'Malley nickte grimmig, ohne auch nur den Versuch zu machen, es zu leugnen.

»Können Sie reiten?«

»Ja, aber –«

»Reiten Sie ihr nach«, sagte Charles in verzweifelter Hast. »Ich weiß nicht, ob sie eine Kutsche nimmt oder reitet, aber folgen Sie ihr. Sie hat Sie gern, sie wird auf Sie hören.«

»Ihre Ladyschaft wird nich' gerade in der Stimmung sein,

auf irgend jemanden zu hören, und das kann ich ihr nich' verdenken.«

»Egal! Wenn sie sich weigert umzukehren, folgen Sie ihr wenigstens nach Claremont und sehen Sie zu, daß sie sicher dort ankommt. Claremont liegt fünfzehn Meilen südlich von hier. Nehmen Sie die Straße am Fluß entlang.«

»Wenn sie nun nach London will und versucht, mit dem amerikanischen Herren wegzugehen?«

Charles fuhr sich mit der Hand durchs graue Haar und schüttelte dann energisch den Kopf. »Das tut sie nicht. Wenn sie das vorgehabt hätte, wäre sie mit ihm gegangen, als er sie darum gebeten hat.«

»Aber ich bin nich' besonders gut mit Pferden – nich' so wie Lady Victoria.«

»Sie kann im Dunkeln nicht so schnell reiten. Jetzt holen Sie sich ein Pferd und reiten Sie ihr nach!«

Victoria galoppierte bereits auf Matador von dannen, Wolf an ihrer Seite, als O'Malley in den Stall rannte. Er schrie ihr nach: »Warten Sie, bitte!«, aber sie schien ihn nicht gehört zu haben, beugte sich statt dessen tief über die Kruppe des Pferdes und gab ihm die Sporen, daß es lief, wie von allen Teufeln gejagt.

»Das schnellste Pferd im Stall, und zwar schnell!« befahl O'Malley einem Reitknecht. Er starrte wie gebannt auf das weiße Cape, das eben hinter einer Biegung der langen, gewundenen Einfahrt verschwand.

Drei Meilen waren unter Matadors dröhnenden Hufen vorbeigeflogen, als Victoria Wolf zuliebe langsamer wurde. Der tapfere Hund rannte mit gesenktem Kopf neben ihr her, bereit ihr zu folgen, bis er vor Erschöpfung tot zusammenbrach. Sie wartete darauf, daß er wieder zu Atem kam, und wollte ihre Flucht gerade fortsetzen, da hörte sie das Klappern von Hufen und einen unverständlichen Ruf hinter sich.

Unsicher, ob sie von einem der Wegelagerer verfolgt wurde, die nachts auf einsame Reisende lauerten, oder von Jason, der versuchte, sie einzuholen, lenkte Victoria Matador in den Wald neben der Straße und preschte im Zickzack zwischen den Bäumen dahin, um ihrem Verfolger zu entkommen. Der Unbekannte brach hinter ihr durch das Unterholz und blieb ihr auf der Spur, so sehr sie sich auch bemühte, ihn abzuschütteln.

Panik und Zorn hielten sich in ihr die Waage, als sie den Schutz der Bäume verließ und ihrem Pferd auf der Straße die Sporen gab. Wenn das hinter ihr Jason war, wollte sie lieber sterben, als ihm in die Falle zu gehen wie ein Kaninchen. Er hatte sie einmal zu oft zum Narren gehalten. Nein, es konnte nicht Jason sein! Sie hatte seine Kutsche weder in der Einfahrt gesehen noch auf der Hauptstraße.

Victorias Zorn wich kalter Angst. Sie näherte sich eben dem Fluß, wo ein anderes Mädchen auf mysteriöse Weise ums Leben gekommen war. Sie erinnerte sich an die Geschichten, die der Vikar erzählt hatte, und warf einen entsetzten Blick über die Schulter, während sie auf eine der Brücken zugaloppierte, die den Fluß überspannten. Sie merkte, daß ihr Verfolger für den Augenblick außer Sichtweite war, aber sie konnte ihn hören, und er folgte ihr so sicher, als ob sie ihm mit einer Laterne den Weg gewiesen hätte. Ihr Cape! Ihr weißes Cape flatterte hinter ihr wie ein Lichtstrahl in der Dunkelheit.

»Oh, gütiger Gott!« entfuhr es ihr, als Matador über die Brücke preschte. Zu ihrer Rechten ging ein Weg am Flußufer entlang, während die Straße geradeaus weiterlief. Sie brachte das Pferd zum Stehen, sprang aus dem Sattel und knöpfte das Cape auf. Mit einem Stoßgebet, daß ihr Plan gelingen würde, warf Victoria es über den Sattel, führte das Pferd auf den Uferpfad und gab ihm einen harten Schlag mit der Reitpeitsche. Matador galoppierte in die Dunkelheit hinein. Wolf an ihrer Seite, rannte sie in den Wald und kauerte sich im Gebüsch zusammen. Ihr Herz klopfte wie rasend. Eine Minute später hörte sie, wie ihr Verfolger die Brücke überquerte. Sie spähte durch die Zweige und sah ihn in den Pfad einbiegen, der am Ufer entlang lief, aber sie konnte sein Gesicht nicht sehen.

Sie sah nicht, daß Matador irgendwann langsamer wurde und schließlich das Flußufer hinuntertrabte, um zu trinken. Sie sah auch nicht, wie der Fluß ihr Cape vom Sattel zerrte, während das Pferd trank, und es ein paar Meter flußabwärts trug, wo es sich in den Zweigen eines umgestürzten Baumes verfing.

Victoria sah nichts davon, weil sie bereits an der Straße entlang durch den Wald lief, hochzufrieden, weil der Bandit auf den besten Trick hereingefallen war, den Reißender Fluß ihr jemals beigebracht hatte. Wenn man einen Verfolger in die Irre führen wollte, ließ man einfach sein Pferd in die eine Richtung laufen und machte sich zu Fuß in der anderen Richtung davon. Das Cape war eine geniale Improvisation aus Victorias eigener Erfindungsgabe gewesen.

O'Malley brachte sein Pferd neben dem reiterlosen Wallach zum Stehen. Verzweifelt drehte er den Kopf, um das steile Ufer nach einem Zeichen von ihr abzusuchen. Ganz bestimmt hatte das Pferd sie abgeworfen. »Lady Victoria?« rief er und ließ seinen Blick weit über das Ufer hinter ihm, den Wald zu seiner Linken und endlich den Fluß zu seiner Rechten schweifen ... den Fluß, wo ein weißes Cape auf dem Wasser trieb, verhakt an einem halbversunkenen umgestürzten Baum. Noch einmal schrie er verzweifelt: »Lady Victoria!« und sprang vom Pferd. »Der verdammte Gaul!« keuchte er, während er sich die Stiefel von den Füßen zerrte. »Der verdammte Gaul hat sie in den Fluß geworfen ...« Er rannte in das schlammige, reißende Wasser und schwamm auf das Cape zu. Dann tauchte er. Er kam wieder an die Oberfläche, schrie ihren Namen und tauchte wieder.

Zweiunddreißigstes Kapitel

Das Haus war strahlendhell erleuchtet, als Jasons Kutsche in der Einfahrt stehenblieb. Er hastete die flachen Stufen der Eingangstreppe hinauf, begierig, Victoria wiederzusehen. »Guten Abend, Northrup!« sagte er grinsend, klopfte dem grimmigen Butler auf die Schulter und gab ihm seinen Umhang. »Wo ist meine Frau? Hat sie schon gegessen? Uns ist unterwegs ein Rad gebrochen.«

Northrups Gesicht war eine starre Maske, seine Stimme ein gebrochenes Flüstern. »Kapitän Farrell wartet im Salon, Mylord.«

»Was ist mit Ihrer Stimme los?« fragte Jason gutmütig. »Wenn Sie Halsschmerzen haben, sagen Sie es Lady Victoria. Sie versteht sich großartig auf diese Dinge.«

Northrup schluckte krampfhaft und sagte nichts.

Mit einem erstaunten Blick drehte Jason sich um und ging beflügelten Schrittes auf den Salon zu. Er riß die Tür auf und strahlte freudig. »Hallo, Mike, wo ist meine Frau?« Er sah sich in dem gemütlichen Raum um, in dem ein kleines Feuer brannte, um die Kälte zu vertreiben, als erwarte er, daß sie aus irgendeiner schattigen Ecke trat, aber alles, was er sah, war Victorias Cape, das tropfnaß über einem Stuhl hing. »Verzeih meine schlechten Manieren, alter Freund«, sagte er zu Mike Farrell, »aber ich habe Victoria seit Tagen nicht gesehen. Laß mich zu ihr gehen, dann setzen wir uns alle zusammen und plaudern. Sie muß oben –«

»Jason«, sagte Mike Farrell tonlos. »Es war ein Unfall –«

Die Erinnerung an einen anderen Abend wie diesen schoß Jason durch den Kopf – einen Abend, an dem er nach Hause gekommen war und seinen Sohn sehen wollte. Auch damals hatte Northrup sich eigenartig benommen, auch damals hatte Mike Farrell im Salon auf ihn gewartet. Als wolle er das Entsetzen und den Schmerz bannen, die ihm bereits in jeder Ader pochten, schüttelte er den Kopf und wich zurück. »Nein!« flüsterte er, und dann schrie er es: »Nein, zum Teufel! Wag nicht noch einmal, mir das zu sagen –!«

»Jason –«

»Wag es nicht noch einmal!« schrie er verzweifelt.

Mike Farrell sprach, aber er wandte den Blick von der unerträglichen Qual ab, die das Gesicht des anderen Mannes verzerrte. »Ihr Pferd hat sie in den Fluß geworfen, ungefähr vier Meilen von hier. O'Malley ist ihr hinterhergeritten, aber er konnte sie nicht finden. Er –«

»Hinaus«, flüsterte Jason.

»Es tut mir leid, Jason. Entsetzlich leid.«

»Hinaus!«

Als Mike Farrell gegangen war, streckte Jason seine Hand nach Victorias Cape aus. Seine Finger schlossen sich um die nasse Wolle. Die Muskeln an seiner Kehle zuckten krampfhaft, als das Kleidungsstück an seine Brust zog, es liebevoll streichelte und sein Gesicht darin vergrub. Die Qual löschte seine gesamte Existenz aus, und die Tränen, die er nie hatte weinen können, stürzten aus seinen Augen. »Nein«, schluchzte er in irrsinnigem Schmerz. Und dann schrie er es.

Dreiunddreißigstes Kapitel

»Na na, mein Kind«, sagte die Herzogin von Claremont und tätschelte ihrer Urenkelin die Schulter. »Es bricht mir das Herz, dich so unglücklich zu sehen.«

Victoria biß sich auf die Lippen und starrte wortlos auf den gepflegten Rasen, der sich vor ihrem Blick erstreckte.

»Ich kann kaum glauben, daß dein Mann noch nicht hier ist, um sich bei dir zu entschuldigen«, erklärte die Herzogin gereizt. »Vielleicht ist er doch erst später nach Hause gekommen.« Ruhelos wanderte sie im Zimmer umher und spähte immer wieder aus dem Fenster, so als erwarte auch sie, daß Jason Fielding jede Minute erschien. »Falls er hier auftaucht, würde es mir tiefste Befriedigung verschaffen, wenn du ihn zwingen würdest, vor dir auf die Knie zu fallen!«

Ein freudloses Lächeln huschte über Victorias Lippen. »Da muß ich dich enttäuschen, Großmama, denn ich kann dir versichern, daß Jason nichts dergleichen tun wird. Eher wird er hier hereinkommen, versuchen, mich zu küssen, und –«

»– und dich dazu überreden, mit ihm nach Hause zu gehen?« ergänzte die Herzogin nüchtern.

»Genau.«

»Und würde es ihm gelingen?« fragte sie mit amüsiertem Blick.

Victoria seufzte und drehte sich um. Sie lehnte den Kopf an den Fensterrahmen und verschränkte die Arme. »Wahrscheinlich.«

»Na, er läßt sich jedenfalls Zeit damit. Glaubst du wirklich, daß er von Mr. Bainbridges Briefen gewußt hat? Ich meine, wenn er davon gewußt hat, dann verstößt es gegen jedes Prinzip, es dir nicht zu sagen.«

»Jason hat keine Prinzipien«, sagte Victoria müde. »Er glaubt nicht daran.«

Die Herzogin nahm ihre nachdenkliche Wanderung wieder auf, aber sie blieb stehen, als sie an Wolf vorbeikam, der vor dem Kamin lag. Sie erschauerte und schlug eine andere Richtung ein. »Was habe ich nur verbrochen, daß ich dieses wilde Biest in meinem Haus dulden muß!«

Victoria entfuhr ein trübseliges Kichern. »Soll ich ihn draußen an die Kette legen?«

»Um Gottes willen! Er hat Michaelson den Hosenboden zerfetzt, als er versucht hat, ihn zu füttern.«

»Er traut Männern nicht.«

»Ein kluges Tier. Wenn er nur nicht so häßlich wäre.«

»Ich finde ihn schön, wie ein Raubtier –« Wie Jason, dachte sie und verscheuchte diesen niederschmetternden Gedanken sofort.

»Bevor ich Dorothy nach Frankreich geschickt habe, hatte sie bereits zwei Katzen und einen Spatzen mit einem gebrochenen Flügel adoptiert. Die mochte ich auch nicht, aber wenigstens haben sie mich nicht so angestarrt wie dieses Tier da. Ich sage dir, er kann es nicht erwarten, mich zu fressen. Er fragt sich jetzt schon, wie ich wohl schmecke.«

»Er beobachtet dich, weil er glaubt, daß er dich beschützen muß« erklärte Victoria lächelnd.

»Er denkt wahrscheinlich, er bewacht seine nächste Mahlzeit! Nein nein«, sagte sie und hob die Hand, als Victoria sich erhob, um Wolf nach draußen zu bringen. »Ich bitte dich, gefährde das Leben meiner Dienerschaft nicht noch mehr. Außerdem habe ich mich in diesem Haus nicht mehr so sicher gefühlt, seit dein Urgroßvater gestorben ist.«

»Jedenfalls brauchst du keine Angst zu haben, daß sich ein Dieb hereinschleicht«, sagte Victoria und kehrte an ihren Wachposten am Fenster zurück.

»Hereinschleicht? Mein Kind, kein Dieb würde sich hier hereinwagen, und wenn du ihm Geld dafür bötest!«

Victoria blieb noch eine Minute am Fenster stehen und wanderte dann zu einem Tischchen hinüber, auf dem vernachlässigt ein aufgeschlagenes Buch lag.

»Jetzt setz dich endlich hin, Victoria, und laß mich für eine Weile hin und her laufen. Es hat keinen Sinn, wenn wir uns dauernd in die Quere kommen. Was könnte deinen hübschen Teufel von einem Mann nur von unserer Räuberhöhle fernhalten?«

»Es ist nur gut, daß Jason nicht eher gekommen ist«, sagte Victoria, sank in einen Sessel und starrte auf ihre Hände. »Ich mußte mich erst einmal beruhigen.«

Die Herzogin humpelte ans Fenster und spähte hinaus. »Glaubst du, daß er dich liebt?«

»Das hab' ich jedenfalls.«

»Natürlich liebt er dich!« bestätigte Ihre Gnaden energisch. »Ganz London spricht darüber. Der Mann ist vollkommen vernarrt in dich. Was zweifelsohne der Grund ist, warum er bei Athertons Intrige mitgespielt und Andrews Brief vor dir verheimlicht hat. Für diese schäbige Farce werde ich Atherton gehörig die Hölle heiß machen. Obwohl . . .« Kühn sprach sie weiter: »Wahrscheinlich hätte ich dasselbe getan.«

»Das glaube ich nicht.«

»Selbstverständlich. Wenn ich die Wahl hätte, dich entweder irgendeinen Unbekannten aus den Kolonien heiraten zu lassen oder die beste Partie in England – einen Mann mit Vermögen, Titel und Aussehen –, hätte ich wahrscheinlich dasselbe getan wie Atherton.«

Victoria wagte anzudeuten, daß genau diese Denkart ihrer Mutter und Charles Fielding soviel Kummer bereitet hatte.

Die Herzogin erstarrte unmerklich. »Bist du dir sicher, daß du nach Wakefield zurückkehren möchtest?«

»Ich hatte nie etwas anderes vor. Ich glaube, ich wollte

Jason bestrafen, weil Andrew auf so schreckliche Art von meiner Heirat erfahren hat – Großmama, wenn du Andrews Gesicht gesehen hättest, würdest du mich verstehen. Wir waren die besten Freunde, seit wir beide Kinder waren. Andrew hat mir Schwimmen und Reiten und Schach spielen beigebracht. Außerdem war ich schrecklich wütend auf Jason und Charles, weil sie mich behandelt haben wie ein Spielzeug – ein Objekt ohne irgendwelche Gefühle. Du kannst dir nicht vorstellen, wie einsam und unglücklich ich gewesen bin, als ich dachte, daß Andrew mich vergessen hat.«

»Nun, mein Kind«, sagte die Herzogin nachdenklich, »du wirst nicht mehr lange allein sein. Wakefield ist gerade angekommen – nein, warte, er hat einen Boten geschickt! Wer ist das?«

Victoria lief ans Fenster. »Kapitän Farrell – Jasons ältester Freund.«

»Ha!« rief die Herzogin hämisch und stampfte mit dem Stock auf. »Ha! Er hat einen Sekundanten geschickt. Das hätte ich nie von Wakefield erwartet, aber sei dem, wie dem wolle!«

Sie winkte Victoria eindringlich zu. »Geh in den kleinen Salon und wag nicht, dein hübsches Gesicht zu zeigen, bis ich dich hole.«

»Was? Nein, Großmama!« protestierte Victoria.

»Doch!«, kommandierte die Herzogin. »Sofort! Wenn Wakefield das Ganze wie ein Duell abwickeln will, na bitte! Ich werde deine Sekundantin sein. Und ich werde ihm kein Pardon gewähren«, setzte sie mit genüßlichem Zwinkern hinzu.

Widerwillig tat Victoria, wie ihr geheißen und ging in den kleinen Salon, aber sie war unter keinen Umständen dazu bereit, Kapitän Farrell wieder gehen zu lassen, ohne mit ihm gesprochen zu haben. Wenn ihre Urgroßmutter sie nicht binnen fünf Minuten holte, würde sie zurückgehen und mit Kapitän Farrell sprechen.

Es waren kaum drei Minuten vergangen, als die Tür abrupt geöffnet wurde und ihre Großmutter vor ihr stand, ihr Gesicht eine Mischung aus Schock, Amüsement und Entsetzen. »Mein Kind«, verkündete sie, »anscheinend hast du Wakefield doch in die Knie gezwungen, ob du nun willst oder nicht.«

»Wo ist Kapitän Farrell?« fragte Victoria dringlich. »Er ist doch nicht wieder gegangen?«

»Nein, nein, er ist hier. Der unmögliche Mensch sitzt in diesem Augenblick auf meinem Sofa und wartet auf die Erfrischung, die ich ihm in meiner Großzügigkeit angeboten habe. Ich vermute, er hält mich für das herzloseste Geschöpf auf Gottes Erdboden. Weißt du, als er mir gesagt hat, warum er hier ist, war ich so verwirrt, daß ich ihm eine Erfrischung angeboten habe, statt ihm mein Beileid auszusprechen.«

»Großmama! Du redest Unsinn. Hat Jason Kapitän Farrell hergeschickt, um mich nach Hause zu holen? Ist er deswegen hier?«

»Ganz bestimmt nicht«, verkündete Ihre Gnaden mit hochgezogenen Augenbrauen. »Charles Fielding hat ihn hergeschickt, um mir die betrübliche Nachricht von deinem vorzeitigen Ableben zu überbringen.«

»Meinem *was*?«

»Du bist ertrunken«, sagte die Herzogin knapp. »Im Fluß. Oder zumindest dein weißes Cape.« Sie warf Wolf einen Blick zu. »Dieses räudige Vieh ist angeblich in den Wald zurückgelaufen, wo er hergekommen ist, bevor du ihn gezähmt hast. Das Personal in Wakefield trägt Trauer, Charles ist bettlägerig – recht geschieht ihm! – und dein Mann hat sich in seinem Arbeitszimmer eingeschlossen und läßt niemanden in seine Nähe.«

Victorias Knie versagten ihr fast den Dienst vor Entsetzen und Schock. Dann fuhr sie herum.

»Victoria!« rief die Herzogin und folgte ihrer Urenkelin, so rasch sie vermochte, als Victoria von Wolf begleitet den Korridor entlangrannte und in den Salon stürmte.

»Kapitän Farrell!«

Er hob ruckartig den Kopf und starrte sie an, als sähe er ein Gespenst. Dann huschte sein Blick zu der zweiten »Erscheinung« hin, die eine vierbeinige Bremsung vollführte und begann, ihn anzuknurren.

»Ich bin nicht ertrunken, Kapitän Farrell«, sagte Victoria entsetzt, als sie dessen aufgerissene Augen sah. »Hör auf, Wolf!«

Der Kapitän erhob sich, während der Unglaube in seinem Gesicht der Freude wich und dann in Wut umschlug. »Wenn das Ihre Vorstellung von einem Scherz ist!« blaffte er. »Jason ist vor Kummer völlig von Sinnen –«

»Kapitän Farrell!« sagte die Herzogin mit tönender Stimme und richtete sich zu voller Höhe auf. »Ich wäre Ihnen dankbar, wenn Sie ihre Zunge im Zaum hielten. Sie hat eben erst erfahren, daß Wakefield vermutet, sie könne irgendwo anders sein als hier. Immerhin hat sie ausdrücklich gesagt, daß sie hierher wollte.«

»Aber das Cape –«

»Ich bin verfolgt worden – vielleicht von einem Banditen –, und da habe ich das Cape am Sattel befestigt und das Pferd einen anderen Weg entlang laufen lassen. Ich dachte, das würde den Banditen von meiner Spur ablenken.«

Die Wut wich aus Kapitän Farrells Gesicht, und er schüttelte den Kopf. »Der ›Bandit‹ war O'Malley, der beinahe ertrunken wäre, als er versucht hat, Sie zu finden.«

Victoria schloß entsetzt die Augen, dann öffnete sie sie wieder und brach in hektische Geschäftigkeit aus. Sie umarmte ihre Urgroßmutter und sagte hastig: »Großmama, vielen Dank für alles. Ich muß gehen. Ich muß nach Hause –«

»O nein, nicht ohne mich!« erwiderte die Herzogin mit grimmigem Lächeln. »Das will ich mir nicht entgehen lassen. So gut habe ich mich nicht unterhalten, seit – na, egal.«

»Du kannst in der Kutsche nachkommen«, sagte Victoria. »Ich reite – das geht schneller.«

»Du fährst mit mir zusammen in der Kutsche«, befahl Ihre Gnaden. »Anscheinend ist dir noch nicht aufgegangen, daß dein Gatte, sobald er sich von seiner Freude erholt, ähnlich reagieren könnte wie sein schockierend schlechterzogener Abgesandter.« Sie warf dem armen Kapitän Farrell einen vernichtenden Blick zu. »Allerdings mit beträchtlich größerer Brutalität. Kurz und gut, mein liebes Kind, nachdem er dich geküßt hat, wird er dich höchstwahrscheinlich ermorden wollen, um sich für deinen, wie er meint, üblen Trick zu rächen. Daher halte ich es für unumgänglich, dir zu Hilfe zu eilen und deine Version zu unterstützen. Und damit Schluß«, verkündete sie gebieterisch und klopfte mit dem Stock auf, um ihren Butler herbeizuzitieren. »Norton. Lassen Sie sofort anspannen!«

Sie wandte sich an Kapitän Farrell und sagte gnädig: »Sie dürfen sich uns anschließen –« Dann machte sie den Eindruck, sie habe seine frühere Unhöflichkeit vergeben, prompt zunichte, indem sie hinzusetzte: »– damit ich ein Auge auf Sie haben kann. Ich will nicht riskieren, daß Wakefield eine Vorwarnung erhält und uns mordlustig auf der Schwelle auflauert.«

Victorias Herz hämmerte wie rasend, als die Kutsche vor dem Herrenhaus anhielt. Kein Diener stürzte ihnen entgegen, um ihnen beim Aussteigen behilflich zu sein, und aus den unzähligen Fenstern der Fassade drang nur der Widerschein weniger Kerzen. Das ganze Haus wirkt auf unheimliche Weise verlassen, dachte Victoria – und dann sah sie zu ihrem Entsetzen, daß die Fenster schwarz verhängt waren und ein schwarzer Kranz an der Tür hing. »Jason haßt alles, was mit Trauer zu tun hat –«, rief sie und rüttelte verzweifelt am Schlag der Kutsche. »Sagen Sie Northrup, er soll diese schrecklichen Dinger abnehmen lassen!«

Kapitän Farrell brach zum erstenmal sein Schweigen, legte eine Hand auf ihren Arm und sagte behutsam: »Jason wollte es so, Victoria. Er ist halb verrückt vor Kummer. Ihre Urgroßmutter hat nicht ganz unrecht – ich habe keine Ahnung, wie er reagiert, wenn er Sie sieht.«

Victoria war es egal, was Jason tat, solange er nur wußte, daß sie am Leben war. Sie sprang aus der Kutsche und überließ es Kapitän Farrell, sich um ihre Urgroßmutter zu kümmern. Als sie merkte, daß die Haustür abgeschlossen war, ergriff sie den Klopfer und machte heftig Gebrauch davon. Es schien eine Ewigkeit zu dauern, bevor die Tür sich langsam öffnete.

»Northrup!« rief Victoria. »Wo ist Jason?«

In der schwachen Beleuchtung blinzelte der Butler sie ungläubig an.

»Bitte, starren Sie mich nicht an, als ob ich ein Gespenst wäre. Es war alles ein Mißverständnis! Northrup«, sagte sie verzweifelt und legte ihre warme Hand an seine kalte Wange. »Ich bin nicht tot!«

»Er – er ist –« Plötzlich verbreitete sich ein Lächeln auf Northrups angespannten Zügen. »Er ist in seinem Arbeitszimmer, Mylady, und wenn ich hinzufügen darf, wie überaus glücklich ich –«

Victoria rannte, ohne ihm zuzuhören, den Korridor entlang zu Jasons Arbeitszimmer.

»Victoria?« rief Charles von der Balustrade herunter. »Victoria!«

»Großmama wird dir alles erklären, Onkel Charles«, rief Victoria und lief weiter.

Vor Jasons Tür angekommen, legte sie ihre zitternde Hand auf die Klinke. Für einen Augenblick war sie wie gelähmt von dem Ausmaß des Unheils, das sie angerichtet hatte, dann holte sie tief Luft und trat ein.

Jason saß in einem Sessel am Fenster, die Ellbogen auf die Knie gestützt, das Gesicht in den Händen vergraben. Auf dem Tisch neben ihm standen zwei leere Whiskyflaschen und der Onyxpanther, den sie ihm geschenkt hatte.

Victoria fühlte bittere Reue. Leise sagte sie: »Jason –«

Sein Kopf hob sich langsam, und er sah in ihre Richtung, aber sein gequälter Blick schien durch sie hindurchzugehen, als sei sie eine Erscheinung. »Tory«, stöhnte er.

Victoria blieb stehen und sah entsetzt, wie er seinen Kopf zurücklegte und die Augen zukniff.

»Jason«, rief sie verzweifelt. »Sieh mich an.«

»Ich sehe dich, Liebling«, flüsterte er, ohne die Augen zu öffnen. Sein Hände wanderte zu dem Panther hin und strich liebevoll über seinen Rücken. »Sprich mit mir«, bat er mit flehentlicher Stimme. »Hör nicht auf, Tory. Es macht mir nichts aus, daß ich verrückt bin, solange ich nur deine Stimme höre –«

»Jason!« schrie Victoria, rannte zu ihm hin und umklammerte seine breiten Schultern. »Mach die Augen auf. Ich bin nicht tot. Ich bin nicht ertrunken! Hörst du mich?«

Seine trüben Augen öffneten sich, aber er sprach weiter mit ihr wie mit einem geliebten Phantom, dem er unbedingt etwas erklären mußte. »Ich wußte nichts von Andrews Brief«, flüsterte er gebrochen. »Das weißt du jetzt, nicht wahr, Liebling? Du weißt es –« Plötzlich richtete er seinen verzweifelten Blick an die Decke und begann zu beten. Dabei krümmte er sich, als habe er Schmerzen. »O bitte!« jammerte er, »bitte, sag ihr, daß ich nichts von dem Brief gewußt habe. Verdammt! Sag's ihr!«

Victoria fuhr erschrocken zurück. »Jason, denk doch nach! Ich schwimme wie ein Fisch, weißt du nicht mehr? Mein Cape war ein Trick. Ich hab' gemerkt, daß jemand mich verfolgt, aber ich wußte nicht, daß es O'Malley ist. Ich dachte, es ist ein Bandit, deshalb hab' ich mein Cape abgenommen und über den Sattel gehängt, und dann bin ich zu Fuß zu meiner Urgroßmutter gegangen und – o Gott!« Sie fuhr sich mit der Hand durchs Haar und sah sich in dem trübe beleuchteten Zimmer um, auf der Suche nach etwas, das ihr helfen konnte, ihn zu überzeugen. Schließlich rannte sie zu seinem Schreibtisch. Sie zündete die Lampe darauf an, lief dann zum Kamin und entzündete die Kerzen auf dem Kaminsims. Sie wollte eben ein zweites Paar anzünden, als Hände wie Stahlmanschetten sich um ihre Schultern schlossen und sie herumwirbelten. Sie sah den klaren Blick von Jasons Augen, einen Sekundenbruchteil, bevor sein Mund sich mit hungriger Gewalt ihrer Lippen bemächtigte, während er sie an sich preßte, als versuche er, ihren gesamten Körper in sich aufzusaugen. Ein Schauer lief durch seinen Körper, als sie sich an ihn schmiegte und ihm die Arme um den Hals schlang.

Endlose Minuten später machte Jason sich abrupt los und starrte drohend auf sie herunter. Victoria wich hastig einen Schritt zurück, als sie den kochenden Zorn sah, der in seinen schönen grünen Augen aufflackerte. »Das hätten wir hinter uns«, sagte er grimmig, »und jetzt werde ich dich verprügeln, bis du nicht mehr sitzen kannst.«

Ein Laut, halb Lachen, halb Schreck, drang aus Victorias Kehle, als er seine Hand ausstreckte. Sie floh aus seiner

Reichweite. »O nein«, sagte sie mit bebender Stimme und derartig glücklich darüber, daß er wieder normal war, daß sie ein zittriges Lächeln nicht unterdrücken konnte.

»Was willst du wetten?« fragte er weich und kam bedrohlich auf sie zu, während sie immer weiter zurückwich.

»Nicht viel«, sagte Victoria und suchte hinter dem Schreibtisch Deckung.

»Und wenn ich fertig bin, kette ich dich an mich.«

»Das darfst du«, sagte sie heiser und umkreiste dem Schreibtisch.

»Und ich lasse dich nie mehr aus den Augen.«

»Das – das kann ich dir nicht verdenken.« Victoria warf einen Blick auf die Tür und schätzte die Distanz ab.

»Ich warne dich«, sagte er.

Victoria sah das drohende Funkeln in seinen Augen und ignorierte seine Warnung. Mit einer Mischung aus berauschendem Glück und einem starken Willen zur Selbsterhaltung riß sie die Tür auf, hob ihre Röcke und rannte durch den Korridor auf die Treppe zu. Jason folgte ihr mit langen Schritten und holte sie beinahe ein, ohne zu laufen.

Mit hilflosem Gelächter rannte sie durch das marmorne Foyer, vorbei an Charles, Kapitän Farrell und ihrer Urgroßmutter, die wegen des Lärmes aus dem Salon stürzten.

Victoria lief ein Stück die Treppe hinauf, drehte sich dann um und wartete auf ihren Gatten. »Komm, Jason«, sagte sie, als er ihr entgegengestürmt kam, und streckte ihm die Hand entgegen. »Bitte, sei vernünftig –«

»Geh nur weiter, mein Liebling – die Richtung stimmt genau«, sagte er und folgte ihr Schritt für Schritt. »Du kannst wählen – entweder dein Schlafzimmer oder meines.«

Victoria drehte sich um und floh die Stufen hinauf und durch den Korridor bis in ihre Suite. Sie hatte sie zur Hälfte durchquert, als Jason die Tür aufriß, hinter sich zumachte und abschloß.

Victoria wirbelte herum. Ihr Herz klopfte vor Liebe und Angst.

»Nun, denn, meine Süße –«, sagte er mit leiser, drohender Stimme, während er aufpaßte, in welche Richtung sie fliehen wollte.

Victoria sah voller Anbetung in sein schönes, blasses Gesicht, und dann rannte sie direkt auf ihn zu und warf sich in seine Arme. »Bitte nicht!« rief sie.

Einen Augenblick lang stand Jason völlig still und kämpfte mit seinen widerstreitenden Gefühlen. Dann wich die Spannung aus seinem Körper. Seine Hände umspannten Victorias Taille, und er drückte sie fast gewaltsam an sich. »Ich liebe dich«, flüsterte er heiser und vergrub sein Gesicht in ihrem Haar. »O Gott! Ich liebe dich so sehr!«

Am Fuß der Treppe standen Kapitän Farrell, die Herzogin und Charles und lächelten erleichtert, als oben ungebrochene Stille herrschte.

Die Herzogin sprach als erste. »Nun, Atherton«, sagte sie streng, »ich denke, Sie wissen jetzt, wie es ist, wenn man sich in das Leben junger Leute einmischt und die Konsequenzen seines Irrtums tragen muß, so wie ich in all diesen Jahren.«

»Ich muß hinaufgehen und mit Victoria reden«, sagte er, den Blick auf die Balustrade gerichtet. »Ich muß ihr klarmachen, daß ich so gehandelt habe, weil ich überzeugt davon war, daß sie mit Jason glücklicher sein würde.« Er machte einen Schritt vorwärts, aber der Stock der Herzogin versperrte ihm den Weg.

»Wehe, wenn Sie sie stören«, befahl Ihre Gnaden arrogant. »Ich hoffe auf einen Ururenkel, und falls ich mich nicht täusche, sind sie gerade dabei, mir meinen Wunsch zu erfüllen.« Gnädig fügte sie hinzu: »Ich erlaube Ihnen allerdings, mir ein Glas Sherry anzubieten.«

Charles riß seinen Blick widerstrebend von der Balustrade los und sah die alte Frau, die er mehr als zwanzig Jahre inbrünstig gehaßt hatte, eindringlich an. Er hatte für seine Einmischung nur zwei Tage lang gebüßt, sie tat es seit zweiundzwanzig Jahren. Zögernd bot er ihr seinen Arm. Einen Moment lang sah die Herzogin ihn an, wissend, daß es ein Friedensangebot war, und dann legte sie ihre schmale Hand auf seinen Ärmel. »Atherton«, verkündete sie, während er sie in den Salon begleitete. »Dorothy hat sich irgendwelche Flausen in den Kopf gesetzt. Sie will ledig bleiben und Pianistin werden. Ich dagegen habe entschieden, daß sie Winston heiraten soll, und ich habe einen Plan . . .«